本书出版由广东省人文社会科学重点研究基地：
暨南大学海外华文文学与华语传媒研究中心资助

台港澳及海外华文文学
与华文传媒研究丛书

王列耀　主编

"星洲日报"文艺副刊(1988-2009)与马华文学思潮审美转向

易淑琼　著

中国社会科学出版社

图书在版编目（CIP）数据

《星洲日报》文艺副刊（1988—2009）与马华文学思潮审美转向／易淑琼著.
—北京：中国社会科学出版社，2017.3
（台港澳及海外华文文学与华文传媒研究丛书）
ISBN 978-7-5161-9193-4

Ⅰ.①星…　Ⅱ.①易…　Ⅲ.①华文文学-文学研究-马来西亚　Ⅳ.①I338.06

中国版本图书馆 CIP 数据核字（2016）第 261145 号

出 版 人　赵剑英
责任编辑　曲弘梅
责任校对　闫　萃
责任印制　戴　宽

出　　版　中国社会科学出版社
社　　址　北京鼓楼西大街甲 158 号
邮　　编　100720
网　　址　http：//www.csspw.cn
发 行 部　010-84083685
门 市 部　010-84029450
经　　销　新华书店及其他书店

印　　刷　北京君升印刷有限公司
装　　订　廊坊市广阳区广增装订厂
版　　次　2017 年 3 月第 1 版
印　　次　2017 年 3 月第 1 次印刷

开　　本　710×1000　1/16
印　　张　22.25
插　　页　2
字　　数　353 千字
定　　价　80.00 元

插　　图

图1　"'五四'七十周年纪念特辑"

图2　"文艺春秋"类广告语一

图3 "文艺春秋"类广告语二

图4 花踪铜雕奖座

●相关新闻见第 16／17／18／19／20 版

图5　第六届花踪文学奖颁奖礼背景

目　　录

第一章

绪　　论

第一节　研究对象的确立

一　马华文学生产与消费的媒介语境

马来西亚华文文学简称马华文学，1919 年 10 月初新加坡《国民日报》及其副刊《新国民杂志》的创刊，一向被视为马华新文学的起点。马华文学指"华裔马来西亚人在马来西亚境内或境外用华文书写的文学作品"[1]，其生产和消费的主体又主要在马来西亚华人社会。根据 2010 年马来西亚统计局的人口普查，大马全国人口为 2833.4 万人。其中华裔人口逾 639 万人，华人占全国总人口的 24.6%[2]，在由马来人、华人、印度人三大族裔组成的马来西亚，为少数族裔中的多数。马来西亚华人相当重视母语教育，当中大约 80% 的华人接受华文教育或能够掌握华语的应用。马来西亚国家教育政策将国语（马来语）作为所有类型学校（即各源流学校）的统一教学媒介语，但在马来西亚境内，有1294 所华文小学，60 所华文独立中学，三所民办华教高等学府[3]，马来西亚是除中国大陆、台湾、港澳地区以外唯一拥有小学、中学、大专完整华文教育体系的国家。

---

① 张锦忠：《马来西亚华语语系文学》，有人出版社 2011 年版，第 17 页。

② 叶新田：《马来西亚华文教育的现况与展望》，载丘进主编《华侨华人研究报告（2013）》，社会科学文献出版社 2014 年版，第 272—273 页。

③ 同上书，第 272 页。三所主要以华文教学的高等学院获准开办的情况分别是：1988 年 8 月，第一所获教育部批准民办大专学府南方学院开办，1990 年招收第一批学生；1997 年，新纪元学院获准教育部私立教育局学校注册成立；1999 年 7 月，槟城韩江学院获准成立。

　　正因为系统完整的华文教育，马来西亚是中国地区以外华文报纸最多的国家，共约20多种，重要的包括《星洲日报》《南洋商报》《中国报》《光明日报》《东方日报》等等，这些报纸是马来西亚华人文化传承的重要媒介。那么，作为文化重要组成部分的马华文学在马华社会的生产传播媒介如何？

　　由于1971年8月马来文化大会决议了国家文化概念，从官方立场边缘化了华文、英文及淡米尔文书写品，贬低了非马来文的市场与经济价值，相应地华文阅读的市场规模狭小，且中国大陆、台湾、香港的图书占据了马来西亚华文阅读市场的主要份额。这样被排斥在国家文化之外作为少数族裔书写的马华文学，其读者更加有限，导致个人文集的印刷和出版在没有成熟的市场机制支持及成本资源有限的情况下非常受限。以1990年代为例，根据马来西亚大将书行调查报告，1992年是大马国内马华文学出版品的巅峰期，亦仅仅有87本马华文学著作在本地问市。至1990年代末三年，马华文学出版品甚至显著减少，维持在每年30—35本之间①；进入2000年代，以2006年为例，根据马来西亚国家图书馆及国家统计局的资料，各语文出版社共申请了18262本书的国际书号，其中华文书籍1067本，占5.84%。若以内容分类，课辅书及儿童书约占七成（748本）；历史书90本，占8.43%；文学书79本，占7.4%。② 总体来看，马来西亚华文文学出版一直没有太大的突破。加之马来西亚国内出版华文读物的大多为同人出版社，缺乏专业的经营观念，严格的审稿制度，印量有限，发行渠道亦不畅通导致销售量更小，一些书甚至只是朋友熟人间的馈赠礼品。这样马华文学作品及评论发表的主要渠道不是依赖专书的出版，马华文学读者群主要不是聚集文学单行本图书周围。据调查，超过三分之一的学生通过报章的副刊（包括文艺副刊）阅读马华篇章，作为他们的课外消遣读物。副刊成为中学生阅读马华篇章最重要的管道。③

---

　　① 徐婉君：《谁关心马华文学出版品》，《星洲日报·新策划》1998年5月16日。

　　② 曾翎龙：《马来西亚华文出版：现况、问题与前景》，《中文·人》杂志2009年第7期，第30页。

　　③ 郭莲花：《马来西亚高中生马华篇章阅读调查》，《马来西亚华人研究学刊》2009年第12期。

实际上，马来西亚华文报纸副刊有一个重要特色，就是文人或作家主编副刊的传统，所以副刊一直以来有着很强的文学文化传统。在马来西亚，中文报纸的文艺副刊，既是报业传播文艺思想的一部分，也是文坛结构的一部分。① 虽然在马华文坛还有一份重要的纯文学期刊《蕉风》及阶段性出现的少量同人杂志如《椰子屋》《青梳小站》等提供文学作品与批评园地②，但以文学读者群的量来说，报纸的文艺副刊无疑占有最大的优势，1980 年代以来，两大报《南洋商报》和《星洲日报》各自的文艺副刊"南洋文艺""文艺春秋"，"其影响力可能已经超越了马华文学杂志或任何文艺刊物的地位"③，"在文学体制中，文艺副刊是非常重要的一环（尤其是在文学杂志缺乏的地方），往往决定了一个地域和世代的文学成就，也是文学知识贫乏的地方最基本的文学营养的来源，是文学接班人陶养和试炼的舞台"④。在文学单行本出版不活跃，文学期刊缺乏的马华社会，文艺副刊与马华文学的关系如新加坡学者王润华所说，在马来西亚，"文坛就是副刊，副刊就是文坛"⑤。故而"透过探讨中文报纸的文学副刊，我们能够把握某个时期马华文学的生态秩序与书写形式"⑥。总之，文艺副刊于马华文学的长远发展具有举足轻重的影响力。

二 《星洲日报》及其文艺副刊的样本意义

那么为何选择《星洲日报》文艺副刊作为进入马华文学研究的样本？

---

① 张光达：《马华文学 90 年 管窥副刊专辑与马华文学 1998—2008 年〈南洋文艺〉的例子》，《南洋商报·南洋文艺》2009 年 7 月 14 日。

② 《蕉风》1955 年创刊，1999 年第 488 期之后短暂休刊，2002 年由南方学院马华文学馆复刊，在马华文坛占有最重要的地位；《椰子屋》（1986—1998）、《青梳小站》（1988—1994）与马华文学后现代思潮兴起有密切关系，本书第二章、第六章将涉及。

③ 张光达：《马华文学 90 年 管窥副刊专辑与马华文学 1998—2008 年〈南洋文艺〉的例子》，《南洋商报·南洋文艺》2009 年 7 月 14 日。

④ 黄锦树：《一般见识》，《南洋商报·南洋文艺》1998 年 4 月 22 日。

⑤ 王润华：《从战后新马华文报纸副刊看华文文学之发展》，载王润华著《华文后殖民文学：中国、东南亚的个案研究》，学林出版社 2001 年版，第 141 页。

⑥ 张光达：《马华文学 90 年 管窥副刊专辑与马华文学 1998—2008 年〈南洋文艺〉的例子》，《南洋商报·南洋文艺》2009 年 7 月 14 日。

其一，创刊于 1929 年的《星洲日报》在马华社会具有巨大的社会影响力。《星洲日报》曾经两次停刊，第一次是 1942—1945 年日军南侵新马沦陷；第二次是 1987 年华人社会反对政府派遣不谙华文的教师担任华文小学高职的行动，最终演变成为华巫两族之间的矛盾，华人和马来人陆续发起大游行，10 月 27 日马哈蒂尔政府以种族关系紧张为理由，援引《内部安全法》，展开大逮捕和查封报章的"茅草行动"（Operasi Lalang）。政府指责《星洲日报》刊登煽动种族仇恨、危害社会安宁的文字，内政部吊销出版准证，《星洲日报》10 月 29 日停止出版。经华人社会多方努力，1988 年 4 月 8 日复刊。复刊后，《星洲日报》如凤凰涅槃，发行量节节上升，1991 年 9 月 17 日，国际著名市场调查公司法朗斯蒙集团公布的大马印刷媒体市场调查显示，星洲拥有 69.4 万名读者，意味《星洲日报》已经领先其他华文报，成为马来西亚第一大报[①]，也是东南亚行销量最大的华文日报。根据独立的两大国际报业调查机构 ABC 市场调查公司和尼尔逊公司的报告，2003 年 7 月至 2004 年 6 月期间，《星洲日报》日销量为 34 万多份，读者人数达百万人左右（这不包括东马的发行和读者数字）。《南洋商报》有大约 14 万份的日销量以及数十万读者，其销量在马来西亚华文报纸中居第四位。[②] 长期从事东南亚华文传媒研究的彭伟步在马来西亚进行田野调查期间，曾采取随机非抽样的方法在一些集会和各种讲座向公众作过一项读者调查，在是否阅读华文报纸的习惯调查中，选择经常阅读的读者占 89.8%；在了解读者经常选择哪一份报纸时，大多数的读者都选择了《星洲日报》，在读者收入调查这一项，中等收入者（月收入在 1500—4000 零吉）占 83.1%[③]；与此同时，根据《星洲日报》作过的一次调查数据显示，从读者的教育程度来看，阅读副刊的读者教育水平大多在大专以上，达到 77%。[④] 这表明《星洲日报》在马来西亚读者中的广泛影响

---

① 黄晓虹报道：《不断改革　精益求精——〈星洲日报〉用真情与读者心手相连》，《星洲日报·画页》1994 年 6 月 13 日。

② 萧依钊：《华文报与华文教育的内在连线》，载《世界华文传媒年鉴 2007》，世界华文传媒年鉴社 2007 年版，第 127 页。

③ 彭伟步：《〈星洲日报〉研究》，复旦大学出版社 2008 年版，第 318—346 页。

④ 同上书，第 133 页。

力，同时副刊读者文化层次偏高。

其二，《星洲日报》长年务实地推动文化教育活动，努力不懈地提倡华文文学写作。作为最大的华文日报，《星洲日报》义不容辞地肩挑商品与媒体的双重责任，扮演了一个深具人文意义的儒商角色。① 《星洲日报》的办报理念是"正义至上　情在人间"。前者表现为秉持客观、中立、负责任的精神，以公信力成为"深具影响力的人民喉舌"；后者表现在关怀社会，传承和发扬民族文化。"茅草行动"后《星洲日报》复刊号申述一贯的办报方针即包括"启迪民智、推广教育、发扬文化"。② 除了辟出不同层次副刊倡导读书文化，为文学助势外，《星洲日报》每年主办数以百计的文化、文学和教育活动，特别是《星洲日报》于 1990 年始创办花踪文学奖，以空前的版面、头条新闻的气势和奥斯卡颁奖典礼的方式，加上高额奖金的巨大诱因，鼓动起马华本地作家的创作欲望。花踪文学奖每两年一次定期举行，至 2013 年已举办 12 届，在亚洲华人圈颇具影响。

其三，作为"小产业"的马华文学，习称"两报一刊"的《星洲日报》《南洋商报》和《蕉风》杂志是马华文学的主要空间分布形态③，作家、副刊编辑与读者之间形成互动，有效地参与了文学空间的建构，从而形塑文坛生态，重构文学秩序；由于马华文坛向来有"隔报论事""隔版过招"的"习惯"④，故而往往其中某一家的马华文学议题，在另外一家也有或多或少的呼应，文学议题的互涉性和相互参照性类于文本的互文性。故而马华文艺潮流的趋势动向，马华作家的关怀面向等，基本上可通过《星洲日报》文艺副刊见其大端。

如果说"马华文学的发言权力掌握在报纸的文艺版、报馆的文学

---

① 唐彭：《星洲日报与读者同步跃动　停不了的承诺与期盼》，《星洲日报·1998 年刊》1998 年 1 月 1 日，第 12 版。

② 张晓卿：《我们开始新的长征——星洲日报复刊有感》，《星洲日报》1988 年 4 月 8 日，头版。

③ 其中《蕉风》复刊后仍然是小众读品，市场并没有打开。

④ 张永修：《近处观战》，载张永修、张光达、林春美主编《辣味马华文学——90 年代马华文学争论性课题文选》，雪兰莪中华大会堂、马来西亚留台校友会联合总会 2002 年版，第 f 页。

奖,以及各种选集的编纂等"①,那么主办花踪文学奖的《星洲日报》及文艺副刊便是观察马华文学的最权威的媒介之一。

尽管新世纪以来电子媒体日益冲击平面纸媒,但2011年2月,英国媒体研究者艾蒙拜仁(Eamonn Byrne)发表研究报告说:"在电子媒体蓬勃发展之际,我却说,平面媒体仍将主导你不远的将来。"根据尼尔森广告总开支调查报告,2010年马来西亚的广告总开支是马币76.6亿,其中报纸广告收入是马币38.9亿,占总收入的一半以上。互联网的广告收入仅占0.7%,即马币500万。另一方面,马来西亚的报纸仍能维持固定的销路。例如,2011年《星洲日报》的发行量增到42万,环比增长了0.3%。②这亦表明,在网络时代,作为平面纸媒的《星洲日报》的文艺副刊仍然极具典型的样本意义。

其四,从大陆的马华文学研究的学术进程来看,一直困扰马中关系的马来亚共产党问题,随着大马、泰国及马共三方于1989年12月签署《合艾和平协议》,马共走出马泰边境丛林放下武器得到解决,1990年9月大马政府废除了对中国大陆人员自由互访的禁令,两国民间关系解冻。翌年,马华文学开始流入中国学界,主要是通过作协组团访华③,团员赠书这条管道。中国学界早期以这些赠书为研究马华文学的文本,难免出现以偏概全的现象,而这一点也常为马华文学研究本土学者所诟病。进入2000年代以来,随着与马来西亚学术交流的渐次频密,图书电商运营的发展,中国大陆华文文学学科构建的完善,马华文学研究中以偏概全现象有很大改善,但对马华文学一次性文献把握的不足,仍然制约着研究。从具有文学原生态面目的文学副刊进入马华文学研究,对于大陆马华文学研究因异域地理区隔、文化和生活方式差异等而造成的文学史料和在地经验的缺乏具有一定的弥补作用。

---

① 魏月萍:《〈别再提起〉:对历史意识的召唤》(http://mypaper.pchome.com.tw/ngoigp/post/1241464753)。

② 萧依钊:《报纸仍是中流砥柱》,载夏春平主编《国际话语体系中的海外华文媒体——第六届世界华文媒体论坛论文集》,中国新闻出版社2011年版,第33—35页。

③ 马来西亚华文作家协会1991年组团访问中国,是马中建交以来第一个访问中国的文学组织。

三 研究时段与马华文学思潮的脉动

本书研究起止时段大致是 1988 年至 2009 年。前者大致从"茅草行动"后《星洲日报》复刊时间 1988 年 4 月 8 日开始。《星洲日报》复刊其实饶有意味，社长张晓卿谓《星洲日报》得以恢复出版"当局的谅解乃是关键所在"①，实际上，马哈蒂尔政府借"茅草行动"团结巫统稳定自己的执政权力后②，转而采取"经济国族主义"（Economic Nationalism）弥合种族关系裂痕③。故而"茅草行动"是马来西亚政治转折点。2009 年同样是一个标志性时间节点，即作为马华文学风向标的"花踪文学奖"举办十届。

在这长达 20 余年的时间段马华社会经历重要转型。1990 年代始，马来西亚的政治相对开放开明，经济蓬勃发展，成功地从农业社会转型为工业社会，大型都会崛起，城市人口不断激增。马来西亚政府的柔性威权主义政策对华人由压制同化转为经济上放松管制、教育上相对宽容对待，三所华文高等教育独立学院在 1990 年代相继获准开办，华人社会选票的地位变化——从无关大局转变为"关键少数"④，文化向多元

① 张晓卿：《我们开始新的长征——星洲日报复刊有感》，《星洲日报》1988 年 4 月 8 日，头版。

② 马来西亚建国以来由国民阵线（简称国阵）执政。国民阵线是由十四个大小政党组成的政党联盟，主要三大政党是巫统（全称马来民族全国统一机构）、马华（马来西亚华人公会）、印度国大党。其中巫统是国民阵线领导党派，在联盟里占多数的议席，因此往往巫统党主席即总理。1980 年代中经济不景气，导致巫统内部出现派系分裂。1987 年，巫统内部矛盾表面化。马哈蒂尔竞选巫统主席时，遇上党内巨大挑战，最后仅仅险胜。民间人士指控，茅草行动是巫统当权派为了转移 1987 年党争的视线，而刻意营造的白色恐怖。参见《驳斥警方为茅草行动负责论 柯嘉逊直批马哈蒂尔制造危机》，当今大马 http：//beta.malaysiakini.com/news/155718。

③ 1991 年马哈蒂尔推行"国家发展计划"（National Development Plan，NDP），不再侧重把经济利益向马来人倾斜，强调各族需要合作团结，才能加快经济增长，用意是既吸纳更多非马来人的资本与劳动力加快工业发展，亦强化华人支持、维持国阵的政治垄断。参见邝健铭《马来西亚大选观察系列（二）：威权政治的历史轨迹》（http：//www.inmediahk.net/node/1014592）。

④ 梁忠：《马来西亚政府华人政策研究——从东姑·拉赫曼到马哈蒂尔》，博士学位论文，复旦大学，2006 年，第 155—165 页。

化迈进。伴随社会的转型，从 1980 年代末起，马华文学自身在各种思潮的涌入与社会政治经济秩序的改变影响下进入了一个新的重构时期，尤其是 1990 年代马华文坛形成了非常频密的论争与论战，论战意味着话语的生产，马华文学呈现"众声喧哗"的光景，马华文坛开始世代更替与文学范式转换的文学思潮嬗变新时期。同时随着都市化进程的加快，商业化对文学生产的影响力越来越大，马华文学的大众文化消费性格不可忽视。

20 年来，就理论工具的兴起而言，随着文化研究的发展，1990 年代美国出现了"少数话语"（minority discourse）理论。其主要特征就是找出差异和多种声音，旨在恢复被社会压制或驱逐到边缘的文本（作品）。它关心的是处于弱势力量的"少数"如何能从边缘发出自己独立、反抗的声音，与统治的文化具有类似的对抗性的关系，"少数话语"理论"关系到与主导文化处于克制和对立地位的不同少数文化的政治及文化结构的理论表达"①。而后殖民理论是当代发展最快、争议最多的文化论述，具有强烈的政治性和文化批判色彩。后殖民主义作为一种自觉的政治哲学发轫于万隆会议，后殖民文化分析关注的，便是抗衡主流西方观点的理论结构及其阐释，后殖民的基本立场是反抗西方中心主义的现代性。② 因此，后殖民理论解构本质主义的中心和边缘论述，反对任何形式的文化霸权及倡导多元文化主义。

在后殖民论述和少数话语理论的影响下，1990 年代以来，"承认的政治"仍然构成了马华文学思潮和论述的核心主题③，一方面，在马来西亚国家文学版图里，马华知识人和写作人既召唤民族文化作为政治抵抗符号资本，又有意识地介入国家话语体系，表现出寻求国家文化、国家文学承认／认同的焦虑；另一方面，处于后殖民情境中的马华文学，也表现出力求去除中国文化中心或大的中文系

---

① Abdul R. Jan Mohamed and David Lloyd eds. : *The Nature and Context of Minority Discourse*, New York: Oxford University Press, 1990, Preface, p. ix-xi.

② 赵稀方：《后殖民理论》北京大学出版社 2009 年，第 119 页。

③ 刘小新、朱立立：《海外华人文学与"承认的政治"》，《江苏大学学报》（社会科学版）2008 年第 1 期。

统影响的焦虑①，马华文坛从"中国性"争论到马来西亚华语语系概念的使用均可看作是马华文学力求建构清晰的主体性从而对中国大文学传统概念提出挑战的表现。我们知道，文学思潮史同时是"文学观念动态的流布历史"，这里所说的"观念"，主要是审美性观念，"为此，就又决定了文学思潮的研究最终是一种审美研究"②，20 年间在"承认的政治"思潮的内驱下，马华文学审美性观念亦随之会发生重大变化。

《星洲日报》作为马来西亚第一华文大报，其文艺副刊更是采取一种动态策划的运作方式，透过编辑规划、专辑策划、专栏设置、征文等活动有力地参与文坛秩序的重组，深刻把握马华社会和马华文坛思潮脉动及马华文学阅读消费走向的变迁，制造马华文学焦点现象，真正使文艺副刊成为马华文学生产、传播、消费最为集中交汇的媒介平台。

本书即尝试以 1988 年至 2009 年这 20 余年间《星洲日报》文艺副刊资料为样本，尽量返回历史现场从而避免先验预设，得出文学副刊与马华文学思潮嬗变的合理推论。

第二节 研究现状与问题的提出

一 报纸副刊与文学关系研究的理论切入

由于德国哈贝马斯（Jürgen Habermas）"公共空间"理论和法国布迪厄（Pierre Bourdieu）"文学场"学说、加拿大学者麦克卢汉（Marshall McLuhan）"理解媒介"等理论的启示，更因为"'副刊'在华文报业中占有别于西方报业之特殊性历史地位，在华人社会的定位是一种传播现代新知的社会公器，也是媒体鼓励创作，作为一文化体的重

---

① "影响焦虑"来自包括自五四文学革命以来大陆现实主义革命文学和 60 年代以来"孤岛化"的小民国文学的影响，详黄锦树《制作马华文学——一个简短的回顾》，《星洲日报·文艺春秋》2011 年 2 月 27 日。

② 席扬：《理念形式与表达策略——论"文学思潮"与"创作方法"的关系》，《福建师范大学学报》（哲学社会科学版）2005 年第 2 期。

要象征"①,故而关于大众传媒与文学关系这一跨学科研究在中国方兴未艾。

进入 1990 年代以后,大陆学界日益关注晚清以降大众传媒与文学的紧密联系,从"报章与文学"这个特定角度入手的学位论文、相关论著陆续涌现,而单篇论文更是以百计数。特别是"五四"时期四大副刊《晨报副镌》《学灯》《觉悟》《京报副刊》及《大公报·文艺副刊》《申报》副刊"自由谈"等得到了多向度的探讨。专书如郭武群的《打开历史的尘封:民国报纸文艺副刊研究》,以纵横交错的文学史框架深入论述民国时期报纸文艺副刊与文学事业发展的辩证关系。

与中国内地以五四前后报章副刊为研究热点不同,中国台湾地区从副刊进入文学研究的热点在国民党迁台后到解严(解除"党禁""报禁")前后期间几大报纸副刊如《中国时报·人间副刊》《联合报·联合副刊》与《自由时报·自由副刊》及《中央日报》副刊等的研究,这一点尤其表现在台湾学位论文选题方面。就具体论题而言,副刊与文学思潮,副刊本身随着政治力量逐渐式微、商业力量崛起、传播科技发展等的因应变化及这种变化与文学激荡、文化展开的关系,副刊与文类倡导,副刊与文学观念的建构作用等均得到探讨。②

综之,两岸的副刊与文学关系研究其理论切入大致以大众传播相关理论、文化研究及霸权论述、文学社会学为基础,将文学置于媒介与社会的关系架构中论述,关注副刊的媒介运作过程、文化传播功能、文学生产意义以及文学副刊变革的媒介生态环境,注意到了文艺副刊既是大众传播的、又是文学的媒介特质,同时也探讨了大众文化消费语境下副刊文学的诸如文学性与新闻性特征之间的张力及平民化、娱乐化走向,

---

① 黄顺星:《新闻的场域分析:战后台湾报业的变迁》,《新闻学研究》2010 年第104 期。

② 这些论题大致对应的学位论文分别有:徐秀慧:《战后初期台湾的文化场域与文学思潮的考察(1945—1949)》,博士学位论文,"国立"清华大学,2003 年;林咏萱:《社会发展与文化传播之关联性研究:以高信疆主编中时〈人间〉副刊为例》,硕士学位论文,中国文化大学,2009 年;吴秀凤:《中文报纸倡导文类之研究:以联合报副刊"极短篇"为例》,硕士学位论文,辅仁大学,1995 年;黄崇轩:《建构本土,迎向群众——〈自立副刊〉研究(1977—1987)》,硕士学位论文,静宜大学,2006 年。

等等。两岸报章副刊与文学关系研究综合了内容分析法、访谈法、历史研究法、文献计量学等多元研究方法。这些渐次拓展并成熟的理论和方法运用都给本论题探讨以很好的借鉴。

二　副刊作为文学史料库：战前新马华文报纸副刊与新马华文文学研究

作为马华文学呈现的原生态场域，副刊研究在马华文学研究领域中无疑是重要的支点之一①，新加坡著名文学史家方修 1970 年代所编纂的《马华新文学大系》和马华文学史开创了马华文学研究的"方修时代"，方修即是以爬梳战前新马华文报章副刊、文学杂志中的史料为起点的。方修主要运用现实主义文学观来组织、归纳、概括史料，对马华文学的性质、特点作出界定，又以进化论的视角划分马华新文学发展进程，著述颇丰②，无疑代表着一种马华文学研究范式。继方修之后新加坡著名学者杨松年更趋向于严谨的经验主义研究方法挖掘战前新马华文报章文学副刊史料，杨松年强调文学传播及副刊的文学经营的探讨在东南亚华文文学研究的重要性，并扩展了文学文本的范畴，除了作家作品外，将副刊与杂志的发刊词、编后话、编后启事、编者宣布的编辑方针，甚至副刊与杂志的广告等，都视为广义的文本。③ 在副刊文学史料基础上，杨松年以文学作为镜像诠释华人社会从侨民意识到本土意识的消长，并以此为依据重新界定战前马华新文学的发展阶段，成果不菲④。曾留学新加坡的大陆学者郭惠芬专著《战前马华新诗的承传与流变》筛选战

---

① 曾维龙：《马华文学场域的原生态考察——副刊研究建构的意义初探》，《世界华文文学论坛》2013 年第 1 期。

② 方修著述情况参见古远清《论方修的马华文学史研究》，《华文文学》2010 年第 2 期。

③ 杨松年：《研究东南亚华文文学的新方向：文学传播探讨的意义》，《华文文学》2005 年第 3 期，第 5—9 页。

④ 杨松年出版的著述有：《新加坡早期华文报章文艺副刊研究，1927—1930》（与周维介合著，新加坡教育出版社 1980 年版），《战前新马报章文艺副刊析论（甲集）》（新加坡同安会馆 1986 年版），《大英图书馆所藏战前新华报刊》（新加坡同安会馆 1988 年版），《南洋商报副刊狮声研究》（新加坡同安会馆 1990 年版）等，并依据以上他所整理的本土新马报章副刊史料，出版《新马华文现代文学史初编》（新加坡教育出版社 2000 年版）和《战前新马文学本地意识的形成》（新加坡国立大学中文系、八方文化企业公司 2001 年版）。

前华文报章如《国民日报》《益群报》等副刊作品，"重新发掘一批具有美学价值和艺术特色的马华新诗"，"有助于扭转人们因为阅读方修选编的《马华新文学大系（六）·诗集》所形成的刻板印象传统偏见，如认为战前马华新诗都是现实主义的"。① 郭惠芬的研究一定层面上校正方修文学史对现代主义的遮蔽。

其他大陆学者如李志研究滥觞时期南洋地区海外华文文学系列文章亦充分重视与利用文学副刊如《新国民杂志》史料，但其研究视角主要还是将海外华文文学作为"国土之外的'中国文学'"②，立足于中国文学的海外传播意义。

从方法上来说，方修和杨松年及中国大陆学者的战前马华文学副刊研究其共同点是以传统的经验主义进入副刊文本，更多的是将副刊作为马华文学史料库来挖掘。从切入立场来说，则涉及是建构新马本地华文文学史还是探讨远播国境之外的南洋地区中国文学的传播、嫁接、衍变等。

三　副刊与文学的互动：战后马华中文报纸副刊与文学研究

除了方修、李锦宗对战后副刊文学资料尚有持续零碎的收集和整理，相对而言，战后的新马文学副刊研究留有大片的空白。新加坡方桂香的《新加坡华文现代主义文学运动研究——以新加坡南洋商报副刊〈文艺〉〈文丛〉〈咖啡座〉〈窗〉和马来西亚文学杂志〈蕉风〉月刊为个案》是新加坡文学史上第一部全面并大规模论述新加坡华文现代主义文学运动的博士论文③，论文以 1967 年至 1983 年新加坡华文日报《南洋商报》的副刊和 1969 年至 1974 年共 61 期（跨 5 年 4 个月）的马来西亚文学杂志《蕉风》月刊为对象，即从文学文化生产场域进入时长12 年的文学文化思潮研究，每一章的分析与论述都有统计数字为依据，同时也为我们呈现了战后至 1980 年代初期新马华文文学生态及媒介

① 郭惠芬：《战前马华新诗的承传与流变》，云南人民出版社 2004 年版，第 10 页。

② 此处列举李志的 2 篇论文：《国境之外的五四新文学"革命"——论南洋地区华文文学中的"文白之争"》，《文艺理论与批评》2001 年第 6 期；《"移植"与"嫁接"——海外华文文学滥觞时期的继承关系》，《南京师范大学学报》（社会科学版）2002 年第 5 期。

③ 博士学位论文，厦门大学，2009 年。

环境。

马华本地文学批评对 1990 年代中期以来副刊与马华文学的互动关系关注较多。张光达自 1995 年开始，每年都为《南洋商报》"南洋文艺"撰写年度回顾，张光达另发表了《南洋文艺 13 年回顾》《管窥副刊专辑与马华文学：1998—2008 年〈南洋文艺〉的例子》①，皆以精简短小的文字描述"南洋文艺"专辑、专题策划及各文类作品刊载等情况，有着留存史料且聚焦马华文学热点的作用，但尚未是结构严谨的学理探讨。《星洲日报》现任"文艺春秋"编辑黄俊麟在 2005 年马来西亚举办的"马华文学与现代性"国际学术研讨会上，发表《扫描〈文艺春秋〉（1996—2004）》长文，把九年来发表的诗、散文、小说、评论给予爬梳分类，并一一交代其间"文艺春秋"刊载过的专辑、专题、主题论述、系列文章还有与时局互动、反映社会政治动态的创作等组稿的缘起，以当事人的身份提供了可贵的编辑史料，但牵涉的问题未及深论。最以小见大的是林春美论述马华地志散文之兴起与文艺副刊关系的单篇论文，她透过 1990 年代初期《星洲日报》综合文艺副刊"星云"所策划的"大马风情话"与"南北大道"两个专栏的考察，探讨马华地志散文书写的兴起及其对 21 世纪蓬勃发展的以文学建构地方、以书写赋空间以意义的马华地方书写活动的推动②，该文贴近副刊专栏又综合在地经验和很强的问题意识，为如何从副刊进入马华文学研究提供了方法论的示范。

在中国大陆，就战后马来西亚中文报章文学副刊研究而言，1990 年代以来马华文学副刊研究是热点。1990 年代马华文坛最引人注目的现象一是"花踪"文学奖的设立，一是马华文学论争，朱敏、黄羡羡等的硕士学位论文分别以之为研究对象③，前者对《星洲日报》主办的十届花踪文学大奖概况作了梳理，并对获奖的新世代作家群及其作品塑

---

①　分别刊于《南洋商报·南洋文艺》2008 年 7 月 15 日、2009 年 7 月 14 日。

②　林春美：《文艺副刊与马华地志散文之兴起》，《暨南学报》（哲学社会科学版）2010 年第 6 期。

③　两篇论文分别是：朱敏：《花踪文学奖与马华新世代作家群》，硕士学位论文，暨南大学，2010 年；黄羡羡：《90 年代马华文学论争的一种回顾及反思》，硕士学位论文，暨南大学，2007 年。

造的一类异族形象的变化作了分析论述，不过较少从媒体与文学的关系角度来进一步探讨，主要还是将副刊刊载的花踪获奖作品作为文本资料库；后者注意到了为文学论争提供场所的华文报纸副刊的作用，并将文学与媒体的"互动"关系置于普遍的商业语境下，对"20世纪90年代马华文学论争做一定的梳理和反思"，但对于《南洋商报》《星洲日报》两大报的副刊究竟如何运用版位、专题等来互相呼应策划这起媒体文学批评事件未及详论，另外，在对文本（广义的文本，不单指文学、文学评论文本）资料的细读方面亦有所欠缺，从而减弱了理论论述的分量。此外，亦有专文深入副刊版面与栏目设置论述1990年代马华文艺副刊对马华"新生代"的建构①，论文以《星洲日报》文艺副刊为例探讨马华"新生代"如何作为群体浮出"历史地表"并成为"结构"文艺副刊的力量，强调媒介的"选择性传播"方式在马华"新生代"文学批评中的建构作用，并对以"新生代"命名诠释马华文坛新秀创作特质的局限提出疑义。② 由于时间跨度长，该论文在一些文学副刊专栏的关键史实方面以大而化之的方式处理，离作者期望的回到充满时间"持续性"和空间"杂生性"的副刊"现场"的目标仍有欠缺。

　　综合来看，战后的马华副刊文学研究主要集中在1990年代以来两大报副刊，尤其是两大报副刊本身具有极强的总结整理副刊文学史料、聚焦文坛现象的自觉意识，而论者大多重视副刊媒介与马华文学的互动关系，不单将副刊作为史料库，且具有较强的问题意识。但大陆相关研究性文章在贴近副刊文本重返文学发生的现场方面仍有欠缺，相对减弱了理论思辨的力量。

四　问题的提出与重要术语释义

　　本书确立的研究对象是"茅草行动"后复刊的《星洲日报》文艺副刊与马华文学思潮的关系研究。这立即会面临一个质疑：马华文学作

---

　　① 马华文学研究中习惯上用"新生代"指称出生于20世纪六七十年代，并于80年代末90年代初以激进的变革姿态介入马华文学场域，成为马华文坛主导力量的作家群体。

　　② 王文艳：《论20世纪90年代马华报纸文艺副刊与马华"新生代"——以〈星洲日报〉文艺副刊为中心》，《暨南学报》（哲学社会科学版）2013年第6期。

为小众文学，存不存在严格意义上的思潮性的现象？"所谓思潮，不同于一般的意识形态，它涉及的并非一套乌托邦的系统想象，而是观照那些能够对特定社会和时代，起重大影响或指导作用的观念、论述和公共意识。"① 本书正是在这个意义上来理解思潮，有着悠久发展历史的马华文学不同时期当然存在着"起重大影响或指导作用的观念、论述和公共意识"，存在着文学思潮的嬗变。

应该说，现有的有关1990年代马华两大报副刊与文学关系的研究从不同角度涉及这期间文学思潮的嬗变，特别是共同指向从文学副刊崛起的1990年代马华文学新生代群体。马华文学新生代的崛起是1990年代马华文坛的最大事件，有论者指出马华新生代中的旅台作家以前卫、先锋、变革的姿态领风气之先，"在马华文坛造成一次次美学骚动，从而引发马华文学的范式转换、思潮嬗变，进而重写了马华文学史"。② 1990年代文学论争中，马华旅台新生代作家黄锦树对马华现实主义尖锐激进的批判掀起了一股最强烈的文学旋风，"从文学思潮的消长流变看，'黄锦树现象'隐含的是马华写实主义传统力量和现代主义变革声音之间的美学矛盾和意识形态龃龉"。③ 1990年代马华文坛的"美学骚动"或传统写实与现代派之间的"美学矛盾"无不彰显新的美学范式的冒现。

由此出发，本书明确地提出马华文学思潮由"马华文学"向"文学马华"的审美转向。两组词均由"马华"与"文学"构成，但逻辑起点相异："马华文学"从"马华"出发，强调与中国文学关系的剥离，被誉为马华文学最重要播种人著名作家方北方开宗明义地指出："马华文学是马来西亚文学结构的重要基石，也是独立于中国文学之外的海外整体华文文学的一个环节！"④ "马华文学"思潮的流变脉络是以新马华人的本土认同和本土知识生产逐渐强化为主线，分别是从1920

---

① 潘永强：《民间社论：浮躁而骚动的精神史》，载潘永强、魏月萍主编《华人政治思潮》，大将事业出版社2003年版，第3页。

② 刘小新：《马华旅台文学现象论》，《江苏大学学报》（社会科学版）2002年第2期。

③ 刘小新：《"黄锦树现象"与当代马华文学思潮的嬗变》，《华侨大学学报》2000年第4期。

④ 方北方：《马华文学与马华社会的密切关系——从"马华文学""国家文学""华文文学"说开去》，载谢川成主编《马华文学大系：评论：1965—1996》，彩虹出版有限公司、马来西亚华文作家协会2004年版，第9—18页。

年代"本土色彩"倡议至 1947 年"马华文艺独特性"争议再到独立后的"爱国主义"文学,如同随着社会政治变迁华社主体意识增强,马新史学研究从区域的"南洋研究"转向为族群的"华人研究"①,"马华文学"也经历由"侨民文学""南洋文艺"到"马来亚地方文学"并争取"国家文学"承认的历程,故而强调文学中的"马华"特质,创作上主张反映斯土现实和时代精神,"建立富有本地色彩的本土文学"②,但更多流于教条式、口号标语式的激情和对现实表层的僵硬书写。"文学马华"从"文学"出发,将"马华文学"书写中被压抑的审美性释放出来,呈现文学的自主性。马华文学书写中文学性的精美提炼反而能更深层次地直面斯土现实,赋予文学作品具体而深邃的意义内涵。传统"马华文学"书写因面对庞大的国家体系的压力急欲呈现其"马华"特质反而导致"文学性"的迷失,亦窄化了"马华"特质,缺乏"文学性"的"马华文学"亦显然难以确立自己在后殖民语境中的主体地位。从"马华文学"到"文学马华"是马华文学思潮嬗变的一种合理发展,"文学马华"并不是告别"马华",片面强调"文学",而是在尊重具有差异和混杂特质的本土性"马华"基础上,真正走向更加开放包容和发展的马华文学。

当我们追问始自 1990 年代的马华文学审美转向如何发生,怎样展开时,不得不回到马华文学的生产和传播媒介——文艺副刊,作为"隐蔽的文化权力中心"③,它是怎样作为马华文学权力场域内持续稳定的结构性力量介入和干预马华文学思潮进程的?在由"马华文学"向"文学马华"的思潮嬗变中,《星洲日报》文艺副刊如何生成与构型文学审美权力话语?这种总体性追问可以分解为若干小问题,包括:其一,是什么样的内外因素合力驱动着这些话语的喧哗?或者说为什么会有 1990 年代一场场疾风骤雨式的话语喧哗?媒介天然地具

---

① 详廖文辉《马新史学 80 年——从"南洋研究"到"华人研究"(1930—2009)》,上海三联书店 2011 年版。

② 许文荣:《从〈总纲领〉对马华文化的定义论马华文化的建构》,载许文荣《极目南方:马华文化与马华文学话语》,南方学院、马来亚大学中文系毕业生协会 2001 年版,第 28—36 页。

③ 南帆:《启蒙与操纵》,《文学评论》2001 年第 1 期。

有"选择性传播"的特性，这些喧哗的话语是由谁发声？谁又是失声的？什么样的话语被遮蔽？如果说媒介操弄着马华文学审美话语的生成与形构，那么又是什么力量操弄着媒介？其二，我们知道，文学思潮首先是一种思想、观念形态，只有在被广泛接受或影响中才可能成为"潮流"，从而具有社会性、群体性、公共性等方面①，那么1990年代以先声夺人的文学论争事件形式存在的话语喧哗之中和之后，作为文学思潮"实践形态"的马华文学创作与批评如何展开？它们与论争彰显的美学观念形态是否是同步对应的关系？美学"观念形态"与"实践形态"如何在副刊交融共生形成公共主体的"思想权力"或"意识形态霸权"？其三，文学思潮的形成并不是固化的，一劳永逸的，在面对纷纭复杂、活泼多样的审美成果（作品与批评）时必须持开放姿态，那么，"文学马华"如何因修正、吸纳这些成果而建构？或者说"文学马华"如何在路上？最后，作为马来西亚少数族裔中"关键少数"的母语传媒的《星洲日报》文艺副刊与马华文学思潮审美嬗变的关系个案，除了拥有媒介与文学关系的共性，还有什么样的特殊性？带来什么启发？

　　或许由于地域区隔、基础文献和理论视野的制约，本书最终只能探究到这些问题的浅层，但带着疑问出发无疑是所有研究应有的姿态。首先仍然是需回到现有的作为借鉴的媒介与文学关系研究理论、方法和研究基础，规避缺陷，接着说——因为每一种研究类于中国的章回小说模式：欲知后事如何，且听下回分解；第二是回到《星洲日报》文艺副刊媒介，如果说"副刊研究对马华文学研究更为重要的意义是重构我们对马华文学史的认知"②，那么无论是重构认知或者仅仅只能实证某些关于马华文学的预设，从原生样态的媒介文学场域出发仍然是本论题的必经之路。

---

① 席扬：《"文学思潮"：关于概念、现象及方法》，《东南学术》2004年第4期。

② 曾维龙：《马华文学场域的原生态考察——副刊研究建构的意义初探》，《世界华文文学论坛》2013年第1期。

第三节 研究方法与构架叙要

一 从"地方性知识"出发的知识观和方法论

由文艺副刊进入马华文学研究的最大特色在于，文艺副刊是一个原生态的文学样态，文学史生成期的新鲜、稚嫩，以及不可避免的浅薄都呈现于此。但是当我们面对一份全然陌生的异域的华文报纸，以什么样的立场和方法进入？美国著名文化人类学家克利福德·吉尔兹提出的"地方性知识"（local knowledge）命题提供了诸多启发："地方性知识"命题是一种文化人类学的知识观和方法论，强调"深度描写"（thick description）即以小见大，以此类推的观察和认知方式①，强调"文化持有者的内部眼界（from the native's point of view）"②，去重新审视人们各自的文化，从笼统宏观（global）回到"地方性"（local）的立场③，从而重建新的知识结构。"地方性"和反叛大叙述立场的后现代主义的文化研究理念是息息相关的。虽然由于地域、文化、生活等诸多方面的差异，外于马华的论者很大程度上并不能拥有一个当地人所拥有的感知，即如庄子所云"子非鱼，安知鱼之乐"。但"地方性知识"可作为外于马华的论者反思自身的偏执与盲点的一种借镜，避免意识形态化地"想象马华"。

著名文化研究学者台湾陈光兴在谈到知识生产时，指出文化研究应建立在地关系，回到在地历史的血脉之中，重建亚洲的知识地图，体现出一种明确的"亚洲思考"的特质，并强调"亚洲作为方法"④，在寻求如何逐步开启亚洲国家及区域内部的和解与和平的契机时，指出必须

---

① 王海龙：《导读一：对阐释人类学的阐释》，载［美］克利福德·吉尔兹《地方性知识——阐释人类学论文集》，王海龙、张家宣译，中央编译出版社 2000 年版。

② ［美］克利福德·吉尔兹：《地方性知识——阐释人类学论文集》，王海龙、张家宣译，中央编译出版社 2000 年版，第 73 页。

③ 王海龙：《导读二：细说吉尔兹》，载克利福德·吉尔兹《地方性知识——阐释人类学论文集》，王海龙、张家宣译，中央编译出版社 2000 年版。

④ 张春田：《陈光兴：从文化研究到亚洲思考》，《中华读书报》2005 年 9 月 21 日。

重视亚洲地区冷战和殖民主义所造成的长远历史效应及塑造出的民众情绪性"感觉结构","必须在情绪性的感觉层次为出发点来面对"。① 如果说"地方性知识"及其联系的后现代文化视为是一种认识论批判,那么陈光兴提出的情绪性的感觉结构(structure of feeling)这一概念对从文艺副刊进入马华文学研究则颇有操作性参考价值,具体来说可以福柯的"知识考古学"为方法,重视散落在副刊文学空间中的偶然事件和细节知识,去触摸流动或淤积在其中的于我们陌生的马华在地的情绪、记忆、感觉等,使文学经验去抽象化,真正感知马华文学的焦虑和自觉,感知马华文学人沉潜的耕耘及背后庞大的创作潜能,感知马华文学并非"中州正韵"的审美独特性,使我们现有的关于马华文学知识的抽象化叙事变得丰满和生动起来,从而真正以在地历史及文学经验为资源,基于在地现实联系抽离"中心—边缘"的认识论框架重新抽象出我们关于马华文学的知识。

回到《星洲日报》文艺副刊空间,本书拟从事物普遍联系的视点出发,关注文艺副刊同时不将其从整份报纸中抽离出来孤立看待,而是将其还原回《星洲日报》呈现出的鲜活的时代背景和复调的文化氛围中;既看到文艺副刊空间中的文学作品和批评等"显性文本",但又注意不将这些"显性文本"等同于线性的文学选本材料,而是同时关注到这些"显性文本"发表时所嵌入的版面空间结构,或者说关注文本与文本所置身的空间中各种纵横关系所发生的对话,即注意那些文本以外的现象,包括编辑、作者、读者和媒体等共同创造的"隐性文本"。也就是说本书充分重视文学研究的空间视角。

文艺副刊并不是一个凝固的空间,相反,它是流动的,所谓"铁打的营盘流水的兵",编辑的策划、作家的创作、读者的反映、媒介的选择及放大传播效应,使文艺副刊成为一个话语交集、碰撞的平台,看似静止的空间参与和见证文坛的变迁。专栏的设置及专辑的推出尤其需要编辑根据作者、读者的前馈或后馈反应进行策划,故而能最敏锐回应文坛动态,"要知道一个编辑如何引领文学路向和文艺风气,我们只要审视该位主编在一年里所推出的特辑或专辑的水准成

---

① 陈光兴:《为什么大和解不/可能?》,《台湾社会研究季刊》2001 年第 43 期。

绩，就可知其人功过"①，专栏同样如此。透过专栏和专辑能一窥马华文学现象的某些重要侧面，如何与这段时期的作家、文本、现实产生对话/互动，专栏和专辑成为本书观察文学思潮变迁的关键入口。

本书还主要运用媒介研究常用的内容分析法。内容分析法是一种对文献内容作客观系统的定量分析方法。本书涉及的副刊文本量大、时间跨度长达20余年，因此，需从不同维度选取有足够代表性的样本，具体来说，根据需要或者选取有代表性、影响力大且持续时间长的专栏为对象进行作者、作品分析；以单一年度或以跨年度为时长、以文学副刊版位为抽样范围对作者、作品、文类等进行定量统计分析；另以10年花踪文学奖获奖文本为对象，分文类、作者等进行定量分析，目的均是以客观数据为依据，弄清与马华文坛思潮嬗变密切相关的马华文坛代际生成与递进等本质性的事实和趋势。

本书无疑从实证出发，一般实证研究面临的重大问题是如何制定标准和进行文献筛选，那么以"地方性知识"为立场回到纷纭复杂、众声喧哗的马华文学，感知贯注着在地情绪、感觉的"文学记忆"乃至更宽泛层面的"人民记忆"，并与之进行审美的历史的交谈即是本书出入文献的依据，同时试以不同样本的定量分析法及深度的个案描述使立论更具客观性，不拘泥于感性，也不因预设理论而臆测或使材料就范于理论。

另外，本书虽是《星洲日报》文艺副刊个案研究，但亦将马华文学生长的其他文学空间如《南洋商报》副刊及《蕉风》杂志置于观照视域之中，尽量减少见树不见林的弊端。

"将报刊作为文学及史学研究的'资料库'，或借以'触摸历史'，与将报刊及出版本身作为文学史或文化史（新闻出版史除外）的研究对象，还是有很大区别的。"② 本书则既以深入细读报刊史料为基础，又将报刊本身作为马华文学结构性力量，在内外力量交织的媒介现场重

---

① 张光达：《勇敢踏入新纪元——1999年南洋文艺回顾》，《南洋商报·南洋文艺》2000年1月11日。

② 陈平原：《序一》，载陈平原、山口守编著《大众传媒与现代文学》，新世界出版社2002年版。

审马华文学思潮流变。

二 本书构架叙要

本书分六章。整体构架是围绕马华文学思潮的审美转向，将 20 年间贯穿于《星洲日报》所有副刊版位的综合性问题与主要在某个版位突出的专题性问题结合起来论述。

第一章绪论主要是对研究的问题何以成立进行阐述。包括三小节：第一节是研究对象的确立；第二节是在前人相关研究的基础上提升出本研究的切入点及着力点，并对与研究问题密切相关的术语进行辨析；第三节提出本研究的方法论出发点及说明其他具体操作性方法，最后是本书结构的呈现。

第二章属宏观整体性质的综述。试图对 20 年间马华文学思潮嬗变的轨迹和作为思潮的媒介载体——文艺副刊平台的作用进行关联性论述。第一节将马华文学思潮演绎置于马来西亚建国以来的政治语境和消费语境之下，分析文学思潮演绎的内驱力，寻找在美学与政治的张力间思潮演绎的总体方向；第二节分析作为文学思潮外在驱动力的不同主体媒介平台的作用形式；第三节则对作为马华文学思潮后浪的青少年文学新秀创作及相关副刊平台的推动作用进行分析。这一章试图勾勒出马华文学思潮审美转向的内外条件。

第三章是对作为文艺思潮先声的理论话语进行综合性观照。试析 1990 年代始基于副刊平台的马华文学论争为何发生、如何发生？其中媒介何为？并将马华文学思潮审美转向的关键议题"经典缺席"论争作为论述节点，分析其如何提出、怎样进行，探讨该论争的核心命题"审美"引起马华文坛怎样的震荡及如何主导马华文学的美学走向？同时"经典缺席"议题也开启了 2000 年代"重写马华文学史"议题的审美"关系性思考"。

第四章是关于《星洲日报》纯文学副刊"文艺春秋"作为马华文学向"文学马华"转向的文学实践平台的论述。分析"文艺春秋"两任编辑如何通过专栏、专辑等的运作将文学的审美本质内涵导入马华文学创作，从而使"文学马华"及其丰富形态成为可能。同时分析在"怎样文学"的过程中，"文艺春秋"隐含的一条文学奖作品刊载的主线，如何示范了"文学马华"创作实践？

第五章与第四章同属相对单一性的副刊版位个案研究。稍稍宕开一笔观察《星洲日报》综合性文学副刊"星云"由传统人文品格转向大众休闲文艺的历程，分析其间社会土壤深厚的马华通俗文学审美风潮演绎，试图呈现"文学马华"生产的另一种语境以及这一语境带给文学创作的影响。

第六章专题研究马华社会最负盛名的"花踪文学奖"及其施于马华文学思潮嬗变的机制。花踪文学奖是由《星洲日报》全力打造的文化盛事，效应其实远远溢出文学边界。获奖作品刊于《星洲日报》各文艺副刊版位。本章探讨花踪文学奖怎样确立其文学象征资本的权威形象，它如何影响作为"文学马华"主体的新生代创作，它于"文学马华"美学品质的影响是怎样的？某种意义上，花踪文学奖获奖作家及作品也是"文学马华"的实践形态。

最后结语部分在全书总结之外，分析作为族裔母语传媒同时有着商业利润追求的《星洲日报》如何以"文化办报"为策略，形成"小文学"马华文学的"文学—文化"制作模式推动马华文学思潮的审美嬗变，并对因这一模式带来的马华文学的媒介在场的得与失提出反思。

第二章

二十年间马华文学思潮嬗变
与文艺副刊驱动平台

第一节　从"马华文学"到"文学马华"——
马华文学思潮嬗变的总特征

一　作为"政治性兼文本"的马华文学

马来西亚是由多元族群组成的多元语文、多元宗教及多元文化国家。1957 年马来亚脱离英殖民者独立建国之初，马来人、华人、印度人采用政权分享的族群协商/协合式民主（consociational democracy）。1969 年大马建国以来最严重的种族流血冲突"五·一三"事件爆发，导致大马政、经、文、教各领域重新洗牌，马来民族借助政治和军事上的优势迅速掌控公、私领域的主导权，马来西亚联邦宪法中有关马来人或土著（Bumiputra）至上的部分得到了确立和巩固。经济上，1970 年厘定"新经济政策"，该政策的贯彻实施"使独立以来长期困扰马来西亚的最为严重的社会问题——马来族贫困问题得到了基本解决"，"促成了经济和社会的均衡发展"①，但只注意到了公平分配而牺牲了华人利益；文化上，1971 年 8 月，马来西亚文化、青年及体育部举办"国家文化大会"，旋即制定国家文化三大准则作为判断他族文化合法性依据，三项准则是：国家文化必须以土著文化为核心、伊斯兰教或伊斯兰为塑造国家文化之要素、其他适合及恰当的文化元素可被接受但必须符合前两项的概念为前提。故而虽然"国家文化"概念本身表述了建立共同文化价值体系的理想，但由于倡导者带有强烈的马来/伊斯

① 曹云华：《试论马来西亚的"新经济政策"——从华人与原住民关系的角度进行分析》，《东南亚纵横》1998 年第 2 期。

兰教中心主义的色彩，这一意愿沦为同化的代名词。马来文化逐渐成为多元文化社会中的强势文化，表现在独尊马来语为国语，并建立起以马来语为教学媒介语的国家教育制度，而马来语文作为国家文学唯一媒介语之准则亦不辩自明。马来作家协会主席伊斯迈·胡辛（Ismail Hussin）认为："在马来西亚，只有以马来西亚马来文创作的作品可以接受成为国家文学；其他土著语系文学（譬如伊班、马拉瑙、比沙雅、慕禄、柯拉必、加央、肯雅、普南等）可视为地方文学；而以华文、淡米尔文以及其他族群语文书写的可视为马来西亚文学；但是基于这些作品的读者只限于某些群体；因此我们不把它视为国家文学。"① 马来西亚政府于 1981 年通过语文局设立的国家文学奖项同样只颁给用马来文书写的文学作品。数十年来，马华文学未能获得国家的认同，处于"有国无籍"的边缘状态，故也未能获得官方资源的支持，而在国家文学主流之外自生自灭。

如果一个社会不能公正地提供对不同群体和个体身份认同（identity）的"承认"（recognition），或者只是得到他者某种扭曲的"承认"，那么这将对被否定的人造成严重的伤害。对于要求承认的少数族群、弱势群体和属下阶层而言，这种拒绝和扭曲就变成了一种压迫形式。② 随着华人在政治上的挫败和经济上的受限，"在这块土地上，唯一能够作为我们（华人社会）支撑或者能维护我们民族自尊的，就是文化"③，华文文学的存在本身"论证了民族文化存在的事实"④，故而在思想意识上，马华文学"承载着族群抵抗精神，而身份认同成了书写的第一要义。于是，书写成为一种象征仪式，负载着不可亵渎的道德意义"。⑤ 华裔作家用华文书写成为维系民族身份与文化属性的一种姿

---

① 伊斯迈·胡辛：《马来西亚国家文学》，载庄华兴《国家文学——宰制与回应》，雪隆兴安会馆和大将出版社 2006 年版，第 35 页。

② ［加］查尔斯·泰勒：《承认的政治》，载陈清侨《身份认同与公共文化》，香港牛津大学出版社 1997 年版，第 3—46 页。

③ 潘永强、洪秋瑾：《专访胡兴荣教授：华文教育：从故土走向本土》，载潘永强主编《走近回教政治》，大将出版社 2004 年版，第 1 页。

④ 黄锦树：《华文少数文学：离散现代性的未竟之旅（代绪论）》，载黄锦树《新生代华文作家文库：（马来西亚）黄锦树卷：死在南方》，山东文艺出版社 2007 年版。

⑤ 庄华兴：《政治的马华文学》，独立新闻在线（http://www.merdekareview.com/news/n/14995.html）。

势，马华文学中"直接或间接表现马来西亚华族政治弱势、身份属性游离、中华传统式微、历史伤痕和人民记忆的'感时忧国'或'国族寓言'文本"尤其令人动容。① 总之，"马华文学提供一个鲜明的文本，显示华人社会对国家结构和族群位置的各种回应姿态，当中有悲悯、忧患、抵抗、回避"②。

"关于马华文学生产的总体现实环境的论述，政治、语言与社会结构总是问题的核心。"③ 这即是说，马华文学生产的总体现实环境造成马华文学的政治性格。作为少数族裔的文学，"即使只谈风月，不谈文学、文化与政治，只要书写人使用的是方块字，即已落入政治范畴了"④。整体来看，"面对马来民族的强势文化和庞大的国家意识形态机关，马华文学的政治性兼文本已愈形显著"⑤。当然，多数情况下，这是一种集体政治无意识，隐蔽在文本深层。

由于具体执政时期的政治语境不完全相同，马华文学的"政治性兼文本"特征有着显隐之别。马哈蒂尔首相时期（1981—2003），1987年"茅草行动"引发华社的强烈反弹后，马哈蒂尔逐渐淡化马来化政策，尝试建构一套文化意识形态，对华人加以柔性说服，形成威权种族政治下的"小开放"。同时实行经济发展主义及多元自由文化国策，1991年以一种社会动员的形式提出"2020先进国宏愿"，为国民缔造一个共同努力的愿景，推行马来西亚民族（Bangsa Malaysia）政策，强调马来西亚人而不是马来人的认同。继任首相阿都拉执政（2003—2009）继续推出一系列比较开明的华人经济政策和华文教育政策，承诺种族政权分

① 张锦忠：《赤道形声 典律建构大工程》，《星洲日报·文艺春秋》2000年9月17日。

② 游俊豪：《族群性的论述——近二十年的马华文学研究》，载黄贤强主编《族群、历史与文化：跨域研究东南亚和东亚——庆祝王赓武教授八秩晋一华诞专集（下册）》，新加坡国立大学中文系、八方文化创作室2011年版，第610页。

③ 高嘉谦：《历史与叙事：论黄锦树的寓言书写》，载马来西亚留台校友会联合总会主编《马华文学与现代性》，新锐文创出版社2012年版，第69页。

④ 张锦忠：《书写离心与隐匿：七、八〇年代马华文学的处境》，载张锦忠《南洋论述：马华文学与文化属性》，麦田出版社2003年版，第73页。

⑤ 庄华兴：《迈入21世纪的马华文学：原点的省思》，《南洋商报·南洋文艺》2003年1月14日。

享和华文教育的合法地位。① 现任首相纳吉更是明确提出"一个马来西亚"（One Malaysia）的施政理念，促进族群和谐。尽管如此，华人与马来人地位不平等的根本问题并没有改变，"华人及华文教育的处境，结构性的问题并没有改变，一直面对马来民族主义有形及无形的压力"②，故而对于弱势/少数族裔的马华文学而言，认同与承认仍然是一场永恒持续的斗争。

　　但是在柔性温和的威权种族政治文化语境下成长的马华新生代写作整体上与1980年代感时忧族的书写显然有所改变。1980年代的马华作家多视文学为象征符号，借书写来表现"家国、社群、语言及文化面临存亡绝续危机的悲剧"③，尤其以马华大专校园文学为代表，其创作"比较具有'群体性'，表达族群的焦虑、不满及忧患意识"；而1990年代随着传统种族政治的色彩趋于淡化，新生代写作"个人色彩比较明显、表现较浓厚的'自我'，族群意识被隐藏及模糊化"④。以诗为例，即使是1990年代全力以政治入诗的郑云城（1963—）诗集《那一场政治演说》（东方企业有限公司1997年版），其冷静、抽离与1980年代诗人的热切投入成强烈对比⑤，在后现代语境影响下，其他90年代诗人均"表现得内敛，他们嬉笑揶揄，企图以文字来'消遣'政治"⑥。而新千禧年之后，从城市主题到情欲、同志书写到马共题材都不乏可观之作，"显示一个具文学多样性的马华文学场域在赤道以北纬度九度的地方冒现"⑦。故在种族化政治相对弱化的大气候下，马华文学的政治抵

---

　　① 廖小健：《阿都拉政府的华人政策》，《华侨华人历史研究》2005年第4期。

　　② 黄锦树：《马华文学与（国家）民族主义：论马华文学的创伤现代性》，《中外文学》2006年第8期。

　　③ 张锦忠：《书写离心与隐匿：七、八〇年代马华文学的处境》，载张锦忠《南洋论述：马华文学与文化属性》，麦田出版社2003年版，第72页。

　　④ 张光达专访，许文荣笔谈：《80年马华文学系列5（完结篇）——90年代年轻的一代》，《南洋商报·南洋文艺》1999年10月26日。

　　⑤ 刘育龙：《在权威与偏见之间》，吉隆坡大马福联会暨雪福建会馆2003年版，第113—114页。

　　⑥ 潘碧华：《参与的记忆：建国中的马华文学》，《中外文化与文论》2008年第16辑，第192页。

　　⑦ 张锦忠：《马来西亚华语语系文学》，有人出版社2011年版，第92页。

抗属性逐渐隐身，更多呈现出不同文明交流对话主旋律下的文化冲突与焦虑。

从属性与功能上看，文学游弋于无用之用和实际之用两端。这里着重提出马华文学的政治语境及其抵抗属性或功能，并不是否认文学诸如风花雪月、慰藉心灵、终极关怀、记忆历史、虚构现实等不一而足的多层面向。马华文学文本固然可以视作"以民族寓言的形式来投射一种政治"①，但文学是以语言、意象、形式、结构、文体及流注其中的情感等所构成的诗性言说，同样不能忽略作为政治性兼文本的马华文学的文学审美之维。不过马华文学与族群政治的纠葛使得以纯粹文学经验去解决被国家体制定义的马华与他者的矛盾问题并不乐观，美学与政治的纠葛及二者间平衡的寻求成为马华文学思潮演绎的重要内趋力。

除了面对后殖民社会的威权种族政治语境，饶有意味的是，虽然近代以来的中国从未表达出某种类似于殖民宗主国的强势权益诉求，作为马华文学重要资源的中国文学似乎有些被人为殖民化，成为马华文学的殖民者。"马华文学对中国意识形态或者文化上的中国中心主义的入侵也存在着不同形式的抵抗"②。1990 年代马华文坛关于中国性的论争，反映出马华文坛尤其是马华新生代面对中华文化母体的强大影响希望建构起去中国性的、在地的马华文学身份主体的焦虑，这样，马华新生代的书写对借以抵抗马来民族主义及政府单元化文化政策的中华文化呈现出一种既依归又离心的悖论书写。

马华文学同样置身于全球化浪潮之下的消费语境。一方面 1990 年代的马来西亚已经成功地从农业社会转型为工业社会，一方面全球化浪潮加速马来西亚向消费社会转型，促成华社文化推动力的忧患意识逐渐消解，商品文化和大众性的文化消费主义取而代之。马华文学"是由以

---

①　[美] 詹明信：《处于跨国资本主义时代中的第三世界文学》，载詹明信《晚期资本主义的文化逻辑：詹明信批评理论文选》，陈清侨等译，三联书店、牛津大学出版社 1997 年版，第 523 页。

②　朱崇科：《文学抵抗：沉重的肉身——评许文荣〈南方喧哗：马华文学的政治抵抗诗学〉（下）》，《南洋商报·南洋文艺》2004 年 12 月 14 日。

资讯报道为主的中文报章'生产'下来的'孩子'"①,进入新世纪,随着媒介资本主义、国际化资本主义社会的形成,新科技新媒体的冲击,承衍文化薪传的中文报章加速走向大众化、商品化。以复刊后的《星洲日报》所在的星洲媒体集团为例,2007 年,"星洲媒体集团""南洋报业集团"及香港"明报集团"合并,成立"世界华人媒体集团",老板张晓卿跃身世界华人报业巨子之一。集团化意味着全然的商业化,集团化后的《星洲日报》仍实行"文化办报"策略,继续重视副刊,开发更多生活休闲内容,每年主办数以百计的文化、文学和教育活动,创造/满足族群休闲和文化消费的需要,"文化资本"成为报业集团谋求竞争的策略。由于文化本身是一种符号,其消费是一种解码和译码的过程,消费主体须具备一定的解读能力,为了赢得更多的消费者,副刊更倾向于大众化,作为副刊重要构成部分的马华文学同样具有文化资本或符号资本的功能,栖身大众传媒的马华文学受制于大众文化消费语境。

马华文学在政治、文化、消费等场域力量的复杂作用中不断建构和发展,呈现时代变迁的深刻印痕。

二 独立以来马华文学思潮流变

现实主义书写一直居于马华文学的正统和主流,现实主义作者自 1950 年代至 1970 年代已在马华文坛建立相当牢固的谱系体制。1957 年马来亚联邦诞生是马华文学的分水岭。具有了公民身份的马华作家,更为明确地追求文学的"马来亚化"/"马来西亚化",即由临摹和继承中华文化的"侨民文学"完全过渡到本土化的"马华文学",汇入马华人建国话语之中。至1970 年代,建国后第一代本土作家(home-born writers)如马汉(1939—2012)、年红(1939—)、慧适(1940—)等成为文坛主力,该时期本土马华文学亦基本上是沿袭左翼"健康写实"的"介入文学"。随着 1969 年"五·一三"事件之后政治语境的丕变,凡是涉及种族、宗教、文化、教育的课题归为"敏感"话题,不可公开讨论。写作者只能"从社会现实的表

---

① 叶啸:《马华文学传承:中文报章副刊孕育马华文学》,《南洋商报·新视野》1999 年10 月 18 日。

层，寻找其与现实层面相关的题材，进而描绘，使之以小说、话剧或其他的方式成为文学的作品。但就历史的横切面与社会的复杂性而言，则不能深入地触及与搜证，难免对所要表达的事物无法进一步加以阐明，从而提出有力的佐证，这显然是马华现实主义最大的败笔"①。国家文化体制和政治统御对马华文学的渗透性和设限，致使"现实主义者把作家应有的道德勇气和批判精神阉割了"②，马华文学"呈现整体文学表现上的保守、封闭、僵化、道德教化的特性"③。基本上 1970 年代，是写实作家的歉收期。另一方面，这个时期却是现代主义适时发展的良机。④

马华本土的现代主义文学创作潮流发端于诗歌创作，一般以 1959 年白垚在《学生周报》上发表新诗《麻河静立》作为肇端。⑤ 马华本土的现代主义文学运动主要由接受了台湾现代主义文学洗礼的大马留台生返国后推动，他们以《蕉风》月刊、《学生周报》（1956—1985）为园地，译介现代主义作品，开展文学思潮论争，推出诗、小说、戏剧等现代文学作品专号，理论和创作双管齐下，试图让文学回归自身，重铸马华文学的品质，展现出本地化的现代主义文学风格。"现代主义大概是在 1965 后建立了它的常模（norms）"。⑥ 1970 年代，由温瑞安与同学黄昏星等创办的绿洲社发展而来、温任平领导的天狼星诗社出版了《大马诗选》（1974 年）、《大马新锐诗选》（1978 年）与《天狼星诗选》（1979 年）等 3 部诗选集，融会古典和现代的书写策略，在冷战年代和

---

① 胡兴荣：《马华文学与现实主义》，南洋商报 1999 年 3 月 9 日。

② 庄华兴：《序：〈咪搞蒙古女郎〉的乡土和在地关怀》，载黄俊麟《咪搞蒙古女郎》，有人出版社 2010 年版。

③ 张光达：《文学体制与六〇年代马华现代主义：文化理论与重写马华文学史》，《星洲日报·文艺春秋》2003 年 5 月 4 日。

④ 潘碧华：《参与的记忆：建国中的马华文学》，载曹顺庆主编《中外文化与文论》2008 年第 16 辑，四川大学出版社，第 186 页。

⑤ 庄华兴认为，关于马华文学现代主义创作的滥觞与崛起，论者往往忽略了南渡新马主持华文报章编务的刘以鬯在 1953—1957 年以新加坡都会为背景创作的现代小说，或有把战后初期新加坡作为马华文学中心排除在外的盲点。详庄华兴《语言、文体、精神基调：思考马华文学》，载《思想（28）：大马华人与族群政治》，联经出版事业股份有限公司 2015 年版，第 211 页。

⑥ 温任平：《压抑的现代性》，《星洲日报·自由论谈》2007 年 4 月 1 日。

马来半岛华人文化危机背景下形成了独有的中国性现代主义书写①；此外，活跃于 1970 年代其他文学团体或同人出版社如犀牛、棕榈、鸽、鼓手、人间等都响应现代主义路线，出版成员著作的单行本或合集，多"以破碎的华文去表现那彷徨年代里的现代感，小镇风情，乡土小人物的辛酸，或尝试探勘现代人的幽暗心理"②，形成第二波的马华现代主义文学运动的高潮。影响所及，"马华现代主义文学的创作手法逐渐应用于现实主义创作之中，展现出新的面貌"。③

1980 年代的马华文坛，大抵上仍是现实主义与现代主义互相对峙，但双方的冲突论争比 1970 年代缓和。天狼星诗社式微后④，诗社新生代中坚林添拱、程可欣、林若隐、徐一翔、张允秀、张嫦好等于 1980 年代中与当时在马来亚大学念书的骆耀庭、庄松华成立马大文友会，并且发起一年一度的"文学双周"活动，使大专院校的文艺活动、文学风气迈入一个前所未有的蓬勃期。潘碧华、何国忠、孙彦庄、禤素莱、刘育龙、张光达、林幸谦、陈全兴、郭莲花、林云龙、叶秋云、陈湘琳、林春美、张玉怀、杨锦龙、朱旭龙等一批文坛健笔涌现，马大之外的其他国内大学、学院也冒现不少写作新锐如李国七、陈钟铭等，"上述这些文坛新人，都是现代主义的生力军，而非现实主义的追随者"，因此"现代主义于 80 年代中期的总体力量已比现实主义壮大"⑤，现实主义与现代主义作为马华文学系统中的"双中心"之间的壁垒渐渐不再截然分明，至 1980 年代末，现实主义较注重作品的艺术性，而现代主义

---

① 除了以台湾为中介以天狼星诗社为代表的中国性现代主义，推动马华现代主义思潮的另一股力量是以陈瑞献为核心的新马作家，直接翻译引入西方的现代派文学。1967 年陈瑞献在新加坡《南洋商报》副刊"文艺"发表译作俄罗斯诗人巴斯特纳克的《星在疾行》（Boris Pasternak）。1969 年陈瑞献任《蕉风》编辑，与李有成、梁明广一起发表《尤利西斯》等译品。陈瑞献个人创作亦可归类为翻译体的现代主义，带有西化色彩。详张锦忠《陈瑞献、翻译与马华现代主义文学》，《中外文学》，2001 年第 29 卷第 8 期。

② 黄锦树：《在民族国家夹缝里的马华文学》，《书香两岸》2012 年第 3 期。

③ 苏永延：《马华文学的现代主义创作潮流》，《厦门大学学报》（哲学社会科学版）2008 年第 3 期。

④ 天狼星诗社 1973 年正式成立，1989 年正式结束。

⑤ 温任平：《从现代到后现代 1979—1999》，《南洋商报·南洋文艺》2000 年 3 月 7 日。

反而留意作品的社会性①，马华资深现实主义批评家陈雪风（1936—2012）也提到 1980 年代马华文学原先的现实主义与现代主义这两种创作手法及艺术观的对立，已走向融合阶段，此外，以思想性及人民性作主导的作者也采取新的创作手法与艺术技巧。②

　　后现代主义是战后欧美最重要的思潮之一，后现代主义文学思潮于20 世纪七八十年代席卷全球。此间特别是 1980 年代以来，由于马来西亚政府限制使用华文招牌事件、不经审讯捕捉政敌的"茅草行动"、因种族思维导致政府机构行政偏差一再发生，华人社会形成了无助、失根感、恐慌、愤怒、颓伤、虚无的社会心理背景，强调多元化、去中心化、平等对话与参与性，与此同时，马来西亚社会工商业文明迅速崛起，大约于 1980 年代末 1990 年代初，反讽、调侃、文字与形式嬉戏的后现代风格文学在马华文坛悄然兴起。就媒介而言，1986 年庄若创办《椰子屋》杂志（至 1998 年共出版 46 期），1988 年始马大文友会发起人之一陈全兴与欧宗敏、陈佑然、李恒义、陈雨颜、董志健等年轻文友以杂志开本印行《青梳小站》系列（共 17 种）。这两份杂志与《蕉风》等相互配合，逐渐引介后现代主义理论，转载港台（尤其是台湾）诗人年轻、日常、后现代取向的作品如罗智成、夏宇、林群盛的诗，并有计划地介绍马华年轻写稿人与作家。《椰子屋》尤其"主张创意的文学观点，即透过鼓励阅读、翻译、汲取外国文学的创作资源与意念，去培养思路跳跃的、创意的书写"，"其中所呈现的作品风格之'轻'，与马华文学中的现实之重相对"。③ 而《青梳小站》每一期的"店"专版为写稿人做专访、刊登照片和个人作品展，分别是：吕育陶、彭佩瑜、余秀真（小尔）、张圆圆、梁仪玲、马盛辉、陈慧菁、苏旗华、方昂、陈伟贤、魔鬼俱乐部及陈强华。除了方昂与陈强华已成名外，余者当时皆是二十岁左右。可以说，马华六、七字辈的年轻写作人无不受《椰子

---

　　① 温任平：《三重聚焦：看〈马华文学大系〉》，《星洲日报·文化空间》2004 年 5 月23 日。

　　② 《马台文学的心灵交流——记台湾文学与马华文学综合座谈》，《星洲日报·国内》1992 年 6 月 2 日，第 14 版。

　　③ 贺淑芳：《脸书时代，回看〈椰子屋〉（上）》，《南洋商报·南洋文艺》2015 年 1 月13 日。

屋》《青梳小站》这两份年轻同人杂志的影响。① 1990 年代中叶后现代
主义开始崛起于马华文坛，颇具影响力的"花踪文学奖"第二届获奖
作品已出现实验意图甚强的后现代技法，正如现代主义先从诗的部分肇
端一样，后现代的实验也是从诗的形式、结构、语言着手的。《南洋商
报》《星洲日报》文艺副刊发表不少后现代诗，而陈大为、钟怡雯主编
的马华文学读本《赤道形声》（万卷楼图书公司，2000 年）入选的诗歌
部分更被温任平认为是"为后现代诗'典律化'"。②

　　文学中的"后现代"至少有两个层次，一是指文本作品里的语言形
式和创作表现，包括写作上的种种解构、颠覆技术和美学概念，如语言
文字的后设、拟仿、宏伟感、自我质疑、嘉年华、瓦解、拼贴、延异、
分崩离析、离散、去中心等；另一层次则是文本语境中所透露的或传达
的"后现代性"（postmodernity），叙述者或书写者对此的体会感受、省
思辩证③，即"后现代性思考"与议题。马华文坛的后现代主义"比较
多是针对后现代形式与技巧的搬用、模仿或改换，也就是说，形式上的
意义大于一切，至于后现代的文化实质与变革思维，肯定没有经历了现
代化/工业化的困惑与反思的西方人来得深刻与真实"④。不同于现代主
义的崇高姿态，随着全球语境中大众文化的兴起，马华后现代主义亦走
向大众，作品呈现一种偶然性的、游戏性的状态，马华新生代中六字辈
与七字辈大都能自由游刃于现代与后现代之间。后现代主义的创作不止
让"新一代马华写作人趋之若鹜"⑤，资深作家如潘雨桐、温祥英等也
频频杂糅后现代观念的表现手法，为马华文学开辟了另一条新的路径。
故而"90 年代大体上是一个现代主义与后现代主义相激相荡的时代"。⑥

---

　　① 这里出现的"字辈"概念，是马华文坛通用的"以 10 年为一代"的代际界分法或世
代分际方式。如"六字辈"指 1960—1969 年出生的作家。

　　② 温任平：《马华文学发展之二律背反》，《星洲日报·人文论谈》2001 年 7 月 1 日。

　　③ 张光达：《马华文学的"后现代性"：书写语境的正当性?》，《南洋商报·南洋文艺》
2006 年 9 月 9 日。

　　④ 许文荣、李树枝：《论马华后现代文学的文体转向》，《江西社会科学》2011 年第
5 期。

　　⑤ 林宝玲：《潘雨桐：文学路上潇洒走一回》，《星洲日报·数风流人物》1997 年 12 月
21 日。

　　⑥ 温任平：《从现代到后现代 1979—1999》，《南洋商报·南洋文艺》2000 年 3 月 7 日。

　　进入 21 世纪后现代的全球化情境时空，特别值得提出的是，后现代主义不只是影响马华创作，也为整体马华文坛建构不少后现代的论述如后殖民、女性主义、解构主义、抵抗诗学、离散意识、新历史主义等。①

　　在现实主义、现代主义、后现代主义思潮各自河东河西的演绎中，一个引人注目的现象是 1990 年代主要发生于马华两大报《星洲日报》和《南洋商报》副刊上的文学论争，论争可归结为"写实派"与"现代派"两大阵营，大致分别对应本土写作人和旅台作者群，亦可视作前行代作家与新生代写作人之间的纠纷。这场延伸至新世纪的争论的意义在于促使马华文学向现代审美范式转型。

　　总体而论，1990 年代起，马华文学各种思潮大体上已步入整合期。② 迈入新世纪后马华各种文学思潮基本上呈现出多元语境、多元论述下的并置、共存、兼容并蓄。一方面，社会现实是人类社会永恒的课题，以写实为特征的"现实主义"无疑会持续下去，并在形式技巧方面更加符合现代文学的趋向；一方面，现代主义、后现代主义的写意将更多介入社会关怀。

　　20 世纪下半叶，发达国家如美国进入"后工业社会"时期，后工业社会的典型特征是从工业经济向服务业经济的转换。科技的成就使一切事物失去神圣性、神秘性和纵深感，大众文化逐渐取代往昔现代社会的使命感、精英意识。而随着经济全球化的逐渐渗透，早在异常政治化的 1980 年代，马华文坛出现了文学与消费文化合流，副刊中形式短小的本土方块专栏文字盛行，成为争取小市民层读者的有效工具；转载为主的副刊版面亦以消费性的"轻文学"为主，这促进了严肃文学之外马华通俗文学美学思潮的发展。马华文学进入 21 世纪之后，由于文化产品的进一步市场化、商品化，严肃文学与通俗文学的界限，愈来愈模糊难辨。

---

　　①　许文荣、李树枝：《论马华后现代文学的文体转向》，《江西社会科学》2011 年第 5 期。

　　②　张永修专访/张锦忠笔谈：《80 年马华文学系列 3：马华文学与现代主义》，《南洋商报·南洋文艺》1999 年 10 月 19 日。

三 "马华"与"文学"张力作用下的文学思潮审美转向

从马华文学思潮的演绎，我们可以发现"马华"与"文学"之间的复杂紧张性，或者说地域独特性与文学自主性之间的紧张性。"马华文学"重在"马华"或"地方感性"，"马华性"优位于"文学性"，反映出马华文学本土性的追求中出现某种美学的偏差；"文学马华"着重强调"文学性"或艺术自主性，而艺术的自主性实际上可看作一个现代性问题①，"文学马华"因此可以置换成马华文学的审美现代性追求。不可忽略的是，马华现实主义所沿袭几近僵化的"左翼"批判传统同样亦可视为马华文学现代性追求过程中的一种美学选择。90年代以来马华文坛从"马华文学"到"文学马华"的流变，显示出马华文学从偏重于认知与社会功能的传统审美范式向现代审美范式的转换。

马华文学源自于中国五四新文化运动，形成了现实主义创作传统。1957年国家独立之后，马来西亚华人的文化认同与政治认同区分开来，为了避免马来族对华人效忠国家的猜忌，和中国划清界限，华人因此不断强调自己为马来西亚的公民，同时一批接受马来亚乡土及国家教育的土生土长的写作人亦成长起来，马华文学中的"马""在追求成为国家文学的过程中不断地被强调"。② 直到80年代，马华现实主义创作的旗手方北方指出："优秀的文学创作所具备的三个条件：一、优良的传统文化。二、积极的时代精神。三、浓厚的地方色彩。从而证明马华文学的本质，不同于中国文学的内容和创作倾向。"方北方通过"地方独特性""地方色彩"等本土性的强调，自觉地与中国文学划清界限；而所谓"时代精神"，方北方解释，其内涵反映在"鞭挞坏人，颂扬好人的主题"从而"净化华人的心灵"及"提高爱国主义精神"等淑世的功利性追求上③，亦和"爱国"挂钩。在回顾马华新文学的出现和发展

---

① 周宪：《艺术的自主性：一个现代性问题》，《外国文学评论》2004年第2期。

② 何国忠：《马华文学：政治和文化语境下的变奏》，载许文荣主编《回首八十载—走向新世纪：九九马华文学国际学术研讨会论文集》，南方学院2001年版，第425页。

③ 方北方：《马华文学的时代精神——开拓华社新境界的原动力》，载方北方《马华文学及其他》，香港三联书店（香港）有限公司1987年版，第5页。

时，方北方说："六十五年前，华侨社会兴起新文学运动，才促进马华
文学由侨民文学发展成为具有马来亚独特性的马华文学，进而发挥爱国
精神，扮演建国角色的马来西亚华文文学"①，这样，马华文学的"本
土性"与"爱国"画上等号。上述表述呈现与官方立场合流的趋向。②
至此，前面述及的马华文学"政治性兼文本"属性内涵，实际上包含
两种面向，一方面"马华"作为一个文化观念有其重大的凝聚力，因
而马华文学是华人应对马来执政精英政治话语霸权以认同中华文化进行
的柔性文化抵抗；一方面是对国家实体的政治效忠。相应地，承载族群
抵抗精神的文化书写使得"忧患与悲壮一直是马华文学无法剔除的标
签/性格。马华文学始终在宏观命题，诸如在民族、政、教、文化之间
疲于奔命"；而马华文学借突出"地方独特性""地方色彩"讲述对国
家实体的政治效忠，争取国家文学的承认，也意味着弱化了批判性现实
主义精神或鲁迅式的抗争精神，而较为醒目的就是"马来西亚地方色
彩"这一标签了，这使得"许多马华作家已经习惯将本地色彩特殊化
起来，其地位更被夸大到走出文学的领域"③；黄锦树则指为"马华写
作者社群长期以来共同孕育出一种'地域保障'的自我评价的体系"④。
此外，马华文学的"爱国"话语、"时代精神"、"忧患"品格都反映出
马华现实主义文学偏重文学政治潜能、社会效用即传统之"道"。当文
学"被赋予过于沉重的社会使命，往往导致艺术性的失落"，主要体现
在文学"语言与技术的贫困"。⑤ 马华现实主义文学遭遇创作瓶颈，其
末流"小说充满了训诫教诲，散文平板乏味，诗则像标语、口号，十分

---

① 方北方：《马华文学及其发展路向——兼看华文文学的前途》，载方北方《马华文学及
其他》，三联书店（香港）有限公司，1987 年，第 7 页。

② 马华文学对于"爱国主义精神"的反复强调当并不只是对马来人猜忌的一种表态，亦
是生于斯长于斯的华人对这片国土的挚爱情感的真诚流露。

③ 何国忠：《马华文学：政治和文化语境下的变奏》，载许文荣主编《回首八十载—走向
新世纪：九九马华文学国际学术研讨会论文集》，南方学院 2001 年版，第 426 页。

④ 黄锦树：《马华文学与（国家）民族主义：论马华文学的创伤现代性》，《中外文学》
2006 年第 8 期。

⑤ 黄锦树：《华文少数文学：离散现代性的未竟之旅（代绪论）》，载黄锦树《新生代华
文作家文库：（马来西亚）黄锦树卷：死在南方》，山东文艺出版社 2007 年版。

散文化、普罗大众化"。①

从马华文学思潮的纵向演绎来看，1960 年代始兴的现代主义对文学形式的探索，在一定程度上纠正了马华现实主义创作中浅露直白的缺陷，并"透过现代主义艺术突入创作禁区而取得家国叙事的话语权"②，或者说借着现代主义在"虚实、内外交割中突入现实禁区，它在夸张、幻化中深化本土意识，它在质疑、颠覆中开始呈现一种突破南洋族群情结的视野拘囿的新生命力"③。1990 年代后，马华文学及其本土研究开始进入"众声喧哗"的时期，其中新生代作家群的崛起是 1990 年代马华文坛的最大事件，标志着马华文学已进入世代更替和文学范式转移的新时期。马华资深作家陈蝶在考察 1990 年代以大专生为主的马华散文创作时，称这是一群"把文字砌成琉璃片，把思维装成香坠儿的年轻人"④，这从一个侧面表明被马华现实主义忽略的文学审美之维得到新生代创作群的更多重视。1990 年代成为马华文学审美观念的转折点。

1990 年代的辣味马华文学论争中，马华新生代表现出对马华文学的"身份焦虑"和文学史的"经典焦虑"。其中最引人注目的是"黄锦树现象"的出现⑤，黄锦树消解现实主义的审美规范，聚焦式地反映出马华文学思潮流变美学范式转型和话语权力转移。⑥ 黄锦树认为，马华文学之所以在"中国文学"与"马来西亚文学"之间"妾身未明"，"归根结底，还是马华文学'经典缺席'的问题"，"现有的'马华文艺

---

① 温任平：《七十年代的文学行动主义——从〈文学七环〉谈起》，《星洲日报·文化空间》2003 年 2 月 9 日。

② 庄华兴：《代自序：国家文学体制与马华文学主体建构》，载庄华兴编著译《国家文学——宰制与回应》，雪隆兴安会馆、大将出版社 2006 年版，第 13 页。

③ 黄万华：《民族性与公民性间的复杂纠结（战后二十年东南亚华文文学）》，《世界华文文学研究》2004 年第 1 辑。

④ 陈蝶：《闲看荆草蔓歌台——纵观九十年代马华散文》，载戴小华、尤绰韬主编《第一届马华文学国际学术研讨会论文集》，马来西亚华文作家协会 1998 年版，第 265 页。

⑤ "黄锦树现象"由何启良《"黄锦树现象"的深层意义》一文首先提出，该文载《南洋商报·人文》1998 年 1 月 18 日。

⑥ 刘小新：《"黄锦树现象"与当代马华文学思潮的嬗变》，《华侨大学学报》（哲学社会科学版）2000 年第 4 期。

独特性’，究其实只是一个空集，其内容是非常粗糙的技术产品”。① 继提出“经典缺席”议题并引起强烈论争后，在1999年吉隆坡举行的“马华文学国际学术研讨会”上黄锦树向马华文学现实主义和马华社会“典型环境下的典型人物”——现实主义旗手方北方的“典型作品”提出激进批评，认为以方北方为代表的马华现实主义“政治宣言化的文学言论”，“宣告了马华现实主义理论上的破产”。而在其“马来亚三部曲”“大河小说”等代表作品中，“文学并没有被当成是语言的艺术，而被看成是道德的宣谕”，“美学形式缩减为零”②，“从方北方及其同时代人的文学实践可以看出马华文学史的一大特质：它是一个把文学当作非文学的场域的、独特的‘非—文学史’”③。

除了与现实主义直接进行理论交锋，马华新生代主要是旅台作家同时选择他们高度参与的1990年代，编选各文类选本，叛离与重构旧有的美学观，自建典律，推展其美学视野下的马华文学。相关选集如下：

诗歌方面，陈大为编选《马华当代诗选（1990—1994）》其选稿的美学标准是“诗之所以为诗，仅在语言艺术的表现，这也是我们的第一个审稿焦点”，“语言等同杂文或散文，意象陈腐、志在载道或抒情，一味呐喊的烂诗则完全排除；此外，支离破碎、模仿痕迹太粗糙的‘假后现代诗’也不入选”。④ 钟怡雯主编的《马华当代散文选（1990—1995）》同样倾向于散文的美学质素，“我们评选的焦点不在题材本身，任何题材只要处理得当都是佳作，我们关注作者如何架构、铺展，如何诠释、深化所选题材，使得二者能相得益彰”，并充满自信地表达了参与世界华文文学对话的愿望：“我们不需要任何批评的优惠，马华散文必须在公正严苛的、与中国和台湾相等的标准下，接受研究和批评。这

---

① 黄锦树：《马华文学经典缺席》，《星洲日报·星云》1992年5月28日。

② 黄锦树：《马华现实主义的实践困境——从方北方的文论及马来亚三部曲论马华文学的独特性》，载张永修、张光达、林春美合编《辣味马华文学——90年代马华文学争论性课题文选》，雪兰莪中华大会堂、马来西亚留台校友会联合总会2002年版，第229—232页。

③ 同上书，第237页。

④ 陈大为：《从“当代”到诗“选”——〈马华当代诗选（1990—1994）〉（内序）》，《蕉风》1996年第471期。

才是马华文学加速成长的最佳途径"①，言外之意是对过去现实主义散文粗糙的语言模式乃至艺术性的丧失的摒弃。黄锦树编选《一水天涯：马华当代小说选》时限定于1986—1996发表的作品，涵盖老、中、青三代小说作者，多人具有留学台湾的背景，其中新生代的作品多有"一种抛弃问题小说路径的趋向，转向艺术感性本身的寻求，政治和历史都企图抛诸脑后"。② 这些选本具有文学思潮色彩，马华新生代通过文学选本自建典律，以此对抗、消解占主流位置的马华写实主义的美学规范。

于整个1990年代以后的年轻创作者而言，"他们会更把自己视为一名'作家'，而非定位为'马华作家'，并非放弃他们的马华属性，而是不愿成为一种负担或约束，影响他们追求更高的艺术表现。他们会认为'文学性'比'马华性'来得重要，而且有更大的抱负要跨出'马华'，成为中文世界的作家"③。以诗为例，"这些（七字辈）作品已经展现出一种新的多元格局，在地的色彩极不明显，比较属于普遍性的文学主题"④。1990年代前期始，写小说的七字辈大致受村上春树、米兰昆德拉和卡尔维诺的影响，"写实的色彩不浓，反而偏向生命的哲思，技巧的运用也大都天马行空不受约束"。⑤

2009年第十届花踪文学奖颁奖期间，也是花踪文学奖20周年，《星洲日报》做了一个篇幅长达14版的马华文学回顾与展望的副刊专题系列，检视这20年间马华文学所经历的重大改变，除了创作实践上题材选择、诠释的技巧和手法外，在延续1990年代注重"文学性"的同

---

① 钟怡雯：《序》，载钟怡雯主编《马华当代散文选（1990—1995）》，文史哲出版社1996年版。

② 黄锦树：《小说——我们的年代（代序）》，载《一水天涯：马华当代小说选》，九歌出版社有限公司1998年版，第16页。

③ 张光达专访，许文荣笔谈：《80年马华文学系列5（完结篇）—90年代年轻的一代》，《南洋商报·南洋文艺》1999年10月26日。

④ 李瑞腾：《马华诗坛七字辈——诗奖与诗选的考察》，载戴小华、尤绰韬主编《扎根本土·面向世界——第一届马华文学国际学术研讨会论文集》，马来西亚华文作家协会、马来亚大学中文系毕业生协会1998年版，第81页。

⑤ 庄若：《暂时存档：——七字辈作者群像（下）》，《南洋商报·南洋文艺》1994年11月4日。

时文学观念也发生了变化，《星洲日报》副总编曾毓林坦言："坦白说，我和大部分读者一样，不特别在乎'马华文学'。文学就文学嘛！在读者眼中，只有'打动人心的文学'和'打动不了人的文学'。硬硬要把文学分成'马华'和'非马华'，那是研究文学者的事，与读者选择无关"，"即使作为编辑，选稿或审稿时，也是在乎'写得好不好？触动人心不？读者愿意花时间阅读不？'——谁还理你是马来西亚身份的人写的？还是中国、台湾、香港、美国乃至于非洲人写的？"① 而被称为"前文学青年"的一群人如孙德俊、郑达馨、蔡沟利曾经是同人杂志如《椰子屋》出身的作者，他们离开写作后作为读者身份，其文学观念亦颇具代表性："没有所谓马华文学，只有好看的文学"，"我们在乎的是，有没有好看的马华文学。不管是作者还是读者的身份，其实我们寻找的，还是文学的那一份感动"。② 不在乎"马华"标签、不要求"同情"成为从作者到读者群体的文学共识，这与1990年代钟怡雯不希望"批评的优惠"是一脉相承的；2000年代马华文学要求"感动"或"打动人心"甚至是"好看"的文学，这说明，在重视"文学"这一审美维度而不介意"马华"或"非马华"之时，多少也沾染了文学消费主义的色彩，亦与现实主义或现代主义的马华文学的严肃的救世或启蒙色彩不同。

"反者道之动"，在马华现实主义单一强调"马华性"而搁置文学的艺术感性与审美时，以留台生为代表的马华文学新生代首先以矫枉过正的激进方式对此提出批评，整个1990年代马华文坛逐渐朝向建构较为系统多元的批评理论，"希望文学的创作者可以把观察世界的视域从一个狭窄一专的基点移为多重多元的视点"。换句话说，文学创作者要注意的是多一点的"文学"，少一点的"马华"。③ 而在1990年代后，现代主义以及后现代主义思潮在承先启后的演绎中，当其末流使文学愈

---

① 曾毓林：《恶主编手记：马华文学不能单靠同情分》，邓雁霞整理《仰望文学的星空 马华文学将打动谁?》，《星洲日报·副刊专题》2009年9月20日，第1—14版。

② 《前文学青年 他们还在乎马华文学吗 文学的热情：试问还能走多远》，《星洲日报·副刊专题》2009年9月20日，第1—14版。

③ 何国忠：《马华文学：政治和文化语境下的变奏》，载许文荣主编《回首八十载 走向新世纪：九九马华文学国际学术研讨会论文集》，南方学院2001年版，第438页。

来愈沦为晦涩阴暗个人化的现代主义以及后现代形式技巧的播撒游戏书写时，马华文坛面临的问题之一是，"很多文坛的朋友，写来写去都是自己，写作到底反映了多少社会现实这一面？"①这是对个人的美学追求与写作者的当下文学责任之间关系的反思，马华文学的美学实验若离开了思想的内涵与马华历史的独特经验意识同样使其现代性追求成为一个"空集"，以致把文学的书写带引到一条历史终结的道路，最终酿成制造一堆文字垃圾的假象，"'马华'和'文学'原就是一个统一体，没有必要把两者切分，或加以对立。它需要的反而是不断实践，不断的深化写作，以建构富有独特美学内涵和意义体系的'文学马华'"。②在马华文学的现代性追求中，马华文坛关于"马华（性）"与"文学（性）"关系的建构渐趋于动态平衡。

马华文学从现实主义到现代主义及后现代主义文学思潮的嬗递中，呈现出从"马华文学"到"文学马华"或者说从传统审美范式向现代审美范式的转换，这种转换代表的是在被政治边缘化的语境中马华文学精英主义的现代性追求；而随着全球化程度的加深和消费社会的来临，马华社会大众文化崛起，消解着文学艺术的严肃性和崇高性，以日常生活审美化为基础的马华通俗文艺美学风行，这种平面化、碎片化的日常生活写作代表的是另一种审美现代性实践，一定程度上颠覆了一元、精英、道德理想主义的审美观，但同时因缺乏对社会的批判与深度思考、一味迎合大众趣味又呈现出媚俗化的审美迷失。

综之，在政治、文化、消费等混杂交织的马华社会场域中，纯粹的审美救赎显然难以担当马华文学的现代性追求。

第二节　马华文学思潮与文艺副刊驱动的两种形式

"文学思潮是在一定的历史时空里，一个国家或地区的社会、文化、

---

① 《铿锵对谈：文学的记忆、提醒、意义！谁在乎马华文学？——马华作家 X 出版社》，《星洲日报·副刊专题》2009 年 9 月 20 日，第 1—14 版。

② 庄华兴：《序：〈咪搞蒙古女郎〉的乡土和在地关怀》，载黄俊麟《咪搞蒙古女郎》，有人出版社 2010 年版。

经济等领域里发生了变革，或在外来思潮的影响下，在文学艺术范围内出现了与之相适应的、推动或抵制这种变革的一种文学思想或文学主张；这种文学思想或文学主张，不只是在个别或少数文学家的创作中得到反映，而是受到了相当多的文艺家的认同，并自觉地进行创作实践所形成的有声势、有广泛影响的一种文学创作潮流。"①这即是说，文学思潮需要理论建构与创作实绩并行不悖形成。马华文学思潮亦大体循此路径：理论的引介及理论的"在地化""本土化"，部分作家的创作因此自觉或不自觉尝试新的表达，渐次酿成文学内质和大方向的转变。边缘处境的马华文学主要栖身在以商业大众为导向的报纸副刊中，"文艺副刊"作为报纸副刊的一个组成单元，与文学作品、文化思想论述密不可分。②作为马华文学生产机制中极其重要的一环，文艺副刊就像一只"看不见的手"，它用其无形的力量对文学场中的各个环节如文学创作、作品发表、文学评价、文学消费等施加强大的影响，是整个文学思潮得以运行的潜在动力，又因之重构马华文坛旧有秩序。"文学思潮必须通过媒体经年累月的形塑。两家日报的文艺副刊，在文学创作大方向的规划方面发挥了举足轻重的影响。"③

　　两家日报在规划的具体策略上有相同的地方，这主要体现在1990年代以来文学副刊通过策划专辑、设置专栏等方式积极主动介入文学场。其相异之处在于：作为文学思潮的前驱——观念性论述的发生平台及演绎形式各不相同，《南洋商报》的文学论述主要发生在纯文学版块"南洋文艺"上；《星洲日报》更多运用传媒集团的财力人力，举办许多专访、座谈、文学奖，设置议题引发论战，并提供在纯文学版位"文艺春秋"以外的更广泛的文化副刊版位空间容纳文学、文化言论。两家日报副刊不仅通过策划形成理论话语声势，更通过策划培育作家力量，为理论的合法性论述提供文本支撑。

---

　　①　王剑丛：《中国现代文学思潮的发生与演进》，《学术研究》2009年第2期。

　　②　本书所指称的"文艺副刊"相对广义，既包括纯文学副刊，也包括带有文艺、文化取向其他综合性副刊。

　　③　温任平：《马华文学体制初探》，《南洋商报·南洋文艺》2000年9月30日。

一　"南洋文艺"文学知音论述与文学思潮的塑形

"南洋文艺"最大的特色是它刊登大量的文学理论或评论文章①，以1996年为例，全年约100期的"南洋文艺"，论述文章多达71篇。②这些文章除了被动刊载作者寄投的作品之外，编者的主动规划占了相当的比重。

张永修在1994年5月接棒柯金德执掌"南洋文艺"后，有意识地在其上"刊登了相当大量的文学论述"。③努力将其打造成"文学言论版"④，"给马华文坛开辟一个言论自由的文学公共空间"⑤。张永修通过开设专栏，策划专辑等设定一些马华文学课题或范围，公开征求或特别邀约马华文坛诸家与文艺版读者对有关课题的看法，努力拓展本土化马华文学研究。

（一）文学论述专栏或专辑："让文学如其所是"

"南洋文艺"于马华文学批评最具范式意义的是1998年"有所建树"专栏的设置，"此专栏每月推出，由林建国及黄锦树轮流上阵，寄望他俩的论述对马华文学有所建树"⑥。"有所建树"虽只延续6个月共刊出7篇文章，但黄锦树和林建国的文学论述为较沉闷僵化的马华文学传统惯性的表现论和印象式文学批评带来崭新的视角，对本土文学论述范式起到了示范作用。林、黄二人互为呼应，对马华文坛"写实派"与"现实派"写作之间的纷争进行了学理性探讨，思考马华文学的美

①　张光达：《众声合唱——回顾1998〈南洋文艺〉的文学现象和创作》，《南洋商报·南洋文艺》1999年1月9日。

②　张永修：《马华文学论述在南洋文艺》（1994年6月—1997年6月），《南洋商报·南洋文艺》1997年12月24日。

③　张永修：《近处观战》，载张永修、张光达、林春美主编《辣味马华文学——90年代马华文学争论性课题文选》，雪兰莪中华大会堂、马来西亚留台校友会联合总会2002年版，第d页。

④　张永修：《副刊本土化之实践——以我编的〈星云〉及〈南洋文艺〉为例》，《人文杂志》2002年总第17期。

⑤　张永修：《文艺副刊与马华文学的互动——就我在〈南洋文艺〉的经验谈》，张永修雨林小站博客（http://gfw.appspot.com/freesor/2009/08/blog-post_3398.html）。

⑥　《"有所建树"编者语》，《南洋商报·南洋文艺》1998年1月19日。

学出路，"让文学如其所是"①，是二人关注的焦点。林建国指出无论写实派还是现代派，其发端都与政治伤痕有关。写实派是 20 世纪五六十年代华人左派政治受挫后的精神转化，现代派是无力应对不堪的政治局面而寄情于文化的自我安慰。然而，双方都以虚假的美学争论回避自己充满政治伤痕与精神伤痕的身世，马华文学应当"使思考伤痕的命运，也成为美学的命运"。② 林建国除对"写实派"美学信念僵硬现象进行剖析，亦指出正是三四十年代的国际左翼思潮促使马华"写实派"的发生，而"我们今天都是左翼的后裔：举凡环保、反战、妇运、社会福利、言论自由、第三世界的团结等议题都出自左派阵营，后来才纳入政治主流"，西方的艾森斯坦、勒杰赫（Femand Leger）、布莱希特、萨特都是左翼美学大师，马华文坛的"写实派"应当"学学他们坚持社会正义的同时，如何也开创整个时代美学与思辨的格局"。③ 林建国以知识考古的方式梳理、定位马华左翼文学传统，对马华文学迈向思辨的现代美学之路别具参考意义。"有所建树"诸篇文章"不只可以提升马华文评的水准，还可以拓宽马华作家的视野"。④

除了这种不定期推出的文学论述专栏，自 1990 年代起"南洋文艺"一直以"文学观点"常设专栏公开给所有作者投稿，容纳大量论述本地作品的自由来稿。

张永修尤长于运筹大型特辑、专辑，从宏观的文学史视野引介、清理马华文学思潮脉络，架构清晰完整的马华文学谱系。

1996 年开年伊始，"南洋文艺"开设"进谏马华文学"系列，历时 2 个月共 10 辑，约请 23 位国内或留学海外的马华作家就马华文学的现状与困境发表意见，参与的作家包括黄锦树、杨善勇、姚拓、陈大为、戴小华、庄华兴、云里风、钟怡雯、何乃健、唐林、辛金顺、林建国、柏一、方昂、梁志庆、张光达、甄供、艾斯、夏绍华、李忆莙、刘育龙、年红、林幸谦、胡金伦、田思、苏清强、陈雪风、庄若等，几乎将

---

① 黄锦树：《跟梦境一个样》，《南洋商报・南洋文艺》1998 年 6 月 10 日。

② 林建国：《马华文学和人民记忆》，《南洋商报・南洋文艺》1998 年 5 月 23 日。

③ 林建国：《"写实派"正名》，《南洋商报・南洋文艺》1998 年 5 月 6 日。

④ 张光达：《众声合唱——回顾 1998〈南洋文艺〉的文学现象和创作》，《南洋商报・南洋文艺》1999 年 1 月 9 日。

知名的马华老中青作家囊括净尽。进谏"意味着问题的存在和疗治的必要，必然涉及对历史的重新估值，集结于无远弗届的大众媒体，其颠覆性力量自然强大"①，故而引起了较为激烈的回应，批评这样的征稿是"狂妄"的作为，是要"教训马华作家"。②《南洋文艺》以"集结令"式的文坛动员，营构言论自由的文学空间，从而凝聚共识，重寻马华文学多元化审美路向。

1999 年 10 月，马华文学发轫 80 周年，"南洋文艺"推出 5 辑"80年马华文学"特辑。特辑访问不同年龄层与关注面的马华文学研究者，包括有"马华文学史料整理第一人"之称的方修、研究战前马华文学史的著名学者杨松年、马华现代文学见证人前《蕉风》主编张锦忠以及马华文学"六字辈"研究者庄华兴、许文荣，这些学者从比较宏观的学术角度回望、梳理、评析、展望马华文学，有利于马华文学的重新出发。2009 年 7 月至 10 月底"南洋文艺"又陆续推出 5 辑"马华文学90 年"特辑，聚焦于马华文学的又一个 10 年（1998—2008），同样具有重整之后再出发的意味。③

关于马华文学的回顾与展望，值得一提的还有"南洋文艺"于1999 年年底推出跨年的"马华文学嘉年华"特辑，特辑的做法是拟一份含 5 个问题的问卷，所拟的问题如下：1. 80 年来马华文学诸多事件，不论是最愉快的最遗憾的最光辉的最滑稽的还是最悲哀的，请列出一件您本身觉得是不该被忘记的事。2. 请推荐 5 本您心目中具有影响力的马华著作。3. 请推荐 5 位出色的马华作家。4. 您觉得当前的马华文学

---

① 龙扬志：《文学空间与当代马华文坛秩序重构——以 90 年代马华"两报一刊"为中心》，《南洋商报·南洋文艺》2013 年 3 月 26 日。

② 端木虹：《经典缺席？》，《南洋商报·言论》1996 年 2 月 26 日。

③ "马华文学 90 年"特辑刊发的 5 篇文章分别是：张光达的《管窥副刊特辑与马华文学：1998—2008〈南洋文艺〉的例子》，载于《南洋商报·南洋文艺》2009 年 7 月 14 日；伍燕翎的《预示一场革命的文学阅读：2000—2009 年的马华文学杂志》，载于《南洋商报·南洋文艺》2009 年 8 月 4 日；黄锦树的《10 年来马华文学在台湾》，载于《南洋商报·南洋文艺》2009 年 9 月 1 日；马华文坛史料家李锦宗的《近 10 年来的马华文学书籍》和《近 10 年来永别马华文坛的作家》，分别载于《南洋商报·南洋文艺》2009 年 10 月 6 日，2009 年 10 月27 日。

最迫切需要什么? 5. 您认为下个世纪马华文学的理想面貌应该是怎样的?① 这些设置的问题从不同层面涉及马华文学发展的关键点。"嘉年华"每个问题邀约 10—15 个作家参与,均是颇具代表性的马华各字辈作家或评论家,他们是姚拓、杨善勇、鲸井康、许维贤、李敬德、石川、廖宏强、傅承得、小曼、夏绍华、温任平、陈雪风、庄华兴、张光达、年红、田思等 16 人,他们的回答各不相同但亦反映出马华文学思潮走向,如针对问题 5 医生作家廖宏强认为,"马华文学最令人难堪的是必须挂上'马华'二字",希望"少点'马华',好的作品大家欣赏,烂的文章自然消失",这与许维贤认为的马华文学应"走向多元化,不纯粹局限于南洋历史的书写"有一致之处;而作家、出版人傅承得则认为,马华文坛需要"寻找中文阅读世界的共通语言,让马华文学了解世界,让世界阅读马华文学";上述三位论者所言大致同于庄华兴所言"让文学回归本位"之意。② "南洋文艺"以"嘉年华"系列特辑形式,揭示出马华文学基于文学"审美"特质走出"马华"以及"南洋"标签的愿望和趋势。

"马华文学嘉年华"特辑带 party 狂欢属性,以"比较轻松的方式鼓励文学言论","读者的答案是什么其实并不很重要,重要的是我们的读者可以在一个特别的日子里,快快乐乐地想了一想马华文学,并且有机会告诉作家:我们是如何看待你们的"。③ 无论是严肃还是轻松的方式,"想一想马华文学"是"南洋文艺"副刊持续的编辑理念,"南洋文艺"持续建构的马华文学论述使得本土作品能获得更多更好的学理解读与诠释,一定程度上开阔了本地文学创作更深邃高远的视界,同时也形塑了马华本土文学思潮的走向。

"南洋文艺"于论述方面的另一个特色是自 1995 年开始至 2007 年

---

① "马华文学嘉年华"分 3 辑载于《南洋商报·南洋文艺》版,问卷的 5 个问题分散在各辑之中,刊载时间分别为:问题 1、问题 2 载于 1999 年 12 月 28 日,问题 3 载于 2000 年 1 月 4 日,问题 4、问题 5 载于 2000 年 1 月 8 日。

② 《"马华文学嘉年华"(完结篇):您认为下个世纪马华文学的理想面貌应该是怎样的?》,《南洋商报·南洋文艺》2000 年 1 月 8 日。

③ 张永修:《副刊本土化之实践——以我编的〈星云〉及〈南洋文艺〉为例》,《人文杂志》2002 年总第 17 期。

前后长达 13 年的时间跨度内，每年都由张光达为"南洋文艺"撰写年度回顾，2008 年后《南洋商报》又特约杜忠全接续撰写。年度回顾通过对一年来"南洋文艺"上小说、诗、散文三大文类作品及文艺论述文章的刊载情况的分析，观察马华文坛突出的文学现象、发展动向，"年度回顾"同样也属一种"想一想马华文学"的形式，具有断代文学史的功能，串联"南洋文艺"历年年度回顾，大体可一览当下马华文坛动态脉络或思潮走向。

（二）作家专辑（特辑）及其文学批评：马华作家代际群像的重构

由于马华文坛文学批评这一环少人问津，张永修接编"南洋文艺"筹划的第一个"大制作"即是"马华文学倒数"系列。该系列逐一检阅不同代际的本地作家群，从 1994 年 11 月 1 日起以七字辈为始，依序分别为六、五、四字辈专号，最后将三、二、一字辈合辑。其中以"六字辈"专号篇幅最为庞大，分 5 期刊完。每一个字辈特辑除刊载该字辈作家的最新作品外，更是邀请专人点评该字辈创作的群体代际特征①，具有建构微型文学史的意义。

"南洋文艺"1995 年 1 月起推出为期一年的"双月文学点评"（简称"双月点评"）评论专辑，邀请专人对"南洋文艺"版发表的作品（分诗歌、散文、小说三组）每两个月做一次点评②，受邀参与的点评人包括刘育龙、何乃健、陈雪风、黄锦树、陈蝶、李天葆、辛金顺、庄若、唐林、赖瑞和、吴岸、唐珉、张光达、林幸谦、林建国等，涵盖老中青三代，被点评的作品超过 20 篇。"双月文学点评"除提高读者的鉴赏能力外，一方面因关注本土创作，有开拓作者创作视野的作用，有望刺激出更好的本土文学作品，一方面有提升本土批评风气甚至引导文学思潮的作用。如在"双月点评"第 2 波，即点评 1995 年 3 月及 4 月间的作品时，黄锦树发表了点评林幸谦诗歌的文章《两窗之间》③，引发了黄锦树与林幸谦之间关于马华文学中国性的论争。

---

① 如庄若点评"七字辈"《暂时存档——七字辈作者群像》一文，分别刊载于《南洋商报·南洋文艺》1994 年 11 月 1 日、1994 年 11 月 4 日。

② 张永修：《小启》，《南洋商报·南洋文艺》1995 年 1 月 3 日。

③ 载《南洋商报·南洋文艺》1995 年 6 月 9 日。

"南洋文艺"亦为持续创作具一定作品累积量的创作新人或资深作家筹划特辑或系列，亦特别重视作家作品的批评。

"南洋文艺"尤其重视资深马华作家及其文本。一般会选择在传统节庆来临之际推出作家专辑，专辑主旨亦与节庆意蕴相适应。"南洋文艺"从 1996 年起，持续 6 年在中秋佳节时推出"但愿人长久"系列，推出方北方（1918—2007）、宋子衡、姚拓、温任平、梅淑贞、潘雨桐等马华资深作家，不无怀念与致敬之意。2000 年起"南洋文艺"推出的"出土文学"系列，包括了多位马华已故作家和一些被时间淹没的作家，他们是：铁抗（1913—1941）、方天（《蕉风》创刊主编，约 1980 年代去世）、张尘因（1940—）、杨际光（2001 年病逝）等。自 2002 年始，"南洋文艺"于每年农历新年期间持续推出另一颇具特色的"年度文人特辑"，2002—2012 年推出的作家有张木钦（1937—）、方娥真（1954—）、林若隐（1963—）、陈大为（1968—）、小黑（1951—）、沙河（1942—）、马汉（1939—2012）、何乃健（1946—2014）、陈强华（1960—2014）、张光达（1965—）、许裕全（1972—），这些年度文人除了创作力旺盛的马华新生代，也包括曾经产生过很大影响但目前较为沉寂的作家。2006 年 3 月起"南洋文艺"策划 6 期女作家专辑，展现了梅淑贞、陈蝶、潘碧华、晨砚、高玉梅、张玮栩、房斯倪等马华女性写作好手的实力和旨趣，亦涵括海内外马华女作家老中青三代各文类创作。此外，"南洋文艺"亦不定期推出"南洋文艺人物"，如 2008 年即推出陈志鸿、郑秋霞、李宗舜、艾文、廖宏强等人的特辑。这些人物特辑特色在于不仅刊载作家作品，还策划访问，设置问题，通常由编辑张永修拟题发问，写作人直陈隐藏在作品背后的思想，并邀请不同人对作家作品进行评述。

"南洋文艺"同样重视发现与拔擢尚处于创作萌发期的马华文坛新生代。如 1998 年 6 至 7 月推出《亮丽的星图：马华诗与诗展评》系列，吕育陶、陈大为、张光达、杨嘉仁等年轻诗人诗作得到刊载与评论；而 1999 年 6 月推出 3 期"两个医生作家"特辑，凸显散文/诗风格独特的陈坦和及小说产量丰富的廖宏强这两个青年医生作家。其他特辑不一一赘述。

从上述作家专辑可见出，"南洋文艺"特别注重马华文坛文脉相承，不薄古厚今或薄今厚古，力图将单个作家放置在马华文学发展的链条上，客观呈现该作家在马华文学史上的位置。早在 1998 年 9 月—1999 年 1 月间，"南洋文艺"开档"我的文学路"专栏，约请马华老中青三代共 35 人畅谈他们的文学之旅和心路历程，提出对文学的省思，亮相的作家有傅承得、戴小华、陈雪风、李忆莙、云里风、年红、雨川、文征、马汉、章钦、丁云、看看、菊凡、刘育龙、田思、李寿章、唐林、何乃健、廖宏强、雅波、张光达、碧澄、夏绍华、姚拓、梁志庆、潘碧华、朵拉、艾斯、马仑、甄供、柏一、钟可斯、林金城、原上草、笔抗等。这个专栏意义"在于它透过老中青三代作家的文字里让我们窥见其中的共同点和差异，作一次整体的交流对话，也让我们看到各个世代作家的心态感受，从理解彼此的看法和立场中避免一些无谓的笔战"。①

　　1990 年代以来，在马华文坛普遍为经典焦虑时，"南洋文艺"策划的系列专辑无论是马华文学论述还是作家作品及其评介系列，大都体现出编辑观照马华文学时的"出土与重探"的编辑理念，在客观呈现马华文学形声之时，其实亦具有重构马华作家代际群像、重写文学史的意味，体现出编辑实录与识断的史家视野，这"也许比建构经典更功德无量"。②

　　整体观之，作为纯文学版块的"南洋文艺"着力沉稳构建的文学论述、作家作品批评主要属于马华文学圈内严肃的知音论述形式。"南洋文艺"兼容了马华文坛老中青三代的声音，具有弥合从写实到现代再到后现代马华文学各流派思潮裂隙的作用，"南洋文艺"为马华文坛各种身份的文学写作者及各种或隐或显的"派别""主义"提供了"各表一枝"又交互对话的平台。

二　《星洲日报》文艺副刊的广场喧哗与文学思潮引领

　　不同于《南洋商报》将纯文学版块"南洋文艺"打磨成马华文学

---

　　① 张光达：《众声合唱——回顾 1998〈南洋文艺〉的文学现象和创作》，《南洋商报·南洋文艺》1999 年 1 月 9 日。

　　② 张永修专访，张锦忠笔谈：《马华文学与现代主义》，《南洋商报·南洋文艺》1999 年 10 月 19 日。

圈内的"文学言论版",1990年代以来,《星洲日报》关乎马华文坛的所有激烈的文学论争几乎都不是发生在纯文学版位。1995年之前文学话题、文学观点、文坛观察等以"星云"为主平台,"言路""新策划""尊重民意"甚至新闻版位如"国内"版亦频频出现,甚至成为文学论争的发端之地;1995年后上述版位仍时见文学视点交锋碰撞的文字,以深度追踪时事热点话题的版位"新策划"为例①,不时策划马华文学热点话题系列,如1996年10月《星洲日报·新策划》以专题采访的形式推出《寻找马华文学的定位》系列,有为纷扰的1990年代马华文学定位论争进行小结的意图②,再如,针对方兴未艾的马华网络文学,"新策划"邀约龚万辉、周若鹏、吕育陶等马华新生代知名作家《漫谈大马"网络文学"》,就网络文学特点、后现代文体的崛起与网络文学关系、大马网络文学现状及未来发展各抒己见。③

　　不过,1995年后文学批评与论争集中发生在周日副刊"星洲广场"上。之所以以1995年划界,是因为1995年8月13日,《星洲日报》副刊进行了一次重要改版,这就是周日副刊"星洲广场"版的推出。增辟"星洲广场"的旨意在于"面对变动剧烈的1990年代,《星洲日报》秉持'积极、前瞻、胸怀祖国、放眼世界'的理念。我们深信透过客观、理性、公正的言论监督,社会可以变得美好,因此我们增辟'星洲广场'"。④ 由此可知"星洲广场"是一个知识界的公共论域空间,类似哈贝马斯(Jürgen Habermas)理论中的公共领域。"星洲广场"刊头

---

　　① "新策划"刊头语为"纵横世界　深入民间　具有广度　具有深度",在不同时期,见报频率为每周4、5或6天不等。

　　② 《寻找马华文学的定位》系列由《星洲日报》专题记者胡金伦采写,分上、中、下三篇,分别是:《上篇:马华文学实质为何?》,《中篇:马华文学再起步?》,《下篇:摆脱中国支流文学　迈向新里程碑》,专题邀约的采访对象张锦忠、黄锦树、永乐多斯、姚拓、陈应德等人分别就马华文学的性质、地位和未来路向进行了学理性陈述和总结。三篇报道分别见于《星洲日报·新策划》1996年10月20日、10月30日、10月31日。

　　③ 《漫谈大马网络文学》由翁婉君记录整理,分上、下两篇,上篇《文章上了网,就是网络文学?!》,下篇是《后现代文体崛起　网络只是文学的媒介》,分别载于《星洲日报·新策划》2003年1月13日、2003年1月14日。

　　④ 《〈星洲日报〉发挥第四权的震撼》,《星洲日报》1995年8月10日,头版。

语是"掌握时代脉动　星洲与您同行"①，并对读者承诺"星洲广场"
"引您深入世界，拥抱变化，迎向未来"②。这说明了该版位参与社会、
关怀现实、掌握新闻脉动的企图，具有积极深度介入社会乃至社会启蒙
的功能。李欧梵指出，"从晚清以降，中国的副刊就兼有两种不同的功
能：社会批评和文化（包括文学）的建设。"③ 新辟的"星洲广场"同
时承担了这两种功能，成为知识分子发言的"公共论坛"，并引导公共
舆论或公共意见的形成。"星洲广场"先后开辟的版位主要包括"封
面""尊重民意""自由论谈""人文论谈""新新时代""文化空间"
"星洲人物"等，而纯文学副刊"文艺春秋"也纳入"星洲广场"之
中，刊出周期、版位由原来的每周的二、六两次见报共两版调整为与
"星洲广场"同步，并采用对开两大版的形式。这实际上表明了不论内
容或形式，《星洲日报》在副刊的经营上以大"文化副刊"代替"文艺
副刊"的企图，"星洲广场"可视为大众精品文化副刊。这一公共自由
言论擂台常明文邀稿："开放的广场，欢迎大家抒发己见"④，形式多样
内容多元的社会关注的论辩议题在这里次第演绎。

　　几乎所有的"星洲广场"版位都不定期地介入马华文学话题的讨
论，文学话题被接纳为与时事、社会、文化话题并列的公共关怀面向，
这样"星洲广场"实际上也吸引了更多关注马华文学的公众目光。

　　那么"星洲广场"如何运作策划让文学话题汇入马华社会的公共
议题？

　　其一，"星洲广场"封面一般是策划制作性强的专题。与台湾《联
合时报》副刊一样，为了在生活领域中形成某种类似公共舆论的东西，
"最常用的制作形式是访问整理、座谈记录、演讲记录，副刊所办的活
动成为副刊扮演社会角色的重要符码，利用文学界（文化界）领袖的
魅力及其发言进行公共讨论，文字配上照片，传播者与读者仿佛面对面

---

　　① 《星洲广场今天隆重出版！》，1995 年 8 月 13 日，头版。2004 年始，"星洲广场"刊头
语表述稍有变动："掌握时代潮流　星洲与您同行。"

　　② 《星洲广场今天隆重出版！》，《星洲日报》1995 年 8 月 13 日，头版。

　　③ 李欧梵：《二十年来的台湾报纸副刊：从痖弦和高信疆说起痖弦》，陈义芝《世界中文
报纸副刊学综论》，（台北）"行政院"文化建设委员会 1997 年版，第 183 页。

　　④ 《预告》，《星洲日报·星洲广场》1999 年 6 月 13 日，封页。

在接触。"①"星洲广场"封面开设的栏目均由大马华裔文化名人主持，如1996—1997年先后由张碧芳、永乐多斯主持"双人行"，吸取了电视脱口秀节目的形式，由栏目主持人专访国内外名人，就重要社会文化话题进行对话。而1998—1999年"星洲广场"封面开设"广场4女侠""广场4剑客""眼观四方"等集体专栏，均采用同一论题四人讨论的形式。"广场4女侠"由戴小华、谢爱萍、永乐多斯、唐彭等担纲，"广场4剑客"由祝家华、夏泰宁、安焕然、翁诗杰担纲，这两个栏目同一时期交替轮番上阵，每期分别就同一个论题阐述观点。如由四位"女侠"分别撰文阐述的文学话题有"马华文学的本土性和世界性"②，"文学可以救国？"，等等③。21世纪以来，封面栏目先后有"眼观四方""面面俱道""铿锵对话""明辨是非"等，亦多采用座谈、专访等形式追踪热门话题，不乏文学话题④，值得一提的是，"星洲广场"封面会同时配发从栏目主持人到接受采访的嘉宾们深具格调、气质与内涵的照片，努力给大众营造出精神偶像氛围，从而吸引关注。

除了"星洲广场"封面外，"星洲广场·星洲人物"版位亦策划与马华文学相关的大篇幅人物专访或座谈，"星洲人物"版位为潘雨桐、黄锦树、陈鹏翔等诸多著名马华文学作家学者做过专访或组织过座谈，就当时马华社会关心的马华文学热点问题进行讨论，如刊登于该版位的《让马华创作回到原处——一场"干捞"的文学对谈录》，对谈参与者主角是黄锦树，其他参与者包括《星洲日报》专题记者胡金伦、编辑黄俊麟、《星洲日报》记者陈绍安、作家张锦忠和李天葆等人，类似一个马华文学群英会。在这场对谈中，黄锦树对关于留台生对马华文学造成的冲击或"干捞"、马来西亚的中文写作、马华前辈作家在文学场域

① 陈义芝：《副刊转型之思考——以七〇年代末"联副"与"人间"为例》，载痖弦、陈义芝《世界中文报纸副刊学综论》，（台北）"行政院"文化建设委员会1997年版，第158页。

② 见《星洲日报·星洲广场》1998年3月15日，封页。

③ 见《星洲日报·星洲广场》1999年1月17日，封页。

④ 如2001年1月21日《星洲广场·面面俱道》刊载魏月萍报道、吴益婷摄影《期待马华文艺复兴》专访文章，文章邀请陈雪峰、小曼、许德发等3位文化人，"通过不同世代的眼睛，怀疑性与批判性的自觉思维，批判及清理过去马华文艺界存在的一些基本问题，揭露马华文化深层结构与社会互动的脉络"，有世纪回顾的意味。

的权力掌控、马华文学的内容与形式间的关系等提问逐一提出自己的看法，并强调其基本观念，认为文学的形式就是内容，"离开所谓的文学性，内容就不存在。它的形式不成功，内容就不存在"。① 该篇对谈文字实际上再一次展示了在马华文学力量新老交替"改朝换代"的90年代马华文学新生代的整体审美取向。而同年稍后在马华知名资深作家潘雨桐的专访中，亦曾留学台湾、美国等地的潘雨桐对"'写实派'与'现代派'争论的风波"或者"前辈作家与新生代写作人之间的纠纷"，则"保持置身事外的漠然与洒脱"，亦不刻意追求马华文学中的"本土意识""本土观念"，文学应有其"世界的共通性"，马华文坛需要的是交出"有素质的文学作品"。② 潘雨桐的意见其实也代表了马华文坛力求摒弃主义、派别，走向国际的文学思潮。

我们知道，人们通过媒介观察世界、并建构自己理解世界的方式。首先，专访"通过对被采访者的选择和把握，影响社会舆论、价值取向及行为方式"③。其次，副刊专访、座谈形式显然借鉴了电视专访节目制作的现场感，最大限度地保留了信息的原生态，满足了大众对深层人际交流的需求，专访人物更易获得大众的情感认同。可以说，人物专访兼具大众传播与人际传播方式所长，影响传播接受一方的观念价值取向。借助报纸传媒方式，人物专访及座谈也极大地影响了马华文学思潮走向。

其二，"星洲广场"先后开设的"新新时代""尊重民意""人文论谈""自由论谈""文化空间"等版位，通过邀约国内外众多的文化名人开设专栏议论时政、文化及社会现象，形成舆论思潮。这些文化专栏作者不少都是马华文学作家或曾经从事文学创作，如2001年马华新生代作家梁靖芬在"人文论谈"版开笔双周专栏"倚栏探首"，同年何国忠受邀撰写"机杼心裁"专栏，故专栏不时涉笔对文学及马华文学的

① 胡金伦整理：《让马华创作回到原处——一场"干挠"的文学对谈录》，《星洲日报·星洲人物》1997年9月7日。

② 林宝玲专访：《潘雨桐　文学路上潇洒走一回》，《星洲日报·星洲人物》1997年12月21日。

③ 李艳：《对电视人物专访节目社会功能与评价标准的思考》，《艺术评论》2008年第12期。

观察和思考。马华知名旅台作家黄锦树亦受邀于 2005 年 1 月 2 日至 2006 年 12 月 31 日间在"文化空间"开设双周专栏"随感录",共发表 49 篇介乎文学与学术之间的随笔文字,人生的感喟,创作的回望,学术的沉思,娓娓道来,自言"大部分都是文学论述,说到底还是本行的工作。或许也不免枯燥乏味。但也许于马华的文学社会不无正面意义,虽不必陈义过高,但文学批评早该告别混战的杂文型态了"。①

"星洲广场"专栏的一些作者虽然研究兴趣不在文学,但许多专栏都曾涉笔文学话题,且提出很多独到的文学识见。如前面论及的"星洲广场"封面"广场 4 女侠"专栏不乏文学话题的讨论,其作者之一谢爱萍研究兴趣主要在华商和经济发展、社会变迁与华人文化等相关方面。同样是学者身份的安焕然,专擅在历史人文思想领域,自 2000 年起先后在"自由论坛"和"文化空间"开设双周专栏"边缘评论",其中有关马华文学的识见同样自成一家。如其专栏文章《美女》指出马华文学研究脱离文本的弊端。文章其实是由当时马华文坛关注的一个热点引发,那就是第七届马华文学节期间,南方学院马华文学馆于 2000 年 11 月 18 日推出"现代诗人——沙禽诗展与座谈会",这次座谈会上参与者对沙禽《美女》一诗或从文化(后殖民)角度或从唯美意象的角度解读等②,安焕然认为这种种解读令人感受到文学文本之美的魔力,马华文学研究首先应接近文本,重视对文本的阅读和解读。文学史研究的第一步不是先罗列影响文学文本创造的外缘因素如社会文化背景、作家生平、接受状况等,而是对文本系列本身的描述,安焕然并引用陶东风的观点:"把握了文本的自身结构之后再去找它的原因与事先虚拟的原因硬塞给描述的文本是两种极不相同的研究方法。"③ 这实际上具有马华文学研究方法论的意义。比安焕然文章稍后,《蕉风》复刊号为马华诗人沙禽作了"年度曝光人物——沙禽诗辑",并刊载了"沙禽诗展与座谈会"的部分文字记录,沙禽与七字辈诗人房斯倪的对谈,

---

① 黄锦树:《岁末有感》,《星洲日报·文化空间》2005 年 12 月 18 日。

② 沙禽《美女》诗原文:"美女/必须是哀伤　因为她已经不能倾城/只能在城里倾茶倾酒/倾下她的筹码/倾掉暖日和风于盛宴的酬酢/她也不能/颠倒众生　只能/在众生里　颠倒。"见安焕然《美女》。

③ 安焕然:《美女》,《星洲日报·自由论谈》2000 年 12 月 3 日。

及何启良的评论文章《大音沙禽》①，有重翻旧案发现诗人或者说重评的意味。这样看来，刊载在"星洲广场"上关于马华文学批评的文章多数其实都系联着马华文坛的热点话题，或者起着引领热点话题、鼓动文学风潮之效。

相较于"南洋文艺"，"星洲广场"通过多元化的内容、多样化的形式，增强文学论辩议题的新闻性和大众的参与性，在更大范围的有计划的传播空间凝聚、建构起华社想象的文学社群。按西方现代社会学理论，"社群"是指在某些边界线、地区或领域内发生作用的一切社会关系。具有共同文学兴趣的"社群"即是文学社群，"文学社群既是一个相对独立的封闭的社会关系空间，同时又是一个活跃的开放的空间体系"②，"星洲广场"提供了马华文学由单一的文学场域进入更受马华社会关注的开阔的文化场域的机会，因而提供了一个使文学社群由垄断、封闭走向开放的平台，"想象的文学社群也就从知音式的文学园地转化为具有强大舆论力量的公共论坛"③。"星洲广场"的各个版面都对马华文学开放，这一对话交流的公共空间以专访、座谈、专栏等形式策划马华文学话题，制造阅读焦点，或理性地去探讨一些议题，从而"形成一种公共意见（public opinion）。舆论并非法庭判决，但其力量——尤其是它的渗透力——往往比法律判决'更得人心'"④，而文学思潮即酝酿成形于这种经由公共空间形成的关于文学的"公共意见"之中。

作为实体的"广场"，其本身具有公共性、开放性、大众性。在西方，早在古罗马城邦制度建设之初，就已开辟出了流动的广场，广场嘈杂、喧闹、人声鼎沸，人们在这里自由交易、自由议论，乃至于自由地选拔，在节假日激情狂欢，形成了公民广场意识的传统。"星洲广场"形同一个文化论剑的虚拟广场，是公民（这里主要指精英知识阶层）表达意见、看法、质疑与质询的公共领域，是一个人文知识界凝聚与论

①　载 2002 年《蕉风》第 489 期，第 103—106 页。

②　方维保：《"文学社群"概念的学术意义——杨洪承教授学术思想综述之一》，《海南师范大学学报》（社会科学版）2012 年第 6 期。

③　李晓虹：《台湾〈联合报〉副刊的文学传承与角色变迁》，《厦门大学学报》2006 年第 3 期。

④　温任平：《媒体与权力运作》，《星洲日报·人文论谈》2002 年 7 月 7 日。

述的空间，在这众声喧哗的文化广场框架之下，"小产业"的马华文学也因此能获得大众（不限于文学读者）最大的关注。①

在专业批评体制不健全且缺乏专业杂志作为论述场域的马来西亚，两大华文报刊《星洲日报》和《南洋商报》副刊分别以文学知音式论述形式和文化广场喧哗形式提供了马华文学论述空间，这些论述与文学创作一起驱动马华文学思潮的变迁。

三　文学越界与文学思潮的传播："静中听雷"专栏探析

尽管马华文学的存在被视为华人社会维系文化属性、传承文化香火的重要象征，但由于马华文学的生长土壤贫瘠，缺乏阅读基础，马华文学作家甚至多于读者，马华文学作品在书店常常是滞销品。如何将更多读者的阅读兴趣转向马来西亚华文作品？如何拓展马华文学的发展空间？

对写作者而言，"开拓书写领域是一个方向，将文学的理念延伸至传记、自然、商业、性别、历史等等"，也即"在文学的基础上，开拓本地多元的写作境地"②，这实际上是在倡导一种越界书写。"星洲广场"各版位诸多马华学人的历史、文化、时事专栏的写作，无论是由文学圈内跨出到文学圈外，或者由文学圈外跨进文学圈内，都可视作越界书写，"在多元社会和世代，越界等于开放，单元带来封闭和危险。因为越界，我们开阔视野和胸襟，也懂得尝试去了解、接受和尊重'界外'人事物。因为越界，我们除了想想自己，也会想想别人。像温任平，文学越界，他就有机会脱出文学人孤芳自赏或顾影自怜的局限，以'局外人'身份从不同角度观察和解读文学。"③越界书写某种意义上使文学重新回到传统的文史哲不分的综合表达形态，这样一种表达形态到底是马华文学的一时权宜之计还是未来的书写方向当然是见仁见智，但正如傅承得所言，"在一个没有阅读基础的社会，只强调文学书写与出

---

① 将马华文学称之为"小产业"是黄锦树语，见黄锦树《对话与抵抗——评许文荣〈南方喧哗：马华文学的政治抵抗诗学〉》（上），《南洋商报·南洋文艺》2004 年 12 月 7 日。

② 盛盟强：《本土以内，文学以外》，《星洲日报·文化空间》2002 年 12 月 22 日。

③ 傅承得：《越界：心事与本事——序温任平〈静中听雷〉》，载温任平"静中听雷"，大将出版社 2004 年版。

版，终是本末倒置。"① 越界既带来文学的多重视角，同时这样一种"文学—文化—公共论坛"三者的联姻，使文学不再是囿于少数圈内人的游戏。

前述引文中，傅承得是以马华著名诗人温任平（1944—）为例说明越界书写的意义。温任平 1992—1995 年曾隐遁文坛而于 1997 年复出。温任平自述："我的复出写作，会从文学评论出发，兼及文化与社会的观察，继之以诗创作，这是我对个人文学生涯的策划。"② 首先在"星洲广场·自由论谈"版位开设的"书信论学"系列正是从文学评论出发。③ 这一系列由温任平给关注马华文学文化研究的学人（以马华学人为主）的 16 封公开信组成，每封信约长 3000 字，相对长的篇幅有利于针对某一问题做较深入的学理探讨。公开信的对象包括马来西亚的傅兴汉、谢川成、张锦忠、陈应德、安焕然、小曼、游川、林水檬及中国台湾地区的柏杨、詹宏志等。涉及马华文学的"独特性""典律建构""断奶"等热点话题。④ "'书信论学'系列可视为文学、文化评论之另一种包装"⑤，但与一般评论不同的是，有些公开信会收到回应，对有争议的话题做进一步探讨。如针对《与柏杨谈马华文学的独特性》一文，安焕然回应《与温任平先生谈〈与柏杨谈马华文学的独特性〉一文》⑥，针对《与张锦忠谈"典律建构"》一文，安焕然回应以《我们的马华文学评论——与温任平先生谈〈与张锦忠谈"典律建构"〉》一文。⑦ 而针对安焕然的两篇回应文章，温任平则以《研讨会·中国学

---

① 傅承得：《越界：心事与本事——序温任平〈静中听雷〉》，载温任平"静中听雷"，大将出版社 2004 年版。

② 温任平：《"书信论学"系列六：研讨会·中国学者·黄锦树事件——敬覆安焕然先生》，《星洲日报·自由论谈》1998 年 1 月 11 日。

③ "书信论学"系列从 1997 年 11 月始，至 1998 年 4 月结束。

④ 话题对应的公开信分别为：1997 年 12 月 7 日"书信论学"系列（三）《与柏杨谈"马华文学的独特性"》，1997 年 12 月 14 日系列（四）《与张锦忠谈"典律建构"》，1998 年 3 月 29 日系列（十五）《与林水檬谈"断奶"与影响焦虑》。

⑤ 温任平：《"书信论学"系列六：研讨会·中国学者·黄锦树事件——敬覆安焕然先生》，《星洲日报·自由论谈》1998 年 1 月 11 日。

⑥ 见《星洲日报·自由论谈》1997 年 12 月 28 日。

⑦ 见《星洲日报·自由论谈》1998 年 1 月 4 日。

者·黄锦树事件——敬覆安焕然先生》回应①，这些相互切磋的文章构成了一种良好的对话关系。

"书信论学"系列之后，温任平1999年7月8日起先后在《星洲日报·星洲广场》上的"自由论谈""人文论谈""文化空间"版位开设"静中听雷"双周专栏，取义于鲁迅诗句"于无声处听惊雷"，该专栏一直开设至2008年6月，持续9年时间。马来西亚大将出版社曾将1998至2003年该专栏的75篇文章结集成书，书名同于专栏名。另据统计，从2004年至2008年，"静中听雷"专栏文章达118篇。与"书信论学"系列侧重于文学评论不同，这一专栏探身文学之外，主要是针对政经文教课题（尤其是文化现象）观察解读的评论性文字，兼及马华文学论述。温任平曾任马华现代文学运动最重要的推动者——天狼星诗社社长，由"文学温任平"变身"文化评论温任平"，自然具有"文学越界"的意味②，与温任平另一本越界之作《文化人的心事》相似③，"静中听雷"专栏刻意跨出文学界域，"评论大多数越界课题时都能保存作为文艺人的自性与本色，和而不同，又不着头巾气"④，代表着马华文学批评的文化诗学范式。

"静中听雷"对马华文学批评的意义是，在马华文学遭遇来自欧美及港台和中国大陆令人目不暇接的"陌生诗学"过程中，通过理论演绎、文本分析、文化现象解读等方式为这些"陌生诗学"横的移植提供了"培养基"，有利于"陌生诗学"在马来西亚的"在地转化"（local transformation）与生长。温任平曾谈道：我对现代性的了解，主要以文学为依据，兼及发达资本主义、跨国资本主义趋向，从生产机制到消费形态以及知识与权力的关系⑤，实际上，"静中听雷"相当多的文章，均不离文学的省思，他观察全球化、大众文化、现代性、后现代

---

① 见《星洲日报·自由论谈》1998年1月11日。

② 傅承得：《越界：心事与本事——序温任平〈静中听雷〉》，大将出版社2004年版。

③ 《文化人的心事》1999年大将出版社出版。收录1988年迄1992年温任平在《南洋商报》发表的《特约评论》共63篇，内容涵盖本地社会现象、文化观察、潮流分析、商业趋势及消费意识等范围，关于马华文学的文章约占总数的五分之一。

④ 张景云：《序》，载温任平《文化人的心事》，大将出版社1999年版。

⑤ 温任平：《现代性液体化》，《星洲日报·文化空间》2002年9月29日。

主义、后殖民论述、符号学等流行的社会文化（文学）思潮，多由宽泛的文化视野论及当下的马华文化建设，再及于马华文学论述。在"陌生诗学"的移植生长中，温任平反对"食洋不化"，特别反感"一些所谓高档文章，乍看繁富复杂，深不可测，拆开来原来尽是西方理论的唾余，东拿一点，西拈一点，用自己生涩的中文 collage 在一起"。①

"静中听雷"最吸引人的看点在于运用各样理论进行既精辟又通俗易懂的文本分析，其中"文本"的意义也被大幅拓宽，不止于文学文本。同时相当多的文章借用了"书信论学"的形式，如《与张错谈"语言的共同体"》《与王安忆谈情欲小说》《回应许德发的"文化语境"说》等篇②，以如话家常笔谈对话的方式，使理论蜕去了艰涩，并借助大众传媒呈现出亲民特征。下面以温任平对全球化下的大众文化的观察为例：

温任平指出，"全球化是另一种形态的殖民，它的大众文化的平庸面渗透力绝不逊于资本的蚕食与吞噬，但今日已没有任何一个区域/社群可以'自我区隔'（self-ghettoization）以求免疫。"③进入 21 世纪，现代主义、后现代主义风起云涌，关于后现代与大众文化的关系，温任平认为，"相对于现代主义的'目的论'，游戏性是后现代主义的特色之一"，正如詹明信在他的论著《现实主义、现代主义与后现代主义》所指出的那样，"后现代是承衍现代主义而出现于媒介资本主义、国际化资本主义的文化模式。这种社会以跨国资讯、多边市场、电子媒介为主导，投资方式与生产模式的巨幅改变重组了社会的空间秩序。从文化的角度看，文化工业包括电影、录影、录音都走向大众化、商品化。"④就纸媒而言，以漫画和武侠小说为代表的大众文化成为不可小觑的力

---

① 温任平：《所谓知识分子》，《星洲日报·人文论谈》2002 年 3 月 31 日。

② 分别见于《星洲日报·人文论谈》2002 年 1 月 6 日、2002 年 2 月 17 日、《星洲日报·自由论谈》2001 年 2 月 18 日。

③ 温任平：《去国家化/法外治权/平庸影响——再谈全球化》，《星洲日报·文化空间》2003 年 1 月 19 日。

④ 温任平：《郑树森、詹明信与后现代主义》，《星洲日报·自由论谈》2000 年 1 月 16 日。

量①，温任平更关注对中文世界大众文化热点现象的理论透视与解读。在观察中国大陆小说家卫慧、九丹、春树等的"身体写作"畅销现象时，指出这是"美女作家与媒体共谋（collusion）"营造出的风潮轰动和新闻效应，反映出"后期资本主义制度下性、女体、青春、情欲等原始元素被'高度开发'与'商品化'的社会伦理"。②上述观察解读，实际上也可见出温任平警惕商品化对文学艺术的消极影响。温任平用萨义德（Edward W. Said）的后殖民论述和"东方主义"解读中国大陆陈凯歌、张艺谋的电影时，认为两位导演"都自觉不自觉地忽略了中国的历史叙事，而把'中国'商品化，仿制/包装成东方的文化习俗展览，供应西方的'他者消费'"。③

温任平不拒斥大众文化，他担忧"文化菁英自囿在象牙塔的孤高里，'一览众山小'，在廿一世纪可能会失去受众"。随着大众文化的流行，通俗文学与严肃文学的距离正在减少，"作家、艺术家怎样在雅与俗之间找出路，正是横在出版商、制作人与读者观众的一条拔河用的绳子"。④

文化观察是"静中听雷"的着力点。除对大众热点文化现象进行敏锐的观察与透彻的分析外，对华社精英始终关注的马华文化建设更是提出了自己独到的看法。关于马华学者、作家所忧郁的诸如华人文化节、花踪文学奖等一些重要场合流行的薪火相传的仪式中的表演性，温任平认为，"文史哲的核心文化是一种内敛的、沉潜的文化运作，而表演文化作为一种外延文化则是一种外烁的、展现的文化运作"，马华社会固然更需要扎根的静态文化底沉淀与累积。但"实不必苛责文化的表演性，因为表演文化不表演，它就会失去了生命力，成为概念游戏丧失了存活的条件"⑤，"文化作秀也没有什么不对，不过如果仅满足于作秀的层次，那就不太可能提升一个社会的文化教养"，而"争取文化的硬体

---

①　温任平：《不可小觑大众文化》，《星洲日报·自由论谈》2000年9月17日。

②　温任平：《服装伦理与语言伦理》，《星洲日报·文化空间》2002年11月10日。

③　温任平：《东方主义视角下的中国电影》，《星洲日报·自由论谈》2000年9月3日。

④　温任平：《知识分子下海——兼谈平路著〈何日君再来〉》，《星洲日报·文化论谈》2002年8月18日。

⑤　温任平：《文化的表演性》，《星洲日报·自由论谈》1999年9月26日。

建设，改善文化发展的条件，才是最重要的"。① 在马来西亚这样一个由多元文化组成的国家，经常牵涉的两个议题是"多元文化论"和"文化多元论"，温任平认为，马来西亚是"以马来文化为主体，其他种族文化为附庸的多元文化主义（multiculturalism）"，"多元文化论不会对各族群的平等权利有正面贡献，因为这种论述，一开始便二分为谁是主体，谁是客体，用芝加哥跨文化研究中心的发现，所谓'保留文化特色'这种修辞，究其实是把弱势族群更弱势化"，多元文化主义在实践时"把弱势族群文化浮象橱窗化"；而"文化多元主义"（culturalpluralism）"是真正的文化包容，所谓'文化多元，互为主体'。与多元文化主义的选择性容纳、个别性摒弃，差别很大"。② 暂不论温任平关于"多元文化论"与"文化多元论"的辨析是否只是一家之论，但是他对马华文化建设和整个马来西亚文化的建构忧思无疑也对马华文学深具启示作用，在文化的镜像中文学也能照见自身。

　　马华文学作为马华文化的重要组成部分始终是温任平最为关注的面向。一方面，温任平无论是在马华社会热点议题的讨论中还是在西方理论的评价中常以马华文学为例。如温任平关于大众文化的多篇文章，常常置入马华文学的视角；再如在对符号学、后现代主义理论的解读中，温任平即以马华文学创作为例，说明马华社会文化系统混血（hybrid）特征对马华文学的影响。③ 另一方面，"静中听雷"专栏中，亦有相当篇幅直接就马华文学的文学资源、书写内容、语言表达、文体意识、典律建构、文学史重写，以及马华文学批评、马华文学属性等热点问题思考。这些马华文学论述中，温任平对用母语进行文学创作的语言规范性尤其着力，警惕语言的恶性西化的负面影响。④ 尤其是当作家大胆进行语言试验时，当注意"语言的技术"是否与"语言的规范"同义⑤，是否应该以丢失"母语抑扬顿挫的韵致"为代价？⑥ 这种不言自明的设问

---

① 温任平：《千禧欢庆的反思》，《星洲日报·自由论谈》1999 年 10 月 24 日。

② 温任平：《多元文化与文化多元》《星洲日报·自由论谈》2000 年 8 月 20 日。

③ 温任平：《符号·拟象·真实》，《星洲日报·自由论谈》2001 年 1 月 21 日。

④ 温任平：《中文的"性"困扰及其他》，《星洲日报·人文论谈》2001 年 10 月 28 日。

⑤ 温任平：《论文之间的对话》，《星洲日报·人文论谈》2001 年 12 月 23 日。

⑥ 温任平：《"浪漫到贴地"》，《星洲日报·人文论谈》2002 年 02 月 3 日。

实际上表明温任平的语言态度。在评论八字辈诗人林颢轹的诗作时，温任平赞许林颢轹对语言的强调，特别认同台湾作家高大鹏关于语言的看法，"好的中文应该兼有白话和文言的优点，并表现出历史文化的'延续感'和'积藏感'。"① 这实际上是在母语规范性之上的更高要求。在进行文学批评时，温任平同样强调语言的规范性，他认为"批评家可以同意文本的开放性"，"但却无法苟同语义可以像块黏土可以任意搓捏，不管文学的语言或非文学的语言都有它们的规范，逾越规范即属'过度诠释'"。②

除了关注马华文学语言形式，"静中听雷"论述马华文学的书写内容的专文亦就诸如"中国性""南洋书写""本土性"或马华文学的"我们性"等热点问题进行辩证思考。③ 其他如关于华文文学及马华文学的中心与边缘的定位等讨论亦是马华文学的热点关联问题④。此外，"静中听雷"也对马华文坛写作新趋向予以评论，如评论马华诗人"假牙"的《青春小鸟》诗集，对诗人不同于现代主义"大叙述"的生活化、幽默、极简主义的诗歌创作的奖掖中不乏客观的批评⑤，这种评论实际上亦对马华写作具有导向作用。

整体观之，"静中听雷"专栏将马华文学置于全球化及马来西亚社会、政治、经济、文化等宏大语境之下讨论，抽绎出在风起云涌的现代主义、后现代主义文学思潮影响下的马华文学关键议题；虽然温任平自谦为"缺乏正规的学院训练，观点穿贯无绳，如散钱之委于地，因此很难建构什么思想体系"⑥，但深厚的传统文史哲底蕴和对西方批评理论、表达语汇与方

---

① 温任平：《风格与语言——覆林颢轹的一封公开信》，《星洲日报·人文论谈》2002 年6 月9 日，文化论谈。

② 温任平：《安贝托·艾柯的启示》，《星洲日报·文化论谈》2002 年4 月28 日。

③ 如温任平《中国性：焦虑/激情/想象》，《星洲日报·文化空间》2007 年11 月18 日；《幻想与想象——南洋书写内在的辩证性》，《星洲日报·文化空间》2003 年3 月23 日；《文学资源/写作题材/文体自觉》《"马来西亚内容"的破冰之旅》，《星洲日报·人文论谈》2001 年5 月13 日。

④ 温任平：《与张错谈"语言的共同体"》，《星洲日报·人文论谈》2002 年1 月6 日。

⑤ 温任平：《假牙式极限写作》，《星洲日报·文化空间》2005 年10 月9 日。"假牙"，又名莎猫，1991 年以《台北双眼皮》荣获第1 届花踪文学奖散文组首奖。

⑥ 温任平：《自序：游泳冠军不懂游泳》，载温任平"静中听雷"，大将出版社2004 年版。

式的熟悉，再加上行文风格在严谨中杂糅戏谑、诗性灵动中不乏深邃思辨色彩，使温任平的越界书写成为一种独具审美品性的文化诗学批评范式。"文化诗学有三个维度：语言之维、审美之维和文化之维；有三种品格：现实品格、跨学科品格和诗意品格"①，"静中听雷"大体是以这种文化诗学的综合性融通视界观照文学文化现象，同时又独具马华本土关怀，试图建构"一种沟通古今、既接通传统又适应当下、既富理性观照又重体验感悟的批评方式"②，同时也成为马华文学现代性建构中的一种个性化论述。

"静中听雷"涉笔文学的部分不同于学院化批评但学理性兼备，这种随笔式文学批评理路与温任平于 1999 年至 2000 年在《南洋商报·南洋文艺》开设的"分水岭上"文学批评专栏相类似。但"分水岭上"专栏置于"南洋文艺"这一纯文学空间，"静中听雷"则借助"星洲广场"这一具有大众参与性和媒体策划性的公共言论空间，将文学批评置于文化观察与时评的框架之下，这样某种意义上相关文学论述也就具有时事化、新闻性意味，因而更易获得读者注目。温任平"静中听雷"相当多的专栏文章，实际上对流行的文化研究、后现代等西方理论进行了本土化解读后渗透在马华文学批评中，在后现代甚至成为一种时尚小资的马华当下，无疑吸引更多读者关注马华文学，扩展了想象的马华文学社群。

"静中听雷"作为一种马华文学的文化诗学批评范式，其越界书写既具有诗性无意识，又具有典型的媒体批评特征。伴随着华文报纸副刊愈来愈向大众文化副刊转型，越界书写亦成为华文报纸吸引大众阅读扩增市场份额、维持商业利润的一种有效的生存发展策略。

第三节　作为文学思潮实验场域的《星洲日报》青少年创作版位

马华文学面临的问题之一是"文学小众化"，故"需要有'经营'

---

①　童庆炳：《"文化诗学"作为文学理论的新构想》，《陕西师范大学学报》（哲学社会科学版）2006 年第 1 期。

②　蒋述卓、蒋艳萍：《论王元化"综合研究法"的文化诗学意义》，《湖南师范大学社会科学学报》2003 年第 6 期。

的概念"。① 黄锦树认为，"纵观整体马华文学史，或许可以（徒劳的）区分出三种马华文学的制作形态：政治的文学、文学史的文学、文学的文学"②，无论是哪种形态或意义上的"制作"，离不开华文媒体尤其是华文报纸副刊园地有意识的整体策划与着力"经营"，华文报纸通过副刊的经营作为外力持续性地介入马华文学生产与消费环节。

一　《星洲日报》文艺副刊梯度设置下的青少年创作版位

针对文学消费市场受众，《星洲日报》复刊以来文艺副刊采用分层设置的形式，常设的版位分别是：

通俗文学版块——"小说"（或称"小说世界""小说天地"）。虽然也会辟出版位给马华小说作者，如发表各届花踪文学奖小说获奖作品，但以剪贴转载自中国大陆、港台等地的畅销小说为主，表现出与大陆、港台文学消费市场的同步性。

综合性文艺版块——"星云"。以发表散文、生活随笔、极短篇为主，呈现出由传统人文副刊向"生活文学"乃至休闲文艺副刊的嬗变，一定程度上向大众通俗美学趣味倾斜。

纯文学版块——"文艺春秋"。坚持雅文学/严肃文学取向，各类文体兼备。

上述三个层次的副刊版位中，真正提供给马华写作人的创作版位主要是"星云"和"文艺春秋"，在这两个版位发表作品的大多是相对成名或写作相对成熟的马华写作人。③

在马华文坛还活跃着大量的青少年写作群体，他们的文字水平大多暂时居于学生作文与"文艺春秋"刊发文章所要求的水平之间。复刊以来，《星洲日报》尤其注意培育这批同时是文学消费群体的文坛新生代，无论副刊如何改版，多会设置供青少年创作发表的专门版位，这些版位与"星云""文艺春秋"一起，构成了《星洲日报》文艺创作版位设置的梯度性。

---

① 魏月萍：《期待马华文艺复兴》，《星洲日报·星洲广场》2001 年 1 月 21 日，封页。

② 黄锦树：《制作马华文学，一个简短的回顾》，《星洲日报·文艺春秋》2011 年 2 月 27 日。

③ 1990 年代王祖安主编"星云"时期，"星云"传统人文性特征较为突出，刊发马华知名写作人的散文精品尤多。

先是 1988 年复刊至 1990 年代中期，《星洲日报》依次开设"青春"（1988 年复刊—1990 年）和"冲击"（1990—1993 年），均是每周刊出两次；约 1993 年 4 月开始，"青春"版重新替换"冲击"版，逢周一刊出，1994 年起改为逢周二刊出。这两个版位的作者和读者定位于年轻写手。历劫归来的《星洲日报》在开辟"青春"版位伊始，即"欢迎青春与青年的朋友们踊跃投稿"①，并一再邀约"欢迎你踩着青春的脚步，走进这片天地"②，且经常推出年轻学子创作专号，如"青春"曾刊出"马大迎新专号"，"刊登此专号目的亦在鼓励国内、外大专院校有志写作的年轻学子踊跃试笔"③。而"冲击"亦被称为"年轻人的咏叹调"。④

进入 2000 年代，《星洲日报》更具革新活力，相继推出针对文学新生代的专门创作版位有"新新人类·新生代　新姿彩""梦想家""后浪"等。2000 年 3 月 4 日副刊"新品种"——"新新人类"周刊开版，每周六刊出，定位为"年轻人的世界"⑤，"为年轻的眼睛寻找驻留的地方"⑥，2000 年 8 月 3 日"新新人类"正式改为逢周四见报。"新新人类"一般 3 个版位，其中"新生代　新姿彩"是"本地青少年文艺创作版"⑦，着意"展现马华文坛潜力十足的新生代姿彩"，"欢迎各类型稿件，新诗、散文、短篇小说、生活随笔等，一律'放稿过来'⑧"。其版面分配是：三分之二版刊登年轻读者投稿，三分之一是四个文艺专栏。为了"让更多年轻写作人展现姿彩"⑨，该版亦不定期地推出各中学或大专学生专辑，如 2001 年 1 月 11 日推出"怡保圣母玛利亚中学学生特辑"。"新生代　新姿彩"渐渐转型

---

① 编者启：《春之讯》，《星洲日报·青春》1988 年 4 月 14 日。

② 编者按：《星洲日报·青春》1989 年 5 月 30 日。

③ 编者按：《星洲日报·青春》1994 年 6 月 21 日。

④ 宋扬波：《从星洲的副刊谈起》，《星洲日报·星云》1991 年 12 月 30 日。

⑤ 报头广告：《星洲日报》2000 年 3 月 4 日，头版。

⑥ "新策划"封页广告，《星洲日报·新策划》2000 年 3 月 4 日。

⑦ 《怡保圣母玛利亚中学学生特辑·编按》，《星洲日报·新新人类·新生代　新姿彩》2001 年 1 月 11 日。

⑧ 编者：《放稿过来》，《星洲日报·新新人类·新生代　新姿彩》2000 年 3 月 4 日。

⑨ 《怡保圣母玛利亚中学学生特辑·编按》，《星洲日报·新新人类·新生代　新姿彩》2001 年 1 月 11 日。

为"新新人类"的"梦想家"版,其开版时间跨度为 2001 年 5 月 3 日至 2003 年 12 月 18 日,其后由于 2004 年 1 月《星洲日报》副刊再次改版,"新新人类"调整为"文化生活","梦想家"版随之终版。

2005 年 7 月 21 日,《星洲日报》副刊以大篇幅图文并茂的广告推出"文学新客的写作场域"——"后浪"版,"主要针对对象为中学生及大专生等文学新手","我们推出这一版块,只为你不羁的文艺细胞。快快来竞技、游戏、做梦、交朋友,让全世界见证你不凡的文采。在这里,各种类型文稿及视觉艺术创作,百无禁忌",向文坛新生代发出"后浪,涌来吧"的热情呼唤。[①]"后浪"为周刊,创刊时逢星期四刊出,2006 年 7 月 8 日起改为周六,2007 年 3 月 13 日起换为周二刊出。2008 年 7 月 1 日后"后浪"版面移至《星洲日报》的中小学教育刊物"学海"(主要提供学生作文投稿版面)中,因而作为衔接"学海"与"文艺春秋"带过渡性质的"后浪"也就相应地终版了。

除了上述专为青少年文学新手试笔提供的发表专版外,《星洲日报》纯文学副刊"文艺春秋"亦为有潜质的文学新人开辟发表专栏或特区,早在 1991 年即推出"新人出击"专栏并公开征稿:

> 长江后浪推前浪,只有前后浪潮的相互推动激励,才能成就一条波澜壮阔的长江,浩浩荡荡,川流不息。
>
> 文坛也是这样。有鉴于此,"文艺春秋"版继第一届《星洲日报》"花踪"文学奖后,推出"新人出击"专栏,以贯彻本报发掘新秀、传承薪火的宗旨。
>
> 欢迎文学创作的前辈或杏坛中的师长推荐具有潜质的新人作品给"文艺春秋",同时也欢迎新人自荐。[②]

《征稿》"发掘新秀、传承薪火"的宗旨明确了培植马华文坛"后浪"的目标。

1995 年《星洲日报》增辟星期日的"星洲广场","文艺春秋"亦由每

---

① 《征文》,《星洲日报》2005 年 7 月 21 日。

② 《征稿》,《星洲日报·文艺春秋》1991 年 9 月 10 日。

周二、六见报改为对开两大版的形式随"星洲广场"周日见报，但1996年2月至1998年9月另外开辟周六的"文艺春秋·新秀特区"专版，1998年10月4日"新秀特区"星期六专版取消，重新于周日的"文艺春秋"开辟"新秀特区"专区，直至1999年9月。"新秀特区"公开征稿如下：

> "新秀特区"承续"花踪"新秀文学奖以及往年本版"新人出击"栏目的精神，以发掘文坛新秀、培养文坛接班人为要旨，希望大专院校以及中学里的老师能够推荐学生作品给我们，也欢迎学生或自修生自我推荐。
> 后浪可畏，我们期望他们能蔚为一股股壮观巨浪，前仆后继，涌现为日后马华文坛的一支创作大队！①

可见"新秀特区"主要发表学生和少年作者的习作，同样以培植马华文坛"后浪"为期许。"新秀特区"特别注意提携学生新秀，仅1996年就先后推出"马大中文系学生作品展""居銮中华中学高二商1学生作品小展""第一届循中散文奖得奖作品小辑（上、下辑）""马大中文系学生作品小辑"等。② 除了推出新人群体，"文艺春秋·新秀特区"也推出个人新秀专辑，如1997年9月6日为当时就读日新独中高中二理科班的方庆祥推出"方庆祥个人作品展"，1998年10月18日为二十来岁半工半读的黄晓玲推出"黄晓玲散文作品小展"等。为鼓励更多新秀参与创作的热情，"新秀特区"曾于1998年5月至1999年6月，先后推出每月主题征稿"100字写……""100字的挑战"，即每月指定一个征文题目，限写100字以内，如1998年6月征稿题为"世界杯忠足球赛"，1999年3月征稿题目是"刻骨铭心"，4月份征稿题目是"城市"③，"新秀特区"每月一次定期刊载征文作品，每次大约刊载10人的作品。这种篇幅100字以内的征文活动无疑引导更多写作新人。值

---

① 《新秀特区·征稿》，《星洲日报·文艺春秋》1996年2月4日。

② 分别见于《星洲日报·文艺春秋·新秀特区》1996年2月4日，1996年7月27日，1996年10月19日、10月26日、12月14日版，"循中"指吉隆坡循人中学。

③ 分别见于《星洲日报·文艺春秋·新秀特区》1998年5月30日，1999年3月28日，1999年4月25日。

得注意的是，"新秀特区"所有刊发文章的作者，都会标明其来源地，客观上有树立一地写作者之榜样作用。总之，在写作与阅读风气都较为低迷的马来西亚，"新秀特区"所采用的征文活动或专辑形式等，均对马华写作新秀有示范和鼓励风气的作用，亦可视为一种文学的"制作"与"经营"。

自 2000 年 3 月 4 日开始，"新秀特区"又迁至"新新人类"周刊，融入"新生代　新姿彩"版，后逐渐转型为"新新人类"周刊"梦想家"版。

《星洲日报》文艺副刊富于层次和梯度的设置，满足了不同层次的读者阅读和消费的需要。这些读者本身就是潜在的写作者，而这些写作者自然是"铁杆"的读者，所以基本上青少年文艺创作版位因时制宜的设置和改变，亦构成了报业良性循环的一端。

二　马华文学新秀创作生态观察——以"梦想家"和"后浪"为样本

黄锦树曾通过对马来西亚《蕉风》作者群"写作生命短，只有青年时期"的观察，感叹马华文坛的青年文艺现象。① 这揭示了马华写作者创作的普遍早夭状况，"大部分年轻作者的创作生命总是不能长久，有些颇显才华又深具潜能的年轻作者，犹如掠空而过的飞鸿，不是只留着雪泥上的一枚爪痕，让人凭吊，击节慨叹；就是只留声一、二，乍然回头，却已翅影杳杳，不见其迹。"② 而青少年文艺创作版块是大部分富于才华的年轻作者初出茅庐时用心耕耘的园地，故而要完整观察马华文学创作生态及思潮涌动，上述青少年文艺创作版位亦是不可忽略的组成部分。

这里以开版时间前后接续，版位持续时间长度相近（均不到 3 年），发表文章总量也较为接近的"梦想家"和"后浪"（"梦想家"为 568 篇，"后浪"为 611 篇）作为样本观察马华文学新人创作生态。首先将"梦想家"和"后浪"版发文情况统计制成简表如下：

---

① 黄锦树：《马华文学与文艺青年——阅读〈蕉风〉有感》，《星洲日报·文艺春秋》2007 年 9 月 3 日。

② 南乡子：《马华文坛的感叹》，《星洲日报·星云》1991 年 2 月 5 日。

表一　　　　"梦想家"发文量统计（2001.5.3—2003.12.18）

单人发表作品量（篇）	作者数（人）	占作者总数比（%）	合计（篇）	占作品总量比（%）
1	179	61.72	179	31.52
2	53	18.27	106	18.66
3	28	9.66	84	14.79
4	12	4.14	48	8.45
5	4		20	
6	5		30	
7	2		14	
9	2	6.21	18	26.58
10	2		20	
11	1		11	
13	1		13	
25	1		25	
合计	290	100	568	100

表二　　　　"后浪"发文量统计（2005.7.21—2008.7.1）

单人发表作品量（篇）	作者数（人）	占作者总数比（%）	合计（篇）	占作品总量比（%）
1	203	66.99	203	33.23
2	47	15.51	94	15.38
3	21	6.93	63	10.31
4	7	2.31	28	4.58
5	10		50	
6	3		18	
7	3		21	
8	4		32	
14	2	8.58	28	36.50
15	1		15	
19	2		38	
21	1		21	
合计	303	100	611	100

注：编辑孙松清发表了17篇图文类作品，未计入其中。

第一，两个版块的作者群中，发表单篇文章的作者占发表文章作者总数的比率均超过60%，也就是这两个版位的作者处于一种较为离散的分布状态。"后浪"版相对"梦想家"版，单篇文章作者比率高出5.27%，这说明到"后浪"阶段，马华写作人数相对有所增加，准确地说，由于大部分单篇作者实际上还处于一个文学爱好者的阶段，可以说马华新生代中文学爱好者基本呈现上升趋势。

第二，发表5篇以上文章的作者占发表文章作者总数的比率，"后浪"版比"梦想家"版提高了3.04%，而从发表5篇以上文章的作者所发表的文章数占该版位发表文章总数的比率来看，"后浪"版比"梦想家"版也提高了9.92%。这至少说明坚持持续写作的新人有所增加。

第三，另据笔者统计，在"梦想家"版发表10篇以上作品的作者5人，分别是：刘汉（25篇），小井（13篇），唐秀丽（11篇），光莹（10篇），林颉轹（10篇）；在"后浪"版发表10篇以上作品的作者6人，分别是：吴鑫霖（21篇），飞鹏子（19篇），郑杰文（19篇），行健（15篇），林诗婷（14篇），深韩（14篇）。这里按照一般的文学写作的金字塔分布规律，底座是庞大的文学爱好写作者，高居塔顶的极少数可视为是作家或准作家。实际上，上述作者中不少人已在马华文坛崭露头角，其名字不但见诸各报章副刊文艺版及各文学刊物，亦屡屡出现在各类文学奖项中，或者出版作品单行本等，如刘汉曾是《椰子屋》七字辈特区专栏作者，毕业于暨南大学中文系，亦是自由文字工作者；以新诗见长的林颉轹（1982—）作品曾入选《有本诗集：22诗人自选》①，《南洋商报·南洋文艺》2011年"6月诗人节特辑"曾为他做了"eL诗展"专版②；飞鹏子（1986—）第一本诗集《重要线索》由台湾黑眼睛文化事业有限公司2011年出版；吴鑫霖（1987—）的短篇小说集《童梦书》2012年由水善斋出版；八字辈的林诗婷曾获得2006年《星洲日报》第九届《花踪》诗歌组新秀首奖，2008年获得新加坡大专文学奖散文组首奖等。这说明，有潜质的文学新人亦借助于副刊青少年文艺专版的孵化培育。

由于"后浪"版的征稿对象主要是25岁以下的文学新手，故而

---

① 有人出版社2003年版。

② 林颉轹常以"eL"为笔名，故名。"eL诗展"分上、下篇，分别刊于2011年6月7日、6月14日。

"后浪"版作者当主要是八字辈,"梦想家"版作者当亦多出生于1970年代后期。这两个版位的作者群落及文章发表情况基本上反映出马华七、八字辈新生代写作生态之重要侧面,以青少年创作版位为发表园地的马华新生代爱好写作者整体上呈现上升趋势,一批持续写作的文坛新秀由此受激励进一步走向"文艺春秋"等纯文学版位,如"后浪"第一棒点评人梁靖芬即勉励吴鑫霖:"鑫霖来稿很勤,水平也很稳定,可以尝试投稿'文艺春秋'。"① 其他如1990年代"冲击"版作者群后来也走出了许多马华知名写作人,如Echo许慧珊、联利、冼文光、盛辉、邱琲君、张玮栩等。

如果说单个的文学新手只是马华文坛一朵不起眼的小浪花,那么这些文学新手创作专版或专区则集结了群体的活力,形成马华写作群体中的一股新势力或者绵延不断的"后浪",为马华文坛准备了文学写作的新生力量。

三　作为马华文学审美理想实验场域的青少年文艺创作版

青少年文艺创作版块设置的更重要的意义在于,它们作为文学创作审美理想实验场域,其新锐、前卫的文学新秀创作一定程度上代表了文坛的创作趋向,助推新的文学思潮涌动。

不难发现,与纯文学副刊"文艺春秋"相比,《星洲日报》青少年文艺创作版作者的署名方式颇具特色,那就是笔名使用的普泛化。与"梦想家""后浪"版一样,"青春""冲击"作者群亦较具分散性,即同一作者发表多篇作品的不多,仅以见诸这两个版位频率较高的作者来看,有诸如雪茶、禾周、四郎、苏还还、小女人、小葫、采林、刚柔、栀缃、浪桓、希望草、芦苇、芭芭拉、雨霖铃等人,显然使用的多是笔名。这两个版位上经常见到编者要求作者提供真名的"小启",如"冲击"版"小启":"心事、尔南请寄来真实中英文姓名及详细地址,以便寄奉稿酬。"② 再如"青春"版"小启":"吴素仙、雪茶、古月、木

---

① 梁靖芬:《据地而写》,《星洲日报·后浪》2007年5月15日。

② 《小启》,《星洲日报·冲击》1992年11月2日。

偶兵、慧童、贝比、宋楚平请寄来真实中英文姓名及地址，以便汇寄稿费。"① 类似的寻求作者真名及地址的"小启"亦说明了笔名使用的普泛化。进入 21 世纪，青少年文艺创作专版的笔名使用频率同样高企。笔者根据汉语命名习惯，对"梦想家"和"后浪"版上可明显断定是笔名的作者人数进行了大致统计，其中"梦想家"使用笔名的作者达 185 人左右，约占该版 304 个总作者数的 60%；"后浪"版笔名达 145 人左右，约占该版 290 个总作者数的 50%。

青少年创作专版笔名使用的普泛性使用说明了什么？一方面，"文学作品的署名方式是一个有意味的问题，与作品中人名、地名一样，当作者选择了一个特定的能指单词去标识它们时，有意无意地也把自己的创作态度和情感倾向露出来了"，笔名的使用"与作者对自己作品类型的归属和创作倾向的体认相关"。② 马华文学新人笔名的使用亦见年轻写手率性、任真、唯美的创作取向。另一方面，使用笔名的好处是隐身、匿名，"'笔名现象'鼓励了作家的出轨越界行为"。③ 原名谢婉莹的冰心在解释自己为什么用该笔名发表作品时说，一个重要的原因是自己"太胆小，怕人家笑话批评"④，也就是说隐身、匿名的方式作为某种意义上的私密书写，其实为处于雏鹰试飞阶段的文学新手在创作上无所顾忌的大胆实验提供了某种庇护。当然，笔名的使用亦有着其他复杂的原因和意义，不过上述两方面是我们观察马华文学新人创作的一个饶有趣味的视点。

青少年文艺创作版的作者初生牛犊，正是创作力最锐不可当的时候，"'后浪'的写作有太多意想不到的变化无常，或题材，或技巧，或语言，甚至新一代的想法，有时灵光一点，有时电光石火，这年纪存有任何伺机迸裂的可能"⑤。与稳重成熟型作家相比，无成规束之的文学新手大多勇于文字实验，一些后现代手法如后设、拼

---

① 《小启》，《星洲日报·青春》1993 年 5 月 31 日。

② 袁国兴：《隐身与遮蔽："笔名"对发生期中国现代文学质地的影响》，《文学评论》2009 年第 3 期。

③ 同上。

④ 冰心：《记事珠》，人民文学出版社 1982 年，第 194 页。

⑤ 伍燕翎：《留有一幅拼图的裂纹》，《星洲日报·后浪》2007 年 10 月 23 日。

贴等也为马华文学新手所尝试。"'后浪'大部分的新手出击，都尝试在语言上进行实验（不管诗还是小说）"。① 一些坚持持续创作的文学"后浪"经过不断的实验尝试已经形成了稳定的个人风格。"梦想家"曾刊出"新人推荐·刘庆鸿"专辑，刘庆鸿（1979—）的"诗含有对语言文字/形式的强烈实验，叙事方法则包括不按常理出牌的语法/情节，天马行空的驰骋想象，甚至在哲学语言中充满了调侃和颠覆的叙事倾向"。② 2003 年刘庆鸿以《相似·太极》获得第七届花踪文学奖马华新诗佳作奖，2011 年更以《花朵倒悬》获第 11 届花踪文学奖新诗首奖，两首获奖佳作均延续其一向天马行空的想象，营造唯美的气氛，又富于哲思与探索性，碰触人心最柔软、最隐秘处。

　　一些文学新秀的书写主题也走出单纯爱情、亲情、友情等情感世界的独白式的忧伤和迷惘，对于社会、族群以及家国情怀也进行了诗意的书写，如唐秀丽的《流。伤》："小桥流水，年年六九/流过了 32 年来的雪恨/流过了肤色混淆的哭嗥/在一片浩淼的草原上/滋润谎言"③，诗中"年年六九"暗指马来西亚 1969 年"五·一三"种族暴乱和流血冲突，以"小桥流水"的柔美意象承载沉重的族群政治话题，布局构思巧妙新颖。

　　不可否认，就像初学习步的孩子，青少年创作版的来稿题材、主题较为局限，大部分"停留在强说愁、风花雪月、以自我为中心的层次"。④ 以"后浪"版为例，"粗略统计每星期所收到的来稿之属性，几乎每 10 封中就有 6 至 7 封的内容是关于爱情的"⑤。"后浪"点评人伍燕翎曾建议"后浪"写作的"三不"原则，"1. 不要'婆婆''妈妈'；2. 不要生老病死；3. 不要初恋失恋"，并指出这是"后浪"版"大部

① 伍燕翎：《打开窗口可见天地》，《星洲日报·后浪》2008 年 2 月 5 日。

② 张光达：《文字实验·阅读效果·语言诗——小论刘庆鸿的诗》，《星洲日报·梦想家》2002 年 6 月 27 日。

③ 《新人推荐：唐秀丽诗歌小辑》，《星洲日报·梦想家》2002 年 6 月 13 日。

④ 张玮栩：《一封写给老师的信》，《星洲日报·文艺春秋》1996 年 2 月 11 日。

⑤ 《编后语：关于爱情这回事》，《星洲日报·后浪》2005 年 11 月 24 日。

分来稿的主题"。① 从写作技巧来看，"发现一个普遍的问题，很多来稿都偏向流水账"②，而创作上因盲目追求技巧化和文字实验造成的语言破碎现象亦较为普遍。

《星洲日报》青少年创作版位或专区一方面为青少年写作人的实验写作提供宽松的发表环境，一方面针对前述新秀创作稚嫩的特点，通过形式多样的创作点评或精简论述来推动和提高其写作水平。

由于1990年代马华文坛整体评论状态不太活跃，"青春"和"冲击"评论性文字基本付诸阙如。但"文艺春秋"的"新人出击"专栏推出新人时，间或邀请马华资深写作人予以"小评"；而"文艺春秋·新秀特区"则开辟"新叶把脉"专栏，以"观叶大夫评"的形式，每期用大约200余字的篇幅对首次发表作品的新人创作进行评点。

进入21世纪，随着马华新生代文学批评家的成长，青少年文学新秀的创作也进入他们关注的视野。"梦想家"不定期的"新人推荐"专辑即以新秀作品+新生代批评的形式刊出。如"新人推荐·唐秀丽"刊出唐秀丽诗9首的同时，刊出张惠思批评小论《微悟与探首——点评唐秀丽的诗》。③

至"后浪"时期，与1990年代副刊编辑的"隐身"版面之后的状态不同，编辑走入前台以更为积极的态势介入文学新手的创作。和投稿者属同世代人的首任"后浪"编辑孙松清（1982—）以设立主题征稿，撰写"编后语"（共撰写了约14期"后浪"编后语），开设博客"浪来了"（http：//newaves. blogspot. com）等为年轻人喜欢的活泼多样的编辑形式，加强与写作者的互动。无论是征稿还是《编后语》其实亦是编辑文学观点或倾向的一种简要陈述，无疑对于"后浪"投稿者甚至所有的文学新手具有指点和导向作用。如《六月诗人节"征诗行动"》："我想请假/在诗人节/背叛夏宇（就这么一次）/在这天/写诗/偷偷地"④，夏宇被誉为台湾后现代主义诗风的代表，"背叛夏宇"实际

---

① 伍燕翎：《后浪"三不"》，《星洲日报·后浪》2007年11月20日。

② 罗罗：《文学，以你为荣》，《星洲日报·后浪》2008年5月6日。

③ 见《星洲日报·梦想家》2002年6月13日。

④ 见《星洲日报·后浪》2006年5月4日。

上也表达了编辑希望文学新手有挑战夏宇诗歌的勇气和自信；而几乎每期《编后语》末尾都不忘一句："'后浪'版永远都欢迎所有有意文学创作的文学新手（25 岁以下）或在籍学生的来稿"①，实际上起到召唤文学新手持续创作的作用。孙松清主编时期，还推出了一期"名家评后浪特辑"，邀请台湾诗人焦桐"为'后浪'于 7 月 21 日至 12 月 15 日所刊登的 30 首新诗做点评"，焦桐点评了其中五首。② 2007 年，"后浪"转换编辑后，同"梦想家"的"新人推荐"编排方式类似，每期"后浪"采用"刊发的文章+马华知名的年轻写作人'点评'"的编辑方式，继续培育"文学新客"，先后有梁靖芬（1976—）、伍燕翎（1974—）、罗罗（1976—）担任点评人。

上面提到的对文学新手的批评无论是"小评""观叶大夫评"还是"点评"形式，"因预设是初创作的年轻读者群，所以偏向技术面的分析"，故而并非浮泛赞语，而是对新手写作技艺从遣词用字、语法修辞到谋篇布局均有切实的指示门径作用。③

马华文坛将文学新秀或后浪群体创作提升到一种理论观照高度的标志当属《蕉风》期刊和《星洲日报·后浪》版相互呼应所做的"八字辈特辑"。《蕉风》2006 年 1 月 495 期推出"摇摇头八字辈特辑"，特选14 位八字辈作者，有些早已获奖或成名如孙松清（"后浪"版编辑）、林頠轹、林韦地、廖婉真、《南洋商报》专题记者黄树发、出版长篇小说《渴望 LONGING》的十儿（原名翁诗庆），其他如谢明成、林明发、黄益启、罗成毅、李宣春、戏子无情（原名李馨黄）、陈凯祥、堂诘科德（原名谢珮瑶）等，继之第 496 期推出"摇摇头八字辈展续辑"，又推出卢洁欣、郑彩萍、谢佳霖、李建杰、蓝海韵、何俊毅、郭史光治、方肯、阿鲸、Bryan、吴鑫霖、王修捷、小颖等 13 人及"九字辈"代表凌芷妮。这两期特辑是马华媒体第一次以群体的形式推出"八字辈"。紧随其后，《星洲日报》"活力副刊·后浪"版为配合《蕉风》第 495期"八字辈摇摇头"专题，推出"八字辈特辑——关于 1979 之后的

① 孙松清：《文字就该像把刀》，《星洲日报·后浪》2005 年 10 月 6 日。

② 孙松清：《〈名家评后浪特辑〉编后语》，《星洲日报·后浪》2005 年 12 月 29 日。

③ 罗罗：《文学，以你为荣》，《星洲日报·后浪》2008 年 5 月 6 日。

事"，于 2006 年 4 月 6 日至 4 月 27 日连续 4 期刊登于《蕉风》曝光登场的 14 位八字辈的单篇新作及各自的创作观，并由蕉风编委会点评这些作者入围《蕉风·摇摇头八字辈特辑》的作品。① 《蕉风》和《星洲日报》副刊"八字辈特辑"的推出，有肯定其作品与世代传承的意味。496 期《蕉风》"摇摇头八字辈展续辑"还刊发了张光达的《马华八字辈发声：以 495 期〈蕉风〉特辑为例》一文，明确将"八字辈"纳入文艺理论视野的观照中。"八字辈"是马华文坛一群文学的"野孩子"："后浪！野孩子！八字辈！新生代！无论怎么叫都是一股力量"②，这群"野孩子"充分挥洒文字创意与另类思维③，这些系列"特辑"中的"八字辈"诗歌大体属于"充满了生活化口语化散漫化的'后现代诗'"④，小说诸如"魔幻写实"（如十儿的小说）、"同志"题材（如林明发的小说）等，散文的都市散文写作等均表现出先锋的姿态，但从主题上主要是"自我生活感受与生命省思"，不关注政治文化课题，没有"感时忧国与讽刺时势的调调"。⑤ "八字辈"特辑呈现了初出茅庐的"八字辈"集体群像，他们的先锋写作汇入马华文坛后现代文学思潮，具有示范作用。

由于《星洲日报》青少年文艺创作版的培育，青少年写作从习步阶段的东施效颦逐渐能纯熟地调遣技艺，甚至进行大胆新锐的现代后现代美学实验。

其实，不仅是青少年文艺创作版或"文艺春秋"的"新秀特区"对文学新人的实验创作起着引导和激励作用，这些版位所在的副刊本身就处于不断的大胆变革实验之中，对青少年的实验写作起到了先导和示范作用。尤其是进入 21 世纪以后，大众消费文化呈现出越来越强的后现代解构特征，带来了强烈的革新文化（含文学）的意识和契机，副刊进一步加强了经营和策划意识，呈现出因革新带来的多元面目。以

---

① 《星洲日报·后浪》2006 年 4 月 6 日。

② 木焱：《执行编辑手记：为八字辈喝彩，摇头！》，《蕉风》2006 年第 495 期。

③ "摇摇头八字辈特辑"编者语，《蕉风》2006 年第 495 期。

④ 张光达：《马华八字辈发声：以 495 期〈蕉风〉特辑为例》，《蕉风》2006 年第 496 期。

⑤ 同上。

"梦想家"所在副刊"新新人类"为例,"新新人类"发刊词显示该副刊风格非常新锐动感①:

> 在李敖的面前诵一首班顿,在毕卡索的面前谈写实主义,和阮玲玉研究 P. Rammli 的电影,请整型医生专访 Michael Jacksonm,在贝多芬的住所放 Surdiman 的音乐,请鲁迅点评马来西亚政治,在王菲的演唱会开讲青年 10 大守则。我看的是与我爸爸时代不一样的副刊。②

上面这段为"新新人类"版所做的推广语,将风格相异的两种文化、艺术或文学现象拼贴并置在一起,新颖、幽默,颇具后现代前卫风格,亦极具广告效应。

作为"新新人类"版位的组成部分,无论是"新生代　新姿彩"还是"梦想家",也基本遵循这一风格,"愿意让更多年轻写作人展现姿彩。因为年轻,他们一如阿米巴,拥有无限的变形可能。伸展或收缩,横向或竖倒,沉寂或喧哗,静止或蠕动,都让人期待"。③由"新生代　新姿彩"转型而来的"梦想家"刊头语亦是"敢梦敢做,敢写敢现"④,呈现青少年写作勇于革新与实验的勇气。而"后浪"编辑更是直接阐明"后浪"的方向之一"就是希望来稿作者都能抱着一点点勇于颠覆的创作力;而这也应该是'后浪'存在的主要价值"。⑤

上述青少年文艺创作版位的作者大多属于马华字辈里的七字辈或八字辈,他们没有感时忧族的重负或文化/文学中国情结的缠绕,更多的

---

　①《星洲副刊 2000 变脸行动·新新人类,今天登场!!!》,《星洲日报·广告》2000 年 8 月 3 日。

　② Pantun(班顿)又名"马来民歌",为马来民族固有的诗歌形式。P. Rammli 有马来西亚影帝之誉,同时是最伟大的流行歌手,以现代西方乐器结合传统民谣,营造抒情浪漫歌谣的方式,影响了众多艺人。Surdiman 亦是马来西亚著名摇滚乐手。

　③《怡保圣母玛利亚中学学生特辑·编按》,《星洲日报·新新人类·新生代　新姿彩》2001 年 1 月 11 日。

　④《刊头语》,《星洲日报·梦想家》2001 年 5 月 3 日。

　⑤ 孙松清:《编后语:过年之后,就要尝试颠覆》,《星洲日报·后浪》2006 年 1 月 26 日。

是个人游戏或内省式的文字，喜欢进行多样的美学实验，在接受外来文学思潮的过程中，更易倾向于形式技巧的借鉴，青少年文艺创作版位包容了他们的青涩尝试，这些文学新秀多以笔名进行隐秘书写，方便地进行写作上的"出轨越界"，而这些"出轨越界"得到了各版位编辑的鼓励和指点门径，文学新秀的技艺得到磨砺。因此，如果说在马来西亚，"'青年文艺'或'青年文学'一词已成为总结此地华文文学的最新见解"①，那么用一个滥俗的比喻，《星洲日报》副刊持续经营的青少年文艺创作版位正是培养大批文艺青年的苗圃，这块苗圃里的喧哗与骚动一定程度上影响着马华文学的发展。

"对于一条河，流是它唯一的理由；后浪存在的一个目的是使前面静止的水变成涌动的前浪"②，作为马华文学后浪潮的文学新秀，对马华文坛思潮涌动的意义即在于此。

本章小结

1969 年"五·一三"事件彻底改变了马来西亚的族群政治生态，马来人逐渐取得国家政治的绝对主导权，华人不仅在政治权益和经济利益上逐渐被边缘化，而且由于国家在种族政治框架下实行政治化语言文化问题的策略，在文化领域亦面临着马来民族主义同化的压力和国家机器的挤压，长期未获国家文学承认的马华文学书写成为维系民族根性与文化属性的一种姿态，以族裔文学形式存在的马华文学因而具有了"政治性兼文本"特征，承载着族群抵抗的精神，铭刻着马华人的记忆、伤痕、忧患与悲情。除了面对后殖民社会的威权种族政治语境，马华文坛尤其是马华新生代亦面对中华文化母体的强大影响的焦虑，希望建构起去中国性的、在地的马华文学主体性身份。③ 马华文学同样置身于全球

---

① 庄华兴：《马华"青年文学"随想》，当今大马（www.m.malaysiakini.com/columns/210315）。

② 林建国：《后浪》，《南洋商报·南洋文艺》1998 年 1 月 19 日。

③ 马华文学除了具有抵抗话语性质，同时通过在民族意识与公民意识之间取得平衡，建构马华文学主体性，也象征着马华文学有意识地对国家文学话语的介入。详见庄华兴《国家文学——宰制与回应》中相关论述，雪隆会馆、大将出版社 2006 年联合出版。

化消费语境之中，栖身大众传媒的马华文学受制于大众文化消费语境。

由于马华文学的发端脱胎于模仿中国五四文学及左翼文学，现实主义文学一直居于马华文学的正统和主流。1957 年马来亚联邦诞生后，随着民族国家的建构，具有了公民身份的马华作家进一步摆脱侨民意识，更为明确地追求文学的本土化，但由于"五·一三"事件后政治语境的丕变，抽空了马华作家反映社会深层矛盾、探讨敏感话题及强调社会批评的基础，本地化的强调和爱国与歌颂等官方主流意识合流，以启蒙与教化为写作目的现实主义蜕变为刻板封闭的教条，艺术性迷失在近乎纯粹的社会文献式写作之中。由大马留台生从台湾输入的现代主义文学思潮以《蕉风》和《学生周报》为媒介在马华文坛兴起，直到1970 年代末期，尤以温任平为代表的天狼星诗社形成较大的声势。马华现代主义文学强调艺术自觉，引进西方现代感性，拥抱古典中国，对抗马来民族主义浪潮，形成了马华文学独有的中国性现代主义书写。1980 年代，马华校园文学勃兴，马华现代主义文学继续向前发展，这时期现实主义与现代主义于相互对峙中走向缓和。1980 年代末 1990 年代初始，《椰子屋》与《青梳小站》等文学同人杂志配合《蕉风》，逐渐引介后现代主义理论，转载港台（尤其是台湾）后现代作品，后现代解构、颠覆技术和美学概念不仅受到求新求变的年轻作者的热捧，马华一些资深作家创作也杂糅了后现代新鲜有趣的手法，整个 1990 年代现代主义与后现代主义相互激荡，为马华文学创作尝试新的路径。由于并非出自于后工业社会语境，马华文坛的后现代主义主要表现在形式与技巧方面的实验与突破。从创作实际情形来看，现实主义、现代主义、后现代主义思潮在 1990 年代大体上已步入整合期，虽然整个 1990 年代马华文坛"写实派"与"现代派"两大阵营论争不休，但论争同时是马华文学世代更替过程中前辈作家和新生代之间关于文学诠释权的对峙，拨开情绪性迷雾，论争关于马华文学从"写什么"到"怎么写"的全方位争辩进一步促进了不同文学思潮的反思，从而各自更好地融入本土与在地情境。综观马华文学发展历程，由于"马华"与"文学"之间的紧张以及由此产生的张力推动了文学思潮的嬗递，呈现出从"马华文学"到"文学马华"或者说从传统审美范式向现代审美范式的转换。进入 21 世纪，由于马华文学批评学院化建制的逐步完备，三大文学思潮更是呈现出互为融会共生共存的平稳态势。整体上三大文学思潮由对峙走向共存，可视为雅正传统框架下精英式的马华文学现代性探求，与之平行的是，随着全球化消费社会一步步成为现实，大众文化兴起，文学艺术的严肃性和崇高性消解，马华通俗文艺美学风行。但与严肃文学现状相似，由于缺乏国家资源的挹注，又受限于大马华人社会的市场规模，马华本土化通俗文学市场同样系于中国台港与大陆消费美学趣味。

对主要栖身在以大众为导向的商业报纸副刊中的马华文学而言，两大报文艺副刊成为文学思潮驱动的主要媒介。其中通过专辑策划、专栏设置等持久渐进地影响着文艺和文艺思潮的发展是两报文艺副刊共同的编辑策略，不同之处在于，马华文学思潮在两大报的演绎场域与模式各不相同。《南洋商报》纯文学版块"南洋文艺"大量刊登文学观点文章，无论是策划的专辑还是设置的专栏，均有意设置文学课题，鼓励文学言论，有意打造"文学言论版"，通过文学圈内的知音论述形塑文学思潮；而1990年代以来，马华文坛所有文学论争几乎都未发生在《星洲日报》纯文学版位"文艺春秋"之上。以1995年为界，1995年以前，《星洲日报》与文学论述相关的文章散见于综合性文学副刊"星云"、专业评论版"言路"、"尊重民意"及深度新闻追踪版"新策划"等版位上；1995年8月，《星洲日报》改版，每周日推出精品大文化副刊"星洲广场"，此后，马华文学重要的文学议题频频见于"星洲广场"的各个版位。"星洲广场"是一个具有开放性质的自由化的人文公共论坛，文学话题与时事、社会、文化等引人关注的话题并置在一起，无疑扩增了想象的"文学社群"，小众化的马华文学作为维系华族文化属性的一种凭借，反过来借助大文化副刊走向更为开阔的公共传播空间，1995年之前《星洲日报》其他版位的文学论述同样可以如是观之，因此，不妨称《星洲日报》的这种文学论述形式为广场喧哗。

这种广场喧哗进一步增强论辩议题的新闻性、时事性和大众的参与性。同时广场上的文学论述议题多采用文史哲综合混融表达方式或者说跨学科与跨文类的越界表达方式，这种文学圈内与文学圈外互跨的文艺批评写作方式带来了文学观察和解读的多重视角，使文学由封闭走向开放，也为较专业的文艺批评提供了亲近大众（包括写作者和关心马华文

学的非专业读者）的更好途径。文学越界表达和批评方式实际上可归之
为马华文学的文化诗学批评范式，这方面以温任平的"静中听雷"专
栏文章为代表。它采用轻松的随笔文体，学理性、思辨性与诗性无意识
兼备，从文学批评出发，兼及文化与社会批评特征，或者反过来由文化
与社会批评再及于文学的省思，它将深厚的文史哲底蕴、西方理论学养
与本土文学情怀相结合，无疑吸引更多读者关注马华文学。这种独具审
美品性的文化诗学批评范式同时又具有媒体批评特性，这样一种"文
学—文化—公共论坛"三者的联姻起着引领热点话题、鼓动文学风潮
之效。

　　庄华兴曾提到"马华文学摆脱不了青年文学宿命"，在马华社会，
"文艺青年"不无反讽地指涉"文学创作是青少年阶层的专有玩意"①，
写作者一旦告别了该年龄层，大多封笔转换轨道。文学，成了青春的纪
念品。回应这种青年文学现象，《星洲日报》文艺副刊亦采用分层梯度
设置的方式，持续设置青少年文艺创作专版或专区，鼓励和培育踊跃试
笔的年轻学子。青少年写作固然多倾向于纯美操作，但同时作为马华文
学的后浪潮，不无先锋的姿态，他们无所顾忌地挥洒文字创意与另类思
维，青少年创作版位某种意义上成为马华文学创作审美理想实验场域。
这个场域的群体作为"强劲的后浪之存在，为历史的流动、进步制造了
可能性的条件"②，助推马华文学涌动的思潮。

---

①　庄华兴：《政治的马华文学》，独立新闻在线（http：//www.merdekareview.com/news/
n/14995.html）。

②　黄锦树：《前驱》，《南洋商报·南洋文艺》1998年3月4日。

第三章

文学议题化与马华文学思潮审美转向

第一节　议程设置下的马华文学论争及主体性追问

除了花踪文学奖引爆的文学激情和轰动效应，1990年代马华文坛最引人注目的是一波未平一波又起的文学论争，思想的激荡、话语的对峙使向来被视为文学边陲的南方呈现出一派喧哗的景象。当喧哗逐渐沉淀，论争的大致文本集约为一本《辣味马华文学——90年代马华文学争论性课题文选》①。该汇编将纷挠的论争有序化为五大课题：即"马华文学的定位""经典缺席""选集、大系与文学史""文学研究与道义""中国性与奶水论"。其中，"经典缺席""选集、大系与文学史"两个课题互相关联，都涉及对马华作品的美学评价问题，而"文学研究与道义""中国性与奶水论"主要是由1997年11月马来西亚留台联总主办的"马华文学国际学术研讨会"引燃。这次会议，黄锦树提交《马华现实主义的实践困境——从方北方的文论及马来亚三部曲论马华文学的独特性》②，该文以马华文学界元老方北方为讨论个案言辞尖锐地宣称马华现实主义破产。由于黄锦树论文写作的资料是向方北方（1918—2007）借阅及复印的，于是文学研究与道义就成为热点话题，反而偏离了原本应该是对马华现实主义作学理性思考的轨道；而台湾柏杨在会议主题演讲

---

① 张永修、张光达、林春美主编，雪兰莪中华大会堂、马来西亚留台校友会联合总会2002年出版。

② 载张永修、张光达、林春美主编《辣味马华文学——90年代马华文学争论性课题文选》，雪兰莪中华大会堂、马来西亚留台校友会联合总会2002年版。

中提出马华文学"须与'母体'断奶"①，引发了关于马华文学要不要与中国文学"断奶"的激烈争论。关于"马华文学的定位"课题论争实则最早发生，是贯串整个1990年代马华文坛对马华文学的整体性思考：即马华文学既与中国文学藕断丝连，又不被马来西亚政府承认为国家文学，边缘的马华文学如何确认主体身份？某种意义上也可以说定位问题的争论衍生出另外四个论争课题。

一 议程设置：1990年代马华文学论争的媒介化操作

> 华灯初上／副刊文艺版／主义和主义 失和争吵／甲坚持羽翼炫丽／乙坚持蛋的营养／丙坚持声音悦耳／都是飞禽／把副刊吵成大树／在我的眼里抽长 高耸并喧哗／膨胀并爆炸／风从各角度刮来 想煽动我／草就交头接耳／议论纷纷②

上面这段诗能较为恰切地注解1990年代马华文学论争的媒介操作性。论争的双方分别是马华旅台生为代表的新生代和本土传统写实作家，前者大致秉持现代主义美学观，后者则属长期居于马华文坛主流话语的写实主义创作。他们在文艺副刊"失和争吵"，并因媒介效应引发文坛震荡。

故而有必要将汇编的有序化的静态文本还原回媒介现场。我们发现文本中论争课题发生与展开的主要场域是在《星洲日报》和《南洋商报》副刊上，而其中两大华文报副刊编辑的"眼中形势胸中策"③也由此进入我们的视域。这时我们带着媒介的眼光再进入论争文本。自然，几乎每次论争的"火苗"都由旅台新生代点燃，在论争的攻守之战中，马华传统写实派基本处于直觉式反弹和守势，故而这些论争课题"既反映了马华文学发展的过程，也说明了年轻一代作者的思想取向"④，尤

---

① 柏杨：《马华文学须本土化——柏杨促走出移民文学》，《星洲日报·国内》1997年11月30日，第15版。

② 林颢辚：《吵架的鸟》，《星洲日报·文艺春秋》2000年10月15日。

③ 诗句出自（宋）宗泽《早发》诗。

④ 《出版说明》，张永修、张光达、林春美主编：《辣味马华文学——90年代马华文学争论性课题文选》，雪兰莪中华大会堂、马来西亚留台校友会联合总会2002年版。

其反映出马华文学新生代参与马华文学史建构的抱负与实践。在论争的背后，两大报纸副刊以人们习焉不察的操作方式，展现出一种隐蔽而强大的话语建构力量。

由第二章的论述可知，马华文坛所有激烈的文学论争几乎都不是发生在《星洲日报》纯文学版位，《星洲日报》文艺副刊尤擅以广场喧哗的形式，将"小产业"的马华文学从知音式的纯文学园地置入具有强大舆论形成力量的公共论坛。我们知道，"理想的文学组稿，不仅能吸引文学读者，也要能吸引文化研究者、社会学者的关注。"① 将文学课题置诸流动、自由、开放的公共空间，文学课题即变身为广义的文化课题，自然能最大限度地获得大众（不限于文学读者）的关注和参与，并因此更具新闻性、时事性，至此，文学课题在众说纷纭或大众聚焦中变为文学议题乃至文化议题。

而与《星洲日报》将文学议题吸纳进大的文化视域版位有所不同，《南洋商报》着力于将纯文艺版"南洋文艺"同时打造成"文学言论版"品牌，以知音论述的形式塑形文学思潮。一方面，设"文学观点"等栏目刊登马华文学批评与论述；另一方面以众多的专辑、特辑的经营形式"设定一些课题或范围，公开征求马华文坛诸家与文艺版读者对有关课题的看法，以期让作者与作者，以及作者与读者之间，可以自由交流意见"② 。后者实际上也是一种将文学议题化的策略。

文学/文化议题化的过程，即意味着大众媒体通过"议程设置"的策略积极介入马华文学论争。麦克·卢汉（Marshall Mcluhan）提出"媒介即是讯息"的著名论断③ ，因为任何事实、消息都不能自己选择自己，推广自己，需要通过媒介的选择、编辑才得以传播，而媒介是通过其自身具有的"议程设置"功能来传播信息的。"议程设置"由美国学者马克斯韦尔·麦库姆斯（Maxwell McCombs）和唐纳德·肖（Donald Shaw）在《大众传播媒介的议题设置功能》一文中提出。它是

① 温任平：《文学议题化》，《星洲日报·文艺春秋》2000 年 8 月 6 日。

② 张永修：《副刊本土化之实践——以我编的〈星云〉及〈南洋文艺〉为例》，《人文杂志》2002 年总第 17 期。

③ ［加］麦克·卢汉：《理解媒介：论人的延伸》，何道宽译，商务印书馆 2000 年版，第 33 页。

大众传播媒介影响社会的重要方式，"通过日复一日的新闻筛选与编排，编辑与新闻主管影响我们对当前什么是最重要的事件的认识。这种影响各种话题在公众议程上的显要性的能力被称作新闻媒介的议程设置作用。"① 简单地说，它指的是媒介的这样一种能力："通过反复播出某类新闻报道，强化该话题在公众心目中的重要程度。"② 在文学批评体制不健全且缺乏专业杂志作为论述场域的马来西亚，两大华文报刊《星洲日报》和《南洋商报》副刊提供了论述空间，主要通过精心选择策划马华文学热点、焦点、重点议题，推出系列专栏或专辑、特辑，加强报道力度、报道频率，吸纳公众关注与参与，展开持续探讨，从而强化某一文学/文化议题，这样呈现在公众面前的议题不可避免地具有了媒体操作的痕迹，所谓的重点和热点议题都可以看成是媒体构建的结果。媒体这一强势的权力话语机器，介入马华文学批评理论领域。

　　尽管传承中华文化、参与构建马来西亚多元文化是华文报纸的天然使命和立身之本，但就像商业电视追求收视率、网络媒体追求点击率一样，作为商业运营的报纸也有减少运营成本、扩增读者群的压力。虽没有直接的资料说明副刊编辑承受这种压力，但张永修主持"星云"编辑初时，坚持走本土化路线，"大量刊用本地作品"，与当时报馆的编务方针"'多用剪刀，少付稿费'，即多转载港台副刊的文章，少用本地作品"相左③，据此我们可以推测任何时候，编务工作面对利润的干扰当是在所难免的。故而必须充分利用自身传播范围广的优势，将文学话题由圈内引向圈外，并不断注入强化剂，给大众提供可以持续聚焦的话题。所以论争依托大众传媒这个特殊的批评载体，"适应传媒运作法则，制造轰动效应就成了抢占市场的必要手段"。④ 马华媒体上论争狂

① ［美］马克斯韦尔·麦库姆斯：《议程设置——大众媒介与舆论》，郭镇之、徐培喜译，北京大学出版社 2008 年版，序言。

② ［美］沃纳·赛佛林、小詹姆斯·坦卡德：《传播理论——起源、方法与应用》，郭镇之等译，北京广播学院出版社 2006 年版，第 246 页。

③ 张永修：《副刊本土化之实践——以我编的〈星云〉及〈南洋文艺〉为例》，《人文杂志》2002 年总第 17 期。

④ 蒋述卓、李凤亮主编：《传媒时代的文学存在方式》，广西师范大学出版社 2010 年版，第 254 页。

欢式的表达作为大众文化之一翼的"传媒批评",尽管有其片面的深刻性以及直面现实、传承文化的担当,但难掩其隐性的商业本色。正如前引林颉轹诗所言,"主义和主义"的"失和争吵","把副刊吵成大树",参与者的"议论纷纷"为副刊赚足了"眼球"效应,隐形的广告利润水到渠成。

二　"议程"如何"设置"——以"文学的激荡"为例

1990 年代马华文坛的话语激荡是从"马华文学定位"议题开始的。该议题首先是由旅台作家黄锦树《"马华文学"全称之商榷——初论马来西亚的"华人文学"与"华文文学"》一文引发,黄锦树采用人类学的方法,建议把"马华文学"的全称由"马来西亚华文文学"修改为"马来西亚华人文学",属于马华文学"正名"性质,借以探讨"当前马来西亚华人的文学认知与文学史的视野的问题"。[①] 文章引来杨善勇的回应,认为不应用种族、血统来定义"马华"二字,他的解释是"'马'是文学的创作时空依归,'华'是文学的写作文字根据"[②],黄锦树则认为现有的"马华文学"定义恰恰反映了狭隘的种族意识、政治意识,自己对"马华文学"范畴的重新界定是"以超越文字的'种族立场'为权宜方便,替代局限于文字的'种族立场'"。至此,"马华文学"的"正名"问题虽关涉身份属性问题,但基本上属严谨温和的马华文学学术对话。真正的论争首先是从《星洲日报》招牌副刊"星云"设置的"文学的激荡"系列开始的。下面以此为例来阐述副刊是如何通过议程设置功能推动文学论争的。

1992 年张永修主编"星云",留日学生禤素莱(1966—)自日本寄去一篇《开庭审讯》的报道,报道非常有现场感,时间是 1991 年 12 月 21 日,场景是日本东南亚史学会关东例会会场,内容是有关日本教授对马华文学定位的争议。会上日本马华文学研究者舛谷锐教授发表题为《马来西亚华人文学的产生和发展》的论文,但遭到东南亚史学会众教

① 黄锦树:《"马华文学"全称之商榷——初论马来西亚的"华人文学"与"华文文学"》,《星洲日报·文艺春秋》1991 年 1 月 19 日。

② 杨善勇:《马华文学正名》,《星洲日报·星云》1991 年 1 月 30 日。

授的诘难，认为马来西亚中文创作不能冠名为"马来西亚"华文文学，"马华文学"只能定义为"在马来西亚产生与发展的中国文学"。禤素莱以会场见证人身份目睹这一场马华文学不被承认为马来西亚文学的讨论，内心充满着"强烈的难言的痛楚"。① 而这篇报道让张永修敏锐地意识到，"在当时《星洲日报》正以隆重其事的花踪文学奖把马华文学推向国际之际，马华文学的名与实问题实在有被关注与讨论的必要。于是我马上发稿，安排该文在最短的时间内以主题篇的显著位置刊登于'星云'，并设'文学的激荡'栏目召唤读者对此课题的探讨。"②

　　先来回顾一下《开庭审讯》刊出的前前后后。在该文刊发前，"星云"版策划报道的另一个主题篇系列是当时颇具冲击力且颇聚人气的反映同性恋问题的"紫色的旋涡"，该系列共 24 期，至 4 月 30 日结束。而在 4 月 29 日，编者已用大字海报标示"五月一日星云《开庭审讯》再给你一个震撼！"这一类似广告的预告方式无疑激发起读者的期待心理，较好地将读者的注意力从前一个议题迁移至此。5 月 1 日《开庭审讯》作为"星云"版"文学的激荡"系列 1 刊出，直到 5 月 12 日，"星云"再次刊出预告："敬请密切留意'星云'，'文学的激荡'系列回响《开？审讯》"，5 月 14 日"星云"刊出沙禽的《开书审讯》作为《开庭审讯》的第一篇回响文章，而这已是"文学的激荡"系列 8。《开书审讯》刊出的同时，"星云"版同时刊登预告："谁该被审讯？请密切留意'星云'"，这同样是一个设置悬念吸引读者接着看的策略，5 月 15 日，"星云"刊出第二篇"回响篇"即石琇的《谁该被"审讯"？评禤素莱的〈开庭审讯〉》，是为"文学的激荡"系列 9。至此，因禤素莱的文章点燃的战火已经开始旺起来了。接下来"星云"连续刊登 5 篇回响文章，其中包括 5 月 28 日刊出的引起另一场激烈持久论争的文章黄锦树的《马华文学经典缺席》。至 5 月 30 日，"星云"以陈应德的《马华文学正名的争论》也即"文学的激荡"系列 15 作为《开

---

① 禤素莱：《开庭审讯》，《星洲日报·星云》1992 年 5 月 1 日。

② 张永修：《近处观战》，载张永修、林春美、张光达主编《辣味马华文学——90 年代马华文学争论性课题文选》，雪兰莪中华大会堂、马来西亚留台校友会联合总会 2002 年版，第 c—k 页。

庭审讯》的回响收束篇，并附刊《编者的话》："'文学的激荡'系列仍有好稿积压。透过已刊载的一系列佳作，足以令我们有所激荡，有所省思。而有关'马华文学'正名的论争，今天也该告一个段落了。"

"文学的激荡"系列前后延续一个月①，一篇具含文学煽情性的域外报道引出且突出强化了一个文学议题。《开庭审讯》这篇报道性质的文章单是题名即足够提起人天然的好奇心：审讯谁？谁主审？谁旁听？在哪里审讯？审讯结果？它具有新闻的一切要素，包括报道内容既具真实性、现场感，又具有主观倾向性、煽情性。编辑敏锐地把握了这篇报道对马华文坛的普遍意义，将之放在"星云"版主题篇的位置，报道中原本一人的情绪经由媒介的放大效应，吸引了所有关心马华文学和文化的读者的注意力，"新闻媒介中，公众中以及各种公共机构中的注意力是一种稀缺资源"②。《开庭审讯》在马华文坛引发的震撼其原因主要是已在马来西亚土地上产生和发展70余年的马华文学不仅受制于国家文化的霸权话语不受承认，连日本学者也不承认，这意味着宣判马华文学这个名目无法成立，"什么也不是的马华文学"深深触痛了马华写作人，马华文学如何定位？"悲痛莫名"的褚素莱在报道中呼吁："在别人否定我们之前，先让我们承认自己，肯定自己。"③ 这实际上代表了新生代马华作家对马华文学主体属性和文化身份建构的焦虑和期盼。面对马来民族的强势文化和庞大的国家意识形态机关，长久以来郁积在马华人心中的马华文学/文化无以自处的悲情、焦虑借此议题的讨论找到释放的出口。"议程设置理论强调传播者与其受众之间的动态联系，强调媒介内容在影响公众认知、观点以及行为方面的后果"④，7篇回响文

----

① 此处意谓由褚素莱的《开庭审讯》引发的争论/回响前后长达一个月，冠以序次号的"文学的激荡"系列至系列16即黄锦树的《国外评审与本地评审》止。接下来"文学的激荡"系列不再冠以序次号，仅作为专栏断续延伸至1992年10月，不过各篇文章均是不同的论述话题，没有聚焦点。

② ［美］马克斯韦尔·麦库姆斯著：《议程设置——大众媒介与舆论》，郭镇之、徐培喜译，北京大学出版社2008年版，第44页。

③ 褚素莱：《开庭审讯》，《星洲日报·星云》1992年5月1日。

④ ［美］马克斯韦尔·麦库姆斯著：《议程设置——大众媒介与舆论》，郭镇之、徐培喜译，北京大学出版社2008年版，第107页。

章外加"积压的好稿"表明这是一个成功的议程设置。①

在"马华文学的定位"聚焦式论争停歇多年后,《星洲日报》于1996年10月29日、30日、31日分三期在"新策划"版以《寻找马华文学的定位——马华文学的实质为何》为专题分上、中、下篇,由专题记者胡金伦邀约张锦忠、黄锦树、永乐多斯、陈应德、姚拓等人,就定位问题的诸多面向如"马华文学的定义""马华文学与国家文学""马华文学是否是中国支流文学"等进行沉淀之后的冷静检视,算是为1992年的"马华文学正名"之争从学理上作一总结。②

"文学的激荡"系列主要是由同一家报纸即《星洲日报》副刊以专栏的形式设置议题,类似的还有"中国性与奶水论"议题中的"断奶论"论争,即"马华文学该不该与中国文学断奶"的问题。1997年11月台湾柏杨于"马华文学国际学术研讨会"主题演讲中提出马华文学须与中国文学"断奶",引起热议,多是认为柏杨的主张脱离马华文学现实。③《星洲日报》则于1998年3月1日在"星洲广场·尊重民意"版"一课题两家言"专栏推出"马华文学需不需要断奶"专题,刊出记者胡金伦就此课题对马华旅台博士候选人林建国(1964——)和本

---

① 除纳入"文学的激荡"系列的文章外,另有《星云·龙门阵》栏目的两篇回应文章,包括王炎的《树立 Identity》1992年5月14日与系列8同时刊出;黄妙倩《有关马华文学》,1992年5月16日与系列10、系列11同时刊出。

② 该年马来西亚华文作家协会宣布公开征稿筹备出版起迄年限为1965—1996年共10卷册的《马华文学大系》,这是继方修编《马华新文学大系》约30年之后的第二套大系,意义非凡,《南洋商报·南洋文艺》曾特设"大系探讨"栏目。除了大系筹备出版,钟怡雯主编《马华当代散文选:1990—1995》于1996年由文史哲出版社出版,而陈大为主编《马华当代诗选:1990—1994》1995年亦由该社出版。大系和两部作品选都成为马华文学的热点话题,促使人们对已有相当基础的马华文学的定义和全貌等重新认识。《星洲日报·新策划》推出《寻找马华文学的定位——马华文学的实质为何》大篇幅专题报道,其配图就有陈、钟两部作品选,故专题报道当亦是对文学热点的回应和总结,可以视为马华文学的"正名"与"定位"议程设置中的一环。

③ 针对柏杨言论先后发表的文章有:温任平《与柏杨谈"马华文学的独特性"》,《星洲日报·自由论谈》1997年12月7日;陈灵《何谓"乡愁"——向柏杨讨教》,《南洋商报·言论》1997年12月12日;黄文界《自卑与狂妄》,《南洋商报·言论》1997年12月17日;弓公《柏杨不了解我们》,《南洋商报·商余》1997年12月20日;安焕然《与温任平先生谈〈与柏杨谈马华文学的独特性〉一文》,《星洲日报·自由论谈》1997年12月28日。

土文学批评家陈雪风的专访，专访分别整理成文为林建国的《大中华我族中心的心理作祟》、陈雪风的《华文书写和中国文学的渊源》，林主张"断奶"，陈则反"断奶"。由于安排的双方身份差异显著，颇有新老两代各摆镭台的意味。配发的编辑按语：

> 到底马华文学是否属于中国文学？和中国文学能够脱离关系吗？这个问题由来已久，也引起很多争论，各有见解。中国学者江枫提出中华文化渊源自远古的历史，因此无论是中国大陆、台湾或马华文学，仍是采用中文（同样奶水）创作，作者可以吸取各地的奶水（营养），不必太在意"奶水"的问题。不过青年作家黄锦树却强调马华文学一定要"断奶"，要独立，摆脱中国文学的阴影。什么是"奶水"？怎样才算是"断奶"？马华文学需要"断奶"吗？

并"欢迎各界朋友就'马华文学断奶'课题发表论见，来稿限 500 字"。由于媒体主动搭建擂台，加热议题，再加上林文中提出"断奶"是为了"反奴役、反收编、反大汉沙文主义"，明显的意识形态的掺入模糊了其对中国文学要"批判地继承"的立论，双方措辞激烈。① 于是就有了 3 月 8 日、3 月 15 日"星洲广场·自由论谈"两辑热烈的"断奶回响"特辑，参与讨论者众多，从南方学院学生新秀到文坛老将，共集中刊发 10 篇"回响"文字，似乎各说各话，交集点不多，并没有达到编辑设置的"以期真理越辩越明"目标②，仅似一场热闹的媒体言论 Party。不过，就大众媒介的议程设置功能而言，"也许在多数时候，新闻界在告诉人们'怎么想'上并不成功，但在告诉人们'想什么'上却惊人地成功"③，"断奶论"成功地锁定马华社会对此问题的关注。5 月 24 日，《星洲日报·尊重民意》版刊发林建国长文重申"断奶"理由，强调应"把马华文学当作辩证对象"，"重新检验中国意识"，"断

---

① 林建国：《大中华我族中心的心理作祟》，《星洲日报·尊重民意》1998 年 3 月 1 日。

② 《编辑按语》：《星洲日报·自由论谈》1998 年 3 月 15 日。

③ ［英］奥利弗·博伊德-巴雷特、克里斯·纽博尔德：《媒介研究的进路：经典文献读本》，汪凯、刘晓红译，新华出版社 2004 年版，第 186 页。

奶"是为了"寻找这种和中国文学辩证的空间,一个被大中国主义所放弃的辩证,而且作为大中国主义必须放弃的辩证"。并附《编者按》:"作者撰写本文,是希望扑灭各方战火,本报也希望各方存异求同,百花齐放。"至此,"断奶"议题告一段落。①

从1990年代五大议题论争的议程设置来看,时间跨度长的论争一般会呈现为"隔报论事""隔版论战"的形式。如由黄锦树回应禤素莱《开庭审讯》的文章《马华文学经典缺席》,衍生出马华文坛长时段的"经典缺席"之争。不过"经典缺席"议题并未继续在《星洲日报》以"文学的激荡"系列为论争园地②,而是主要由陈雪风与黄锦树在《星洲日报》和《南洋商报》之间隔空展开充满情绪性的唇枪舌剑。

1990年代文学论争的"议程设置"一般路径往往是先从较具学理性的文章中抓住具有大众关注价值的热点,以专栏系列或特辑将之凸显,使专业性、学术性文学话题去专业化,制作成更易于为大众接受的形式,学理性探讨最后因之变成情绪性对峙,文学话题演变成文学事件。当论争达至白炽化对立状态后,媒体一般会再度使论题回归学理性思考,一个议程结束,另一个议程在成形中,如此循环。争论中的对人不对事、意识形态介入、二元对立思维将议题推向高潮,获得最多"眼球"效应,最多读者参与互动,却未必形成观点交锋。

文学议题化不一定是表现为文学论战的形式,两大报常常以访谈、专题报道形式刊载马华文学热点话题。由于报纸趋向商业化,无论哪一

---

① 林建国:《再见,中国——"断奶"的理由再议》,《星洲日报·自由论谈》1998年5月24日。

② 虽然《星洲日报·星云》在标示"马华文学正名"论争告一段落的"编者的话"中还有这样一段继续召唤读者参与议题论争的话:"其他如'经典缺席'、请外国作家当征文赛评审等课题,您若有话要说,仍受欢迎。来稿以两千字左右为宜,信封上请注明:'星云'版'文学的激荡'系列收。"表明编辑有意继续借"文学的激荡"系列设置"经典缺席"等议题,但"星云"版1992年6月8日刊登刘国寄的"回响篇"《期待"经典的出席"》之后,短期内暂时未再见关于"经典缺席"的回响篇。在"文学的激荡"系列终止"经典缺席"议题其原因当与传媒的议程设置中公众注意力维持的时间长短有关。从心理学上看,注意力是指人们关注一个主题、一个事件、一种行为和多种信息的持久程度。一般来说,公众不容易恒久地关注同一个系列,故而媒体须适时设置议程转移。

种形式，越来越显示出副刊强烈的策划性。副刊本身是一个策划性版面，它和新闻的被动性不同，编辑需要根据大众的兴趣关注点，主动促成、制造、加热新的议题，这种议程设置从积极的一面来看至少可以影响到很多关心文学的圈内人的视野及文学价值观。当然，马华文学不能过于信赖媒体，它需要热闹的表演，更需要沉潜的耕耘，因为马华文学的真正问题，"在于文本的不足"①，"一声儿狼烟四起的论战，要是少了真正的顶尖作家和优秀创作文本的支援，到头来只是一场无谓的争论"②。

三　"议程设置"前提：文学新生代及马华文学主体性追寻

1990 年代马华文坛一场场纷至沓来、炮声隆隆的文学论争为什么会发生，以《星洲日报》副刊为代表的媒介得以成功地进行"议程设置"其背后的文学逻辑是什么？既然是文学议程首先应该从文学场域内部进行探讨。

（一）马华旅台新生代在创作领域的崛起

整体而言，1990 年代马华文学论争是一次主要以旅台留学生群体为代表的新生代以狂飙突进的姿态对既有马华文学观念成规的颠覆，颠覆是以其创作实绩为依凭的。当透过文艺副刊重返文学现场，发现 20 世纪 90 年代前期文学新生代在创作领域已经快速成长。

1991 年年底，《星洲日报·文艺春秋》制作了"1991 年马华文学年终回顾"特辑，邀约小黑、李锦宗、唐林、黎声、骆耀庭五位作者执笔，就创作、活动、评论三个部分进行总结评析："91 年的马华文学创作，不论小说、诗歌、散文或评论，都有很不俗的量和质的表现，以量来说最多的是散文，除了少数是老作家执笔，大多数都是年轻作家的作品"③，而"在创作比赛中抢元的，甚至在日常报刊文艺版凸显的名字，竟然是属于年少气盛的青年居多。中生代

---

① 梁靖芬：《谁在展望未来华文文学?》，《星洲日报·人文论谈》2001 年 12 月 2 日。

② 陈大为：《序：基石》，载钟怡雯、陈大为编《马华新诗史读本 1957—2007》，万卷楼图书股份公司 2010 年版。

③ 唐林：《马华文学年终回顾：1991 年的马华文学创作》，《星洲日报·文艺春秋》1991 年 12 月 31 日。

的作者都哪里去了?"①

再以 1994 年"文艺春秋"为例观察大马新生代创作概况。笔者对
1994 年的"文艺春秋"刊载文章作了一个不完全统计②,不分文类统
计,1994 年"文艺春秋"本土作者中,发表 4 篇以上有 33 位作者③,其
中四字辈有沙河(1942—)、雨川(1940—2007)、田思(1948—)
等 3 人,三字辈有潘雨桐 1 人,五字辈作者 10 人,六字辈 12 人,七字
辈 6 人,另有一位作者生年不详。六、七字辈新生代活跃作者数量上相
比中生代(五字辈)以前的占优势。再比照"文艺春秋"1991 年作品
刊载情况统计④,1991 年该版位发表 5 篇以上作品的作者共 26 位。将 1994
年发表 4 篇以上的 33 位作者与 1991 年发表 5 篇以上作品的 26 位作者比
照⑤,发现共同的活跃作者为盛辉(1965—)、黄锦树(1967—)、林
武聪(1960—)、钟怡雯(1969—),而在这两年的活跃作者群中,
1991 年最年轻的为钟怡雯(1969—),1994 年则增加了包括林惠洲
(1970—)、黎紫书(1971—)、许裕全(1972—)等在内的 6 位
七字辈作者,此外,除钟怡雯外,1994 年还增加了吕育陶、陈大为两
位六字辈,这从侧面反映了新生代的快速成长。

在上面快速成长的新生代中,不难发现又尤以旅台新生代呈活跃之
势。1990 年代前期,"旅台文学的星空异常灿烂",林幸谦、陈大为、
钟怡雯、林惠洲、吴龙川、廖宏强、黄昕胜等在华文世界举办的各种公
开性文学奖项中屡屡获奖。仅以黄锦树为例,"这位九〇年代前期旅台
文学苍穹中最早出现的一颗星星"⑥,1989 年即以小说《大卷宗》崛起
于第六届大马旅台现代文学奖,1990 年以《M 的失踪》与李天葆共同

---

① 小黑:《马华文学年终回顾:1991,缓慢前进》,《星洲日报·文艺春秋》1991
年 12 月 31 日。

② 因笔者所在暨南大学图书馆馆藏《星洲日报》该年共缺藏 14 期"文艺春秋"。

③ 大约 30 位是马华文坛持续创作的知名写作人。

④ 王祖安:《〈文艺春秋〉1991 年小统计》,星洲日报 1992 年 1 月 4 日。

⑤ 考虑到所查阅的 1994 年"文艺春秋"缺期,故将该年 4 篇以上作品的作者与 1991 年 5
篇以上作品的视为活跃作者,作平行比较。

⑥ 黄昕胜:《九〇年代前期(1990—1994)大马旅台文学的星空》,《蕉风》1995 年第
467 期,第 41—52 页。

获得马来西亚"第三届乡青小说创作奖"特优奖，1991 年获第一届台大文学奖散文佳作奖、小说次奖，大马第二届客联小说奖第一名，1993 年获第七届联合文学小说新人奖推荐奖，1994 年与陈大为同获台湾"'国家'文学基金会"奖助出版，出版短篇小说集《梦与猪与黎明》。① 1992 年前，黄锦树已在《星洲日报》频频发表短篇、极短篇小说并受到文坛关注，如"文艺春秋"1990 年 10 月 13 日推出"一篇小说面面观"专栏，先刊出一篇创作小说，然后要求读者写短文，针对作品的内容或技巧加以讨论，该年被讨论的两篇作品除五字辈小黑的小说《悼念古情以及他的寂寞》，另一篇就是黄锦树的《媳妇》。②

　　从整体来看，正如张锦忠所总结的，马华文坛"到了 90 年代，舞文弄笔的早已新人辈出"。③ 1990 年代前期新生代尤其是旅台群体创作不仅于量上可观，于质上尤其用心于文学技术的锻炼，熟练地使用、实验华文，其创作的语言技巧、题材范围与大马本土差异明显，"具有新世代气候来临前的征兆"。黄锦树吸收流行于台湾的小说后设技巧，他不仅用小说来反映现象，而且透过后设技巧思考并论述，他的小说"最大的开创性是在其'思辨性'"④，与大马本土平铺直叙的传统写实迥异。王德威则指出，黄锦树"对中国传统及马华现代写作传统的自觉，以及糅合历史与想象的实验，一再显出他是个有心人"。⑤ 此外，马华文坛新生代群体中，还有一个不能忽略的生气勃勃的后浪创作群体，即如第二章第三节所论述，《星洲日报》副刊青少年文艺专版作为孵化平台培育了大量有潜质的文学新人，这一平台为文学后浪虽生涩却勇于尝试新锐前卫的写作提供了支持。

　　我们知道，马华文学具有明显的"青年文学"特征，即马华"写

---

① 九歌出版社 1994 年版。

② 小黑《悼念古情以及他的寂寞》刊于《星洲日报·文艺春秋》1990 年 10 月 13 日、10 月 16 日，黄锦树《媳妇》刊于 1990 年 11 月 3 日"文艺春秋"版。

③ 张永修专访，张锦忠笔谈：《马华文学与现代主义》，《南洋商报·南洋文艺》1999 年 10 月 19 日。

④ 黄昉胜：《九〇年代前期（1990—1994）大马旅台文学的星空》，《蕉风》1995 年第 467 期。

⑤ 王德威：《来自热带的行旅》，《星洲日报·星辰》1996 年 9 月 19 日。

作者的写作生命短，只有青年时期的短短数年"①。文学新人"不必费心篡位，便可轻易递补缺额"②。按照常规，马华文学场域当自然呈现出较大规模的世代更替。且就文坛实际情形来看，"现实主义与现代主义都调整了自己的步伐：现实主义在形式技巧方面改进了不少；现代主义的社会关怀介入愈见明显，他们其实可以融会成为良性的'综合体'（Synthesis）"。③那么，为什么1990年代新生代要在文学论述方面以狂飙突进的颠覆姿态介入马华文学场域？

（二）"影响的焦虑"：新生代对文学诠释权的"声索"

布迪厄（Pierre Bourdie）将"场域"（fields）定义为"由不同的位置之间的客观关系构成的一个网络，或一个构造"④，这些位置由权力或资本的分配结构所界定，占据这些位置，意味掌握权力或资本。场域并非一成不变，而是具有能动性，它可以重塑各种进入其中（即场域）的关系和力量。场域不仅是力量的组合（field of forces），更是斗争的组合（field of struggles），而文学场域其中一个重要的斗争方向就是试图垄断对于"什么是文学"和"谁算是作家"的定义权力。⑤

回到1990年代的马华文学场域，与创作相辅相成的专业文学批评基本上处于缺失的状态，"一直以来，马华文学理论批评界的致命性弱点是缺乏理论资源，评论流于印象式、琐屑化和情绪化，始终无法建立深厚、系统性的批评话语"⑥，所以尽管新生代在创作实践上无论作品的质和量都直逼前行代（指二、三字辈作家）、中生代作家（指文坛四、五字辈创作人），但马华文坛对新生代创作的观察，有理论分量和

---

① 黄锦树：《马华文学与文艺青年——阅读〈蕉风〉有感》，《星洲日报·文艺春秋》2007年9月30日。

② 陈大为：《马华校园散文的生产语境及其谱系之完成（1979—1994）》，载王晓初、朱文斌主编《世界华文文学研究（第五辑）》，安徽大学出版社2009年版，第203页。

③ 温任平：《与张锦忠谈"典律建构"》，《星洲日报·自由论谈》1997年12月14日。

④ 包亚明：《布迪厄访谈录：文化资本与社会炼金术》，上海人民出版社1997年版，第142页。

⑤ 马家辉：《专栏书写与权力操作——一组关于专栏文类的文化分析策略》，载潘永强、魏月萍主编《解构媒体权力》，大将事业社2002年版，第105页。

⑥ 庄华兴：《迈入21世纪的马华文学：原点的省思》，《南洋商报·南洋文艺》2003年1月14日。

鉴赏力敏锐的学术批评文章付诸阙如，至多也如东马的现实主义作家、评论家吴岸"后知后觉地谈论'现实主义'和'现代主义'二分法"①，新生代创作力量的崛起也使他们不满足于被阐释、被言说的地位，他们需要在文学场域争夺阐释话语的权力。

在马华文学场域，新生代位于著名文学批评家布鲁姆（Harold Bloom）所说的"后来诗人"的"新人"地位，"处于一种甚为尴尬的境地——总是处于传统影响之阴影里"。"新人""就像一个具有俄狄浦斯情结的儿子。他面对着诗的传统——他之前的所有强者诗人——这一咄咄逼人的父亲形象"，怎样才能摆脱这个阴影，使自己的诗作"显得"并未受到前人的影响，从而跻身于强者诗人之列呢？由此形成了"影响的焦虑"。② 因此，我们可以将1990年代马华文学论争视为新生代摆脱"影响焦虑"，在马华文学场域为取得对"什么是文学"和"谁算是作家"的定义权力的"斗争"。其策略就是解构一向居于主流权力地位的马华文学现实主义传统，最有效的方式就是"所谓诗人中的强者"，"以坚忍不拔的毅力向威名赫赫的前代巨擘进行至死不休的挑战"③，在回应襟素莱《开庭审讯》中马华文学不为日本学者所承认的问题时，黄锦树认为，"归根结底，还是马华文学'经典缺席'的问题"，具有70多年历史以现实主义为主流的马华文学仅是一部"拓荒史"。④ 黄锦树并以解构马华现实主义元老方北方的作品为策略，放火"烧芭"，否定和贬低以政治压抑审美的教条现实主义的传统，指出其"马华—非—文学"的性质，以激烈的文学"弑父"形式和激进的美学立场重建马华文学史。

影响的焦虑还在于新生代对马华文坛传统的大中国本位意识影响的焦虑。与"母体"中国文学有着千丝万缕的联系因而一直存在于

---

① 骆耀庭：《请问你的手表几点了？——回顾一九九一年马华文学》，《星洲日报·文艺春秋》1991年12月31日。

② 徐文博：《一本薄薄的书震动了所有人的神经（代译序）》，载［美］哈罗德·布鲁姆著《影响的焦虑：一种诗歌理论》，徐文博译，江苏教育出版社2006年版。

③ ［美］哈罗德·布鲁姆：《影响的焦虑：一种诗歌理论》，徐文博译，江苏教育出版社2006年版，第5页。

④ 黄锦树：《马华文学"经典缺席"》，《星洲日报·星云》1992年5月28日。

"中国性的庞大阴影"下，"令马华文学失掉主体性"。① 回顾 1990 年代马华文坛论争议题，无论是"马华文学定位"，还是最具爆炸性的 1997 年引发的"断奶""烧芭"（即"文学研究与道义"课题）、"中国性"等互相关联的论争，"基本上可以归纳为对'中国关系'的检阅"②，意谓马华文学必须对大中国本位意识来一个大决裂。早在 1947 年至 1948 年马华文坛就发生了一场大规模的"马华文艺独特性"的争论，论争的共识是以"本土化""南洋色彩"和中国"划清界限"。但马来亚独立后，尤其是 1969 年种族大暴动（"五·一三"事件）之后，大马华族处于政治弱势，国家施行一元化语言文化政策，马华文学身份属性游离，且"在国家符号'围堵'之下，加速向中国符号靠拢"③，马华文学作品中流露强烈的文化乡愁与中华孺慕也即"中国情结"。由于中国性"并不建立于现实的本土之上"，泛滥的"中国情结"实际上将马华文学这一"自我""放逐出本土"④，缺少"地方感性（sense of place）"。而主流的马华现实主义左翼文学更是长期在中国革命文学影响之下，"在极度发挥政治上功能的同时，忽视了其文学性的价值"⑤，这些均干扰马华文学自主性品格的形成。所以"'断奶'源自影响焦虑"⑥，"涉及的是'如何在面对中国文学资源时能化被动为主动，化依赖为批判或保持距离，以建立自己的主体性"⑦。"断奶"是对"中国性"批判和继承的辩证之中的扬弃，"清理对母体的过度依恋而形成的精神依

①　张光达：《90 年代马华文学史观》，《人文杂志》2000 年第 2 期。

②　游俊豪：《族群性的论述——近二十年的马华文学研究》，载黄贤强主编《族群、历史与文化：跨域研究东南亚和东亚——庆祝王赓武教授八秩晋一华诞专集（下册）》，新加坡国立大学中文系、八方文化创作室 2011 年版，第 610 页。

③　庄华兴：《谁的马华文学研究——评许文荣〈南方喧哗：马华文学的政治抵抗诗学〉》，《星洲日报·文艺春秋》2006 年 4 月 16 日。

④　张光达：《乡愁诗，中国性和与现代主义》，《蕉风》1998 年总第 484 期。

⑤　谢诗坚：《中国革命文学影响下的马华左翼文学》，槟城韩江学院 2007 年版，第 13 页。

⑥　温任平：《与林水檺谈"断奶"与"影响焦虑"》，《星洲日报·自由论谈》1998 年 3 月 29 日。

⑦　黄锦树：《烧芭余话》，《星洲日报·自由论谈》1998 年 1 月 25 日。

赖与文化附庸心态"。① 因此,"断奶论" 如同黄锦树将 "马华文学" 定义为 "马来西亚华人文学" 一样,"划出了马华文学与中国文学的相对位置"②,表达了新生代作家建构马华文学主体的急切性和自觉性。

归纳之,1990 年代前期以旅台作家为代表的马华新生代在文学奖领域一路凯歌及在文艺副刊占有较多版位,赋予新生代足够的挑战马华文坛成规的底气;又因年轻和丰厚的现代大学教育的启智而充满锐气,并具有强烈的理论自觉,不满足于马华文坛学术解释能力的疲弱,不满足于新生代在主流马华文坛被言说被建构的处境,亦希望摆脱来自于 "母体" 中国文学的强大的影响焦虑,建构属于自己的对文学价值和文学事实的强有力的学术论证,建构马华文学主体性,故需 "斗争" 获得文学场域的阐释权。1990 年代副刊文学论争的 "议程设置" 的文学前提即是新生代创作的崛起。

四　"议程设置" 的马华文学外部场域

新生代马华文学主体性建构的自觉意识绝不是孤立的现象。当我们宕开一笔,逸出文学场域内部,将马华文学置入于一个更广阔的政治经济文化外部场域,会发现 1990 年代马华文学论争有其展开的历史合理性。

（一）马中关系解冻及马来西亚经济发展的优势地位

从 1980 年代末期开始直至 1996 年,马来西亚国民生产总值以平均8% 年增长率成长,而通胀率则保持在 5% 以下③,这骄人的经济发展成就令马来西亚人感到自豪。马来西亚首相马哈迪更在 1991 年 2 月 28 日第六次马来西亚计划（大马计划）的会议上发表重要国策 "2020 年宏愿",即 2020 年实现马来西亚先进国（Advanced Nation）的目标。这一宏愿对于整合马来西亚各族群成为统一的马来西亚民族具有极大的凝聚力。马来西亚华人在保持族群文化身份的前提下,对于国家的认同感更

---

① 魏月萍:《重写马华文学史,建塑当代新史观》,《星洲日报·星洲广场》2002年 12 月 22 日,封面。

② 林建国:《为什么马华文学?》,《中外文学》1993 年第 21 卷第 10 期。

③ 《主编序》,载蔡维衍主编《当代马华文存 4·经济卷（90 年代）》,马来西亚华人文化协会 2001 年版。

为增强。

　　1990 年 9 月大马政府废除了对中国大陆的旅游禁令，两国民间关系解冻。由于此前冷战时期长久的意识形态方面的隔绝，解冻之后马华媒体对于原乡中国抱着极大的热情，这里仅以副刊为例，1992 年《星洲日报》辟有"小画页"版，以图片形式向大马华人介绍世界各地社会风土人情百态，其中包括大量掠影式的中国图片，以 1992 年 6 月的"小画页"为例，有 9 天是有关中国的图片。兹举出六幅图片题名：《云南印象》《汨罗江畔建屈原碑林》《武昌辛亥革命遗址保存完好》《闽霞浦县兴旺的水产养殖业》《中国石版画》《艳丽怪诞的羽毛面具（天津外贸绒毛加工厂）》①，这些类似"映像中国"的图片内容从历史人文到现实生活无所不包。不仅如此，《星洲日报》副刊亦有大量中国纪游作品发表，1992 年 3 月"星云"版辟有"神州我独游"专栏，从3 月 2 日到 3 月 19 日共刊发了 13 篇文章，其中固然有神州美丽风光的描绘，但亦有将近一半的篇幅是关于中国人情现实的较为负面的报道，如《一票难求》《桂林人心不美》《关系！关系！》②。负面中国形象的出现一方面反映了改革开放初期中国的现实，一方面也显示出大马华人对中国既亲近又疏离的微妙优势心理。这种心理实际上是反映了马来西亚华人作为马华西亚人的主体意识以及与原乡中国拉开距离的自觉意识，马来西亚华人的"去中国"意识实际上反映出他们在马哈迪相对宽松的柔性威权主义政经语境下，着力建构文化/族群认同与国家认同和谐统一的形象。

　　（二）从亚洲主体性到马华文化主体性的建构

　　1980 年代，随着亚洲一些国家在经济成长取得不错的成就后，其政治领袖如李光耀、马哈迪开始显得更有自信，经常批判西方的民主政治制度及人权观念，提出"亚洲价值观"以解释"东亚经济奇迹"，伴随而来的是全球化背景下"亚洲主体意识"的觉醒，就如杜维明所言："事实上全球化加强了身份意识的醒觉"，"身份意识的醒觉，也可以引

---

①　分别刊于 1992 年 6 月 6 日、8 日、10 日、15 日、18 日、20 日《星洲日报·小画页》版。

②　分别见于 1992 年 3 月 2 日、7 日、14 日的《星洲日报·星云》版，该专栏作者署名李林。

发对自己家园守护之情怀。"① 人们开始认真探讨自己民族传统文化的现代价值和世界意义。1996—1997 年,《星洲日报》上同时发生了有关马华文化主体性的论争,1997 年 6 月,《马华知识界文化宣言》发布,其中第 9 条是"马华文化主体性的开创",主张"马华文化的建设必须基于传统中华文化与本土生活方式的融合以及汲取现代文明而开展独特的主体性"。② 这项宣言由安焕然、许文荣、许德发、陈亚才、陈再藩、陈锦松、张景云、何启良、何国忠、郑云城、郑良树、林幸谦、林建国、罗正文、祝家华、胡兴荣、骆静山、谢爱萍、欧阳文风、黄文斌、黄明来、黄锦树、曾庆豹、赖瑞和等 24 位学人、报人、文化人联名发表。我们注意到这份名单人物身份的混杂性,他们中间很多人既是文化学者,又是马华精英作家,作为马华文化主体性建构的重要一环,马华文学也显然充满主体性建构的焦虑。如果说,"处在世纪末的马华文化,再不提出'我是谁'的问题,就愧对历史了。"③ 那么由此推展开来,马华文学并非中国文学的支流,它有自己的文化主体性。所以,"面对现实政治和文化语境,主体性追求激励人们塑造一种属于大马国家疆域内的合法国民想象,为了表达身体栖居的国家归属感,借此提出文学'去中国性'的口号"④,向"内在中国"说"不"⑤,就是一种历史的

---

① 萧依钊、詹德拉、杜维明对谈,林青青记录:《后 9·11 时期 全球身份意识高涨 美国导师角色失败》,《星洲日报》2001 年 12 月 9 日,"星洲广场"封面。

② 罗正文主编:《当代马华文存 6·文化卷(90 年代)》,马来西亚华人文化协会 2001 年版,第 320 页。

③ 刘敬文:《建立马华文化的主体性》,载罗正文主编《当代马华文存 6·文化卷(90 年代)》,马来西亚华人文化协会 2001 年版,第 303 页。

④ 王列耀、龙扬志:《身份的焦虑——论 90 年代马华文学论争》,《暨南学报》(哲学社会科学版)2012 年第 1 期。

⑤ "内在中国"是黄锦树在《神州:文化乡愁与内在中国》一文提出的,认为"内在中国"或"文化乡愁"是海外华人深藏的集体潜意识。而文化乡愁和乡土意识之间存在着紧张关系,一方面,过于浓烈的"文化乡愁"带来侨民意识的复苏,无法反映华人居住的斯土现实,且侨民意识恰恰符合大马当地的官方意识形态(即马华人是居住在本国的外国人);另一方面,抽离文字/语言背后的象征系统、意识形态成分,使得文字缺乏感性、艺术美,则如马华现实主义将文字视为透明工具,反映社会与乡土,生产出枯燥、贫血的文字,为文化感的丧失付出代价。如何在二者之间取得平衡建构属于马华文学的文化属性、确立文化主体性是一项挑战。载黄锦树《马华文学·内在中国·语言与文学史》,华社资料研究中心 1996 年版。

合理展开。

张锦忠解读林建国的《为什么马华文学?》的潜台词是"为什么马华文学不是国家文学"①,其实无论现实主义还是现代主义创作,争取马华文学为国家文学承认的目标并无差异。以方北方代表的现实主义创作着意强调对斯土和国家的认同,强调爱国主义,以此来表明马华文学是马来西亚国家文学的构成,旅台新生代则指出这实际上是与马来西亚后"五·一三"时代的官方意识形态合谋,"失去了视野和批判,马华根本就没有现实主义,艺术经营之严重不足,也让我们的文学倍受质疑"②,也就无法建构起马华文学的主体性,没有主体性,就无法确立马华文学在大马文学史书写中的适当位置,何谈争取国家文学的承认?开展主体不仅只是要成为自己的主人,而且要成为创造的主体,展现文学自信的积极的影响力,主体性建构显示马华新生代寻求诠释国家文学的权力的抱负。

回到媒介与论争,"为了吸引受众,现代各种传播机构需要获得关于'公众的'习惯、趣味和取向的知识。这能使各媒介法人借用某种节目抑或文本策略,将目标指向某些特别的受众。"③可以说大马华文媒介及时地顺应并抓住马华文化、马华文学主体性建构这一心理学因素,并踵事增华,使1990年代的马华文学议题环环相扣上演。

第二节　"经典缺席"议题——马华文学主体性追问中的审美在场

1990年代马华文学论争自始至终贯穿着对马华文学主体性的追问。黄锦树对"马华文学"定义的更动,林建国"为什么马华文学"的思考,继之日本东南亚历史学者认为"马华文学"只是"在马来西亚产

---

① 张锦忠:《国家文学:答案啊飘扬在风中》,《东方日报·东方名家》2010年8月23日。

② 黄锦树:《马华现实主义的出路》,《南洋商报·南洋文艺》1998年12月30日。

③ [英]尼克·史蒂文森:《认识媒介文化——社会理论与大众传播》,王文斌译,商务印书馆2001年版,第75页。

生与发展的中国文学"、不承认马华文学，无不指向马华文学"妾身未明"。继之，黄锦树提出马华文学"经典缺席"，并以元老作家方北方为靶心向马华传统现实主义文学发难，以及马华文学新生代之间的"中国性"论争、马华文坛各方对要不要与中国文学"断奶"的各执一词，实际上亦是对如何建构马华文学主体性开出的药方。马华文学主体性的追问同时伴随着马华文学新的美学标准的探求，包括清理传统现实主义以伦理、政治逾越于文学之上的审美偏执，切断马华文坛普遍的不自觉的以为耽溺于"中国情结"就是马华文学美学的出路的意识，建构马华文学的审美自主性，而这始自"经典缺席"议题。

一　"经典缺席"与文学审美评价标准

《开庭审讯》中，面对马华文学不被承认，舛谷锐对东南亚史学会众教授设问："如果有一天，马华作家得了诺贝尔奖，你们仍要说不承认得奖的作品是属于马来西亚的吗？"① 期待一个诺贝尔奖作家，实际上已经指向了马华文学自身艺术方面的不足：没有重量级作品。黄锦树据此直截了当地提出马华文学研究在日本的边缘窘境源于"经典缺席"。因为"要为近百年的马华文学定位，肯定其价值与意义，仍得往马华文学作品去寻找其代表性作品，创作才是最雄辩的"②，但长久以来"'马华文艺独特性'，究其实只是一个空集，其内容是非常粗糙的技术产品"③。回到马华文学史，我们知道，任何文学史都标志着秩序，而经典是文学史秩序得以确立的标准，文学史的形成过程就是文学经典化的过程，因为只有"粗糙的技术产品"，黄锦树认为，"马华文学史也是'自我经典化'的产物。现有的文学史是一部经典缺席的文学史，只是外缘资料的堆砌与铺陈"，"它的象征意义大于实质意义"，进而马华文学史的分期"说到底只有一期：酝酿期"。④

黄锦树的"经典缺席"论以激进的方式消解了马华文学"经典"，

---

① 襛素莱：《开庭审讯》，《星洲日报·星云》1992 年 5 月 1 日。
② 温任平：《90 年代马华文学论争始末》，《星洲日报》2008 年 4 月 20 日。
③ 黄锦树：《马华文学"经典缺席"》，《星洲日报·星云》1992 年 5 月 28 日。
④ 同上。

消解了马华文学史的奠基者方修创设的马华文学史书写范式①，不啻是马华文坛的一次强震，引发马华文坛的诸多愤懑情绪和批评。1992 年 7 月 15 日，《南洋商报·南洋文艺》刊载署名夏梅（即陈雪风）的《襁素莱·黄锦树和马华文学》，认为黄锦树"狂妄"地"否定马华文学的存在"，是对马华文学的"蔑视"和"外行"。8 月 11 日黄锦树在"星云"上答辩《对文学的外行与对历史的无知？——就"马华文学"答夏梅》，并声明"我这回复是'一次过'的，对方如果再'开炮'，我也不会再搭理"。继之 8 月 22 日陈雪风在《南洋商报·南洋文艺》上发表《批驳黄锦树的谬论》，论战至此暂告一段落。其后却又因马华现实主义知名老作家韦晕（1913—1996 年）1995 年宣布封笔告别文坛而发酵。韦晕封笔传言是因"文坛后生狂辈的责难"，"'韦晕事件'以讹传讹，激愤的情绪在传播中被夸张化"②，至 1996 年 6 月韦晕去世情绪发酵至顶点，1996 年 6 月 9 日，《星洲日报·尊重民意》以特辑形式再次刊登了关于经典讨论的专访文章。黄锦树和陈雪风之间这一场消解现有经典与捍卫本土经典的剧烈论争中，除了双方都钻牛角尖、走极端之外，主要还是因为双方各持一套典律标准，并未形成对话交集关系，"各在不同轨道的集内论述，运用不同的认知模子及取样方法，各有其洞见与不见之处，视野和结论不同也就在所难免"。③

　　先从辞源上弄清"经典""典律"的含义。"经典"或"典律"均由 canon 英译，canon 一词又源自于希腊文 kanōn，原是指"竿尺"或"规矩"（圆规方矩）等丈量的工具，从而衍生出规则、法规、法典的意思。运用到文学批评上，"典律"指的则是文学史上重要的作家及

---

　　① 朱崇科认为，方修创设马华文学史书写范式。首先，方修创立并坚持了马华文学史的书写体例。其次，方修确立并构筑了马华文学史的现实主义基调。详见朱崇科《本土性的纠葛——浅论〈马华文学史〉书写的主线贯穿》，见《学海》2003 年第 2 期。

　　② 林春美：《90 年代最呛的马华文学话题》，载张永修、张光达、林春美主编《辣味马华文学——90 年代马华文学争论性课题文选》，雪兰莪中华大会堂、马来西亚留台校友会联合总会 2002 年版，第 h—v 页。

　　③ 张锦忠：《典律与马华文学论述》，载张永修等主编《辣味马华文学——90 年代马华文学争论性课题文选》，雪兰莪中华大会堂、马来西亚留台校友会联合总会 2002 年版，第 150 页。

（其）经典作品（Classics）。但文学典律"不只是一套具体的、物质性的文本，更是抽象性的思想与价值体系的框架"①，经典的生成依据一定的典律标准。

那么黄锦树依据何种典律标准来断定"马华文学经典缺席"？面对陈雪风"否定马华文学"的指摘，黄锦树的答辩是："我并非在否定'马华文学'，而是采取较高的标准去要求它。"②针对陈雪风认为"马华文学是客观存在的事实"，"逐渐形成了本身的区域传统"和"作品中的某些特色"③，黄锦树指出，"马华"和"文学"之间存在断裂，既有的马华文学成品"题材一律是本地的政治社会新闻，大家耳熟能详的；表现手法、语言都太直接，艺术加工也嫌欠缺"。在诸如"反帝反殖民、反黑反黄……"工具性的要求下，"'文学'根本难以存在，没有'文学'哪有'文学的独特性'可言？"也因此马华文学读者十分有限，以接受美学"作品在阅读中完成"的标准来看，没有读者的文学作品也是"未完成的"④，当然难以传世成为经典。这样看来，黄锦树偏于从文学的纯美学标准来界定"经典"，强调经典的美学特质，亦带有美学本质主义化的倾向。陈雪风批驳黄锦树将马华文学"抽象化与非历史化"⑤，指出"马华经典文学应该是以马华文学的历史和创作过程来下定义。一部文学作品被认为是经典，应该是从它产生的年代看起，而且那部作品在经过许多年后，还会有人记得，并且对后世有影响"⑥。陈雪风指向历史情境中的经典。

黄锦树其后对"经典缺席"历经多次修正，认为"经典是诠释的产物。经典文学则是通过文学批评者的判准而产生的"，"'经典'不一

---

① 张锦忠：《典律与马华文学论述》，载张永修等主编《辣味马华文学——90 年代马华文学争论性课题文选》，雪兰莪中华大会堂、马来西亚留台校友会联合总会 2002 年版，第143 页。

② 黄锦树：《对文学的外行与对历史的无知?》，《星洲日报·星云》1992 年 8 月 11 日。

③ 夏梅：《襦素莱·黄锦树和马华文学》，《南洋商报·南洋文艺》1992 年 7 月 15 日。

④ 黄锦树：《对文学的外行与对历史的无知?》，《星洲日报·星云》1992 年 8 月 11 日。

⑤ 夏梅：《批驳黄锦树的谬论》，《南洋商报·南洋文艺》1992 年 8 月 22 日。

⑥ 陈雪风：《经典须令人信服》，《星洲日报·尊重民意》1996 年 6 月 9 日。

定会永世不变的，它将随着时代的变迁而作出改变"①，亦即经典具有主观建构性和历时性；黄锦树同时"一再强调必须有健全的文学评论，'经典'之存在才有学理上的依据"。② 这里"健全的文学评论"标准自然包括黄锦树始终秉持的美学信念，即经典不单单基于他们作品的内容（深刻度、广度），也基于美学的考虑（形式，语言等），而所有的经典，都必须再经过时代（各时代不同的美学判断）的考验。③ 也就是说文学作品本身的言说空间、艺术价值等内部的、自律性要素才是经典建构的必要条件。

二　1990年代典律建构活动中美学标准论争

虽然"经典缺席"议题在1996年6月9日《星洲日报》以"尊重民意"版位的特辑暂时结束，但正如张锦忠所言，黄锦树回应褚素莱《开庭审讯》的千字左右随笔《马华文学经典缺席》的议题却掀起了影响深远的"文化风暴"④，由"经典缺席"议题引出的"经典焦虑"远远溢出《星洲日报》的边界，"经典缺席"因而成为马华文学一个长线的"影子议程"⑤。

"经典缺席"一词虽由黄锦树明确提出，但于马华文坛其实是一个老话题，1930年代后期，星马文艺界即曾热烈地讨论：本地为什么没有伟大的作品产生？即是对好作品阙如的焦虑，方修编的《马华新文学大系》各部多篇导言也反映了他对马华文学作品素质不高的遗憾。之后各种文学选本如1970年代温任平领导的天狼星诗社出版的诗歌选本等

---

① 黄锦树：《经典非永世不变》，《星洲日报·尊重民意》1996年6月9日。

② 黄锦树：《马华文学的悲哀》，《南洋商报·南洋文艺》1996年12月18日。

③ 施慧敏主编：《叫醒太阳——南方学院中文系文集》，新山南方学院1998年版，第49页。

④ 张锦忠：《散文与哀悼》，《星洲日报·文艺春秋》2007年7月8日。

⑤ "影子议程"是笔者借鉴"影子内阁""影子银行""影子教育"等概念而提出的，这些概念顾名思义分别是与执政内阁、传统银行系统、正规教育系统平行运作的机构或系统甚至机制，故这里所言"影子议程"是指与各种显而易见的马华文学议题相平行的带有隐形性质却又实实在在发挥作用的议题，如90年代马华文学各文类选本的出版及争议，马华社会各方期待的《马华当代文学大系》的编纂标准的讨论，2000年以后重写文学史的学术探讨无不折射出"经典"关怀。

同样呈现出典律建构的思考。直到 1990 年代初期无论是黄锦树"恨铁不成钢"式的"经典缺席"的指控还是传统现实主义作家对马华本土经典的辩护,"其实都无法掩饰从内心里汩汩流出的渴求马华文学大家诞生的深情希冀"①,马华文坛控辩双方其实都有着"经典焦虑",都在召唤经典,寻找经典。黄锦树在宣布马华文学"经典缺席"、只有"酝酿期"的同时,即"寄语褚素莱,共同来终结'酝酿期'罢……"② 表明 1990 年代旅台新生代更是一群文学典律建构的急切实践者。

新生代的典律建构欲望表现在各文类作品的选辑及其相关论述。钟怡雯、陈大为、黄锦树依各擅所长先后分别编选《马华当代散文选(1990—1995)》《马华当代诗选(1990—1994)》《一水天涯:马华当代小说选》,继"经典缺席"之后的又一次的轩然大波是围绕陈大为的《马华当代诗选(1990—1994)》选编标准的论争,而论争问题的根本只在于对文学及文学经典的美学认知差异。

《马华当代诗选(1990—1994)》(简称《诗选》)是一部带有主编强烈个性的选本,它选录 15 家诗人作品,以马华文学习惯的"字辈"断代法安排章节,各"字辈"诗人所占篇幅明显悬殊:六字辈 8 位,七字辈 5 位,五字辈 2 位。《诗选》出版后,陈大为 1996 年另外在《蕉风》发表了一篇《从'当代'到诗'选'——〈马华当代诗选(1990—1994)〉内序》(以下简称《内序》),详述选本意旨及美学标准,谓意在将该《诗选》"当作'文学外交'的选本",即向中文世界的读者"推销"马华文学,故而"它是一部以国外的学者和诗人为首要预设读者的选集","要编一本好诗与好诗相重的诗"。关于选诗标准,陈大为说:"诗不是一种政教工具,也不必负担反映社会的职责,那是诗经时代的老朽想法……诗之所以为诗,仅在语言艺术的表现。"③ 很明显陈大为弃绝马华现实主义将诗歌作为"载道"的工具传统,以"语言艺术的表现"作为衡量一首诗成立与否的标准,实际上同于黄锦

---

① 朱崇科:《本土性的纠葛——浅论〈马华文学史〉书写的主线贯穿》,《学海》2003 年第 2 期。

② 黄锦树:《马华文学经典缺席》,《星洲日报·星云》1992 年 5 月 28 日。

③ 陈大为:《从"当代"到诗"选"——〈马华当代诗选(1990—1994)〉(内序)》,《蕉风》1996 年第 471 期。

树所认为的"文学是专业文艺，技术成熟是考量它能否成立的一个重要判准"①，是"想提出一个比较严格的文学判断标准来界定作家的资格"②。

《诗选》的"字辈断代法"及字辈篇幅失衡，加上《内序》所呈现的美学尺度引起马华现实主义作家叶啸、端木虹等人的批评，二人批评的共同点是将陈大为与黄锦树两人进行"绑定"式批评，将之归类为"留学台湾的马华作者"群体，叶啸质疑《诗选》的"客观性"和"代表性"。③ 端木虹强烈不满《内序》中陈大为对马华诗史的评价，如：陈大为认为1970年以前的马华诗歌"大多是粗糙的呐喊，不堪入目"，马华诗史上的大宗多是"语言等同杂文或散文""意象陈腐""一味呐喊"的"烂诗"④，端木虹直指陈大为及其他具有留台背景的诗人作家"是用台湾的文学水平，台湾的文学视角来看待马华文学，一言以蔽之，是用台湾的口味来鉴赏马华文学"⑤。黄锦树回应"马华文学企图清理出'台湾化的马华文学'，也更反映出马华文化人无知的悲哀。这样的清理，假定了'马华意识'存在"，并问道"评量马华文学，是否就必须用'马华自己的标准'？"⑥ 陈大为则针锋相对指出所谓的"马华文学视角"只是一种"排外情绪的视角"，"它的宗旨就是排除一切'外来'的'负面批评'"，"难道马华文学只容许一种经过内部'核准使用'的批评视角？非此视角的评论皆属谬论？"⑦ 这样，一本个性化诗选引起的争议便进一步演变成了旅台新生代与本土写实派作家阵营之间的文学美学观点的对垒。

1996年9月马华作协决定编纂出版1965—1996年马华文学优秀作

---

① 黄锦树：《马华文学的悲哀》，《南洋商报·南洋文艺》1996年12月18日。

② 黄锦树：《马华文学：内在中国、语言与文学史》，华社资料研究中心1996年版，第52页。

③ 叶啸：《从〈马华当代诗选〉说开去……》，《南洋商报·南洋文艺》1997年1月1日。

④ 陈大为：《从"当代"到诗"选"——〈马华当代诗选（1990—1994）〉（内序）》，《蕉风》1996年第471期。

⑤ 端木虹：《马华文学的"狂飙运动"》，《南洋商报·言论》1996年9月25日。

⑥ 黄锦树：《马华文学的悲哀》，《南洋商报·南洋文艺》1996年12月18日。

⑦ 陈大为：《"马华文学视角"V.S."台湾风味"》，《南洋商报·南洋文艺》1997年1月7日。

品集《马华当代文学大系》10 册（以下简称《大系》），由于《大系》是"当代大马华文文学总体成绩的展示"，"涉及当代马华文学典律（canon）及文学史视域的建构"①，《大系》探讨作为一项重要议题于 1996 年 10 月至次年 4 月在《南洋商报·南洋文艺》持续进行②，温任平、黄锦树、陈政欣、叶啸、张光达、林建国等人先后撰文探讨。相对于《诗选》引起的新老作家的激烈对抗，《大系》编纂则有凝聚马华作家共识的作用，其中张光达的观点较具持平性："一部代表当代文学大系的选集，必须兼顾两大标准——历史的和艺术的。"③《大系》几经波折于 2004 年最后出齐，虽然不尽如人意，温任平仍给予了很高评价，认为是套《大系》作为"一项浩大的文化工程，与另一套五卷十册的《当代马华文存》形同双峰塔，巍峨矗立在马华社会的人文地平线上"，基本上阶段性展现了马华文学"多元并呈、众声喧哗"的面目，"是向寻找经典迈出重要的一大步"。④

马华文坛经典之殇如一个结疤的创面，一遇外力的拉拽，"经典缺席"议题便会被重新提起：1999 年 6 月，由香港《亚洲周刊》策划、评选的"20 世纪中文小说 100 强"揭晓，中国内地、中国香港和台湾地区这三地小说占绝大多数，马华小说无缘入选。这引起马华写作人的热切关注，《星洲日报·新策划》版于 1999 年 6 月 23 日推出专题报道，同年 7 月 12 日，"新策划"版再次推出胡金伦专访温任平、潘雨桐、小曼、戴小华、林建国、傅承得、李忆莙、黎声等 8 位马华作家的文章——《世纪结算的意义　马华作家如何看〈亚洲周刊〉评选 20 世纪中文小说 100 强？》。"20 世纪中文小说 100 强"的评选使人们又一次聚

---

①　黄锦树：《对于〈马华当代文学大系〉的几点意见》，《南洋商报·南洋文艺》1996 年 11 月 1 日。

②　90 年代后，温任平在《星洲日报》副刊版位的"静中听雷"专栏亦发表大系探讨的文章，如《文学大系的断代考量》，载《星洲日报·自由论谈》2000 年 4 月 30 日；《重构马华文学史　从〈马华文学大系〉的出版谈起》，载《星洲日报·文化论谈》2002 年 5 月 26 日。

③　张光达：《也谈马华当代文学大系的编选问题》，《南洋商报·南洋文艺》1997 年 3 月 7 日。

④　温任平：《三重聚焦：看〈马华文学大系〉》，《星洲日报·文化空间》2004 年 5 月 23 日。《当代马华文存》共 10 册，由马来西亚华人文化协会 2001 年出版。

焦马华文学经典，再则作为 1990 年代世纪末最后一年，"回顾与展望"类话题自然成为热门之选，而"经典"成为题中之义。首先是 1999 年7 月，《星洲日报·文艺春秋》以"我最喜欢的一篇（本）马华作品"为题征稿①，实际上有希望一般读者从阅读经验出发寻找经典之意味。同年 10 月"南洋文艺"推出"80 年马华文学系列"，分别专访方修、杨松年、张锦忠、庄华兴、许文荣等五位不同年龄层的马华文学研究者，从不同角度探向马华文学历史，每辑专访特设"寻找经典"小栏②，征询他们的马华文学经典观，五位研究者均给出了历史及美学的理性思考。方修、杨松年、张锦忠提出与其争论，不如回到原始的一手文本资料，做实实在在的思考和阅读③，庄华兴提出经典的"未完成属性"④，许文荣认为重在持续文学创作⑤；紧接着 1999 年年末，"南洋文艺"推出跨年的"马华文学嘉年华"专辑系列设置 5 个问题，问题 2为"请推荐 5 本您心目中具有影响力的马华著作"，问题 3 为"请推荐5 位出色的马华作家"⑥，受邀参与讨论的 10 多位马华作家或学者开出的阅读书单同样有"寻找经典"的意味。这场世纪之交因"20 世纪中文小说 100 强"而激起的寻找马华文学经典热潮及其相关的文学经典标准的探讨，相当于给"经典缺席"议题来了一个阶段性总结。

　　"一场'经典缺席'争论，整个 1990 年代马华作家对马华文学有没有经典的热切关注，的确是远远超过任何一个时代。总在思考一个作家是不是没有必要过度在意'有没有经典'，所谓'经典缺席'论是学

---

　　① 《征稿》，《星洲日报·文艺春秋》1999 年 7 月 18 日。

　　② "80 年马华文学"系列由《南洋商报·南洋文艺》从 1999 年 10 月 9 日至 10 月 26 日分 6 辑刊出，分别由主编张永修、林春美、张光达专访。"寻找经典"小栏分别另拟标题概括各位受访者的马华文学经典观。

　　③ 参见方修《不会输给 100 强》（张永修专访）、杨松年《走出方修》（林春美专访）、张锦忠《出土与重探》（张永修专访），分别载于《南洋商报·南洋文艺》1999 年 10 月 9 日、16 日、19 日。

　　④ 张光达专访，庄华兴笔谈：《未完成属性》，《南洋商报·南洋文艺》1999 年 10 月23 日。

　　⑤ 张光达专访，许文荣笔谈：《持续"文学热"》，《南洋商报·南洋文艺》1999 年 10月 26 日。

　　⑥ 《马华文学嘉年华·辑 2》，《南洋商报·南洋文艺》2000 年 1 月 4 日。

者分内的工作，作家是不是可以不需要把它当成是自己全部的创作重心，它可以是次要问题。"① 显然，"经典缺席"这一马华文学的长线"影子议程"进入新世纪，已经转换为写作实践问题，"目前更重要的是如何持续 90 年代的'文学热'，让年轻一辈有更自由的空间、更具有文学倾向（Literature friendly）的环境，推动他们持续不断的书写"②，无论如何评说"经典缺席"的论争，这一观点实际上也表明写作须更具有"文学倾向"已成为马华文坛的共识。"经典缺席"议题由旅台新生代带给马华文坛的冲击，让马华文学重新省思关于"文学"的定义，"'经典缺席'的正面意义在于引发了'经典焦虑'，促使马华写作者进行自我反省，进而推动写作者交出高质量的作品"。③

三　审美如何在场？——重返"五四"的话语建构策略

我们看到，整个 1990 年代，黄锦树对马华文学的冲击带来的震撼酿成了何启良所说的"黄锦树现象"。何启良认为，虽然黄锦树对现实主义的抨击特别猛烈，但"他不是从现代主义来批评现实主义，而是以更宏观的、更苛刻的文学、美学理论和标准来探讨后者"。④ 新生代是以对既有的马华文学审美成规的否定开始确立自己的文学美学话语，即遵循不破不立的逻辑。"经典缺席"议题的抛出是黄锦树"在马华文坛发挥红卫兵本色放火烧芭的开始。烧芭的目的不在制造霾害，而是发动文学场域小革命"⑤，这里"文学场域小革命"就是一场马华文学的美学革命。

广义上看，这一场文学的美学革命是以对承继"五四"文学左翼传统的马华现实主义写作的猛烈抨击开始的，吊诡的是，新生代却袭用了"五四"文学革命的话语建构策略以切断马华文坛变形的"五四""奶

---

① 许维贤：《次要问题与经典缺席》，《南洋商报·南洋文艺》2002 年 9 月 3 日。

② 张光达专访，许文荣笔谈：《持续"文学热"》，《南洋商报·南洋文艺》1999 年 10 月 26 日。

③ 卢荣成：《黄锦树对 90 年代马华文坛的冲击（2）》，《南洋商报·南洋文艺》2003 年 3 月 8 日。

④ 何启良：《"黄锦树现象"的深层意义》，《南洋商报·人文》1998 年 1 月 18 日。

⑤ 张锦忠：《散文与哀悼》，《星洲日报·文艺春秋》2007 年 7 月 8 日。

水"之美学余绪。回顾发生在马来西亚两大报纸副刊上的整个文学话语争锋过程，感受其中流动的情绪氛围，品鉴新生代文笔之锋利、用词之尖刻、才情之横溢甚至器宇轩昂的高调，无不让人依稀看到"五四"文学革命那一群文学新青年的旧影。

　　笔战双方类似"五四"文学革命时期新文化人士在争夺知识权力时以《新青年》为阵地所惯用的话语策略，那就是"一种措辞激烈、不惜在论述上走极端的习气"，以及"绝对主义的思路""绝对主义的言辞"，以造成震撼性效果。① 马华新生代黄锦树甚至并不否认别人对其"论文表达方式上的'攻击性'的指责"，认为"这就是所谓的'矫枉过正'——不发挥十分的力道，无法打破这封闭的结构，也不会有人对你谈的问题当真"。②

　　1990 年代马华文学论争与"五四"文学革命有诸多相似之处：

　　1. "五四"文学革命的发端是《新青年》杂志发表了留美学生胡适《文学改良刍议》的文章，提倡用言文一致的白话文来承载思想的表述，"五四"文学革命首先是作为一场语言革命而发生的。而 1990 年代马华文学论争的原点虽是《星洲日报·星云》版发表了留日学生禤素莱《开庭审讯》开始了对马华文学定位的热议，但黄锦树的《马华文学经典缺席》才是文学飓风的开始，而黄锦树宣称"经典缺席"的理由实际上同样首先指向马华现实主义文学包括语言艺术在内的技术粗糙，在批评方北方的马来亚三部曲存在的问题时，更是明确指出"作者没有用文学的语言来经营作品，而是用议论、说明的语言来'说'小说的内容"，"直接的让作品透明化了，语言成为一面不介入存有、置身事外的反映之镜"。③ 同样，在新生代之间的"中国性"论争中，黄锦树亦是以林幸谦的诗歌语言诗人的主体缺位为切入口指摘林诗"文

---

　　① 王晓明：《一份杂志和一个"社团"——重评五四文学传统》，载王晓明主编《二十世纪中国文学史论（修订本）》，东方出版中心 2003 年版，第 183—184 页。

　　② 林春美：《当文学碰上道德——夜访林建国、黄锦树》，《蕉风》1998 年总第 482 期。

　　③ 黄锦树：《马华现实主义的实践困境——从方北方的文论及马来亚三部曲论马华文学的独特性》，载张永修、张光达、林春美主编《辣味马华文学——90 年代马华文学争论性课题文选》，雪兰莪中华大会堂、马来西亚留台校友会联合总会 2002 年版，第 232 页。

化乡愁"过度泛滥①；至于陈大为《〈马华当代诗选（1990—1994）〉内序》更是基于"语言艺术"立论。

　　2. "五四"文学革命赖以展开的大众传媒阵地，如《新青年》《小说月报》分别为受过西学熏陶的新派知识分子陈独秀、沈雁冰主编，与之相似的是，1990年代马华文学论争中媒介阵地的掌舵者都是新生代。《星洲日报》复刊后，属于综合性但偏重于文艺性的"星云"由张永修（1961—）接编，直至1994年5月，张永修转任《南洋商报·南洋文艺》主编；而《星洲日报》复刊后不久，倾向于现实主义创作的甄供（1937—）离开"文艺春秋"，王祖安（1962—）执掌该版。张、王二位主编均是文学青年才俊（王祖安是留台生），虽然在主观上，"他们不像前人般好设定派别门槛"②，于现代和写实之间力求把握平衡，但由于文学训练、文学视野的不同，文学"偏见"无可避免，譬如有论者认为王祖安"比较偏重于刊用现代主义流派的作品"③，这无形中其实更利于文坛新生代的成长。又如1994年"文艺春秋"因大量刊用"新作者"文章，知名文化人、诗人傅承得向编辑反映读者意见："文艺春秋的编辑方式似乎有点'软'，也许缺了一些知名作家压阵的关系。这种编法可能会招来批评。"④减少"知名作家压阵"之作意味着更多不知名的马华新生代在"文艺春秋"有了崭露头角的机会。所以主编的易人为整个1990年代的马华文坛的新生代准备了更为优裕的作品发表版位空间等条件。

　　"如同写作，编辑工作本身亦是一种占位行动，编辑透过版面企划、内容设计和约稿退稿等流程建构出一套特殊的文化权力秩序，这套秩序

---

①　黄锦树：《两窗之间》，《南洋商报·南洋文艺》1995年6月9日。

②　张永修专访，张锦忠笔谈：《马华文学与现代主义》，《南洋商报》1999年10月19日。

③　马仑：《作者简介》，何乃健、沈庭钧主编《马华文学大系·诗歌二》，吉隆坡彩虹出版有限公司2004年版，第514页。

④　《交流站》，《星洲日报·文艺春秋》1994年10月3日。又，傅承得本身是大马有影响的文学青年导师式人物，他给编辑的信当只是善意的提醒。当时"文艺春秋"编辑由潘碧华客串，但"文艺春秋"扶持新人创作的倾向是一贯的，1994年10月4日"文艺春秋"刊头首次刊发类广告语"在文学的天空里，让日月星光一起罗列"，我们知道李白《江上吟》有"屈平词赋悬日月"句，这样理解，如果把名家视为"日月"，那么文坛新鲜人或新生代就是"星光"了，这表明关注并不耀眼的"星光"——文学新秀是"文艺春秋"的编辑导向。

又将倒过来影响文化创作的实质方向。"① 文学版编辑亦发挥着如许关键作用。在"文坛就是副刊，副刊就是文坛"的马华文学生态中，报纸文艺副刊编辑构建的社会人际网络（含副刊作者群落）、设置的议程等对于马华文学论争乃至文学思潮的发展起着关键的导向性影响。不过，不同于"五四"时期陈独秀、沈雁冰强烈的倾向性，两大报副刊编辑在论战双方起着既推波助澜、又调节平衡的作用。②

3. "五四"新文学作家的重要论战对象是鸳鸯蝴蝶派作家。鸳鸯蝴蝶派创作拥有广泛的市场影响力，但"相比之下，鸳鸯蝴蝶派作家缺乏对理论话语的兴趣则对他们十分不利"。③ 某种意义上，"五四"新文学作家在《小说月报》上借助与鸳鸯蝴蝶派的论争迅速扩增了影响力，树立起"现代性"形象。巧合的是，1990 年代马华文学论战一方为黄锦树、林建国等旅台学人，受过学院系统的中西文学及批评理论训练，尤其能熟练操作西方美学理论话语，论战的另一方主要为在马华文坛耕耘多年的现实主义前辈陈雪风等人，现实主义作为马华文坛文脉深厚的主流写作具有广泛的社会影响力，但其理论羸弱，对西方现代、后现代及后殖民理论相对缺乏深入的了解，以至于在论争中面对旅台新生代的激进话语亦只能"对人不对事"，无力破解旅台新生代的理论迷障。

4. 从"五四"新文学作家在传统与现代对抗的话语领域寻求合法性的整体路径来看，"'五四'作家则凭借其理论话语、经典制造、评论和文学史写作这样一些体制化的做法，着力于生产自己的合法性术语"。④ 马华新生代在破除影响焦虑，建立自己的阐释权力，建构"我

---

① 马家辉：《专栏书写与权力操作——一组关于专栏文类的文化分析策略》，载潘永强、魏月萍主编《解构媒体权力》，大将事业社 2002 年版，第 109 页。

② "中国性"论争议题首先发生在新生代之间，张永修将黄锦树发表在 1995 的 6 月 9 日《南洋商报·南洋文艺》上的《两窗之间》剪报转给林幸谦（1963—），因文中评价林幸谦作品中国性泛滥，于是有了林以回复给张永修的书信的方式公开答复，这样经由媒介，"中国性"的讨论影响进一步扩大。但在策划访谈专题或座谈时，两大报编辑基本持着"公器"的意识，让双方立场尽现。

③ 刘禾：《中国新文学大系的制作》，载刘禾著《跨语际实践——文学，民族文化与被译介的现代性（中国，1900—1937）》，宋伟杰等译，生活·读书·新知三联书店 2002 年版，第 330 页。

④ 同上。

方"的文学主体性的过程中，实际上与"五四"作家的做法如出一辙：马华旅台新生代背后亦凭借主要经台湾舶来的西方理论资源支撑，亦通过当代马华诗选、散文选、小说选等选本实施自我经典化，无形中重写一段文学史。同时他们大多为创作与评论兼擅的双栖型，论争的多个议题首先是从新生代具有学理性逻辑的论文中引发的。

5. "五四"新文学作家以启蒙精神导师和先锋叛逆的姿态致力于中国文学的现代性植入，"五四"文学革命是在现代性的焦虑中发生的。1990 年代马华旅台新生代以同样的姿态和"现代性的代言人"的身份介入马华文学场域，"要为马华文学建立一套新的美学体制"。① 旅台新生代具有浓厚的启蒙、救世意识，黄锦树自言，"更为狂妄一点说，我们都是'盗火者'——企图从域外盗来他乡之火，以照明故乡黑暗"，但"悲哀的是，故乡的人并不领情"②，每每论争正酣处，旅台新生代原本追求真理的学术关怀却流于重复的道义性争辩。

何以至此？同为旅台归来的安焕然反思道，"他们似乎想为马华文坛建立一些经典的、学院的、精英式的，尝试建立一座（又奢望不受国家政治宰制的）新庙堂典范。每以知识分子自许，借助此最高的新庙堂权威，企图向整个马华社会推行自己的价值主张"，对马华本土社会文化及自身历史传统的陌生，用"一套令对话者感到摸不着边际的陌生言语（包括其后的文化价值思维模式）"或者说精英式西方话语（及其背后的文化思维模式）来布道，自然"似乎面对一座走不进去的城堡"。③ 现代性具有敞开的未完成性特征，正如"五四"文学革命"'西化'思潮不仅没有改变'传统'，相反却是'传统'文化消解了'西方'意识。这就注定了中国文学的现代性只能是民族文学的现代性，中国现代文学也只能是植根于民族文化土壤上的现代文学"一样④，旅台

---

① 安焕然：《何以如此鸡同鸭讲？——对"断奶"课题的一点无知及无奈的回应？》，《星洲日报·自由论谈》1998 年 4 月 19 日。

② 黄锦树：《马华文学的悲哀！》，《南洋商报·南洋文艺》1996 年 12 月 18 日。

③ 安焕然：《何以如此鸡同鸭讲？——对"断奶"课题的一点无知及无奈的回应？》，《星洲日报·自由论谈》1998 年 4 月 19 日。

④ 宋剑华：《五四文学革命：传统文化的突围与重构》，《社会科学辑刊》2007 年第 1 期。

新生代孜孜以求的马华文学现代性，仍要真正根植于马华。更重要的是，理性、包容与共识是启蒙的条件也是结果。

文学论争中新生代重返中国"五四"文学革命式的极端绝对主义话语建构策略，造成震撼效果，意图消解马华现实主义文学及其经典体系，为政治的伦理的马华文学寻求美学的救赎，高调地宣示了自己的审美在场。悖论的是，在现代媒介传播的放大效应下，与中国"五四"新文学革命的命运相似，新生代的知识分子审美批评话语因担负着启蒙的"痛苦"道义，论争注定变成激进的杂文式的争吵与喊话而非对话，某种程度上自我消解了新生代的理论锋芒。

尽管1990年代马华现代主义与现实主义论争并没有真正形成交集点，但新生代"在马华文坛造成了一次次美学骚动"①，让马华文学回归文学性的观念因论争而深入人心。马华资深文化人张景云认为新生代的雄图"应该可以归入库恩（Thoma Kuhn）所说的'范式转移'之列"。②论争无形中亦提高了马华作家建构马华文学主体的自觉性。

四　为何重返"五四"话语？

我们容易发现旅台新生代对马华现实主义批评的"朴素阐释与'了解之同情'的匮乏"③；站在后设的批评之批评的立场，面对新生代没有充分的史料论证却给予现实主义审美的苛刻判词，我们甚至可以为那群曾经在马华文坛横行不轨的叛逆的新生代指点迷津，比如批评应遵循乔治·布莱提出的严格的放弃自我的认同批评："阅读或批评就意味着牺牲（我们）所有的习惯、欲望、信仰"，文学批评"之所以能够进行，完全取决于批评者的思想是否变为被批评者的思想，取决于它是否成功地从内部对后者加以再感受、再思考、再想象"。④但是回到论争现场，为何凡是卷入论争的人几乎最终都没有彻底遵循抽离的客观的批

①　刘小新：《马华旅台文学现象论》，《江苏大学学报》（社会科学版）2002年第2期。

②　张景云：《文学研究的道义暨其他》，《蕉风》1998年第482期。

③　朱崇科：《台湾经验与黄锦树的马华文学批评》（http://www.fgu.edu.tw/~wclrc/drafts/China/zhu/zhu-13.htm#_edn23）。

④　转引自《乔治·布莱的"认同批评"》，见希利斯·米勒著《重申解构主义》，郭英剑等译，中国社会科学出版社1998年版，第2页。

评原则？1990 年代的论争为何隔着久远的时空和"五四"式话语策略不期而遇？

首先应折回马华文学以及马华社会与"五四"新文化运动、"五四"文学革命的历史及现实联系。在《星洲日报·星云》版的"文学的激荡"系列中，从 1992 年 5 月 1 日系列 1 禤素莱的《开庭审讯》到 5 月 14 日的第一篇回应文章即系列 8 沙禽的《开书审讯》之间，由于时值"五四"运动 73 周年，故而从系列 2 到系列 7 的 6 篇文章都是关于"五四"新文化运动的回顾与反思及"五四"与马华文学关系的探讨。① 这些文章虽然有应时性，但关于"五四"的话题一遍遍在马华社会重温②，说明在中国追求现代化过程中具有重要分水岭意义的"五四"，亦如一条"剪不断的精神辫子"③，是马华社会厚重的历史承载。"五四""所激发的解放思潮"、启蒙意识④，"五四"运动"反对中国传统文化与接受西方近代文化"的两重最基本精神⑤，"五四"文学的社会意义，"五四"作家的社会使命感等⑥，仍然深深影响马华社会与文学。所以，"五四"新文化运动及文学革命于马华文坛从来不是如"滚滚长江东逝水"远去，也未如荒城古道般湮没。实际上，马华新生代"现代派"和现实主义"写实派"都承继着"五四"遗产。

再回到"文坛就是副刊，副刊就是文坛"马华文学这一逼仄的媒介生存空间。由于政治大环境的不公平，长期以来马华文学批评的学术及其培育空间的不完善，缺乏学院派批评，无意中形成了杂文式论争的传

---

① 1992 年 5 月 4 日《星洲日报·星云》版《龙门阵》专栏还有一篇署名黄志伟的《五四感怀》。

② 1992 年以前，每逢"五四"，《星洲日报》文艺副刊多会推出纪念性专辑或专文，缅怀"五四"。其后，副刊关于"五四"的话题渐少，但亦可见。如《星洲日报·星洲广场》于 2002 年 5 月 5 日即于封面整版推出黄翰铭的专访文章《五四运动与今日马来西亚》，由华社研究中心学者林水檺、莫顺宗谈"五四"这一意义复杂的思想改革运动对当代马来西亚的意义。

③ 杨善勇：《剪不断的精神辫子》，《星洲日报·星云》1992 年 5 月 6 日。

④ 黄志伟：《"五四"感怀》，《星洲日报·星云》1992 年 5 月 4 日。

⑤ 徐策：《"五四"文化精神的批判与反省》，《星洲日报·星云》1992 年 5 月 5 日。

⑥ 朱尧：《这一条不归路》，《星洲日报·星云》1992 年 5 月 9 日。

统，"只有笔战而无辩论、有喊话而无对话"，缺乏健康的批评文化①；同时依赖于副刊的文学研究无法摆脱媒介批评因"新闻性"和"可读性"属性而追求的"眼球效应"。但 1990 年代文学论争由于受过规范学院教育的旅台新生代参与到传媒批评机制里，仍然表现出较多的学理性及片面的深刻性。新生代引发的文学议题增强了马华文学的思辨气质，如林建国在阐述其"断奶论"时强调马华研究应"保持思辨理路"。②借助论争，新生代将马华文学"建构成具有丰富文化意义的学术客体"的目标也基本达到。③"进入 21 世纪，由学院、学报、副刊、社团、网络构成的学术空间初步建立，使马华文学研究脱离报纸副刊的严重宰制"④，学院化、谱系化知识体系逐步建立起来，马华文学深入、广泛、多元的学术对话具备了可能。

当然其他如文人相轻的习气和帮派意识的排他性，也是文学论争陷入意气之争的原因。无论论争是怎样的刀光剑影、剑拔弩张，终究是为马华文坛开辟出一片相当宽广的文学美学新视野。

第三节　"重写马华文学史"议题与审美"关系性思考"

一　"重写马华文学史"议题的提出

中文文学世界掀起"重写文学史思潮"始于《上海文论》1988 年第 4 期开辟的由陈思和、王晓明主持的"重写文学史"专栏。该专栏至 1989 年第 6 期结束，旨在"重新研究、评估中国新文学重要作家、作品和文学思潮、现象"，"冲击那些似乎已成定论的文学史结论"，从而"探讨文学史研究多元化的可能性"。⑤关于如何重写，陈思和提出

---

① 林建国：《建立健康的批评文化》，《星洲日报·文艺春秋》1998 年 5 月 31 日。

② 林建国：《再见，中国——"断奶"的理由再议》，《星洲日报·自由论谈》1998 年 5 月 24 日。

③ 林春美：《当文学碰上道德——夜访林建国、黄锦树》，《蕉风》1998 年第 482 期。

④ 龙扬志、王列耀：《马华文学知识谱系及其跨界建构》，《学术研究》2013 年第 8 期。

⑤ 陈思和、王晓明：《主持人的话》，《上海文论》1988 年第 4 期。

"以审美标准来重新评价过去的名家名作以及各种文学现象"①，使现代文学史这门学科"从从属于整个革命史传统教育的状态下摆脱出来，成为一门独立的、审美的文学史学科"②。可见，"重写文学史"一个重要的目的是追求文学场域的"自主性"，即"文学回到自身"和"把文学史还给文学"。③ 不过，作为一种"文学史的权力"，"重写文学史"思潮二元对立的思维方式或话语模式同样压抑和遮蔽了"审美性"中的"史"的面向。

　　自 1990 年代中后期起，台湾也兴起了颇具规模的"重写文学史"思潮。首先从台湾整个文化场域观察，80 年代以后跨国主义与全球化相继登陆，各波欧美后学新潮接踵而至，而随着政治解严、报禁、党禁解除，过去各种在台面下波涛暗涌的语言、文化、族群、性别、环保等议题纷纷在 1990 年代以后浮现，理论资源的西学东渐和台湾社会的变迁使台湾文学思潮呈纷纭复杂之态，重写文学史之可能即建基于此一多元语境。其次在重写的方法论方面，台湾的英美文学研究成果丰富，单德兴、李有成、张锦忠等学者对美国学界"重建美国文学（史）"的研究直接启发了台湾反思文学史书写的"洞见"与"不见"；而更大的推力可能来自大陆的重写文学史运动包括大陆学者积极编撰台湾文学史，这涉及"由谁来书写叙述与诠释"的问题。④ 作为一种人文思潮，台湾文学史的"重写"是相对于威权政体美学秩序而言，亦是相对于大陆的台湾文学史书写形态而言，更是台湾文学研究领域多元学术立场实践与表征形式。⑤ 需要指出的是，台湾威权的单一的意识形态格局瓦解后，由于"中国意识"与"台湾意识"被人为地割裂成对立的两极，

---

　　① 陈思和：《关于"重写文学史"》，载《笔走龙蛇》，山东友谊出版社 1997 年版，第 119 页。

　　② 同上书，第 109 页。

　　③ 旷新年：《"重写文学史"的终结与中国现代文学研究转型》，《南方文坛》2003 年第 1 期。

　　④ 张锦忠、黄锦树：《绪论：重写之必要，以及（他人的）洞见与（我们的）不见）》，载《重写台湾文学史》，麦田出版社 2007 年版。

　　⑤ 朱立立、刘小新：《台湾"重写文学史思潮"：背景、路径与分歧（下）》，《福建论坛·人文社会科学版》2013 年第 8 期。

旨在书写"台湾人的台湾文学史"的重写文学史思潮亦带有鲜明的文化政治色彩。①

纵观中国大陆和台湾的"重写文学史"思潮脉络可知，一方面，文学史重写的核心问题是建立新的理论模式和文学史研究的立场、方法的问题；一方面文学史的书写或重写同时是一种诠释权的竞争。"重写文学史"亦是中文世界文学研究的一种转向，是对研究视角、学科话语和描述方式的重新建构，"重写文学史"作为方法是对历史的重新叙事。马华文学史"重写"亦在这样的语境和经验的参照中形成，更重要的是马来西亚旅台新生代作为台湾文坛的"外来兵团"本身就经历或参与了台湾的"重写文学史"论述的建构。

"重写马华文学史"始于"在台马华文学论述"。从 1990 年代初开始，张锦忠、林建国、黄锦树已在台湾各学术刊物与比较文学会议上发表论文，从不同角度勾勒他们的马华文学视域。2000 年张锦忠应当时《中外文学》的主编马耀民之邀，替该刊组编了一期《马华文学专号》，这是一个企图一网打尽马华文学论述、史料、访问与创作的专号，论述部分题为"马华文学：反思与对话"。② 7 位论文作者中除杨宗翰和杨聪荣外，都是马华旅台作者，议题中马华文学史与马华文学史书写占有相当重要的比例，其中林建国的《方修论》尤其具有重写文学史的意义。

继《中外文学·马华文学专号》之后，2002 年底台湾暨南国际大学举办的"重写马华文学史学术研讨会"是"在台马华文学论述"实力的另一次展现。论文发表者有旅台张锦忠、林建国、黄锦树、林开忠、高嘉谦和马来西亚本土批评家张光达与庄华兴（另外还有台湾本土学者李瑞腾）。这是台湾的第一个马华文学会议，明确地以"重写马华文学史"为论述主轴，确立了马华文学学术史上"重写"之必要，具有标举"马华文学"主体的意味，相当于为马华文学史重写热身。

二　基于审美"关系性思考"的"重写马华文学史"论述

"重写马华文学史学术研讨会"会后，"文艺春秋"将会议论文汇

---

① 朱立立、刘小新：《台湾"重写文学史思潮"：背景、路径与分歧（下）》，《福建论坛·人文社会科学版》2013 年第 8 期。

② 见《中外文学》2000 年第 4 期。

编成"重写马华文学史论述"系列，从 2003 年 1 月起分期刊出，加上系列刊出后陈政欣的回响文章及 2004 年会议论文结集时张锦忠的绪论共 9 篇文章。① 这些论文大多试图重返华人历史现场，通过个案阐释为文学史的重写呈示了多元的书写立场及方法。张锦忠将离散和流动作为马华文学的个性，基于文学的流动性建构自己的文学史观，即中国文学离境至南洋，融入本土，获得马来亚地方感性（sense of place），后殖民时代随着华人的"再移民"再走出马华，马华文学就在这样跨国流动的边缘状态中成为独具审美品性的新兴文学。黄锦树的论文以康有为、黄遵宪、郁达夫等近现代士大夫、文人下南洋的个案，探讨马华新文学的生成与其国家、民族意识形态之间的角力，重新定义马华文学的"传统性"与"现代性"，"更进一步要求文学典范转移与批评典律的建构"。② 高嘉谦返回新加坡移民文学史"现场"，以离散视角阐述旧文人邱菽园的流寓经验对新马文学的影响。张光达及庄华兴分别谈因政治和文化体制的钳制和割裂居于马华文学系谱隐性地位的 1960 年代马华现代主义及华译马来文学，林开忠从人类学视野切入，指出李永平婆罗洲小说中的"异族"书写，其实是作者所关联的"华人"之再现。

　　上述系列长文在"文艺春秋"刊出的时间前后延续一年有余，相当于以议程设置的形式向马华社会呈现关于如何书写具有当代性的马华文学史的学理性思考，它有别于 1990 年代马华文学的"辣味"。

　　综之，"重写马华文学史学术研讨会"跳脱过去的文言/白话、马华文艺独特性/侨民文艺、现代派/现实派、翻译/创作等二元对立思维模

---

① 9 篇刊于"文艺春秋"的文章分别是：黄锦树《论马华文学史之前的马华文学》（2003 年 1 月 12 日、1 月 19 日、1 月 26 日），高嘉谦《邱菽园与新马文学史现场》（2003 年 2 月 16 日、2 月 23 日、3 月 2 日），张锦忠《离散与流动：从马华文学到新兴华文文学》（2003 年 3 月 23 日），张光达《文学体制与六〇年代马华现代主义：文化理论与重写马华文学史》（2003 年 5 月 4 日、5 月 11 日、5 月 18 日），庄华兴《文学史与翻译马华：政治性与定位问题》（2003 年 6 月 15 日），林开忠《"异族"的再现？——从李永平的〈婆罗洲之子〉与〈拉子妇〉谈起》（2003 年 7 月 13 日、7 月 20 日），林建国《马华书写史：一个系谱学刍议》（2003 年 8 月 31 日、9 月 7 日），陈政欣《马华翻译与翻译文学》（2003 年 10 月 5 日），张锦忠《我们怎样从反思马华文学到重写马华文学史》（2004 年 4 月 11 日）。

② 魏月萍：《重写马华文学史，建塑当代新史观》，《星洲日报·星洲广场》2002 年 12 月 22 日，封面。

式，重新描述过去隐匿和忽视的文学空间，重新思考马华文学的现代性、地方感性、流动性、政治性，"把文学史的场景带进了社会文化史及后殖民的视野，拓展了文学史讨论的疆界，并且建立当代新史观"①。

其实，在"重写马华文学史"议题名称正式提出前，《星洲日报》文艺副刊在扩展马华文学跨越边界的思考视域方面已经做了有意识的策划。2000 年底活跃于马来文坛的华裔马来诗人林天英获泰国政府颁发的东南亚写作奖（S. E. A Write Award）。②马来文学界和华社开始注意到这位低调的华裔作家③，以林天英获奖为契机，《星洲日报·星洲广场》推出专题报道，邀请前马大中文系副教授陈应德和博特拉大学庄华兴探讨马来文坛和华社对华裔马来文学创作即"华马文学"的认识。整体上看，马来社会为马来民族主义所囿，"华马文学"因之处于马来国家文学的边缘位置；而华社因长期的文化压迫感对"华社"以外事务包括对属于同一族群的华裔马来文学及华裔英语文学缺乏跨界交流的动机和桥梁。华社对马来文学及"华马文学"陌生，说明了"华马文学"仍具有很强的政治属性。"以华人身份去创作马来文学，事实上也是跨越边界的做法"，"从政治上来说，它能撞击国家文学主流价值，进而认可华族的地位；从文化交流上，它能打破族群间的隔阂，促进彼此间的认识与了解，回归文学本质，它是对异文化的一种欣赏"，未来"华马文学"的发展和各族群的接受，"其重心应在其艺术成就，而非在政治或文化认同上拟标准"！④

"文艺春秋"继续架起族群间文学交流的桥梁。2001 年初至 2004年底为止，以"马来文坛巡礼"为题，"文艺春秋"推出庄华兴对马来新文学的系列论述文章，共 11 期。庄华兴以文学史的纵横架构，

---

① 魏月萍：《重写马华文学史，建塑当代新史观》，《星洲日报·星洲广场》2002 年 12月 22 日，封面。

② 林天英（Lim Swee Tin，1952—）出生于马来西亚吉兰丹，父亲是中国福建潮安的移民，母亲有泰国血统。他的第一本中文诗集《寂寞求音》（Nyanyian Sepi）由庄华兴翻译出版。

③ 2001 年 1 月 28 日，《星洲日报·星洲人物》刊出魏月萍为林天英做的人物专访——《林天英，在寂寞中穿越苦难》。

④ 魏月萍：《华裔作家的马来文创作　跨越边界的华马文学》，《星洲日报·星洲广场》2000 年 12 月 24 日。

评述马来左翼作家、中生代作家、当代文学，旁及马来文学中的华裔、印裔、女性文学，并探讨马来文学的典律建构、国家文学论述、族群文学的定位和角色等课题。这一系列批评从方法论上看，其"整体史观与诠释的理论框架建构"可引为各自为政的马华文学批评的镜鉴，"也为马华重写文学史的工作立下了重要的典范"。① 更重要的是，该系列同时为"重写马华文学史"拉开了崭新的论述视域，即"重写"亦应将马华文学置于整个马来西亚文学多声复调互涉场域中观照②，实际上"华马文学""文本中的文学性，已与社会各个层面发生紧密的关系"③，而马华文学在马来西亚多元语境的浸润中孕育出浓郁的南洋风味、马来情调，其叙述语言和某些概念的形成亦受他者的影响，李欧梵曾指出，由于受到英文和当地国家语言的挑战和渗透，书写的中文也逐渐"杂种化"（hybridity），这种"杂种化"对于原来祖国和当地国家的语言霸权都构成颠覆。④ 故而，马华文学的"文学性"应当跨越语文与族群的樊篱，与各族社会层面发生紧密联系。庄华兴对马来文坛的系列论述作为一种跨越边界的文学思考，有利于马华文学研究"逐步地从渊源传承的垂直性思维研究转向多元比较的跨越民族文化的空间型思维研究"。⑤

故而在文学观念的理论批评意义上，庄华兴的"马来文坛巡礼系

---

① 黄俊麟：《扫描〈文艺春秋〉（1996—2004）》，载马来西亚留台校友会联合总会主编《马华文学与现代性》，新锐文创 2012 年版，第 157—158 页。

② 1991 年 1 月 19 日黄锦树在"文艺春秋"发表《"马华文学"全称之商榷——初论马来西亚的"华人文学"与"华文文学"》，也提出了马华文学史应抛开种族的樊篱，避免"华极"的思考模式。但并未深入马来文学的探讨。2008 年，由大将出版社出版张锦忠、黄锦树、庄华兴编《回到马来亚：华马小说七十年》选本，包括马来西亚华裔创作的华文小说、马来文小说和英文小说，可视为走出华语中心论的宏大叙事、重写文学史的实践之一。

③ 魏月萍：《华裔作家的马来文创作　跨越边界的华马文学》，《星洲日报·星洲广场》2000 年 12 月 24 日。

④ 李欧梵：《受当地语言渗透　中文渐趋"杂种化"》，《星洲日报·花踪特辑》2001 年 12 月 19 日，第 19 版。

⑤ 陈思和：《序：比较文学视野下的马华文学》，载陈思和、许文荣主编《马华文学·第三空间》，马来亚大学中文系毕业生协会 2014 年版。

列"被视为是"文艺春秋"的一座里程碑。① 文学理论突破固有的视域必然产生"重写"的马华文学史,如此,亦有解构马来国家文学霸权的作用。

重写文学史是相对于之前的传统文学史书写范式及形态而言的。方修是马华文学史的拓荒与奠基者,他于 1962 至 1965 年间出版《马华新文学史稿》(上、中、下三册),1974 年出版《马华新文学简史》,1975 年及 1976 年分别出版《马华新文学史稿》修订本两卷,1970—1972 年间另外编著了一套十本的《马华新文学大系》等,这些作品都是大马中学、大学马华文学课的必备参考书,对新马文坛的影响非常深远。方修"以史稿的传统方式书写","着重的是史料的收集与史料的考证"。② 除方修外,杨松年对新马华文文学史用力甚多,其他如赵戎、原甸、苗秀、方北方等前辈对马华文学史或有文学史专论,或以大系及选集的绪论等形式阐发自己的史论,大多以起源与分期问题作为其撰述的主体架构,以作者论或作品论作为线索梳理过去的文学史实。同方修一样,这些前辈的论述属于传统文学史视域,以经验主义的实证史学为主要特征。

方修自言:"我是提倡现实主义精神的。不管那个作品是以什么手法来表达,只要能反映现实主义精神的作品——它可以让你看出一个时代的侧影,并且关心人民关心生活关心社会——那就是好作品。"③ 也正因如此,方修编撰的文学史受到质疑。刘育龙认为,"方修编的文学史企图在做消音的工作——消灭某些声音的工作。"④ 温任平则明确指出,"方修以左翼意识形态撰史,突出批判性现实主义与所谓积极的浪漫主义,使文学史几乎成了新马华人政治思想史的附庸","不排除由

---

① 黄俊麟:《扫描〈文艺春秋〉(1996—2004)》,载马来西亚留台校友会联合总会主编《马华文学与现代性》,新锐文创 2012 年版,第 156 页。

② 王赓武:《评马华新文学史稿英译》,载方修著《池鱼集》,新加坡春艺图书公司 1993 年版,第 130 页。

③ 张永修专访方修:《马华文学史整理第一人》,《南洋商报·南洋文艺》1999 年 10 月 9 日。

④ 许通元、陈思铭联合整理:《旅台与本土作家跨世纪座谈会会议记录(上)》,《星洲日报·新新时代》1999 年 10 月 24 日。

于方修的社会写实史观，一部分有现代主义色彩的作品可能被方修撂去"。① 应该说，方修秉持朴素的现实主义文学史观，"着重作品的历史面向高于美学价值"，"'借文修史'为撰著构意"②，因此无法避免某些作品因无法反映过去的历史意义，无法摆进作者的事件史框架而被遮蔽。

自然，方修单向度的线性文学史观也无法跨越马华的边界，不会书写马来文学与马华文学之间的相互关联。重写"却要试着从不同的角度去看马华文学史的书写脉络，包括从马来文学和翻译的视角来窥探马华文学史"③。故而"重写马华文学史"议题凸显的是将文学史研究从审美的"实质性思考"（substantial thinking）转向"关系性思考"（relational thinking），前者具有强烈的经验主义倾向，以作家、作品为构筑文学史的砖块、基石，突出作品主题及作者身份，后者则将作家与作品置于庞大繁复的文化/文学场域结构，更多呈现为关系性、比较性视野下的整体史观。

三 重写的重写——以《方修论》为中心的美学辩争

虽然"重写马华文学史"命题的正式提出是在 2000 年代之后，但整个 1990 年代黄锦树对作为文学常识的"马华文学"全称进行陌生化诠释，重新拆解"马""华""文学"，接着抛出"经典缺席"论，以方北方为个案从学理上摧毁马华现实主义，并由媒体将其议题化，已经是对方修建构的现实主义文学史谱系及文学传统的重写，在此基础上，才进一步是以多元视角重写马华文学史的论述。而无论何种视野下的文学史其实最终回避不了文学本身的美学表现。

黄锦树对马华传统现实主义文学"经典缺席"的指控正是基于这一支文学传统在美学上的贫弱表现提出的。黄锦树认为"方修的马华文学史，倾向以抗战和反殖民社会意识定论"④，是"典型的左翼文学论"，

---

① 温任平：《方法论：重构马华文学史》，《星洲日报·文化空间》2004 年 6 月 6 日。

② 魏月萍：《文学论述与历史视界》，《星洲日报·文化空间》2002 年 11 月 3 日。

③ 韩美云：《流动尚未停止　马华文学缺乏评论》，《星洲日报·星洲人物》2003 年 3 月 16 日。

④ 方路：《另一种报导》，《星洲日报·星云》2005 年 7 月 18 日。

即"文学的目的是响应政治的需求，而不是其他的（譬如审美或娱悦的功能）"①，因此，方修的文学史是政治的文学史，而非文学的文学史。

黄锦树多年来对马华文学美学实践的思考，林建国将之概括为"美学现代主义"。②正是在对"美学"及其周边的认识上，林建国和黄锦树这两位因新锐深刻的文学思考对马华文学"有所建树"而引人注目的学人，更重要的这是一对曾经学术上的朋友，却因分歧而渐生芥蒂至分道扬镳，"在静如死水的马华文坛，还会有比这更戏剧化的石头（事件）会激起涟漪吗？"③因此，黄锦树与林建国关于文学美学的论争在2000年代以来的两大报副刊及《蕉风》等媒介空间都颇受关注，并断续铺展"延续成长线条之景观"④，真正称得上是马华文学的长线议程。

首先是2000年林建国在《中外文学》第4期"马华文学专号"上发表长文《方修论》——黄锦树视其为彼此间"'美学'立场公开决裂"的开端⑤，《方修论》从后殖民批评和文化研究的角度切入，重新评价方修。开篇即充分肯定方修的成就，方修"使马华文学的研究成为可能"，"对方修的掌握，俨然成为我们研判相关马华文学论述是否'进入状况'的依据"。⑥林建国主张回到历史情境中去看待方修文学史左翼教条的立场，他指出"整个后殖民效应在大马造成的美学困境如许黑暗而庞大"⑦，"看似文学的'内在'问题（如'经典缺席'），皆卡在资源（文化资本）分配和抢夺的节骨眼上。方修看起来化约和跳跃

---

① 黄锦树：《制作马华文学，一个简短的回顾》，《星洲日报·文艺春秋》2011年2月27日。

② 林建国：《现代主义和现实主义——黄锦树对马华文学的介入》，《南洋商报·南洋文艺》1998年3月18日。

③ 黄锦树：《该死的现代派——告别一位朋友》，《星洲日报·文艺春秋》2007年4月29日。

④ 杜忠全：《冷评热议波心荡　创作文论皆成花——2013年〈南洋文艺〉回顾》，《南洋商报·南洋文艺》2014年1月7日。

⑤ 黄锦树：《重返"为什么马华文学？"》，《星洲日报·文艺春秋》2013年11月20日。

⑥ 林建国：《方修论》，《中外文学》2000年第4期。

⑦ 林建国：《现代主义和现实主义——黄锦树对马华文学的介入》，《南洋商报·南洋文艺》1998年3月9日。

的左倾思考，切中的是问题的要害"，意即方修的问题其实不是单纯的文学美学问题，其实是和政治遭遇相关联的：在全球分配不均的文化资本体系之中，西方占有市场、生产工具和生产力，生产"大国"的文学史理论，这种理论以 18 世纪以后欧洲的美学概念为中心价值，无力衔接"大国"与殖民情境的第三世界之间两种有着落差的现代性，无力解释马华文学史独特的案例，也是这种"现代性"逼迫着方修们"手上拿着最简陋的考古工具，走进那片贫瘠的田野，自己当起自己的人类学家。人类学揭开我们在资本主义废墟里的身世，变成了文学史"，因此"方修的文史实践触及了'现代性'的结构，承担了所有'现代性'要命的后果，变成第三世界文学史写作的'共同诗学'"。① 显然，《方修论》有重新发现方修的意味，它修正甚至否定了黄锦树对方修的批评，对黄锦树重写方修文学史进行翻案重写。

　　《方修论》刊出后，黄锦树与林建国于当年 9 月份以电子邮件形式往还展开讨论，后来张锦忠参与其间，各自提出自己的立场。2001 年 1 月 13 日《南洋商报·南洋文艺》节选《方修论》，随之将三人私下往还讨论的 5 封邮件外加林建国的《论学书简侧记》共 6 篇短文，以"论学书简"专栏的形式推出，是为"《方修论》回响"。讨论中，黄锦树担心林建国将美学问题资本主义化、将美学问题归结为现代性的结构问题，是否"最终又合理化了'马华文学的困境'——方修的困境？而转喻为西方现代性的困境？主体，行动者是否注定被那样的结构（资本主义——后殖民）吃掉了？"② 并"给长期以来以困境做保护伞的马华文学现实主义找到了如是存在的合理化理由，强大的理论依据"。他认为马华文学的困境"根本的问题（从实践的角度来看）不在结构，而是主体"。③ 林建国则表明并没有合理化方修，方修的不足正是自己"论述的开始"，为方修辩护，不表示主体该做的事不再做或不能做。④

---

① 林建国：《方修论》，《中外文学》2000 年第 4 期。

② 黄锦树：《论学书简 1》，《南洋商报》2001 年 1 月 20 日。

③ 黄锦树：《论学书简 2：内在问题与外在问题混在一起》，《南洋商报·南洋文艺》2001 年 1 月 20 日。

④ 林建国：《论学书简 3：美学化的局限》，《南洋商报·南洋文艺》2001 年 1 月 27 日，南洋文艺。

整体上看，正如"南洋文艺"编辑张永修所言，这是一次真正从学术的角度以论事做学问的态度展开的反思与对话，免去了不必要的漫骂式笔战。① 其后林建国、黄锦树之间所有的争议其实是围绕重评方修的争议，而之后所有的争议基本上没有超脱"论学书简"双方对于自己基本观点的阐释。

黄锦树与林建国的第二次正面冲突是在 2006 年。该年 8 月 23 日林建国应马来西亚南方学院之邀主讲"南方沙龙"人文讲座。《蕉风》借此机会访问林建国。访谈设置了如何看待从方修到方北方的左翼文学史家或作家的问题，林建国再次谈及《方修论》引起的误会，申论自己写作《方修论》目的："《方修论》借助了现代性与后现代的辩论为方修作历史定位"，方修的典范虽早已过时，但作为接受学院训练的后辈，应"超越粗糙的肯定或否定"，此其一；其二，正因为"今天能掌握的理论工具远为精致，学术条件也更优越"，所以对方修们的贫弱应遵循文学史的宽容原则，"有机会读书的人，必须懂得厚道"。至于"马华文学经典缺席"问题，林建国亦再次强调，"马华文学真正缺席的是文化资本，不是经典"。② 林建国的申论大致属旧调重弹，但由于掺杂了一些情绪性语言，黄锦树认为林建国观点"抑人扬己"，用语"尖酸刻毒"，"逾越朋友的分寸"，故于 2007 年 4 月 29 日在"文艺春秋"发表《该死的现代派——告别一位朋友》回应，自言是"与林建国先生绝交书"。其后，事情的经历者南方学院的安焕然亦在《星洲日报》之个人专栏"边缘评论"撰文吁黄锦树"请从学理上正面回应"。③

林、黄二人第三次美学辩争则发生在 2013 年。马来西亚新纪元学院于该年 7 月举办"理论与马华文学国际研习营"，作为受邀讲师之一的黄锦树为配合研习营的筹备工作，预先于"南洋文艺"发表短文《重返"为什么马华文学"》，称将在研习营上整理与林建国之间的论

① 《论学书简 2：内在问题与外在问题混在一起·编辑按语》，《南洋商报·南洋文艺》2001 年 1 月 20 日。

② 许通元 、林建国：《从电影寄情到文学宽容》，《蕉风》2007 年第 497 期。

③ 安焕然：《林建国讲了甚么？》，《星洲日报·文化空间》2007 年 5 月 13 日。安焕然的回应其实亦带情绪因素，隐含支持林建国之意。

争，并会"集焦处理一个根本的区分——文学/非文学"。① 引来林建国回应之以《文学与非文学的距离》，林建国指出两人争论不在"文学/非文学的分野"，而是因为自己选择文学史立场，黄锦树的立场落在批评，将"作品好坏评断完毕就是完结"。林建国强调文学史暗含的是"受到伦理限定的美学判断"，"文学判断并不等同——不能简化成为——美学判断"。② 黄则随后复之以《如果我们写作：回应林建国〈文学与非文学的距离〉》，认为"分歧并不在文学批评与文学史，那是个假相"，"'文学与非文学'的区分推到尽头其实是理论与实践的差异"。③ 所以与其理论，不如开始写作。这个回应相当于黄锦树在"研习营"演讲的浓缩版。④ "文学/非文学"的论争中，黄锦树的观点实际上回到了最初的出发点，强调主体的在场及主体基于美学的写作实践，进而试图"重写马华文学"而非"重写马华文学史"。在黄锦树看来，"其实重写马华文学史是有限的，你要写一个文学史你要有对象，要有可看的对象、丰富的对象，阿猫阿狗写来写去也没什么成就感，如果他很烂的话，你讲不出个所以然，可是我另外提倡的一个是重写马华文学。"⑤ 自始至终，黄锦树是一个从否定出发的美学行动者："我要做的不止是解释世界，更是改变世界"。⑥

以《方修论》为中心的林、黄之争逐渐在学理性中挟带意气成分，相互绝对化对方的命题，"几可视为早年'辣味'的延续"。⑦ 二人的论争说到底是一个美学和历史的关系问题，双方表面的歧见之下其实有着

---

① 黄锦树：《重返"为什么马华文学?"》，《南洋商报·南洋文艺》2013 年 6 月 25 日。

② 林建国：《文学与非文学的距离》，《南洋商报·南洋文艺》2013 年 8 月 13 日。

③ 黄锦树：《如果我们写作：回应林建国〈文学与非文学的距离〉》，《南洋商报·南洋文艺》2013 年 8 月 27 日。

④ 2013 年 11 月 20 日《星洲日报·文艺春秋》刊出"《理论与马华文学》国际研习营特辑"，刊载讲师黄锦树、张锦忠、贺淑芳、温绮雯等的演讲稿。黄锦树的讲稿《重返"为什么马华文学?"》，指出"马华文学面对的最重要的问题其实不是解释、再解释，而是写作"。

⑤ 林碧绣、黄正春、吴子文整理：《马华文学的隐喻——骆以军、黄锦树对谈》，《星洲日报·文艺春秋》2005 年 5 月 8 日。

⑥ 黄锦树：《重返"为什么马华文学?"》，《星洲日报·文艺春秋》2013 年 11 月 20 日。

⑦ 杜忠全：《冷评热议波心荡　创作文论皆成花——2013〈南洋文艺〉回顾》，《南洋商报·南洋文艺》2014 年 1 月 7 日。

相近的认识。其一，黄锦树固然强调"美学"的优先性，但并不相信"单纯的美学化"①；林建国看到美学化的"陷阱"和"局限"，却"的确相信美学大有可为"。② 其二，林建国对马华文学的贫困主张理解之同情，同情之批评，属于务实的立场；黄锦树先"烧芭"，凤凰涅槃式新生，更具理想主义者的激情。打个比方，林建国先将方修盖的房子修补、增强，等到有充足的积累再拆掉重盖；黄锦树则是索性现在拆掉重盖。但其实双方的最终目标都是新房子。其三，就二人的本意来看，林建国强调文化资本与马华文学困境的关系，其实并未否认主体可为，而是希望主体从文学与世界遭遇的美学"僵硬"里找到"问题解决的契机"。③ 而黄锦树虽立意美学强烈批判现实主义，其实又"是一个双重性格的书写者，即批判且悲怜"④，且在"玩忽的技术后面，有着更为'写实'的情怀"。⑤ 自他 1990 年代后选编马华当代小说的实践来看，美学判断不是唯一，如《别再提起：马华当代小说选（1997—2003）》其特色即以族群、身份、认同、意识形态等主题立标，显示出通过小说建构马来西亚华人史的尝试。林建国、黄锦树二人关于美学的认识正好互为补充和辩证。

回到"重写文学史"议题，议题发生的正顺序其实应该是始于对马华传统现实主义文学的美学反叛，方北方及其大部分同时代的马华文学拓荒者的以启蒙和教化为目的的"道德写作"使"美学几无立足之地"⑥，再经方修偏执的文学史观的固化，现代主义近乎缺席，马华文学史几乎只剩下现实主义单声部旋律的演奏。新生代的不满集中体现在黄锦树基于"美学"标准提出的"马华文学经典缺席"的指控中，林

---

① 黄锦树：《论学书简 5：还是要靠写作》，《南洋商报·南洋文艺》2001 年 1 月 30 日。

② 林建国：《论学书简 3：美学化的局限》，《南洋商报·南洋文艺》2001 年 1 月 27 日。

③ 林建国：《"写实派"正名》，《南洋商报·南洋文艺》1998 年 5 月 6 日。

④ 方路：《另一种报导》，《星洲日报·星云》2005 年 7 月 18 日。

⑤ 高嘉谦：《历史与叙事：论黄锦树的寓言书写》，载马来西亚留台校友会联合总会主编《马华文学与现代性》，新锐文创 2012 年版，第 75 页。

⑥ 黄锦树：《拓荒播种与道德写作——小论方北方》，载黄锦树《马华文学与中国性》，远流出版事业股份有限公司 1998 年版。这里黄锦树所指称的"美学"当主要是指文学语言、形式技巧等纯美层面，类似于"新批评"的文学性。

建国的《方修论》重新解释了马华文学何以美学贫弱并重新发现方修的"现代性"。黄、林二人围绕《方修论》在似乎使美学问题复杂化的辩争中，其实是深化了问题的思辨性。《方修论》之后"重写马华文学史"的正式提出，则进一步扩展马华文学的理论视域，着眼于广域的审美的"关系性思考"，为马华论述寻求更多的可能，从而为建构文本与文学现象的有效诠释方法提供更多可能的新视野。"我们的重写文学史做法正是提供一套学科话语，一套不压抑、不割裂、不钳制、不简化的诠释话语，一个当代的思考视域"①，而这一片新开启的思辨视域不仅成为开展马华文学研究的新起点，亦为"重写马华文学"开启了更多的美学可能。

本章小结

如果要列举 1990 年代以来马华文学场域的关键词表，"论争""审美"无疑不会被遗漏出列。顺着这两个关键词基本上可以把握 1990 年代以来马华文学的深刻变迁，概括地说，通过论争，马华文学场域发生了一场基于范式转换意义上的美学革命。那么，"论争"缘何而起，"审美"变革如何出现？返回文学传播媒介就成为问题进入的门径。

美国学者 H. 拉斯维尔提出传播学的 5W 模式即谁（Who）→说什么（Says What）→通过什么渠道（In Which Channel）→对谁（To Whom）→产生什么效果（With What Effects），本章对 1990 年代以来马华文学论争的观察即循此路径，深入论争文本的主要媒介载体——《星洲日报》文艺副刊，以其为主要样本探讨副刊作为一种隐蔽而强大的话语建构力量，如何参与马华文学权力场域主流审美话语的建构？

马华文学从发生时期的"侨民文学"到融入在地成为马来西亚文学，一方面，由于语言和文化资源使得它与中国文学的关系暧昧不清；另一方面，由于马来霸权意识形态的介入，处于不为国家文学认可的困境。新生代禤素莱、黄锦树关于马华文学的"两个没有"主调——

---

① 张锦忠：《我们怎样从反思马华文学到重写马华文学史》，《星洲日报·文艺春秋》2004 年 4 月 14 日。

"禤素莱转述的日本汉学家的谬论（'没有马华文学'）与黄锦树的设论（'没有经典'）正好踩到了马华文学的痛处（不被认可的挫败感），点出了马华文学的身份认同危机"①，或者说马华文学主体性建构的困窘。历史的合理性还在于，进入 1990 年代，由于宽松的政经环境，整个马华文化场域也涌动主体性建构的自觉探索。从"没有马华文学"和"没有经典"开始，作为大众传媒的两大报采取议程设置策略，适时设置"擂台"，将文学议题引向众声喧哗的文化课题，博取了足够多的"眼球"效应，自然也隐含着商业利润的追求。

而喧哗的契机在于，1990 年代前期，以马华旅台生为代表的新生代创作蓬勃展开，并在各类文学奖中呈崛起之势②，但在马华文学场域，新生代处在中国文学和马华现实主义主流创作的历史荫翳和双重的影响焦虑之中，还没有掌握文学的阐释权力，所以论争实际上可视为崭露头角的新生代群体以副刊媒介为平台对马华文学话语诠释权的争夺。

在贫弱的大环境下，作为文化身份的华文书写仅仅成为一种象征仪式，"它的核心是延续文化香火，审美反而居次"。③ 因此黄锦树提出"马华文学经典缺席"，直指长期居于主流地位的马华现实主义书写囿于教条的现实—反映论，忽视美学经营，艺术粗糙，流于"文献写实主义"，马华新生代陈大为亦质问：马华文学的标准是什么？美学理论又在哪里？④ 新生代基于现代主义文学的美学标准全盘否定了以方北方为代表的马华现实主义书写，消解了方修建构的左翼现实主义文学史观，这引起了文坛前辈的强烈反弹。新生代东风压倒西风式的二元对立思维加上媒介的推波助澜，酿成了马华文学场域"五四"文学革命式的美学话语建构策略，这不仅表现在新生代和文坛前辈的话语争端中，新生代林建国与黄锦树之间以《方修论》为中心的美学辩争也隐约可见。

---

① 张锦忠：《散文与哀悼》，《星洲日报·文艺春秋》2007 年 7 月 8 日。

② 90 年代后期起，新生代尤其成为具有文坛指针效应的花踪文学奖的常客，详见后面第六章论述。

③ 庄华兴：《政治的马华文学》，独立新闻在线（http://www.merdekareview.com/news/n/14995.html）。

④ 陈大为：《"马华文学视角" VS "台湾口味"》，《南洋商报·南洋文艺》1997 年 1 月 17 日。

　　1990 年代马华文学经典缺席指控和典律建构/重构是同步进行的，或者说典律建构/重构活动始终伴随着"经典缺席"这一马华文学长线"影子议程"引发的"经典焦虑"，关于经典的美学标准论争也就与典律建构/重构活动相始终。进入 2000 年代后林建国的《方修论》从后殖民和文化研究的角度重评方修，可视为在反思基础上对 90 年代新生代重写方修文学史（观）的重写。黄锦树和林建国围绕《方修论》关于文学/非文学的美学歧见实际上互为补充，林建国的同情之批评加上黄锦树基于美学判断前提的主体可为性的强调正是马华文学重新出发的起点。而"重写马华文学史"的学理性论述进一步将马华文学拓展到广域的审美的"关系性思考"之中，即超越二元对立思维在整体史观下对马华文学进行多元理论视域的诠释，这无疑有利于马华文学走出单一的现实主义文学的美学畛域，真正朝向新生代含有更多美学期待的"文学马华"之路。从"经典缺席"到"重写马华文学史"议题的正式提出，一方面涉及不同字辈、不同世代之间美学风格的差异；一方面历经一次次文学议题化论争后，也将马华新生代作家及论述群体推向文学场域的中心。

　　再回到将马华文学议题化的媒体批评，虽然囿于篇幅，这种文学批评难以提出论证，容易沦为逞才使气式的争吵，某种意义上这甚至是媒体期待的话语喧哗，但理论学养深厚的新生代的介入，毫无疑问增强了马华文学的美学思辨气质，思辨性的增强同样是马华文学审美范式转换的基础，也是马华文学走出纯粹的本质化的地域特色的开始，同时马华文学场域中一套不同于传统现实主义的新型学术话语表述体系的建构亦趋于自觉。

第四章

“文艺春秋”与马华文学思潮
审美转向的实践形态

纯文学副刊“文艺春秋”是一块安静的园地，即使在马华文坛论战硝烟弥漫的 1990 年代，亦如陶渊明诗所歌：“结庐在人境，而无车马喧。”但表面平静，并不意味着无为，相反，“文艺春秋”如《花踪之歌》所唱：静静开花，缓缓结果，参与了 20 余年马华文坛的发展与嬗变，其中作为副刊守门人的编辑发挥了重要作用。“文艺春秋”编辑相对稳定，20 年来分别经历甄供、王祖安、黄俊麟三任。间中偶有客串，如潘碧华 1994 年短期执掌过该版面。每一任编辑均有自己或隐或显的文学审美理念。尤其是 1994 年 10 月 3 日起，《星洲日报》各版面全面标示版面责任编辑，并标示揭示各版面内容主旨或风格的刊头语，编辑从“犹抱琵琶半遮面”到置于公众视野之下，其执掌副刊的理念更加鲜明地导引着马华文坛审美观念与创作实践的深刻变迁。

第一节 折中在“写实”与“现代”间的美学渐变

“茅草行动”后《星洲日报》复刊初期，“文艺春秋”居于创作与批评主流地位的仍然是传统现实主义文学创作。进入 1990 年代，受过系统高等教育成长起来的马华旅台新生代作家运用西方思想资源，对现实主义采用激烈的批判姿态，颠覆了原有“马华文学”系列观念，使马华文坛表面呈现为一种激进的世代更替和思潮变革态势，但是作为文学实践形态的马华文学创作与批评主体还是渐进式朝向审美现代性变化，并非一蹴而就。以 1992 年第 7 届大专文学奖为例，“总的来说，作品以传统的写实手法表现主题的占了绝大部分，却也有一两篇用比较新颖的技巧去衬托作者本身的思想意念和要传达的主旨。"① 应该说，这是 1990 年代马华文学论争背后的文学创作乃至文学批评的起点，也是 1980 年代末以来马华文学在现实主义笼罩性影响下的自然承续，以此为起点的文学嬗变自然也是渐变式的。这即如社会革命，先头部队抢占制高点，乃至攻城略地建立政权，但与之相应的经济、文化等因素通常具有长期的延续性与黏滞性，全面的社会转型需要漫长的演进过程。"文艺春秋"副刊编辑通过征稿、设置专栏、推出专辑等方式将"文学马华"这一总体性观念逐渐内化到马华文学创作与实际批评中去。

一 复刊初期传统现实主义的笼罩性影响

"文艺春秋"自 1975 年 10 月 18 日创刊起就由甄供（1937—）负责编辑。"茅草行动"复刊后，他从 1988 年 4 月 8 日"文艺春秋"复刊号总第 1644 期编至 1989 年 5 月 5 日总第 1736 期告一段落。（"文艺春秋"每周刊出两期，复刊时为每星期二、五刊出，1989 年 1 月 21 日起改为每周二、六刊出）在"文艺春秋"的复刊词中，甄供明述其不偏不倚"门户开放"的编辑用稿原则：

> 本刊将保持过去的风格——门户开放，要求内容和形式两臻完美的各种文学样式作品，更希望在保持原有的规模的同时，不断地革新和改进。②

不过，不难发现，甄供主编"文艺春秋"一年期间，认同的是现实主义文学传统。

甄供所编的最后一期"文艺春秋"策划了"'五四'70 周年（1919—1989）纪念特辑"，恰好表明了当时文坛的主流话语是马华现实主义。特辑中，现实主义代表作家方北方发表《重视五四运动 认识马华新文学的发展》一文，其他马华文坛前辈或中坚纷纷撰文回顾总结

---

① 碧澄：《我的期望——第 7 届大专文学奖评后感》，《星洲日报·文艺春秋》1992 年 12 月 19 日。

② 甄供：《复刊小语》，《星洲日报·文艺春秋》1988 年 4 月 8 日。

"五四"文学与马华文学的关系，基本上与方北方文章观点一致，强调"现实主义文学在马华文坛的发端，是历史的自然趋势"，肯定"马华文学的服务人群的思想，现实主义和积极浪漫主义的创作精神"。①

有意思的是，该版特辑有一个圆形徽标式的主插图，插图设计以"五四"人物影像为背景，采用木版画效果，其中最清晰可辨的是鲁迅图像②，"即使是静态的广告图像也包含着主体性的立场，是具有丰富的意识形态含义的认同性的榜样"③。这幅静态插图给读者传达出的强烈意味仿佛是：马华文坛纪念"五四"，就是纪念以鲁迅为代表的现实主义文学传统。实际上，鲁迅是"对马华文学影响最大、最深远的一位中国现代文学家"④，"在整个马华现实主义流风之中，鲁迅风之被推介以及模仿，以至于许多所谓南岛鲁迅的出现"，"鲁迅作为一种匕首姿态，业已成为一个象征符号，并确实在马华社会起了颇大的影响"⑤，直至1980年代末1990年代初，传统现实主义作为主流话语在马华文坛仍有笼罩性影响。

现实主义影响马华文坛的一个最明显的表征就是杂文创作数量不菲。甄供执掌"文艺春秋"期间重视杂文创作，专门辟有"仙人掌"杂文专栏。杂文是随现代传媒发展起来的报刊文体，与"现在时"的生活有着密切的互动关系，鲁迅杂文"现实主义"和"韧"的战斗精神这两个特点对马华写作人有着很深的影响。马华文坛前辈多兼擅杂文创作，甄供本人从1950年代中期至1990年代初也出版了多部杂文集，另外，1990年代前期颇聚集"人气"的《星洲日报·星云》版位上的"龙门阵"也是一个杂文专栏。副刊对杂文创作的重视也反映了此期现实主义文学创作仍然是文坛主流。此外，该时期"文艺春秋"活跃的小说作者群有雨川（1940—2007）、唐珉（1946—）、雅波（1947—

---

① 楼外楼：《五四有怀》，《星洲日报·文艺春秋》1989年5月5日。

② 见插图页《图1："五四"七十周年特辑》。

③ ［美］道格拉斯·凯尔纳：《媒体文化——介于现代与后现代之间的文化研究、认同性与政治》，丁宁译，商务印书馆2004年版，第424页。

④ 楼外楼：《五四有怀》，《星洲日报·文艺春秋》1989年5月5日。

⑤ 许德发：《起源与限制：论马华文学史上的现实主义》，新世纪华人文学及文化国际研讨会论文，马来西亚吉打州亚罗士打，2004年3月，第284—296页。

2013）、抗冬、鲁师（即年红，1939—）等，其创作亦为撷取现实生活片断的写实作品。

不仅创作延续写实传统，该时期"文艺春秋"刊载的有限的以序跋类文章为主的文艺批评亦主要运用现实主义批评的术语、概念。如梦平的《行医，也诊查社会病—序古寅小说集〈飞机楼的一日〉》，单从篇名即见出现实主义批评视角①；而方北方为在大马召开的第三届亚洲华文作家会议而写的《通过文学改造亚洲人的精神——亚洲华文作家现阶段的使命》一文，认为文学创作应发挥爱国主义精神，建立亲善、博爱精神主题②，显而易见属文学载道论。

甄供主编复刊后的"文艺春秋"的短暂时间，表现出较强的主动介入的编辑姿态。他常在副刊版面附设"编后小记""写于编后""编后短语"等形式并直接署名"甄供"，这些相当于编辑按语的简短注释，担当着以微型文学批评为读者导读的角色。如马华文坛知名前辈韦晕的小说《无影族的落户》在"文艺春秋"连载时，甄供加简短按语："韦晕小说大约以小人物为其作品主人翁。本篇作品亦不例外，通过作品的笔触，我们看到小人物的无奈的时代的一角。"③甄供基本上持"文学——社会"的批评视点撰写"编后短语"，当然，也注意点评作品艺术技巧，刊登署名佚名的小说《寻道的虫》时，甄供点评："是一篇打破传统写法的小说。作者不注重故事性，却偏重于人物内心世界的刻画，且随着人物意识的流动而展开情节……写法颇为别致和新颖，尤其是描绘主角幻为蛙虫的过程，更是写得鬼气拂拂，令人有阴森之感。这，虽然荒诞，但却合乎情理。"④单从文字表述来看，这些片断的鉴赏式评点言简意赅，但显然，甄供运用的是现实主义批评惯常的内容和形式、外在和内在等二分法，引导着读者对作品的审美判断，当然同时也可能局限了读者对作品更多层面的解读。

由于马华社会特殊语境的局限，现实主义产生僵化弊端，但亦试图超越自己的局限，这可以东马《拉让江》文学季刊发刊词为代表："在

---

① 《星洲日报·文艺春秋》1988年4月22日。

② 《星洲日报·文艺春秋》1988年4月19日。

③ 甄供：《无影族的落户·编后短语》，《星洲日报·文艺春秋》1989年1月6日。

④ 甄供：《寻道的虫·编后短语》，《星洲日报·文艺春秋》1989年1月21日。

表现形式上，我们也在尊重现实主义优良传统的基础上，放眼国际文坛，重视一切文学形式的创新和开拓。"① 甄供主编期间国际华文文坛交流亦渐频繁，"文艺春秋"除本地作家作品之外，也刊登中国大陆、台湾、香港、印度尼西亚、新加坡等国的华文作家作品，有在交流中引为激励借鉴的意图。这种"门户开放"式的编辑取向，也可视为马华现实主义的一种自我修复与温和转向。

二　1990年代专栏及征稿与载道传统的淡化

1989年5月9日，王祖安接编"文艺春秋"。王祖安约1986年7月从台大外文系毕业返马，1987年到1988年末担任《蕉风》执行编辑。王祖安本身是文艺青年出身，自然对文学有所展望和坚持，但作为编辑，首先呈现的是开放与包容心态。王祖安接编"文艺春秋"的首期，即公开"至诚邀请"读者参与笔耕："'文艺春秋'是一个开放的百花园，不只欢迎您进来观赏，更欢迎您成为它的园丁，因为有了各方有心人的垦殖与播种，它将成为一片美丽的花海。"② 这与甄供主编"文艺春秋"时秉持的"门户开放"原则基本相同。实际上，在"文艺春秋"征稿中，一直强调"版面开放""园地公开"的原则，只是不同于甄供个人直接署名，征稿末署名均为"文艺春秋编辑室"或"编者"，似是形式上有意淡化编辑对于副刊的个人主观介入，以显示副刊园地客观性和公信力。

同时"文艺春秋"设置的栏目悄然改变。原杂文专栏"仙人掌"先后由"微风岸""艺文话题"等综合性艺文评论专栏取代，刊登"凡与文艺、文化现象有关的偶思杂感或者读书心得"③，而非泛泛的社会评论。"艺文话题""期待就事论事及有个人见解的文字"④，明确表示拒绝"吹捧或作人身攻击的文字"⑤，这都说明了"文艺春秋"在评论文字方面力求以理性代替情绪，进一步回到关注文学、文艺本身上来。

---

① 吴岸：《发刊词》，《拉让江》文学季刊，1988年，创刊号。

② 文艺春秋编辑室：《有容乃大》，《星洲日报·文艺春秋》1989年5月9日。

③ 《〈微风岸〉小启》，《星洲日报·文艺春秋》1989年5月9日。

④ 《艺文话题征稿》，《星洲日报·文艺春秋》1992年7月4日。

⑤ 《艺文话题·编后语》，《星洲日报·文艺春秋》1992年3月31日。

"艺文话题"刊载评论小文总体上理性平和,从而避免了"文艺春秋"新老作家间无谓的笔墨论战。

1990年代前期,马华文坛基本上处于一个新老作家交替的时期,老作家渐渐歇笔,马华新生代写作人虽小荷初露,但显然还处于试炼状态,创作总量仍显不足,以1991年为例,"以作品长度来看,诗创作大多是小诗,长诗及组诗屈指可数;散文中小品刊出较多,其中'咏物小品'共发表了78篇、'快门速笔'23篇,较具规模的散文创作只有21篇;50篇小说里有13篇属极短篇,其他多为短篇小说,能称得上中篇的只有一两篇"。① 小诗、咏物小品等体制短小的文字占据"文艺春秋"大部分版面,其实反映出马华文坛创作的疲软,马华小说家小黑曾感慨"纵有良田,苦无耕户"。② 故此期间"文艺春秋"的征稿文类相当广泛:"期待:小说、散文、新诗、极短篇、小品、评论、报道文学、世界名著翻译、马来文学翻译、插画、文学漫画以及各类形式的创作"③,这份征稿固然一方面反映了"文艺春秋"内容编排的多样性,却亦见出马华小说、诗歌、散文三大主文类稿源的不尽如人意,以至于报告文学这类一般需要专版刊载的长篇幅文字也成为每期版位容量本就局促的"文艺春秋"的征稿对象。

故而这个时期的"文艺春秋"主要是激励写作人的创作热情,培植文坛常态创作。为此,"文艺春秋"设置不少生活小品性质的文艺专栏,除1991年开设来稿踊跃的"咏物小品"栏外,1992年开设"反刍空间"鼓励读者"请把您在日常生活的思索心得写下来",1993年间的"主妇日记"开栏则指出"文学创作可从写'我手写我口'的日记开始,欢迎各行各业的作者以日记体式写来您的生活感触与日常思考所得"。④ "文艺春秋"还先后设置了多个图文专栏,包括1990年9月至1992年2月间的"快门速笔"、1992年6月至1994年8月设"图文并展"、1994年9月至1995年10月的"人间掠影"专栏,均是"图像加文字的演出"方式⑤,相当于摄影笔记,亦属生活小品,实际上为马华散文题材开拓新境。此外,"极短篇"

① 王祖安:《〈文艺春秋〉1991年小统计》,《星洲日报·文艺春秋》1992年1月4日。

② 小黑:《编辑人语:文学是一种事业》,《蕉风》1991年第444期。

③ 《征稿》,《星洲日报·文艺春秋》1992年3月21日。

④ 编者按:《主妇日记·自我伤害的四岁女孩》,《星洲日报·文艺春秋》1993年5月22日。

⑤ 《快门速笔·征稿》,《星洲日报·文艺春秋》1990年9月18日。

或微型小说也是此期间"文艺春秋"刊载量很大的文类。生活小品和极短篇的特点是易写难工，但毕竟让初涉写作者易于进入，从而有更多的参与创作及发表作品的机会。

1994 年始，马华文学创作总量不断加大，"文艺春秋"的征稿要求可见一斑："由于来稿日多，处理费时，如无特别注明或附有回邮信封，原稿恕不奉还，请作者自留底稿，并请见谅。来稿如在四个月内未见刊出，可径投他处"①，稿件在编辑手中延滞时间长达四个月，表明稿源充足。1995 年 8 月 13 日起，"文艺春秋"刊期由原来的每周二、六出版变为星期日出版，"以对开两版的磅礴气势和大家见面，这样除了可容纳更多文章，也能一次刊出一万字左右的短篇小说或散文，省却连载的麻烦"②，版位的变化，实际上是在稿源充足基础上追求文学精品的表现，大开版便于刊载相对长篇的作品及文学论述，这之后"文艺春秋"要求"来稿字数以在 1 万 2 千字内为佳"③，字数上限的提高能够大容量、大气势推出新人或重要作家作品，摆脱小家子气，这无疑将影响马华文学创作。

创作量的上升与新生代的成长相关。随机抽取 1995 年"文艺春秋"的一则预告："张光达、何昕义、周锦聪的诗作，许裕全、钟怡雯的散文及盛辉、朵拉、雨川的小说，将陆续在本版刊出！"④ 上述作者中，除朵拉和雨川外，都是六、七字辈，新生代的创作在"文艺春秋"上占据着越来越多的版面。

这时期的"文艺春秋"仍然"尤其欢迎短小精悍的小品与极短篇"，对小品类作品的质量提出了更高要求。⑤ 1996—1997 年"文艺春秋"又设置了"迷你新专栏""生活小品"，"征求五百字内的精致小品，请大家写来生活里的惊奇赞叹，沉思感慨"。⑥

至此，从王祖安接编"文艺春秋"后征稿要求和设置的小品专栏来看，

---

① 《稿约》，《星洲日报·文艺春秋》1994 年 1 月 11 日。

② 《稿约》，《星洲日报·文艺春秋》1995 年 8 月 13 日。

③ 《征稿》，《星洲日报·文艺春秋》1996 年 10 月 20 日。

④ 《预告》，《星洲日报·文艺春秋》1995 年 1 月 14 日。

⑤ 《稿约》，《星洲日报·文艺春秋》1994 年 1 月 11 日。

⑥ 《生活小品》征稿，《星洲日报·文艺春秋》1996 年 10 月 20 日。

均是强调写作是对生活的省思。表面上这与传统现实主义强调"生活是文艺的源泉"相同，但这些小品专栏更强调捕捉生活中活泼灵动的诗意，进一步回归到"文学的基本内涵是属于美学"这一属性原点。① 不再刻意附丽政治主题和家国宏大叙事，实际上亦是以一种温和、低调的姿态淡化传统写实主义教条式的载道、经世的使命感以及由此衍生而来的文学美学的僵化。

三 文学"向内转"中对传统的反叛与回归：以诗歌专辑为例

从王祖安主编"文艺春秋"期间策划的专辑来看，同样在悄然引导马华文坛关于文学属性的再认识。诗歌是"文艺春秋"刊载最多的文类，也是最快反映文坛风尚的文类，故以诗歌专辑为例观察马华文学在功利性文学观逐渐淡化的进程中，文学的"美学"内涵如何演绎？

1992年12月"文艺春秋"策划3辑"沙禽诗展"共刊发15首诗，编辑加注按语："在沙禽已发表的一些专栏文章中，他不止一次强调这种诗观：诗人因生活的需要而创作，在创作的实践中他自能获得'意义'。此外，沙禽对文字的要求甚为严格，甚至认为必须对文字持有敬仰之心，才有可能成为诗人。"② "对文字持有敬仰之心"无疑会导向对文学美学向度的追求。

1994年6月，"文艺春秋"推出名为"生活在写诗"的端午特辑，亦刊发编辑按语，"曾有人说，诗是文学中的贵族，这应是针对诗的语言文字的精练纯净而言，我们宁可相信诗与诗人无处不在，生活中的诗情俯拾即是，生活在写诗。"③ 特辑邀请职业身份分别为罗厘司机、的士司机的叶明、李宗舜展示其在艰辛的工作空挡中所写的诗，呈现现代都市日常人生中"与诗为伍""携美同行"的个案④，同样突出诗作为"文学中的贵族"的"美"的内涵。

1990年代中期起，"文艺春秋"先后策划了多辑"开年诗展"，作

---

① 庄华兴：《文学创作的个体性》，《星洲日报·文艺春秋》1992年6月27日。

② 《沙禽诗展（上辑）编辑按语》，《星洲日报·文艺春秋》1992年12月12日。

③ 《端午特辑：生活在写诗》，《星洲日报·文艺春秋》1994年6月11日。

④ 叶明《诗人创作谈1：一首在罗厘上完成的诗》，《星洲日报·文艺春秋》1994年6月11日。

为一年一度的"诗的嘉年华会"①，年展一定程度上也"可以揭示文坛的
创作趋向。有时，它也可能是一股潮流的涌动，或风气的先声"②。《1994
年开年诗展》上辑有蓝波（1946—　）、田思（1948—　）、吕育陶
（1969—　）、沙河（1942—　）、陈大为（1969—　）等 5 位诗人诗作，
下辑又展出潘雨桐（1937—　）、庄松华（1964—　）、叶明（1955—　）、
方昂（1952—　）、吕育陶（1969—　）、杨百合（1941—　）、小曼
（1953—　）、游川（1953—　）、碧澄（1941—　）、林武聪（1960—　）、
谢锦明、秋子、谢川成（1958—　）、林惠洲（1970—　）、殷建波
（1959—　）、王涛（1965—　）、李彩琴（七字辈）、甘雨、未名等 19
位马华诗人诗作。③《1997 开年诗展》则从 75 位作者的 100 多首诗作中
筛选了 15 位诗人诗作，并附诗作者的"一句话诗观"，15 位诗人分别
是碧澄（1941—　）、碧枝（1949—　）、柴可夫（七字辈）、大湖、方路
（1964—　）、林金城（1963—　）、鲁师（1939—　）、林武聪
（1960—　）、林泽豪、庞汉杰（六字辈）、睛川（1938—　）、沙河
（1942—　）、田思（1948—　）、因心（1953—　）、周锦聪（1971—　）
等。④ 从上述年度诗展来看，除 7 位诗作者未辨出生年外，已知诗人年龄从
三字辈跨越至七字辈，其中四字辈 6 位，五字辈 7 位，六字辈 8 位，这说
明，直至 1990 年代中期，马华诗作核心创作力量是四字辈、五字辈中生代
及六字辈新生代。"开年诗展""作者的一个共同点，就是刻意于语言的锤
炼与表现形式的考究"。⑤

　　《1997 开年诗展》另附每位诗作者的一句话诗观，不乏对传统载道
诗学观的叛逆："诗不负有任何使命，写诗只是一种探索灵魂的生活方
式"⑥，这与另一六字辈方路诗观相似："对我而言，诗，逐渐强烈地暗

---

① 《1997 开年诗展·征稿》，《星洲日报·文艺春秋》1996 年 12 月 15 日。

② 陈雪风：《传统与创新——序南洋文艺 1996 小说年选》，《南洋商报·南洋文艺》1997
年 5 月 2 日。

③ 上辑于《星洲日报·文艺春秋》1994 年 1 月 1 日刊登，下辑于 1 月 4 日刊出。

④ 据 1998 年 483 期《蕉风》"新人馆"专栏收入柴可夫诗推知其为七字辈；又据 1987 年 409
期《蕉风》"新叶篇"收录庞汉杰散文小品，推知其为六字辈。

⑤ 陈雪风：《语言·诗——续评 1997 开年诗展》，《星洲日报·文艺春秋》1997 年 3 月 2 日。

⑥ 庞汉杰：《1997 开年诗展·同学会》后附诗观，《星洲日报·文艺春秋》1997 年 1 月 5 日。

示：是我对证内在生命的自觉的宣言，大概也是我最后的归宿"①；四字辈诗人田思亦言："写诗是生命的一种追求与自我充实的过程，对诗有禀赋的诗人必须把诗带入生命，与生命的悲欢离合、偃塞激扬共脉搏。"② 上述观点共同表现出诗歌注重内心景观、心灵所在的"向内转"的美学追求，实际上是将写实的笔锋内向化、个人化，这一点类同于1980年代末以来台湾文坛崛起的"新世代"写作"集体向内转趋势"，即"外部世界的参照功能被大幅降低"，"自我世界"被放大③，诗歌更追求文学的纯粹性和诗艺的精致化。

不难发现1990年代在诗艺的精致化追求中，传统古典审美趣味仍为相当一部分写作人所珍视④，因心的诗观可为代表："我心目中的好诗须富节奏感和想象力，明朗而不肤浅，深邃而不晦涩，诗句凝练有力，感情真挚自然，读来有意在言外，余韵袅袅的兴味。"⑤ "开年诗展"专辑作为马华诗歌创作的年度检阅形式，其中所呈现出来的对心灵表达的追求及不少诗作古典美学趣味的注重，对接下来的诗歌创作亦具导向作用。

不止是《开年诗展》呈现出古典审美趣味，小曼在序张永修诗集时，称赞"永修某些诗里的古典气氛浓度很高，是我主观喜爱的原因"。⑥ 而经常被讨论的马华作家，像李永平、张贵兴、潘雨桐、商晚筠、陈大为、钟怡雯、黄锦树、林幸谦、辛金顺、黎紫书无不从古典文学中吸取涵养、雕琢方块文字，又出入于西方现代写作艺术。最具代表性的是马华文坛的常青树三字辈潘雨桐和有"南洋张爱玲"或"南洋张腔"之称的李天葆。潘雨桐小说"善于化用古典诗词意境，同时又

---

① 方路：《1997 开年诗展·旧雨》，《星洲日报·文艺春秋》1997 年 1 月 5 日。

② 田思：《1997 开年诗展·芦笛的梦》，《星洲日报·文艺春秋》1997 年 1 月 5 日。

③ 黄锦树：《内在的风景——从现代主义到内向世代》，《华文文学》2004 年第 1 期。

④ 这里谈的古典审美趣味不涉及"中国性"或"中国情结"等马华文学议题，纯就语言运用上的艺术韵味而言。

⑤ 因心：《1997 开年诗展·绚烂之后——结婚 12 周年有感·诗观》，《星洲日报·文艺春秋》1997 年 1 月 5 日。

⑥ 小曼：《序诗集〈给现代写诗〉——看，谁把窗子打开了》，《星洲日报·文艺春秋》1994 年 8 月 13 日。

借鉴西方的意识流技巧,以两者的结合去表现一种难以言说的衷曲"①,或者如黄锦树所指称的,潘氏小说沉溺于晚唐诗宋词,呈现"闺阁美感"。②李天葆小说征引古典诗词小说章句、一任语言踵事增华、在怀旧仿古的风格里书写南洋遗事,"自发地以文字回归传统"。③

当然也有不少年轻写作者,反叛五四写实主义以降视现代中文为透明符号的书写,进行语言的颠覆解构实验。李天葆曾自嘲自己的写作老套,读者或许不屑理会时说:

> 因为它并不高深前卫,而且缺乏独创性,看不出有打破小说结构的惊人之举——在"文学视野"来看,实在没有冒险精神,难成大器;也没有后设主义的实践,——以文字虚构现实,又以此而达至荒谬而讽刺的企图,如此新颖的写作角度竟然丝毫不见;当然,更够不上写实的水平,因为社会意识历史使命生活关照皆欠奉,一男一女追逐嬉戏,对社会起何作用?简直是花间派的艳屑了;魔幻爱好者应该失望,女主角没有拉着床单升天,也没有化为尘埃里的一朵花,什么蒙太奇手法意识流奇观,硬是无;为村上春树虚无生命式的句子着迷的拥护者,别想从中探索一点半点"存在"主义色彩,——顶多仅是肤浅的宿命论,不看也罢。④

这段自嘲其实反证了马华文坛除了写实,亦并行现代主义或后现代主义写作,譬如后设、魔幻、蒙太奇、意识流、存在主义等为一部分作者及读者喜爱的新颖的写作技术。

张光达对1980年代末及整个1990年代的马华诗歌多元发展状态的概述正好呼应了李天葆的自嘲:"在审阅这段时期的报纸副刊和文学刊物内的作品,不难发现内容题材方面,有最保守传统的文化忧思到最崭新的电脑科幻,在形式技巧方面,则从最浅白平淡的现实主义追求到后

---

① 陈贤茂:《潘雨桐小说与古典诗词意境》,《华文文学》1998年第1期。
② 黄锦树:《新/后移民:漂泊经验、族群关系与闺阁美感——论潘雨桐的小说》,《中外文学》1995年第24卷第1期。
③ 骆耀庭:《时空连环妙计》,《星洲日报·手影戏》1992年2月13日。
④ 李天葆:《芙蓉泣露香兰笑》,《星洲日报·手影戏》1992年2月13日。

现代主义的前卫大胆实验。"① 新锐前卫的实验写作中，于戏仿、戏谑或游戏中不乏暗暗指涉的批判或调侃意蕴，但也不乏为后现代而后现代的盲目跟风的"伪后现代"写作，如果"还来不及认识传统的本质时，就已学会或模仿开拓者的制作方式，胡搞瞎搞，以为诗就是那样拼凑的"，那其实是"中空的"（the mind is vacant）带虚无主义色彩的诗人。② 马华资深作家梁放直陈"年轻人常常读翻译作品"，"忽略了古典文学，喜欢后设主义……没有扎实的文学基础，结构变得很脆弱"，"选择以中文创作者，还是得回到中国古典文学"。③ 无论是李天葆还是梁放，其实并不拘泥于写实或现代，他们的自嘲或批判其实是"纯以审美观创作"，"养成不被'欧化'的洁癖"，"欲凭净化的中文来回归传统"。④ 对于马华写作人来说，回归传统又具有特别的意义，那是作为少数族裔的文化身份的重要依凭。回归"传统本质"同时是对如何"文学马华"的一种回应。

四 文学论述：新批评与现实主义文学批评的美学新变

在整个 1990 年代，马华文学仍然处于"理论的贫困"状态。⑤ "文学批评是最弱的一项，无论是导读式的实际批评，或是议论式的文学观念，都是马华作者不太愿意去碰触的文体。"⑥ 就"文艺春秋"而言，评论文章主要是不定期刊登的书评、诗文评、评序等，以文本分析为主。

（一）马华文坛之外的文学及其理论译介

《星洲日报》文艺副刊一直在努力为读者打开一扇窗，透视与接纳

---

① 张光达：《马华当代诗论：政治性、后现代性与文化属性》，秀威资讯科技股份有限公司 2009 年版，第 27 页。

② 孟樊：《诗人、招贴和害虫——中空的台湾后现代诗人》，《现代诗》1990 年复刊 15 期。

③ 吴益婷专访梁放、陈蝶：《接上脱节的环节》，《星洲日报·星洲广场》1999 年 12 月 19 日，封页。

④ 李天葆：《芙蓉泣露香兰笑》，《星洲日报·手影戏》1992 年 2 月 13 日。

⑤ 黄锦树：《理论的贫困》，《星洲日报·文化空间》2006 年 1 月 29 日。

⑥ 张光达：《建构马华文学（史）观——90 年代马华文学观念回顾》，《人文杂志》2000 年第 2 期。

马华文坛之外的文学创作新风潮、新理论。

其一，加强与马来文坛的双程交流。自复刊起，《星洲日报》与国家语文出版局合作推出《文汇》合刊（双月刊），译介数以百计的马来文学作品与书评，至1996年底终刊。1995年8月起"文艺春秋"还策划了"认识马来女作家"系列，由永乐多斯访谈马来著名女作家。

其二，设置"国际文坛瞭望""外国文学译介"等栏目定期译介各国作品以为借鉴，特别是每年的诺贝尔文学奖是"文艺春秋"重点关注的文学事件，一般会刊出专文或组织特辑介绍诺奖获得者创作并摘录作品，从1992年的加勒比海作家德雷克·沃尔科特（Derek Walcott）、1996年波兰诗人津波斯卡（Wisawa Szymborska，或译辛波丝卡），到1998年葡萄牙荷西·萨拉马戈（José Saramago）、1999年德国钧特·格拉斯（Gunter Grass）等。[1] 另外，"文艺春秋"亦曾不定期地刊出"推窗探看"专栏"选刊国外华文作家的精彩近作"。[2] 总之，"文艺春秋"努力探身马华文坛之外，尽可能引介域外创作及理论。

其三，"文艺春秋"亦刊载受过学院规训学者的理论文章，向马华文坛引介当代西方文学理论。如大马旅台学者陈慧桦梳理、勾勒了20世纪八九十年代欧美文学理论变迁图谱，从1980年代末的解构论、符号学、阐释学、拉康心理学、新马克思主义、读者接受理论到90年代初期的后殖民、后现代论述、女性主义、文化研究等，并解析这些琳琅满目的理论的特点在于去中心趋向、以新兴的"文本"（Text）观念代替传统的"作品"（Work）观念以及对典律和典范的颠覆。[3] 这种虽简略却精辟的总瞻性解读有助于马华文坛触摸世界文坛的理论脉动。

其四，值得一提的是，1991年12月至1992年11月马华青年作协借版《星洲日报》，并由骆耀庭负责组稿、每月第二个星期四辟出《手

---

① 分别载于《星洲日报·文艺春秋》1992年10月13日、1992年10月20日，1996年10月13日，1998年10月11日，1999年10月10日。

② 《推窗探看·小启》，《星洲日报·文艺春秋》1990年5月18日。

③ 陈慧桦：《当代文学理论的众声喧哗》，《星洲日报·文艺春秋》1994年7月9日。

影戏》，共刊出 12 期。①《手影戏》特别注重西方文学名家及理论的译介，曾推出意大利短篇小说家卡尔维诺系列专题，卡尔维诺被称为新现实主义者，也是后现代派，更是后设小说的先驱，他"擅长戏中戏的手法，如魔术师"，将童话与现实交融②，创作出奇特和充满想象的寓言。卡尔维诺与卡夫卡、米兰昆德拉等世界级作家一起成为 1990 年代马华年轻写作者的参照系。③《手影戏》同时也译介了不少其他世界名家作品及理论，包括译介美国女性主义文学批评④，制作印裔英国小说家鲁思悌（Salman Rushdie，又译作拉什迪）专辑⑤，拉什迪被誉为是"后殖民"文学的"教父"，对其引介实际上引导马华读者进一步熟识魔幻现实主义艺术大师将现实虚构、小说和历史糅合的浑融艺术手法。

当然，《手影戏》亦注重挖掘本土优秀写作新锐，如刘育龙的文学批评，李天葆、庄若、夏绍华、吕育陶等人的创作等无不在这张戏台上演绎"过堂"。《手影戏》每期组稿人骆耀庭长袖善舞的精彩点评更进一步为马华文坛呈现开阔的理论视野，如骆耀庭用法国文学理论家罗兰·巴特"本文"批评理论解读庄若的作品亦显示他对西方文学理论的熟悉。⑥

这样，马华文学在与域外风格各异的文学作品及流派众多的文艺理

---

① 该版位每期配发谐趣的编辑按语《好戏在后头》："手与影相戏，笔触过处，有人叫文章。这张和书案一样大的戏台，有待大家诙谐十指的掌握。如有好戏，请寄来"，将文学创作平台喻为一张"你方唱罢我登场"的戏台，道明了版位名称意旨，似与功利文学观相背离，亦似指明版位面向青年写作人。

② 骆耀庭：《卡尔维诺系列 1：魔术师与鹦鹉》，《星洲日报·手影戏》1992 年 3 月 12 日。

③ 张光达、许文荣：《80 年马华文学系列 5（完结篇）：90 年代年轻的一代》，《南洋商报·南洋文艺》1999 年 10 月 26 日。

④ ［美］Cheri Register：《美国女性主义文学批评》，永乐多斯译，《星洲日报·手影戏》1992 年 10 月 8 日。

⑤ 专辑见《星洲日报》1992 年 5 月 14 日，"手影戏"第 6 期。鲁思悌（Salman Rushdie）以《午夜孩童》获得 1981 年布克奖，1988 年出版小说《撒旦诗篇》被认为严重伤害穆斯林感情，伊朗宗教领袖霍梅尼宣布判处拉什迪死刑，并悬赏数百万美元追杀，这就是"拉什迪事件"，由此引发穆斯林世界与西方文化的冲突。

⑥ 骆耀庭：《果子和葱头——从作品到本文》，《星洲日报·手影戏》1992 年 7 月 9 日。

论的遭遇的语境中进行自身的渐变式革新。

（二）传统印象式鉴赏与基于文本自足的"新批评"散论

由于结构性的体制困境，马华文学缺乏学院资源，理论的运用显得单一、苍白。1990年代，在文学论述的建构方面，两大报的文艺副刊不定期地刊登书评、诗文评、评序之类的文本批评散论，基本上囿于文学鉴赏或审美批评。其来源主要有二：

其一，随着1990年代中马文学交流渐频，马华文学获得来自中国大陆学者的关注。1990年代前期尤其是1992—1993年大陆学者在两大报副刊发表马华文学批评的文章达致一个高峰。以"文艺春秋"为例，有潘亚暾、王振科、邵德怀、钦鸿、黄得雨、蔡师仁等人，他们的评序类批评单从题名即可看出侧重审美评价，如钦鸿《论忠扬杂文的艺术构思》、黄得雨《诗歌艺术的继承与革新——兼评江天诗集〈山上山下〉》、潘亚暾《疏疏朗朗的散文——慧适散文印象》、王振科《标新立异：陈政欣小说的审美评价方式——评小说集〈树与旅途〉》、邵德怀《探索求新·务实求真——评陈政欣的短篇小说创作》等①，这些评论文字基本上属于传统印象式、鉴赏性个案评点，且由于整个中国大陆学界初涉马华文学，故而有见树不见林的囿限，某些"人情文章"也为马华作家或学者诟病。② 不过，这些批评文章不约而同倾向于艺术技巧方面的品鉴，实际上侧面反映出中国大陆1980年代以后由工具主义文论（革命文学理论）转向审美主义文论（文艺自主论）思潮的影响，亦与马华文坛的审美话语转向正好合辙，对于一般读者亦起着一定的审美导读作用。

其二，"文艺春秋"评论刊载的另一来源是马华旅外学人或马华本土评论。自1991年至1994年，"文艺春秋"陆续刊载了马华旅美学者杨升桥（1972年毕业于台湾大学历史系）的评论文章，解读一批马华资深作家年红、张贵兴、黄锦树、温任平、温瑞安、李永平、丁云、潘

---

① 钦鸿文见于《星洲日报·文艺春秋》1992年1月4日、1月7日，黄得雨、潘亚暾、王振科文分别见于1992年3月21日、6月6日、6月23日，邵德怀文见于1993年1月16日、1月19日。

② 子棠：《中国作家的评论》，《星洲日报·星云》1992年4月25日。

雨桐、小黑、雨川等人作品①，杨升桥主要是运用新批评的文本细读，以至于有论者指其"一味在隐喻、象征上钻营，往往死在句下"，并批评另一本土评论者张光达"囿于新批评的格式"，呼吁马华文坛应"重识并告别新批评"。②虽然在杨升桥坚壁清野的文本论里，"看不到文本和社会、历史、文化之间构成的交叉繁复的网路，作品于焉被一个一个的概念化了"③，或者有着"把观念技术化"的弊端④，但他亦把诸如新批评、后现代、巴赫金的复调理论等视角引入文本批评，和马华原本单一的现实主义批评方法相比，大致是一种"颇具'新'意"的审美解读。⑤

1990 年代前期，除了杨升桥外，陈慧桦、黄锦树等马华旅台学人及本土作家唐林、黎声、张光达、刘育龙、陈蝶、傅承得、何乃健、小曼、林武聪、陈政欣等人亦多以书评、书序等形式在"文艺春秋"上零星地发表导读式的实际批评。基本上，这时期的本土文本批评主要是从创作经验出发，以文本自足的新批评评析法则为工具，外加印象式鉴

---

① 对应的评论文章分别是：《"井边人"的"意底牢结"——评年红的〈井边〉》，"文艺春秋"1991 年 8 月 6 日；评《张贵兴的两篇伏"虎"记》，"文艺春秋"1991 年 8 月 31 日；《鲁迅、黄锦树两篇〈伤逝〉读后感——并论黄锦树的三意：意念、意象、意图》，"文艺春秋"1991 年 9 月 14 日；《群山峥嵘在此峰——三评温任平的散文》，"文艺春秋"1991 年 11 月 2 日、1991 年 11 月 19 日；《"黄"河之水天上来——评析温瑞安的〈凿痕〉》，"文艺春秋"1992 年 1 月 21 日；《同舟共济的基础：人物"自我意识"的露现——评丁云的〈围乡〉》，"文艺春秋"1992 年 6 月 20 日；《"后现代"因子的浮现：反抗"权威主义"中心——评潘雨桐〈那个从西双版纳来的女人叫蒂奴〉》，"文艺春秋"1992 年 7 月 18 日；《小规模的奇迹——与王德威先生商榷》，"文艺春秋"1993 年 2 月 20 日、2 月 23 日；《小黑的白水黑山》，"文艺春秋"1994 年 7 月 12 日；《雨川"单音""独调"的"自我取消"——评〈埋葬了的鲜花〉》，"文艺春秋"1992 年 3 月 10 日；《追求西洋之"新" 回归传统之"旧"——评雨川的〈七包白饭〉》，"文艺春秋"1993 年 6 月 15 日。

② 骆耀庭：《请问你的手表几点了？——回顾一九九一年马华文学》，《星洲日报·文艺春秋》1991 年 12 月 31 日。实际上张光达 1990 年代后期起转向更为宽阔的欧美当代理论视野，是马华本土优秀的非学院文学批评学者。

③ 黄锦树：《记忆之中的遗忘——谈杨升桥先生的文学评论》，载黄锦树《马华文学：内在中国、语言与文学史》，吉隆坡华社资料研究中心 1996 年版，第 223 页。

④ 同上书，第 229 页。

⑤ 杨升桥：《"灵魂"的堕落?》，《星洲日报·文艺春秋》1993 年 11 月 9 日。

赏。而注重从多元理论视角切入文本分析则以旅台陈慧桦为代表。如陈慧桦借用巴赫金的理论分析姚拓小说，指出姚拓小说写实之中杂糅传奇，传奇之中显露现实，运用讽刺、反讽、谐拟等手法，小说所拥有的多风格、多声音体现了众声喧哗的特质。[①] 由于上述评论者本身的作家身份，具有较高的作品鉴赏力，其评论大多呈现出优美的感性特质，传达出对于创作中艺术美感的重视。

（三）文学批评专栏：现实主义批评话语及其异质美学因子的渗入

除了不定期的文学评论外，"文艺春秋"先后设置多个专栏建构马华文学论述，分别是：

"一篇小说面面观"，1990 年 10 月 13 日推出，该专栏开栏时间约一年。专栏的设立"不仅期待优秀作品的出现，更企图建立一种非属批评家专利，人人得而为之的大众文评模式"[②]，希望读者在阅读了先期刊出的小说之后"能针对该小说之内容、形式、创作方法、特性……，写下一针见血的意见"，"'一篇小说面面观'竭诚欢迎名家与新锐一起前来试剑，把您苦心经营或大胆实验之优秀作品寄到'文艺春秋'"。[③]这说明，"一篇小说面面观"旨在发掘具有实验性的作品，并期冀以"大众文评模式"激发作品的多维度批评。如 1991 年 6 月 4 日"文艺春秋"刊发六字辈夏绍华的小说《苍蝇》，其后则刊发了三篇会评文字，分别是署名邢文的《电影手法的运用》、金圣的《〈苍蝇〉的象征意义》、楳安的《过于散文化》[④]，《苍蝇》创作的"电影手法"、"象征"及"散文化"均呈现出与当时一般现实主义小说相异的"现代性"。可见"一篇小说面面观"专栏的设立，实际上也为折射文学新思潮的创作提供了孵化的平台。

[①] 陈慧桦：《姚拓小说里的三个世界》，《星洲日报·文艺春秋》1991 年 12 月 14 日、1991 年 12 月 17 日。

[②] 编者：《〈一篇小说面面观〉，人人都可写文评!》，《星洲日报·文艺春秋》1990 年 10 月 13 日。

[③] 《观赏并且关心　请参与"一篇小说面面观"》，《星洲日报·文艺春秋》1991 年 6 月 4 日。

[④] 《一篇小说面面观 4：解剖苍蝇的三种方法——会评夏绍华小说〈苍蝇〉》，《星洲日报·文艺春秋》1991 年 6 月 22 日。

"及时点评"专栏，1995 年 5 月至 1997 年 10 月间开设。"文艺春秋"特约马华评论家陈雪风针对当时刊载于该版的作品或引起热议的当下话题发表评论。平均每月一篇，共刊出 28 篇评论，其中 23 篇是评论马华作家作品。陈雪风主要是以现实主义表现论为批评视角点评，如他对"1997 开年诗展"的观察总结仅是："纵观上述所谈的诗与诗观，即使表现与侧重的点不同，但却有其共识，那就是诗的创作，其意义是由内容决定的。"① 陈雪风笔下点评的新生代作者包括许裕全、张惠思、黎紫书、钟怡雯、杨锦扬、刘国寄、吕育陶等人，点评基本上是持扶持和期望的态度。如他认为"钟怡雯的《外公》是现实主义地写出了他的生活情景"，其"内容坚实，刻画的是生活的真实"②；他点评负笈台南成功大学的新生代许裕全散文《素描一镇山色》，认为"十分贴近现实"③；点评六字辈诗人方路的诗，认为虽然"有的诗作很玄，表达方式很离谱，不过，即使这样，我还是感觉他关切现实，意欲表现现实"④。专栏一定意义上也反映出 90 年马华现实主义文学审美视点从单一到开放的变化。

"一家作品两家评"，1996 年 12 月推出，这一专栏的设计"除了是要让文学作品的发表能够得到更多关注，也希望能建立一个可供不同声音驰骋的评论空间。有意投稿此一不定期刊出专栏的作者，可将您苦心经营或大胆实验的优秀作品寄来'文艺春秋'"。⑤ 可见，该专栏用稿与"一篇小说面面观"专栏类似，偏向实验性作品。每篇录用作品由编者邀请两位评论者评论，作品和点评同时刊出。但该专栏仅刊出 3 期，分别是陈雪风、张光达评《陈强华诗展II》和许裕全组诗《身体语

① 陈雪风：《诗与诗观——谈 1997 年开年诗展》，《星洲日报·文艺春秋》1997 年 1 月 5 日。

② 陈雪风：《亲情萦怀牵挂—谈钟怡雯的〈外公〉》，《星洲日报·文艺春秋》1995 年 7 月 8 日。

③ 陈雪风：《故乡总是美的——读〈素描一镇山色〉》，《星洲日报·文艺春秋》1995 年 5 月 9 日。

④ 陈雪风：《方路的诗路——评〈诗 8 首〉》，《星洲日报·文艺春秋》1997 年 1 月 12 日。

⑤ 《一家作品两家评·编者按》，《星洲日报·文艺春秋》1996 年 12 月 29 日。

言6首》，以及陈雪风、陈政欣评毅修小说《难宴》一组①，均是马华六字辈作家作品。针对作品的评论都关注到了一些新的创作现象，如陈雪风、张光达二人均注意到陈强华诗中的后现代创作倾向，只是二人切入的理论视角有异，陈雪风主要从现实主义批评出发，"他的诗，有的很好理解，因为它写的是现实的物象景观——生活里各种原始状态"，"有的诗很晦涩，因为它写的多是没有关联的事物细节，意在表现混乱荒谬"②；张光达则认为："陈强华诗中的后现代本质透过对乡土家园的关怀表达出来"，"或许我们可以期待一个真正本土化和本质性的后现代马华诗人在将来奠定他的文学史地位"。③ "一家作品两家评"也引来读者回响，如针对陈雪风以传统的真善美"三位一体"为标准要求许裕全诗歌，刘育龙表达了不同的意见，认为陈雪风所谓许裕全诗中的"肉麻""低级趣味"是"更为本质的真"。④

"文艺春秋"在征稿中，不止一次表明"更渴望中肯的评论文章"⑤，而上述三个专栏的设立亦都是意在使马华文学实验性作品得到更多关注，但总体看来，与文学美学观念的话语转换彰显断裂与差异的激变状态相比，马华文学批评滞后于马华文学创作，新的方法论较少运用于实际批评，真正有洞见的文学诠释无论量还是质均显出欠缺，马华文学的实际阐释话语仍以导读性的杂感式的现实主义文学批评居于主流，当然也渗入了诸如现代性、后现代性批评等异质美学因子。

小结

马华文学界常年以来存在"'现代'和'写实'之间或明或暗的龃龉"⑥，王祖安主编"文艺春秋"期间力图弥合这种龃龉。一方面，努

---

① 三组诗及评分别见于《星洲日报·文艺春秋》1996年12月29日、1997年2月16日、1998年3月1日。

② 陈雪风：《诗不可解？眉批也——批陈强华诗展Ⅱ》，《星洲日报·文艺春秋》1996年12月29日。

③ 张光达：《文字的悬崖绝望》，《星洲日报·文艺春秋》1996年12月29日。

④ 刘育龙：《我很丑　但是很真——读陈雪风先生的诗评后有感》，《星洲日报·文艺春秋》1997年2月23日。

⑤ 《稿约》，《星洲日报·文艺春秋》1995年8月13日。

⑥ 林建国：《现代主义与现实主义——黄锦树对马华文学的介入》，《南洋商报·南洋文艺》1998年3月20日。

力为写作新人提供版位，并引介新的理论视维；一方面也不忘前辈作家经验的传承和观念的镜鉴。1992 年马华文坛进入新老作家观念剧烈碰撞的"文学的激荡"时期，"文艺春秋"以"我的□□观"为题专门邀稿："欢迎前辈作家把您的文学观、评论观、小说观、散文观或诗观等写来'文艺春秋'，文长在五千字内。"① 1998 年当马华文坛"现代"和"写实"之间再一次论战正酣之时，"文艺春秋"向写作者发出不无意味的呼唤："回到书房吧！创作，才是作家的原点！'文艺春秋'期待您的优秀作品，诗、散文、小说……，我们都欢迎您写来。"② 并一再强调："只要是好的作品，不限流派，读不出主义的当然更好！"③

　　杨升桥曾自我表述自己从事马华文学批评的原则：尊重中国文学传统、尊重马华两现（现实与现代）文学传统，并极力缓和两者之间的冲突，异中求同④；他在《谈谈新批评及其他》一文中，亦对马华文学批评建立的路径表明相似的观点："融合各家学说，自传统文学中寻求灵感，以马华文学为本位，建立本乡本土的文学批评。"⑤ "文艺春秋"在刊出杨文时，特意单列这段话用粗体字编排在正文前面。实际上，杨升桥的上述见解也和"文艺春秋"的编辑实践颇为一致。在王祖安主编"文艺春秋"的整个 1990 年代，专栏的设置、专辑的策划基本上折中在"写实"与"现代"之间，但于"中庸之道"中逐渐增强"现代"一端，马华文学在相对平和的艺术实践场域中以"润物细无声"的方式酝酿着美学的渐变，从传统写实主义教条式的载道经世转向更重视探勘生命与心灵幽微之处，在"向内转"的审美追求中，马华文学艺术表现由僵化粗粝转向灵动精致，既注重回归传统古典美学趣味，亦汲取移植的西方现代、后现代艺术经验，重新思考在瞬息多变的社会"如何上承传统，下启现代的新经验新感觉，如何驱遣文字，而不被文字所乘"。⑥ 面对渐趋多样化的马华文学创作实践，审美导读式、杂感

---

① 《向前辈作家邀稿》，《星洲日报·文艺春秋》1992 年 9 月 12 日。

② 《稿约》，《星洲日报·文艺春秋》1998 年 2 月 8 日。

③ 《稿约》，《星洲日报·文艺春秋》1998 年 2 月 15 日。

④ 杨升桥：《"灵魂"的堕落？》，《星洲日报·文艺春秋》1993 年 11 月 9 日。

⑤ 杨升桥：《谈谈新批评及其他》，《星洲日报·文艺春秋》1992 年 2 月 8 日。

⑥ 骆耀庭：《时空连环妙计》，《星洲日报·手影戏》1992 年 2 月 13 日。

式的现实主义文学批评话语仍然占据主流地位，但在众声喧哗的西方理论的影响下，马华文学批评也试图借用、扩展、修正这些理论原有的内涵，深度诠释文学创作实践。

第二节　从"回到文学"到"文学马华"
的知识谱系重构

1999 年 7 月起，王祖安和黄俊麟合编"文艺春秋"，至该年 11 月起由黄俊麟独力执掌"文艺春秋"至今（1999 年 11 月至 2000 年 1 月梁靖芬负责版面构成）。黄俊麟 1972 年生于马来西亚霹雳州太平，毕业于台湾国立政治大学中文系。黄俊麟执掌"文艺春秋"以来，就马华文坛整个大语境来看，不同于 1990 年代"辣味"文学论战的高潮迭起，无论是创作实绩还是作品诠释，2000 年代新生代已经居于主体地位，再加上文学副刊整个 1990 年代的培育，"文学马华"成为写作人的自觉与共识，马华文学大体向多元审美开放，究竟如何马华，怎样文学，以展开马华文学的地方性格，从而建构身份主体，已成为副刊文学实践的焦点。

一　"文艺春秋"类广告语的置入与文学本位的回归

刊头广告语一般情况下指的是刊登在报头下方或左右两边的一行句式（有时也排版在报纸末端左右两角等位置），言简意赅，富于个性化。作为一种差异定位传播手段，是媒介自我宣传、自我定位的需要。广告语作为代表报纸形象的"外标签"或象征符号，凸显自己核心价值倾向、风格、特色及至美学情趣等，知名报章都使用独具特色的刊头广告语。如《羊城晚报》的广告语是"真知影响人生"，《光明日报》标明是"知识分子的精神家园"，"深入成就深度"则是《南方周末》的广告语。它们犹如点睛之笔，清晰地唤起受众最初的注意，以精练的表达建构报纸形象。

黄俊麟主编"文艺春秋"以来，用类广告语的形式在刊头或预告环节置入诗意抒情的文字。① 2001 年 7 月 8 日起，"文艺春秋"开始每期

---

① 这种编辑形式相对新颖，在与笔者 2013 年 12 月 12 日的电邮中，黄俊麟自言"马华文艺刊物在这之前应该还没有人这样玩过"。

置入广告语"文学可以觑尽红颜,偶开天眼"。在美术编排上,该句广告语编排在"文艺春秋"四个字下方,并将这两行呈矩形排列的文字四角饰以透空性强的古典窗花图案,类似一个网页 Banner,极富醒目的广告效果。① 广告语出自王国维《苕华词》里一首颇受称赏的《浣溪沙》:"山寺微茫背夕曛,鸟飞不到半山昏,上方孤磬定行云。试上高峰窥皓月,偶开天眼觑红尘,可怜身是眼中人。"这是一阕充满禅意入定境界的词,刊头语显然是"偶开天眼觑红尘"的化用。"天眼"是佛教所说五眼之一,又称天趣眼,能透视远近、上下、前后、内外、六道众生及未来,不受距离、体积、光度的限制,意谓一种超感知能力。"文学可以觑尽红颜,偶开天眼"谓文学可以居高临下,洞明世间形色。这是对文学作为一种审美意识形态属性的诗意表述,也是对文学功能介乎功利性和无功利性之间的一种诗性表达。

在置入"文学可以觑尽红颜,偶开天眼"类广告语的同时,"文艺春秋"会经常在这段广告语旁边辟出小块空间刊载关于什么是文学、文学的价值等方面的感悟性语言,摘录几条如下:

> 文学,是时空的飞越、文字的演出、声韵的吟唱,也是各种有情生命的交响。②
>
> 文学的价值和对现实的认同,未必能同向而行,众皆欢喜,身为读者,我们也未必同意作者对现实的"反映"和"评价",但我们依然坚信,文学是表达自由的终极国度。③
>
> 仿佛只有文学,只有阅读文学才是令人身心愉快的事。因为文学总是能翻转我们的喜怒哀乐爱恨情仇,提醒这个世界心域的边疆和中原,或者感觉世间堪与不堪的苦难和愉悦,进而压抑骚动的愤怒和不平,尝试在险峻的生涯里,盛开一勺花。④

---

① 见插图页《图2:〈文艺春秋〉类广告语一》。
② 见《星洲日报·文艺春秋》2003年5月11日。
③ 见《星洲日报·文艺春秋》2003年6月22日。
④ 见《星洲日报·文艺春秋》2004年6月27日。

这些看似琐屑的吉光片羽式文学性描述①，是关于文学普遍属性的审美沉思，是报纸版面形象、风格类型的建构。这些片段传达出对文学审美属性的关注，文学固然是作者对现实的"反映"和"评价"，但更是人性、生命自由的展开，是一种发自内心的心灵诠释，并以文字、声韵、结构、节奏等审美形式为中介，使读者获得情感的共鸣和心灵的感动，从而实现审美价值。

2004 年 1 月《星洲日报》改版，以"关注自己的心灵平衡"为由推出周四"文化生活"版②，与改版主旨一致，"文艺春秋"开始使用"编织文学梦想·缩短心灵地图"刊头广告语③，但"文学可以觑尽红颜，偶开天眼"这一广告语并未停用，一直同时置入在"文艺春秋"版面之中。"编织文学梦想·缩短心灵地图"更呈现了文学抚慰心灵的力量和价值，正如马华作家、评论家林春美所言："对一个群体而言，以文学治国平天下。确实荒谬。但是，文学却能用来修身、正心。单纯表达自我的文学，会产生一种振奋人心的力量。企望文学作品完成之后，即刻影响社会、改变人心、解放民族，那是天方夜谭。但不能否定，文学作品中的小我，给了读者精神力量与道德勇气，并且，不为时空所限。只要文本依旧存在，尽管文学会继续被边缘化，但它的力量，即使微薄，却会永远存在。④ 在文学日益边缘化的消费社会，文学"治国平天下"的传统载道功能转为对自我或小我的"修身正心"之功能，成为沟通心灵的桥梁。

两份简短的刊头广告语的反复使用，实际上以诗化的笔调为"文艺春秋"营构了浓郁的文学氛围。除了刊头广告语，"文艺春秋"向读者发布的下期预告文字中亦置入优美抒情的类广告语，2001 年 9 月至 2003 年 5 月间，在每期的"预告"中置入"飞越喧嚣不安的寂寞城市，游走尘封已久的心灵地图"这一广告语，试举二则：

---

① 笔者曾向黄俊麟先生电邮询问，2013 年 12 月 12 日黄俊麟先生回复称，这些文字都整理自他的阅读笔记，大多是经过润色、剪裁后的摘录和阅读随感。

② 《改变，是为了进步　听听左手的声音》，《星洲日报·文化生活》2004 年 1 月 1 日。

③ 见插图页《图 3："文艺春秋"类广告语二》。

④ 林政权：《林春美谈文学的力量》，《星洲日报·星云》2007 年 8 月 31 日。

飞越喧嚣不安的寂寞城市，游走尘封已久的心灵地图——陈志鸿的评论《城里城外的考古者》，还有 Adrique 的小说《黑暗中》，敬请垂注！①

飞越喧嚣不安的寂寞城市，游走尘封已久的心灵地图——梁靖芬的小说《郎岛唱本》……下周刊出，敬请垂注！②

2006 年 7 月至 2007 年 7 月，预告广告语更换为"测量从指尖到笔锋的距离，探索文字阅读的深度感动！"这两则置入的广告语都传达出通过文学写作与阅读获得感动心灵的力量，这进一步表明马华文学的宏大社会功能相对淡化。

除了以抒情的诗意的表述方式置入广告语，未置入广告语的简单的下期预告类文字也充满了诗意的情境："钟声响起，校园的黄花随风而飞，带我们回到轻狂的少年时光，走一趟记忆中的单行道。"③ 同样，征文征稿类文字也散发着浓郁的文艺情调："星期天的下午，一杯醇醇的咖啡，悠悠的闲情，伴你阅读'文艺春秋'，不亦快哉。而咖啡，不只是一杯饮料而已，它跟品味有关，它也和心情有关，可能是一则故事，可能是一段感情，苦涩的、甘醇的、味觉的、视觉的、爱情的……无论用什么表达形式，请你写来。"④

总之，2000 年以后"文艺春秋"版面中由编辑撰写的文字，无论是反复置入的刊头、预告中的类广告语还是看似信笔书写的征文类文字都呈现优美抒情的面目，客观上起到了强化文学的抒情本质的作用。如果说"诗言志"，那么"文艺春秋"同时着重于情与志、情与词相结合的文学感性特征。

其实中国传统诗学长久以来一直以抒情言志并韵律为其基本特点，"在悠久漫长的中国艺术文化史中，确切存在着一条绵延不断支脉密布的抒情传统之流，它与艺术文化的其他传统和现象一起，构成了中国古

---

① 《预告》，《星洲日报·文艺春秋》2001 年 9 月 2 日。

② 《预告》，《星洲日报·文艺春秋》2001 年 11 月 20 日。

③ 《下周预告》，《星洲日报·文艺春秋》2000 年 10 月 15 日。10 月 22 日"文艺春秋"刊出黄晓玲的小说《发》、方路的散文《单向道》、林健文的组诗《世界就是这样盘旋》5 首。

④ 《描写我的情绪·征稿》，《星洲日报·文艺春秋》2000 年 7 月 23 日。

典文化的独特景观"①，美籍华人学者陈世骧更是从中西比较文学的视角提出就整体而论"中国文学的道统是一种抒情的道统"②，王德威则试图在"革命"和"启蒙"之外以"抒情"的向度来审视现代文学史的另一界面，"在用'抒情'这个词的时候，不再只是把它当作抒情诗歌，也把它当作一个审美的观念，一种生活形态的可能性"。③"文艺春秋"置入的类广告语一方面隐含着有关文学审美诗性的观点，一方面这些编辑置入的文字自然呈现出的抒情意境、情调客观上诠释了"抒情"作为"审美的观念"以及"生活的形态"的内涵，因为"'抒情'不是别的，就是一种'有情'的历史，就是文学，就是诗"。④

再回到 1990 年代马华文坛，"写实"与"现代"两个文学阵营的冲突集中爆发为黄锦树放火"烧芭"的事件，"烧芭事件的诉求无非是，让文学回到文学的专业要求"⑤，文学创作说到底是"以美学形式来对世界解码—再编码"⑥，2000 年代"文艺春秋"优美抒情的类广告语编辑形式客观上强调了文学的审美之维，它无形中呼唤与持续引导着马华文学创作文学本位的回归。

除了类广告语对文学审美观念的宏观整体导引，在具体的编辑策划中，"文艺春秋"继续创设文学互动平台，如 2006 年 7 月起不定期推出"文学四神汤"，即先向读者征求作品：小说（六千字为限）、散文（四千字为限）、新诗（两百行为限，组诗亦可），再由"文艺春秋"特邀四位不同世代的评论者（即四、五、六、七字辈，一般本身兼具评论者与创作者双重身份）评论作品（由于作品是不具名的，因此杜绝了人情批评），作品与评论同期刊出，不同世代评论者对于作品相近或相反

---

① 张节末：《中国美学史研究的新途之一——海外华人学者对中国美学抒情传统的研寻》，《江西社会科学》2006 年第 1 期。

② 陈世骧：《中国的抒情传统》，载《陈世骧文存》，辽宁教育出版社 1998 年版，第 31—37 页。

③ 王德威、季进：《抒情传统与中国现代性——王德威访谈录之一》，《书城》2008 年第 6 期。

④ 王德威：《抒情传统与中国现代性》，生活·读书·新知三联书店 2010 年版，第 65 页。

⑤ 黄俊麟 2013 年 12 月 12 日回复笔者的电子邮件中所言观点。

⑥ 黄锦树：《理论的贫困》，《星洲日报·文化空间》2006 年 1 月 29 日。

的批评，起到了切磋文学技艺及分享文学观念的作用，因此一定意义上"能促进马华文学创作与评论"。[①] 总起来看，"文学四神汤"所刊出的作品评论大多是围绕着写作技艺的审美点评，特别是对后现代思潮冲击之下马华文学艰深、晦涩等反美学形式及作品的批判书写精神等展开争议性讨论，提出对文学诗意及美感的要求。[②]

无论如何，正如"文艺春秋"编辑黄俊麟总结的那样，马华书写"开始精益求精，不少创作者如黎紫书、张玮栩、许裕全、陈志鸿、游以飘、方路、李忆莙、陈蝶、郑秋霞、梁靖芬、陈富雄、陈淑君、张柏平等，也开始在形式和技巧上建立了属于自己的叙述风格"。[③]

二 如何"马华"？——"文艺春秋"主题专辑的"地方"书写

如果说，1990 年代"在经典缺席论争及对马华现实主义的批判中涉及的关键词是：文学"[④]，那么，进入 2000 年代后，在马华文学的"文学"之维成为写作人的自觉意识后，2004 年起，由《别再提起：马华当代小说选1997—2003》引出的庄华兴与黄锦树之间关于民族国家文学的讨论、离散论述以及近些年华语语系文学批评等[⑤]，似又重新涉及关键词"马华"。但这种形式上的回返并不是简单的循环，一方面"文学"与"马华"本身就

---

① 《编按：熬煮文学四神汤》，《星洲日报·文艺春秋》2006 年 7 月 23 日。

② 如七字辈陈志鸿评乾一的《熬煮文学四神汤 诗作五首》，即以《诗意含量过低》为题，见《星洲日报·文艺春秋》2006 年 7 月 23 日。诸如此类的"给我一点点诗意"（庄若语，见其对 2006 年 12 月 3 日"文学四神汤"刘富良《诗作六首：长大·热带风情画·腹泻·职业小说家之晨·巨鲸之骸·混沌》的评论《可怜我这个信口开河的读者》），形式上似乎回到了20 世纪 90 年代"现代派"对"写实派"的批评，但其实是对新生代的美学实验提出更高的文学性要求。

③ 黄俊麟：《扫描"文艺春秋"（1996—2004）》，载马来西亚留台校友联合总会主编《马华文学与现代性》，新锐文创 2012 年版，第 165 页。

④ 黄锦树：《谁需要马华文学？》《星洲日报·文艺春秋》2009 年 10 月 11 日。

⑤ 2004 年，美国加利福尼亚大学洛杉矶分校史书美教授提出华语语系文学概念（sinophone literature），作为各区域华语文学的统称，但不包括大陆和回归以后的香港。史书美强调在地扎根与认同，以挑战中国中心意识形态。王德威则把大陆汉文学也包括在内，有意促成"海内外"的对话。马华旅台学者张锦忠认为华语语系文学是百年来华人海外移民的产物，与离散经验密切相关，是真正的离散文学。详张锦忠：《马来西亚华语语系文学》，有人出版社 2011 年版。

一体两面不可分割，作为凸显马华文学的主体和身份属性问题的关键词，"马华"从来没有也不应该抽离或缺位；一方面，当马华文学逐渐回到"文学"本位，当全球化如水银泻地无孔不入，进一步的问题该是，"全球化了的我在哪里"？① 无差别、同质化的全球化语境中马华文学之"马华"在哪里？这即是说，马华文学的本土性议题在全球化语境中越来越凸显②，"若不省思'全球化即是本土化'，思及如何把本土特色推销至全球，就只能活在他者的世界"③，有论者更认为本土性议题为"马华文学的结构内涵"④。本土性的意义不仅仅表明人生活的空间，更多地体现了人们依据地方场域来寻求心理归属和身份认知，全球化了的"马华"也就和地方感（性）、地方经验及在地认同密切关联起来。

　　"'地方'，在 21 世纪开始大量进入马华作家的书写范畴"⑤。"地方"（place）和"空间"（space）是人本主义地理学（Humanistic Geography）使用的两个术语，人停留在空间且与之互动，空间被人赋予意义，意义的赋予，是空间成为地方的关键。意义由经验所建构，不同人，不同族群，不同文化，面对同一个空间，累积不同的生活经验，进而产生不同的意义与解释，产生不同的"地方感"（The sense of place）。⑥ 文学的"地方"书写凝聚认同、记忆、想象。

---

　　① 龙应台：《全球化了的我在哪里》（http://xiyou.cntv.cn/p-25926-e0359110-62f7-11e3-bf9b-b9856d949d58.html）。

　　② 2005 年 7 月由马来西亚留台联总和《星洲日报》主办"马华文学与现代性研讨会"，会后引发了关于马华文学创作本土性的争议，见会议报道《黄锦树称马华作家不应太强调本土性》，《星洲日报·国内》2005 年 7 月 10 日，第 19 版；许文荣：《告别本土性?》，《星洲日报·新新时代》2005 年 7 月 31 日。

　　③ 潘永强、魏月萍：《焦点话题：2001 年马华文化的喧哗与变奏》，《星洲日报·广场月读》2001 年 12 月 30 日。

　　④ 庄华兴：《描述、想象与翻译主体性：马华文学理论批评案例》，《中外文学》2006 第 34 卷第 10 期。

　　⑤ 林春美：《文艺副刊与马华地志散文之兴起》，《暨南学报》2010 年第 6 期。

　　⑥ 关于人本主义地理学意义的"空间"与"地方"释义，可参考：［美］段义孚（Yi-Fu Tuan）著《经验透视中的空间和地方》，潘桂成译，（台北）"国立"编译馆 1998 年版；或参考：［英］Tim Cresswell 著《地方：记忆、想象与认同》，徐苔玲、玉志弘译，群学出版有限公司 2008 年版。

"文艺春秋"在重视马华文学的审美经验的同时，亦特别重视马华文学的"马来西亚"内容建构，通过主题专辑策划引导马华文学建构"地方"书写，凸显马华"地方感"。

（一）"书写婆罗洲"——雨林主题文学专辑

自1990年代开始，东马雨林主题书写便在《星洲日报》文艺副刊持续展开。东马位于加里曼丹岛（又译作婆罗洲）北部，特殊的热带雨林自然环境与多元种族、多元文化的社会背景形成区域性文学聚落。1993年8月"星云"开设了田思、顺子、石樵、蓝波等四位东马写作人的"犀鸟之羽"专栏[1]；21世纪以来，先是沈庆旺在"星云"写作"犀鸟天地"专栏，其后有杨艺雄写作"山野奇谈"专栏，各自发表了数十篇散文。[2] 这些专栏记录东马热带雨林鲜为人知的风土民情，思考原住民族群文化处境。

关于雨林书写，"文艺春秋"亦零散发表相关篇章，1997年9月7日更是策划"沙巴写作人特辑"，刊载包括耶眉、萧丽芬姐妹在内的6位沙巴写作人书写沙巴特殊的风土人情之作；1999年"文艺春秋"陆续发表了耶眉"热带雨林手记"系列，描写原住民的习俗与生活。

2002年12月田思、沈庆旺与石问亭等人正式提出"书写婆罗洲"理念，即以婆罗洲的自然及人文背景，"让婆罗洲子民以婆罗洲人的笔触来书写这块美丽的婆罗洲土地"。[3] 2003年5月至6月间，"文艺春秋"特邀诗人田思共同策划了连续三期"在婆罗洲的文学丛林，相遇——婆罗洲文学特辑"[4]，希望能让读者认识婆罗洲文学不同面貌：

> 在这片覆盖了热带雨林的土地上，我们对她的了解，多半是浮光掠影，片断杂凑出来的印象而已。在我们遗忘与忽略的雨林深

---

[1] 犀鸟是东马砂拉越的州徽，也是受保护的鸟类，因此砂拉越又被称为"犀鸟之乡"。

[2] "犀鸟天地"专栏时间为2001年3月—2003年9月，后改写补充结集为《蜕变的山林》，吉隆坡大将出版社2007年版；"山野奇谈"专栏时间为2002年9月—2004年7月，后来结集为《猎钓婆罗洲》，大将出版社2003年版。

[3] 黄裕斌整理：《文学星座访谈：沈庆旺谈〈蜕变的山林〉与"书写婆罗洲"》（http：//www. hornbill. cdc. net. my/shahua/wenxuexing. htm）。

[4] 分别见于《星洲日报·文艺春秋》2003年5月25日、6月1日、6月8日。

处，除了张贵兴小说中潮湿雾锁的原始蛮荒，鲁壮奇诡的珍花异草
飞禽走兽外，婆罗洲独特的人文生态，究竟还蕴藏了多少欲望、情
感、血腥、美丽、爆烈、艳媚、神奇、平凡、迷幻、真实、幽深的
憾人力量？这片土地，还能用文字编织出怎样的风景？①

　　这段优美的导语具有煽情及挑起读者好奇心的效果，而特辑刊载的
蓝波、李笙、林野夫、梦羔子、沈庆旺、石问亭、田思、杨艺雄等16
位活跃的东马作家各体写作，从手法到内容、题材均与西马大异其趣，
东马作家群体及其独特的婆罗洲雨林图像书写备受注目。

　　与探险家和旅行家一样，东马作家的雨林书写也以田野经验为前
提，不同的是，前者是外在的浮光掠影式的猎奇眼光②，甚至不免带
有穿凿附会式的想象，后者则以在地书写的真实性和原乡情怀，在最
亲近雨林的地方，"为无法言说的人说话"③，"不仅仅在描述这个地
方和事物，而是透过文字来创造这片土地"④，将悲悯情怀和社会忧患
意识融入知识性或诗化叙事中，理性思考现代化、城市化进程中雨林
人文生态的浩劫，这无疑是一项自觉而深刻的文学本土身份建构。

　　"文艺春秋"主题专辑与"书写婆罗洲"理念相配合，进一步使马
华文学独特的雨林主题书写得到发挥，一幅完全不同的独具"马华"
特色的雨林文学乃至文化地景逐渐崛起⑤，也为华文书写与阅读世界建

---

① 《在婆罗洲的文学丛林，相遇——婆罗洲文学特辑（上）》，《星洲日报·文艺春秋》
2003 年 5 月 25 日。

② 如美国人 Eric K. Hansen 曾深入婆罗洲蛮荒、原始的黝黯雨林，并于 1988 年由
EBURY PRESS 出版《作客雨林：徒步横越婆罗洲》（*Stranger in the Forest：On Foot Across Borneo*）。

③ 张依苹：《自序：杨柳依依》，载张依苹《哭泣的雨林》，有人出版社 2008 年版。

④ 陈大为：《马华散文史纵论 1957—2007》，万卷楼图书出版公司 2009 年版，第
155 页。

⑤ 大将出版社策划"婆罗洲系列"，相继出版了《猎钓婆罗洲》（2003 年版）、沈庆旺
《蜕变的山林》（2007 年版）、蓝波《寻找不达大》（2008 年版）、《砂拉越雨林食谱》（2009
年版）诸书；有人出版社也相继出版了冰谷《走进风下之乡——沙巴丛林记事》（2007
年版），张依苹《哭泣的雨林》（2008 年版）等书，张依苹是出生在北婆罗洲诗巫的马华新生代
作家。

构更为开敞的"马来西亚/东南亚内容"①。

（二）"我们的城，自己的乡"——马六甲文学专辑

陈大为将"当代马华文学"分为三个板块：旅台、西马、东马，并各自创立了自己突出的文学地景：马华旅台作家的"历史反思、雨林传奇、南洋叙述、边陲书写"，东马的"书写婆罗洲"，而西马则在"（都市）地志书写"方面潜力无穷。② 1990 年代初期由于《星洲日报》综合文艺副刊"星云"所策划的"大马风情话"与"南北大道"两个系列写作的带动，马华文学地方书写展开，马来半岛许多大城小镇，甚至罕为人知的小地方，集体浮现出马华文学的地表，不同世代作家笔下呈现不同的地方感。在某个程度上，1990 年代初兴起的这场地方书写活动也许牵动了 21 世纪蓬勃的马华地方书写的活动与发展。③

与东马的原始色彩十分鲜明的雨林生态不同，"西马的几座重要都市——槟城、马六甲、怡保、吉隆坡、新山——都是殖民史、族群文化等集体记忆的冲积层，很值得一写"④，其中，马六甲是"文艺春秋"较早着意打造的一座崭新的文学地标。

马六甲位于海上十字路口，是马来西亚历史最悠久的古城，始建于 1403 年，曾是马六甲王国的都城。马六甲王国与明王朝关系密切，曾是明王朝远洋航运中转站。由于地处东西方海上贸易黄金水道位置，数百年来，大批华人来到马六甲谋生定居繁衍，与本土文化相互交融，形成马六甲海峡华人社群独特的文化传统。1511 年起马六甲先后沦为葡萄牙、荷兰和英国殖民地，东西方文化亦不断融合。马六甲于马华人具有特殊的意义，有着辉煌又沧桑历史的马六甲也是马来西亚华人文化的发祥地，无论历史还是文学的笔触从未吝啬笔墨投向这座多元交融的文化古城，书写马六甲实际上也属于

---

① 傅承得：《"婆罗洲系列"出版缘起：五年猎钓杨艺雄》，载杨艺雄《猎钓婆罗洲》，大将出版社 2003 年版。

② 陈大为：《鼎立的态势——当代马华文学的三大板块》，载陈大为著《风格的炼成：亚洲华文文学论集》，万卷楼图书有限公司 2009 年版，第 133 页。

③ 林春美：《文艺副刊与马华地志散文之兴起》，《暨南学报》2010 年第 6 期。

④ 陈大为：《鼎立的态势——当代马华文学的三大板块》，载陈大为著《风格的炼成：亚洲华文文学论集》，万卷楼图书有限公司，2009 年，第 133 页。

"记忆拯救"①，可视作"文学马华"建构华人本土历史及文学本土性的一部分。

《星洲日报》、台湾《中国时报》2000年1月11日至14日联合主办第一届华文报国际文艺营，文艺营的主题是"旅游与文学"，即游览并书写百年古城马六甲。"文艺春秋"同步推出了两期营员诗歌散文作品特辑——"历史曾在这里驻足"②，林健文、周锦聪、梁靖芬、杨嘉仁等马华七字辈重新感受、想象与塑造古城马六甲的前世今生。接下来，2002年6月"文艺春秋"推出两期"马六甲文学导览：六月诗情　古城行脚"特辑③，邀集11位本土作家和5位新加坡诗人书写马六甲，用诗文深情注视"古城斑驳的墙、寂寞的街巷、落寞的残垣"，共同记录"一座城墙的生命和发展"，专辑的推出意在"让我们更爱我们的城，自己的乡"。④ 更重要的是，透过描写"我们的城，自己的乡"，提炼出一种感觉，一种特质，从而抽象与重建"观念地方"。

值得注意的是，前述两次书写马六甲的文学特辑并不是孤立的文学事件。"历史曾在这里驻足"特辑是第一届华文报国际文艺营营员作品，主办方《星洲日报》将两大报跨国联办的文艺营华文报作为其践行推动文化之职责的表现，延请的文艺营讲师包括黄春明、平路、施叔青、焦桐等在马来西亚亦有极高知名度的台湾作家，在文艺营开营前后各大版均予以大篇幅的报道，并刊发社论⑤，副刊"新策划"版更是以整版篇幅推介黄春明的乡土书写⑥。黄春明在为营员主办的讲座中，则强调应珍惜本身熟悉的乡土，建立对土地的认同，一味追求异国风情是没有意义的。⑦ 这样，虽然是届文艺营的主题是"旅游与文学"，实际

---

① 许德发：《民间体制与集体记忆——国家权力边缘下的马华文化传承》，《马来西亚华人研究学刊》2006年第9期。

② 分别见于《星洲日报·文艺春秋》2000年1月23日、1月30日。

③ 分别见于《星洲日报·文艺春秋》2002年6月2日、6月9日。

④ 《"马六甲文学导览：六月诗情　古城行脚"特辑》，《星洲日报·文艺春秋》2002年6月2日。

⑤ 社论：《华文报国际文艺营的积极意义》，《星洲日报·言路》2000年1月12日。

⑥ 杨照：《吹到台北的一阵兰阳风——札记黄春明的作品》，《星洲日报·新策划》2000年1月5日。原载台湾《联合文学》。

⑦ 《应多了解多爱自己乡土》，《星洲日报·国内》2000年1月12日，第16版。

上是借旅游书写乡土，文艺营营员的马六甲书写亦具有乡土地志书写的意味。搭借媒体宣传的顺风车，马华文学的地志书写在千禧年年初亦引起文坛注目。

而"马六甲文学导览"特辑则与因马六甲申遗引发的古迹保护与旅游开发之关系的热点探讨相关。早在 1998 年马来西亚政府同时提名包括马六甲在内的七个地方进入联合国教科文组织（UNESCO）的世界遗产名录未果。2002 年，马六甲和槟城又联名申遗，如何使现代与历史和谐共处，如何使马六甲的文化遗产古迹保护与旅游开发相得益彰，成为申遗能否成功的关键议题，也成为华文媒体的关注热点①，"文艺春秋"借助马六甲文化申遗之热，特邀马新两地写作人共游古城，推出"马六甲文学导览"特辑，并在新加坡华文报章同步刊出②，上辑是 10 位本土作家篇章，包括方路《海关亭》、傅承得《鹏志堂》、小曼《明朝的天空》、赖碧清《寻找镇国山碑》、刘育龙《而我重来，只为了寻觅一首诗?》、杨嘉仁《趋近》、温任平《李欧梵夫妇在古城门前跳舞》、梁靖芬《青云亭》、曾翎龙《阉割》、林健文《水罗盘》、庄若《越行越远》等，品味与思考马六甲的人文历史。

"文艺春秋"两次集体书写马六甲文学专辑，与《星洲日报》相关版位从乡土书写的推介到马六甲申遗文化热的报道相互呼应③，共同加热了马华文学的人文地志书写，特别是陈大为提到的位居"殖民史、族群文化等集体记忆的冲积层"的华人市镇和华人社区纷纷成为马华作家的书写对象：杜忠全的槟城市井人文图像经营④，黄建华的"北回归

---

① 《星洲日报》策划邀请两位古迹保护专家表达观点，内容详见黄翰铭报道《维护古迹与旅游发展不能两全?》，载《星洲日报·星洲广场》2002 年 6 月 9 日"铿锵对话"栏目。另外，2008 年 7 月 7 日，经过了十多年申遗，马六甲历史城区被列入了世界文化遗产名录。

② 《预告："马六甲文学导览"特辑》，《星洲日报·文艺春秋》2002 年 5 月 26 日。

③ 另外，《星洲日报·文化空间》曾先后刊出欧阳珊"明日遗书"（2002）、"笑看古城"（2004—2005）、"城墙内外"（2007—2009）等书写马六甲的专栏。

④ 杜忠全 2003—2004 年在"文艺春秋"发表了系列槟城地志散文，并因"地志书写"获得 2005 年第八届花踪文学奖散文推荐奖。至今杜忠全已出版了三本书写槟城的散文集：《老槟城，老生活》（吉隆坡：大将出版社，2008 年）、《老槟城路志铭》（吉隆坡：大将出版社，2009 年）、《我的老槟城》（吉隆坡：有人出版社，2010 年）。

诗"系列之"槟城""太平""怡保"等地城镇风物剪影①，方路对吉隆坡茨厂街沧桑及家乡大山脚城镇老街和人情流转的伤逝笔调②，《蕉风》杂志甚至以"国境以南——新山地方志书写"专辑探勘半岛南端城镇。③ 与上述马华作家在地书写华人市镇与华人社区不同，漂泊在台湾的辛金顺以"他者"的位置，用细腻的笔触、浓烈的情感书写故乡吉兰丹小镇的风土与历史④，这是一个马来文化色彩浓郁却有着多元混杂语言的乡镇，生活在其中的少年作者如置身于旋转木马般跨越福建话、潮州话、吉兰丹土语、华语、马来语、广东话，甚至泰语等截然不同的语言经验，一旦离开，那吉兰丹土语竟成为他与故乡的系联。无论是在地还是离散的身份，这些地方书写无不散发出醇厚绵长的"我城"情韵和强烈的认同感。以马六甲主题专辑为代表的岛屿、城市、乡镇等"地方"人文图像书写，于历史的探源、市井的生活图景中建构马华人的地方感觉、集体记忆和身份主体。

（三）记忆中的"地方"

马华文学的"地方感"其实不仅仅只显影在有名称的岛屿、城市、乡镇书写之中，"文艺春秋"策划的"窥探后巷创作专辑"文本⑤，撷取寻常市井街衢之中有名无名的后巷埋藏的时光片断，何尝不是作家们各自的地方？即如林金城的饮食文学系列，那留在舌尖上的味道记忆也象征着本土人文，区分着"我们"和"你们"及"他们"。"地方感"不仅仅只显影在空间中，人本主义地理学认为"时间与空间为地理学概念中的宇宙世界的纵横两条轴，二者的交汇点为地方，人不能脱离时间

---

① 黄建华《北回归诗之槟城》书写主题是：槟城大桥、升旗山、极乐寺；《北回归诗之太平》书写主题是：太平山、太平湖；《北回归诗之怡保》书写主题是：怡保芽菜鸡、怡保南天洞。三组诗分别见于"文艺春秋"2000年9月24日，10月1日、10月8日。

② 方路1997年起在"文艺春秋"上发表了系列以吉隆坡唐人街"茨厂街"为题的诗歌，而以《一纸原乡》组诗（见"文艺春秋"2001年4月22日）、《单向道》散文（见"文艺春秋"2000年10月22日）等为代表的诗文则书写故乡大山脚。

③ 见《蕉风》2007年第497期。

④ 代表性作品如在"文艺春秋"发表的散文《吉兰丹/人》（2006年5月14日）、《破碎的话语》（2006年9月3日）等，及在《南洋商报·南洋文艺》发表的组诗《吉兰丹州图志》（2003年6月28日）。

⑤ 《星洲日报·文艺春秋》2005年8月21日。

要素而独谈空间感和地方感"。① "我们的八〇年代"创作专辑中，10
位本地作家重新书写 1980 年代的乡土风情、动荡时局、社会风云、声
光影像、漫画游戏、美丽憧憬等，编辑称之为"一九八〇年代遗失的玻
璃弹珠"②，其实何曾遗失，不过是保存在内心深处罢了，"成年人的
'地方'则是记忆所常降临的所在"③，那么这些心灵深处的记忆莅临之
处也就是马华人的"地方"了。

　　记忆总是与历史纠结。"文艺春秋"2001 年以来刊载的林健文"南
洋诗"系列，"南洋的历史透过诗人辗转的叙述，在形构与解构之间产
生新面貌"④，新生代诗人通过想象南洋、重写南洋的后现代书写策略
建构地方记忆。⑤ 记忆不仅与历史纠结，同时也以变化与发展的现实为
镜像，例如"杜忠全的槟城书写其实有很深的、对现代化的焦虑"。⑥
再如，向来被官方视为政治禁忌因而在现实中呈失语状态的话题得到书
写。"失语：记忆空窗"特辑就是以 1969 年种族暴力冲突"五·一三"
事件为主题的历史记忆书写⑦，表达对隐晦肃杀无从诉说的"五·一
三"惨痛经验及真相的正视，"五·一三"如"高压电缆断了/火花四
溅"，"每个人都被烫伤"。⑧ "五·一三"同样与现实勾连，属于马来
西亚的地方记忆。

　　故而打造马华文学本身独特的景致，并不是只有雨林生态与人文地

---

　　① 《译者潘序》，载［美］段义孚著《经验透视中的空间和地方》，潘桂成译，（台北）
"国立"编译馆 1998 年版。

　　② 《"我们的八〇年代"·编者按语》，《星洲日报·文艺春秋》2005 年 10 月 23 日。

　　③ 段义孚：《经验透视中的空间和地方》，潘桂成译，（台北）"国立"编译馆 1998 年
版，第 29 页。

　　④ 张光达：《马华当代诗论：政治性、后现代性与文化属性》，秀威资讯科技股份有限公
司 2009 年版，第 191 页。

　　⑤ 张光达：《后南洋：诉说故事、自我建构、地方记忆——重写历史与地方记忆：林健
文的"南洋诗"》，《南洋商报·南洋文艺》2010 年 11 月 16 日。

　　⑥ 钟怡雯：《抒情地志学：杜忠全的"老"槟城》，《南洋商报·南洋文艺》2010 年 11
月 23 日。

　　⑦ 见《星洲日报·文艺春秋》2001 年 9 月 22 日。

　　⑧ 温任平：《高压电缆断了（"失语：记忆空窗特辑"）》，《星洲日报·文艺春秋》2001
年 9 月 2 日。

志图像。但是"文艺春秋"策划的地志书写专辑,以在地关怀而非单纯想象或好奇的窥视建构"我们的城,自己的乡",本身开拓了马华文学的书写面向;在历史与现实的往复中,马华地方书写以主体的在场姿态,用在地的风物和语言建构文学的地方感,启示马华文学进一步探索如何完成自身的本土论述,如何以一套独特的语言、风格、主题和技巧形成马华文学性格。

三　基于经典建构的"文学马华"知识谱系重构

就编辑个人而言,随着旧交新知人脉关系的累积,随着以文坛"守门人"的身份更深入地介入马华文坛,尝试对马华文学进行知识谱系学的梳理甚或建构的时机也日趋成熟。

2007年提供了一个契机。这是一个别具纪念意义的年份——马来西亚独立50周年。在该年8月31日国庆日来临之际,"文艺春秋"曾于8月19日、8月26日推出两期纪念专辑:

> 在人类与国家历史上,一些数字有着重大、关键的意义,对马来西亚而言,这样的例子特别多,像八三一、一九六五、五一三、一九八七、二○二○……,有些至今仍是禁忌,有些早已遗落在历史的缝隙。辗转来到今天,马来西亚已独立五十周年,当举国欢腾、一片太平之际,文学也不应寂寞。"文艺春秋"特邀请老中青马华写作者借题发挥,以五十为名,书写他们的一九五七,也算是为国庆日献上一份心意。[①]

8月19日专辑分别有碧澄、黄锦树、张锦忠、吕育陶和杨嘉仁撰文,8月26日专辑则有温祥英、陈再潘(小曼)、黄建华和林建文撰文。纪念专辑固然是应景策划,同时也是家国过半百的文学沉思。

1957年是黄锦树所言的"有国籍的马华文学"之起点[②],一般认为

---

①　《因为你　一九五七·编辑按语》,《星洲日报·文艺春秋》2007年8月26日。

②　黄锦树:《有国籍的马华文学之起源1——白垚〈缕云起于绿草〉(卷一)读后》,《星洲日报·文艺春秋》2008年3月2日。

民族国家的建立是马华文学史"非常理想且客观的断代起点"①，故2007年对近50年的有国籍的马华文学史进行系谱学式的清理和总结亦正是合理时机。

实际上，2007年3月11日至2007年8月26日，"文艺春秋"每期开设"建国五十年 马华文坛大事记"专栏，由文学史家李锦宗逐年整理由2006年上溯至1957年的马华文坛大事，包括文学活动、文学现象、文学奖、作家及作品出版等方面的记录，这一种编年大事记式的形式富于总结意味。但更能体现编辑"史"识的策划是"文艺春秋"重新呈现马来亚联合邦建立以来马华社会被忽略的文学记忆。

（一）复出的马华文坛现代主义前行代作家专题策划

该系列较为突出的策划是于2006年至2007年推出四位作家专号或专辑，包括两位小说家专辑，分别是温祥英专号、宋子衡特辑②；两位诗人专辑，分别是李有成专辑、白垚专辑③。专辑采用对开两大版的形式，内容一般包括引言、作家访谈、作家近作及作品批评等，全方位展示作家的创作风格。这四位均是马华文学出色作家，曾长时间停笔又先后于新世纪复出创作，分别简介如下：

温祥英（1940— ）堪称马华现代小说先行者。受英文教育却"自认无法传神地应用英文来刻画自身所处的华人社会"，选择中文为写作语文。1973年由吉打棕榈出版社出版了《温祥英短篇》之后，停笔一段时间，1992年在《蕉风》第451期发表小说《Noo Duit Gan》后，又中断写作，2005年再度重新执笔。小说主要探讨"现代性带来的存在困境以及处于困境里的人的道德反思与心路历程"，"书写技艺超越了写实主义美学"，富于现代主义色彩。④

宋子衡（1939—2012）是马华重要短篇小说家，1972年由棕榈出

---

① 陈大为、钟怡雯：《编辑体例》，《马华散文史读本》，万卷楼图书股份有限公司2007年版。

② 温祥英专号见《星洲日报·文艺春秋》2006年5月7日；宋子衡专辑见《星洲日报·文艺春秋》2006年7月2日。

③ 李有成专辑见《星洲日报·文艺春秋》2007年4月22日；白垚专辑见《星洲日报·文艺春秋》2007年12月2日。

④ 张锦忠：《温祥英〈在写作上〉注解》，《星洲日报·文艺春秋》2006年5月7日。

版社出版《宋子衡短篇》。宋子衡的小说描写小镇的华裔庶民生活,刻画处于压抑空间里的人性,小说故事意象丰富,采用象征、意识流、心理描写,风格与六七十年代重文以载道的写实主义不同。他的文学理念是"文学既可作为改造社会的工具,当然也可作为雕刻心灵的艺术"。①20世纪90年代出版小说集《冷场》《裸魂》。② 1997年至2006年停笔9年。

李有成(1949—   ),笔名李苍,18岁接编《蕉风》月刊,是马华文学第二波现代主义运动(1968年至1973年)的主要推动者。1970年8月诗集《鸟及其他1966—1969选集》付梓,旋即赴台湾深造,后专攻学术,有近30年鲜少诗作,2006年出版诗作集《时间》。③ 温任平评价其诗集《鸟及其他1966—1969选集》"语感独特,意象新颖",肯定其"现代感"(modernity)与"艺术性"(artistry),该诗集"应可跻身马华现代文学(现代诗)之早期经典之列"。④

白垚(1934—2015),原名刘国坚,另有笔名刘戈等。台湾大学历史系毕业。1957年从香港南来马来亚,执编《学生周报》与《蕉风》月刊多年。1959年白垚在其负责编辑的《学生周报》第137期"诗之页"版发表诗作《麻河静立》,该诗被视为马华现代主义的滥觞。1969年未再发表诗歌,1981年移居美国。在21世纪初又重拾诗笔。著作《缕云起于绿草》收辑其五十余年的各体创作。⑤

"年少、年轻即出手不凡,创作了既具文学史意义,也有文学价值高度的温祥英等人"⑥,在马华现代主义文学早期都起着文学推手和示范者的作用,更重要的是他们虽被归属于现代派却并不强调派系。温祥英"在写作上所关切的,一直都是作品的主题与内容的关联性,而不会

---

① 宋子衡:《唯一的光源》,《南洋商报·读者文艺》1977年8月20。

② 《冷场》1991年由蕉风出版社出版,《裸魂》1997年由陈政欣出版。

③ 书林出版有限公司,2006年。

④ 温任平:《经典议论:李有成诗集〈鸟及其他1966—1969选集〉》,《华文文学》2004年第6期。

⑤ 吉隆坡大梦书房2007年版。

⑥ 黄子:《温祥英专号:受忽略的一群——马华现代小说先行者》,《星洲日报·文艺春秋》2006年5月7日。

服膺于某种主义的教条规范：形式与内容应该是互为影响，而不是让主义的僵化形式来规范内容"①；宋子衡始终觉得自己与派别属性无关："我想，定夺一部作品的优劣，完全只在于作品的本质，而一部真正动人的作品，它应该是跨国度、不受限于门派，也不是由任何一个门派来操纵的，那才是公认的成功之作。所以，我完全不觉得有任何的不妥当——现代也好，传统也好，我关心的只是自己的小说。"②李有成强调："对于富有创造力的诗人与作家而言，真正的挑战主要还是在于如何有效地处理创作与现世之间的关系。"③白垚的创作则"留给我们阅读马华文学史的另一个面向，不是现实，也未必是现代"④。

2010 年 4 月 11 日，"文艺春秋"还策划了"洪泉专号"。洪泉（1952— ）原名沈洪全，亦是长时间停笔又于 2009 年复出的马华现代小说家，一直都以马华现代文学大本营的《蕉风》为主要发表园地，同样不执意派系。在"洪泉专号"的访谈中，洪泉强调，"把他划归为现代主义者，那是别人给套上的标签，他自己其实并不那样在意的"，"我自认没有那种什么主义的自觉性，只是在写作时很自然地选择一种自己认为比较恰当的表达方式而已"，"一个作者并不需要把自己框限在某一个文学意识形态里的，最重要的还是写作时能找到一种比较理想的方式，让作品能把讯息饱满地传达而出……"⑤

上述马华现代主义前辈作家共同呈现出不为"纯文学"史观限制、重视思考文学的社会性，从而摒弃文学偏见的精神，这一点白垚表述得更为明确："文学偏见是文学的暴政。"⑥

---

① 杜忠全：《始终在语言隔阂之外》，《星洲日报·文艺春秋》2006 年 5 月 7 日。

② 杜忠全：《宋子衡：在文字符串联中自娱娱人》，《星洲日报·文艺春秋》2006 年 7 月 2 日。

③ 须文蔚：《新世纪的交响诗：浅谈台湾现代诗发展》，《文艺报》2012 年 11 月 2 日，第 2 版。

④ 伍燕翎：《从此淡淡江南月——读〈缕云起于绿草〉》，《南洋商报·商余阅读》2009 年 11 月 10 日。

⑤ 杜忠全：《大水细水汇满河——洪泉访谈录（上）》，《星洲日报· 文艺春秋》2010 年 4 月 12 日。

⑥ 白垚：《浮槎继往传黄石——历史蕉风，当年的创刊意识》，《南洋商报·商余》2003 年 9 月 8 日。

（二）"社团忆旧"系列策划

自2007年起，"文艺春秋"推出马华文学"社团忆旧"系列，分别是"棕榈社忆旧""海天社忆旧""新潮社忆旧""青梳小站怀旧专辑""天狼星诗社怀旧特辑"等。① 上述"社团忆旧"系列主要由马华文学史上曾卷起一时文艺浪潮的各文学社团成员撰述回忆文章，梳理社团缘起、社团活动、社团的编辑出版等文学成果。20世纪60年代初，也是马来亚联合邦独立建国之初，马华文坛新秀如雨后春笋，文学社团纷纷成立，他们编辑文艺刊物，自筹资金出版丛书，文学也呈现出开国气象。60年代初北马海天社、中马荒原社、南马新潮社纷纷成立，其中"海天社"声势尤为浩大；稍后1970年末则成立棕榈社，1973年创立天狼星诗社，至80年代"青梳小站"亦颇意气风发。

"社团忆旧"系列重温马来亚建国初起始一批批风华正茂的马华青年的青葱文学岁月，将有影响的草根性文学社团大量湮没的文学史料挖掘出土，使之重新进入马华文学史视域内。其更深层的文化意味恐怕还在于，马华文坛20世纪的大气磅礴也见证了马华文化人如何以青春激扬的文学形式构建在地化的文化志业，这同样是参与马来西亚国族建构的一种形式。

系列专辑的推出其实是编辑运筹谋划的成果。以"棕榈社忆旧"专辑中的一段记载为例：

> 去年八月间，"文艺春秋"主编黄俊麟先生到大山脚，同行的包括曾翎龙、林金城、杨嘉仁等多位，都是慕名已久的文坛俊杰。棕榈社成员除游牧、黄冰先后遗世以外，宋子衡、温祥英、清强、菊凡、冰谷都齐集了……远道的朋友频频提问，想翻阅一页沉落而几乎湮灭的文艺书写，等我们还原棕榈社的过往轨迹。②

---

① 专辑于《星洲日报·文艺春秋》推出的时间分别是："棕榈社忆旧"2007年7月15日，"海天社忆旧"2007年12月9日，"新潮社忆旧"2008年3月16日，"青梳小站"怀旧专辑2008年11月23日，"天狼星诗社怀旧特辑"见2009年7月26日。

② 冰谷：《流逝的那缕星光——棕榈社走过的文艺旅程》，《星洲日报·文艺春秋》2007年7月15日。

　　上面这段记载很显然说明"棕榈社忆旧"专辑的出炉包含编辑所做的类于田野调查的前期筹备工作。在此基础上，主编黄俊麟邀约相关人员撰文，棕榈社成员菊凡在一篇文章里亦言"黄俊麟邀我们写有关棕榈出版社的成立事迹"。①

　　编辑的谋划同时反映出其对读者意向的敏锐回应。艾文曾在马华现代诗史上占有重要地位，1973年出版的《艾文诗》"以强烈象征意味的现代主义语言风格，个人化的隐晦意象实验形式，在文字意境与语言结构上每每引人注目"②，但1980年代末起，艾文长达18年未曾发表诗作。2008年艾文复出诗坛，该年6月15日，"文艺春秋"最先发表"艾文新作四首"，分别是《十八层》《命运》《北京》《这时候》。艾文复出新作为何首先与"文艺春秋"结缘？先看一则作品预告："多位文友呼唤，终于让诗人艾文交出停笔多年后最新的作品，敬祈期待!"③其后，在"文艺春秋"一篇继续推介艾文的文章也提到一班文友"都希望他能重出江湖，继续发挥他写诗的才华"。④ 这说明"文艺春秋"回应了读者意愿，为复出的艾文首先提供了发表版位。

　　副刊与读者双向互动促成了建国以来一页页"沉落而几乎湮灭的"马华文学书写的再现。马华文坛"六〇年代后出生的一辈很可能对这些'前代文人'的作品已经相当不熟悉了"，"每个人只记得自己的当代。每一代只读得到自己初试啼声至成名那二十年间的作品"。⑤ 如此，以马来西亚建国50周年为契机，"文艺春秋"于2007年前后策划的马华现代主义前行代作家系列、"社团忆旧"系列再现了马华社会铭刻的部分文学记忆，从而抵抗遗忘。

　　（三）以"文化熟知化"为途径的经典生成

　　仅仅是抵抗遗忘吗？为什么又是将哪些被遗忘或放弃的历史重新

---

　　① 菊凡：《突然退隐诗坛的艾文》，《星洲日报·文艺春秋》2007年11月18日。

　　② 张光达：《和庞然的时间对坐/对话——谈艾文诗集〈十八层〉（上）》，《南洋商报·南洋文艺》2012年11月20日。

　　③ 《下周预告》，《星洲日报·文艺春秋》2008年6月8日。

　　④ 菊凡：《突然退隐诗坛的艾文》，《星洲日报·文艺春秋》2007年11月18日。

　　⑤ 黄锦树：《有国籍的马华文学之起源1——白垚〈缕云起于绿草〉（卷一）读后》，《星洲日报·文艺春秋》2008年3月2日。

唤回？

就文学传承而言，马华文学向来被归属为"一个非常贫乏、没什么可以传承的文学传统"①，写作人的文学养成与积累"很大程度上是个人自行摸索的成果，很难断定它跟学校里的语文教育有何直接关系，更别说来自马华前辈作家的影响"②。但这并不代表即使以1957年马来亚联合邦独立为文学断代开始亦年过半百的马华文学没有自己的知识谱系③，但构建文学谱系兹事体大，尤其在关节点上离不开经典的伫立。文学经典生成的必然途径是"文化熟知化"（cultural familiarization）。"文化熟知化"是指某一文学作品在特定文化范围内为尽可能广大的民众所知晓和熟悉的社会化过程。④ 文化精英、学术机构、主流体制与奖项的认可或认定以及学校教育和大众传媒的运作等均是文学作品获得文化熟知化的重要途径。1990年代马华文学"经典缺席"论争集中呈现了马华文学的经典焦虑，之后，马华文学一方面致力于文学作品本身的艺术性的追求，一方面亦自觉营构经典生成的外在条件（人为建构性）或者探索更多途径使文学作品文化熟知化。马华社会的主流华文报纸副刊无疑在马华文学作品"文化熟知化"的过程中起重要作用。

2007年1月，"文艺春秋"策划征文活动，分别有三个主题：1. 2006年，我阅读的马华文学作品；2. 我心目中的马华文学经典；3. 我的文学养分。其中前两个主题对读者分别约稿如下：

　　　　二〇〇六年在八方风雨声中过去了，你在过去这一年的时光隧

---

① 黄锦树：《散文集〈焚烧〉自序：生命的剩余》，《星洲日报·文艺春秋》2007年3月4日。

② 庄华兴：《序：〈咪搞蒙古女郎〉的乡土和在地关怀》，载黄俊麟著《咪搞蒙古女郎》，有人出版社2010年版。

③ "谱系"本是家谱理论中的一个概念，多是针对宗族世系或同类别事物体系进行考镜源流式的历史性记述。20世纪70年代，法国后结构主义大师福柯把自己的"知识考古学"称为"知识谱系学"（又译系谱学），认为追寻来源的复杂序列，应特别注重事物自身散落中的偶然性、细节，以考索新元素的产生以及原有体系在加入新元素后所产生的变异。福柯谱系学具有明显的方法论意义。详见福柯的《尼采、谱系学、历史》和《知识考古学》等论文。笔者将传统"谱系"概念和福柯"谱系学"结合起来使用。

④ 李玉平：《新世纪文学经典的生成与"文化熟知化"》，《艺术评论》2010年第7期。

道里，读了甚么马华文学书？请你列出与大家分享。一本多本皆可，精读略读不拘，字数以一千字为限。

进入二〇〇七年，迎来马来西亚建国五十周年。马华文学荜路蓝缕，一路走来，也已七十余年矣。前人贡献良多，惟尚欠有心人爬梳汇整，去芜存精；因此，我们需要重新建立马华典律：重访经典作家，再探经典作品。"文艺春秋"特邀马华作者、读者、学者，一起推荐大家心目中经得时间考验的马华经典。有了经典累积，后来的人才有典范在昔，或影响焦虑，马华文学才有走得更远的动力。来稿请以一千字为限。①

参与征文活动的大部分是马华知名写作人，表达各自的经典观，开列基于各自阅读经验和多元美学判断的马华文学经典书目，如马华诗人李敬德推荐的小说经典是"沈洪泉以洪泉为笔名发表在《蕉风》的长篇中篇及短篇小说"，推荐的诗歌经典则包含曾获花踪文学奖新秀奖第四届新秀小说首奖、散文佳作奖，第五届新秀散文佳作奖七字辈房斯倪的诗。②

而早在世纪之交的 1999 年，"文艺春秋"以"我最喜欢的一篇（本）马华作品"为题征稿同样有寻找经典的意味③，一些马华知名作家如商晚筠、辛吟松（即辛金顺）、叶蕾等人的作品亦为读者进一步熟悉。类于寻找经典的征文或征稿实质上也给普遍的马华读书界拟就了多份阅读书单，带动了文学作品的文化熟知化，从而探索重新建立马华典律。

除了通过向读者征文寻找经典，"文艺春秋"也通过稿件刊用、个人专辑策划等凸显马华文学名家。以 2006 年 7、8 月份两则下周"预告"为例：

---

① 《征文》，《星洲日报·文艺春秋》2007 年 1 月 21 日。

② 李敬德：《"我心目中的马华文学经典"推荐和理由》，《星洲日报·文艺春秋》2007 年 3 月 18 日。

③ 见《星洲日报·文艺春秋》1999 年 7 月 18 日。

钟怡雯、许裕全、郑良树、沙禽、辛金顺、铁冬青、冰谷……
名家陆续登场，万勿错过！①

杨邦尼论木焱的招魂术，辛金顺《破碎的话话》，名家巨构陆
续有来，敬祈垂注！②

"名家陆续登场""名家巨构陆续有来"之名家，既有六、七字辈
钟怡雯、辛金顺、许裕全、木焱，也有前辈作家铁冬青（1938— ）、
冰谷（1940— ）、郑良树（1940— ）、沙禽（1951— ）等人，显
然这是一份新老同在的名家序列。再看个人专辑，以创作成绩不菲
的文类诗歌为例，从 2005 年至 2008 年，"文艺春秋"每年策划
"中秋花好月圆诗人特辑"，每年分别推出陈大为（1969— ）、刘
育龙（1967— ）、梅淑贞（1949— ）、周若鹏（1973— ）等人的
诗歌专辑③；另外，由于每年 6 月 6 日为国际诗人节，自 2004 年至
2009 年，"文艺春秋"每年策划"六六国际诗人节诗人特辑"，分
别推出方路（1964— ）、沙河（1942— ）、黄远雄（1950— ）、沙
禽（1951— ）、林健文（1973— ）、林幸谦（1963— ）等人的诗
辑。④ 上述诗人基本上自成风格，有诗坛常青树如沙河、沙禽、黄远雄
等，有被时间尘埋的马华现代主义诗人如走古典婉约派路向的梅淑贞，有
诗坛中坚力量六、七字辈；诗歌主题书写也颇为多元，以刘育龙为例，其
专辑主题是"二十世纪看照记"系列，选取 20 世纪具有见证重要历史事
件意义的图片，以相当于咏史诗的形式，书写历史、表达当代，涉及广泛
的政治、经济、科技、社会、环保议题，某种意义上这是一种自觉的诗史
意识。诗歌专辑的策划固然有吸引不同层级读者之需要，也无形中使马华
各世代代表作家文化熟知化，有助于马华文学经典的生成。

---

① 《预告》，《星洲日报·文艺春秋》2006 年 7 月 2 日。

② 《下周预告》，《星洲日报·文艺春秋》2006 年 8 月 27 日。

③ 分别载于"文艺春秋"2005 年 9 月 18 日、2006 年 10 月 8 日、2007 年 9 月 23 日、
2008 年 9 月 14 日。在 2005 年 9 月 18 日刊出《陈大为乙酉——殖民者的城池（系列组诗）》
专辑时，题名稍有不同，称"中秋月圆诗人特辑"。

④ 分别载于"文艺春秋"2004 年 6 月 6 日、2005 年 6 月 5 日、2006 年 6 月 4 日、2007
年 6 月 3 日、2008 年 6 月 1 日、2009 年 6 月 7 日。

（四）基于经典建构的马华文学知识谱系重构

将前行代作家系列、社团忆旧系列与 1999 年和 2007 年开年推出的关于马华文学经典的征文及推送马华名家的策划联系起来，我们会发现"文艺春秋"基于"重新建立马华典律"前提重构马华文学知识谱系的用心。福柯曾言："为了弄清什么是文学，我不会去研究它的内在结构。我更愿去了解某种被遗忘、被忽视的非文学的话语是怎样通过一系列的运动和过程进入到文学领域中去的。这里面发生了些什么呢？什么东西被削除了？一种话语被认作是文学的时候，它受到了怎样的修改？"① 因此，一些曾被归属于现代派却并不持文学偏见的前行代作家、一些卷起时代风潮的文学社团及其出版物的再现，一些逐渐被边缘化被遗忘或放弃的人、事、物的重新唤回，重新进入马华文学文化熟知化的轨道，显然有着试图以多元开放的美学判断标准重新甄定经典、重建传统的意味。

2007 年"文艺春秋"前行代作家及社团忆旧系列策划与《南洋商报·南洋文艺》2000 年的"出土文学"系列、2001 年"出土人物"系列有着相同的意义，都是挖掘被时间尘埋的作家作品，不过在天然赋予了纪念内涵的 2007 年，回到起源，盘点可能的经典，似乎别具怀往鉴今、重新铭刻的意义。

2007 年亦是马华文坛陨落的一年，资深作家雨川（1940—2007）、著名诗人游川（1953—2007）、马华文学重要播种人方北方（1919—2007）先后辞世，与其他重要华文媒体一样，"文艺春秋"先后策划纪念辑，分别是"游川纪念专辑"、雨川"七七"祭纪念辑、"方北方纪念特辑"。② 2007 年稍前，亦为天狼星诗社与神州诗社元老、马华诗人散文家周清啸（1954—2005）做过"啸声骤停，从此何处寄知音——纪念周清啸专辑"③；稍后，2009 年大马文坛耆老、《蕉风》摇篮手姚拓（1922—2009）去世，"文艺春秋"推出"姚拓纪念专辑"。④ 无论

---

① 福柯：《权力的眼睛——福柯访谈录》，上海人民出版社 1997 年版，第 55 页。

② 分别见于《星洲日报·文艺春秋》2007 年 4 月 15 日，2007 年 5 月 13 日，2007 年 11 月 25 日。

③ 见《星洲日报·文艺春秋》2005 年 9 月 25 日。

④ 见《星洲日报·文艺春秋》2009 年 10 月 18 日。

这些永别的作家是属写实还是现代，纪念专辑都是同辈或晚辈对前辈在文学史上位置的确认，纪念在于接续前进，因而纪念专辑也成为形构马华文学经典的一环，有着明确马华文学知识谱系的意义。

"文艺春秋"因此呈现出一种不以写实与现代为二元对立的文学美学新视野，在这种新视野下探求经典，以此试图重新描绘民族国家建立以来马华文学谱系或文学史，这种文学史不同于传统现实主义进化文学史观下的文学史，而是基于"文学马华"视域中的多元开放的文学史观。

第三节 "文艺春秋"获奖作品刊载的美学范本导向

一 "文艺春秋"编辑中隐秘的文学奖主线与话语权力

综观"茅草行动"后《星洲日报》复刊以来的整个"文艺春秋"，获得各种奖项的文学作品是该副刊刊文的首选。[①] "文艺春秋"对所刊载的获奖作品，无论其所获奖项的大小，无论马华本土奖项还是域外奖项，多会以不同形式标注奖项名称、作者身份。试举几例，"文艺春秋"刊载黄�胜重新阐释《三国演义》《老残游记》《西游记》《红楼梦》《金瓶梅》等五大古典名著的诗歌"五大奇书"时，在诗题后标注："本诗获第十二届台湾全国学生文学奖大专诗组第一名，作者是大马留台学生，就读台大历史系四年级"[②]；钟怡雯《我没有喊过她老师》文末括弧标注："本文获新加坡第六届金狮奖散文首奖"[③]；"文艺春秋"亦刊载非留台作者获奖作品，如1996年9月15日刊载的黎紫书《迷城》文末注："本篇小说获今年槟州政府主办杨忠礼文化月短篇小说创作赛首奖"；2005年10月30日冼文光的散文《两栖》文本注明："此文曾获美国二〇〇三芝华作协'移民文学'征文比赛第二名"。[④] 刊载

---

① 《星洲日报》社主办的马来西亚本土最具影响力的"花踪文学奖"暂不计入本书论析。

② 《星洲日报·文艺春秋》1994年7月16日。

③ 《星洲日报·文艺春秋》1994年12月27日。

④ "芝华作协"是"芝加哥华文写作协会"简称。

作品所获奖项的额外标注，于读者实际上已经预先形成了一种先念的价值预判。

除了刊载和标注获奖作品，"文艺春秋"甚至以强势宣传在整个副刊营造一种浓厚的文学奖氛围，引发马华文坛对文学奖及其附带效应的长久关注。

第一，即时刊发大华语地区开放性文学奖征文消息或简章。台湾主办的奖项征文消息尤其引人注目，其中大马旅台文学奖和台湾《联合报》《中国时报》《中央日报》等大报主办的文学奖征文消息自不必说，其他由知名机构主办的文学奖征文消息亦频频见于"文艺春秋"，如1994年第1届皇冠"大众小说奖"，台湾九歌文教基金会举办的现代儿童文学奖，2001年起为表彰著名科幻小说家倪匡终生成就而设立、由台湾交通大学和《中国时报》"人间副刊"主办的倪匡科幻奖等；而马来西亚本土主办的文学奖品牌——花踪文学奖征文自不必说，其他大大小小的本土文学奖征文消息如全国大专文学奖，雪隆嘉应会馆主办的"全国嘉应散文奖"等，这些频频见诸报端的征文消息及其所附带的丰厚奖金、成名的诱惑等无疑会进一步激起文学写作爱好者参与奖项的欲望。

第二，"文艺春秋"以极大的热情为读者传递马华作家的获奖消息并展示获奖作品。"文艺春秋"先后设置的诸如"文坛消息""文化风讯""文艺走廊""艺文消息""艺文短讯"等栏目中，马华作家作品获奖消息是其主要内容，且绝大部分作品都很快得到刊载。如由台湾中华航空公司及《中国时报》主办的第2届华航旅行文学奖甫一揭晓①，获得佳作奖的钟怡雯《热岛屿》一文即见于"文艺春秋"，并附席慕蓉的评审意见《自我的认识与肯定》。②

除"文艺春秋"外，《星洲日报》其他版位也会即时追踪报道马华作家所获得的重要奖项消息，如2008年贺淑芳以《夏天的旋律》获得第30届"联合报文学奖"短篇小说评审奖，谢明成以《脱身术》夺得第31届"中国时报文学奖"散文评审奖，《星洲日报》综合版、悦读

---

① 《第二届华航旅行文学奖揭晓》，《星洲日报·文艺春秋》1998年10月4日。

② 见《星洲日报·文艺春秋》1998年10月11日。

周报等版均详细报道了得奖情况。①

　　第三，对于重要文学奖项，"文艺春秋"推出获奖文本的方式多有较强的策划性和意图性。一般以获奖文本、决审评语、获奖感言同时刊出的方式，或者在获奖文本刊出的同时，附相应的文本批评表现出对获奖作品的学术关注，如获台湾《中央日报》文学奖散文奖第二名的钟怡雯《渐渐死去的房间》刊出时，即同时刊出柯庆明《〈渐渐死去的房间〉的修辞策略》②；对获奖作者作品最隆重的推出则是同时推出大篇幅人物专访。以黎紫书为例：2000年黎紫书以小说《山瘟》获得"第廿二届台湾《联合报》文学奖短篇小说大奖"，这是非留台出身的马华本土作家黎紫书时隔四年后第二次获联合报短篇小说首奖，"文艺春秋"给予了充分重视，首先是提前刊发作品预告：

　　　　马华文学再次扬威海外，"文艺春秋"下周立即刊出这篇荣获2000年"第廿二届台湾联合报文学奖短篇小说大奖"的作品，万勿错过!③

但是到了原计划刊出时间，小说因故未能刊出，编辑发出致歉：

　　　　上周预告本期连载黎紫书得奖小说，因技术问题，将延后两期刊出，不便之处，尚请见谅。④

接下来的一期"文艺春秋"，继续预告：

　　　　好的作品值得等待，因故延期的黎紫书得奖小说，下周铁定登

---

① 先是2008年9月18日《星洲日报·悦读周报》以《第30届联合报文学奖成绩揭晓　大马作者贺淑芳获评审奖》为题报道贺淑芳获奖一事，接着2008年10月4日《星洲日报·综合》以《台联合报及中国时报文学奖　大马贺淑芳谢明成报捷》为题报道贺、谢二人获奖详情。

② 《星洲日报·文艺春秋》1996年3月24日。

③ 《预告》，《星洲日报·文艺春秋》2000年9月17日。

④ 《启事》，《星洲日报·文艺春秋》2000年9月24日。

场，敬请期待！①

　　经过三周的等待，获奖小说《山瘟》终于登场，同时刊出的是远在台湾高雄的张锦忠先后分四次对身居马来西亚怡保的黎紫书的隔空长篇深度专访②，并附带台湾决审的《评审意见：建构记忆》及黎紫书的得奖感言《像个母亲似的》③，这一期的"文艺春秋"相当于黎紫书专辑。由于篇幅所限，《山瘟》分上、下两次刊出，编者不忘在下期"预告"时，继续提醒读者："别错过了《山瘟》的精彩完结篇。"④ 无论何种原因，黎紫书《山瘟》的辗转延期刊出都如一出影视宣传前戏，赚足了读者的关注。

　　其实，不仅"文艺春秋"，《南洋商报》副刊"南洋文艺"同样相当关注马华写作人获奖，并及时策划获奖专辑，"南洋文艺"先后设置"文讯""文坛消息""马华文坛视听室""文坛视听室"等多个栏目，时见与文学奖相关的报道。如黄锦树 1995 年以《鱼骸》夺第 18 届台湾《中国时报》短篇小说首奖，"南洋文艺"先是在"文坛视听室"栏目详细报道⑤，稍后又推出相应专版，包括：《鱼骸》文本，《鱼骸的讨论——第 18 届时报文学奖（台）短篇小说组决审会议摘录》，黄锦树《谨与同道共勉之（大马版感言）》等。⑥

　　梳理以《星洲日报·文艺春秋》为代表的文艺副刊，甚至可以基本串联出一个马华作家获各类别文学奖的史的链条，副刊的编辑中隐约呈现一条文学奖主线。这种对文学奖项的特殊重视当与马华文学边缘小产业的总体现实环境紧密相关。马华文学处于马来西亚国家文学和整个中文写作版图的双重边缘，马华作家"对自身的身份、地位、文化，有一

---

① 《预告》，《星洲日报·文艺春秋》2000 年 10 月 1 日。

② 张锦忠：《黎紫书访问记》，《星洲日报·文艺春秋》2000 年 10 月 8 日。

③ 见《星洲日报·文艺春秋》2000 年 10 月 8 日。

④ 《预告》，《星洲日报·文艺春秋》2000 年 10 月 8 日。

⑤ 《黄锦树夺时报短篇小说首奖》，《南洋商报·南洋文艺》1995 年 10 月 6 日。

⑥ 见《南洋商报·南洋文艺》1995 年 11 月 21 日。

种中文焦虑"①，实际上这是一种身份或认同（identity）焦虑，马华作家"希望马华文坛可以壮大起来、独当一面，能够与中国和台湾文坛平起平坐；我们的马华文人不必再有'矮了一大截'的心理，总是处在'候教'的低姿态中，时时刻刻在期待别人的认同"。② 实际上，"我们的认同，部分地是由于他者（other）的承认"③，尤其是长期以来，作为华文小文学的马华文学成长土壤相对贫瘠，缺少审稿严格的报章杂志，缺少文学评论学术刊物，甚至缺少市场和读者。这样，马华作家自我的认同首先借助于泰勒所言的"有意义的他者"④，即经过严谨的专业评审的文学奖成为马华写作人获得肯定与鼓励建立自信的重要公开渠道，"长期以来，我们都惯于把有公信力的文学奖看作是文学能力获得专业认可的指标"。⑤

总体来看，马华写作人尤其是追求创新、渴望获得高能见度的新生代写作人的文学竞赛意识相当强烈，文艺副刊对于文学奖的重视和文学奖效应的营造其实是顺应了马华文坛的认同渴求。同时，各级别的文学奖，凭着各自的权威性，各自的精英立场、价值判断、话语诉求，不同程度地介入到马华文学之中，影响、规范、引导马华文学活动。文艺副刊隐约可见的文学奖主线，以其隐秘的话语权力不断地导引甚至强力拉拽着马华文坛关于文学的评价向其靠近，成为马华文学阅读与写作潜在的、必要的参照系，潜移默化地影响着读者和作家对文学的想象及趣味，涵养马华文坛乃至整个马华社会的审美品格和审美精神。

二 获奖作品刊载的台湾文学奖项风光

就各奖项作品在"文艺春秋"的版面占比来看，除《星洲日报》

① 徐绍娜、曹秋枫：《黎紫书：马华作家有一种中文焦虑》，《新快报》2012 年 7 月 24 日，第 B09 版。

② 张锦忠：《黎紫书访问记》，《星洲日报·文艺春秋》2000 年 10 月 8 日。

③ ［加］查尔斯·泰勒：《承认的政治》，载陈清侨编《身份认同与公共文化》，香港牛津大学出版社 1997 年版，第 3 页。

④ 同上书，第 13 页。

⑤ 黄锦树：《谨与同道共勉之（大马版感言）》，《南洋商报·南洋文艺》1995 年 11 月 21 日。

社主办的历届"花踪文学奖"各类别获奖作品及决审评语等占有相当份额外，不难发现，各类文学奖相关报道、作品刊载等，以台湾主办的各种文学奖见报率最高。笔者仅随机统计 1991 年至 2001 年刊载在"文艺春秋"上的 41 篇各类获奖作品，发现主办方为台湾一地的文学奖作品为 29 篇，主办方为马来西亚、新加坡等地的文学奖作品仅 14 篇①，另一可注意的现象是，上面刊载的 29 篇在台湾获奖的作品，1998 年之后，其作者除陈大为、钟怡雯、辛金顺、黎紫书等人外，有罗罗、陈耀宗、刘艺婉、木焱、张依苹、张玮栩等 6 位七字辈作者，他们这期间所获得的奖项多为台湾校园文学奖，如旅台生刘艺婉 1999 年以《大 K 市公车指南》一诗获台湾中山大学第 8 届西子湾文学奖现代诗组首奖②，以校园文学奖起步的马华写作人是角逐台湾各文学奖的强劲后备力量，也可预见接下来的时间里，"文艺春秋"的获奖作品刊载仍会呈现为台湾文学奖项风光。

马华文坛之热衷于台湾文学奖，缘于整个马华社会与台湾之间千丝万缕的亲密关系，而这种亲密关系又源于冷战背景下台湾的特殊侨教政策。1949 年国民党退据台湾后至整个冷战期间，为了与大陆争夺海外华社的政治认同与文化阵地，延续和扩大台湾当局在东南亚的势力和影响，非常重视海外侨务工作，把华侨教育视为侨务工作的第一要义，一方面积极扶持东南亚各地的华侨教育尤其是华文教育，鼓励兴办侨校；一方面提供优厚条件鼓励华裔子弟赴台升造。1950 年 8 月国民党政府颁布了《侨生投考台省专科以上学校优待办法》③，1951 年又颁布了《海外侨生保送"回国"升入大专学校办法》，在海外各地采取保送方式，在港澳地区则采取考选方式。④ 1953 年，订立了《海外侨生保送'回国'升入中等学校肄业办法》。该年美国副总统尼克松访台，赞许

---

① 取样不含"花踪文学奖"，不含中学类别的文学奖，但含进入有影响力的文学奖项决审阶段的作品。统计结果获奖作品总数为 43 篇，比总刊载数 41 篇多两篇，是因为方路的 2 首诗《鱼棺》《母音阶》，既进入 2000 年台湾第 23 届《中国时报》文学奖新诗奖决审，又获马来西亚雪华堂诗歌创作赛佳作奖。

② 见《星洲日报·文艺春秋》1999 年 3 月 28 日。

③ 张正藩：《华侨文教发展史略》，（台北）张正藩 1956 年版，第 18 页。

④ 《侨生"回国"升学概况》，《侨务月报》1958 年第 78 期，第 27—31 页。

台湾侨教措施，认为可有效防止中共渗透侨社，因此自 1954 年起，拨给美援支助台湾扩大侨教计划。至 1965 年美援停止，12 年间，侨民教育委员会和台湾"教育部"共接受美援新台币 3 亿 1000 余万及美金 100 余万元，平均每年近 3000 万元。① 侨生政策的整体建制如硬件设备、奖励等在美援终止后继续惠及留台侨生。

由于马来西亚是东南亚华文教育体制相对完备的国家，且不少优秀华裔子弟受本地大学学位种族"固打制"所限被拒之于本地大学门外②，因而台湾优厚的侨教政策为大马华裔寒门子弟提供了升造之路。以 2006 年为例，在台湾共有 160 所大学开放招收海外侨生及外籍生，其中大马在台湾升学的学生共占据了所有海外留台生的一半，其人数达到 3200 位。③ 据统计，自 1950 年代至 2007 年的 50 年间，马来西亚毕业于台湾大专院校的人数达 25659 人；至 2006 年，台湾海外青年技术训练班的马来西亚侨生为 7980 人。④ 长期以来的留台传统给马华社会带来了什么？

其一，留台社群构成了大马华裔社会精英，在马来西亚华人社会有一定的影响力。如就教育界而言，2003 年 10 月马来西亚华文独立中学的教师便有 80% 是留台生，共 1048 人，在传媒报章工作的留台生也很多，如《星洲日报》的总主笔罗正文便是留台生。⑤

其二，正因留台这一中介，马华传媒和台湾传媒、台湾作家之间互动密切，台湾作家在马来西亚有着广泛的影响力。《星洲日报》借"花踪文学奖"衍生的文化活动——"花踪文学讲座"邀请台湾名家莅马主讲，如 1992 年"花踪文学讲座"活动即策划了"台湾作家东南亚巡

---

① 《中美合作经援概要》，(台北)"行政院"美援运用委员会 1956 年版，第 20 页。

② "固打制"(Quta)即按各民族人口比例给予大学升学配额的制度。

③ 林文慧：《40 亿教育外交　台湾重金招海外生》，《星洲日报·教育特辑》2006 年 11 月 23 日，第 16 版。

④ 王介英：《马来西亚华人文化的发展——留台人的角色》，载汤熙勇、颜妙辛主编《孙中山与海外华人论文集》，国父纪念馆、"中华民国"海外华人研究学会 2010 年版，第 136 页。

⑤ 黄文斌：《马来西亚华人与海峡两岸关系：从留台联总及留华同学会争议为例案观察》，载汤熙勇、颜妙辛主编《孙中山与海外华人论文集》，国父纪念馆、"中华民国"海外华人研究学会 2010 年版，第 149—150 页。

回文艺营",受邀讲师名单包括林燿德、林彧、蔡诗萍、罗智成、孟樊、廖咸浩及司马中原等台湾文艺界佼佼者[1];再如《星洲日报》与台湾《中国时报》2000 年先后联办两届华文报国际文艺营,提供两地文学爱好者的交流平台。第一届文艺营(2000 年 1 月 10—14 日)以"旅行与文学"主题,讲师黄春明、施叔青、平路、焦桐等著名作家同时是报章副刊编务的参与者;第二届文艺营(2000 年 12 月 16—19 日)以"饮食文学"为主题,讲师为杨牧、痖弦、焦桐、蒋勋和新生代小说新锐张惠菁等人。每一次台湾名作家来马,本地读者(文学爱好者)都以近乎朝圣般的真诚与热情聆听讲座,《星洲日报》各版面亦会有密集式宣传。

其三,60 多年来,台湾为马华文坛培育出数十位马华文学主力作家。台湾丰富的文学资源成为留台生重要的文学养成,开拓了年轻写手的文学视野,台湾是大部分留台生正式取得作家身份的"(华文)文学母体"[2],一个清晰可辨的马华文学社群在台湾文学场域内形成,并逐渐以"在台马华文学"形态在华文文学领域占据一个颇受注目的位置。[3]"大马留台生居台期间寄回国内发表的作品,与这些留台生返马后的文学表现",甚至已经成为"马华文学体制一个很重要的环节"。[4]

留台生取得作家身份的"传统管道"是文学奖[5]。相对公平的文学奖竞技舞台成为许多大马留台生初试啼声的竞赛场,在 1977 年至 1987 年,留台的商晚筠、李永平、张贵兴、潘雨桐等 4 人,一共获得台湾《联合报》《中国时报》两大报小说奖 12 项次,极大地鼓励了后来者。1990 年代留台生写作人群体在台湾各大大小小的文学奖迅速浮现——他们从小的文学奖出发,隶属于"大马旅台同学总会"的大马青年社主办的"大马旅台文学奖"成为当时留台生主要的竞赛舞台或重要文学活动场域,这个文学奖曾经是黄锦树、陈大为与钟怡雯在 90 年代初

① 《本报再度强棒出击!〈花踪〉五月赶花会　台名作家等着见你》,《星洲日报·综合》1992 年 3 月 21 日,第 22 版。

② 陈大为:《从马华"旅台"文学到"在台"马华文学》,《华文文学》2012 年第 6 期。

③ 高嘉谦:《马华小说与台湾文学》,《文艺争鸣》2012 年第 6 期。

④ 温任平:《马华文学体制初探》,《南洋商报·南洋文艺》2000 年 9 月 30 日。

⑤ 黄锦树:《虚耗时光的美学》,《星洲日报·文艺春秋》2007 年 9 月 13 日。

练笔的摇篮，黄锦树自述"大学时代几乎都局限在旅台同学圈内的大马旅台文学奖，在那儿寻找信心，补助，也默默地探索形式，理解类型，偷窥台湾及世界文坛"①；从参赛台湾各校园文学奖，再到一些地方性副刊和杂志社举办的征文比赛，最后竞逐《联合报》《中国时报》这两大报文学奖等，留台生写作人均颇有创获。自 1989 年到 1999 年，林幸谦、黄锦树、陈大为、钟怡雯 4 人共赢得 11 次两大报文学奖，以及数十种其他公开性文学奖。进入 2000 年代以后，马华作品已由单篇文章获奖晋升到整部作品获台湾文坛肯定，如出身东马的张贵兴继 1998 年的长篇小说《群象》获得《中国时报·开卷周报》的"十大好书"及《联合报·读书周报》的最佳书奖后，2001 年再以长篇小说《猴杯》同时荣登《中国时报·开卷周报》"十大好书"、《联合报·读书人周报》最佳书奖及《中央日报·出版与阅读》"十大好书"金榜。

留台学生在台湾的文学奖竞技中脱颖而出，"参赛得奖主要是为了获得台湾评审的肯定和点评，对学徒期的旅台写手而言，很重要"②，初出茅庐的留台生龚万辉曾获得"大马旅台文学奖"第十届散文组首奖（1997 年），第十二届小说组主奖与散文组佳作（2000 年）。他说，作品屡屡获奖，对他是相当大的鼓舞。③ 得奖意味着写作人的作家身份获得台湾评审的认可，是最好的身份认同。④ 具有高度公信力和竞争力的台湾文学奖，亦成为马华在地作家眼中的成名路径，"马华文坛确实对文学奖有热切的期待与渴望，两年一度的花踪不足于应付马华作者对自我肯定与被他人肯定的热烈需求"。⑤ 所以马华本土年轻作者亦以"攻占"台湾文学奖为目标，"一个马华作者能在台湾的文学奖项得奖，

① 黄锦树：《再生产的恐怖主义——〈梦与猪与黎明〉代序》，《星洲日报·文艺春秋》1994 年 6 月 18 日。

② 陈大为：《大马旅台文学一九九〇》，《台湾文学馆通讯》2011 年第 33 期。

③ 黄科量：《旅台生集结〈大马青年〉生机再现》，《台湾立报》2012 年 12 月 13 日（http://www.lihpao.com/? action-viewnews-itemid-124800）。

④ "大马旅台文学奖"虽然主办方是"大马旅台同学总会"，但一般是台湾评审，以第 12 届为例，由张晓风、方瑜、潘丽珠担任散文评审；杨泽、向明、唐捐担任新诗评审；平路、廖咸浩、陈绍英担任小说评审。

⑤ 黎紫书、黄锦树：《努力把作品写好》，《星洲日报·星洲广场》2005 年 11 月 6 日，封面。

我们已经觉得是最高的荣誉,相当于到了公海了"。① 台湾文学奖如一块巨大的磁石,吸引着马华写作人频频在该舞台亮相。据陈大为统计,截至 2011 年,1990 年代以来在台湾具有公信力和竞争力的各公开性文学大奖中,马华作家累计获得包括诗歌、散文、小说、报道文学、评论五大文类在内的 102 项次奖项②,台湾文学奖提供马华新锐作家施展才华的平台,深深影响马华文坛。

三 获奖作家个体身份建构及其审美示范——以旅台陈大为为例

(一) 以文学奖为路径的身份建构

除了马华写作人在台获奖,从 1990 年代中期起,在台湾歌、影、视界发展的大马华人皆成就非凡,华语流行音乐人从光良、品冠,情歌天后梁静茹,到金曲歌王曹格、全创作型女歌手戴佩妮等;电影方面,享誉国际的导演蔡明亮,著名歌手阿牛(陈庆祥)执导处女作《初恋红豆冰》在台湾上映,以《台北星期天》获台湾金马奖最佳新导演奖的何蔚庭等,一时间呈现"台湾奖项的'马来风光'"。③ 影、视、歌坛的青年才俊挟奖项光环再曲线回归大马,往往掀起大马华人社会的影视时尚潮流。

同理,在台湾获奖的马华文学作品成为马华本土文学的美学示范。那么这种示范效应是如何通过"文艺春秋"这一媒介发生的?

最基本的路径是,"文艺春秋"以获奖作品为"楔子"建构马华写作人的本土作家身份,在身份建构过程中,其作品文本及其审美取向同时产生示范效应。"身份"(Identity)亦译作认同,是社会学中的一个重要概念,"'身份'指在文化语境中人们对于个人经历和社会地位的阐释和建构"④,揭示的是生活在社会中的个体与社会之间的关系。身

---

① 徐绍娜、曹秋枫:《黎紫书:马华作家有一种中文焦虑》,《新快报》2012 年 7 月 24 日,第 B09 版。

② 陈大为:《马华作家历年"在台"得奖年表(1967—2012)》,载陈大为著《最年轻的麒麟——马华文学在台湾(1963—2012)》,台南"国立"台湾文学馆 2012 年版,第 253—258 页。

③ 杨邦尼:《台湾奖项的"马来风光"》,《星洲日报·言论》2010 年 12 月 11 日。

④ 项蕴华:《身份建构研究综述》,《社会科学研究》2009 年第 5 期。

份不是本质主义意义上的先在的和固定不变的，而是特定的历史和文化的产物，是话语建构的结果。作为媒体的"文艺春秋"正是借奖项的权力效应进行马华知名作家身份的媒介话语建构。身份认同的核心是价值认同，作家身份的建构过程，也是获得认同的过程。也就是说，在身份的建构过程中，作家的美学观念、审美取向及作品的语言形式技巧乃至题材选择会逐渐获得认同，并发生浸润性影响。

(二) 陈大为作家身份逐级建构及其审美示范

我们可大致通过梳理马华著名旅台诗人、学者陈大为以"文艺春秋"为平台回到马来亚获得本土认知的过程，来解读作为纯文艺副刊的"文艺春秋"对作家身份的逐级建构策略。

1. 1992 年始，作为文学"偶像"的陈大为

1992 年是陈大为留台竞逐台湾文学奖取得不小突破的年份。该年《尸毗王》《治洪前书》两诗分别获得第十四届台湾《联合报》新诗奖佳作、第十五届时报文学奖新诗类评审奖，"文艺春秋"刊载这两首诗时，以醒目的黑体竖行大字标示所获奖项，同时在"国内外文坛消息"栏目以《陈大为获台湾两大报新诗奖》为题详细报道如下：

> 一九六九年生于怡保，目前就读于台湾大学中文系四年级的陈大为，今年可说是他的创作"丰收"年，在最近揭晓的台湾两大报文学奖中，他先以《尸毗王》获第十四届联合报新诗奖佳作，得奖金新台币五千元及奖座一座，再以《治洪前书》获第十五届时报文学奖的新诗评审奖，得朱铭《创作者》翻铜奖座一座及奖金新台币五万元。值得一提的是，联合报新诗奖此届共录取正奖四名、佳作四名，而时报文学奖新诗类则只录取一名首奖及两名评审奖，陈大为的诗作能在各有五六百名中国大陆、台湾、香港及东南亚等地区参赛者的作品中获得评审肯定，殊不容易。
>
> 陈大为之前的诗作在国内大多刊于"文艺春秋"，在这之前他也曾获得台湾新闻报新诗佳作、台大文学奖新诗首奖、新加坡狮城扶轮文学奖散文佳作。[1]

---

[1] 伊玛：《陈大为获台湾两大报新诗奖》，《星洲日报·文艺春秋》1992 年 10 月 10 日。

这则文坛消息,道出获奖之不易,实际上,陈大为也是第一个获得时报新诗奖的大马人。消息同时报道丰厚奖金及罗列其他奖项等,这无疑对获奖者极具推介作用,同时彰显了所刊登的获奖之作的审美标杆地位,也激励后来者跃跃欲试。这种组合推介方式,扩大获奖作品的影响力。

此后,陈大为的诗歌及散文频频获奖,如1997年陈大为以《会馆》一文获第九届台湾《中央日报》文学奖散文奖第二名,奖项揭晓,"文艺走廊"专栏即以大体黑字刊出报道。① 不只获奖作品,即使是只进入决审阶段的作品,"文艺春秋"多给予刊载。如陈大为的《甲必丹》一诗是1996年度台湾《中国时报》文学奖新诗组五篇决审作品之一,"文艺春秋"在刊载的同时亦予以注明。②

除了一次又一次文学奖项亮相让陈大为在马华本地文坛聚焦了明星般的关注度,1995年陈大为主编《马华当代诗选:1990—1994》,并在1996年《蕉风》第471期发表《从"当代"到诗"选"——〈马华当代诗选〉(1990—1994)内序》一文,阐发诗选的个人美学标准,引发了1990年代马华文坛部分本土作家对诗选"台湾口味"的质疑,本土与旅台阵营之间又一场火药味甚浓的论争就此燃起,处于风口浪尖的陈大为亦因此有着极高的如文坛明星的媒介曝光度。

1997年3月9日"文艺春秋"栏目"文艺走廊"有两条文坛消息颇具意味,一是《"张爱玲热"余烬犹温》,介绍新近在台湾出版的三本"张学研究"著作,而另一条题为《陈大为 课余创作不辍》,报道陈大为近况。两条文坛消息表面看来没有什么关联,但当我们意识到"文艺走廊"类于商场展示橱窗,其选择性的内容呈示本身具有作为文坛风尚窗口的意味时,作为马华新生代年轻诗人的陈大为,其个人近况与誉满华语文坛且作品一时有"洛阳纸贵"之势的经典作家张爱玲的热点追踪的同时并置,就富于意味了,一个简单的逻辑类比是,如果文坛正风行"张爱玲热",那么陈大为也是为读者所注目的文坛后劲,由

---

① 《第九届台湾中央日报文学奖揭晓 陈大为获散文第二名》,《星洲日报·文艺春秋》1997年1月26日。

② 见《星洲日报·文艺春秋》1996年1月27日。

文学奖出道的陈大为在马华文坛的"明星"或"偶像"写作人的身份已经获得社会认同。

2. 1997 年——"自述"与"他述"中的作家身份主体

我们知道,"社会认同"是作为社会群体的成员对于一定观念和情感的共享,"明星"或"偶像"式的群体认同主要还是一种情感上的偏向与依赖。由文学"明星"或"偶像"写作人晋升为作家身份,还需要社会成员能体认、共享观念,也就是说达致理论层次上的认同。这首先需要当事人自我的主体建构,一方面,"认同问题的核心其实就是主体问题"①,而自传或自述就是一种可信度高的有效的建构自我主体的途径;另一方面,"知人论世"是中国传统批评理论的重要特色,也成为积淀的民族集体文化心理,当一个人具有一定的社会声誉和地位时,其过去的履历便也成为公众关注点所在,履历的适时推出一方面满足读者的好奇心,另一方面多少类于史书撰述中的"人物列传",有为"传主""赋魅"及身份建构的意味。自传或自述作为一种履历书写,在想象自我、选择性书写自我、指认自我的过程中完成了自我身份主体建构,这建构的自我经由媒介介质便也逐渐获得广泛认同。1997 年 8 月17 日"文艺春秋"刊载陈大为的《椰林中央,双溪左岸——创作自述》(以下简称《自述》),这篇自传体散文与读者一起分享了诗人旅台 10年的留学经历、创作经验。据文末的"作者按"语,《自述》本是诗人"应《创世纪》之邀而写的","文艺春秋"系转载。"文艺春秋"转载台湾著名诗刊《创世纪》之《自述》,亦无形中借助《创世纪》诗刊的话语权力进一步暗示、首肯了陈大为作为马华知名诗人的形象。同时,我们回到《自述》中陈大为关于自我身份的话语诠释:

> 我喜欢读一些风格罕见的诗篇,就像一块贪婪的海绵,对新鲜意象和手法的饥渴与吸收,成为我读诗的第一要旨,即使过渡性的余荫也务必涤洗干净。风格是诗人的灵魂,我的灵魂必须强韧而且独一无二;不能成一家之言,是文人莫大的悲哀,我打从刚刚开始写诗之际,便时时如此提醒自己。

---

① 周宪:《文学与认同》,《文学评论》2006 年第 6 期。

我的诗风并不依赖灵感，只是累积，像积蓄上游洪势的水坝，在满水位的时候才一泻千里（这一松一紧的读写交替模式，渐渐成为我生活的形态）。而泻洪之时机，就是文学奖截稿前夕。

这两段叙述极具清晰的自我身份意识，诗人在创作上"对新鲜意象和手法的饥渴与吸收"，追求"成一家之言"的风格，依靠累积而不是灵感，借文学奖完成最后的蓄势爆发的创作过程，都是一种区别于他人的身份表述，这样的描述或诠释实际上也和读者关于诗人身份的好奇、疑问或预期形成一种带有理论意味的对话关系。整篇关于创作与生活的自传性叙事，进一步完成诗人非一时之"明星"或"偶像"写手的作家身份自我建构。

比陈大为的《自述》稍早，"文艺春秋"刊载了早一代马华旅台作家、学者陈慧桦关于陈大为诗歌的批评，陈慧桦重点解读陈大为《治洪前书》和《再鸿门》两部诗集的后现代叙事策略[1]，文章亦开门见山地首肯："陈大为是六字辈中极为特出的一位诗人，他抒/书写、改写、重构历史，历史不管离得多么久远，在他生花妙笔一挥，它们都变成极有生命力的篇章；他不仅长篇叙事写得生动，连短篇抒情写景诗也写得极为叙事。"由于马华文坛缺乏完善的批评理论系统，1990年代"文艺春秋"亦较少刊载文学批评类文章，陈慧桦对陈大为诗作的批评，较早从观念层面完善诗人陈大为作家身份的理论话语建构。[2] 其实在陈慧桦之前，留台返马的黄俊麟于1996年11月24日在"文艺春秋"发表《历史与事实之间——兼论陈大为〈甲必丹〉及钟怡雯〈叶亚来〉二文》，作品能进入论者视野说明作者已由普通写作人开始朝向作家身份迈进。

3. 1999年后——陈大为"马华作家"身份的阶段性固形

就"文艺春秋"来看，1999年是陈大为"知名马华作家"身份建构阶段性固形的关键一年。这一年是陈大为获奖的丰收年，先后获得的

---

① 陈慧桦：《擅长叙事策略的诗人——论陈大为的〈治洪前书〉与〈再鸿门〉》，《星洲日报·文艺春秋》1997年2月23日。

② 这篇颇具分量的文章也作为陈大为由台湾文史哲出版之诗集《再鸿门》1998年版的序言。

重要奖项有：《在南洋》获得第 11 届《中央日报》文学奖新诗组第一名，《还原》获第 21 届台湾《联合报》文学奖新诗奖第一名；散文奖项也获得了突破，《木部十二划》获第 21 届台湾《联合报》文学奖散文奖第一名，《从鬼》和钟怡雯的《芝麻开门》一起获第 22 届时报文学奖散文评审奖，比这两项大奖稍早，《流动的身世》亦获台湾第 4 届校园文学奖散文第 2 名；这一年陈大为更以一部诗集的写作计划和 15 首试写诗篇赢得第 2 届台北文学奖最重要的奖项——奖金新台币 50 万的"台北文学年金"。这些获奖消息均有见于"文艺春秋"，获奖文本除《从鬼》外，均在"文艺春秋"刊载。①

"文艺春秋"以陈大为获得《联合报》文学奖双首奖为契机做了一期"特辑"，内容不仅包括获奖文本《还原》和《木部十二划》，还附录两篇决审评语及获奖感言，并推出专访。专访中的受访对象对访谈者所设置问题的回答实际上也是与不在访谈现场读者的互动，同时亦是一种"自述"。相比前面的《自述》散文，这辑专访中的"自述"其实更具理论自觉，对于《还原》一诗再次以南洋题材获奖，陈大为表达自己的观点：

> 我觉得读者的焦点不应该摆在题材；而是这些作品中运用的文学技巧和史学视野。对我本身而言，如何把后设技巧、解构与后殖民理念融入叙事策略当中，形成一种独特的论述方式，同时转变语言风格时，如何维持固有的气势，才是我创作意图的最大核心。史诗创作是我多年的梦想，我花了十年时间朝这个方向努力，寻找一种最理想的语言和表现方式。
>
> 南洋史诗着重在题材本身的价值重估、主体的史识、文学思维的向度，而且穿越我不同的语言风格层，借此展现细部语言跟整体气势之间的调节变化。②

---

① 陈大为的《从鬼》和钟怡雯的《芝麻开门》分别刊于《南洋商报·南洋文艺》1999 年 11 月 9 日、1999 年 11 月 20 日。

② 《寻找最理想的语言——〈文艺春秋〉越洋专访今年台湾联合报文学奖双首奖得主陈大为》，《星洲日报·文艺春秋》1999 年 10 月 10 日。

在诗歌得奖感言中，陈大为继续"自述"其诗歌语言观："一直追寻一种极佳的诗语言。写诗 10 年，我的语言风格因为自己的厌弃而先后转变了 3 次，这首《还原》正处于转变中的实验品，它延续了 5 年来经营的南洋主题。"① 陈大为自述的诗观与决审评委对《还原》一诗的意见基本上是一致的，如决审评委林泠称，《还原》成功地"替古典遗骸寻找新的肌肤"，选择有效的切入点轻而易举地批判了历史，文字高度维持相当水准，有整体的美学表现，深度和大接触面并存。② 关于获奖散文《木部十二划》，5 位台湾散文决审不约而同地肯定了结构上的创意，文字表述干净利落、幽默等，这和专访中陈大为自述写作散文"把精力放在创意和结构的经营上面"，以及对"出神入化的语言"的追求相互映照。

上述"特辑"通过获奖作品文本的呈现，以专访和获奖感言中关于"我是谁"的自我叙述，以来自台湾的决审评语补充、强化陈大为自述的诗歌、散文创作的美学追求，建构陈大为亦诗人亦散文作家的双重身份。其中的理论表述同时也是一份颇让读者信赖的对陈大为创作的审美导读，在接受这份导读的过程中，作家的主体身份其实已经深驻读者之中，作家作品中的语言和叙事实验，借助大众传媒渐成一种普遍接受的审美表达范式。

1999 年的获奖特辑之前，《星洲广场·数风流人物》亦策划了专题记者林宝玲（即黎紫书）对陈大为、钟怡雯这对文坛夫妻的专访，二人对学术研究与文学创作的关系、文学奖功能、马华文坛"烧芭"事件等表述自己的看法。③《数风流人物》专栏报道各行各业的精英，这份专访表明了陈、钟夫妇作为马华文学精英的形象已经得到媒体认可并引导大众认知。

巧合的是，与"文艺春秋"陈大为"特辑"几乎同一时段，时为博士候选人身份的陈大为与马华本土资深报人陈雪风之间发生了

---

① 陈大为：《新诗得奖感言：转变中的实验》，《星洲日报·文艺春秋》1999 年 10 月 10 日。

② 《〈还原〉决审评语》，《星洲日报·文艺春秋》1999 年 10 月 10 日。

③ 林宝玲专访：《与其烧芭 不如植树》，《星洲日报·星洲广场·数风流人物》1999 年 3 月 14 日。

"双陈笔战"。笔战缘起是 1999 年 9 月南方学院中文系主办"九九马华国际学术研讨会"结束后，旅台陈大为和钟怡雯，本土刘育龙、何国忠及马来西亚出生、曾留台后定居新加坡的作家王润华教授，就马华文学的定位、文学奖等问题进行了一次对谈。会后，《星洲日报》记者李开璇发表了《旅台与本土作家跨世纪对谈》的报道①，陈雪风据此撰文，对留台的陈大为、钟怡雯等人座谈会上的发言颇有诘词，认为他们"自重、自夸与自辨"，否认花踪文学奖的重要性。② 陈雪风文虽出于维护马华文学及花踪文学奖之心，但其主观误读引发陈大为的情绪性反弹，这场你来我往充满言语伤害的论战③，引发马华文坛各方关注。最后，为还原现场，祛除因简短报道引发的误读，《星洲日报》刊发座谈会录音整理全文，并加按语结束这场笔战："一篇座谈会记录，当然没有办法完全解决一场纷争里的所有疑问，我们所能获得的，除了思考，还是思考！双陈论战就此告一段落。"④

整体来看，这场辩论因激烈的言辞模糊了主要议题，但本是一场闭门的学术沙龙式座谈，经《星洲日报》类似文坛动态式的长篇通讯，酿就了历时一个多月的笔战，战火虽起于"文艺春秋"，却燃及"星洲广场"的"新新时代""自由论谈"等重要时事、文化版面，成为公共议题，以梁靖芬为代表的马华年轻一辈写作人及南方学院在读学生等新生代广泛参与，他们多以隔岸观火的客观平和的态度来看待这场论争，看到双方过激之辞背后原本对马华文坛的善意爱护，且尊称论战双方为

---

① 《星洲日报·文艺春秋》1999 年 9 月 19 日。

② 陈雪风：《"旅台与本土作家跨世纪对谈"引起议论》，《星洲日报·新新时代》1999 年 9 月 26 日。

③ 笔战双方的文章分别为：陈大为《铁证如山倒的 G 文——对陈雪风文章的回应》，《星洲日报·新新时代》1999 年 10 月 3 日；刘育龙《悲哀中的一丝期望——读陈雪风的文章有感》，《星洲日报·自由论谈》1999 年 10 月 10 日。而后陈雪风相继回应《陈大为的心思与辩驳——批斥〈铁案如山倒的 G 文〉》《关于"报道"，事后英雄与绝望》，分别见于《星洲日报·自由论谈》1999 年 10 月 10 日、《星洲日报·新新时代》1999 年 10 月 17 日。

④ 许通元、陈思铭整理：《旅台与本土作家跨世纪座谈会会议记录》，《星洲日报·新新时代》于 1999 年 10 月 24 日、1999 年 10 月 31 日。

"两个颇负盛名的前辈"①，或者自称"我等小辈"②，"我等小小辈"③，这意味着至少在新生代写作人的认知中陈大为更加确定的知名马华作家身份。无论如何，这场获得马华文坛聚焦的世纪末论战，无形中成为陈大为身份建构进程的一个重要节点，我们似乎可以视这场论战为媒体"隐"议程设置。

"身份是一个策略的和定位性的概念"④，1999 年陈大为在《星洲日报》上保持着较高频次的曝光率（以"文艺春秋"为主要领域），其中获奖消息、获奖文本、专访、论战等未尝不可视作一种媒介策略，并以此为中介建构陈大为大马本土作家身份。

1997、1999 年陈大为亦分别获得马华本土最重要的文学奖——花踪文学奖第四届新诗推荐奖、第五届散文推荐奖，推荐奖是奖励持续创作有一定作品积累量的马华写作人，这标志着陈大为不仅是旅台马华写作人、文坛新星，亦被认同为重要的马华本土知名作家。

当然，作品是作家身份最好的名片。除获奖作品，"文艺春秋"常态发表的作品也见证着陈大为由文学新星到知名作家的华丽蜕变。"文艺春秋""1994 年开年诗展"专辑共选用了 19 位马华诗人诗作，陈大为作为马华诗坛为数不多的年轻新秀代表以散文诗《太极图说》置身其中⑤；而至 1998 年"文艺春秋"连续推出 3 辑"农历五月诗连展"，分别是《连展 1：田思"环保诗"》，《连展 2：陈大为 1998 年系列创作——口袋里的乡音》，《连展 3：陈强华的生活》⑥，陈大为的诗作已经跃升到个人专辑的位置；且该年年末，又推出了"陈大为 1998 年系列创作二：诗，和它倾颓的身影"专辑。⑦

---

① 陆慧诗：《公道自在人心》，《星洲日报·新新时代》1999 年 10 月 17 日。

② 罗时秾：《对"双陈笔战"的随感》，《星洲日报·新新时代》1999 年 10 月 24 日。

③ 梁靖芬：《横看成岭侧成峰？——关于"写手"与文学奖的一些疑惑》，《星洲日报·新新时代》1999 年 10 月 17 日。

④ ［英］斯图亚特·霍尔：《导言：是谁需要"身份"？》，载霍尔、盖伊编著《文化身份问题研究》，庞璃译，河南大学出版社 2010 年版，第 4 页。

⑤ 《星洲日报·文艺春秋》1994 年 1 月 4 日。

⑥ 分别见于《星洲日报·文艺春秋》1998 年 5 月 31 日，6 月 7 日，6 月 14 日。1998 年这两期专辑中的诗作也作为陈大为 1999 年角逐"台北文学年金"中的试写诗篇。

⑦ 见《星洲日报·文艺春秋》1998 年 12 月 20 日。

2000—2004 年，陈大为未在"文艺春秋"发表作品，期间他在马华文学场域的发表园地主要在《南洋商报·南洋文艺》，以散文和文学论述为主。直到 2005 年再次出现在"文艺春秋"版位时，又是一期"中秋月圆诗人特辑"：《陈大为乙酉——殖民者的城池（系列组诗）》①；同年，陈大为亦获选为《南洋商报·南洋文艺》的"年度文人"，特辑为"陈大为在南洋"②，这些亦可侧证 1999 年陈大为作为马华本土知名作家的身份已经完成阶段性建构。

在 1999 年之前，由于陈大为见于大马本土的作品大多在"文艺春秋"发表，所以，在陈大为作为马华本土知名作家身份的建构历程中，《星洲日报》是最主要的建构中介。与此同时，《南洋商报·南洋文艺》向以注重精英论述为特色，在陈大为乃至马华所有作家身份的建构中，进一步起着理论提升的作用，1999 年以前《南洋商报》发表有多篇关于陈大为作品的评论，包括黄锦树《论陈大为治洪书》，辛金顺《历史旷野上的星光——论陈大为的诗》，台湾陈芳明《开创散文新可能——评陈大为的〈从鬼〉》③，1999 年，比"文艺春秋"的陈大为专访稍迟，"南洋文艺"亦推出许维贤的专访《都市里一头谣传的麟兽：走访新生代诗人陈大为》一文。④ 此外，1999 年之后，"南洋文艺"继续有多篇文章论述陈大为创作⑤，进行陈大为作为马华知名乃至经典作家身份的深层次理论阐释，因为身份建构或认同本身是"一个永远未完成的过程——总在建构中"，它始终是"赢得"或"失去"、拥有或抛弃。⑥

综之，1992、1997、1999 年三个关键年份见证了陈大为知名作家

---

① 见《星洲日报·文艺春秋》2005 年 9 月 18 日。

② 见《南洋商报·南洋文艺》2005 年 2 月 12 日、2 月 15 日。

③ 黄文见于《南洋商报·南洋文艺》1996 年 7 月 5 日、7 月 10 日，辛文见于 1997 年 5 月 16 日，陈文见于 1999 年 11 月 9 日。

④ 《南洋商报·南洋文艺》1999 年 11 月 13 日。

⑤ 包括徐国能《十年磨一剑　陈大为史诗〈在南洋〉出鞘》，辛金顺《诗的另类散步法——论陈大为散文〈木部十二划〉的书写策略》，张光达《陈大为的南洋史诗与叙事策略》等文，分别见《南洋商报·南洋文艺》2001 年 4 月 10 日、2001 年 6 月 30 日、2005 年 2 月 12 日。

⑥ ［英］斯图亚特·霍尔：《导言：是谁需要"身份"？》，载霍尔、盖伊编著《文化身份问题研究》，庞璃译，河南大学出版社 2010 年版，第 3 页。

身份由台湾到马华本土的跨域逐级建构。

四 由"旅台"到"在台"——旅台文学群体身份建构及审美辐射

陈大为回到马来亚的身份建构历程只是旅台作家个体本土身份建构的典型个案,就在"文艺春秋"对获奖消息、获奖作者简历、获奖文本的刊载、评审评语、获奖感言、人物专访、获奖作者后续创作、跟进评论等的呈现过程中,整个"旅台文学"社群浮出地表;事实上,"文艺春秋"亦有意无意间突出"旅台文学"这一群体形象,仅从一些文坛消息报道的标题即可略知一二,如《陈大为、钟怡雯、辛金顺再度获奖 文学成绩深受台湾文坛重视》《马华旅台文学年底验收总成绩》等①;"文艺春秋"更进一步借文学奖"热效应"以专辑、特辑等形式强化"旅台文学"群体身份。

借由《星洲日报》等媒介传播,"旅台"作为文学事实早已嵌入马华文坛。1990 年代初"文艺春秋"推出"大马旅台诗展"专辑,包括黄锦树、钟怡雯、吴龙川、陈俊华、刘国寄、陈大为、林惠洲等 7 位马华诗人,多数为台湾在读大学生。② 20 世纪 90 年代末,当网络写作还是新生事物时,又推出"旅台网路诗展","此辑'网路诗'选自马来西亚旅台同学所设立的电子布告栏(BBS)'大红花的国度'上的诗版(Poem)",选辑了 moontree(刘艺婉)、ernestein(陈耀宗)、muyan(林志远,即木焱)、siang(沈意祥)、Esmeralda(史兰亭)、somlim(林惠玲)、mall(许志明)、dreamer(刘绍瑜)等 8 位正就读或毕业于台湾各大学的马华七字辈于网络发表的诗歌,"虽非精品,却呈现与一般印刷媒体上的作品不同的景象,或可为马华文艺副刊增添新意"。③

由于 1990 年代黄锦树、陈大为、钟怡雯、林幸谦、辛金顺、黎紫书等作家的群体示范作用,2000 年代后,"在地的马华青年在台湾借文学奖寻求文学认证,这 10 年(注:指 2000—2009 年)是,相对的变多

---

① 分别见于《星洲日报·文艺春秋》1998 年 3 月 29 日"文艺走廊"栏;《星洲日报·文艺春秋》2002 年 2 月 3 日"艺文消息"栏。

② 《星洲日报·文艺春秋》1992 年 1 月 18 日。

③ 陈耀宗:《关于旅台网路诗》,《星洲日报·文艺春秋》1998 年 8 月 9 日。

了——相较于留台新人的锐减"。① 越来越多的新生代马华写作人频频出现在台湾文学奖序列中，包括冼文光、龚万辉、贺淑芳、陈志鸿、周若涛、曾翎龙、木焱、许裕全、昆罗尔（又名罗罗）等。从他们各自擅长的文类来看，如果说新生代小说"似乎宣告了一个'后黄锦树'（或'后黎紫书'）的马华新浪已从南中国海卷来"②，那么马华新生代诗歌、散文创作也呈现"后陈大为"或"后钟怡雯"的趋势，虽然还未成大器。这批创作新人不仅获两大报文学奖首奖或评审奖，亦在梁实秋文学奖、林语堂文学奖、台北文学奖等竞赛中表现亮眼，他们的个人履历中既有留台亦有非留台的，某种意义上，这是一种"在地旅台——人在大马，作品在台湾得奖、出版"，或者亦可视为"精神旅台"。③ 台湾俨然成为"马华文学境外营运中心"④。

由"旅台"到"在台"的变化，实际上也反映出马华"旅台文学"社群形象的成功建构和审美辐射效应，正是因为马华旅台写作人在台湾乃至整个华语地区屡屡获奖，经由"文艺春秋"为代表的副刊中介传播，吸引更多的马华新生代写作人走出马华寻求文学奖的身份认证。某种意义上甚至可以说，由"旅台"到"在台"或"精神旅台"之局面，表明"旅台"作为权力已经成为马华文学体质的一部分。

旅台文学群体身份发挥怎样的辐射性影响从而浸润成为马华文学体质的一部分？

以"文艺春秋"为代表的副刊内在隐约呈现的一条文学奖编辑主线，使文学奖本身所具有的"荣誉""尊严"或"权力""地位"效应得到极大的发挥，借助掌握话语资源的大马华文主流精英媒介的影响力，再加上长期以来马华文坛与台湾文坛构建的特殊联系也使得马华写作人对于台湾文学有着天然的亲近心理，故而台湾奖项作品及其美学追求获得广泛的公共领域的认同。"文艺春秋"以马华旅台写作人频频获得台湾文学奖为契机，着力建构马华旅台作家由个人到群体的身份。

---

① 黄锦树：《10 年来马华文学在台湾》，《南洋商报·南洋文艺》2009 年 9 月 1 日。

② 张锦忠：《隔壁的房间≠自己的房间：龚万辉的（借来的）时间之书》，《星洲日报·文艺春秋》2006 年 5 月 14 日。

③ 黄锦树：《旅台的在地》，《星洲日报·文化空间》2005 年 11 月 6 日。

④ 张锦忠：《编辑前言：烈火莫熄》，《中外文学》2000 年第 4 期。

旅台作家个人及群体在马华文坛身份的建构与获得认同的过程同时也是其影响、重塑马华读者的审美期待视野的过程。长期以来，马华文学创作语言形式相对粗糙，傅承得曾勉励大马第八届大专文学奖诗坛新秀，"加强自身的文字修养，提高诗歌的语言训练"①，旅台作家获奖及常态发表的作品所表现出来的对语言文字的锤炼，对现代主义或后现代主义技巧的实验与成熟运用冲击并影响着马华文坛。正如温任平所言，"马华文学之能够维系其一定的艺术水平，这群留台生居功厥伟，对文学形式与技巧的撷用影响深远，本地年轻一代的写作人有向留台生学习、模仿的倾向。"② 黎紫书在与黄锦树的对谈中亦说，"马华的年轻新秀都在看我们，尤其是留台的一批作者。我以为你们（我们?）对这些新人有太大潜在的影响了，无论是题材的选择和文字"③，"陈大为说这里的诗长得像台湾的（我猜他其实是说很像留台的），我想这是因为留台这一批太抢眼了，新人们很多都把他们的作品看成示范。"④ 再以钟怡雯为例，其散文作品的魅力在于描述周遭的事物时惯用比拟（person-ification）、常见诗语言的丰富表情、通过局部特写来彰显由小观大的功力、擅用气味来挖掘记忆、以虚构开展想象的景深……此后，这些文字特质蔚为风潮，"在某一程度上，钟怡雯的文学成就——频频得奖——可说是开启了许多创作者的眼界——原来，散文也可以这样来经营的"，而在"文艺春秋"，"我们就可以从许多年轻创作者，如胡金伦、韦佩仪、许通元、张惠凤（章昕）、黄灵燕等人的身上发现这一影子"。⑤

我们知道，有意识地运用新的创作形式、表现技巧首先需要观念性的转换。旅台写作人大部分同时跨界学术研究，他们有着更为自觉的理论思辨意识，尤其是"台湾的公共空间及学术资源提供了更多概念工具

---

① 傅承得：《文学创作要有企图心》，《星洲日报·文艺春秋》1994年3月5日。

② 温任平：《马华文学体制初探》，《南洋商报·南洋文艺》2000年9月30日。

③ 黎紫书、黄锦树：《努力把作品写好》，《星洲日报·星洲广场》2005年11月6日，封面。

④ 黎紫书、黄锦树：《新人未成大器 还要继续努力》，《星洲日报·新新时代》2005年11月6日。

⑤ 黄俊麟：《扫描〈文艺春秋〉（1996—2004）》，载马来西亚留台校友会联合总会主编《马华文学与现代性》，新锐文创2012年版，第165页。

和思想资源，可以援引去反思大马的种种议题"①，旅台写作人的理论反思经由"文艺春秋"等副刊媒介，完成由台湾到本土的作家身份的跨域建构，也使新的"概念工具"和"思想资源"为新生代写作人所接受，从而对整个文坛观念的转换起着不小的导引作用。

总的来看，旅台作家及其背后的台湾文学为马华写作树立了水平标杆和参照范式。"文艺春秋"刊载的获奖作品及其策划的文学奖效应犹如商场橱窗展示，小橱窗的"显"是为了最大化实现商场内庞大的"隐"的价值，小"橱窗"内的新锐乃至前卫的审美追求，借助副刊平台快速传播、消费，从而酝酿、引领更广泛的思潮涌动。

《星洲日报》曾策划过一期专辑"我们是喝台湾奶水长大的"，认为"凡事必有前因后果，逐渐展现姿彩的马华文坛新生代，一定受过某些影响，以至拥有本身的书写方式及思考模型。这些影响——我们姑且称之为奶水，似乎有一主流，源自一个美丽的岛国。这岛国土壤丰沃，源源不绝地涌出奶水……"专辑采访了张惠思（1974—　）、陈志鸿（1976—　）、房斯倪（1977—　）、张玮栩（1977—　）、木焱（1976—　）等15位马华新生代，虽然所有新生代作者都说自己"不只喝"台湾奶水长大，但"无可否认，台湾的文学、电影及音乐是许多新生代作者成长过程中不可或缺的激素"。②

在马华文学与"台湾"的如影随形中，我们可以清晰地勾描出"旅台"作为存在——"旅台"作为中介——"旅台"作为权力的过程，这其中贯串着"文艺春秋"隐秘的文学奖编辑主线。借助媒介话语权力，马华旅台写作人携文学奖这一"他者"参照视域，建构起马华文学场域的话语权力，通过出走台湾—折回大马循环往复的路径完成了从个体到群体、从台湾到本土的跨域身份建构。

黄锦树在总结旅台文学的影响时不无矜意，"应该是可以说迄今'旅台'大概成功改变了马华文学的航道"③，这个"航道"的改向可以

---

① 黄锦树：《Negraku：旅台、马共与盆栽境遇》，《文化研究》2008 年第 7 期。

② 邓丽萍、曾翎龙：《我们是喝台湾奶水长大的》，《星洲日报·新生代　新姿彩》2000 年 8 月 3 日。

③ 黄锦树：《旅台的在地》，《星洲日报·文化空间》2005 年 11 月 6 日。

理解为经由理论激荡和创作实践，马华文学由单一的道德的爱国主义文学转向审美的技术的多样化主题的文学。

本章小结

副刊编辑作为马华文学的重要隐形推手，其执掌下的副刊审美导向悄然地影响马华文学的创作实践及其审美观念变迁。但作为马华文学创作与批评的实践园地，"文艺春秋"的文学审美嬗变不以激进式突变为特征，而是呈渐进式演变形态。

《星洲日报》复刊初期，传统马华现实主义文学依然具有笼罩性影响，王祖安接编"文艺春秋"后，既谨守"门户开放"的原则，又于"写实"与"现代"的折中之间，逐渐增强后者。面对文学创作总量的疲软，"文艺春秋"设置专栏、策划专辑，引介新理论，用稿上不标榜"主义"流派，以"好的作品"为唯一原则，积极扶持文学新人，[①] 在激励常态创作的同时，亦引导马华文坛在观念上淡化宏大的"载道"传统，重视文学美学内涵的挖掘，文学创作整体"向内转"即将写实的笔锋内向化、个人化及追求艺术的精致化。在具体的美学趣味上，马华文学出入于古典艺术韵味与西方现代后现代形式技巧之中；而在数量不多的马华文学实际批评上，无论是新批评还是现实主义文学批评的袭用都表现出对文学艺术性的倚重。整个 1990 年代，"文学"成为马华文学场域关键词。

进入 2000 年代，黄俊麟执掌"文艺春秋"，呈现出更为鲜明的个性化风格。置入诗化的类广告语的编辑形式无声地强调文学的审美之维，进一步引导着马华文学创作"回到文学"。当"文学"之维成为马华写作人的自觉意识后，伴随着全球化的深入，马华文学不可或缺的另一维"马华"也同时成为关键词。"文艺春秋"系列"地方"书写专辑对"地方"书写的引导，实际上可视为对"如何马华"即文学本土化建构的策略之一。"马华"与"文学"的辩证发展确立了对马华文学进行知

---

① 包括第二章提及的"文艺春秋"设置"新秀特区"专版或专区，第三章提及的 1994年"软性"编辑倾向。

识谱系的清理或重构的基础。以 2007 年马来西亚建国五十周年为契机，复出的前行代作家专题系列和"社团忆旧"系列策划再现与铭刻马华社会的文学记忆，这同时是以"文化熟知化"为途径盘点马华文学经典；使马华文学"文化熟知化"的途径还表现在策划征文向读者征求经典阅读书目，有意识地刊用新老名家稿件，策划新老名家个人专辑等。基于经典前提的文学知识谱系的确立与重构实际上承续了"重写马华文学史"议题，同样表现出超越二元对立及肯定地方经验的美学新视野。马华文学知识谱系的重整也是马华文学主体性面目逐渐清晰的表现。

细察"文艺春秋"可发现，无论谁作为掌门人，"文艺春秋"呈现出一条内隐的以文学奖为导向的编辑主线，将"文艺春秋"刊载的获奖作品、获奖报道串联起来，基本可以串联出一个马华作家获得的各类别文学奖的史的链条。"文艺春秋"刊载的文学奖作品中，又以台湾文学奖最多。由于台湾对东南亚的特殊侨教政策及马来西亚种族教育政策偏差造就了华裔子弟深厚的留台传统，留台社群成为大马华裔社会各行业包括华文传媒在内的精英群体，留台生通过在台获奖取得作家的"身份认证"，并深刻影响马华文坛。如"文艺春秋"以文学奖为契机建构旅台学子陈大为由文学偶像到知名作家的身份，而在陈大为的作家主体身份建构过程中，作品的语言和叙事实验及美学追求，已渐渐成为马华文坛普遍接受的审美范型之一。除了陈大为个案，"文艺春秋"亦通过获奖消息报道、获奖文本刊载、评审评语、获奖感言、人物专访、获奖作者后续创作、跟进评论等等组合策划与推介，建构"旅台文学"群体身份，旅台文学借助文学奖的权力效应发挥辐射性影响，为马华写作树立了水平标杆和重要的审美参照范式，浸润成为马华文学体质的一部分，马华文学由"旅台"到"在台"的历程折射出这种审美辐射效应。

第五章

"星云"通俗化文学风潮
及其影响下的"文学马华"

马华文学思潮在从"马华文学"到"文学马华"的审美嬗变中，始终平行伴随着文学的通俗化审美风潮，这一点从《星洲日报》综合性文艺副刊"星云"20余年的发展及转型即可见出。马华文学的通俗化审美取向有着深厚的社会文化及消费语境，同时马华社会的通俗化文学风潮作为背景，也给"文学马华"创作当下乃至未来带来潜在的不容忽视的影响，实际上许多马华作家即以副刊专栏形式跨越于严肃与通俗之间。

第一节　从传统人文副刊向生活文学副刊
转型——"星云"分期考察

"星云"1952年创刊，长期以来经营成《星洲日报》的招牌版面。整体来看，与《南洋商报》的"商余"版一样属综合性但偏重文艺性的生活副刊。进入1990年代后，尤其是《星洲日报》举办的"花踪"文学奖章程自首届（1991年）起，在评选各文类的"推荐奖"时，把在副刊"星云"及"文艺春秋"发表过作品若干篇作为必备的被推荐条件，这相当于进一步确认了"星云"版的文艺性。"星云"刊期绝大部分时间为每周六天，副刊编辑从被动的看稿人到主动的策划编辑，推动本土艺文。

1988年《星洲日报》复刊后，张永修接替陈振华主编"星云"（1988—1994）。此前，"星云"及南洋商报的"商余"版内容方面"其文稿多转载自中、港、台报刊，本地用稿不多，本地文学创作更少，偶尔点缀其间的多是杂感随笔和旧体诗"①；编排方面多模仿台湾《中国时报》的"人间"副刊，"剪报、剪图，连排个版、画一条线都'人间'化"。②

一　张永修时期："星云"本土化转向的人文性坚守

专栏有副刊的"眼睛"之称。张永修接编"星云"后，由静态编辑转向动态策划，通过开设专栏大力培育本土写作者，"星云"真正植根本土，但对中国文坛及中华文化的传承保持着相当强度的聚焦。整个副刊的品位与格调仍然显示出相对浓厚的传统人文趣味。

"星云"的专栏编排形式多样，但以集体性专栏为主，一反当时蔚然成风的"个人专栏"形式。其开设的专栏有两类：一类是公开性专栏如"龙门阵""六日情"等。"'摆龙门阵'是中国方言，意思是谈天。欢迎各家前来串门儿。文长750—800字为宜"③，故"龙门阵"主要刊登读者主动叫阵论事的杂文；"六日情"专栏旨在改变专栏多为名家执笔的状况，提供更多发表版位，挖掘本地写作新人，"鼓励读者一口气写为期6天6篇同一主题的短文，当一个'一星期（6日）的专栏作家'"④，每篇在500—700字。这一专栏收效良好，稿源不断，一批各具职业身份的本土写作人包括新生代轮番登场，甚至刊载了七字辈如张玮栩（1977—　）的专栏作品⑤；另一类是短期性的"主题专栏"，以邀约稿件为主，通常为期两个月。1992年至1994年5月先后推出的有"六好小品""志在四方""四块玉""情事一箩筐""不寄的信""南北

---

① 林春美：《文艺副刊与马华地志散文之兴起》，《暨南学报》（哲学社会科学版）2010年第6期。

② 庄若：《健忘者的回忆录》，选自潘永强、魏月萍主编《解构媒体权力》，大将事业社2002年版，第99页。

③ 《龙门阵》征文，《星洲日报·星云》1992年11月2日。

④ 张永修：《副刊本土化之实践——以我编的〈星云〉及〈南洋文艺〉为例》，《人文杂志》，2002年第17期。

⑤ 张玮栩：《高一札记》刊载于1993年8月27日至9月2日《星洲日报·星云》。

大道"等①，这些短小的主题专栏文稿群系联了一大批本土活跃的写作人，本土作者群醒目地集体亮相于"星云"副刊，本土写作受到关注。

专题系列是张永修主编"星云"时期的另一个特色。1990年6月至1992年6月，策划推出"大马风情话"系列，公开征求两千字以内书写马来西亚各地乡土城镇风土人情的稿件，以"星云"版主题篇文章的形式刊载。系列旨在"让'星云'版更本土化"②，"这是有计划的主题篇文章本土化的开始"③。从相继持续长达两年的时间来看，说明"大马风情话"系列获得大马写作人的广泛回响，这批散文不只是简单的乡村城镇介绍和游记类的景观文字，而是"以文学建构地方，以书写赋空间以意义"，"它可谓开了马华地志散文写作的风气之先"④，且不乏精品，如该系列之一禤素莱的《吉山河水去无声》叙述作者家乡野新镇小镇今昔变迁，曾获得首届"花踪文学奖"的散文推荐奖。⑤ 接下来推出的获得读者关注和肯定的专题系列还有1991年6月推出"绿色的呼唤"，1992年4月推出"紫色的旋涡"。这两个系列以专题报道的方式，分别探讨环保和同性恋问题，亦是当时新鲜、敏感的全球性课题，并在内容方面置入本土语境。而在第三章提到的紧接在"紫色的旋

① "六好小品"专栏是请"六女子"写精致的600字短文，从周一到周六轮流见报，共刊出48篇，撰稿者包括艾斯、永乐多斯、朱莫、林春美、陈蝶、潘碧华等人；"志在四方"专栏是来自不同领域的男作家写他们的专长，限400字，每4人的专栏同天刊出，撰稿者包括小黑、林福南、张永庆、继程、廖金华、陈锦松、小曼、陈徽崇等；"四块玉"专栏则由来自不同领域的4位女作家撰稿，4人专栏同一天刊出，包括方娥真、戴小华、郭莲花、系子等人；"情事一箩筐"专栏由老中青作家谈世间感情事，每次刊出4位作者的文章，撰稿者包括水流星、陈蝶、李天葆、梅淑贞、姚拓、刘育龙、陈强华、苏丽绮；"不寄的信"专栏每周一刊出，每次邀约6位六字辈男作家，用书信的方式写切身问题，谈贴身心事；"南北大道"专栏取名自1994年通车的马来半岛第一条贯通南北的同名高速公路。专栏1994年1月6日首次推出，至4月28日完结，计16期64篇文章。每周四刊出，来自南北东西4地区的作家高秀、艾斯、林春美、何乃健、苏清强、庄魂、静华、梁志庆等人畅谈各自的家园。

② 《稿约：话话本土风情》，《星洲日报·星云》1992年4月21日。

③ 张永修：《副刊本土化之实践——以我编的〈星云〉及〈南洋文艺〉为例》，《人文杂志》2002年第17期。

④ 林春美：《文艺副刊与马华地志散文之兴起》，《暨南学报》2010年第6期。

⑤ 该文刊载于《星洲日报·星云》1990年9月12日，1993年由佳辉出版的禤素莱散文集《吉山河水去无声》即以此篇为书名。

涡"系列之后的"文学的激荡"系列,更是引发了马华本土作家及文化人对马华文学定位问题的大讨论,连环引燃了长达 10 余年的"马华文学经典缺席"这一本土议题论争的烽火。此外,张永修策划的"灰色地带""牵手路上""书痴自述""我家附近的藏书阁""边缘地带"等系列,这些系列或是贴近大马社会时事热点议题,或是触摸饶有趣味的身边生活,均是大马本土写作人书写当地的题材、自己的故事。

当然,除了具有高度策划性、运动性的公开专栏、短期主题专栏及专题系列外,自 1993 年起,"星云"适当增加了个人专栏形式,如1993 至 1994 年可见的个人专栏有:爱薇(1941—)的"云淡风轻"、雅波(1947—2013)的"追道"、宋扬波(1951—)的"波栏涛涛"、梁放(1953—)的"乡魂"、毅修(1960—)的"动调"等。此外,林金城(1963—)于 1993 年 8 月起在"星云"发表探讨本土古迹文化的散文专栏"十口足责"①,亦是林金城前期历史文化散文代表作。这些个人专栏作者基本上是马华已成名作家。

无论采取何种形式,"为本土现实腾出版面空间"是张永修自始至终的自觉编辑理念,而至 1992 年"星云"所用本地作品的数量已达75%②,台湾"人间"副刊的影响基本淡出。"星云"本土化转向得到本土作家文友的热情支持。1991 年 12 月 20 日"星云"推出新栏目"展望星云 1992","特约读者检讨《星云》版,并提出建议"③,该栏目先后刊登系列文稿 9 篇。作家朵拉希望 1992 年的"星云"版"完全本土化"④,本土化的同时,"一个相当显著的特征,就是更加倾向文艺创作"⑤。当然,"星云"作为一个综合性文艺副刊其整体定位是"具文学性、趣味性、启发性以及知识性并重的存在",或者说"星云"是

---

① "十口足责"即"古蹟"(古迹)之意。古为十口,众人之意;迹从足部,有行动之意;责为责任。是以,众人宜以行动共同负起维护古迹之责任。这是该专栏的写作理念。该专栏在"星云"分版后,持续在"星辰"上刊出,直到 1997 年 4 月。

② 张永修:《副刊本土化之实践——以我编的〈星云〉及〈南洋文艺〉为例》,《人文杂志》,2002 年第 17 期。

③ 《编者语》,《星洲日报·星云》1991 年 12 月 20 日。

④ 朵拉:《展望星云 1992:搭一座桥梁》,《星洲日报·星云》1992 年 12 月 24 日。

⑤ 唐林:《展望星云 1992:蓦然回首》,《星洲日报·星云》1992 年 12 月 28 日。

"趣味性、知识性、消遣性、文艺性、通俗性等的综合"。① 本土作家/读者对"星云"副刊的整体定位一方面是对"星云"风格的实际描述或诉求，一方面也是编辑策略的重要依据。

因而"星云"除了"文艺气息浓郁"的感性色彩外②，仍然保持了相当知性的特点。仍以专栏为例，复刊当年推出艾火（即香港知名作家报人潘耀明）主持的"七彩天"，1990 年至 1991 年推出主要由艾火主持的"文艺窗"，1993 年至 1994 年马华文史专家李锦宗（1947— ）的"文坛钩沉"等专栏，这些专栏爬梳马华、中国的文史掌故、文人逸事，而公开专栏"缤纷人物"则追踪报道中文地区的热点知名文人，如华语畅销书作家钟晓阳，台湾著名文化人龙应台，中国作家莫言、王安忆、贾平凹，菲华作家林健民等。③ 除了对中文文坛掌故、逸事、动态保持兴趣外，"星云"对中国大陆社会也表现了相当程度的关注，1990 年 9 月开始马来西亚政府开放大马人自由访华，"星云"随即推出"中国社会百态"专栏。"星云"成为马来西亚人了解中国大陆的一扇窗口。港台学人在"星云"版上出现频率同样较高，1993 年间的"学人笔阵"专栏即是"邀请台湾学人轮流上阵"的评论小品。④

总体来看，张永修主编的"星云"已经与此前王锦发主编所代表的"旧式的传统"、陈振华主编所代表的"台湾移植的传统"明显不同。⑤张永修创造了副刊编务的主动性，既以新闻的眼光创造议题，捕捉风潮，策划专栏，贴近读者，又坚守文人编副刊的传统，将"星云"经营成具有浓郁本土特色和人文气息的综合性副刊。

1994 年 5 月，张永修离开"星云"，往《南洋商报》任"南洋文艺"主编。直到 1995 年 8 月，"星云"主要由王祖安、陈联利、汤玉

---

① 黎声：《展望星云 1992：解剖'星云'》，《星洲日报·星云》1992 年 12 月 21 日。

② 黄梅雨：《展望星云 1992：〈繁星闪烁·彩云缤纷〉》，《星洲日报·星云》1992 年 12 月 24 日。

③ 分别见于《星洲日报·星云》1991 年 6 月 1 日、1991 年 6 月 3 日、1991 年 6 月 4 日、1991 年 6 月 5 日、1991 年 10 月 18 日、1992 年 1 月 13 日。

④ 《星洲日报·星云》1993 年 1 月 20 日。

⑤ 张永修：《副刊本土化之实践——以我编的〈星云〉及〈南洋文艺〉为例》，《人文杂志》2002 年第 17 期。

梅等人轮流编辑,基本沿袭张永修时期风格,一些公开性品牌专栏如
"六日情""看云录""小块文章"等仍予保留,但副刊策划性减弱,主
要以名人效应来聚集人气,特别是1994年初开始的专栏"星洲日报特
约作家"见报相对频繁,第一批特约作家包括旅美华文作家聂华苓、於
梨华、陈若曦、张系国,旅欧瑞士籍华文作家赵淑侠,大陆张洁、王
蒙、刘梦溪、陈祖芬,马来西亚本土学者、作家郑良树;第二批特约作
家是台湾的张曼娟、蒋勋、张大春、黄春明和大陆的金观涛、刘青峰和
斯好等人。1995年,"星云"版面收缩,每天仅半版,刊登的文艺性文
章也减少,版面内容基本上由一篇主题文章再加上诸如"小块文章"
或"看云录"之类的短小专栏篇章构成。"星云"副刊的读者定位较为
模糊,但仍保留了其文史综合性特色。这段时期可视为"星云"本土
化转向之后的调整过渡期。

二　赖碧清、黄菊子时期：传统与现代之间的摆荡

(一)"星云""生活文学"的转向

1995年8月,赖碧清开始任"星云"主编,"星云"表现出"生
活文学"的转向。1996年开年,在"星云"版的系列征文活动中编辑
一再明确该版"生活文学"的取向,"在新的一年里,让我们一起来耕
耘生活文学,朝提升生活品质的理想努力。"① "生活少了文学,人生将
何其荒芜;文学若有了生活作土壤,根源是无所不在。让我们期许生活
与文学相结合,认真的生活,辛勤的笔耕,让文学的花朵灿放在生活的
土壤上。"② 1996年始,"星云"推出系列新专栏,无论是新专栏预告
还是征稿,编辑均以诗意的语言营造"星云"版的"生活文学"风格。

> 握着一叠叠厚厚新新的日子,怎么能忍得住不换件新衣裳新面
> 貌过过新生活?"星云"的新专栏就像春天里土壤里忍不住的各种
> 生命。春天,早就来了,一切都忍不住了。明天,开始为你预告

---

① 《〈星云〉征文:大家一起来过年》,《星洲日报·星云》1996年1月23日。
② 《〈星云〉新年心事》,《星洲日报·星云》1996年2月28日。

"星云"忍不住的新人新事。①

这段预告以散文诗般的语言并以"忍不住"与读者分享的急切姿态吸引读者对即将推出的专栏的关注。接下来 1996 年 3 月推出的第一个新专栏是大马有名的夫妻作家宋扬波和野蔓子的共同专栏"蔓波舞步",在专栏预告中,同样突出该专栏的生活书写特色:"'蔓波舞步'是他们展现生活智慧的舞台,方格子是他们舞步的指标,两人每天轮流上台,且看他们如何为我们舞出各种生活的美姿。"②"生活"成为"星云"版编辑主旨关键词。

"星云"版与"蔓波舞步"同步推出的专栏有由陈天赐、宋宝兰、陈伟贤、樱川秋兰等四位在旅居或留学国外的写作人轮流撰写国外见闻及生活的"东南西北风"③,单人专栏有诗人陈强华的"从我开始",作家寒黎的"陋室明娟",作家陈绍安的"借诗还魂",马来西亚资深创作型歌手、专栏作家友弟的"随身听"等。在推出这些专栏的同时,编辑分别为这些专栏撰写一句揭示专栏内容或风格特征的类似专栏导语的话。如其中"蔓波舞步"专栏的导语是"把方格子当舞台","东南西北风"的导语是"随时随地随人随心转","从我开始"的导语是"大我小我自我无我","陋室明娟"是"一阕随心所欲的快乐歌"。其他开栏较早的专栏如始自 1995 年 6 月 12 日的李天葆的"绘声绘影"系列亦相应配置导语"旧物今事,细写风月",概括了该专栏所叙与影视界旧事相关的特征。诸如此类的导语均随专栏一起刊出,彰显个性化、情趣化、生活化,一如专栏书写内容。

(二)分版后"星辰"的"现代"风格

1996 年 7 月至 1998 年 10 月,"星云"分为"星云"与"星辰"两版,刊期同为周一至周六刊出,进一步细分读者受众群。从刊头语可看

---

① 《忍不住》,《星洲日报·星云》1996 年 2 月 28 日。

② 《〈星云〉忍不住的预告》,《星洲日报·星云》1996 年 2 月 29 日。"星云"一分为二为"星云"和"星辰"版后,"蔓波舞步"在"星辰"版继续,直到 1996 年 7 月完结。

③ "东南西北风"专栏完结后,继之"星辰"版于 1996 年 8 月推出"漫步地球村"专栏,亦由四位旅居海外的新生代写作人陈天赐、邱琲君、郑秋霞、陈伟贤轮流执笔记述海外风情,该专栏持续到 1997 年年底。

出读者定位的变化：黄菊子负责"星云"编辑，刊头语为"仰望灿烂星空·细数风云人事"，定位于中老年读者，钩沉历史、传承传统文化、经营乡土情趣。"星辰"编辑为赖碧清，刊头语沿袭了原"星云"的"看文字千姿·写人生百态"①，明确其年轻化活泼性取向，成为一批本地青年写手的重要园地。以下分述之。

自"星云"剥离出来的"星辰"，基本上延续分版前赖碧清主编的"星云"风格。为了明确这一新推出的版位的特色，主编赖碧清于1996年7月26日始，策划了一个由主编撰写的"单手拍掌"系列，进一步明确地推广该版位的"生活文学"理念：

> "星辰"是一颗新星，等待我们去开垦。这一片新的园地，将以生活为沃土，让"生活文学"的理念扎根，开出文学的花朵。
> "星辰"是一颗新星，等待我们探索。在这片新的天空，你可以挥云洒雨，吟风弄月……
> "星辰"诚邀你，写信来，写稿来。
> "星辰"伸出单掌，等待你，举掌来拍和。②

这实际上是"星辰"对读者的约稿信，变副刊的"单向传播"为"编读互动"。"挥云洒雨、吟风弄月"说明"星辰"版块的文学性、消闲性。

"单手拍掌"系列亦更明确"星辰"的读者定位是"新新人类"："作为一颗新星，'星辰'就有无穷变化的潜力。让我们这一代充满变革活力的新新人类，一起来打破成规，作出新的尝试吧！"③ 因为面向的读者是求新求变的"新新人类"，所以"星辰"的编辑方式不拘一格，尤其在专栏的设置上打破成规，"新新人类的年代，允许自我出位，允许新奇和创意。写专栏是新一代写作人的创作方式之一，这个新兴行

---

① 刊头语随每期"星云""星辰"刊出。

② 赖碧清：《"单手拍掌"1（邀约）》，《星洲日报·星辰》1996年7月26日。

③ 赖碧清：《"单手拍掌"3：七十二变（翻不出掌心)》，《星洲日报·星辰》1996年7月29日。

业的市场向来是半垄断式的——它们是特约的",但"这一回,我们打破专栏的专制框框,你可以争取自己的专栏,你可以毛遂自荐,把自己摆上台,告诉编辑:'我可以写专栏。'把一串好稿寄来,你在向自己下战书,向'星辰'向所有的竞争者下战书——燃烧自己,让自己成为最亮的那一颗星!"① 这份约稿充满鼓动式的青春激情。由于编辑积极调动读者的参与性,以"生活文学"为导向的"星辰"版充满了动感与活力。1996 年 8 月至 1997 年 4 月,"星辰"设"新新专栏",开放给文坛新人,改变了一般专栏特约作者的方式。"新新专栏"为一批文坛新人如许裕全、盛辉、张玮栩、曾毓林等提供了更充裕的发表空间。

除"新新专栏"外,"星辰"的其他公开专栏还有"星辰笔记本""星辰咖啡座"等,"星辰笔记本"与"新新专栏"或张永修时期的"六日情"专栏一样,由某人写成某一主题的系列文章,相当于轮值短期专栏作家;而"星辰咖啡座"则由编辑定期设置话题,先后设置"人海惊魂""天涯海角行""动则得救""生活高手""读者有话""岁月有声"等话题并公开征稿,如"天涯海角行"话题征稿:

> 交通与资讯越来越发达,世界便变得越来越小,走遍地球村是越来越多人在做的事。现代旅游方式越来越多花样,有深度旅游、心灵之旅、另类旅游……在眼界大开的同时,请你也打开心灵的眼,带着一颗更宽容的心去游逛,并在沉重的行李中放进一枝笔一本笔记,写下天涯海角的人事情物,写下天涯海角的悲欢岁月,写下天涯海角的吃喝玩乐……然后在《星辰咖啡座》坐一坐,卸一卸仆仆的风尘,来一杯香暖的卡布其诺……②

这则征稿显示出"星辰咖啡座"这类专栏的生活小资情调的取向。

1996 年 10 月,"星辰"又增设了"极品小小说"专栏,同样公开征稿,要求"用 500 字写一篇让人惊艳的极品小小说","让'星辰'

---

① 赖碧清:《"单手拍掌"4:打破栏框(让我们来写专栏)》,《星洲日报·星辰》1996年 7 月 30 日。

② 《征稿:天涯海角行》,《星洲日报·星辰》1997 年 1 月 16 日。

生活文学的天空再添一道彩虹"。① 该专栏 1997 年 2 月为另一公开专栏
"大城市小故事"取代，刊发扰攘的大城市里"真实的故事、有意思的
事和发光的人生智慧"②，更为贴近大众生活，"为读者提供更耀眼的文
字姿彩"。③

　　此外，"星辰"亦保持了个人邀约专栏的形式，如张惠思
(1974—　) 的文学专栏"窗雨下的缪思"每周六刊出，是对生活、读
书、成长的省思，该专栏自 1997 年 9 月持续到 1998 年 2 月完结。1998
年周秀君开始主编"星辰"，2 月推出"最新专栏"系列，包括菜根香
的"情字收集站"、林惠洲的"人间草木"、郑秋霞的"戏假情真"、张
惠思又一专栏"晴雨札记"、柯世力的"牛言牛语"等。④ 这些专栏大
体属生活情感类随笔。

　　(三) 分版后"星云""传统性"与"地方感"建构

　　分版后的"星云""回归传统，内容'复古'"⑤，以文史综合性为
特色，文艺色彩相对"星辰"较为淡化，主要表现在以下几个方面：

　　1. 尤其注重中华传统文化的弘扬。兹以专栏为例说明：

　　分版之后的"星云"相继推出持续时间两年之久的小栏目是"每
日一联"和"对联故事"，向读者征求传统对联及与对联相关的典故或
故事。每逢农历春节时邀约读者一起挥春，并"在'每日一联'陆续
刊出春联的故事或典故"⑥；中秋、冬至等节假日更是推出对联专辑，
1997 年中秋征对联更富创意，先刊出一幅题"月圆·江南水乡·拱
桥·牵着小孩的洗衣妇……"的水彩画，再邀约读者为这幅温馨绮丽的
画配上一副最贴切的对联，并以墨宝呈现。⑦ "每日一联"的"受欢迎
现象，令编者讶于本地竟有这么多热爱对联的联友"。⑧ 对联连珠成句，

---

　① 《新挑战：极品小小说征稿》，《星洲日报·星辰》1996 年 10 月 25 日。

　② 《〈大城市小故事〉征稿》，《星洲日报·星辰》1998 年 2 月 14 日。

　③ 《编按》，《星洲日报·星辰》1998 年 2 月 16 日。

　④ "最新专栏"系列之一是余秋雨的《旧案夜读》。

　⑤ 《"星云"九七征稿启事》，《星洲日报·星云》1997 年 3 月 4 日。

　⑥ 《一齐来挥春》，《星洲日报·星云》1997 年 1 月 6 日。

　⑦ 《中秋征对联》，《星洲日报·星云》1997 年 9 月 1 日。

　⑧ 《星云九七征稿启事》，《星洲日报·星云》1997 年 3 月 4 日。

缀玉为联，是最能体现绵密巧思与和谐审美的中华传统文学样式，"每日一联"之广受欢迎，同时兼具了传播传统文化之效。

孔子是中国传统儒家思想的代表，1997 年 9 月"星云"开设逢周二、六刊出的张子深（1939— ）读清朝孙星衍辑录的《孔子集语》札记"批孔小语"专栏。关于此专栏开设旨意张子深有清晰的表述，"现代人类出现了危机，一方面过度追求物质享受，用金钱代表人的成就和价值，一方面又过度表扬个人主义，极端的放纵造成了道德的沉沦"，因而"许多有识之士，想从儒家思想中寻找治疗良方"，并"去芜存精，重新选择，正确运用"。①

除了传统文化，"星云"版同样关注与当代中国相关的史事。如1997 年香港回归中国，"星云"特意推出"香港故事"专栏并征稿："97，是香港回归中国的代名词。'星云'将不定期刊出有关香港的故事或史迹。如果你有兴趣，也可以提笔，写下你对这个还有六个月即改朝换代的东方之珠之浮光掠影。"② 并从该年 1 月起推出"香港故事连载"，首个连载故事是施叔青的《血色岛屿》。

2. "星云"特别注重建构马来西亚地方感。

首先是马来西亚本土大历史的钩沉与建构。1996—1997 年先后推出"星洲日报"特约作家邓荣锦的"吉隆坡开发史""吉隆坡回忆录"，庄迪澎的"大马华裔名人传"等系列。而 1997 年 12 月 31 日马来西亚有线广播"丽的呼声"退出大马广播舞台，"星云"推出特约作家冼星航的"丽的呼声 30 年"系列，追忆 30 年来与"丽的呼声"关联的前尘旧事。另外公开征稿专栏如"苦难的年代"（1996 年 11 月 4 日停止征稿）、"走过历史"、"老照片说故事"等，均是刊载将记忆化成文字的纪实性散文并附历史性照片。

其次是本土"小我"历史的书写。1996—1998 年开设的专栏如作家年红每周一的"悲欢往年"、周二的"爱心世界"，碧澄每周二的"独上高楼"，专栏作家施远每周四的"此情可待"，马汉每周六的"蓦然回首"和华语电视新闻名嘴蒙润荣的"润声荣鸣"等，其作者群均

---

① 张子深：《批孔小语 1》，《星洲日报·星云》1997 年 9 月 20 日。

② 《征稿》，《星洲日报·星云》1997 年 1 月 7 日。

是五字辈以前的中生代，他们的书写多是其个人职业生涯、人生风雨的回忆与重述，以"小我"参与地方大历史建构。

再次是乡土风情的描绘。1997 年 8 月 18 日"星云"的"甘榜风情画"专栏开设画家、摄影家兼作家浩于豪（原名翁文豪）的"乡土列车"系列①，每周一刊出，持续至 1999 年 12 月 27 日，共 120 篇系列文章，以摄影图片配合散文小品捕捉马来西亚乡村风景。② 此外，公开专栏"乡野传奇"刊发记述马来西亚各地乡镇奇闻逸事的短文；这两个专栏一定意义上接续了张永修主编时期"大马风情话"系列，与前述地方史类专栏均属于马来西亚"地方感"的建构。

（四）主题专刊——重新合版后"星云"的兼容性

1998 年 10 月 12 日，"星辰"和"星云"重新合并为"星云"，编辑以黄菊子为主。合并后的"星云""延续了分版期间的'星云'传统，结合了'星辰'的现代，'星云'朝向生活散文的编排方向，为读者提供一周 5 日的菜肴"。③ 这表明合并后的"星云"仍以贴近生活为主，而出版周期改为每周五天见报，并采用主题专刊的方式，"星云"编辑将这种每次以不同主题面目出现的方式称之为"菜单"，"星云"每周"菜单"分别为：星期一"甘榜风情话"、星期二"另眼看世情"、星期三"心灵环保"、星期四"漫步地球村"、星期六"周末轻松地带"。每期"星云"按照"菜单"主题组织稿件，显示出编辑方式的轻松活泼性。每期"星云"间或穿插的"对联故事""生活漫画""时事幽默笑话"等则称之为"甜品"。原"星辰"一些受欢迎的专栏如马来西亚最受欢迎的漫画家王德志特约专栏作品"平旦漫画"、公开征稿专栏"大城市小故事"等仍然保留。

合并后的"星云"基本上追求兼容风格，无论是读者定位还是作者群，兼顾中老年和青年等不同年龄段，以星期三的"心灵环保"专刊为例，除 1960 年代出生旅居苏格兰的中英双语作家郑秋霞的专栏"绿

---

① 甘榜：马来语 Kampung Pueh 音译，即英语 Village 村庄之意。

② 2000 年，"星云"继续推出浩于豪的摄影散文"边走边看"系列，直到 2001 年 3 月 10 日完结篇共 47 篇文章。

③ 《〈星云〉新菜单》，《星洲日报·新策划》1998 年 10 月 12 日。

化室""心灵寄笺"外,还有马来西亚电台第一代华裔广播人黄兼博
(1929—)的"开心乐龄人"。"绿化室"谈电影、书画、民俗风情,
是一个"非常广泛的艺术空间",以文字与读者"作心灵接触"①;"开
心乐龄人"则表达乐龄者对生命的感知、体悟和尊重。②

2000年8月,《星洲日报》副刊改革,大举推出"2000变脸行
动",进一步以市场需求细分读者群,每日副刊向某一类或几类读者倾
斜,分别是:星期一副刊为"上班男女周报",星期四为"新新人类",
星期五为"健康人生周报",星期六为"家庭生活周报",星期天为
"High星期天"。与之相应,原每周五天见报的"星云"副刊同步改为
每周三天见报,仍实行主题专刊策略,即星期二为"回首来时路",星
期三为"心闻急转弯",星期六配合"家庭生活周报"主旨,以"漫步
地球村"和"老饕纸上厨房"两类主题单双周轮流刊出,编辑以黄菊
子为主。"回首来时路"以回忆性文字为主,大概定位于中老年读者。
而星期三的"心闻急转弯"延续原周三出版的"心灵环保"路向,以
心灵辅导及消闲性文字为主,希望人们"别忽略了心灵深处的'心闻
特区'",当"遇到生活上的瓶颈时,不妨转个弯"③,除读者投稿外,
"心闻急转弯"保留邀约专栏,如潘碧华继"马大开门"专栏之后,又
继续开设"象牙楼阁"专栏④,属校园生活书写类别。"星云"的星期
六版实际上是旅游与美食两大主题文字轮番登场,当然背后是以文化为
内涵。如"老饕纸上厨房"这样征稿:

> 现在的人不时兴叫懂得吃的人为"老饕"了,他们被称为
> '食家'。老饕的舌头除了用来品尝美食,也用来说话。说说他们的
> 百味心情,怀旧的食物典故、精致的饮食艺术、街头巷尾令你大吃
> 一惊的好料……

① 《〈绿化室〉编者按语》,《星洲日报·星云》1998年10月21日。

② 乐龄:是对60岁以上年龄段的别称。此词语最早源于新加坡等地,"乐龄"所表达的
意义就是开心、快乐、幸福、享受等。

③ 《编辑按语》,《星洲日报·星云》2000年8月2日。

④ 《马大开门》专栏起止时间为1999年10月6日至2000年9月20日,《象牙楼阁》起
止时间为2000年9月27日至2001年2月28日。

你是老饕吗？快来大显身手。文长不拘，从一百字短文至一千
五百字皆行。谢绝食谱。①

"老饕纸上厨房"开设有尤今的"百味心情"专栏，其文字以饮食
为由头，书写生活感受。如果说"老饕纸上厨房"不是食谱指南，那
么，"漫步地球村"同样也不是旅游手册，而是在世界风情描述的背
后，有着人文关怀视野的文艺性文字。

尽管"星云"副刊出版频次减少，但大体仍以生活散文为主要路
向。"星云"自赖碧清主编起开始转向"生活文学"，但"星云"版与
"星辰"版分分合合，尤其是分版后黄菊子主编的"星云"面向中老年
读者呈现出较强的文史综合性特征因而偏向传统副刊，而"星辰"版
注重培育年轻读者因而呈现较强的副刊现代性特征，延续传统与标举现
代分途而行；分久必合，重新合版后的"星云"试图在同一版位空间
杂糅传统与现代，但由于商业性因素的渗透，《星洲日报》副刊为争夺
读者进行不断革新，"星云"自身的版位空间愈显局促，原先的文史综
合性传统文人性格渐渐淡化，呈现出更为强烈的传媒消费主义转向。

三　谢慧丽时期：传媒消费主义主导下的大众休闲文艺

(一) 大众文化消费语境下副刊的杂志化转向

2001 年 3 月 12 日谢慧丽开始主编"星云"②，"星云"亦恢复为每
周六天见报。此期的"星云"淡化原主题专刊策略，刊头语改换为
"星云浩瀚，我只寻找梦里最灿烂的那颗"③，以性灵、情趣文字为主，
2002 年 9 月起星云版面扩增，由先前的每次半版增为整版。

谢慧丽主编"星云"时期，"星云"所在的副刊延续 2000 年副刊
改革精神，锁定某一受众群体，增强服务性或文化含量，副刊版面独立
成叠，呈现出明显的专刊化、杂志化特征。大致经历了 3 次调整：

① 《〈老饕纸上厨房〉稿约》，《星洲日报·星云》2000 年 8 月 19 日。

② 约 2007 年 4 月 "星云" 编辑更换为陈民杰。

③ 2005 年 7 月 18 日，《星洲日报》周一至周六副刊整体改称为 "活力副刊"，"星云"
也成为 "活力副刊" 之一版。

　　首先 2001 年 3 月"星云"恢复为每周六天见报后,《星洲日报》星期二副刊改为"明日副刊",星期三则改为"国际万象",分别替代原周二"回首来时路""星云"和周三"心闻急转弯""星云"主题专刊,其余副刊主题不变。

　　《星洲日报》副刊第二次调整是 2004 年 1 月,亦是调整副刊主题,分别是将星期二的"明日副刊"改为"海天游踪",将星期三的"国际万象"改为"美食专志",将原星期四的"新新人类"改为"文化生活"。至此,调整后的《星洲日报》每日副刊名称如下:星期一:上班男女;星期二:海天游踪;星期三:美食专志;星期四:文化生活;星期五:健康人生;星期六:家庭生活。这次调整不是简单的名称更换,其实反映出大众文化消费语境下副刊的消费主义转向:

　　大众文化消费语境总体上是指人们的文化审美诉求处于消费主义、大众文化的包围和影响之中。由于社会经济的发展,消费在一定程度上,成为人们自我表达和取得社会认同的符号或工具。而消费不仅仅是物质产品的消耗,还包括曾经长期为社会精英所垄断的被认为是高雅、非商业的以及注重精神的文化产品,大众在消费文化的过程中,传统文化的严肃性、崇高性不断得到消解,呈现出批量的快餐式的文化特征。我们首先看看周三"美食专志"推出时的刊头导语:"生活,就是吃喝玩乐这么简单;生活,也就是这么不简单;饥饿的灵魂,每周要下一次的馆子。"① 上述副刊主题整体上围绕"吃喝玩乐"这一大众消费需求,而"吃喝玩乐"显然不是纯粹的生理需求的满足,"饥饿的灵魂,每周要下一次的馆子"表明副刊顺应文化消费主义潮流,巧妙地满足消费社会中大众更高一层的文化诉求。《星洲日报》进一步援引社长张晓卿在第七届花踪颁奖典礼上的致辞:"只有在经济之外,保存文化发展的空间,给予文化最适当的尊重,人们才可能因应未来的危机,开创更美好的前景。他更主张,应从生活中体认文化的价值。"② 这里的"文化"显然不只是传统精英文化,还包含了具有广泛群众基础的大众文化,《星洲日报》副刊必须恰到好处地游走在文化的精英性和大众性之间。

---

① 《星洲日报・副刊・美食专志》2004 年 1 月 7 日。
② 《改版启事:心底的声音》,《星洲日报・文化生活》2004 年 1 月 1 日。

"精英性"让副刊有了传统中"雅"的身段，而作为民间商业传媒，又必须吸引最大量的受众以获取最多的广告投放额，那么引导、满足大众心灵的需求就是副刊根植大众的最好入口，"许多人的生活，总是环绕在经济成就和累积成长的追求，忘了停下来听听自己内心和身体的声音"，故而"理性成长之外，也应维持心灵平衡，聆听内心的感性需求"①。文化的消费是聆听"内心的需求"和"内心的声音"的最好途径，周四"文化生活"副刊的推出有了恰逢其时的合理性。①"文化生活"一方面为大众提供"音乐"和"艺文"活动方面的信息，一方面也在向大众诠释、推介文化潮流与时尚，即如副刊亦在美食、旅游、健康、时尚、美妆等"吃喝玩乐"中都透露着文化氛围，让普罗大众"从生活中体认文化的价值"。

谢慧丽主编时期副刊的第三次调整是 2005 年 7 月 18 日，星洲日报周一至周六副刊不再分别单独命名，而是整体改称为"活力副刊"，属内容杂碎的综合性"大副刊"，读者称之为"正餐过后的甜品美食"。②每日"活力副刊"除了包括每周六天见报的"星云"和每天见报的"小说"版外，内容综合但又各有侧重，以 2006 年 1 月的"活力副刊"编排为例，星期一的"活力副刊"以"成长"为主题，占 5 版，而星期二的"活力副刊"包含"男人魅""闲情""神游""焦点"等各 1版，星期三含"新媒体""新新人类"等版，星期四以"心灵"为主题，另包含"菩提树""悦读""后浪""艺文"等版，星期五以"养生"为主题，星期六以"快乐家庭"为主题，包含"新教育"等版，星期天则为"Happy 快乐星期天"专刊。这些副刊版面既满足大众现实需要，又有着大文化、泛文学的倾向，很多文章"从文学角度来谈衣食住行"，此外，"'活力副刊'所推动的人文关怀也令人赞赏"。③

---

① 《星洲日报》星期天周刊由原来的"High 星期天"改为"Touch 星期天"，其更名理由亦是："星期天，让心灵多一点感动。资讯太多太快，生活来不及沉淀，不能再'High'；资讯要精准，心灵要净化，应该要'Touch'。"同样是以"听心"为理由，引文见《星洲日报·海天游踪》2004 年 1 月 6 日。

② 陈德荣：《另一种艺术平台》，《星洲日报·国内》2006 年 10 月 3 日，第 3 版。

③ 马来西亚《普门》杂志总编辑沈明信语，载《文坛正茂 友情丰收——读者、作者、编者交流会》，《星洲日报·活力副刊》2011 年 1 月 24 日，第 10—11 版。

不管《星洲日报》的副刊作出怎样的调整，都是以贴近生活并满足、引导大众消费需求尤其是文化消费需求为导向。作为副刊一部分且偏向文艺性的"星云"，在大众文化消费语境中，也随着副刊的转型，由在传统与现代之间摆荡完全转型为大众文艺休闲版。

（二）"星云"柔性编辑策略与大众文艺休闲性

与赖碧清主编"星云"时期编辑公开显性介入副刊的编辑方式不同，谢慧丽时期，编辑形式上淡出副刊版面，很少使用编辑按语，显性的策划减少。但实际上仍是以阅读市场为诉求，以大众文化消费主义为导向走柔性路线的编辑策略。

为了吸引读者，谢慧丽主编时期"星云"主题篇文章多采用港台及其他地区中文写作的畅销书作家作品，如台湾刘墉、张曼娟、李家同、龙应台、李昂、蒋勋、杨照、吴淡如、吴若权等，香港的董桥、西西、杜杜、林夕等人的作品，甚至还包括用中文写作的日本专栏作家新井一二三的作品，由于上述作家拥有庞大"粉丝"群，因此起到聚集读者人气的作用。此外，自 2004 年始，"星云"还设置"窗外"专栏，专门刊载中文地区知名人士的作品。

"星云"增版后，本地作家作品仍占主要版面。对于知名的马华本土作家如傅承得、许友彬、朵拉等一般不标注作者的里籍，而马华读者不太熟悉的写作新人则会在姓名后用括弧标示作者是何地人氏。如《有人相伴，真好》一文的作者标注为"关悦涓（槟城）"。[①] 作者里籍标示，某种程度上起到吸引更多本地读者参与投稿的作用。"星云"定期设置与日常生活密切相关联的主题向读者征文，2001 年至 2005 年，"星云"还专门设置了"500 字特区"专栏，长期征求本地读者投稿。

专栏作为副刊不可或缺的重要版块，仍是此期间"星云"的重要组成部分。周一至周六每日"星云"大约辟有一至两个专栏，以谢慧丽2001 年 3 月开始接编的专栏为例，分别是：星期一、星期三刊出的傅承得的"得心应手"，星期二施远"不可方思"、郑秋霞"思思入扣"，星期三林惠洲"地远心偏"，星期四林艾霖"玩有路"、沈庆旺"犀鸟

---

① 载《星洲日报·星云》2006 年 11 月 13 日。

天地", 星期五夏振基 "说古掰今", 星期六石庄 "博世讲古"。① 专栏见报的日期后来有所调整, 如原在星期四刊出的 "犀鸟天地" 调整到与星期三 "地远心偏" 专栏同时刊出, 属于自然生态书写; 而星期四 "玩有路" 和 2001 年 6 月 14 日推出的庄若 "椰子物语" 专栏并列, 大致归类为生活趣味书写。整体上, 这些专栏书写的内容或为满足读者猎奇心理, 或贴近生活, 或张扬个性, 而专栏持续的时间在三个月至半年以上不等, 每篇专栏的字数在三五百字左右, 多属轻薄短小的消费文字。专栏以邀约本地知名人士为主, 如傅承得为马华著名文化人、出版人、作家, "说古掰今" 专栏作者夏振基为著名书法艺术家, 这些知名的本地专栏写作人客观上亦为 "星云" 聚集了名人效应。

由于 "图像阅读已逐渐成为新新人类的阅读主流。文学密度低、图片比重大的图文书, 大受年轻读者的欢迎"②。为满足新世代读者这一阅读日益图像化的需求, "星云" 推出软性通俗的心灵图画文字, 主要是对漫画或绘本的采用。漫画方面, 辟有台湾著名法师释心道撰文、尤传贤绘图的 "听心说话" 专栏 (2002—2003 年), 将禅思佛理生活化, 另外还有香港知名漫画家欧阳应霁的漫画专栏 "应霁漫画" (2002—2003 年), 以简洁巧妙的构图表达幽默睿智的生活省思。绘本方面, "星云" 相继推出多个本土绘本专栏, 主要包括萧丽芬的 "子非鱼" (2003—2005 年) 连载绘本, 有 "马来西亚几米" 之誉的年轻漫画家林行瑞的 "寻找遗失的乐园" (2003—2005 年)、"美丽人生" (2004—2005 年)、"我的地图" (2005—2006 年, 林行瑞绘图、丽英配文), 及马来西亚另一知名插画家廖咏准绘图、龚万景配文的 "心的方向" (2004—2005 年) 等, 此外, 大马著名作词人洪瑞业的 "找另一个自己" (2001—2002 年, 敬诚绘图)、"心有画说" (2002 年) 图文画册, 龚万辉的图文画册 "时间之格" (2002 年)、"比寂寞更轻" (2005 年) 等均在 "星云" 连载。这些绘本或画册以精美细腻的 "图画语言", 配上唯美诗意的文字, 通过图像与文字的互文效果, 富含隐喻色彩, 表达

---

① 除施远的 "不可方思" 是 2000 年 11 月 28 日推出, 其余专栏均是新推出。

② 黄义忠、邓丽萍:《新世代悦读四部曲 轻、薄、短、小》,《星洲日报·新新人类》2001 年 5 月 10 日。

都市人的感慨、幻想与梦。其审美性、易读性、类型化的特点呈现出强烈的大众消费文化趋向。

从整体版面编排来看，"星云"基本上依据著名报人金庸"副刊之5字真言"，即"短、趣、近、物、图"的编辑策略①，即副刊内容文字简短，新奇有趣，贴近生活，言之有物，穿插以图片、照片、漫画等，呈现出软性轻松活泼的风格特征。

谢慧丽接编"星云"版以后和读者之间有一个长期的稿约，那就是："'星云'版长期征求生活化、趣味性的文章，题材无所不包，衣食住行育乐都可以，生动有趣或感人的真人实事更好！"② 2007年4月，"星云"版编辑更换为陈民杰后，其征文仍然以"生活文章"和"好看文章"为导向："政客口水乱喷、社会乱象频仍、物价不断高涨……所以，我们征求幽默、风趣的生活文章，好让读者平平气，醒醒脑！孩子课业重、大人事情忙、人间纠纷多……所以，我们征求好看的文章，好让读者消消忧，解解闷！"③ 故而整体上来看，"星云"仍以赖碧清时期起确立的"生活文学"为导向。但二者还是稍有区别：赖碧清倡导"生活文学"，而谢慧丽（包括继任编辑）仅提"生活文章"。"文章"较之"文学"，似乎更能放下身段，更易卸下"瑰丽文字的外衣"，真正"动员全民写作，分享不同的人生经验或者深入挖掘共同的集体记忆"，真正"搭建一座庶民表演的舞台"。④ 二人经营副刊的共同点是"格调是绝对的生活"，"当文字不像蜉蝣吸附于大事迹，或者盘绕文学殿堂如巨蟒，当它回归了生活，从心再出发，铺展在我们眼前的，是一幕人间的新风景。谁说人间小情小爱就不值得着墨？谁说世态炎凉之下温情会逐渐冷却？谁说就不能因为本版的某一句话而抚慰了空虚的心灵，找到了继续下去的力量？"⑤ 这段文字大体概括了此期"星云"副刊的个性与功能，那就是经营根植本土的通俗性、生活化文字，抚慰心灵，彰显真善美的力量。

---

① 马家辉：《专栏五字诀》，《星洲日报·星云》2006年1月13日。

② 《〈星云〉征文》，《星洲日报·星云》2005年7月2日。

③ 《〈星云〉征文》，《星洲日报·星云》2007年4月14日。

④ 许裕全：《今天猪头不要宝》，《星洲日报·星云》2005年10月22日。

⑤ 同上。

小结

"马新自办报以来，华文报副刊有一个重要特色，就是文人或作家主编副刊的传统，所以马新副刊一直以来有着很强的文学或文化传统。但今天在商业化及市场化导向下，为应付大众需求，报纸逐渐趋向杂志化，文学及文化传统也大为减弱。"① 马新华文报纸副刊发展的这一共性趋势也基本上可以用来解读《星洲日报·星云》副刊的嬗变历程。实际上，"星云"副刊20年的嬗变轨迹基本上遵循着这样一条内在的理路：

其一是伴随着张永修主编"星云"时期，变静态性、剪贴性编辑为运动策划性并加强与读者的互动性的编辑手法，为以后"星云"编辑手法起了某种示范性作用，并开始了副刊的本土化实践，摆脱马华报纸副刊纯粹移植台湾的传统。同时，张永修主编时期，"星云"作为综合性文艺副刊仍然具有浓郁的传统人文趣味。

其二是"星云"副刊的本土化实践，使一批本土化作者得以较快成长起来，为赖碧清主编"星云"的生活化文学转向提供了基础；而1996年7月至1998年10月"星云"析为"星辰"和"星云"，赖碧清主编"星辰"②，继续"生活文学"的路向，以年轻读者为对象，分版后的"星云"由黄菊子主编，面向中老年读者，回归副刊的文史传统特色；短暂的分版后，"星辰"和"星云"合而为一，试图糅合现代与传统，但似乎在商业性因素的侵蚀之下，版位空间越来越小。

其三，随着大众文化消费语境的形成，自2000年始，《星洲日报》副刊不断改版，向杂志化、专刊化、泛文学化方向迈进，谢慧丽主编时期的"星云"也随之开始变革，采取柔性编辑策略，以市场阅读诉求为导向，放下传统的"文学"身段，长期征求轻薄短小的消费文字或"生活化文章"，内容软性，风格轻松活泼，发挥着娱乐、抚慰乃至教化的社会功能，"星云"随大副刊变身为大众休闲文艺版。

---

① 《深度座谈：仰望优质的文化副刊》，载潘永强、魏月萍主编《解构媒体权力》，大将事业社2002年版，第86页。

② 1998年由周秀君接任主编"星云"。

第二节 "庶民写作"与"日常生活审美化"——"星云"征文探析

一 节庆征文:文化传承与文化消费

《星洲日报》复刊以来,从张永修起"星云"成为极具运动品格的副刊,征文活动成为常见的编辑策划活动,除了因时制宜的不定期征文外,2000年以后,"星云"设置了定期的"双月征文",2006年进一步改为"单月征文"形式。

马华社会作为一个移民及其后代衍生的社会,远离母体文化后失去一种自然存在的原生文化氛围及土壤,保持集体的文化记忆成为华社天然自觉的意识,华社"从文字、语言、习俗、节庆等共同象征系统凝聚民族意识,并借此召唤出一种强烈的文化认同"。[①] 而由于过去一两百年来的华人移民大部分是目不识丁的为生存而外移的底层农民,他们所承继的是以民间习俗生活为主的"小传统"[②],民间节庆传统及其习俗等象征性文化活动的操演作为一种输送与传播记忆的主要方式尤其受到马华社会重视,过年过节的气氛极为浓重,这似乎印证了共同记忆"是在(或多或少是仪式的)操演中传递和保持的"。[③] 华文传媒也是传递和保持民族共同记忆的重要操演工具之一,故而与中文主流地区报章相比,马华中文报章节庆主题征文活动繁多,几乎每一个中华传统节日如

---

① 钟怡雯:《论马华校园散文的文学史意义》,《中国现代文学季刊》2005年第1卷第6期。

② 美国人类学家罗伯特·雷德菲尔德(Robert Redfield)1956年在他的《农民社会与文化》(Peasant Society and Culture)中首次提出"大传统"与"小传统"这一对概念。台湾人类学家李亦园认为,"所谓大传统是指一个社会里上层的士绅、知识分子所代表的文化,这多半是经由思想家、宗教家反省深思所产生的精英文化(refined culture);而相对的,小传统则是指一般社会大众,特别是乡民或俗民所代表的生活文化。这两个不同层次的传统虽各有不同,但却是共同存在而相互影响,相为互动的。"见李亦园《人类的视野》,上海文艺出版社1996年版,第143页。

③ 保罗·康纳顿著:《社会如何记忆》,纳日碧力戈译,上海人民出版社2000年版,"导论"4。

春节、元宵、清明、端午、七夕、中秋、冬至等来临之际，都会推出与节日主题及氛围相关的征文/艺文活动，并以专栏或专辑形式刊出。

以农历新年为例，由于是华人传统节日最隆重的，"星云"几乎逢年都会策划相关主题征文活动，如 1991 年推出"新年的回忆"，1992 年新年则以华人年俗不可或缺的"酒"为主题策划"饮者留文"专栏，1993 年 1 月推出"红色的喜悦"、1996 年 1 月"大家一起来过年"、1997 年 1 月"年的喜悦"、2001 年 12 月"岁末留香"、2008 年 1 月推出"年味长长，人情久久"等，这些征文活动都得到读者热烈回响。以 1991 年"新年的回忆"为例：

> 感谢：在庚午年及辛未年交替之际，星云版推出"新年的回忆"栏目，反应热烈，从二月八日至今十六期，共发表了十九篇这一系列的文章，使今年的农历新年添增更浓的节日气氛。我们在这里感谢诸位文友拔笔助阵。①

其他如元宵节相当于中国情人节，七夕节（农历七月初七）因牛郎织女的传说成为中国传统节日中最具浪漫色彩的节日，"星云"每每拟定主题公开征稿，以吸引年轻人关注，以 2000 年的七夕节征文为例：

> 我们相约在七夕，且把滑鼠当喜鹊，天涯在弹指间，你和你的电子情人有了怎么样的约定？欢迎以各种文体写来：情书、小小说、散文或新诗皆可。（文长限 400 字以内）②

这则征文主题将传统节日的浪漫和网络时代的虚拟爱情结合，亦庄亦谐，吸引了年轻人的参与热情。征文结束后，于 2000 年 8 月 5 日七夕节推出专辑"E 网情深：虚拟七夕"。

除了常见节日，其他如农历正月初七"人日"这一在中国几乎淡忘了的民间节日，仍然在马华社会得到重视，如 2006 年 2 月 4 日，"星

---

① 《新年的回忆·编者按》，《星洲日报·星云》1991 年 2 月 28 日。
② 《E 网情深：虚拟七夕》，《星洲日报·星云》2000 年 7 月 13 日。

云"推出"人日特辑",并以关怀老人为主题,篇幅多达 5 版,传统的孝道文化传承于此可见一斑。

"农历记时的节庆,包含着太多的原乡意味,节庆文化虽然表现为饮食、娱乐等俗生活的形式,有着种种表演性的仪式。但它的确构成着华人的一种精神原乡"①,"星云"版节庆征文对节日衣食住行娱乃至迎来送往中尊卑有分、长幼有序等人伦层面的习俗书写,钩牵起马华人对中华根性文化的孺慕,有效地构形华社基于共同传统的情感归属,进一步丰盈了马华人集体记忆中的"精神原乡"。

传统节庆征文除了以"民俗书写"的形式保持"共同记忆/集体记忆""凝聚民族意识""召唤文化认同"外,也呈现出和消费文化合流的商业化特征。以 1999 年 9 月"星云""中秋专辑"主题"寄给嫦娥的一封信"为例,读者应征信件不乏解构、颠覆传说中的神女嫦娥形象者,其中一封信开篇称呼以"致远在天一方的嫦娥老太太",信中的嫦娥不再是翩跹美丽永恒的女神,而是"我想象中的你,硬是离不开一名白发苍苍的老妇独坐在广寒宫外的庭院的摇椅上,手中纺织着毛衣,脚旁伏着玉兔,无日无夜的织呀织。也唯有连织女的工作也抢过来做,你才能度过这些清冷的岁月吧?"并力劝"嫦娥娘娘,如今时代不同了,很多女性都走出厨房、步入商场,独立撑起一片天,倒不如你就推掉手中的毛线、踢开脚边的玉兔,抹掉人类中有看到月饼才想到你的耻辱,站起来,做个出色的女强人吧!"② 而另一封信中的嫦娥则是:"我挺欣赏你当年勇于离弃暴戾的后羿。你应被选为东方女性妇权运动的代表。"③ 有的则在信中向"亲爱的嫦娥姐姐"求助,希望在地球末日来临之际,嫦娥"能欢迎并帮助我们逃离地球"④,书信中的嫦娥多是人间性的当代的嫦娥,寄寓了读者各色现实的愿望、梦想和理念。该专辑中还有一幅漫画嫦娥,画中的嫦娥娇美婀娜,身着 1999—2000 年 Miu Miu 最新系列兔毛背心⑤,高高地坐在广寒宫中的桂树上,而树下的几

---

① 黄万华:《沟通于"大传统"中的"小传统"》,《扬子江评论》2007 年第 1 期。

② 阿乐:《嫦娥娘娘站起来!》,《星洲日报·星云》1999 年 9 月 23 日。

③ 涵青:《愿地球与月亮永不出轨》,《星洲日报·星云》1999 年 9 月 23 日。

④ 谢秀昕:《请救救我吧》,《星洲日报·星云》1999 年 9 月 23 日。

⑤ Miu Miu 是意大利著名品牌 Prada 的副线,风格轻灵简约,主要针对年轻人市场。

只瑟瑟发抖的玉兔则哆嗦道："我们好冷呀！嫦娥姐。"漫画并配有打油诗："只要天天换新衣，嫦娥不悔偷灵药！"① 漫画嫦娥其实并无多少寄寓，大致属新新人类的节庆笑谑。总之，专辑中的嫦娥是一个为读者带来谈资、欢娱和寄寓的嫦娥，也是一个为大众消费的嫦娥，具有类于"狂欢化"的文化美学及诗学命题意味。

二　话题征文：人伦之美与人性关怀

《星洲日报》的办报宗旨是"情义相随"，"新闻版贯彻'义'的原则，副刊发扬'情'的精神"②，紧扣人类永恒母题"爱"，不断建构自己良好的报业形象。"有爱才有欢乐和温情，星洲日报不只是一份报纸，它也关怀你，推动社区发展，散播人间温暖"③，这段形象推介广告凸显了作为公共传媒的社会责任感和参与意识。"星云"策划的面向公众的话题征文同样都和社会生活息息相关，征求紧贴生活的故事，致力于寻找身边生活中的爱和感动，引导读者发现古朴、醇厚的人伦美和人情美：

> 你应该写下来，去年岁末你看见一个媳妇30年来，无怨无悔照顾失智的婆婆；或是住在你家楼下那个拉着失明老伴的手，走过大半辈子的男人。当时的感动，不应该只留在你心中，"星云""人间有温情"专栏，希望找到各个角落的温暖，将每一个感动分享给所有的人。写作是一种永恒，你能让看似微小的人间情感长存；因为你的书写，付出的人便不再孤单。"人间有温情"专栏等待你的投稿。④

类似的主题专栏征稿是"星云"的一项长期性策划，张永修主编时期，就有过"温馨温情"系列征稿，征稿的目的在于"让我们感觉这

---

① 无名氏画：《嫦娥的新衣》，《星洲日报·星云》1999年9月23日。

② 曾毓林：《恶主编手记十七：我们有自己的主张，不愿跟风》，《星洲日报·Happy星洲周报》2007年6月17日，第31版。

③ 《广告：星洲日报21世纪的全方位报纸》，《星洲日报》2000年3月5日，头版。

④ 《"人间有温情"专栏征稿啰!》，《星洲日报·星云》2005年7月1日。

世界还有温暖"。① 而从"星云"分出来的"星辰"版，本身即朝向"生活文学"转向，所以其专栏主题策划的征文更是贴近生活，如刊出时间相当长的"大城市小故事"专栏，征求发生在城市身边"让人心中一动，甚或会心一笑的故事"②，该征文专栏自"星辰"起始持续到"星云"合版后的 2001 年，前后跨 4 个年度，历周秀君、黄菊子、谢慧丽三任编辑。继之另一个持续两年时间（2003—2005 年）的星云征文主题"想找一个人"稿约如下："在人生的旅途，也许有个萦绕你心头已久的人影，或是你想对一个人说出心里的话，却失去音讯，又或许你想找个老朋友，过年时大家聚一聚……副刊'星云'版征文'想找一个人'，刊登的是一则值得分享的寻人故事，也是一个不但免费还有稿费的寻人故事。"③"星云"与日常生活相关的征文话题总是触碰普通人最柔软的心田，成为读者精神小憩的驿站。

"星云"以新闻的眼光策划时事主题征文。1997 年 9 月 19 日因印尼烧芭造成东马砂拉越空气严重污染④，砂拉越进入"烟雾紧急状态"，"星云"推出"征稿：紧急状态你正在做什么？"，让读者在"没有上班上学的日子"书写见闻感受或回溯大马历史上颁布过的几次进入紧急状态的情景。征文用语"让'星云'陪你走过历史性的一刻"⑤，给人无论何时何地"星云"总在你身边的感觉，既利用时事亲历建构庶民记忆，又拉近了与读者的距离。再如，当大马社会"接二连三发生攫夺、抢劫事件，匪徒愈形放肆嚣张"，而"人心的冷漠和麻木"更让人触目惊心，"向来强调紧贴人心"的"星云"推出"劫案发生，读者发声"的征文主题："希望读者能投来你亲身经历的、亲眼目睹的，或是发生在你身边人士的攫夺抢劫事件，以真实故事来融化一颗颗冷漠的心。"⑥"星云"时事选题征文敏锐捕捉具有书写价值的新闻，引导读者将关心

---

① 《"温馨温情"系列征稿》，《星洲日报·星云》1992 年 3 月 18 日。

② 《"大城市小故事"征稿》，《星洲日报·星辰》1998 年 1 月 31 日。

③ 《星云征文："想找一个人"》，《星洲日报·星云》2003 年 1 月 1 日。

④ "烧芭"是东南亚传统的火耕方式，先放火烧掉荒地或农田里的杂草，甚至烧掉部分林木，再引水播种水稻，草灰是理想的肥料。大型的烧芭活动会带来严重的雾霾及空气污染。

⑤ 《征稿》，《星洲日报·星云》1997 年 9 月 26 日。

⑥ 《星云征文："劫案发生，读者发声"》，《星洲日报·星云》2004 年 6 月 22 日。

的主题用文艺作品形式表达出来，具有贴近性、本土化、互动性，尤其"强调紧贴人心"，与读者的情感、生存境遇等同声相求，满溢着人性关怀，润泽人们的心灵。

"星云"的征文话题也指向个人经验领域或者说私领域，2005年"每月征文"推出话题如"岁月作证"，征文如下：

> 白发，是岁月的冠冕。走过许多历史，经历许多岁月，多少的坎坷路，多少冷暖事。长辈的经验，是真实的体会，也是金钱买不到的智慧。请把你的人生历练与体验写成精彩故事与我们分享。①

私领域话题兼顾各个年龄段的读者，"岁月作证"征文对象显然是中老年读者。其他每月征文如2006年4月征文"感谢生命中的红颜知己/蓝颜知己"，2006年8月征文"出糗经验实录"、9月征文"改变生命的一句话"等，私领域话题给个人情感提供释放和分享的渠道，同样具有一种心灵润泽和人性关怀的意图和效果，同时亦满足人们天然的好奇心和观看欲。

"星云"话题征文通过对日常、琐屑的人伦之美和人性关怀之书写，凝聚起拥有共享价值和承诺的人群，重铸情感丰厚的华社纽带与共同信念。

三 "星云"征文的庶民参与与"日常生活审美化"

"日常生活审美化"就是"日常生活的审美呈现"，这一命题最早是英国诺丁汉特伦特大学社会学与传播学教授迈克·费瑟斯通（M. Featherstong）提出来的。他于1988年4月在新奥尔良"大众文化协会大会"上作了题为《日常生活审美化》（The aestheticization of everyday life）的演讲，认为日常生活审美化正在"消解艺术和日常生活之间的界限"，在把"生活转换成艺术"的同时也把"艺术转换成生活"。这种方式消解了艺术的神圣性与独立性，使艺术从精英式的精神殿堂转

---

① 《星云征文："岁月作证"》，《星洲日报·星云》2005年10月19日。

入日常生活①，"日常生活审美化"关注"美向生活播撒"，可视为对后现代都市生活的一种概括。"它是在科技的飞速发展，物质生活质量逐渐提高，人们日益从物质需求向精神需求过渡的前提下而出现的一种理论对现实的回应。"② 人们除追求物质利益的极大消费，也在充分消费着审美带来的精神享受。

这种审美的精神享受由谁提供？或者说谁将日常生活作审美呈现，谁将美向生活播撒？一句话，谁是美的内容的提供者？从"星云"征文活动来看，无论是节庆征文，还是话题征文，"星云"征文的作者群除了可进入文学系谱的作家，更主要的是对广大读者发出邀约："诚邀大城市小市镇中的大小人物一起来和我们分享真实的故事、有意思的事和发光的人生智慧"③，虽则只是一则征稿的邀约，却可以见出征文活动所提供"低门槛"写作面向，而且征文字数一般长短不拘；由于"大城市小市镇中的大小人物"一起参与写作，一起成为美的内容的提供者，这样，"星云"长年不断的征文活动真正提供了一个"庶民写作"的平台。某种意义上"庶民"也参与了生活艺术化的经营，以诗意的眼光观察、体味生活并化为文字。由此，"星云"的部分征文作品常常"介乎于写实与虚构、生活与艺术、文学与亚文学之间，具有一定的思想性、艺术性，创作上也体现了一定的审美意识，因而可称其为'软文学'"。④ 无论是日常生活话题还是具有突发性的时事话题征文，一方面，这些"软文学"某种意义上也在建构一种庶民记忆，这种庶民书写虽与精英写作的宏大主题、启蒙话语迥异，但这些被快速消费的故事同时也树立了世俗生活图景中的普世价值，故事中的人性美、人伦美对大众读者来说同时具有"润物细无声"的教化作用；另一方面，作为"日常生活的审美呈现"的征文，讲述的是庶民自己的故事，呈

---

① ［英］迈克·费瑟斯通：《消费文化与后现代主义》，刘精明译，译林出版社 2002 年版，第 95—98 页。

② 韩德信：《日常生活审美化——西方现代理论发展的必然结果》，《首都师范大学学报》（社会科学版）2007 年第 6 期。

③ 《"大城市小故事"征稿》，《星洲日报·星云》1998 年 1 月 31 日。

④ 欧阳友权、吴英文：《微博客：网络传播的"软文学"》，《文艺理论研究》2010 年第 4 期。

现的是真切的庶民美感经验，尽管这种"美感经验"是粗糙的、肤浅的，它的"庶民写作"性也同时消解了传统社会中人们对于文学的神性崇拜。

"报纸作为一商品，需要吸引大量读者才能生存。于是，经营者除了要取悦关心时局和留意社交动向的有闲阶级外，更须刊登较浅白易懂的文章，以生活小趣味吸引大量中下层的读者"①，好的征文主题尤能争取到更多读者的关注，故而征文对报纸副刊具有托带作用。②"星云"频繁的征文活动其广泛的庶民参与性其实是扩大了副刊的读者群，读者与作者的身份形成了混杂性，读者既是消费者，也是生产者或者内容提供者。征文使副刊与读者取一种比较平等互动的姿态，而非精英式的对读者使动的立场，有效地调动了读者的趣味及写作热情，从而创造消费/阅读行为。征文大多可归类为文学性泛化的"软文学"，世俗化、娱乐化的痕迹较重。

需要进一步指出的是，策划征文活动并不是马华报纸副刊的专有现象，但是就征文活动的频率来看，以《星洲日报》为代表的马华报纸副刊显然远远高于中文主流地区如中国大陆、台湾等地的报纸副刊；显然节庆主题尤其是与中华民族传统节日相关的征文主题是马华报纸副刊的突出现象。关于节庆主题征文频繁的现象其原因前面已有提及，那就是节庆作为某一远离起源地庞大母体的少数族裔群体的全民庆祝仪式，特别具有输送与传播族群记忆的功能，隆重的节庆仪典、普世参与的热情与欢愉氛围，即使作为应景，媒体也会记录、反映甚至强化民族节庆。更进一步，作为族裔媒体，马华报纸具有双重性，"依据马来西亚的国情，华文报已经不单纯是族群的资讯消费品，而是民族的文化与教育支柱之一，支撑着民族文化与教育大业的薪火传承"③，"资讯消费品"和"民族的文化和教育的支柱之一"很好地说明了马华报纸的双重性，二者相辅相成，马华报纸的天然使命使其成为天然地成为输送与

---

① 杨慧仪：《文化评论反映时代精神》，《星洲日报·新策划》2000 年 1 月 15 日。

② 刘秀平：《征文对报纸副刊的托带作用》，《青年记者》2009 年第 20 期。

③ 《东马星洲日报年宴——张晓卿：没有宏观理念　充斥敌意媒体难成大事》，《星洲日报·国内》2006 年 12 月 17 日，第 7 版。

传播族群记忆的操演工具或媒介。

那么，为什么不仅是节庆征文活动繁多？这同样与马华报纸的性质和处境密切相关。即华语在马来西亚处于非国语地位，始终囿限在族裔语言之中，华文教育和华文文学始终离不开族裔内的全民动员，华文写作的根基始终未植于一片沃土，故而某种意义上征文活动也有族裔内的动员和激发作用，华文写作的庶民参与范围越广，意味着华文报纸的读者群体越壮大，华文报纸才能获取愈多的商业利益；当然华语作为族裔群体的主要工具性语言，亦是其使用者华族族裔群体表情达意倾诉和聆听的主要媒介语，即马华群体具有以华语为媒介满足文化消费的需求，诗意地表达栖居和倾听栖居的诗意表达借助参与征文活动得到满足。《星洲日报·星云》版的征文活动就是这样一种媒体和读者相互激发的关系，在互相砥砺激发中，《星洲日报》作为族裔消费品和民族文化与教育的传承者的双重功能较好地统合一体。

第三节　文学跨界写作的偶像化现象——以"凌云笔阵"专栏为例

中国古代园林的窗棂、洞门借框取景，有限的窗可收纳无限的自然，就像杜甫《绝句》诗"窗含西岭千秋雪"所描绘的那样，小小的一扇窗犹如画框，把西岭的千年雪色框入其中，而副刊专栏随笔亦如园林之窗，虽仅截取生活片断，却嵌入了栖居的哲理、智慧和诗意等。相对征文参与作者的普泛性、庶民性，专栏作者具有相对的精英性；而相对征文作品，专栏小品也具有相对的精致性。报纸编辑常把专栏作为重点来经营，专栏的策划与设置甚至是副刊个性、品味的表征。

从1980年代起，马华报纸副刊专栏设置蔚为风气，培养了大量的专栏作者。"许多文坛健儿与大学新手纷纷投入专栏小品的生产线"，"进入90年代，专栏小品仍然历久不衰，各种形式的专栏以全版的专属版面出现"。[①] "茅草行动"后复刊的《星洲日报》于1989年7月至

---

① 钟怡雯：《马华当代散文选序》，载钟怡雯主编《马华当代散文选》，文史哲出版社1996年版。

1993 年 3 月于星期天刊开设的"五彩"即是全版专属专栏,每次大致容纳 5 位作者的专栏,马华知名写作人大都在"五彩"专版上辟有专栏,如陈蝶专栏"行将不惑"、陈政欣"小说小说"、梁放"读书天"、钟可斯"草堂本纪"、辛金顺"天地情"、潘碧华"梦醒红楼"及"逍遥游",林春美专栏"斑黛人烟"及"给古人写信"等。这些专栏文字各以文趣或理趣见长,但由于专栏框框的发稿时间和字数局限,"很自然地走向了通俗化",这些专栏小品大致可归类为马华散文中的"随笔派通俗组","马华散文中,过半数都该被类为'随笔派通俗组'"。①

随着《星洲日报·星云》版"生活文学"及大众休闲文艺的转向,除了作家受邀执写专栏文章,邀约各领域的知名人物撰写专栏以满足消费型阅读需求成为一个突出现象。

一 "凌云笔阵"——作为行业精英的书写场域

"凌云笔阵"从 2002 年 9 月 23 日开始至 2006 年 11 月 29 日结束,专栏持续四年有余。专栏推出时未见编辑按语,但我们大略可从词源学的角度来窥知专栏意旨,唐代杜甫《戏为六绝句》之一:"庾信文章老更成,凌云健笔意纵横","凌云笔"后用来泛指为诗作笔力超凡;清郑板桥《赠潘桐冈》诗云"吾曹笔阵凌云烟,扫空氛翳铺青天",诗是用来形容板桥书法的气势,"笔阵"意谓文笔之事有如战阵。又杜甫《醉歌行》云"词源倒流三峡水,笔阵横扫千人军",形容笔力雄健,如同横扫千军的气势。从上引与"凌云笔阵"相关的诗文大致可知"凌云笔阵"编辑对此专栏的期许,即这个专栏应是集合了马华富于才华的精英群体,它的风格应是健朗向上、生气勃勃的。

"凌云笔阵"(简称"笔阵")是一个由编辑邀约的专栏,刊出频率与"星云"一致,星期一至星期六每天分别由一人主笔,每人主笔专栏时间为 3 个月至半年以上不等,分期分批更替。以第一批"凌云笔阵"作者为例,2002 年 9 月 23 日(星期一)起,分别是星期一永乐多

---

① 陈蝶:《闲看荆草蔓歌台——纵观九十年代的马华散文》,载载小华、尤绰韬主编《扎根本土·面向世界——第一届马华文学国际学术研讨会论文集》,马来西亚华文作家协会 1998 年版,第 259 页。

斯，星期二系子，星期三施宇，星期四陈强华，星期五范俊奇，星期六章瑛。据笔者统计，约更替过 11 批笔阵作者，去掉连续主持两期笔阵的重复作者如曾翎龙、陈兰芝等，另外去掉客串的台湾等地作者如张曼娟、韩良露、平路、蒋勋、胡晴舫等 5 人，共有超过 62 名本地写作人先后主笔过该专栏。

笔阵写作群体大多属于新生代（六字辈以后），这个写作群体职业身份颇为多元（见附录一），主要包括：（一）知名写作人或被视为作家身份的永乐多斯、朵拉、小曼、林艾霖、陈强华、李天葆、邝眉、方路，还包括更为年轻新锐的许裕全、张玮栩、许通元、曾翎龙、木焱、赵少杰等人。（二）从事舞蹈、戏剧、电影、电视、音乐、摄影、美术等艺术行业工作者，达 18 人之多，包括名主播或"名嘴"陈嘉荣、阙爱芳，新浪潮短片导演陈翠梅，舞蹈家廖长青、马金泉、陈连和，知名音乐制作人写词人管启源，知名摄影张荣钦等。（三）从事教育行业者约 6 人，包括大学讲师和中学教师等。（四）媒体记者、编辑、出版人、翻译、广告文案等文字工作者如郭淑卿、范俊奇、曾毓林、黄俊麟、王书彬、马瑞玲、叶佩诗、李红莲等人。（五）文化商人。包括从事陶艺、茶艺等文化商业的林福南、萧慧娟、晨砚，从事美妆行业者刘敬安，职业经理人马来西亚余仁生董事经理骆荣富等。（六）从政者。包括民主行动党槟城大山脚区国会议员章瑛、文化艺术及旅游部副部长胡亚桥等。（七）其他。如曾为记者暂为全职妈妈的写作人陈兰芝，曾涉足多行业但暂时属自由职业者如阿纳达、邱妙莹等。

笔阵作者除大马知名作家外，更多人是以行业身份而知名，即在大马本地有相当知名度，大部分堪称公众人物，因此"凌云笔阵"可视为是一个各行业精英的书写场域。在该场域内，一方面各行业精英将文学的理念延伸至职场，另一方面专栏作者将各自从事的绘画、音乐、摄影、戏剧、电影、广告等艺术经验或其他社会工作视野糅合进写作，在跨领域的场景中穿梭，因此，"凌云笔阵"专栏呈现出多重经验的跨界多元写作的面向，它代表了文化消费语境下马华写作的一个方向。专栏一般介于 700 至 900 字以内，不少专栏文章具备相当的语言艺术水平，与"星云"面向大众的征文作品相比，属更为精致的生活小品文。故亦可将"凌云笔阵"专栏视为马华通俗随笔小品的代表。

二 "凌云笔阵"作者的"偶像化"制作趋向

作为一个由众多作者轮流集体主持的专栏，"凌云笔阵"在每个人的专栏登场之初，每篇文章后会附作者身份简介，并有着将笔阵人物偶像化的趋向。这集中表现在笔阵作者的出场，往往带着不显山露水的策划性，每换一批笔阵人物，副刊多会以相对显眼的位置提示读者。如2004年8月新一期笔阵人物登场，编辑在"星云"版以黑体字提示："'凌云笔阵'新作者即日起在《星云版》与读者见面，敬请留意！专栏新阵容！"① 有时候甚至以较大篇幅在副刊显眼位置推出，以2004年4月"凌云笔阵"新轮换的一批专栏作者的推介为例，星期二副刊"海天游踪"辟出封页报头右上侧醒目的位置以醒目的红色粗体字置入标题："'凌云笔阵'最新阵容"。标题下郑重推出笔阵作者，包括作者姓名，姓名后以括弧标示作者职业领域，并附作者简介，推介之文字表述不拘一格，极具吸引读者之效，原文照录如下：

　　曾毓林（新闻）：把报馆当"道场"，把工作当"修行"的人间修行者。以前在工作岗位上学习"要做，不要怨；要怨，不要做"，现在在学习"得失随缘，心无增减，有求皆苦，无求乃乐"。

　　叶健一（美术）：日本高崎艺术短期大学美术部优秀生毕业，到印度 Madras Kalakshetra Crafts Fountain 进修植物染系。曾到日本参与多次展出，1999年获中国炎帝杯国际书画展，中国画金展，2002年参加英国 Shelffield 国际女流画展，并于本地开展无数。

　　李红莲（创意）：不迷信不及体会就已经失去的青春，但却固执迷恋魅力的养成。与寂寞难舍难分后才发现从来不算孤单一人。坚持爱情不能只是体温，而是两个生命相互提升加乘。相信爱的素质决定面包的灵魂，生命但求丰盛多于完整。

　　马金泉（表演艺术）：共享空间舞蹈剧场创办人兼执行团长，毕业于香港演艺学院现代舞蹈专科，后来被林怀民提携进入台湾云门舞集任专业舞者，再远赴纽约陈乃霓现代舞团及 GGD 现代舞

---

① 编辑按语，《星洲日报·星云》2004年8月9日。

团担任专业舞者。

赖昌铭(编剧):赶稿期间,做得最勤的课外活动是煮饭和刷牙。因下厨可减轻压力,刷牙可避免终日不发一言导致口臭。喜欢的日常活动包括胡思乱想和自言自语。因工作需要,患有精神分裂症,但为了构思刻画人性感人肺腑的剧情,因此仍然保持高浓度人性和理性,请放心!

曾子曰(广告):信奉快乐主义,视一辈子快乐为奋斗目标,他一人分饰一角,包括记者、主编、编剧、广告文案人、填词人、出版社社长、专栏及小说作者、好心人、好男人等等。他喜爱做人,热爱生命,希望人人都快乐。①

以上推介文字其实当是作者自述,语言或幽默风趣,或冷静知性,表述方式可以分为几个类型:一是"晒"实力,如叶健一和马金泉,主要是客观展示相对闪亮的人生履历;一是"酷我"个性,如赖昌铭、曾子曰,出之以戏谑诙谐之语;一是哲思小语,如曾毓林、李红莲,展示自己处世态度。总之,在文字的搬演中笔阵作者个性化形象剪影呼之欲出。

另外,作者简介还有感性抒情的自我表述方式,如2003年1月上场的笔阵作者赖忠苑自述:

相信怀旧就是前卫,坚持怀旧不死的精神。不要告诉我现在的春天有多娇媚,我只喜欢已逝的一树繁花。如果西方文化人可以如此忠贞地拥抱着复古的绵绵情怀,为何东方人就不能够打开珠光宝气的怀旧锦盒。身为现代时尚生活杂志的总编,真正喜欢的其实是写写东西方歌影星的风情月债和灯火银辉。②

这段自述文笔优美,满溢才情,又昭示了专栏书写的内容与风格。同是怀旧的李天葆的自述则写成一篇古色古香的绮丽美文:"年华有数,

---

① 《"凌云笔阵"最新阵容》,《星洲日报·海天游踪》2004年4月13日,封页。

② 赖忠苑:《霓虹艳》后附简介,《星洲日报·星云》2003年1月15日。

观大千万象似未悟；信笔无功，欲画牡丹反染凄丽红；难言是非故事，落墨不及眼底万一。世情瞬变，不如听回忆歌声盛放，看月光帆影星眸，心随艳阳沉淀，灯火下再写闲愁。"① 一派文采斐然的古风氛围中透着唯美，勾起读者无限的怀旧情结。

不管何种表述方式，我们不难发现其中的"偶像化"制作痕迹。笔阵作者推介看似寥寥数语，但绝不是表格式的公式化录入，而是出之以文学的手法，一份份微型自传，色彩斑斓而又各具面目，具备了励志、浪漫、小资、时尚、品位、特立独行的个性标榜等"偶像化"要素。

如果说"星云"名目繁多的征文活动面向的读者对象主要是朴素的市井街坊邻居，"凌云笔阵"面向的读者对象则是大专学生、都市职场青年抑或生活优渥的全职主妇。而笔阵以年轻职场精英作者占绝对优势，中年者多是生活中的成功人士。从他们的个人简介中可知，他们大多有着游学海外、行走世界的开阔视野和丰富阅历，如邱妙莹"这10年来陆续在墨尔本、吉隆坡、柏林、荷兰、爱丁堡和伦敦留下她的生活踪影。她涉足过不同行业，包括媒体、社会福利、中文教学等等"②；声称"旅行是因为无聊"的赵少杰③，将"许多的味觉记忆留在美术馆、罗马尼亚、波兰、斯洛伐克和布拉格的夏天，走出家门，来到永远的柏林、匈牙利、布达佩斯、比利时"④，徜徉欧洲大地；张玮栩是"英国西敏士大学传播硕士毕业"，"刚从伦敦回国"。⑤ 即便是作为"全职 home maker"身份的陈兰芝，亦"像候鸟般定期迁徙英国威尔斯，借常常旅行，来感受脚踏实地、平淡而真挚的生活情境，私酿人生记忆"。⑥ 这些行走世界的履历中透着情调，其实无形中是在向读者倡导一种高雅的、有格调的生活方式，这种方式无疑具有强烈的"虽不能至而心向往之"的词语诱惑或召唤效果进而激发人复制模仿的欲望。

从 2005 年 7 月 18 日起，"凌云笔阵"作者都配有颇富个性气质的

---

① 李天葆：《天光清一色》，《星洲日报·星云》2006 年 3 月 4 日。

② 邱妙莹：《贴近》，《星洲日报·星云》2006 年 3 月 8 日。

③ 赵少杰：《从头开始》，《星洲日报·星云》2006 年 8 月 1 日。

④ 赵少杰：《结束》，《星洲日报·星云》2006 年 11 月 28 日。

⑤ 张玮栩：《出口的名字》，《星洲日报·星云》2003 年 4 月 12 日。

⑥ 陈兰芝：《孤寂生活》，《星洲日报·星云》2006 年 3 月 9 日。

照片,作者简介用文字与图像联袂推出的方式,"偶像化"的趋向更加明显。这种"偶像"制作自然会让读者仅睹其人已对那即将依续而来的专栏文本产生阅读期待,也进一步扩展了那些本属公众人物的笔阵作者的偶像效应。

"凌云笔阵"对作者的偶像化制作这一特点与前述《星洲日报》持续时间长达三年多的星期日专版"五彩"专栏作者简介相比更显突出。"五彩"专栏在推出新人专栏时也会附"五彩新人"简介,但其简介内容一般较为表格化、程式化,主要包括出生年月、教育背景、职业等。兹处照录几位作者简介如下:

> 河川,马大教育系毕业,教师。1962 年生。
>
> 许育华,1963 年生,马大经济与行政学系毕业,现任商团秘书。
>
> 方昂,37 岁,教师。著作有散文集《一座塑像》及诗集《夜鹰》。
>
> 胡宝珠,师大英语系毕业生。目前任教职。①

实际上基本上所有"五彩"专栏的作者简介都是上述方式,接近于纯客观的陈述,文名稍著者如方昂,则罗列其已出版的作品集,以进一步强化其作家身份,这显然与"凌云笔阵"立意树立"时尚性"、"明星"式、"偶像化"作者形象以吸引大众不同。

2011 年 11 月 21 日,杨百合于《星洲日报·沟通平台》上发表题为《照顾乐龄作者》的短文,以"星云"为例,说明副刊疏忽乐龄写作人,并建议开辟"专供乐龄人投稿发表的园地"。该文先后引出两篇深有同感的回应文章,其中一篇认为"现在副刊编辑多是年轻人,他们编版风格洋溢青春气息,也倾向年轻人思想"②,故而乐龄作者的文章不易被选登。其实包括"星云"在内的副刊较少采用乐龄作者的投稿,亦反映了副刊的阅读群体以新世代年轻读者为多,而在马华文学年轻阅

---

① 《五彩新人》,《星洲日报·五彩》1989 年 7 月 23 日。

② 江上舟:《乐龄写作人的困境》,《星洲日报·言路》2011 年 11 月 23 日。

读群体中亦普遍存在"偶像崇拜"的现象，如在 2005 年 7 月 9 日、10 日马来西亚留台总会主办"马华文学与现代性国际研讨会"上，"不少参加研讨会的年轻学员都表示，其实都抱着看'星星'的心态而来的。当然，黄锦树、陈大为、钟怡雯、黎紫书等台上主讲人是最耀眼的'明星作家'。但是出席研讨会的群众当中也不乏一些引人注目的'明星学员'，例如学者潘永强、诗人陈强华、方路、VMag 主编赖忠苑，电影导演何宇恒等等，各人都吸引了不少在场目光"。[①]"凌云笔阵"之所以将作家包装成明星式的偶像写手，正是为了投合主流读者群"偶像崇拜"的心理和消费习惯。

"偶像化"的操作手法已是文化产业一种成熟的运作方式，目的是"制造出一种声名，一个有名的、得到承认的名字"，并最终"从这种操作中获取收益的权利"。[②]"偶像崇拜"作为一种心理现象，"指个人对幻想中喜好人物的社会认同与情感依恋"[③]，一旦读者对"凌云笔阵"作者的"社会认同与情感依恋"形成，那么笔阵专栏的稳定读者群就形成了。

三　"凌云笔阵"的内容书写：纸上"星巴克"

"凌云笔阵"专栏小品文大致不脱林语堂所提倡的"以自我为中心，以闲适为格调"[④]，每个作者专栏具体的内容和风格基本上由作者简介中的职业身份和经历透露出来。

笔阵专栏大多选择故事的言说方式。由于笔阵作者有着各自的专业领域如艺术、媒体、教育、商业、政治等，他们中大多数并不是一般人所认定的"文学场域"中人，相当一部分专栏带有"文学发烧友""客串"写作的性质，他们借以吸引大众的绝不是专业领域的术语演绎，而是作为"名人"的生活中的故事，故而扬长避短，以审美的眼光、文

---

① 翁婉君：《马华文学与现代性国际研讨会花絮》，《星洲日报·新新时代》2005 年 7 月 24 日。

② ［法］皮埃尔·布迪厄：《艺术的法则》，刘晖译，中央编译出版社 2001 年版，第 182 页。

③ 江冰：《论 80 后文学的"偶像化"写作》，《文艺评论》2005 年第 2 期。

④ 林语堂：《〈人间世〉发刊词》，《人间世》1934 年 4 月 5 日第 1 期。

艺性的笔法、精短的文字深掘、定影其日常生活的寻常或不寻常故事，就成为其写作策略。专栏作者之一——职业为编辑的黄俊麟每天的工作内容是"看稿改稿组稿"，"眼前的文字渐渐渐渐就幻变为江上的一艘艘船只，过尽千帆之后，发现故事始终是最迷人的言说方式"①，于是其专栏选择了故事书写。其他专栏亦多选择故事的言说方式，如舞台剧导演李永强谈生活中真实的戏剧性故事，而本是律师但自幼习钢琴的菲尔专栏则谈中西名曲、音乐逸事等；新闻主播陈嘉荣书写自己的新闻采访经历等。

由于丰富的人生历练，"凌云笔阵"作者以行走的姿态，书写穿梭世界各地的体验和见闻，因而，相当一部分笔阵文字可归类为行走类叙事小品。如行走东西方不同城市的邱妙莹专栏主要书写在柏林、英国伦敦、爱丁堡及湖区乡镇等地的生活踪影，从轻松活泼的公共图书馆到以"现代主义"为主题的博物馆、美术馆展览②，从乡间小镇的天空、飞鸟、土地、树林、河流、群山、空气、阳光、浮云③，到市井街头市集的活色生香④，再到伦敦那卖糖老鼠和蜜糖酒的传统英国食品小店⑤，无论现代还是传统，都是贴近异域的生活的味道。林舍莉叻"悠游在商学与教育之间。马大与剑桥大学毕业。喜欢小朋友，也爱旅游"，专栏分享"与世界各地小朋友的相遇故事"。⑥张玮栩专栏以"地铁出口系列""贩卖伦敦风情"⑦，摄影家张荣钦娓娓道来他在世界各地的"影像游记"⑧，邴眉的专栏虽不是异域书写，但东马的旖旎风情，对西马读者而言仍是一场场历奇之旅。这些叙事小品文字极大地满足了大众猎奇心理。

当然"凌云笔阵"少不了亲情及反哺亲情的言说，少不了关于友

---

① 黄俊麟：《仿佛那手中有了相机》，《星洲日报·星云》2004 年 8 月 10 日。

② 邱妙莹：《只不过一时想起》，《星洲日报·星云》2006 年 4 月 19 日。

③ 邱妙莹：《贴近》，《星洲日报·星云》2006 年 3 月 8 日。

④ 邱妙莹：《爱上街头市集》，《星洲日报·星云》2006 年 6 月 7 日。

⑤ 邱妙莹：《糖老鼠和蜜糖酒》，《星洲日报·星云》2006 年 5 月 24 日。

⑥ 林舍莉叻：《你一定很累了，对吗?》，《星洲日报·星云》2003 年 4 月 11 日。

⑦ 张玮栩：《出口的名字》，《星洲日报·星云》2003 年 4 月 12 日。

⑧ 张荣钦：《妈，我决定回来》，《星洲日报·星云》2003 年 4 月 9 日。

谊，关于爱情，关于成长的迷惘、哀愁的故事，但其实最契合读者心灵的除了故事，更重要的是故事书写背后的人生意蕴或者美好愿景代言了消磨于日常生活中的都市人的精神追求，使人能在现实不足中得到某种精神补偿。编舞家陈连和的笔阵专栏通过自己的演出与游历旅程的故事和经验，笔下呈现一派艺术人生的光景。在峇厘岛住家庭旅馆，"晨听飞鸟高歌，夜与星光共浴。悠游在落英缤纷的冰池里，听山泉潺潺，暂忘城市的烦嚣"，"（峇厘岛）大人小孩多懂音乐、会舞蹈、能作画、善雕刻。每当入夜时分，废墟庙宇都有演出，他们以夜空为幕，月色为光，踩着大自然的音律，在点点油灯引领下，伴着荷香，与天神鬼魅起舞"。① 峇厘人生活与艺术合而为一，常令在艺术与生活里拉锯的作者自惭形秽，而那幅世外桃源何尝不是都市人永恒的向往！

从艺术表达来说，"凌云笔阵"随笔小品大多呈现出模式化、类型化的书写，即以琐屑入笔，于故事或现象中缀以一点哲理，一份美或感动。如王书彬专栏文章《放手的时候》讲述法国电影《蓝色情挑》中女音乐家原谅已逝的自己深爱的丈夫生前的背叛，原谅丈夫的情人，面对这样一个令人感慨唏嘘的故事，作者写道，"人最高尚的情操莫过于当他们有权力去憎恨或惩罚时，她却选择了原谅"，"人用放大镜看自己时，眼睛装不下任何人，自我膨胀，把每个情绪都放大时，只会像只鼓腮的青蛙"，那么"放开手中紧抓的乌云，你会拥有一大片清亮的天空"。② 这类似于给都市人作了一份心灵或情绪辅导。

虽是模式化、类型化书写，但究竟是不同的故事，不同的灵感或感悟，不同的文字表达，这些专栏小品仍然呈现出不同的美学面目。一些专栏不仅重视修辞技巧，更发展出一己的语言特色或行文风格。马来西亚新浪潮导演陈翠梅的专栏文字能调动读者的情景想象，即如她拍摄的艺术短片，很有画面感。如《有几分繁华，就有几分荒凉》一文写新年前夕接近午夜12点，人们开始倒数，她走在街上，意兴阑珊，看见：

　　　　有个和尚赤脚在街上站着，捧着钵化缘。我放了两块钱。他微

---

① 陈连和：《荷香渐远》，《星洲日报·星云》2003 年 5 月 12 日。
② 王书彬：《放手的时候》，《星洲日报·星云》2003 年 5 月 8 日。

笑着给了我一本书。

一大群印度男孩子在街上笑喊着跳起舞。酒吧又热闹起来了。

有两个男人抬着一片大玻璃走过。

有人放鞭炮。①

上述文字显然受着镜头语言或蒙太奇手法影响，客观并置画面，无一不反衬内心的无处安放。曾翎龙的笔阵专栏和先前在"星云"版上的"处处流光"专栏（2001年11月—2002年9月）一样，以"时间"为书写关键词，"从书籍、电影、流行歌曲、球赛、地方、商品等，试图捕捉并描述时间一去不复返的身姿"，他"所捕捉的时间在相当程度上是很个人的，然而其时光絮语却也偶或折射出社会条件与地方面貌的变迁"②，专栏小品以小见大，俏皮灵动中竟也有着不留痕迹的伤逝之美。

虽然专栏免不了诸如空洞粗浅或游戏个性的流弊，但"凌云笔阵"中的一些专栏文字不仅流畅达意，亦以职业的眼光表达对生活的省思，表达了一定的思考深度。如作为女性杂志主编的范俊奇，透过时装设计种种表达对大众文化的深度体察：

"巧的是，本地时装设计师的作品和本地文坛的畅销书，原来一直潜伏着绝对的异曲同工之妙：我们不需要深度，我们只计较销路。更单刀直入的说法是，随俗是必要的，大众化是必要的，扼杀自我风格更加是必要的"，"环境挫人啊，咱们看上去一片欣欣向荣的马来西亚，其实除了养不活一位够涵养的全职文学家，也同样喂不饱一位有创意的非商业时装设计大师"。③

优秀专业舞者、编舞家马金泉的笔阵专栏文字，既呈现出因舞蹈这

① 《星洲日报·星云》2005年12月29日。

② 林春美：《序：时光絮语》，载曾翎龙著《我也曾经放牧时间》，有人出版社2009年版。

③ 范俊奇：《是谁谋杀了深度?》，《星洲日报·星云》2002年9月27日。

一形体艺术涵养而成的长于借形象表情达意的习惯，更难能可贵地融入了对马来西亚舞蹈艺术事业发展的理性思考，如《雨海般若》篇写他得知一名专业舞者改行在一家车行从事行政及促销的消息，当时外面正细雨纷飞，作者写道，"雨景，是我最喜欢看的自然电影，你看不见周遭熙攘往来的人群，大家躲在车里、店里，雨幕把世间的杂喧隔开成一片片宁静的雨海般若"，就在这"雨海般若"中，文章表达这样的观点：

> 用 4 年的时间培养优秀的舞者，这并不困难，技术可以在课堂上每天精雕细琢，练就优秀的肢体条件。但最困难的是，这批对艺术倾情的年轻人，如何回视与了解大马这片艺术发展的泥土，自己如何设身处地的自律、自求、自得、自筑、自丰及自创。目前在这片艺术贫瘠的土地上付出的永远比获得的还要多，面对物质流欲的垂涎，理想与现实、疲劳与安闲在新一代人的价值天秤中，像这种夸父追日的情境，也像愚公移山的情景，没有深沉的热爱与相信，是无法诠为的。

所以，"要的，始终会成为，因情比石坚；不要的，一切奢求也枉然，应让它随风而去"①，于闲情观雨中，呈现一派禅意般若（智慧）。

由于"凌云笔阵"甫一开始，即对作者进行"偶像化"手法制作，因而笔阵专栏小品亦可看作是"偶像化"书写。"凌云笔阵"书写的是作者所归属的阶层和群体，实际上融入了一种高于一般大众的生活概念、生活品位，它们如全球连锁的"星巴克"，虽然出售的只是食物与饮品，但融入了轻松、随意、自由诸种人文情怀、小资情调，"我不在家的时候，就在咖啡馆，我不在咖啡馆，就在去咖啡馆的路上"，这一句经典的星巴克广告语提供的是一种品质生活的理念，一种潮流、精致的生活状态，星巴克因此成为"一种生活风格的全球读本"②，其经典的绿色美人鱼徽标，也成为一个城市的图腾。同样，"凌云笔阵"专栏

---

① 马金泉：《雨海般若》，《星洲日报·星云》2004 年 7 月 8 日。

② 张念：《星巴克 一种生活风格的全球读本》，《南风窗》2003 年第 19 期。

类于纸上"星巴克",一篇篇专栏文章即如一道道优雅的精神茶点,大众从中消费文字氤氲的生活趣味和生活品位,现实生活的不足得到某种精神补偿。某种意义上,"凌云笔阵"亦是一个大众文化符号和象征,诠释着大众文化消费的意义。

诗人木焱在他的笔阵专栏结束篇写道:"写此栏已有4月余,其中多篇扮小丑戏耍的文字,把经历转换成诙谐的题材,有人说'很废',有人追看就像追星。"① 这里无论是"追星"式的捧还是持贬斥的态度,都可以代表读者对"笔阵"专栏的态度,而无论褒贬,都说明了"凌云笔阵"得到了较高人气的关注。在大量过剩的信息面前,注意力是一种稀缺资源,对这种资源的占有,说明了专栏小品作为文化消费品的成功。

第四节 "星云""通俗散文"与"文学马华"通俗化的辩证思考

一 从"张曼娟旋风"看马华社会阅读通俗化风潮

1990年代中期马华社会刮起台湾畅销书作家"张曼娟旋风"。张曼娟先后于1995、1996、1999年三次到马来西亚演讲,每一次演讲前后《星洲日报》均腾出大篇幅以图文并茂的方式隆重报道。

以1995年张曼娟首次莅马演讲为例。该次演讲是《星洲日报》社主办的1995年花踪系列讲座的首场,张曼娟正式讲座的时间、地点分别是1995年1月5日吉隆坡、1月7日新山、1月9日槟城。但从1月1日起,《星洲日报》即辟出从国内版到娱乐版、广告版的各重要版位以连篇累牍的报道方式进行宣传造势。从每日投放的广告可知:张曼娟主讲的题目为"问世间情为何物?——文学中的爱情",而《星洲日报》社长张晓卿主持讲座开幕式更是凸显张曼娟名家身份,张曼娟被媒体突出的桂冠如下:"台湾文坛才女"、"最年轻的女文学博士"、"东吴大学中文系副教授","名列台湾十大最受欢迎女

---

① 木焱:《乱弹》,《星洲日报·星云》2005年10月19日。

作家榜首"的"畅销作家"、广播及电视"节目主持人",被誉为"新琼瑶"、"琼瑶的接班人"。① 这些由媒体突出的耀眼光环足以吸引读者。而报道中的文字更是将张曼娟描述成不食人间烟火般的唯美至情的浪漫飘忽女神形象,报道引台湾散文名家张晓风的文字描述:"面对这样的女孩是会令人对时空恍惚的。她是从洛阳古城繁花似锦的春天里走出来的吗?她所穿的是一尘不染的齐纨吗?"又引平鑫涛语:"张曼娟文如其人,人如其文,与其文章所勾勒出来的感觉如出一辙,具有中国文人的一股气质,外表娇美,气质典雅,言谈举止之间落落大方。在她身上可看到善解人意、不拘谨、不放肆、融合了古典与现代的中庸气质。"② 这段文字再加上所配的张曼娟集娇美、知性、浪漫、古典于一身的照片,已足以让读者生出一睹风采的热望,更别说聆听那字字珠玑的演讲了。而有关演讲盛况、张曼娟谈写作、张曼娟谈爱情、张曼娟专访等报道均置于几乎整个1月份《星洲日报》的各大版位,张曼娟巨星偶像级的影响力在大马年轻人中掀起崇拜热浪。仅在新山的一场演讲,就达二千名年轻观众冒雨而至③,真正是"张曼娟旋风不可挡"④。与张曼娟形成对照的是,1995花踪讲座第二波是由中国哈萨克族作家艾克拜尔·米吉提主讲中国少数民族文学,其宣传声势则小很多。

1996年4月张曼娟第二度巡回大马各个城市演讲,演讲主题为"我的文学我的爱",《星洲日报》以不亚于张曼娟第一次马来西亚之行的报道力度和策略继续营构张曼娟魅力文学明星形象,在年轻读者群中再次掀起"张曼娟旋风"。与此同时,张曼娟作品在包括"星云"版在内的各个版位长期刊载,如其长篇小说作品《我的男人是爬虫类》于1996年4月19日起在小说版连载。除小说外,张曼娟的生活随笔亦是《星洲日报》上的常品。

1999年10月张曼娟更是携其紫石工作坊培育的文坛新秀谷淑娟、

① 《星洲日报〈花踪〉讲座系列·台湾文坛才女张曼娟主讲》,《星洲日报·广告》1995年1月1日。

② 萧依钊:《张曼娟 恋恋人间烟火》,《星洲日报·国内》1995年1月4日,第16版。

③ 罗素兰报道:《张曼娟"谈情"新山掀"风雨"》,《星洲日报·国内》1995年1月9日,第13版。

④ 《逾千人赴"花踪之约" 张曼娟旋风不可挡》,《星洲日报》1995年1月7日,头版。

陈庆祐莅马主讲题为"发现幸福密码"的讲座，同样在年轻读者中大受欢迎。

不单是台湾张曼娟，继亦舒、李碧华之后的香港文坛新天后张小娴1997年12月莅马，分别在吉隆坡和槟城主讲两场讲座会《张小娴与你分享亲密心事》①，亦获得空前成功。同时，《星洲日报》小说版长期开设张小娴的爱情杂文专栏"名家小语""女人女语"，其文艺小说《三月里的幸福饼》亦在小说版连载。

《星洲日报》的密集促销与广告包装营造了张曼娟、张小娴等文学偶像效应。"偶像就如同名牌，是资本逻辑里的方便包裹。不必一样一样商品辛苦去吸引消费者，建立品牌，就可以垄断消费习惯。同样，偶像形成之后，就形成了对阅听者的注意力垄断效果，不必再一条一条消息去经营，搬出偶像来，报道与偶像有关的事物，就保证有一定的吸引力。"② 也就是说偶像背后的商业价值使得媒体热衷营造大众偶像，并将偶像效应顺利地转换成个人的阅读消费欲望，实际上这也可以进一步解释"星云"版为何竭力对"凌云笔阵"作者群进行偶像化制作。所以媒体与资本合谋使阅读的通俗化风潮在文化内涵积累原本不厚的马华社会盛行。

从图书阅读市场来看，马来西亚读者的阅读口味，深受中港台三地的影响，大马"本地阅读有95%以上是来自两岸三地的进口书"，且"多是属于流行通俗的轻文学"，"90年代末期，马来西亚开始受台湾开放影响，进入了多元选择的阅读阶段，但阅读市场仍以轻松阅读为主流"。③ 这亦反映在《星洲日报》每周七天见报的"小说世界"版连载作品，该版本地创作很少，几乎是清一色的转载或连载台港大陆的言情、武侠、科幻、玄怪、历史类等畅销小说；此外，翻译成中文的日本赤川次郎、西村京太郎、夏树静子、佐野洋、深谷忠记、岛田庄司、高

---

① 《张小娴周日来马　分享亲密心事》，《星洲日报·国内》1997年12月12日，第7版。

② 杨照：《民粹与市场这两名凶手正在谋杀媒体》，《星洲日报·自由论谈》1997年9月14日。

③ 王兆聪整理：《书籍·出版·市场需求·阅读需求的变化》，《星洲日报·新策划》2001年7月5日。

木彬光等人的推理小说（多为短篇）也长期在"小说"版连载。1990年代初"小说世界"持续刊载了这样一则租书广告："本国最大小说出租中心现已来到槟城（租约无限期）诺华图书馆"，广告中列举了该中心可供出租图书的作者，包括金庸、古龙、卧龙生、独孤红、卫斯理、冯嘉、余过、李碧华、亦舒、蔡澜、岑凯伦、张宇、严沁、依达等14人，另外还有"罗曼日本漫画"类图书可供出租。① 作者/作家名单除张宇为中国大陆作家外，其他均为港台畅销作家，分别以书写言情、武侠、玄幻、美食等见长。这份简单的租书广告见证马来西亚华人聚居地槟城读者的阅读通俗取向，在马华社会颇具代表性。

影视传媒方面，马来西亚华人社会长期深受港台影响，尤其是香港影视通过1980年代的录影带风潮至1990年代政府的有限度开放卫星电视，观众得以全方位收看香港电视，香港影视长驱直入家家户户。再者，一个全球化的现象是，随着消费时代的来临，大众视觉文化导致现代读者对文学著作的阅读兴趣和能力衰退，年轻一代宁愿看电影、电视，而不选择阅读经典原著，故而当代社会文化图像对文字居于霸权和支配的地位。② 文字机能的衰退亦使得在视觉文化陪伴下长大的一代以"悦读"通俗读物作为"阅读"经典的替代品。

从马华文学的根基——马来西亚华文教育来看，尽管马华社会有从小学到大专院校的完整的华文教育体系，但在庞大的国家主流教育体制荫翳之下的华文教育仍然显得步履维艰，华文教学越来越趋向技术化。③ 华文课本编辑"已由早期以理解和赏析文学的编撰，逐渐走向为以学生的语文能力训练为纲的编写"，忽略了情感、意境等选文的文学性——这些能陶冶性灵、建构审美价值和审美能力的功能。④ 而且随着中国经济的崛起，中马双边经贸往来的进一步密切，华语作为工具的实用性、功利性越来越得到强调。这样，深厚的文学素养、真挚的文化温情的缺失亦让一般读者的纯文学鉴赏力减弱，通俗文学由此成为阅读甚

---

① 见《星洲日报·小说世界》1992年3月1日。

② 周宪：《视觉文化与现代性》，载陶东风等主编《文化研究》（第一辑），天津社会科学院出版社2000年版，第128页。

③ 黄锦树：《走向技术化的华文教学》，《星洲日报·新新时代》2010年11月14日。

④ 安焕然：《当华文课只剩下语文技巧训练》，《星洲日报·言路》2011年1月26日。

或创作的自然选择。

从文化源流看，移民的马华社会本身文化积累不够深厚，"自华人南来伊始，我们终究耽于通俗文化小传统之中，而没有什么大传统或者精英文化可言。不要说大传统，就是属于小传统范畴之内的影、视、乐，我们基本上也仅仅是国外的消费市场，紧随着港台通俗文化而行。质言之，这些流行文化加上民间的传统通俗文化表演、节令民俗几乎就成了我们显文化的总和。"① 再加上强势的大众文化浪潮在商业利润的挟裹下更以压倒性优势流行市场，故而通俗文学在马华社会具有深厚的大众阅读基础，而包括《星洲日报》在内的大众传媒也充分顺应甚至引导市场阅读品味。

二 "星云""通俗散文"与"文学马华"辩证关系

阅读的通俗化风潮带动了文学创作的通俗化，因为读者的阅读水平决定文学创作的精致化和通俗化倾向。

何谓"通俗文学"？从文本层次来看，"'通俗'云者，应当是形式则'妇孺能解'，内容则为大众的情绪与思想"②；从功能上看，通俗文学"侧重于趣味性，娱乐性，知识性和可读性，但也顾及'寓教于乐'的惩恶劝善效应"③。由于它是供广大市民消遣、娱乐的文学。因此，它的语言直接指向意义，避免歧义性、多层性、模糊性，不像纯文学那样，"可以割断能指与所指的固有联系，把文学变成能指的狂欢，让意义永远隐退"。④ 相应地，通俗文学的主题简单明了，由于通俗文学绝对深植民间草根社会，必然触碰社会与人生问题，但并不要求深刻的思想、深奥的哲理。同时作为大众传媒中的精神消费品，"通俗文学"又是一种商品，故而总体概之，

---

① 许德发：《略论马华文化贫困与传统权威》，《星洲日报·自由论谈》1998 年 1 月 18 日。

② 茅盾：《茅盾文艺杂论集（下集）》，上海文艺出版社 1981 年版，第 729 页。

③ 范伯群：《中国近现代通俗作家评传丛书·总序》，南京出版社 1994 年版，第 1—2 页。

④ 李勇：《通俗文学批评及其价值取向》，《福建论坛》（文史哲版）1997 年第 3 期。

"通俗文学"是"现代社会中文人创作的供大众消遣娱乐的模式化的商品文学"①，通俗文学反映了消费时代大众平面、闲适、快餐的审美追求。

台湾中央大学中文系李瑞腾教授将大批存在的"写得通俗、很有趣、很贴近大众的消费心理"文章称为"通俗散文"，如台湾刘墉、廖辉英、杨小云、吴娟瑜、苦苓、吴淡如等人的文章可归属此类。他们将原多发表在报纸副刊拥有大量读者的文章结集成书，一次次成为热销读物，这些散文"严肃的评论家不曾正眼看它，编年度散文选或大系的编选家，不会想到它，以后写台湾当代散文史的人可能连提都不提"，但是应让其"加入通俗文学的家族之中"。②

由于马华社会"硬书"出版市场既小而窄，可供文字发表的园地主要是华文报章副刊，随着副刊向杂志化、专刊化及泛文学化转型，篇幅短小的生活小品文字发表空间实际上相对有所扩展，在马华文学生产的总量里，这类生活小品亦占据了相当高的比率，而以"星云"版为代表的报章副刊发表的这类软性的生活随笔文字大多可归属于李瑞腾所说的"通俗散文"范畴，故而更能代表马华文学通俗化美学创作风潮的正是这类蔚为大宗的"通俗散文"。这类文字一方面以审美的态度谛视日常生活，追求生活的艺术化；一方面虽不同于纯文学的深沉与理性，但客观上"一直在为千疮百孔的社会进行修补填充，因为那是无形的工程所以很多人都不知道，其实那就是一种社会良心，真善美的力量"③，其"惩恶劝善"的教化功能与休闲娱乐的消遣消费功能混融一体。

从《星洲日报·星云》版 20 余年间的嬗变来看，"星云"从传统人文副刊逐渐转向"生活文学"和"生活化、趣味性文章"，代表了大众文化语境下马华文学通俗化美学思潮流变的一翼，"星云"征文活动的庶民书写和以"凌云笔阵"为代表的专栏小品的偶像化书写，亦可看作是副刊散文通俗化流变过程中的策略性实践。无论是"生活化、趣味性文章"的征求，还是对专栏小品"精简有力"，"容易消化""轻松

---

① 李勇：《"通俗文学"研究总体性方法刍议》，《福建论坛·人文社会科学版》2002 年第 3 期，第 47—52 页。

② 李瑞腾：《台湾通俗文学略论》（http：//www. nchu. edu. tw/~chinese/EO11. HTML）。

③ 许裕全：《今天猪头不要宝》，《星洲日报·星云》2005 年 10 月 22 日。

有脑""深入浅出"的用稿原则①，都道出了通俗文学的美学特征。"星云"上专栏小品不乏精致之作，一些专栏结集成书，如早在 1990 年代初，林金城在"星云"的"十口足责"专栏即属历史文化散文性质并结集成同名单行本，菲尔 2003—2005 年"蓝色岛屿"专栏的随笔小品结集成同名单行本。新生代作家曾翎龙出版的《我也曾经放牧时间》收录了其 2001—2002 年间在"星云"上的专栏"处处流光"和 2006 年在"凌云笔阵"专栏上的散文共 77 篇。② 由副刊专栏结集成书甚至成为马华文学单行本作品生产一个重要渠道。在缺少中长篇小说作品的马华文学场域，散文小品相对蔚然，这一种专栏文学传统本身亦可视为"文学马华"的一极。

况且雅俗是相对的、流动的。"在极雅和极俗之间有非常宽广而复杂的中间地带，一边是雅部，一边是俗部，中心点则是雅俗共赏。"③ 虽然"整体而言，小品创作仍属消费型的快餐方块"④，但"星云"副刊的散文小品亦有相当一部分介于雅俗之间甚至就是严肃作品，如沈庆旺 2001 年 3 月至 2002 年 9 月间每周三在"星云"上刊载的"犀鸟天地"专栏，以感性的笔触对东马原住民的习俗和文化作了相当细致的探讨和描绘，兼带着诗人特有的敏锐和联想⑤，继之"星云"每周二连载的杨艺雄"山野奇谈"系列雨林小品（2002 年 9 月至 2004 年 7 月）⑥，书写东马热带雨林自然生态、渔猎奇闻，同样以诗人的情怀"传达了对大自然屡遭文明破坏的隐忧"。⑦ 钟怡雯将沈庆旺、杨艺雄的这类雨林

① 赖碧清：《"单手拍掌"4：打破栏框，让我们来写专栏》，《星洲日报·星辰》1996 年 7 月 30 日。

② 《十口足责》大将事业社 1999 年出版，《蓝色岛屿》大将出版社 2005 年出版，《我也曾经放牧时间》有人出版社 2009 年出版。

③ 李瑞腾：《台湾通俗文学略论》（http：//www.nchu.edu.tw/~chinese/EO11.HTML）。

④ 钟怡雯：《马华当代散文选序》，载钟怡雯主编《马华当代散文选》，文史哲出版社 1996 年版。

⑤ 2007 年，大将出版社的"婆罗洲系列"推出沈庆旺该专栏结集《蜕变的山林》。

⑥ 后结集为《猎钓婆罗洲》，大将事业社 2003 年版。

⑦ 田思：《悠悠天地猎者心——序杨艺雄〈猎钓婆罗洲〉》，载杨艺雄著《猎钓婆罗洲》，大将事业社 2003 年版。

书写归为"自然写作"①，这类散文小品因之进入传统的文学史撰述视野中。不过这些篇幅短小的专栏小品"追看的人很多，读者的反应也令人鼓舞"②，具有满足读者猎奇之心不同于传统纯文学的消费型通俗美学特征，故而将其纳入通俗性商品文学似无不可。

温任平曾指出，"马华文学进入21世纪之后，严肃文学与通俗文学的界限，将愈来愈模糊难辨，这将是文化产品市场化、商品化带来的问题"③，这一论见符合马华文学发展的实际，这也是马华文学思潮向"文学马华"转向之中和之后值得注意的创作现象，即"文学马华"的身段将摆荡在雅俗之间。

"星云"版作者王修捷说："八字辈写手有一半以上倾向于写通俗的东西，可能跟阅读口味有关，现代人比较倾向轻口味的阅读，太重的东西大家不喜欢。九字辈的情况也一样。"④ "马华社会的通俗文学风潮，是在90年代末以异军之姿态崛起，无论是本地创作风潮抑或外来文学，都倾向通俗性强的大众文学。"⑤ 进入2000年代后随着消费主义（consumerism）作为一种生活方式获得主题性地位，文学的通俗化、时尚化进一步发展，温任平在评论由马华新生代杨康、刘庆鸿、周锦聪、陈志光、宋飞龙等不定期编印出刊的《文学七环》时，进一步指出在"廿一世纪现代主义、后现代主义风起云涌的当下现实"，马华新生代"要面对的已非囊昔的现实主义，而是庸俗化、趣味化的通俗主义（secularism）对于文学信念无声无息的稀释与蚕食"。⑥ 整体看来，马华文学通俗化思潮进程与"星云"副刊1996年开始的"生活文学"转向大致协调；2000年以后，"星云"亦随着《星洲日报》副刊向大众文化

---

① 钟怡雯：《以文字重构雨林——在地式的自然写作》，载钟怡雯著《灵魂的经纬度：马华散文的心灵和雨林书写》，大将事业社2007年版。

② 田思：《序：风采于犀鸟之乡》，载沈庆旺著《蜕变的山林》，大将出版社2007年版。

③ 温任平：《马华文学发展之二律背反》，《星洲日报·人文论谈》2001年7月8日。

④ 《编辑室活动·读者、作者、编者交流会：文坛正茂·友情丰收》，《星洲日报·活力副刊》2011年1月24日，第10—11版。

⑤ 魏月萍：《马华通俗文学普及化探析》，《人文杂志》2001年第9期。

⑥ 温任平：《七十年代的文学行动主义——从〈文学七环〉谈起》，《星洲日报·文化空间》2003年2月9日。

副刊的转型而改变,"星云"散文的消闲性、时尚性、娱乐性特征更为突出,反过来也助推了马华社会的通俗文学的创作阅读风潮。

通俗文学审美风潮同时可视作"文学马华"创作的一种语境并给纯文学创作带来不小的影响。实际上1990年代以来,马华文学思潮在转向"文学马华"之途中,已同时伴生"马华文学的文化政治书写逐渐泛化为日常生活,甚至沦为消费文化的一部分"的创作现象。① 某种意义上,马华通俗文学审美风潮似亦可视为"文学马华"之一翼。

本章小结

近20年来,《星洲日报·星云》版从综合性具有传统文人性格的副刊到"生活文学"副刊再到大众休闲文艺副刊的嬗变,实际上亦清晰同步呈现出马华通俗文艺美学思潮的流变轨迹。在这个流变过程中,"星云"经历过在传统和现代之间摆荡并试图杂糅传统与现代的时期,这实际上反映出"星云"作为一份族裔文化消费品的两难,一方面它具有维系民族文化传统的天然使命、责任甚至情结,一方面"报纸也是一份商品(有买有卖),自给自足之外还必须能赚钱,而卖广告,便是它赚钱的一个主要途径",为此,它必须揣摸读者的口味,"读者是靠山,读者越多,广告效力就越大,广告也越多","要在高高低低的(眩目)广告之间,漂亮的升起我们的日月星辰"②,这是"星云"副刊美好的精神蓝图,而这也正是一种夹缝的处境,在夹缝中生存是"星云"副刊变革的内趋力。

随着《星洲日报》媒体一步步迈向商业化传媒企业集团,顺应强势的大众文化消费语境,《星洲日报》副刊不断整合变革,朝着"大幅刊"方向转变,伴随这种转变,"星云"作为大幅刊"活力副刊"的一个组成部分,亦由传统与现代之间的摆荡完全蜕变成大众休闲文艺版,

---

① 王列耀、温明明等:《20世纪90年代马来西亚华文报纸副刊与"新生代文学"》,中国社会科学出版社2015年版,第138页。

② 赖碧清:《"单手拍掌"2:夹缝中升起日月星辰》,《星洲日报·星辰》1996年7月27日。

娱乐大众亦成为其重点编辑导向。

尼尔·波兹曼（1931—2003）生前曾将当下时代特征描述为"娱乐至死"，"一切公众话语日渐以娱乐的方式出现，并成为一种文化精神"。① 娱乐精神是通俗文化/通俗文学的内在特征，"星云"版以"征求幽默、风趣的生活文章"，"征求好看的文章"，让读者"平气醒脑""消忧解闷"作为其恒定的用稿原则②，也内含消解传统文学的严肃深沉乃至宗教神性的娱乐精神。"星云"频繁推出征文活动，这些参与门槛低的庶民写作，让大众在不同的场合自己表达自己，发掘、定影日常生活中寻常或不寻常的趣味，表现出"日常生活审美化"通俗美学趣向，正如本雅明所预见的作为生产者的作者与读者区别愈来愈小；而专栏小品进一步趋向"偶像化"制作，投合大众的"偶像崇拜"心理，以"凌云笔阵"为代表的专栏聚合了社会各职场精英和通常认定的马华严肃作家写作，呈现出多重经验的跨界多元写作取向，传统文学中的作家和作者"两种身份互为混合"③，以至于严肃和通俗的界限变得模糊。

整体而言，"星云"版的文章"题材生活化"④，以书写都市经验、文化景观为主，这些书写"代表大多数民众一般生活的小传统文化"⑤。生活随笔类"通俗散文"亦广泛存在于其他马华报章副刊，反映出置于大众文化消费语境中的马华文坛在中国内地、中国香港和台湾等地区的通俗文艺美学风潮影响下的本土性回应，或曰流行通俗美学的本土性生产。"星云""通俗散文"创作典型地代表中文主流地区以外的各地华文写作普遍的存在样态：多属业余写作，没有充足的创作时间，发表园地狭促，华文报纸副刊是华人母语书写的主要发表园地，因此，篇幅短小的生活随笔通俗小品成了各居住地华人方便的选择，也成为一个数

① ［美］尼尔·波兹曼：《娱乐至死》，章艳译，广西师范大学出版社2004年版，第4页。

② 《星云征文》，《星洲日报·星云》2007年4月14日。

③ 魏月萍：《马华通俗文学普及化探析》，《人文杂志》2001年5月号，第10—14页。

④ 《文坛正茂 友情丰收——读者、作者、编者交流会》，《星洲日报·活力副刊》2011年1月24日，第10—11版。

⑤ 黄万华：《沟通于"大传统"中的"小传统"》，《扬子江评论》2007年第1期。

量庞大身份庞杂的文本存在群落，一方面这些文本满足了天然具有母语情结的华人写作者表达自己生活与内心情感的诉求，一方面也满足了母语为中文的读者的大众文化消费娱乐需求。

作为族群文化消费品，"星云""通俗散文"除了具有通俗文学普适性娱乐功能，它又具有维系延续民族文化传统的特殊性，如节庆主题征文及一些社会话题征文等，虽以娱乐的面目出现，映照的却是民间习俗伦理小传统，虽比不上精深的儒家文化大传统，但客观上起到文化传承的功能。将通俗文艺美学与母语文化的传承自觉地联结，或者说"华人性"身份的保持，这是以《星洲日报·星云》副刊为代表的华文副刊与中文主流地区报刊最大的不同。

温任平认为，"就马华文坛的情况来评论，我们还谈不上进入生产通俗作品的阶段"，马华文坛"面对一个比通俗更严重的问题，那就是：粗糙"[1]，实际上内含了从经典性角度思考马华文学的惯常忧虑。在写作根基不太深厚的马华社会，首先以通俗化、大众化写作唤起参与的热忱或许是一种无可厚非的文学推广的手段，不过这并非表明马华社会培育大众的经典艺术趣味，追求烛照人性深处的终极关怀式写作变得可有可无或遥遥无期。

---

[1] 温任平：《跟进评论：严肃·通俗·粗俗——回应魏月萍、傅承得的观点》，《星洲日报·人文论谈》2001 年 7 月 15 日。

第六章

马华文学思潮审美转向的文学奖机制

第一节　花踪文学奖与文学象征资本的确立

文学奖是现代社会重要的文学赞助形式之一，第二次世界大战之后，文学奖以每 6 小时增加一个的速度快速增长。① 世界上几大有影响力的语系几乎都有它们各自的标杆性文学奖，如西班牙语系的塞万提斯文学奖、英国的布克奖、法语的龚古尔奖、日语的芥川奖等。马华本地的文学奖以文学甄选奖为主，其主办单位均为民间机构，包括地方性与全国性的乡团、社团、校友会、作家协会、诗社以及其他文艺组织，所办过的文学奖不下 30 项。② 较知名的如乡亲小说、杰出潮青文学奖、客联小说奖、嘉应散文奖、全国大专文学奖等，多半因缺乏大众传媒的配合，以及征文的规模太小、奖金不高，没有形成"大奖"的气势与格局。③ 同为民间文学奖，花踪文学奖是由商业机构出资，以大众传媒的名义设立的文学奖项，并通过大众传播运营手段实现文学奖与大众传媒的相互渗透。两年一度的"花踪大戏"，以空前的规模和历时 20 多年的努力，成长为大马乃至整个东南亚地区最受关注的主流华文文学奖。就整体环境而言，时至今日，"马华文学的生存模式仍依赖副刊和

---

① 林载爵：《颁奖的季节》，《星洲日报·星云》2006 年 1 月 13 日。

② 林春美：《如何塑造奥斯卡：马华文学与花踪》，载林春美著《性别与本土：在地的马华文学论述》，大将出版社 2009 年版，第 46 页。

③ 陈大为：《鼎立的态势——当代马华文学的三大板块》，载陈大为著《风格的炼成：亚洲华文文学论集》，万卷楼图书有限公司 2009 年版，第 127 页。

文学奖"①，在不成熟的马华文学社会，花踪文学奖起到"雪中送炭"之效②，亦成为马华文学生产及审美取向上一项不可忽略的机制。

一　命名：国族寓意符号与文化的霓裳羽衣

1990 年 3 月，《星洲日报》宣布即年起举办两年一届的"《星洲日报》文学奖"。该文学奖从一开始就因文化名人的参与、媒体图文并茂绘声绘色的宣传造势而引人注目。

其一，新加坡多元艺术大师陈瑞献为文学奖倾注心血创作以玫瑰与海鸥为意象的铜雕奖座，奖座命名为"花踪"。③ "花踪"与"华宗"谐音，象征"华人之所宗"，即华人所向往、崇仰的事物。④ 这使得该奖项具有了强烈的文化象征意义，"《星洲日报》文学奖"正式易名为"花踪文学奖"。此后，这个抽象写意造型、具深刻寓意与美感的花鸟奖座成为花踪文学奖的标志性 Logo（意为徽标），"如今已成马华文学一个精致的象征"⑤，同时在使《星洲日报》的"花踪"品牌形象深入人心方面发挥了无可替代的作用，充盈着亲切又神圣的文化光晕。

其二，马来西亚文化创意人、重要文化活动推手陈再藩（笔名小蔓）和著名音乐家陈徽崇共同为颁奖礼创作主题曲《花踪之歌》。黎紫书称《花踪之歌》为"另一件披在文学奖身上的霓裳羽衣"⑥。《花踪之歌》唱道："飘洋便过了海，披荆就斩了棘；落地也生了根，静静开花，缓缓结果。海水到处有华人，华人到处有花踪。"歌咏的其实是一段浓缩了的波澜壮阔的华人移民史。歌词最后呈现作为文学奖的"花踪"其强烈的文化意念："海水到处有华人，华人到处有花踪。"这一文化意念的内涵一方面强调华人先辈的拓荒精神，另一方面强调的是华

---

① 韩美云：《流动尚未停止　马华文学缺乏评论》，《星洲日报·星洲人物》2003 年 3 月 16 日。

② 黄锦树：《文学奖，遗珠，异国情调》，《蕉风》2005 年第 492 期。

③ 见插图页《图 4：花踪铜雕奖座》。

④ 萧依钊：《花踪的故事》，载《花踪文汇 1》，星洲日报 1993 年版。

⑤ 陈再藩：《花踪之歌》，陈再藩的博客（http://blog.sina.com.cn/s/blog_51c17fbb0100fv1f.html）。

⑥ 黎紫书：《花海无涯》，有人出版社 2004 年版，第 16 页。

文文学立足世界、花开满园的美丽憧憬。① 自花踪创办起,这一文化意念不断得到突出与强化,由马来西亚著名华人书法家黄金炳题签的"海水到处有华人,华人到处有花踪",不仅成为每一届颁奖典礼美轮美奂的主题墙背景②,《星洲日报》在大篇幅的花踪专题报道中亦反复以这一题签作为背景,同时也置于出版的各届别获奖作品及决审评语的结集——《花踪文汇》的扉页。在每一届的颁奖典礼上,《花踪之歌》主题曲均由大马著名华人高音歌唱家倾情演绎,而其负载的厚重历史文化意蕴随重复回环的旋律,随着作为大众媒介的《星洲日报》着意渲染而凝固下来。

从花踪铜雕到作为"花踪之魂"的《花踪之歌》③,这些富有国族寓意的符号和语言,使花踪文学奖从诞生伊始即浸染在浓郁的文化氛围中,在数不胜数的文学奖中,似乎没有哪一项文学大奖被有意识地赋予如此浓得化不开的民族文化情结,它甚至"成为民族道德的象征"。④

二　仪典·魅力·权威性——奥斯卡式颁奖礼

花踪颁奖礼是马华文坛的一大盛事。在颁奖礼的前一天,《星洲日报》即开始渲染气氛,在报纸重要版位以头条的形式刊发决审入围名单,并以"千树飞花,落谁家?"之类的标题,设置"花落谁家"的悬念和新闻效应⑤,激发大马华社对颁奖礼的紧张与期待之情。

每一届的颁奖礼是花踪文学奖全程的"重头戏"或高潮部分。同专门组成"花踪文学奖工委会"负责文学奖评审一样,《星洲日报》社组成专门的"颁奖典礼工委会"(或筹委会)精心策划称之为"赏花盛典"的颁奖典礼。而从首届花踪颁奖礼始,原本一向被视为沉闷的颁奖

---

① 《九十年代马华文学的种花人——花踪文学奖工委会主席萧依钊跨出马来西亚》,《蕉风》2005年第492期。

② 见插图页图5:第六届花踪文学奖颁奖礼背景。

③ 张抗抗:《庄严与神圣——记马来西亚〈花踪〉国际文艺营》,《北京文学》1999年第9期。

④ 黄锦树:《中国性与表演性》,载黄锦树著《马华文学与中国性》(增订版),麦田出版社2012年版,第69页。

⑤ 如《星洲日报·广告》2001年12月8日,第8版。

仪式办得如同一场盛会，兹以《星洲日报》所载第三届花踪文学奖颁奖礼的《节目表》为例①：

> 序幕　开花——千红未放夜先香
> 花踪故事
> 花踪之歌
> 花踪之舞
> 《星洲日报》社长拿督张晓卿致辞
> **颁奖　赏花——万紫声开遍地响**
> "花"审总结②
> 新秀奖：张晓卿
> 世华小说：聂华苓
> 报告文学：高信疆
> 马华小说：李国文
> 散文：蒋勋
> 新诗：席慕蓉
> 推荐奖：刘鉴铨
> **乐事　醉花——浩浩海洋可为鉴**
> 诗：诗人席慕蓉、蒋勋、马来诗人 KEMALA 朗颂
> 歌：中国歌唱家刘君侠、郑志兰
> 舞：中国长城艺术团表演
> 乐：战国古乐器编钟、磬演奏
> **落幕　追花——滚滚新浪待来年**
> 后浪，涌来吧！③

　　节目表以"花"为喻，使颁奖的各个环节充满诗情画意，尽管历届

---

① 《节目表》，《星洲日报·花踪珍藏版》1995 年 11 月 19 日。

② 该环节是由各奖项主评总结决审情况，并拆开一只放在讲台上的信封，宣布得奖名单。

③ 新秀奖奖项首次在本届花踪文学奖设置，文学新秀被誉为马华文学的后浪。

颁奖礼以上四个环节"序幕—颁奖—乐事—落幕"的名称、主题等有所变动，但将文学结合文化，用诗、乐、舞诠释花踪的文化意念，呈现出令人感动的承先启后、慎终追远、维系民族文化记忆的创意与用心则是一贯的。颁奖典礼上来自大马和世界中文地区的精湛歌舞，无疑是一次大马华人的文化表演与荟萃再现，也承载了大马华社"对大中华艺术和文化的孺慕之情"。①

1991年4月14日第一届花踪颁奖典礼在闭幕结束的前一刻，从台上到台下，一支接一支点燃烛光的接力传火仪式，象征着传承薪火的神圣使命，进一步使典礼本身成为一个具有象征性的艺术综合体，这一场文学舞乐之夜看起来更像"一项庄严的文学祭典"。② 首届花踪颁奖礼即有超过千名的文学爱好者"踏过朝圣的步伐赶来赴一场有史以来最盛大的花约"③。这一场场"花约"既是"一场文学飨宴"④，表达了马华文坛"看百花齐放，追永恒踪迹"的文学想望⑤，更被渲染成"一场震撼的文化飨宴"⑥。花踪颁奖礼成功地创造了大马华人文化结合文学盛典的奇迹，成为一项庄重的传承华人文化的社会仪式，获得了大马华社空前的认同。

颁奖礼结束后，《星洲日报》在"星云""国内"或"综合"等版位上连续以"花踪回响"专栏的形式，刊登决审评委或重要嘉宾对花踪颁奖礼的赞美，持续营造"文学过节"的热闹气氛。⑦

花踪文学奖有"文学界的奥斯卡"之誉，即得名于盛大隆重的颁奖典礼。第四届花踪决审张错称"这个颁奖礼有点像奥斯卡电影颁奖礼的感觉"⑧。第5届花踪新诗决审、文学评论家郑树森亦认为："文学结合文艺形式的花踪颁奖典礼很像奥斯卡，也可以说奥斯卡很像花踪颁奖

① 黎紫书：《花海无涯》，有人出版社2004年版，第13页。

② 陈清水：《喻马华文学坎坷的路　花踪之舞展现历史》，《星洲日报·花踪特辑》1999年12月19日，第36版。

③ 淡莹：《第一次花约》，《星洲日报·花踪珍藏版》1993年10月31日。

④ 《共赴一场文学飨宴》，《星洲日报·国内》1997年11月3日，第15版。

⑤ 刘鉴铨：《又见花踪》，《星洲日报·国内》1993年10月28日，第7版。

⑥ 《花踪，一场震撼的文化飨宴》，《星洲日报·国内》2005年12月19日，第19版。

⑦ 《历史提灯　文学过节》，《星洲日报·花踪珍藏版》1993年10月31日。

⑧ 《共赴一场文学飨宴　花踪花絮：颇像奥斯卡颁奖礼》，《星洲日报·国内》1997年11月3日，第15版。

礼。这是很有意义的，因为它已不单是对参与者的肯定，也成为一种隆重的仪式。"① 虽然形式上与"奥斯卡"颁奖典礼相仿佛，但花踪因其文化使命色彩多了庄严、神圣之感。

花踪文学奖奥斯卡形象因此散发出"空前魅力"。② "魅力"本身是一个基督教神学的术语，意指一种上帝赐予的能创造奇迹的能力。在传统的君主政体时代，"魅力"是政治权威符号的象征。美国阐释人类学家吉尔兹对"魅力"这种文化现象进行了深入探讨，他指出，"（魅力）本质是凝结在一些严肃的行为性的所在"③，"在任何一个复杂构成的社会的政治核心中总有统治精英以一套符号形式去表达他们真正管理统治的操作行为。不管这些精英统治成员是如何以民主的形式选取或他们之间的分歧有多深，他们都以一些各色集结的阀阅、典仪、徽章、手续以及那些他们或者世袭来的，或者以一种更革命性的手段发明来的形形色色的附属物来昭示其存在的合理性以及他们的行为的权威性。"④ 而"人类在本质上是需要仪式的，远古部落和近代的村落，悲壮的和欢乐的，激越的和怪诞的——在仪式完成的过程中，形式已传达出人的全部内心情感和欲望"⑤。这也是统治精英何以能借助仪式建立起自己的权威"魅力"的内趋力。现在"魅力"一词已成为名人、明星、时髦等的热门同义词，掩浸了其原始意义和政治意义。但"授奖"作为花踪文学奖中最受瞩目、熠熠生辉的环节，精制的颁奖礼，庄重的颁奖仪式其实正如"国王们通过仪典获得对他们的王国的象征性的拥有"和"显示皇权的合理性"一样，作为主办机构的《星洲日报》社通过颁奖仪典无形中确立了花踪文学奖的权威"魅力"。吉尔兹剖析"魅力"这

---

① 《花踪感想点滴》，载萧依钊主编《花踪文汇 5》，星洲日报 2001 年版，第 285 页。

② 林春美：《如何塑造奥斯卡：马华文学与花踪》，载林春美著《性别与本土：在地的马华文学论述》，大将出版社 2009 年版，第 50 页。

③ ［美］克利福德·吉尔茨：《核心、王者和魅力：权力符号的反照》，载克利福德·吉尔茨著《地方性知识：阐释人类学论文集》，王海龙、张家瑄译，中央编译出版社 2004 年版，第 161 页。

④ 同上书，第 163 页。

⑤ 张抗抗：《庄严与神圣——记马来西亚〈花踪〉国际文艺营》，《北京文学》1999 年第 9 期。

一文化现象时，曾引俗语"一个公爵夫人在她的马车 100 码之外就不再是公爵夫人了"①，同样，如果去除了花踪文学奖颁奖仪式，花踪文学奖作为文学乃至文化符号的权威性象征当大打折扣。

三 "包装"——从文化疗伤到文化传薪

如果说，"花踪文学奖奥斯卡的形象与因此散发的空前魅力，实应归功于'包装'"②，那么，"包装"材料无疑就是文化。

花踪文学奖让马华社会、马华作家呈现一种"集体亢奋"状态有其文化契机。③ 花踪文学奖诞生于马来西亚华族文化生态呈现转折的年代，马来西亚政府的单元文化政策及将语言政治化引致种族关系紧张，尤其是 1987 年马哈蒂尔援引"内部安全法令"展开"茅草行动"，以华社为假想敌人不经审讯展开大逮捕，关闭包括《星洲日报》在内的三家报社，被称为马来西亚民主历史上最黑暗的时期，华族文化遭遇生存危机。文化是一个民族具有根性的支撑。当一种文化处于挤压和寄生的扭曲状态，会爆发出巨大的能量。而《星洲日报》在复刊后的两年拉开花踪的幕帷，"就更像轻轻为马华文化早前的伤痕拆开敷药的手势"④，一个民族压抑太久的文化悲情，借此尽情地宣泄。主办方《星洲日报》也因此成为为马来西亚华族文化"疗伤"的"义士"，"镀上了'华宗'的文化金光"。⑤

如前所述，从花踪奖座到花踪之歌再到花踪颁奖仪典，花踪文学奖单就形式而言即充满了文化传承的象征意味，而在花踪文学奖征文办法中，"传承文化薪火"逐步成为表述明晰的终极宗旨。第一届花踪文学

---

① ［美］克利福德·吉尔茨：《核心、王者和魅力：权力符号的反照》，载克利福德·吉尔茨《地方性知识：阐释人类学论文集》，王海龙、张家瑄译，中央编译出版社 2004 年版，第 163 页。

② 林春美：《如何塑造奥斯卡——马华文学与花踪》，载林春美著《性别与本土：在地的马华文学论述》，大将出版社 2009 年版，第 50 页。

③ 同上书，第 49 页。

④ 陈再藩：《花踪之歌》（http://blog.sina.com.cn/s/blog_ 51c17fbb0100fv1f.html）。

⑤ 林春美：《如何塑造奥斯卡——马华文学与花踪》，载林春美著《性别与本土：在地的马华文学论述》，大将出版社 2009 年版，第 52 页。

奖的宗旨是"鼓励创作，发扬文学，传承薪火"，第二届、第三届宗旨的表述有所调整，但自第四届起"传承文化薪火"成为表述完整清晰、稳定持久的宗旨之一。《星洲日报》对于各届花踪文学奖颁奖礼的主题报道均是围绕这一宗旨。如第七届颁奖礼广告："我们怀着'办好文学奖，传承文化薪火'的期许，诚邀您来见证一个繁花盛放的文学庆典。"① 而该报周一至周五见报的重要版位"新策划"报道该届颁奖礼的标题则是"花踪　一代一代的文化传承"。②

花踪文学奖不仅仅是征文活动或颁奖礼，《星洲日报》将之经营成系列文化活动。配合颁奖礼，同期举办且《星洲日报》同样以排山倒海宣传之势突出其盛大光景的是"花踪国际文艺营"或"花踪国际文学研讨会"。③ 除了两年一度的华文文学颁奖礼和国际文艺营或国际研讨会，"花踪"也是常年性质的文学/文化活动。各届"花踪"颁奖礼与文艺营之间，《星洲日报》持续举办花踪全国巡回讲座，至 2003 年，《星洲日报》举办了约 500 场"花踪"系列讲座，参加者约 20 万人次。④ 而有关文艺营、研讨会和讲座的议题及获得热烈回响的盛况等消息报道，给人目不暇接的视觉震撼效果，花踪文学奖及其系列文化活动如同"风乍起，吹皱一池春水"般⑤，在寂静的马华文学界搅动起美丽的涟漪，也给清冷的马华文坛以持续"保温"。"花踪"成为一个文化的嘉年华会。

《星洲日报》呈现给大马华社的是"在薪传道路上，《星洲日报》未曾停歇"的形象⑥，一系列的"花踪"文化活动见证其"文化苦旅"历程⑦。《星洲日报》社社长、被誉为"花踪之父"的张晓卿在花踪颁奖礼或花踪系列活动的致辞中，也一再重申星洲报业借花踪推动文化传

---

①　《星洲日报第 7 届花踪颁奖礼》，《星洲日报·广告》2003 年 12 月 19 日。

②　《星洲日报·新策划》2003 年 12 月 19 日。

③　第一至五届、第七届是文艺营，而第六届、第八至第十届是研讨会。

④　《老少情系花踪 13 年！海外作家深深感动》，《星洲日报·国内》2003 年 12 月 23 日，第 7 版。

⑤　冯延巳词《谒金门》。

⑥　《1994 是文化丰收年》，《星洲日报·新年特刊》1995 年 1 月 1 日，第 20 版。

⑦　《印证本报文化苦旅贡献　〈花踪文汇 5〉正式推介》，《星洲日报》2001 年 12 月 9 日，第 18 版。

承的努力和用心，这里仅录几则报道标题：

　　　　张晓卿：本报对文化真诚关心　全力以赴办好"花踪"①
　　　　张晓卿：花踪文学奖赢得掌声　《星洲日报》实践文化承诺②
　　　　文化传承是集体责任　张晓卿：《星洲日报》扮演带领角色③

　　不仅如此，张晓卿也反复强调不计代价举办花踪文学奖的目的并不是由于商业利润，如在第六届颁奖礼上致辞云："我们从来不求回报，只殷切盼望自己在办报良知的驱策下，做好分内工作，以伸张社会正义，维护民族、文化的尊严，……我们的努力不在于寻找文学奖的热闹，而在于追求文学奖的生命和价值，同时希望为中华文化灿烂的明天贡献一份心力。"④　如果说，首届花踪文学奖获得成功主要是文化疗伤的契机，唤起了一度受挫的马来西亚华族文化薪火传承的热情，这段致辞提到希望"花踪"能对整个中华文化有所贡献，实则是将花踪文学奖置于整个世界文化的格局之中，这样，"花踪文学奖"其实从区域华文文学奖项提升至世界华文文学大奖的层次，该届"花踪文学奖"也首次设立了有华文版的"诺贝尔奖"之誉的"世界华文文学奖"。

四　"花踪"作为符号资本的权力建构

　　花踪文学奖及其系列活动通常是《星洲日报》社年终总结中的重要文化活动，这些活动成功地疏离普通商业逻辑，将文学花踪与文化传承的道义结合，彰显《星洲日报》作为一家私营华文大众传媒的责任意识及回馈社会的精神，《星洲日报》因此站在道德情操的制高点上，其作为企业的"在商言商"的特性则成功地隐身遁形，展示出无功利的利益中立形象或公益形象。但利益未必就是狭义的金钱与物质之获得，而是象征资本之增加。根据布迪厄（P. Bourdie）的文化生产理论，文

---

　　① 《星洲日报·国内》1993年10月31日，第3版。

　　② 《星洲日报·国内》1997年11月3日，第11版。

　　③ 《星洲日报·第5届花踪特辑》1999年12月19日，第33版。

　　④ 《张晓卿：星洲续与华社站在一起　传承文化薪火不遗余力》，《星洲日报·国内》2001年12月10日，第16版。

学场（文化场）奉行"输者为赢"的逻辑，越是坚持独立的法则，越是摆脱其他场域的限制和影响，自主化程度越高，就越受象征资本青睐。《星洲日报》以淡泊名利和文化苦行之举，获得了最高的象征资本。象征资本（symbolic capital）也即符号资本，"指的是特权、声望、神圣性或荣誉的积累，并建立在知识和认可的辩证法之基础上"①，《星洲日报》复刊以来，办报理念即是"正义至上　情在人间"，强调服务社会的理想和传承薪火的使命，而借力文化包装，花踪文学奖成功地践行了其办报理念，马华著名评论人唐彭说，"花踪"不断成长，"正好符合了《星洲日报》标榜的理想，便是读者、华人文化的坚守，一份有情有义的情谊"。② 马来西亚文化、艺术及旅游部副部长黄燕燕表示，《星洲日报》创刊多年，在推动文化及文学事业所取得的成就以及其影响力，已经在我国华裔社会中获得普遍的认可。③ 这表明从民间到官方，马华社会对《星洲日报》符号资本的信赖和认可，《星洲日报》作为马来西亚华文传媒市场的权威形象亦借此得以进一步确认。

　　某种意义上说，《星洲日报》和"花踪"形成了一种相辅相成的关系。《星洲日报》"经过这些年的经营，花踪这个文学的桂冠已成马华文学界精英及新秀竞逐的一个重要与深具代表意义的奖项"④，国内外获奖无数的大马旅台诗人陈大为说，一谈起文学奖我们都会想起"花踪文学奖"。一般一些报章的文学奖只出现在副刊，但是花踪文学奖却出现在新闻版的主要版位。这个奖太重要了，差不多得了这个奖就好像得到了肯定。⑤ "在马华的诸多文学奖当中，我只认同花踪"⑥。花踪文学

---

① Bourdieu Pierre, *The Field of Cultural Production*: *Essays on Art and Literature*, New York, N.Y. : Columbia University Press, 1993, P. 7.

② 《海内外文坛精英共赴飨宴　花踪颁奖礼花气袭人》，《星洲日报·国内》2005 年 12 月 19 日，第 19 版。

③ 黄燕燕：《文化事业取得成就　〈星洲〉影响力获认可》，《星洲日报·国内》2000 年 1 月 12 日，第 16 版。

④ 陈锦松：《逐鹿文学疆场　展现文学美意——从花踪文学奖谈起》，《星洲日报·人文论谈》2001 年 12 月 9 日。

⑤ 李开璇：《旅台与本土作家跨世纪对谈》，《星洲日报·文艺春秋》1999 年 9 月 19 日。

⑥ 陈大为：《感言：意义重大》，载萧依钊主编《花踪文汇 3》，星洲日报 1997 年版，第 240 页。

奖成为马华文学界的集体信仰,"集体信仰是至尊至圣权力的根源"。①
福柯(Michel Foucault)关于"权力"的论述,亦形象地说明花踪文学
奖在马华文学场域的"权力"生成过程。福柯认为,权力是关系性的,
权力在本质上不是镇压的,它被运用先于被拥有,它经由被统治者不亚
于统治者;权力的运作表现在影响力的方式上,而这种影响力量主要表
现在煽动、激发与生产……的繁复过程。② 也就是说,"花踪文学奖"
的权力运作,先由《星洲日报》这一大众传媒以文化传承的名义,渲
染、激发大马华人包括参赛者(被统治者)的集体信仰,而大马华文
写作者的同意行动(包括遵守文学章程,积极投稿参赛、接受评审评
鉴,认同评审结果等),又促进了花踪文学奖权力的建构。

　　作为一项文学大奖,其长远影响力还在于该奖项的公信力。花踪
文学奖创办伊始参考了华文文坛上几个有名的文学奖的章程,包括新
加坡《联合早报》金狮奖,台湾《联合报》文学奖、《中国时报》文
学奖、幼狮文学奖等,评选程序相对规范、慎重、公正、透明。花踪文
学奖分"甄选奖"和"推荐奖"。③ 甄选奖又分"马华文学奖"和"新
秀奖"④,除新秀奖和儿童文学奖评审只分初审和决审两个阶段外,其
他奖项分初审、复审、决审三个阶段,每个阶段至少3名评委组成,并
公开评委名单,决审评语公开在《星洲日报》的重要文艺副刊版位
"星云"或"文艺春秋"之上。除新秀奖的评审全部来自大马本国外,
其余奖项各文类的3位决审评委中,至少两位来自国外颇负盛名的作
家、学者,"外国化的花踪决审因不曾牵连马华文坛门户党派的是非之
中,最低限度已确保了评审作业的表面公正性"。⑤ 对于缺乏学院资源

---

　　① 布迪厄:《艺术的法则——文学场的生成和结构》,刘晖译,中央编译出版社2011年
版,第277页。

　　② [法]吉尔·德勒兹:《德勒兹论福柯》,杨凯麟译,江苏教育出版社2006年版,第
73—74页。

　　③ 从第十届起,改"推荐奖"为"马华文学大奖",后者亦为推荐奖的另一种形式。详
见附录三《十届花踪文学奖奖项设置情况》。

　　④ 其中第五届至第九届花踪文学奖设置了儿童文学奖,征文种类为童诗;第3届花踪文
学奖开始增设新秀奖项,只限20岁或以下的少年参加。

　　⑤ 林春美:《如何塑造奥斯卡——马华文学与花踪》,载林春美著《性别与本土:在地的
马华文学论述》,大将出版社2009年版,第57页。

的马华文学而言，这些评审相对增加了评审过程的专业性。所以，花踪文学奖的评审制度是其独立性确立的前提，从而维持其长期的权威性。

五　花踪文学奖与大众文化消费语境

在花踪文学奖的公益性和独立性背后，我们仍然不能忽略的是其后的大众文化消费语境。随着大众文化与消费文化的日益兴盛，文学奖不可避免地与市场或消费发生了某种关联。

第一，《星洲日报》在持续主办公益性文学大奖的过程中，进一步增加了其社会影响力，更好地确立了其文化"义士"的形象及华文传媒权威地位，或者说进一步确立了在文化场域的"象征资本"。布迪厄将"资本"区分为经济资本、社会资本、象征资本等，"资本的最大效力是彼此的可转换性"①，象征资本或符号资本"一旦被确认，就可以进一步转换，或者是社会资本，或者是文化资本，或者是经济资本。他所说的话相比较而言，会更有分量，更受到重视，会对别人更有影响"②，因此，花踪文学奖的持续举办，对《星洲日报》的生存竞争、稳定或扩增市场份额，无疑起着长期的隐形的而又非常重要的作用。

第二，《星洲日报》本质上是一家民营现代传媒企业，在将花踪文学奖及其系列活动作为文化产品的营销策略上，更是顺应大众消费文化的潮流，体现了其敏锐的商业意识。除了文学奖决审的外国评审，无论是花踪国际文艺营、国际文学研讨会或花踪讲座，其主讲亦都是来自于中、港、台及欧美等地的著名作家、学者或文化名人。据统计，至1999年第五届花踪文学奖止，受邀访马主讲花踪讲座的名家超过60位，包括章孝慈、黄春明、王蒙、痖弦、李怡、于梨华、郑明娳、钟玲、林耀德、罗智成、孟樊、司马中原、廖咸浩、林彧、沈君山、张贤亮、张洁、郑愁予、聂华苓、陈若曦、蒋勋、徐泓、叶嘉莹、刘梦溪、余秋雨、艾克拜尔、金观涛、刘清峰、张大春、张曼娟、高信疆、李国文、席慕蓉、平路、杜维明、刘述先、张晓风、杏林子、张错、严歌苓、陶杰、詹宏志、张抗抗、金庸、小野、吴淡如、李昂、余光中、南

---

①　邱天助：《布尔迪厄文化再制理论》，桂冠图书股份有限公司2002年版，第130页。

②　侯均生：《西方社会学理论教程》，南开大学出版社2001年版，第363页。

方朔、郑石岩、王润华、李欧梵、柏杨、张香华、焦桐、白先勇等。①
这些名家从莅临马来西亚到演讲等新闻和花絮，均以彩色图片、煽情的
文字描述等形式大篇幅刊登在《星洲日报》的各大版位上，成功地营
造出文学/文化偶像的轰动效应，以至于马华社会产生了花踪文学奖
"奥斯卡的明星终究只是前来颁奖的外国作家"的感叹。这些来自中华
文化圈中心地带的名家作为中华文化的象征或代言人，一方面"能起着
一种'圣'之效应"②，满足大众的心理认同，一方面也因媒体的引导
作为文化时尚或潮流的象征为大众所消费。

　　第三，奖金的设置加强了花踪文学奖与消费的关联。花踪文学奖作
为大马华社迄今为止奖金总额最高的文学奖（第十届花踪文学奖马华文
学奖部分设置奖金总额为 65300 零吉），也吸引着大马写作人对于该奖
的踊跃参与。③ 虽然就十届花踪文学奖来考察，主要奖项的奖金基本上
维持在设立之初的水准，扣除物价上涨等因素，就单项文学奖奖金而
言，与马华社会后来设立的许多其他文学奖奖金相比，花踪文学奖金并
不具优势④，但相对优渥的奖金仍然是参赛诱因之一。花踪第六届新诗
首奖得主陈耀宗说："花踪这项桂冠，十多年来是许多年轻的写作人虎
视眈眈的对象。一来是因为它是马来西亚最具规模、声明最响的文学
奖。……二来呢，作为马来西亚奖金最高的文学奖，花踪奖金不薄，首
奖金额大概是一般记者月薪的 3 至 6 倍……征稿式的文学奖其实是无法
摆脱其功利性质的，就像任何形式的比赛那样。参加文学奖的目的，甚
至可以说唯一的目的，就是得奖。"⑤ 2005 年《蕉风》杂志曾做过一期
"文学奖拾遗"专辑，对六位花踪文学得奖者设问："如果没有奖金，

---

① 《10 年花踪：20 世纪舒展文学花树 21 世纪缤纷文学风景》，《星洲日报·广告》1999
年 12 月 16 日，第 4 版。

② 林春美：《如何塑造奥斯卡——马华文学与花踪》，载林春美著《性别与本土：在地的
马华文学论述》，大将出版社 2009 年版，第 59 页。

③ 新秀奖作为"花踪文学奖"的附设奖项，奖金额不高，各文类首奖奖金额分别为小说
1000、散文 800、新诗 500 零吉，主要起着鼓励少年写作人的作用。

④ 马华文学奖部分，各文类首奖奖金分别维持在以下额度：小说 8000 或 1000 零吉，散
文 5000、7000 或 8000 零吉，新诗 5000 零吉。

⑤ 陈耀宗：《写了没》，《星洲日报·文化空间》2003 年 3 月 23 日。

你会不会参加任何文学奖?"多数人都将文学奖金作为参加文学奖的动机之一，如果没有奖金，要看文学奖的分量，以及评审水平。多次获得"花踪文学奖"散文奖的黄灵燕认为，"文学的奖金绝对有存在的必要，至少它可以让得奖者利用这笔额外的经济来源，来丰盛自己创作的资源和人生历练"①。奖金某种程度上催生马华写作人以文学奖满足其物质功利的欲望，"比较负面的现象是，一些作家/诗人两年写一篇作品，目的只有一个，便是把奖金捧到手里"②。这种文学的功利作风是消费语境中的花踪文学奖无可避免的。

另外，《星洲日报》在花踪文学奖的制度设计上实质上秉持一种现代企业相对严谨的市场公平意识，尤其是独立的评审制度保证了该奖项不为政治或经济或其他利益实体所挟持。

由于马华文学的小众、边缘身份，它的生产者与消费者多为同一群体，而花踪文学奖经由《星洲日报》传媒性质的包装与运作，从文学奖制度的设计、征文、评奖到授奖及其周边的媒体新闻、娱乐效应，一方面大大增加了马华文学的能见度，一方面因文学而起的热闹与喧哗远远溢出了马华文学，故而某种意义上，花踪文学奖及其系列活动转化为一起可供消遣和消费的文学或文化事件。

"文学奖同时是一种商业表演，也是一种社会仪式。"③ 总体上看，以大众传媒为载体的花踪文学奖处在物化形态的商业化运作之中，但无损于其公益性的传承文化薪火的形象，"花踪文学奖"的大众文化消费语境其实对其权威性的确立具有推波助澜之效，就如以赢利为目标的企业投放公益广告并无损于广告的公益性，而其公益性反过来助力于企业社会责任的彰显和社会形象的建立，这种形象实际上是企业的符号资本。

"花踪文学奖"以其文学+文化的模式，挟大众传媒的影响力、雄厚的资源，借力大众文化消费语境，在众多的文学奖项中，确立了其象

---

① 杨川设题，许通元、许维贤整理：《对得奖者六个常见的提问》，《蕉风》2004 年第492 期。

② 温任平：《马华文学体制初探》，《南洋商报·南洋文艺》2000 年 9 月 30 日。

③ 黎紫书整理：《黄锦树：努力把作品写好》，《星洲日报·星洲广场》2005 年 11 月 6日，封面。

征资本，在文学的权力场中占据了有利的位置，其符号权力对马华文坛生态发生着持续深刻的影响。

第二节　花踪文学奖与作为"文学马华"主体的新生代崛起

一　花踪文学奖征文与马华文坛创作生态

从马华文学整体媒介生态环境来看，没有真正权威的文学杂志。

其一，1990年代以来，除历史最为悠久的《蕉风》外，马华文坛综合性文学杂志很少，文学发表渠道受限。主要有马来西亚华文作家协会出版的《马华文学》、1999年创刊由中坚代作家甄供主编的《爝火》文学季刊、霹雳文艺研究会出版的《清流》（两至三个月出版一期）等，这几种刊物较为倾向马华中生代作家作品，写作手法笔调较为朴实，对年轻的作家和读者难免缺少吸引力。

其二，进入1990年代后，年轻新生代色彩的文艺刊物的出版不是脱期就是停刊，如对马华后现代主义文学思潮起着推波助澜作用的两份有实力的同人期刊《椰子屋》和《青梳小站》即是如此：自1985年创刊的《椰子屋》双月刊至1998年完全休刊，1988年创刊的《青梳小站》系列出版系列17《花路》后于1994年停刊。另外值得一提的是槟城大山脚日新独中出版的《向日葵》于1997年创刊，直至2004年联合出版38、39期后暂告停刊。

其三，1990年代以来，马华社会亦未出现类似1970年代天狼星诗社那样产生广泛影响力的文学结社及其出版品。1989年，国立工艺大学的机械工程系学生所创立"孤舟神话"校园文艺组织，出版了2本工大文集：《多情应笑我》《本城花展》。至2003年，出版了24期"孤舟神话"创作系列。但活动范围基本上局限于该校校园内文友之间，影响不大。1991年诗人陈强华于大山脚创办的"魔鬼俱乐部"诗社及1994年9月创刊的《魔鬼俱乐部》诗杂志亦是昙花一现。

其四，马华文学主要的发表园地是报章副刊，而报章副刊"平常的文章发表活动以及其他形式的活动已经达致一个权力的平衡点，使到新的作家不易被发掘"。① 所以文学奖是一种重要的发表形式,大型文学奖甚至成为评估写作人尤其是文坛新生代创作成果的唯一方式。温任平认为,"从开始的实验阶段至今,花踪已建立起它的权威性,地位类近台湾《联合报》及《中国时报》的文学奖。"② 花踪文学奖在马华文学权利场中的象征资本确立之后,给后起之秀提供了一方崭露头角的竞技场,一个快速成名的机会,成为鼓励年轻写作人创作的推动力。

从十届花踪文学奖甄选奖部分小说、诗歌、散文三大文类的征稿数目来看,共收稿 2994 篇,其中马华小说 795 篇,散文 1025 篇,新诗 1174 篇。各届花踪所收稿件数目分别统计如下表:

表三　　　十届花踪文学奖所收稿件分类数目统计（单位：篇）

时间	届别	马华小说	马华散文	马华新诗	合计
1991	第一届	81	98	123	302
1993	第二届	82	126	82	290
1995	第三届	98	130	65	293
1997	第四届	57	76	67	200
1999	第五届	70	93	132	295
2001	第六届	104	105	166	375
2003	第七届	156	170	266	592
2005	第八届	48	83	102	233
2007	第九届	44	72	98	214
2009	第十届	55	72	73	200
合计		795	1025	1174	2994

再将上表各届花踪文学奖收稿数目制成分类曲线变化图如下:

由于主办方的重视——征文办法一般会在各大华文报纸杂志刊布,再加上"花踪"积累起来的名望,应该说,"花踪"的征文活动至少在大马广为人知,和马来西亚举办的其他各文学奖相比,花踪的收稿应当是最为理想的,也即是说"花踪"征文所获得的回应相对踊跃。如马

① 詹宏志:《甄选作品发掘新秀　文学奖可激起两股力量》,《星洲日报·综合》1997 年 11 月 1 日,第 16 版。

② 《花飞千城,名家看花踪》,《星洲日报》2001 年 11 月 27 日,副刊。

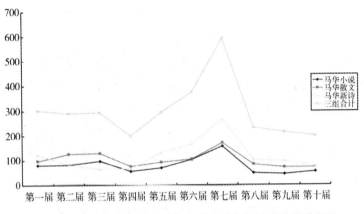

十届"花踪文学奖"三大文类（不含新秀奖）所收稿件数目

来西亚另一甚具代表性的文学奖——海鸥文学奖每届三大文类征稿总量一般在30余篇。当然，"海鸥"结合了甄选及推荐的性质，要求发表过至少1篇短篇小说、2篇散文或2首新诗，另外再交上1篇未曾发表的作品，故参加者不多。从上面曲线变化图可见出，十届花踪文学奖各文类收稿量最高峰值出现在第七届，达592篇，而在特别具有纪念意义主办方亦应相当重视宣传推广的第十届，收稿量反而仅200篇再一次居于谷底（第一次谷底是第四届，收稿量亦仅200篇），这表明收稿量的多寡变化实际上可视作马华文坛创作活跃程度的一面自然的镜子，在一定程度上反映马华文学的前进或停滞。

自称是"在花踪出生"的黎紫书观察到，"自第三届开始，"花踪"的参赛者快速而明显地有了年轻化的倾向"[1]，"（年轻作者的）人数日愈庞大，后来甚至在花踪颁奖礼的候选人席位上占去了90%以上的位置"。[2] 第三届花踪文学奖开始，又以"后浪，涌来吧"为主题增设新秀奖，其宗旨是"提倡文学风气，发掘文坛新秀"[3]，褒奖马华文学20岁及以下的少年写作人。至第十届花踪文学奖，新秀文学奖三大文类征

---

① 黎紫书：《花海无涯》，有人出版社2004年版，第48页。

② 同上书，第68页。

③ 《第一届〈花踪〉新秀文学奖征文办法》，载萧依钊主编《花踪文汇3》，星洲日报1997年版，附页。

稿共收件 2274 篇，各文类的征稿量以新秀散文稍为突出达 780 篇，其次是新秀新诗 769 篇，新秀小说 725 篇，这表明新秀创作在文类取向方面略有偏向但基本平衡。由于花踪文学奖的征文活动主要激发了马华年轻优秀写作人的热情参与，因此，也可以说，花踪文学奖 20 年基本上是此间马华文坛新生代创作量与质的一个整体呈现。

二　花踪文学奖获得者代际分析

"无论每一项奖的产生，都应代表某种公信力下不容置疑的荣誉与确认。这种荣誉制度，往往来自两种方式。一是由比赛产生，优胜劣汰。另一是迟来祝福，以'奖'的荣誉来追认得奖人成就。"① 花踪文学奖这一荣誉制度无疑属于前者。花踪不同于历届"马华文学节"设置的"马华文学奖"，后者仅以推荐提名的形式，根据作家已发表过的作品质量，评定和奖掖马华作家的文学终身成就。花踪文学奖设置的主要奖项类别是甄选奖，以征文比赛的形式展开，应征作品必须是未在国内外任何媒体（包括报章、杂志、书刊、网络）中发表或出版者。所以发现和推出文坛新人一方面是这类文学奖设置的初衷，一方面也是其必然引发的客观效应。从主办方的角度而言，"我们要求评审达到公正、客观且具发掘新秀之权威性的目标"，实际上，"不断有新人涌现"或"新人辈出""新锐涌现"之类的总结性话语是各届花踪文学奖结集《花踪文汇》的"序言"中或针对花踪文学奖而撰写的《星洲日报》社论必然要提到的令主办方感到欣喜的地方。②

以十届花踪文学奖（马华文学奖部分）的小说、散文、新诗三大文类的奖项获得情况（包括甄选奖和推荐奖）来观察③，第一、二届花踪文学奖六字辈作者共获得 15 项奖，而五字辈及以前的中坚代乃至前行代作家共获 12 项奖，这说明在花踪这一文学奖场域上，新生代已占据优势，但未取得绝对性优势；第三届花踪文学奖起，七字辈开始正式亮相花踪文

①　张错：《文学奖的争议与执行——世界华文文学领域探讨与展望》，载萧依钊主编《21世纪世界华文文学的展望研讨会论文集》，《星洲日报》社 2003 年版，第 10 页。
②　后者如《星洲日报·言路》1995 年 11 月 22 日社论《盼繁花竞放　喜新秀成长》。
③　见附录二：十届花踪文学奖主要奖项获奖情况汇总（1991—2009）。

学奖且成绩不俗：1971 年出生的黎紫书以《把她写进小说里》获得马华小说首奖，从此一发不可收拾，至第七届黎紫书连续参与该奖角逐，共获奖项 9 次；1970 年出生的游以飘（本名游俊豪）以《乘搭快乐号火车》拔得马华新诗头筹；而自第四届花踪文学奖起，已不见四、五字辈中坚代作家或前行代作家获得甄选类奖，这之后，即使是推荐奖，也仅有陈政欣、沙河等 2 人分别获得第九届花踪小说推荐奖及新诗推荐奖。这说明，中坚代、前行代作家大多淡出花踪文学奖奖坛，花踪文学奖获奖者世代交替全面完成。

为了更完整清晰地量化观察十届花踪文学奖马华作家代际更替情况，仍依马华文学"字辈断代法"传统，统计各字辈作家在这三大文类中的获奖情况，制成下表：

表四　　　　　十届花踪文学奖马华小说、散文、新诗
三大文类各字辈作家所获奖项统计

字辈	获奖人数	占总获奖人比率	奖项数	占总奖项比率
三字辈	1	1.30%	2	1.54%
四字辈	4	5.19%	4	3.08%
五字辈	10	12.99%	12	9.23%
六字辈	33	42.86%	56	43.07%
七字辈	27	35.06%	54	41.54%
八字辈	2	2.60%	2	1.54%
合计	77	100.00%	130	100.00%

从上表见出，十届花踪文学奖三大文类，共颁出奖项 130 项，而六字辈、七字辈就占 110 项，占总奖项比率为 84.61%；从获奖者人数来看，共 77 人获奖，其中六字辈、七字辈获奖人数之和为 60 人，占总获奖人数比率为 77.92%。这说明六字辈、七字辈以压倒性优势成为花踪文学奖奖坛常客。六字辈和七字辈虽然亦有代际之分，但他们之间基本上没有明显的代际断层，至少在文学奖场域中，基本上是处于并驾齐驱或双峰并峙状态。六字辈、七字辈作为新生代群体的形象成功地借助花踪文学奖这一平台集中凸显出来。正如陈大为所言，马华文坛"新一波的世代交替在 1991 年首届《星洲日报》花踪文学奖的激烈竞争中崛

起，形成一个崭新的'文学奖时代'"。①

以获奖者个人来分析，六字辈获奖者中，获得 2 项以上奖励的有钟怡雯、黄灵燕、吕育陶、林幸谦、陈大为、陈绍安、庄若、刘国寄、夏绍华、陈强华、郒眉等 11 人，这 11 人共获奖 34 项，占六字辈所获奖项总数的 60.7%，平均奖项数约 3.2 项/人；七字辈获奖者中，获得 2 项以上奖励的有黎紫书、龚万辉、梁靖芬、翁弦尉、许裕全、游以飘、翁婉君、陈志鸿、曾翎龙、林健文等 10 人，这 10 人共获奖 37 项，占六字辈所获奖项总数的 68.5%，平均奖项数 3.7 项/人。详见下表：

表五　　新生代在十届花踪文学奖马华文学三大文类奖项累计情况表

序号	姓名	获奖项数	出生时间	姓名	获奖项数	出生时间
		六字辈			七字辈	
1	钟怡雯	5	1969	黎紫书	9	1971
2	黄灵燕	4	1969	龚万辉	5	1976
3	吕育陶	4	1969	梁靖芬	4	1975
4	林幸谦	4	1963	翁弦尉	4	1973
5	陈大为	3	1969	许裕全	4	1972
6	陈绍安	3	1962	游以飘	3	1970
7	庄若	3	1962	翁婉君	2	1978
8	刘国寄	2	1967	陈志鸿	2	1976
9	夏绍华	2	1965	曾翎龙	2	1976
10	陈强华	2	1960	林健文	2	1973
11	郒眉	2	1960			
合计		34			37	

这份名单一方面固然反映了花踪文学奖奖项在新生代写作人群体中分布过于集中，多少给人"来来去去都是那几个人"的感觉，但另一方面表明一个新生代明星群体形象于焉浮现。在这两个代际的明星群体作家当中，六字辈的钟怡雯、陈大为、林幸谦、吕育陶等人在获得花踪文学奖之前，已经受诸如台湾《中国时报》《联合报》等主办的有影响

---

①　陈大为：《鼎立的态势——当代马华文学的三大板块》，载陈大为著《风格的炼成：亚洲华文文学论集》，万卷楼图书有限公司 2009 年版，第 126 页。

的文学奖的肯定，陈强华、庄若在获花踪文学奖奖项前出版过单行本文集，对这些资深的"老将"来说，花踪文学奖如锦上添花，是文坛名位的再巩固；但对步入马华文学场域不久的新生代而言，大部分人尤其是七字辈作家在获得花踪文学奖奖项之前，未获得过有影响的文学奖奖项，也没有属于个人的作品集，在马华文坛的权力结构中基本上居于少话语权的位置，花踪文学奖犹如步入文坛的"通行证"，是文坛身份"认证"的标志。

花踪文学奖获得者中，不少六、七字辈作家以此为起点，多次角逐台湾各种公开性文学奖如梁实秋文学奖、林语堂文学奖、中央日报文学奖、宝岛文学奖、台北文学奖等，并取得不俗成绩①，他们俨然成为台湾文学奖场域的"马来帮"②。以台湾最具影响力和公信力的两大报文学奖为例，这两大文学奖经常可见花踪文学奖获奖者身影，而屡夺大奖的表现无疑"提高了马华文学的能见度"。③ 其获奖情形以时间为序择要如下：

> 黎紫书，1996 年以《蛆魇》、2000 年以《山瘟》分别获第 18 届、第 22 届《联合报》文学奖短篇小说首奖，2005 年以《我们一起看饭岛爱》获第 28 届《中国时报》（以下简称《时报》）文学奖小说评审奖、以《七日食遗》获第 27 届《联合报》文学奖短篇小说评审奖；
>
> 吕育陶，2000 年以《只是穿了一双黄袜子》获第 23 届《时报》文学奖新诗第三名；
>
> 龚万辉，2004 年以《隔壁的房间》获第 26 届《联合报》文学奖散文奖第一名；
>
> 周若涛，2005 年以《在噩运随行的国度》获第 28 届《时报》文学奖新诗评审奖；

---

① 参见陈大为编制《马华作家历年"在台"得奖一览表（1967—2012）》，载陈大为著《最年轻的麒麟》，台湾文学馆 2012 年版，第 251—258 页。

② 杨邦尼：《台湾奖项的"马来风光"》，《星洲日报·言路》2010 年 12 月 10 日。

③ 张锦忠：《马来西亚华语语系文学》，有人出版社 2011 年版，第 112 页。

　　陈志鸿，2005 年以《腿》获第 27 届《联合报》文学奖短篇小说组大奖；

　　李天葆，2009 年以《指环巷九号电话情事》获第 32 届《时报》文学奖小说评审奖；

　　许裕全，2010 年以《Fistula》获第 33 届《时报》文学奖新诗首奖、以《女猪》获第 32 届《联合报》文学奖短篇小说评审奖；

　　方　路，2010 年以《父亲的晚年像一尾远方蛇》获第 33 届《时报》文学奖新诗评审奖；

　　曾翎龙，2012 年以《井》获第 35 届《时报》文学奖散文组评审奖。

　　由于文学奖的"认可"与鼓励，激发写作者持续创作的热忱，越来越多的花踪文学奖新人笔耕不辍，发表在副刊上的创作直线上升，很多人已有自己的创作单行本。

　　我们再以奖励在寂寞冷清中勤于笔耕的写作人为目的推荐奖为考察对象。在第一至第九届花踪文学奖奖项的设置中同时设置了推荐奖，分小说、散文、新诗三个组别。其被推荐的条件是评审年度内在《星洲日报》的"文艺春秋""星云"版发表过至少 2 篇小说或 3 篇散文或 3 篇新诗的作者。这一条件实际上鼓励了马华写作人积极向《星洲日报》文艺副刊的投稿，"自从创立花踪推荐奖之后，本地写作人投给《星洲日报》文艺副刊的作品数量来不断增加，水平也不断提高。特别是每周出版两次的'文艺春秋'，一星期可收到大约 100 篇文章"①。九届花踪文学奖推荐奖，共颁奖 29 人次（其中第五届小说推荐奖、第六届散文推荐奖分别 2 人并列推荐奖），除小黑、方昂、潘雨桐、小曼、陈政欣、沙河等 6 人为中坚代或前行代作家获得 8 次奖项，其余 13 人 21 次奖项均由六、七字辈获得（其中六字辈 9 人 14 次，七字辈 4 人 7 次），故而推荐奖实际上主要是奖励了六、七字辈作家，刺激了他们在《星洲日报》文艺副刊的发表量。第十届花踪文学奖虽废止推荐奖，但设"马

---

　　① 刘鉴铨：《花踪评审总结：鼓励马华写作人续创作　设立推荐奖用意深》，《星洲日报·国内》1997 年 11 月 3 日，第 13 版。

华文学大奖"，应征范围扩大，凡在《星洲日报》文艺副刊"文艺春秋""星云"或各大报章文艺版或杂志发表过至少3篇小说，或3篇散文，或5首新诗，或上述文体混合共5篇，或出版一本书，马华作家、报章文艺版或文艺刊物主编可推荐任何作者，或作者本身自荐亦可。这显示出花踪文学奖进一步摒弃门户之见，面向更为开阔，这无疑进一步会刺激马华写作人的持续创作。

而观诸花踪文学奖新秀奖，七届新秀奖小说、散文、新诗三个组别共颁出了106项奖，93人获得奖项，其中11人分别获两项以上奖项共计24项。① 这些文坛新秀最年长者大约出生在1973年，最年轻者当出生在1988年及以后，其中一些已略有成就，或出版了至少一部个人文集，如张惠思（1974—　）、周若涛（1977—　）、刘艺婉（1977—　）、房斯倪（1977—　）、林韦地（1984—　）等；或由新秀奖参与花踪文学奖马华文学公开组别乃至更广阔范围的文学奖竞争，如获第七届花踪新秀散文奖的谢明成（1983—　），2008年获台湾第三十一届《中国时报》文学奖散文评审奖。新秀奖亦成为培养马华文坛未来接班人的重要摇篮之一，成为年轻创作者漫长写作旅途中再出发的驿站。虽然，我们"发现更多的新秀奖得主，在花踪后即隐匿了身影"②，一些新秀奖得主成了所谓的"一奖作家"。但花踪仍然得到了新生代的认可，"无论别人怎样想，我还是敢坦坦荡荡地说，我是喝花踪奶水长大的。"③

"推开21世纪，花踪的许诺是：让马华文学千树飞花，让马华文学的新生代，丰富新世纪的文学风景线！"④ 仅通过以上花踪文学奖获奖者的代际分析，花踪文学奖主办方的这一美好愿景基本上变成现实。正如黎紫书所言，"花踪的创立对当代马华文坛带来最重要的影响是：年轻写作人——冒出来了。"⑤《星洲日报》媒体集团总编萧依钊在《第十一届花踪国际文学研讨会》的闭幕演说总结道："花踪伴随着本地许多

<hr/>

① 详见附录四："花踪文学奖"新秀奖获奖名单（1995—2009）。

② 曾翎龙：《花踪后浪》，《星洲日报·综合》2005年9月6日，第3版。

③ 林健文：《回响·岛屿边缘》，《星洲日报·文艺春秋》2005年2月6日。

④ 《10年花踪 20世纪舒展文学花树》，《星洲日报·广告》1999年12月16日，第4版。

⑤ 黎紫书：《花海无涯》，有人出版社2004年版，第61页。

优秀的青年作家，包括黎紫书、梁靖芬、曾翎龙、龚万辉、吕育陶、许裕全、方路、翁菀君、刘庆鸿、陈志鸿、翁弦尉、林建文等成长。"①花踪文学奖的真正影响在于其褒奖了新生代作家。"花踪文学奖"作为具有世界视野的海外最重要的华人文学奖之一，培养发掘了一批批文坛新人，有效地推动了华人文学在世界范围内的发展。

三　文学奖之后——马华文学选本与新生代获奖群体

花踪文学奖加速了马华新生代群体形象的崛起，但新生代群体在马华文坛知识权力的巩固其实也和文学选本紧密相关。

由于马华文坛没有建立起专业严肃的完善的文学批评机制以提供阅读示范，因而马华文学作品典律化的一个重要途径是通过文学选本完成的。几乎所有的马华文学选本都回避不了花踪文学奖获奖作品，花踪文学奖是陈大为所言的"文学民意"的重要组成部分。

每一届的花踪文学奖结集《花踪文汇》都会在下一届的花踪文学奖期间进行非常新颖别致的新书推介礼。《花踪文汇》系列的连续出版，提供了每一阶段马华文学书写的模式或范本，一定意义上使获奖作品本身处在一个自我经典化的过程之中。同时，得奖作品通过报章文艺副刊及文学奖作品结集等多种途径发表，"等于是让社会进一步加以公评，它很容易引起编选家的注意，很可能因此而被收入一些重要选集之中，而且被凸显出来。当然，选集不可能只收得奖作品，必须被沙拣金，把好的、有意义的作品选进去"②。

选本是一种文学视野的呈现，是一段文学史的记录，尤其在文学出版体制不健全的马来西亚。从马华新诗和散文这两个文类看，在1990年代先后出版的重要的马华当代文学选本陈大为主编《马华当代诗选（1990—1994）》、钟怡雯主编《马华当代散文选（1990—1995）》选录年限内，六、七字辈花踪文学奖获奖者大多入选。《马华当代诗选》的

---

① 萧依钊：《热爱生命活出深度　真诚感恩写出好作品》，《星洲日报·国内》2011年8月30日，第20版。

② 李瑞腾：《马华诗坛七字辈——诗奖与诗选的考察》，载戴小华、尤绰韬主编《扎根本土·面向世界——第一届马华文学国际学术研讨会论文集》，马来西亚华文作家协会、马来亚大学中文系毕业生协会1998年版，第80页。

编辑理念是精选"在近五年间创作质量均优的诗人"①，据此标准，第一、二届"花踪文学奖"4位六字辈新诗获奖者中，吴龙川《工具箱》、吕育陶《在我万能的想象王国》入选，二诗分别是第一、二届"花踪文学奖"新诗的首奖或佳作。《马华当代散文选（1990—1995）》入选共10位散文作者，均为六、七字辈，而花踪文学奖中"代表着更高荣誉的推荐奖"的一至三届的获奖者禤素莱、寒黎、林幸谦等3人均在名单之内，其中禤素莱入选的2篇是《吉山河水去无声》《苔痕依旧》，寒黎的4篇是《年年莲花的颜色》《坟》《坠魂人》《那是一个摺也摺不完的夏季呵》，林幸谦的1篇《癫痫》均是《花踪文汇》的推荐奖选录作品。另外该散文选本收录的林幸谦的《破碎的话语》、钟怡雯的《可能的地图》分别是第二届花踪文学奖散文佳作、第三届"花踪文学奖"散文首奖作品。《马华当代诗选（1990—1994）》《马华当代散文选（1990—1995）》这两个选本编选目的在于通过提供一个崭新的马华诗文创作蓝图，"更新大家的马华文学视野"②，花踪文学奖新生代也通过选本呈现在这一蓝图和视野中。

　　进入2000年代，陈大为、钟怡雯主编了综合性马华文学选本《赤道形声——马华文学读本I》（下简称《赤道形声》）。③《赤道形声》的核心基础是《马华当代诗选》《马华当代散文选》，还有黄锦树主编的《一水天涯：马华当代小说选》（下简称《水无涯》）。④ 但在"在规模与视野上，《赤道形声》都远远超过"上述三书。⑤《赤道形声》意在"选出九〇年代马华文学最优秀的作品"，其重要选稿来源之一也包括了该选本囊括年度内（1990—1997年）的4册《花踪文汇》。《赤道形声》分新诗、散文、小说卷，共选录了55位作者（含重复入选两卷者）的182篇作品及3篇存目，六、七字辈43人，共占78.1%，可见，

---

　　① 陈大为：《马华当代诗选（1990—1994）·序》，载陈大为主编《马华当代诗选（1990—1994）》，文史哲出版社1995年版。

　　② 钟怡雯：《序》，载钟怡雯主编《马华当代散文选（1990—1995）》，文史哲出版社1996年版。

　　③ 万卷楼图书有限公司2000年出版。

　　④ 收录年限为1986—1996年。

　　⑤ 杨宗翰：《马华文学在台湾（2000—2004）》，《文讯杂志》2004年总第229期。

由于时间跨度的加大，可以相互比较的作品愈多，再加上《赤道形声》的定位是希望其"成为中文系相关课程的用书"也即教材或读本，兼具"马华文学研究与教学功能"①，无形中取择的标准会愈严苛。

即便如此，第一至四届花踪文学奖获奖者及其作品仍在《赤道形声》中保持了充分的曝光率，除了前面《马华当代诗选》收录的吴龙川的《工具箱》、吕育陶的《在我万能的想象王国》重复收录外，第二届花踪新诗首奖林若隐的《在黄红蓝白色如梦的国度里》，第四届新诗推荐奖陈大为的《茶馆》，第四届新诗决审作品吕育陶的《独立日》亦录入选本中；此外，第四届马华新诗佳作奖获得者刘育龙（1967—　）、林健文（1973—　）亦是入选作者，只不过选录的诗不是其花踪获奖作品。《赤道形声》散文卷收录了第一至第五届花踪 5 位散文推荐奖获得者及其作品（第四、第五届分别为钟怡雯和陈大为），共选录他们的推荐奖作品 8 篇，外加前面提及的林幸谦花踪散文佳作《破碎的话话》。

当代马华小说文类的选本除《一水天涯》《赤道形声》小说卷，还有黄锦树主编的《别再提起：马华当代小说选 1997—2003》（下简称《别再提起》）。其中《一水天涯》选录 8 人 9 篇小说，《赤道形声》小说卷选出 10 人 10 篇小说，《别再提起》选录 12 人 13 篇，重复见于三个选本的是李永平、潘雨桐、张贵兴、黄锦树、黎紫书、李天葆六人，从文学史及典律建构的意义上来看，如张锦忠所言，这 6 人基本上代表了马华小说"我们的当代"。② 其中黄锦树、黎紫书、李天葆是马华新生代作家，黄锦树早已是知名马华旅台作家，黎紫书以花踪文学奖成名，李天葆一贯的"南洋张腔"作品《州府人物连环志》获第二届花踪文学奖小说首奖。此外，获第二届花踪文学奖小说佳作的毅修（1960—　）入选《赤道形声》，获第五届花踪小说佳作的杨锦扬（1969—　）及第六届花踪文学奖小说首奖的梁靖芬（1975—　）入选《别再提起》，其中，梁靖芬的入选之作《水颤》亦是获奖作品。

---

① 陈大为：《序：沉潋》，载陈大为、钟怡雯主编《赤道形声：马华文学读本·Ⅱ》，万卷楼图书有限公司 2000 年版。

② 张锦忠：《小说选后：一九六九年，别再提起》，《星洲日报·文艺春秋》2004 年 12 月 9 日。

　　上述选集的主编和参与编辑事宜的其他编辑本身亦是新生代，大多兼擅创作与理论，陈大为、钟怡雯、黄锦树三位主编均是学人出身，他们在编辑体例中体现出来的文学品味和审美视野代表着学院机构的知识——权力体系对经典的认定原则，同时交织出一幅新生代的"文学民意"舆情图。值得探讨的是奖项与选本之间的相辅相成的关系。获奖作品在经由选本典律化的过程中并不是一种完全被动的位置，实际上各主编无意中通过作品获奖这一文学事实来提升、建构选本本身的权威性、经典性，尽管各主编强调编选摒除文坛名气、地位等外在因素的影响。"花踪文学奖"在选本中的呈现方式就是一个例子：以上选本的作者信息中，除出生、籍贯、受教育情况外，列明大大小小的奖项获奖情况成为编选体例之一。如《马华当代诗选》所收作品中若是某一奖项的获奖作品，则在内容页该作品标题下以副标题的方式明显标示，《马华当代诗选·吕育陶诗选》所选诗格式如下：《在我万能的想象王国——第二届〈星洲日报〉文学奖佳作作品》①，奖项俨然成为该作品的身份证；其他几个选本或在选文末尾或在附录"作者简介"中标明奖项荣誉，花踪文学奖无疑是马华文坛所有奖项中浓墨重彩的一笔。因此，某种意义上，由大马国内外众评审文学观和创作理念再衍义出来的花踪奖项亦微妙地襄助了选本本身及至编选者的话语权利。

　　整体而言，经由多种选本的遴选，花踪文学奖的相当一部分得奖作品现已成为马华文学的重要作品。而随着花踪文学奖作品典律化的进程，新生代作家进一步巩固了在马华文坛的象征性知识权利，新生代作品中独立的审美追求进一步得到彰显。

第三节　文学奖的权力效应与新生代创作审美趋向

一　花踪文学奖权力效应的发生

　　文学奖以其刺激、汰选、召唤机制对文学发生影响，它是文学体制内重要的公共认可机制。这种机制作用的发挥实际上是通过文学奖奖项

---

　　① 陈大为：《马华当代诗选1990—1994》，文史哲出版社1995年版，第157页。

对获奖者身份或名位的赐予等进行权利运作，发现文学新人，建构文学书写典范、引导文风走向。花踪文学奖在马华文学权力场中的象征资本确立之后，通过持续性的权力运作参与马华文学生态的形构，对马华文坛审美取向深具指针意义。

具体说来，花踪文学奖主要通过以下路径对马华文学的建构发生影响：

1. 梳理与评点马华文坛创作。每一届的花踪文学奖，复审、决审委员对马华文学的题材选择、诠释技巧和手法、美学趣味作出的筛选、评点和提出的疑问，是对于一个时间段内文坛创作的某种总结和讨论，这种总结和讨论呈现在文艺副刊上公开的决审评语、获奖作品及最终结集的《花踪文汇》系列中，这很大程度上规约着以后马华文学发展的方向。

2. 评委在正式进入决审过程之先，直接阐明自己的文学美学观点，这无疑为以后的马华文学设立了某些标准或观念。如在第七届花踪新诗推荐奖讨论之前，评委会定下评选标准"是看诗的实验性、企图心和精神"，"有没有一个比较新鲜突出的，今年在风格上有某种创新、某种企图，且达到了某种的成功，就向诗坛来推荐"。评委张错指出，"推荐奖不是一个比较性的竞选"，而是要设立"某种标准和观念"，"不是要对马华诗坛的推荐诗作一个优劣评审，这应该是应届评审团对马华诗坛的期望所做的一个展现"。①

3. 获奖作品作为受提倡的美学生产的范本。"从文学体制的角度来看，大部分有权威的文学奖其实如同大学文凭或某个行业的专业证照（如律师执照、医师执照、汽车驾照）"②，因而花踪文学奖一方面是马华写作人进入马华文学场域的通行证，一方面获奖作品也挟其范本效应导引和影响着文学生产，成为苦于路标的年轻马华写作人的创作参考。虽然马华文学创作基本上还是一种传统的个人创作方式，但谁获奖、什么作品获奖、为什么获奖，往往引起写作人的关注，在文学创作中会有

---

① 《第7届花踪文学奖新诗决审记录》，载萧依钊主编《花踪文汇7》，星洲日报2005年版，第149页。

② 黄锦树：《文学奖，遗珠，异国情调》，《蕉风》2004年第492期。

意无意地向范本靠拢，这样文学奖项的颁发或多或少会影响甚至左右作家的创作，一些作家甚或公开表明文学奖对其创作产生影响。

十届花踪文学奖马华小说、散文、新诗三大文类共99篇获奖作品，另外前九届花踪文学奖27人分别获得以上文类推荐奖，第十届花踪文学奖2位作家获马华文学大奖，从这些获奖佳作及其推荐奖获得者的代表作品，可以见出马华文坛创作实践及审美观念所经历的重大改变。

花踪文学奖每组别的决审评委均由3人组成，其来源基本上是马来西亚1人，另2人分别来自中国大陆、台湾甚或香港等中文核心区域以及其他华语区域如美国、新加坡等地（第一届花踪文学奖各组决审评委全部来自外国是个例外），他们代表和掌握着华文文学知识——话语权力。以花踪文学奖的马华小说、散文、新诗三类奖项的决审评委统计，十届花踪文学奖不同地域的评委情况分别统计如下：马来西亚本地评审8人，共担任各届别14次评审，新加坡共21人28次，大陆9人18次，香港3人6次，台湾9人13次，美国7人13次。由于评委大多数对于马华文学不太熟悉，因而除地缘文化相近的新加坡评委的多元性或流动性较强外，中国大陆、中国香港、中国台湾及美欧地区的评委较为固定，这种相对稳定的评委结构固然容易造成参赛者揣摩决审评委美学趣味进而某种意义上窄化文学创作的弊端，但显然有利于评委在对马华文学逐渐关注了解的基础上，对马华作品作出更为客观内行的品评，敏锐把握马华文坛的文学书写趋向，而决审评委的文学观、审美观与文学趣味等，也都或多或少影响了评奖过程。决审作品与决审评委之间在两相契合或乖离的张力关系中形塑出的马华文坛的主流审美价值和美学品味，借由文学奖的权力机制延伸、发展。所以决审评语成为我们考察马华文坛审美变迁的一个较为客观的参照系。

二　新生代决审作品的西方形式美学摹写

花踪文学奖决审评语中，"美学"是场场出席的评审标准之一。十届"花踪文学奖"小说、散文、诗歌三大奖项的决审评语中，"语言""文字""笔法""手法""写法""技巧"等词语是评委口中的高频词，可以说几乎每一届参赛作品的创作技巧或表现手法之新颖、新鲜与否，其原创性如何都是评委关注的重点。那么在马华文学思潮的涌动中，各派美学观念在文学奖权利场域究竟经过怎样的改变位移或多元交汇共生？仍以三大奖项的决审评语为计量基础考察如下：

从形式美学的角度而言，"现代"一词（含"现代派""现代主义""现代化"等衍生词）为决审评语中的高频词，出现约 21 次。现代派或现代主义创作在首届花踪文学奖中就出现并得到奖掖，五字辈作家庄魂的《梦过澹台》以"现代派的写法"及"人性刻画也较深入"等特色获本届马华小说首奖。① 其后第二届花踪新诗首奖是林若隐的《在红黄蓝白色如梦的国度》，评委陈瑞献指出该诗呈现出"早年现代诗常有的失落悲怆的调子"，郑愁予则指出该诗"每节进行潜意识贯穿——这是现代诗的一个技巧"。② 第三届花踪黎紫书的小说《把她写进小说里》、钟怡雯的散文《可能的地图》分别获得各自文类首奖，其"语言很现代"为决审评委所关注③；而同样获得首奖奖项的作品如第四届花踪描写女性身体的散文黎紫书的《画皮》，第五届花踪描写都市生活的散文翁弦尉的《弃物祭文》，从选题、思维到篇章结构，从个性气质到深层哲思，表现出种种与前代现实主义创作迥异的特质，决审委员给予的评语中亦着意指出其给人"一种现代主义的感觉"，甚至"很强的西方现代主义味道"④，或"深受西方文学影响""富现代主义"等特色。⑤ 由语言色彩、技巧运用上升到整体"感觉""味道"的出现，马华文坛现代派或现代主义创作在花踪文学奖场域处于一个逐渐成熟的进程之中，这不仅表现在获奖作品中，非获奖作品其现代派技法也普遍得

---

① 《第 1 届花踪文学奖小说决审会议记录》，载《花踪文汇 1》，星洲日报 1993 年版，第 66—67 页间夹页。

② 《第 2 届花踪文学奖新诗决审会议记录》，载萧依钊主编《花踪文汇 2》，星洲日报 1995 年版，第 127 页。

③ 《第 3 届花踪散文决审会议记录》，载萧依钊主编《花踪文汇 3》，星洲日报 1997 年版，第 198 页。

④ 《第 4 届花踪文学奖马华散文奖决审会议记录》，载萧依钊主编《花踪文汇 4》，星洲日报 1999 年版，第 172 页。

⑤ 《第 5 届花踪文学奖散文决审记录》，载萧依钊主编《花踪文汇 5》，星洲日报 2001 年版，第 106 页。

到运用，如晋入第四届花踪决审的作品小说《微笑》其"散文式的写法有现代色彩"①，第五届花踪决审新诗《故事》"很有现代感"，"写作方式很像廿世纪超现实主义之后的很多散文诗"。② 故而，现代派或现代主义创作不仅仅局限于单一个人、单一文类，由于评奖的提倡，它成为马华新生代的一种群体取向和美学潮流。

以现代主义重要的创作技法——意识流为例，在首届花踪马华小说获奖佳作中，《圣洁娃娃》"用意识流手法探讨反常的性心理"。③ 这之后直到第五届花踪文学奖，意识流的诸多手法如原发性联想、潜意识、梦境、内心独白、弥漫的情绪、打破时空秩序等不仅在小说亦在散文创作中为马华作者熟练运用。决审评委中国李锐即认为散文《弃物祭文》"接近意识流小说"④，敏锐地表达现代社会对人的物化的生命感受和深层情感。第五届花踪文学奖之后，决审评委不再将"意识流"这种现代派创作技法作为前卫、试验性要素提出来讨论，充分说明意识流手法已为马华新生代熟练掌握。

首届花踪文学奖伊始，现代主义的其他表现手法如"象征"亦为参赛者尝试，前面提及的第一届花踪文学奖马华小说首奖《梦过澹台》当中"文字的象征应用"也是该篇作品获得评委青睐的原因之一。从第一届起，进入复审的参赛作品的多数"应用现代主义的象征结构"。⑤ 就马华新诗参赛诗作而言，除了"表现手法多为现代诗式外，连精神也是现代诗式的"⑥，第三届花踪文学奖新诗决审作品《听风的歌》则呈

---

① 《第4届花踪文学奖马华小说奖决审会议记录》，载萧依钊主编《花踪文汇4》，星洲日报1999年版，第111页。

② 《第5届花踪文学奖马华新诗决审会议记录》，载萧依钊主编《花踪文汇5》，星洲日报2001年版，第134页。

③ 《第1届花踪文学奖小说决审会议记录》，载《花踪文汇1》，星洲日报1993年版，第66—67夹页。

④ 《第5届花踪文学奖散文决审记录》，载萧依钊主编《花踪文汇5》，星洲日报2001年版，第107页。

⑤ 第1届花踪文学奖马华新诗复审评委温任平语，载《花踪文汇1》，星洲日报1993年版，第21页。

⑥ 同上书，第22页。

现很浓的"存在主义色彩"①，存在主义是西方现代性和现代主义的典型代表之一种。以上参赛作品现代主义诸多技巧的全面尝试意义在于"新的创作技巧的出现，可以触发一些资深的作者的创作灵感，继而有更新的技巧创作出现"②，从而走出"长期笼罩大马文坛的写实主义影子的一大步伐"③。可以说，花踪文学奖从创作实绩上为马华新生代在马华文坛主体性地位的确立造势，与 1990 年代发生在以《星洲日报》为代表的华文媒体上的马华文学论争两相呼应。

马华读者或写作人尤其是写实派对现代主义或现代派创作也由最初的陌生甚至拒斥到接纳，如对于第三届花踪文学奖马华小说首奖《把她写进小说里》黎紫书所经营的现代派语言，决审评委之间即曾引起过争议，新加坡的尤今和中国的李国文认同该小说语言可意会不可言传的"韵味"和"感觉"，而本地评委陈雪风则认为"作者玩弄文字"，"甚至有糟蹋文字的趋势"，表示对这种趋势不能妥协。④ 但显然随着时间的推移，现代派或现代主义写作已为马华写作人自觉运用，现代派或现代主义写作成为 1990 年代以来马华文学的重要脉络，现代主义审美取向成为显著特征。

不独现代主义的意识流、象征及现代派语言技法等以浸润式的方式进入马华文学创作场域，从第二届花踪文学奖开始，决审作品中增加了后现代创作手法，但决审评语中仅 2 次明确出现"后现代"这个词，不过，决审评语不乏对于参赛作品中的后现代创作手法的讨论。先看"后设"写作在花踪文学奖的出现情况。"后设"是后现代观念中的重要创作技巧，它是作家布置于本文后或背面的一种解构装置，它既是对前本文的扩写、补充、延展，又消解或否决叙述的真实性。诗的"后设"通常用括号形式来区别"前设"，它针对本文书写过程出现的问题进行

① 《第 3 届花踪文学奖新诗决审会议记录》，载萧依钊主编《花踪文汇 3》，星洲日报 1997 年版，第 229 页。

② 第 1 届花踪文学奖马华新诗复审评委唐林语，载《花踪文汇 1》，星洲日报 1993 年版，第 24 页。

③ 同上书，第 22 页。

④ 《第 3 届花踪文学奖小说决审会议记录》，载萧依钊主编《花踪文汇 3》，星洲日报 1997 年版，第 139 页。

"讨论""思辨""诠释"和"修改",是关于诗的诗;而后设叙事亦是作家本人主动介入本文的叙述描写之中,以叙述的叙述之方式实现其自我指涉的目的,从而为读者提供一个不确定的、开放的叙事平台。在花踪决审评语中"后设"一词出现 11 次,具体来说,"后设"写作在第五届花踪文学奖中的小说、新诗文类中开始全面出现,该届小说佳作奖七字辈陈志鸿的《铁马冰河入梦来》"借用了一些后设主义的手法"①,新诗佳作奖六字辈吕育陶的《造谣者自辩书》、七字辈许裕全的《异乡的查齐尔》均较熟练地使用了后设笔法,决审评委温任平赞前者"后设语言用得很不错"。②此后,第六届花踪文学奖小说佳作《禁忌》、第八届新诗决审作品《地下国度》、第九届小说佳作《寻找小斯》均出现"后设"式写法。台湾评委李奭学尤其喜欢《寻找小斯》结尾的后设式写法,如"我的小说要结尾了"。③花踪文学奖新秀作品中也出现了"后设"元素,如第十届花踪文学奖新秀小说奖决审诗作《1969》"用比较不一样的后设手法来呈现,但有点不到味"。④后设写作是较为新颖的笔法,当它作为技术为马华新秀写作人尝试时,不可避免会出现"为手法而手法"的青涩。

　　再以花踪文学奖决审作品的"魔幻"书写为例。"魔幻"是旅台马华作家黄锦树在处理马华与巫族冲突的小说题材中擅用的创作手法,也是花踪文学奖决审作品中小说文类喜欢借用之以跳离写实、反写实的一种后现代技巧。第八届花踪马华小说佳作翁婉君的《泅》整体上以悼亡加魔幻的方式结构全篇,而决审作品《猪猡记》描叙马来西亚种族政治悲情,同样带有魔幻写实的色彩;第十届花踪文学奖参赛者张栢楅(1978—　)的《捕梦网》以死去的一个疯癫病人的视点描写华裔双胞

---

①　《第 5 届花踪文学奖小说组决审纪录》,载萧依钊主编《花踪文汇 5》,星洲日报 2001 年版,第 63 页。

②　《第 5 届花踪文学奖马华新诗决审会议记录》,载萧依钊主编《花踪文汇 5》,星洲日报 2001 年版,第 135 页。

③　《第 9 届花踪文学奖马华小说决审会议记录》,载萧依钊主编《花踪文汇 9》,星洲日报 2009 年版,第 132 页。

④　决审评委龚万辉语,见《第 10 届花踪文学奖新秀小说奖决审会议记录》,星洲日报 2009 年 8 月 30 日。

胎姐弟的不伦之恋，小说以"魔幻写实手法，将时间、空间与生死、人鬼界限打破，胶林、吹奏胎盘、奇诡而迷魅的意象"获得评委张曼娟的赞赏，并最终获得评审奖。① 而早在第五届花踪文学奖马华小说推荐奖得主陈志鸿的小说《伞与塔之间》中，作者以现代人的情感和心理重写民间传说题材《白蛇传》，已呈现出"魔幻写实的味道"。② 新生代的"魔幻"书写，真实混融虚构，时空变幻迁移，梦魇般的神秘气氛，创造另一种也许比真实更真实的"现实"情景。

此外，"拼贴""反讽""黑色幽默""荒诞""荒谬""解构"等其他后现代技法、后现代艺术元素或后现代思维均渐次出现在第二届花踪文学奖之后的各届决审作品中，尤其在历史、政治题材特别是描写马来西亚华巫种族关系的题材中，新生代马华写作人较多地使用到上述后现代创作技法。对于形式和技巧的多样性和探索性追求成为马华新生代写作人的一种姿态，给读者一种形式上的"陌生"化美学效果，一定程度上彰显了马华当代文学的独特品格和美学追求。

不同于现实主义和现代主义的结构语言叙述模式的明朗、浅义、白描、透明，马华新生代力求甩掉古老的思维惯性，以语言的翻新出奇同时检讨文学与现实之间的虚实关系，表现出一种后现代语言倾向。一方面赋予平庸的生活话语以插科打诨的冷讽、戏谑、揶揄语调，一方面电脑科幻科技语言、互联网聊天室的情绪符号等知性语言也大量登台。如吕育陶的第五届花踪新诗佳作奖《造谣者自辩书》、第六届花踪文学奖新诗佳作奖《和 ch 的电邮，网站，电子贺卡以及无尽网络游戏》以及第六届花踪文学奖新诗佳作游以飘的《地球仪》等均在科技的虚拟空间想象奔驰，意象在虚拟和现实之间来回穿梭，处处显示了强烈的语言实验性企图。

从整体来看，在文学奖的示范导向作用下，以崭新、前卫的姿态大胆尝试西方的现代主义、后现代主义形式美学技法及至思维，成为花踪

① 《第10届花踪文学马华小说奖决审会议记录》，载萧依钊主编《花踪文汇10》，星洲日报2011年版，第158页。

② 《第5届花踪文学奖小说组决审记录》，载萧依钊主编《花踪文汇5》，星洲日报2001年版，第64页。

文学奖场域新生代书写的一种潮流，甚至作为新生代炫学的技艺。

三　新生代决审作品的传统美学内蕴

尽管新生代大量模仿、借鉴、运用西方的各种表现手法和技巧，呈现出强烈的西方现代美学特征，给原有的现实主义美学范式以有力的冲击。但从决审评语来看，决审作品中新生代创作仍然打上了中国古典文学美学传统的印迹，这反映在决审评委对于决审作品所使用的意象—意境这一富含民族性品质的审美体系和判断标准上，反过来这又影响马华新生代对中国文学诗性传统的融会与承传。

意象是抒情主体主观情意与客观物象的个别性的融合，是作家独特的审美创造成果。据笔者粗略统计，"意象"一词在三大文类的决审评语中出现超过50次。除第九届外，其他各届花踪文学奖均使用了"意象"分析的视角。其中诗歌是使用"意象"分析的主要体裁，同时由于文类渗透的趋势，小说、散文的意象也引起评委关注。1990年代马华散文在语言技巧上尤其有"不同程度和角度的意象化趋势"①，以至于第三届花踪文学奖散文决审会议记录标题是《思想、意象与感情的冲击》，而第四届"花踪文学奖"马华小说奖决审会议记录标题亦为《从意象纷陈中理出清晰脉络》。标题反映出评委对该届某一文类的决审作品创作特点、潮流或今后应努力开拓的面向的一个整体把握或突出强调，它对意象描叙及其存在的问题的重视对马华文坛的创作具有暗示、导向作用。

从决审评语来看，决审评委对意象的总体要求是：在想象的奔驰中，意象的选用应新鲜、新奇、独到，丰富。如第二届花踪新诗首奖《在黄红蓝白色如梦的国度》，使用"飞鱼"的意象穿越于梦与现实之间，表达人生哲思，新加坡评委陈瑞献认为"作者对于语言的驾驭，场景的设置，意象的选用，都有独到之处"。②再如第二届新诗佳作《在我万能的想象王国》使用了阿拉伯童话故事中的"魔毡"意象，第四届新诗首奖《南洋博物馆》结尾看似不经意插入"锡米"意象表达了

---

① 陈大为：《序：沉澱》，载陈大为、钟怡雯主编《赤道形声：马华文学读本·Ⅱ》，万卷楼图书公司2000年版。

② 《第2届花踪文学奖新诗决审会议记录》，载萧依钊主编《花踪文汇2》，第127页。

对南洋华人史兴衰之叹，第六届新诗首奖《食蚁兽》借热带雨林濒危动物"马来貘"意象的深刻思想表达人类生存的共同困境。这些意象无不具阅读的冲击力，亦为评委敏锐地捕捉。

花踪文学奖新生代作者所运用的意象很多具有西方意象派所包含的现代象征主义意象论的特征：重主观幻想轻客观描写，重艺术想象而轻现实，并用象征的方法表现思想情绪和抽象的人生哲理；另外，一部分诗歌意象亦具有后现代解构、戏谑等特征。这些特征造成一部分作品语言的泛滥、晦涩难解及形象扑朔迷离，对此，花踪文学奖决审评委提出了意象准确、清楚、不繁杂及生活化表达等要求。如首届花踪文学奖新诗首奖《工具箱》，评委痖弦赞其"意象准确"①；第五届花踪新诗决审作品《故事》"意象语言很丰富"，但新加坡评委蔡欣对其"太繁杂"提出批评②；第十届花踪文学奖马华新诗首奖作品是《破伤风》，台湾评委蒋勋进一步指出作者"用了很生活的语言，但意象非常清楚，生活的温度非常厚"。③ 决审评语对新生代作品中意象使用的优缺点的或扬或抑，对新生代作家意象的经营无疑具有导向性。

整体上看，中国的意象思维强调人与自然的合一、沟通，而不是人对自然的主宰，表现出人与自然之间类如"我见青山多妩媚，料青山见我应如是"般物我相得、怡然融洽的意趣。④ 这种深深烙印着中国文化意识的自然意象情结依然植根在新生代诗歌创作之中。第七届新诗首奖是吕育陶的《一个马来西亚青年读李光耀回忆录——在广州》，该诗属于历史政治大题材，新加坡决审评委杜南发"最欣赏它利用田园自然的景观意象，来相对于历史现实的冷酷作对比"。⑤ 自然意象的成熟运用、

---

① 《第1届花踪文学奖新诗决审会议记录》，载《花踪文汇1》，星洲日报1993年版，第18—19夹页。

② 曾翎龙记录/整理：《第5届花踪文学奖马华新诗决审会议记录》，载《花踪文汇5》，星洲日报2001年版，第135页。

③ 《第10届花踪文学奖马华新诗奖决审会议记录》，载萧依钊主编《花踪文汇10》，星洲日报2011年版，第222页。

④ 语出辛弃疾《贺新郎·甚矣吾衰矣》词。

⑤ 《第7届花踪文学奖新诗决审记录》，载萧依钊主编《花踪文汇7》，星洲日报2005年版，第145页。

语言的流畅明亮使严肃的政治历史课题也呈现出耐人寻味的诗意，而避免了现代或后现诗常易出现的晦涩。

应当说，花踪文学奖决审评委通过对中国文学诗性传统的强调及作品范本的推举，无形中纠正马华新生代在作品的现代性追求中意象运用出现的偏失。准确而言，是通过拈出中国传统诗学的"意境"，以"意象的意境化"来平衡马华新生代写作的某种单纯的"西化"现象，从而达至中西共构的化境。

"意境"亦称"境界"，是主观情意与客观物象的整体性融合，它"借意象的整合，创造出一个意象之间有机融合、虚实相生、具有象外之象，激发读者主观联想的一种审美的深层境界，即意象的意境化的审美理想境界"①，深深植根于中国天人合一的文化意识之中。花踪文学奖决审评语中，"意境"一词出现 6 次，"境界" 8 次，而与"意境"相关联的词还有因意境而产生的"韵致""意蕴""韵味""诗境"等，这些词分别在花踪文学奖决审评语中出现 1 次、2 次、6 次、1 次。总体来看，"意境""境界"及其关联词共出现了 21 次，可算作花踪文学奖决审评语中的高频词。

第五届花踪文学奖新诗首奖《松鼠》无疑是马华现代诗意境经营的成功范例②，该届新诗决审记录即以对该诗的讨论为标题："诗丛里跳出一只松鼠"。该诗的主体意象为松鼠，借都市里篱边垃圾桶上下跳跃的一只松鼠，写"都市和乡村的都市化"这样一个复杂、矛盾的问题，作者的笔触自然平淡，"十六年前，我来到卫星/城市居住（为什么会来？/为什么不回去？总该有/十万个失踪的理由）/我打开大门，习习凉风/从废弃的橡胶园，慌张/吹到脸上来"，橡胶园的废弃，松鼠不在树上而在垃圾桶灰头土脸上下跳跃，已指明了乡村的都市化；但作者并没有正面抨击城市/乡村的二元对立，虽然我"乃忆起儿时一棵猫儿眼树/郁郁的巨伞底下，我抬望/深叶黑眸，凝神之处/依稀松鼠跳跃，如梦"，"虽然家乡的猫儿眼已经躺下/睡成一条高速公路"，但作者以"心远地自偏"的平淡心情去接受乡村的都市化过程，"以小碗栽种/小

① 王泽龙：《中国现代诗歌与古代诗歌意象艺术略论》，《文学评论》2005 年第 3 期。
② 庄若：《松鼠》，载萧依钊主编《花踪文汇 5》，星洲日报 2001 年版，第 140—141 页。

麦草、任由绿意细细/滋长"，"后院的野花终于开了/番石榴也已爬上了二楼"，全诗有一种淡淡的忧郁气氛，诗的结尾"松鼠，一定要活在树上吗？"，给人韵味无穷又富哲思的联想：呼应了诗人前面提到的"其实，松鼠是不存在的"，松鼠的存在不是外在的存在，是我们内心的存在。新加坡评审蔡欣指出，该诗"很成功地把华文散文的韵致融合在诗里，写起来淡，但淡而有致，不刻意营造意象。它很有陶渊明的味道，表现出中国传统诗歌的一种隽永的境界"①。除了蔡欣，大马评委现代派发起人温任平也极力赞赏该诗的平淡中见隽永的神髓，而代表后现代主义知识背景的评委郑树森同样认为这首诗"相当成功，是一首好诗"。② 可以说，三位评审大致代表了传统、现代、后现代三种力量，面对新生代繁复多变的诗歌形式和文字的编排及试验，他们对六字辈庄若《松鼠》诗现代外衣下传统意境的经营却不约而同推崇。此外，《星洲日报·新新人类》"新生代·新姿彩"版位年轻编辑邓丽萍、曾翎龙在为该版林爱莉的"歧路旅人"专栏做注释时，就提到庄若的《松鼠》对陶渊明诗的化用，"'衣沾不足惜，但使愿无违'是陶渊明的诗句，后来庄若改成'无违的愿'，写在《松鼠》里，得了花踪新诗首奖"③，这似亦可旁证《松鼠》成功地熔铸古诗词意境的手法也获得马华新生代写作人的认同。

　　再以第六届花踪文学奖新诗首奖得主陈耀宗（1974—　）的《食蚁兽》为例。该诗的书写顺着马来貘沿河畔长途跋涉回返雨林的踪迹，"意象交织繁复"④，而诸多意象浑然融合生成一种艺术境界。诗的布局和画面都是热带雨林，整篇在叙述者与马来貘之间交错，叙述者拟设马来貘的思想，诗句优美："风声是陌生的兽语/在内心的河谷飘泊/那拗牙的口音/究竟是来自家乡还是异乡？"诗人又以第二人称称呼马来貘，

---

　　① 《第5届花踪文学奖马华新诗决审会议记录》，载萧依钊主编《花踪文汇5》，星洲日报2001年版，第135页。

　　② 同上书，第136页。

　　③ 邓丽萍、曾翎龙：《编辑语》，《星洲日报·新新人类·新生代　新姿彩》2000年12月7日。

　　④ 决审评委杨牧语，见《第6届花踪文学奖马华新诗决审会议记录》，载萧依钊主编《花踪文汇6》，星洲日报2003年版，第205页。

与其对话："当雾铺天盖地/你如何隔着大河描绘远乡的风景？"人与兽相怜、相惜、相知，而分享彼此的孤独，诗中"很清楚有一个意境在那边，而那个是非常漂亮的"。①

意境的营造亦是散文的要素之一。首届花踪文学奖散文决审潘耀明认为好散文的标准是："像诗一样，首重意境，文气次之，然后是语言。"首届花踪文学奖散文奖推荐奖得主禤素莱，其推荐作品《吉山河水去无声》即因为"无论意境、文气、文笔均佳"获评委彦火（潘耀明）的好评。② 第二届花踪文学奖散文决审陈若曦认为获散文佳作的《两岸山水》"意境不错，文字也不错"。③ 第四届花踪文学奖决审散文首奖黎紫书的《画皮》"有很强的西方现代主义味道"，但在运笔时使用新鲜的意象，"善于营造艺术境界与积极修辞"④，仍然体现出传统散文的特征。

在花踪文学奖小说决审评语中，未出现有关"意境"类的评述，但第四届花踪文学奖小说首奖黎紫书的《推开阁楼之窗》中的"雨、阁楼天窗那株蒲公英，甚至是张五月拿给女儿喝的杏仁茶、僵死了的画眉鸟、母亲老后的松肌，都是很好的意象"⑤，这些生活化的意象对小说故事的进程或气氛、意蕴的烘托起到重要作用，实际上小说中置入意象的意味深长即是传统意境的内涵。

意境的背后，是"诗意""韵味"和"传神"的传统美学追求。对于诗歌而言，诗意是题中之义，如第三届"花踪文学奖"决审席慕蓉认为诗的内容固然重要，但"我认为诗的诗意最重要，诗里面饱满的诗情最重要"⑥。第五届花踪新诗《松鼠》更是"以'诗意'凌驾技巧和

---

① 决审评委蔡深江语，《第 6 届花踪文学奖马华新诗决审会议记录》，载萧依钊主编《花踪文汇 6》，星洲日报 2003 年版，第 206 页。

② 《第 1 届花踪文学奖散文决审会议记录》，载《花踪文汇 1》，星洲日报 1993 年版，第 42—43 夹页。

③ 《第 2 届花踪文学奖散文决审会议记录》，载萧依钊主编《花踪文汇 2》，星洲日报 1995 年版，第 107 页。

④ 《第 4 届花踪文学奖马华散文奖决审会议记录》，载萧依钊主编《花踪文汇 4》，星洲日报 1999 年版，第 172 页。

⑤ 同上书，第 111 页。

⑥ 《第 3 届花踪文学奖新诗决审会议记录》，载肃依钊主编《花踪文汇 3》，星洲日报 1997 年版，第 230 页。

形式之上"的示范性诗作①。散文在中文文学传统中蔚为大宗。在第六届"花踪文学奖"散文决审会议上，潘耀明、姚拓、温任平等三位评委分别提出了各自的散文审美观，他们不约而同地认为，散文"应该像写意的中国字画般，有留白的地方"，"有言外之意或想象的空间"或"弦外之音"②，这种审美观实际上亦是中国意境论的美学意蕴。该届黄灵燕的散文《画在张望的缝隙》和龚万辉的散文《石化的记忆》并列首奖，这两篇散文的一些部分均有着言外之意，前者属于历史文化散文，从日本著名版画大师的画作明信片谈到日本侵华，从东京到卢沟桥、从南京大屠杀到日占马来西亚的三年零八个月，历史之重与人性之光辉或脆弱、悲情前世与绚丽今日，颇有"重量感"，但文章结尾化用唐代刘禹锡"旧时王谢堂前燕"之意境，关于"记得"与"遗忘"的思索空灵而意味深长。③后篇《石化的记忆》透过外婆从福建到南洋随身携带并代代传递下来的一个石臼意象，个人式的亲情抒写中承载着华人历史文化传承，结尾是患有老年痴呆症的外婆"一个人坐在门槛上"，"静默在看着屋外一动也不动"，"她的背影仿佛渐渐地石化了"，"我顺着她的眼光看去，是婆娑的椰树，是青翠的菜田。天空飘浮着刚放晴后如碎花的云朵。有一只黄狗走了过来，吠了两声，又向前跑去了"。④简洁的白描中掠过一缕淡淡的忧伤又意蕴悠长。

新生代小说创作的诗意追求以黎紫书为代表。在黎紫书的短篇小说《流年》以日记体的形式，写一个 17 岁的少女一段无疾而终的师生恋情，"文中穿插很多诗的语言，比喻和意象的运用十分好。同时，作者也灵巧地将古诗穿插在文中"⑤，犹如一篇诗化的心理小说。实际上，

---

①　黎紫书：《花海无涯》，有人出版社 2004 年版，第 64 页。

②　《第 6 届花踪文学奖马华散文决审会议记录》，载萧依钊主编《花踪文汇 6》，星洲日报 2003 年版，第 177 页。

③　黄灵燕：《画在张望的缝隙》，载萧依钊主编《花踪文汇 6》，星洲日报 2003 年版，第 182—187 页。

④　龚万辉：《石化的记忆》，载萧依钊主编《花踪文汇 6》，星洲日报 2003 年版，第 188—191 页。

⑤　《第 5 届花踪文学奖小说组决审记录》，载萧依钊主编《花踪文汇 2》，星洲日报 1995 年版，第 62 页。

由于黎紫书的影响，很多"黎紫书式作"的小说都有刻意诗化的倾向。

　　"传神"本是中国古代美术的重要美学命题，后广泛用于诗歌及其他艺术创作之中。"传神"是通过抓住对象最具审美价值的个性特征，塑造出鲜明生动的艺术形象，充分表现出对象内在的气韵和精神特质。第三届"花踪文学奖"中国大陆评委李国文认为决审小说《古巴列传》"以黑色幽默的非英雄的手法，刻画一个很偶然地被推上历史舞台上的小人物"，"人物刻画挺传神"①；而第十届"花踪文学奖"小说决审会议上，主评李锐郑重推荐《藤箱》为第十届"花踪文学奖"小说首奖作品，认为"在所有入选终审的十篇小说作品中，此篇小说朴素、流畅而又传神的文笔尤为突出"。②"传神"和"意境"论一样，体现了中华民族传统文化艺术中所贯穿延续的一种写意精神。

　　"文气"是中国古代文论的一个重要的概念和术语。按照中国古代朴素哲学观，"气"指宇宙间某种构成生命、产生活力、体现为精神的抽象范畴，无形而无所不在。以"气"论文是中国古代文章学传统。魏晋时期曹丕《典论·论文》提出"文以气为主"，至唐代韩愈提出"气盛言宜"："气，水也，言，浮物也。水大而物之浮者大小毕浮。气之与言，犹是也。气盛则言之短长与声之高下皆宜。"③南宋辛弃疾则进一步"以气使词"，均是要求行文以充沛饱满的气势贯串首尾、驾驭文辞。"花踪文学奖"决审评委频繁使用诸如"文气""气势""气象""气魄""气蕴"等传统文章学术语来品评决审作品的章法结构。第七届"花踪文学奖"散文决审记录标题即为"写出'大气'来"，该届中国决审评委陈思和提出他心目中的散文标准："我喜欢的散文需要在很有限的文字里贯穿一种'气象'，它不一定写很大的东西，但是文字中间要有一种饱满的感觉。"④第八届"花踪

---

　　①　《第3届花踪文学奖小说决审会议记录》，载萧依钊主编《花踪文汇3》，星洲日报1997年版，第139页。

　　②　《第10届花踪文学奖马华小说决审会议记录》，载萧依钊主编《花踪文汇10》，星洲日报2011年版，第157页。

　　③　韩愈：《答李翊书》。

　　④　《第7届花踪文学奖散文决审记录》，载萧依钊主编《花踪文汇7》，星洲日报2005年版，第119页。

文学奖"大马本地散文决审田思这样评价散文首奖《失语的回响》："语言的气势、内在的气韵流动，都可以看出作者谋篇能力与驾驭文字的功力。"① 而在第九届花踪散文推荐奖的评选中，台湾决审评委平路认为陈大为的"企图跟气魄都够大"，他的系列散文呈现出"企图的准备，气势天成，气魄惊人"。② 不仅是散文，决审评委对诗歌、小说也以"气"论之，第四届花踪新诗决审潘正镭在批评决审作品《有一天》诗思不连贯时说，"就诗的整体性而言，还必须有一股气穿过去，否则在整首诗的发展上就会有断层。"③ 张错评价第六届新诗首奖《食蚁兽》时就认为"它在第一段就先声夺人"，第三段"结构的气势很大"④；而新加坡决审英培安亦称赞该届小说《水颤》不仅是"文字最好的一篇"，"而且小说一开场就看见气势"，并力推为首奖。⑤ "文气"是贯串篇章首尾之绳，若无"文气"贯通，则诗、文、小说中的意象、情感如散钱委地，意境无从呈现，"传神"亦无从谈起。在这个意义上，决审评委以传统"文气"观来审度、奖掖决审作品，并树立典范。

　　花踪文学奖20年，新生代创作主要以现代性为基本方向和文化表征，但如果说现代是张扬的，那么传统则以沉稳、沉潜的姿态，渗透进新生代的创作之中。在花踪获奖作品及决审评语中，细心辨别，就会发现具有民族文化特色的母语传统美学及文学规范依然在马华新生代创作中发挥着韧性的影响。关于这种传统美学趣味在新生代创作中韧性的存在之因，或许正如黄锦树所诠释的那样："华文文学最基本的矛盾之一如斯体现：它的存在本身即是文化的，论证了民族文化存在的事实。正

---

① 《第8届花踪文学奖马华散文决审会议记录》，载萧依钊主编《花踪文汇8》，星洲日报2007年版，第133页。

② 《马华散文决审会议记录》，载萧依钊主编《花踪文汇9》，星洲日报2009年版，第189页。

③ 《第4届花踪文学奖马华新诗奖决审会议记录》，载萧依钊主编《花踪文汇4》，星洲日报1999年版，第205页。

④ 《第6届花踪文学奖马华新诗奖决审会议记录》，载萧依钊主编《花踪文汇6》，星洲日报2003年版，第206页。

⑤ 同上书，第132页。

是这种结构性的倾向性，使得往中国特性、古中国的回溯之路——那象征意义上的北返——向中文的回归——始终是华文文学最有创造力的面向之一。"① 花踪文学奖使不少新生代写作者因获奖进入文坛，再重新参与文学奖决审。从 1995 年第三届花踪文学奖设立新秀奖起到 2009 年第十届花踪文学奖止，共 35 人担任过新秀奖决审评委，其中李天葆、北淡云、陈强华、毅修、陈政欣、庄若、刘育龙、许裕全、林艾霖、龚万辉、吕育陶、夏绍华、黎紫书、林健文、陈志鸿、梁靖芬、方路共 17 人均获过花踪文学奖不同的奖项，吕育陶、许裕全、庄若担任过 6 次新秀奖评委，毅修担任过 5 次，而七字辈龚万辉担任过 4 次，梁靖芬担任过 3 次新秀决审评委。这些曾经的新生代获奖者作为评委参与新秀奖评审，便形成马华文坛上美学观念的接续与再生产关系。

四 传统与现代交融共生的新生代审美趋向

从持续举办的花踪文学奖来看，现代、后现代与传统之间是交织并置、混融多元的状态，并无"断代"意义之分。如第七届"花踪文学奖"新诗决审佳作为刘庆鸿(1979—)的《相似·太极》，决审评委黄子平教授认为："这首诗野心很大，它要把卡夫卡和庄子和太极说进去"，新加坡《新明日报》总编杜南发亦认为该诗"从空洞孤独的状态回归于泥土朴实的根本，进入卡夫卡和庄子的哲思里"，该诗东西方元素混一、现代和传统并存，虽然在语言的驾驭上有失控的地方，但整体上仍营构了一个"美的气氛"②，表现了新生代不胶着于派别的企图心。

实际上，在花踪文学奖决审委员将决审作品与古今中外经典作家作品进行类比从而阐明前者的美学特征时，可以发现其中参照的中国传统文学经典作家和西方现代后现代经典作家并无偏颇。决审评语中将西方

---

① 黄锦树：《华文少数文学：离散现代性的未竟之旅（代绪论)》，载黄锦树《死在南方》，山东文艺出版社 2007 年版。

② 《第 7 届花踪文学奖新诗决审记录》，载萧依钊主编《花踪文汇 7》，星洲日报 2005 年版，第 144—145 页。

的艾略特、波德莱尔、博尔赫斯（决审评语中译为"波赫斯"）等人作为参照系，而中国的杜甫、苏轼、陶渊明、陆游等人同样被拿来比较新生代的创作。不管新生代作家作品是否明确参照了这些经典作家作品，但新生的写作技法、美学风格等类于参照对象是可以肯定的。

可以说，处于变更和交融中的传统和现代写作在马华文坛"花开两朵，各表一枝"。这在第五届和第六届花踪散文奖评审中集中呈现出来。第五届花踪散文决审会议在决定散文首奖时，钟怡雯的《凝视》属于无懈可击的学院派散文，而翁弦尉的《弃物祭文》是受西方文学影响写都市生活的试验性散文，在决定哪一篇为首奖时，三位评委反复研讨，大马评审永乐多斯称之为"传统的散文和新式的散文拔河"①，最终首奖由《弃物祭文》获得。第六届花踪散文奖推荐奖讨论时，三位评审最终决定同时推荐邝眉和钟怡雯为并列推荐奖。先是姚拓和潘耀明属意"文字确实很好"的钟怡雯，但温任平认为，"关于钟怡雯的创作，我始终有所保留。邝眉的热带雨林书写若不是走出书房，深入书写的场景，是不可能写得如此生动真实。反观钟怡雯，每一篇作品都是在书房写出来的……格局都很小"，而"邝眉的散文让我觉得现实主义也有它光辉的一面"。② 因为温任平的坚持，两种写作取向的新生代作者同时获奖。虽然相比翁弦尉，钟怡雯的学院派散文更为传统一些，但钟氏在书房书写的散文亦富现代主义色彩，这样一来，第六届花踪散文评审结果实际上又出现了一种相对意义上的写实与现代双峰并峙的现象。所以，传统和现代是一个处于交融转变中的相对概念。这对后来的书写者具有启发门径的作用。

尽管从首届花踪起，参赛作品在技巧方面的创新与突破被认为是迈出"长期笼罩大马文坛的写实主义影子的一大步伐"③，尽管在反叛传统的写作过程中，新生代以现代或后现代作为一种创新的文学观念和创作方法，拼尽语言，做着各种实验，最后理想的文学审美状态

---

① 《第5届花踪散文决审记录》，载萧依钊主编《花踪文汇5》，星洲日报2001年版，第109页。

② 《第6届花踪文学奖马华散文决审会议记录》，载萧依钊主编《花踪文汇6》，星洲日报2003年版，第180页。

③ 复审委员评语，载《花踪文汇1》，星洲日报1993年版，第22页。

仍然是传统与现代的糅合，就如第三届花踪马华新诗推荐奖获得者方昂的诗因"传统与现代的和谐结合，富有韵律感（内在的流动的呼应与对照）和文字美感"而为评委青睐。① 从花踪文学奖的评审来看，无论现代还是后现代写作，偏向于形式主义以及晦涩文字游戏的作品并不为评审青睐。由曾经的花踪参赛者晋升为新秀组评审的吕育陶告诫新秀们：晦涩语言不代表后现代诗。② 在评论第二届花踪林若隐《在黄红蓝白色如梦的国度》这首现代诗时，决审陈瑞献将该诗与艾略特、波德莱尔的作品类比，而将吕育陶的《在我万能的想象王国》与法国诗人米梭（H. Michaux）和卜列维（Jacques Prevert）的诗类比。陈瑞献是新加坡华文现代主义文学运动最重要的作家，熟谙欧美现代主义作家，在评审中，很自然地将其拿来作为决审作品的参照，如在第一届花踪小说决审时，陈瑞献亦赞赏该届小说决审作品《明日岁华新》的文字"没有西化的倾向，是所有作品里最好的一个，他相信作者对中国古典文学有一定涉猎"。③ 陈瑞献本人获得的奖项和荣誉来自各国，特别是来自西方，"他的创作根基和源泉却始终是东方哲学和佛学。"④ 而第五届新诗决审会议推荐奖讨论时，评审蔡欣认为辛金顺的诗很有现代魅力，但"不玩弄现代，更不玩弄后现代"。⑤ 总之，当新生代的西方形式技巧的袭拟和运用出现偏差，评审仍然标举母语文学的传统审美规范来避免诗性和美学的遮蔽。当然，经过现代、后现代洗礼的新生代的传统，是一种超越的传统。

　　在文学奖的运作过程中，作品由评审赋予价值，再经由媒体的传播影响作者和读者的判断，从而影响文学的生态和发展。文学奖在新生代

---

① 《第 3 届花踪文学奖新诗决审会议记录》，载萧依钊主编《花踪文汇 3》，星洲日报 1997 年版，第 231 页。

② 《〈花踪〉评审有话说·新秀吐心声》，《星洲日报·国内》2005 年 12 月 18 日，第 7 版。

③ 《第 1 届花踪文学奖小说决审会议记录》，载《花踪文汇 1》，星洲日报 1993 年版，第 65—67 夹页。

④ 曾子越：《陈瑞献：心灵革命是根本革命——访新加坡艺术大师陈瑞献》，《南风窗》2011 年第 12 期。

⑤ 《第 5 届花踪文学奖马华新诗决审会议记录》，载萧依钊主编《花踪文汇 5》，星洲日报 2001 年版，第 138 页。

创作中扮演的角色是，透过汰选机制在实质上与象征上的奖励，形塑新典范，使转化后的传统和现代审美观念由中延续。

第四节 花踪文学奖"走入国际"与"文学马华"审美独特性探索

花踪文学奖除了一以贯之建构的"传承文化薪火"形象，"走入国际"也是花踪一直在努力建构的形象。"走入国际"实际上主要是指马华文学走出马华，走向"世界华文文学"①，其内涵在于"保持自己的独立性，突出自己的独特品格"②，以独立的主体性地位而不是作为中国文学的依附或支流汇入世界华文文学海洋，马华作家称之为"游到公海"。③"游到公海"成为马华写作人集体努力的一个目标，这体现在马华写作人在审美现代性的探索上，也体现在马华文学在身份书写过程中的地方性美学色彩的经营上。主办方将花踪文学奖由区域文学奖塑形为有影响的世界华文文学奖亦正好与马华文学走入国际的思潮若合符节。

一 走向世界的花踪文学奖

从花踪文学奖的宗旨来看，自第二届起"开拓国际视野"成为花踪文学奖开章明义的宗旨表述，尽管前四届花踪宗旨的表述一直处在变化中，但直到最后定位，"开拓国际视野"的表述未曾改变。④ 主办方《星洲日报》在多届花踪文学奖颁奖礼之后发表社论，更具体地表达出让马华文学走入国际是花踪文学奖的目标和意义所在，早在第二届花踪

① 以黎紫书为代表的优秀马华作家，眼光更为开阔，希望"与世界读者对话"，"交出有世界观的作品"。见刘悠扬访谈黎紫书的文章《马华文学乡关何处？》，《深圳商报》2012 年 07 月 23 日，第 C03 版。

② 陈望衡：《以开放的心态发展马华文学》，载谢川成主编《中华文化在多元社会的承传与发展》，马来亚大学中文系毕业生协会 2007 年版，第 246 页。

③ 刘悠扬：《马华文学乡关何处？》，《深圳商报》2012 年 7 月 23 日，第 C03 版。

④ 花踪文学奖前四届宗旨分别如下：第一届：鼓励创作，发扬文学，传承薪火；第二届：开拓国际视野，提升文学品质，反映时代精神；第三届：开拓国际视野，提升文学风气，反映时代精神；第四届：开拓国际视野，提升文学风气，传承文化薪火。此后，花踪一直沿用第四届的表述未作改变。

颁奖礼之后,《星洲日报》的社论指出:"花踪"的内在意义是唤醒华社关注心灵建设的文学创作,提升作家的文学创作水平,以及将马华文学推向国际华文文学的领域①;第四届花踪颁奖礼后,《星洲日报》发表标题为《从马华文学到世界华文文学》的社论,更明确表述,"我们的目标,是把华文文学推广到世界各地,具体的做法,是推广提高马华文学,并落实从马华文学到世界华文文学的步骤,致力于提倡、发扬和推广世界华文文学,使'花踪'成为世界性的华文文学活动。"②

我们知道,花踪文学奖的决审评委组成中,约三分之二来自马来西亚之外,不同时期的评委通过历届花踪评奖,对参赛作品从语言到题材等进行赏析与批评,这样决审会议实际上成为马华文学与华文中心地带文学之间的一次次饶有意味的对话关系的中介。而甄选奖之后评审内容的发表,"使竞选者的主观与阅读者的客观达到某一程度的调和。同时更见微知著,在评审诸公的眼中,得知优劣的取舍。"③ 这显然有助于促进马华文学的发展。"花踪"在马华文学走入国际的进程中,所起到的作用正如第八届颁奖礼之后的社论所总结的那样:"花踪的穿针引线,让知名的海外作家纷纷与马华文学结缘;然而,更是花踪的鼓励和培育,让更多年轻一代的马华文学创作者走出国门。从历届一些花踪文学奖得主的名字,屡屡在国际文学奖项中名列前榜,已显见花踪文学奖在促使马华文学和世界文学接轨方面,发挥了重大的推动作用。"④ 花踪文学奖让马华文学与马华之外的文学世界双向互动,并发挥《星洲日报》大众传媒效应,"借由大规模的活动,大大增加了马华文学的能见度,让华社有一种华文共同体的'世界文学'想象。"⑤

从花踪文学奖的奖项设置来看,第二届花踪文学奖增设"世界华文

---

① 《社论:看百花齐放,追永恒踪迹》,《星洲日报·副刊》1993 年 11 月 2 日,第 23 版。

② 《社论:从马华文学到世界华文文学》,《星洲日报·言路》1997 年 11 月 4 日。

③ 张错:《文学奖的争议与执行——世界华文文学领域探讨与展望》,载萧依钊主编《21 世纪世界华文文学的展望研讨会论文集》,星洲日报 2003 年版,第 10 页。

④ 《社论:花踪文学奖走向世界》,《星洲日报·言路》2007 年 6 月 4 日。

⑤ 黄锦树:《序:马华女性文学批评的本土探索之路》,载林春美著《性别与本土:在地的马华文学论述》,大将出版社 2009 年版。

小说奖"，该奖项开放给海内外华人。从第四届起，世界华文小说奖由《星洲日报》和香港、美国及加拿大的《明报》联合主办，收稿的覆盖面更广，花踪在世界华文文坛的影响力进一步增强。尤其是第六届花踪世界华文小说奖由马华作家黎紫书的《国北边陲》夺得首奖，大大提升了马华作家走向国际的自信。不过，总的来看，世界华文小说的征稿数并不理想，如第三届花踪世界华文小说仅 101 篇参赛作品，没有达到主办方的预期影响效果，故自第 7 届起停办该奖项。

　　"花踪"奖项设置最具象征意义的是第六届"花踪"增设被称为华文版的"诺贝尔奖"的"世界华文文学奖"。"世界华文文学奖"另设文学奖章程，章程显示了一项严肃大奖的权威与公正性。章程规定宗旨为"推动华文文学，奖励优秀作家，树立艺术典范"。遴选办法仿诺贝尔文学奖，评审委员会由全球 18 位作家或学者组成，评审委员为终身制。终身评委来源于中国大陆、台湾、香港、美国、马来西亚等地，在评审年度，每一位评委推荐一位作家及他的一部近 10 年出版的代表作品，"全球近年来仍持续中文创作的作家，包括非华人"，均有被推荐的资格，评委会通过电传或电邮投票，以淘汰渐进方式评选，至少三分之二评委投票才合格，须获得至少半数票者才能被评为得奖人。① 至2015 年第十三届花踪文学奖，已有王安忆、陈映真、西西、杨牧、聂华苓、王文兴、阎连科、余光中等人获得"花踪世界华文文学奖"。"世界华文文学奖"的设置，提升了原本面向马来西亚本土的花踪文学奖的层次，台湾诗人焦桐甚至称"花踪是世界华文文学的坐标"。② "花踪"提升了马华文学的能见度，推进马华文学作为一个独特的存在主体与中心地带的华文文学并立。从世界华文小说到世界华文文学奖奖项的设置反映了马华文坛在世界华文文学的坐标系中建构马华文学的主体性的企图。

　　"花踪"让马华写作人与世界华文文学如此接近，激发了马华写作人走向世界的信心和激情，马华作家对"花踪"的回应足以证明这一

---

　　① 《"花踪"世界华文文学奖章程》，载萧依钊主编《花踪文汇7》，星洲日报 2005 年版，附录。

　　② 张清菁：《焦桐：花踪是世界华文文学的坐标》，《星洲日报·文艺春秋》2003 年 12 月 21 日。

点："只要信心的火焰继续燃烧，没有理由马华文学不会早日走向国际化"①，"'花踪'的文学意义，也说明了马华作家们不必然以中台文学为'马首是瞻'，也无须跟着'逐鹿中原'，它可以开出像黎紫书、翁弦尉那样艳丽妖媚的马华文学的花朵。"②

二　"花踪"决审作品文学身份书写与"马华"性

作为文学活动的花踪文学奖使马华文坛阶段性、集体性地呈诸中文文学世界的评委前。马华文学随着花踪文学奖走入世界华文文学的大视野过程中，一方面呈现出新生代于文学书写的现代性的追求与展开，但另一方面必然涉及马华文学作为小文学自身的身份问题，就如第四届新诗决审评委张错所言："如果说马华文学有其存在意义时，它必须在个人的悲欢离合外，还产生出马华文学的身份。"③ 身份标示着主体的存在，但身份（identity）不是一个本质性的存在，而是一个处在不断建构和再建构的动态的认同过程。国际文学视野下的马华文学身份建构不可避免地与文学的本土性或地方性即马华色彩联系起来，那么决审作品的马华色彩如何建构？在中文文学世界里，作为文学独特性的"马华"在哪里？

笔者从十届花踪小说、散文、新诗决审评语找出与"马华色彩"相关联的词语并大略统计其出现的频率，将其分成三个组别，分别是：

一组是"地方"及其关联词语："地方特色""地方色彩""地方性""地方文化""地方记忆"等，合并出现 13 次。

一组是"本土"及其关联词语："当地""本土性""本土色彩""乡土"等，合并出现 22 次。

一组是带有马来西亚标签式的词语及频率分别是："南洋"（9 次）、"雨林"（5 次）。另外"大马色彩""马来西亚特色"各 1 次，合并出现 16 次。

---

① 苏耘：《花踪回响·有心人》，载萧依钊主编《花踪文汇 2》，星洲日报 1995 年版，第 236 页。

② 杨邦尼：《花踪的文化心理学》，《星洲日报·言路》2005 年 12 月 12 日。

③ 《第 4 届花踪文学奖马华新诗奖决审会议记录》，载萧依钊主编《花踪文汇 4》，星洲日报 1999 年版，第 206 页。

以上三组词语总共出现 51 次，这说明，一方面马华色彩或马华文学的独特性是历届评委关注的焦点，另一方面文学的本土性面向仍然是马华写作人的重要美学取向。从花踪决审评语来看，来自新马的决审评委更为留意决审作品中的马华本地色彩、当地特色，如第六届花踪小说决审评委们在各自表达自己的小说观时，新加坡的英培安强调："既是马华小说评选，就需要有当地的特色"；而一般来说，新马之外的评审因为开始时"对马华文化一无所知"，"不得不扬弃历史和文化的因素，去寻找一些可以切入的共通点"①，譬如强调作品的普遍性、人性抒写，强调语言流畅的表达等。但是新马之外的评审对于本土性面向作品的支持是无疑的，如第三届花踪马华小说决审评委陈若曦挑选推荐奖得主有三个标准，其中一个就是"希望是本土的作品和马来西亚的作者"②，中国大陆评委王安忆亦表示，"如果是马来西亚的评奖，应该支持一个本土性的作家"。③

"本土性"或马华色彩首先体现在"花踪"决审作品的三类题材书写上：一类是有关南洋历史文化、热带雨林风情等课题；一类是马来西亚华巫种族关系及现实政治等课题；一类是马来西亚世俗生活、市井浮世的呈现。从整体来看，关乎南洋历史、华族文化、种族关系甚至曾视为禁忌的马共题材等宏大叙述仍然占据重要位置，第二届"花踪"散文决审新加坡评委周维介直陈马新两地文学奖经常会出现的问题：选择大课题。④ 用决审评委的话来说，就是相当一部分作品"企图心"很大，据粗略统计，"企图心"是决审评语中的高频词，出现超过 40 次。

从小说文类来看，第二届花踪文学奖进入决赛的小说作品"主题

---

① 《第 6 届花踪文学奖马华小说决审会议记录》，载萧依钊主编《花踪文汇 6》，星洲日报 2003 年版，第 129 页。

② 《第 2 届花踪文学奖散文决审会议记录》，载萧依钊主编《花踪文汇 2》，星洲日报 1995 年版，第 107 页。

③ 《第 10 届花踪文学奖马华散文决审记录》，载萧依钊主编《花踪文汇 10》，星洲日报 2011 年版，第 200 页。

④ 《第 2 届花踪文学奖散文决审会议记录》，载萧依钊主编《花踪文汇 2》，星洲日报 1995 年版，第 107 页。

偏向上一代到南洋开辟天地的较多"①。至第六届则有一个隐藏的
"南洋现象",南洋和雨林书写非常突出。首先该届的世界华文小说首
奖由黎紫书的《国北边陲》获得,小说将一个家族史的宿命,和南洋
的风俗与神秘、神话纠结在一起;该届马华小说首奖由梁靖芬的《水
颤》获得,表现的也是非常地道的南洋主题,给人以深刻的历史感;
而新诗首奖《食蚁兽》诗的布局、意境都是热带雨林的感觉。南洋和
雨林之于马华文学是一个充满艺术感染力的完美搭配,也因为南洋和
雨林都是马华特有的"土产",似乎比起任何其他素材都更适宜也更
容易使作品"产生马华文学的身份"。②该届小说佳作《禁忌》《上
邪》及第八届的《人人需要博士夏》等则涉政治题材,前篇用黑色幽
默的手法借异族恋爱写种族、宗教、民俗冲突等问题,后篇企图以一
荒谬的骗局,带出马来西亚华、巫族群课题或国情的荒谬、不公,夹
带嘲讽与怜悯。

从新诗文类来看,对现实政治的关怀尤其是花踪新诗参赛作品的一
个热点,十届花踪文学奖有4首直接关乎马来西亚历史或现实政治生态
及华巫种族关系的诗获得首奖或佳作。第四届新诗决审作品比过往有了
更多主题沉重或格局宏伟的作品,举凡家国、历史、战争与文化都进入
诗人关切的视野。

马华决审散文更是多半以华族历史、文化类的大课题为书写主题。
仅从第七至九届花踪文学奖散文决审记录见诸《星洲日报》的题名就
可以略知马华散文创作以历史、文化大散文创作为主的这一特色。第七
届花踪文学奖散文决审记录见报的题名为《写出"大气"来》,题名来
源于对该届决审作品《寂静的纱丽》的讨论,作品写一个马来西亚华
人记忆中的印度人,决审评委陈思和认为作者以小见大,"写出'大
气'来"。而该届首奖作品《照见》则以书法课带出作者对中华历史文
化的关怀。第八届花踪文学奖马华散文决审会议记录其标题是《人文精
神和思想感情:深耕大散文》,大马本地评委田思提倡散文"内涵的深

---

① 《第2届花踪文学奖小说决审会议记录》,载萧依钊主编《花踪文汇2》,星洲日报
1995年版,第77页。

② 黎紫书:《花海无涯》,有人出版社2004年版,第65页。

耕"也就是"人文精神和思想感情"的抒发。① 该届散文首奖是黄灵燕的《失语的回响》，该文从语言、文字着手强调汉语及其文化在马来西亚多元民族社会环境当中的沟通功能，进而表达对人类互相理解、沟通及和平相处的愿望，获得评委一致首肯。第九届花踪散文决审记录题名为《在怀旧和记忆之外》，决审评委陈思和指出马来西亚的华文散文"基本上是一个自我回忆，通过自我回忆来讲华人在这里的历史遭遇"，"跟这里的华人感情都联系在一起"。② 由此，对马来西亚华族历史、文化、命运及其未来发展的宏大思考，是马华散文最主要的身份标志之一。

但是马来西亚特色不一定是宏大叙事，马华色彩另一个重要的建构面向，是从马来西亚世俗生活、市井浮世类题材的抒写中揭示人性、呈现浓郁的马华及马来西亚人文风情。以小说文类来看，黎紫书是典范。她的花踪获奖小说无论是抒写家国记忆还是现世生活更多是在写市井和"人"的部分，她的作品固然也常出现蕉风椰雨等南洋景观，本身处理更多的是马华人的部分，读者从小说的叙述里看到寻常人家具体而微的生活作息，觉出其中文化民俗的相同或差异。黎紫书认为："文化"主要在"人"的生活里③，《把她写进小说里》的江九嫂、《推开阁楼之窗》的小爱、《州府纪略》里众多人物群像，以及人物活动的地理背景怡保旧街场等地，随着谲诡离奇的情节铺衍，呈现出特有的"马华文化风情"。

在第八届新诗、散文推荐奖讨论中，出现了一个值得注意的现象，那就是评委对于地方性书写的肯定。新诗推荐奖中，评委张错认为，马华诗人方路的系列诗"是利用民俗的东西，而且是方言的东西去描述某种地方性的特性，这个企图也是值得推荐的"，而本地评委温任平推荐冼文光"地方性市井描写"④；这一届，杜忠全的槟城地志书写亦获得

① 《第 8 届花踪文学奖马华散文决审会议记录》，载萧依钊主编《花踪文汇 8》，星洲日报 2007 年版，第 133 页。

② 《马华散文决审会议记录》，载萧依钊主编《花踪文汇 9》，星洲日报 2009 年版，第 181 页。

③ 何晶：《黎紫书：经营马来特色，书写家国记忆》，《文学报》2012 年 4 月 5 日，第 04 版。

④ 《第 8 届花踪文学奖马华新诗决审会议记录》，载萧依钊主编《花踪文汇 8》，星洲日报 2007 年版，第 165 页。

散文推荐奖，"他把马来西亚最具华人色彩的地方——槟城勾画得活灵活现，尤其是街巷风光与市井气息"。① 接下来的第九届许裕全亦以富含马来西亚特色的地方文化、民族文化书写获散文推荐奖。

这样，马华色彩并不只是在充满雨林气息的丛林猎奇文字和马共褪色的身影里、在橡胶林和油棕地里爬过的虫豸身上看到。从十届"花踪文学奖"决审作品来看，其雨林书写与一些旅台作家的书写略有不同，并不刻意将马华色彩标签化为雨林猎奇，而是倾向于将那片浓郁的热带岛屿风情自然而然如盐入水融入普通人的生活浮世绘中。在混杂多元的巴刹式语言风味中，在现世感性岁月的悄声流逝里，马华作者用心经营生活化的马华本土色彩。

向生活化书写转向出现在第九届花踪文学奖。本届陈燕棣的《光》获得新诗首奖，她在获奖感言中说："通常第一名会写历史、民族等大块的东西，但我这首诗完全没有，是很普通的题材。"本届新诗评审奖由许裕全的《厨房》获得，亦是将寻常普通的意象用隐喻的手法赋予意义。正如第九届新诗决审评委张错指出，诗歌除了经营，每个人本身都会有企图心，但"这种企图心不见得非得要从国家大事出发，很多柴米油盐的事情也可以采用，能以小看大，或以大显小。"张错更希望马华新诗除了谈大的历史背景或哲学，"能够有选择地把很多题材，尤其是生活上的，不管是严肃的还是轻松的，透过其中入诗，再从诗里找出某种哲理"。② 无独有偶，主办方在《花踪文汇9》的封面设计中，摒弃了往年庄重典雅的形象，转换成大量的鲜明色彩。封内每一类奖项前的插图不再置入具有国族寓言意味的花鸟铜雕奖座形象，"这样的转变原因无他，文学不能再恒常沉重、压力；换个方式，吸一口气，或许看世界的角度也会有异"。③ 应该说，这一封面设计也释放出主办方对于马华文学担当文化重责的一种反思。第十届花踪散文、新诗全面延续生活

---

① 《第8届花踪文学奖马华散文决审会议记录》，载萧依钊主编《花踪文汇8》，星洲日报2007年版，第136页。

② 《马华新诗决审会议记录》，载萧依钊主编《花踪文汇9》，星洲日报2009年版，第212页。

③ 萧依钊：《花踪，18年的成年礼》，载萧依钊主编《花踪文汇9》，星洲日报2009年版，序。

化书写的路数，其决审会议记录分别是"在作品里看到生活"，"在日常中感受到诗的创作"。而该届的散文首奖《一天》、新诗首奖《破伤风》均是日常写作。该届的决审评审们如王安忆、蒋勋均表达了对生活化的写作、生活化的语言的喜爱和提倡，正是具有生活温度的书写，才格外清楚地显示马华文学与中国大陆、香港、台湾不一样的"诗的气味"。①

需说明的是，在走向国际化的步履中，十届花踪文学奖决审作品除了马华文学身份书写的面向，不局限于马来西亚，对世界性、普遍性议题的关切及哲理性思考也频频见诸马华写作人的笔端。如第五届马华新诗佳作《异乡的查齐尔》写在马来西亚的非法印度外劳，即反映了全球化背景下非正规渠道移民问题。而第八届新诗佳作《看见》是国际政治题材，以被第一世界定位为恐怖分子的奥萨马的视角来质疑西方政客的观点。其他边缘题材如艾滋病、同性恋题材尤其是后者也较为热门，第六届花踪文学奖马华小说有 3 篇同性恋题材进入决审程序说明这一点。

可以预见，马华文学身份书写面向中，有关家国记忆、民族文化、政治现实等宏大主题仍会是花踪文学奖不可或缺的题材之一，但不刻意标签化马华色彩，在追求宏大性的同时，反映马来西亚这片热带岛屿上的普世生活，揭示普遍性的"人性"和深刻哲理将是马华写作的方向。

而马华文学身份书写成立的前提则是文学性，这一点在第五届花踪文学奖马华小说的决审中显得格外突出。第五届由黎紫书描写师生恋这一世界性普遍主题的《流年》获马华小说首奖，其他三篇佳作奖分别是《穿过雨镇》《铁马冰河入梦来》《晨兴圣歌》，这三篇均具有很浓的大马色彩或地方色彩，评委经过争论，由不具本土色彩但文字能力突出、写作技巧优秀的作品《流年》胜出，这在某种程度上说明了一种更远大或具有"世界观"的文学视野在花踪成形，评委们（未必都是外国来的评委，其中也有马华作家）把作品的文学表现摆在第一位，其

① 《第 10 届花踪文学奖马华新诗奖决审会议记录》，载萧依钊主编《花踪文汇 10》，星洲日报 2011 年版，第 222 页。

次才是本土色彩和其他得奖条件。① 该届散文决审评委李锐亦表示，"我不会因为自己在马来西亚评奖就把评分尺度限在马华文学里，我会以本身认为最高的标准来打分。"② 这个最高的标准就是文学的尺度。故而既带有本土特色，而又带有普遍性的文学性书写是马华文学国际性之所在。

三 花踪文学奖悖论："文学马华"审美多元化与审美趋同现象

第九届新诗决审、台湾评委南方朔在看完该届的 10 篇决审入围作品及推荐奖作品后认为："马来西亚诗人的写作比较有一个框框。很多人写诗的句法、隐喻使用的方法都很接近，这一点是我蛮担心的。它有一元化的倾向，可见写诗规格化的倾向在马来西亚是一个蛮强的趋势。假设这种趋势再继续发展下去，大家都是用那样的方式写诗，那么写诗的多样性特色就会降低。"③

马华文学的一元化倾向不仅在新诗决审作品中出现，在小说决审作品中尤以"黎紫书现象"突出。第七届花踪文学奖马华小说决审三位评委都注意到该届参赛作品"灰色潮流，片断式写法蔚然成风"的现象，评委刘心武说："我不知道为什么，这些参赛作品老用片断式，斑点相现，很多篇都用这种写法。"马华本地评审姚拓甚至怀疑："是否初审和复审的评审比较喜欢这类片断式的写法？"评委王安忆表示："本届所有参赛者的写作风格都一样，很灰色，而且叙述上又那么破碎。"并直言："我不太满意本届的作品。原是一名得奖者的写作方式，可能这具有引导作用，其他人都跟着一样的写作方式，叙述单调。"④王安忆所言的"一名得奖者"即是黎紫书。由于黎紫书频频在花踪获奖，便成了参赛者纷纷模仿的对象，甚至出现了 10 篇决审作品在语言、

---

① 黎紫书：《花海无涯》，有人出版社 2004 年版，第 50 页。

② 《第 5 届花踪文学奖散文决审记录》，载萧依钊主编《花踪文汇 5》，星洲日报 2001 年版，第 108 页。

③ 《第 9 届马华新诗决审会议记录》，载萧依钊主编《花踪文汇 9》，星洲日报 2009 年版，第 212 页。

④ 《第 7 届花踪文学奖马华小说决审记录》，载萧依钊主编《花踪文汇 7》，星洲日报 2005 年版，第 78—80 页。

情绪、色彩、调门和叙述方式上的"很黎紫书式"的趋同化现象。虽然该届小说首奖作品《夜雾》以叙述流畅、故事性强胜出，同样有着浓厚的"黎紫书写法"，面对质疑，小说作者夏绍华的获奖感言说："是不是很像黎紫书，我也不是很清楚。"① 这实际上是对质疑的一种默认。黎紫书自己也对文学奖场域上这种摹写现象表达担忧，在和黄锦树就马华小说的对谈中，她坦言："因为'在地'的关系，我常常有机会在这里当各学校文学奖的评审，与年轻的文友接触和读他们的作品。明白地说，我们的作品对他们的创作影响特别深刻，最明显的是为这些新人提供了一套得奖作品的模式。"② 可见，文学奖场域上的黎紫书现象，已经形成一种创作上美学品味，一种批评上的审美判断。

对于参赛作品的一元化、模式化审美倾向，其实历届决审委员在奖项的取舍上非常慎重，力图避免类似"文学奖体"现象的出现。在第七届花踪马华小说决审会议上，王安忆曾建议让首奖从缺，她认为，如果让《夜雾》获得首奖，"它没有提倡性的，反而是倒向性的"。③ 虽然最后评委之间达成妥协，但决审会议记录无疑会给写作人和读者思考。第五届花踪马华小说决审会议上，黎紫书《流年》的师生恋题材虽说是一个世界普遍性的题材，但相比其他作品的国族叙述、种族关系等宏大叙述究竟显出"小"来，故而本地评委梁志庆把具有史诗容量的《晨兴圣歌》放在较高的位置，而新加坡评委希尼尔却认为，"由于评审记录会发表，以后参赛者可能就会一窝蜂写题材大的东西"，故而"我们在评审时必须谨慎，不能让读者以为题材大，架构大就会吃香"④。因此《流年》获首奖对马华文学的题材取向具有指向性作用。

除了黎紫书，十届花踪文学奖中，钟怡雯完美精致的散文代表了马华散文创作的一种高度。除获得第一届散文佳作、第三届散文首奖外，

---

① 夏绍华：《得奖感言》，载萧依钊主编《花踪文汇7》，星洲日报2005年版，第82页。

② 黎紫书整理：《黄锦树：努力把作品写好》，《星洲日报·星洲广场》2005年6月11日，封面。

③ 《第7届花踪文学奖马华小说决审记录》，载萧依钊主编《花踪文汇7》，星洲日报2005年版，第78页。

④ 《第5届花踪文学奖小说决审记录》，载萧依钊主编《花踪文汇5》，星洲日报2001年版，第63页。

从第二届到第六届散文决审，钟怡雯连续五届都以其实力获推荐奖提名，但几乎每次决审会议中，钟怡雯都备受争议，评委固然认可其文字的完美性，但同时不乏评委认为其散文书房式写作缺少生活、历史、文化的厚度而有所保留，其中以第五届散文评审李锐的意见较有代表性，李锐认为："当女性作家觉得张爱玲是不可超越时，张爱玲就会形成一种流行的思路、用语和感觉。对这种流行，我们评奖不应再以吻合，而要树立一个标榜，一个评奖者所肯定的方向。"言外之意，李锐担忧的是，如果推荐奖授予钟怡雯，会给马华散文创作带来偏至性影响，"华文不应只能表达一些被人曾经表达过的很完美的结构、篇章、主题和感情，华文应有更创新的东西，而评奖需有这种提倡"。① 最终，陈大为以其思想的深刻及达至的境界获第五届散文推荐奖。

通过确立选择的标准和程序，文学奖评委可以将自己的价值观念和审美趣味倾向，潜在地转化为一种规范性甚至主宰性的力量，从而有效地影响一个社会和一个时期的文学风气。但尽管历届花踪文学奖评委对于促进马华文学创作的多样化有着自觉意识，就十届花踪而言，评委所倡导的多样性与文学奖场域出现的审美一元化或同质化现象形成一种悖论，部分获奖佳作语言晦涩、华丽，写作技巧过度雕琢、放纵，有着追逐单纯形式美趋向。这种悖论无疑影响了马华文学主体性的更好确立。已有论者对获奖作品的模式化与唯美现象进行过分析，并对"花踪与马华文坛的审美倾向会把写作人带到什么地方"表示关注。②

花踪文学奖文学审美多样性的倡导与一元化趋同的悖论出现的原因主要有：

其一，由于文学奖始终是一个功利性的评奖，无可避免地会携来一些副作用。通过文学奖可以获得文学场域内名誉、地位乃至获得丰厚奖金，更由于马华写作人获得肯定和鼓励的路径较为单一，在马华文学场域内具有极高象征资本的花踪文学奖成为马华新生代孜孜以求的目标，

---

① 《第5届花踪文学奖散文决审记录》，载萧依钊主编《花踪文汇5》，星洲日报2001年版，第110页。

② 原雨光：《花踪文学奖：经典仍缺席》，原载《东方日报》2006年9月10日。全文见佳礼全民资讯网论坛（http: //cforum1. cari. com. my/forum. php? mod = viewthread&tid = 658482）。

这使得很多作者在书写策略方面刻意揣摩评审委员的文学品味，"投其所好"增加自己获奖的机会，以至于刚刚步入写作门槛的马华新秀们也不例外，如第八届花踪文学奖新秀散文评审龚万辉说，本届的参赛作品，题材范围很广，但有些文字却嫌太冷僻及老气横秋，在某程度上有揣摩评审口味的痕迹。①

其二，摹写获奖作品是新生代及少年新秀作家文学成长旅程中必然要经历的一个阶段，而摹写与被摹写的作品之间相似度高亦是必然之果。正如陈思和所言："我觉得榜样很重要，哪几个作品得奖，下次参赛者就会学这个，一定是这样。他觉得这是得奖的导向。"② 而第十届花踪新秀奖新诗首奖得主陈文恬更是坦言，"如果看过我和龚万辉的散文，必定会从我的散文里嗅出一点龚的文字。如果你看过我和谢明成的新诗，也能从我诗里探出谢的诗句。我必须承认，他们都是我模仿的对象。"③ 更由于马华文学小众、边缘的地位，写作圈和真正的文学读者圈都较为狭小，因而前面统计分析表明花踪重复获奖率相对较高，频频获花踪文学奖的作家作品包括黎紫书、钟怡雯等人自然成为反复摹写的对象。

其三，甄选性文学奖评审并不是一个充满严密逻辑性和充分的事实依据的理论行为，不是系统性研究，一般倾向于纯文本分析的形式主义美学论述，易于切割社会与政治。花踪文学奖决审评语做出的审美判断，存着形式美学的倾向，这也使得习惯揣测评审的参赛者写作偏向形式美。④

其四，获奖作品以及马华文学单一"唯美"现象的出现，实际上还应该在文学奖体制外去寻找。整体而言，相比前行代及中坚代作家，新

---

① 《〈花踪〉评审有话说·新秀吐心声》，《星洲日报·国内》2005 年 12 月 18 日，第 7 版。

② 《第 9 届花踪文学奖马华散文决审会议记录》，载萧依钊主编《花踪文汇 9》，《星洲日报》2009 年版，第 186 页。

③ 杨邦尼：《文学种子 从銮中到花踪》，《星洲日报·言路》2009 年 8 月 28 月。

④ 黎紫书 2012 年现身香港书展，接受深圳商报记者独家专访时也不讳言："我以前是时常参赛的人，揣测评审对我是种习惯。"见刘悠扬《马华文学乡关何处?》，《深圳商报》2012 年 7 月 23 日，第 C03 版。

生代写作人受过良好的高等教育，有着更为自觉的对于文学形式技巧的追求，是一种相对学院化的书面语写作，会无意间把专业知识带进写作中去，容易出现知识堆砌而导致过于晦涩、自我的缺陷。学院式写作在历届花踪决审作品中均有体现，第九届尤其突出。第九届新诗决审记录为《诗是用来沟通的》，小说决审记录亦为《从书面语到书面语》，都说明了马华新生代书写语言缺乏丰富、温润的品格，叙述苍白，迷失在语言迷宫中。作为对这种书面、学院式写作的反动，第九届马华小说推荐奖的获得者是"用很平白及流畅的文字写沧桑"的五字辈作家陈政欣。①

文学就其本质而言，乃是一种自赋价值而非他赋价值的精神现象②，文学奖之于文学，究竟是一种他赋价值，如果马华作家不能摆脱文学奖的创作诱因，即使花踪评审机制完美得无懈可击，马华文学的同质化现象仍无法避免。

显然，马华文学欲走入国际，应自觉规避文学书写尤其是审美取向的同一化、同质化弊端。文学奖本身是一把双刃剑，在文学市场相对狭窄的马华文学消费场域，确立了众星拱月般文学评价权威地位的"花踪文学奖"尤其如此。随着马华文学学术建制尤其是规范化的学院批评体制的建立与完善，以及伴随新媒体技术发展的网络文学写作与阅读的兴起，文学评价及文学认证途径趋于多样化，马华作家渐渐摆脱单一的文学奖创作诱因，马华文学才能以更加多元化的审美呈现真正走向国际化的广阔天地。

本章小结

综观十届花踪文学奖 20 年的成长轨迹，《星洲日报》社主办的"花踪文学奖"以文化疗伤为起点，以传承文化薪火为使命，通过华族文化系列包装，挟《星洲日报》传媒宣传之势，以华人文化结合文学盛典的形式建构起马来西亚乃至华语语系文学的文学奥斯卡品牌形象，

---

① 《第 9 届花踪文学奖马华小说决审会议记录》，载萧依钊主编《花踪文汇 9》，星洲日报 2009 年版，第 135 页。

② 李建军：《我看文学奖》，《文学自由谈》2009 年第 1 期。

在马华文学权力场中确立自己的象征资本。而花踪文学奖章程所确立的独立的文学奖评审制度确保了它具有独立于马华文坛门派是非之外的公信力，这样，花踪文学奖成为马华文学体制内最权威的公共认可机制。如果说，象征资本是"对社会世界的理解、认知甚至指称、界定的能力"①，那么也可以说，具有公信力的花踪文学奖获得了文学域内的"指称、界定的能力"，它不仅是大马华社的一个重要文学节庆，同时以符号权力的形式持续介入马华文学的生产、消费环节之中。

在花踪文学奖的运作过程中，作品由评审赋予价值，评委对参选作品进行审美价值判断，《星洲日报》的"文艺春秋""星云""小说世界"等版位为获奖作品、决审评语乃至决审作品等提供发表园地，《星洲日报》的其他各版也为获奖作者提供了充足的"曝光率"，因而花踪文学奖获得了马华年轻写作者的热情参与，花踪文学奖通过身份或名位等"象征资本"的颁发转化为新生代步入文坛的"通行证"。从十届获奖情况来看，六、七字辈写作者形成压倒性优势，建构了新生代群体形象，他们以创作实绩确立了马华新生代在马华文坛的主体性地位，也与1990年代发生在以《星洲日报》为代表的华文媒体上的马华文学论争形成呼应。以新生代创作为主体的花踪作品在审美取向上，擅长西方现代、后现代形式美学技法乃至思维的摹写与实验，同时亦呈现出以"文气"贯通"意象—意境"审美体系之中的传统诗性特征，最终走向传统与现代混融共生的审美之途。"花踪"作品因赋予了文学奖的象征资本，获得了一定的增值，再经由马华文学选本的遴选，一步步朝向典律化迈进。花踪作品作为样本所呈现出来的文学审美趣味也进一步导引着马华文学生产。花踪文学奖成为文学价值观的隐性缔造者，尤其是对于年轻一代有着迅速又长时段的潜移默化影响。

花踪文学奖点燃了马华写作人走向世界的信心和激情，不少六、七字辈花踪文学奖获得者以之为起点，角逐台湾及华语圈中各种公开性文学奖并取得不俗的成绩。作为一项有着世界视野及国际企图心的文学奖，必然要在审美上立足于与世界华文文学同一高度。从花踪作品来看，这种同一高度的追求固然表现在新生代马华文学书写的现代性展

① 邱天助：《布尔迪厄文化再制理论》，桂冠图书股份有限公司2002年版，第131页。

开，亦表现为具有文学独特性的"马华身份"书写的建构，这包括南洋历史文化、热带雨林风情、华巫种族关系及现实政治等宏大叙事，亦包括从马来西亚世俗生活、市井浮世中开掘地志及人文风情的生活化书写。另外，花踪作品对全球化背景下的世界性、普遍性议题如非正式移民、恐怖袭击、环保、艾滋病、同性恋等有着同样的关切并提出自己独特的思考。总之，花踪作品的整体写作导向不是刻意标签化马华色彩，而是在复杂人性与深刻哲理揭示的基础上自然呈现马华身份，这也是马华文学走向国际的必由之路。

花踪文学奖决审作品与决审评委之间在两相契合或乖离的张力关系中形塑出的马华文坛的主流审美价值和美学品味，通过接续性的权力运作参与马华文学生态的形构。"从本质上看，文学评奖也是一种文学批评"①，这种批评具有传媒话语诸如片面的深刻性、娱乐性、轰动性等特征，并不是一种关于马华文学的全面系统的理论层面的严谨阐释，它缺乏学院规训论文的学理性论证，评委的文学观、审美观与文学趣味、评委的身份与职位等，都或多或少影响了评奖结果，作为马来西亚最高华人文学奖的花踪也不例外，尤其对处于国家文学与世界华文文学双重边缘，且学院化批评体制尚待健全的"小产业"马华文学带来更深刻的影响，它所期望的马华文学审美多样化与历届花踪文学奖乃至整个马华文学创作出现的或多或少的审美上的规格化、单一化、同质化之间形成一种悖论，当花踪文学奖"甚至成为创作的动机和部分体质"的状态无法改变②，这种悖论将持续存在。当然，随着新媒体技术条件下网络文学写作与阅读的兴起，文学创作的群体英雄时代代替个体英雄时代，文学审美的无国界越来越成为现实，花踪文学奖及马华文学在国际化进程中，多元化、个性化审美创作愈来愈成为人们更自觉的追求，而马华文学学院批评体制的逐步完备也将使马华文学逐渐摆脱单一的包括文学奖体制在内的传媒批评机制的局限。

---

① 蒋述卓、李凤亮主编：《传媒时代的文学存在方式》，广西师范大学出版社2010年版，第245页。

② 陈大为：《鼎立的态势——当代马华文学的三大板块》，载陈大为著《风格的炼成：亚洲华文文学论集》，万卷楼图书有限公司2009年版，第126页。

结　语

"文化办报"策略下的"小文学"媒介在场

一　由"马华文学"向"文学马华"转向的媒介在场

马华文学生产、传播、消费的主要空间是习称的"两报一刊"。本书选取其中在马华社会具有巨大影响力的《星洲日报》文艺副刊作为样本，以媒介在场视角探讨马华文学 1988—2009 年在主体性建构焦虑下由"马华文学"向"文学马华"的思潮嬗变。

其中"马华文学"重在"马华"一词，表现为马华前辈作家具有左翼倾向的朴素写实主义文学，"马华文学"代表政治正确的马来西亚华文文学传统形态；"文学马华"则重在"文学"，强调文学自主性，表现为新生代作家从题材书写到现代后现代创作技法的多样实践，代表了全球化语境下马华文学新一轮的现代性想象与追求。后者的"现代性"首先表现为文学形式技巧，但"现代性还包括现代主义、现代生活及对现代化/工业化的反思和批判"①，因此"文学马华"是基于怀疑、叛逆之上的审美形态。由"马华文学"向"文学马华"的嬗变实际上是审美形态的转换。

在马华文学向"文学马华"的审美转向中，文艺副刊始终作为文学权力场域一种隐形的结构性力量介入和干预其中。

（一）《星洲日报》文艺副刊作为马华文学思潮酝酿的平台，以"议程设置"的策略，文化诗学的论述方式，构形了独有的文化广场喧哗形式，驱动着文学思潮的先声——文学论争的发生和发展。具体操作形式是使文学话题跨出纯文学版位"文艺春秋"，置入到大文化副刊版

---

① 许文荣：《马华文学中的三位一体：中国性、本土性与现代性的同构关系》，载马来西亚留台校友会联合总会主编《马华文学与现代性》，新锐文创 2012 年版，第 21 页。

位，将文学议题与引人关注的时事、社会、文化等议题并置在一起，扩增想象的"文学社群"，在众声喧哗中形成文学的"公共意见"，这样更迅速有效地推动文学思潮的形成。因为思潮作为思想的路标，"如何维持其生命期，渐继形成一个传统，需要的是更多的公共言论空间"。①

回顾文学论争的媒介化操作过程，马华文学思潮嬗变的内在动力源于全球性与后殖民语境中马华文学主体性建构的焦虑，首先由《星洲日报》综合性副刊"星云"刊载的禤素莱《开庭审讯》及黄锦树的回应文章《马华文学经典缺席》作为导火索引爆论争。由"没有马华文学"和"没有经典"开始，一场影响深远的"文化风暴"远远溢出《星洲日报》的边界。"写实派"和"现代派"之间围绕"经典缺席"议题，以典律建构活动为中心开始了关于文学美学标准的长线论争。2000年代后围绕《方修论》的重评方修议题，林建国和黄锦树以"隔报论事""隔版论战"等形式进行新一轮深度的美学辩争，林、黄二人表面上的美学歧见实际上互为补充。《方修论》之后，"文艺春秋"将"重写马华文学史学术研讨会"论题设置成"重写马华文学史论述"系列，向马华文学界展示了更广域的审美"关系性思考"，为"重写马华文学"开启了更多的美学可能，即马华文学由单一的现实主义文学的美学畛域，朝向新生代期待的多元开放的"文学马华"美学之路。从文学论争到学理性思考，《星洲日报》与《南洋商报》及《蕉风》互动设置的文学议题聚焦、呈现、释放了马华文学的"经典焦虑"，开启了文学审美观念和学术话语范型的转换。

（二）纯文艺副刊"文艺春秋"作为由"马华文学"向"文学马华"审美转向的创作实践平台，副刊编辑以专栏设置、专辑策划等个性化操作形成审美导向，渐进式增强马华文学创作的诗性美学质素，不以"主义"标榜，却使"文学"和"马华"朝向辩证发展之途。马华文学逐步回到文学的专业性要求之后，全球性语境中"如何马华"的思考即马华文学的本土性建构问题再一次成为关键。至此，"文学马华"中之"马华"内涵实际上亦不同于传统写实主义的爱国的政治正确的

① 魏月萍：《编辑室弁言：是思想的墓园，抑或路标?》，载潘永强、魏月萍主编《华人政治思潮》，大将事业出版社2003年版，第7页。

"马华",而是具有与中国性、马来性等混杂交融共生特性的本土性内涵,"文学马华"朝向构建真正诗性前提下的文学本土性之路,并尝试以"文化熟知化"途径重探经典,对马华文学进行知识谱系式清理和重构,从而勾画出马华文学的主体性面目。"文艺春秋"刊载的马华作家作品另外呈现出一条内隐的以文学奖为导向的编辑主线,其中台湾文学奖项作品的题材及语言、叙事实验等形式技巧以其美学辐射效应,深刻影响了马华文学的体质。相比文学论争的激进式美学变革,"文艺春秋"更多是以"无声的马华文学运动"促生马华文学思潮的审美嬗变。①

(三)综合性副刊"星云"在大众文化消费语境下向着休闲及生活文艺副刊转向,其间演绎的以日常生活审美化为特征的通俗化文学思潮,代表着与马华文学精英式审美不同的另类审美现代性追求,同时是马华文学生产的另一种深厚的语境,它冲击并影响着作为纯文学形态的"文学马华"的创作。一部分马华纯文学作家在"星云"的专栏小品亦俗亦雅,甚至是严肃的文学作品亦以通俗的面目示人。面对马华文学作家多于读者的创作窘境,部分"文学马华"的创作身段摆荡在雅俗之间也是一种可能性趋势,尤其是当大众文化越来越具有后现代倾向时。所以应重视"文学马华"的通俗化媒介语境的影响,今后"文学马华"之路必会越来越多面对日常生活审美化的挑战。

(四)《星洲日报》持续主办的花踪文学奖发挥华族文化总动员的召唤能量确立文学场域内的象征资本,以接续性的权力形式形构马华文学主流审美价值和品味,即以西方形式美学与传统诗性审美的交融共生、马华身份的自觉书写共同勾画马华文学的边界,以主体性姿态走向国际,同时未尝不是对马来西亚"国家文学"的一种主动介入与回应姿态。其中作为"文学马华"实践主体的新生代以创作实绩确立了其在马华文坛的主体性地位。但是本质上属于文学批评的文学奖具有传媒话语诸如片面的深刻性、娱乐性、轰动性等特征,尤其对文学土壤并不丰沃缺乏完善的出版营销机制且学院化体制尚待健全的"小产业"马华文学带来更深刻的影响,历届花踪乃至整个马华文学创作出现的或多

① 黄锦树:《回归文学:无声的马华文学运动》,《蕉风》1998 年 482 期。

或少的审美上的规格化、单一化、同质化与它所期望的文学审美多样化
之间形成悖论。

在马华文学向"文学马华"审美转向的媒介在场中，新生代及其台
湾经验成为关键所在，新生代在探索"文学马华"的写作该以怎样的
形式承载怎样的马华经验之途中，台湾文学经验成为审美参照范式。新
生代的审美价值观和知名度等无形资本的积累其实打下了或深或浅的台
湾烙印。

二　"文化办报"策略与"小文学"的"文学—文化"制作程式

法国哲学家德勒兹（Gilles Deleuze）与精神分析家瓜塔里（Felix
Guattari，又译为迦塔利）两人 1975 年论述卡夫卡及其书写时曾提出一
个概念叫作"少数文学"或"弱势文学"（Minor literature），张锦忠将
之译成"小文学"。相对于中国文学或马来西亚境内的马来文学，马华
文学无疑作为"小文学"而存在，"是在一个多语的或他语的、去畛域
化的文学环境冒现、生产及寻求生存与发展空间"①，在马来西亚国家
文学的排他性意识形态中，马华文学长期以来仅作为族裔文学而存在，
文学社群狭小。

而在马华文学思潮近 20 年的审美嬗变中，《星洲日报》以广场喧哗
的形式，将文学议题演绎成广义的文化论争，文学的"经典缺席"酿
成马华社会的一场"文化风暴"，花踪文学奖则被大手笔渲染成一场文
化的盛宴。作为"小文学"的马来西亚华语语系文学因披上文化的羽
衣显得引人注目。黄锦树认为某种意义上马华文学是"一种制作"②，
借用"制作"概念，也可以认为《星洲日报》运用"文学—文化"的
制作程式推动了马华文学思潮的嬗变。为什么会采用这种"制作"呢？
先得从作为少数族裔媒介的《星洲日报》办报理念说起。

作为少数族裔母语媒介的《星洲日报》复刊后一再伸张其"文化
办报"的理念，星洲媒体集团主席张晓卿每年的新年献词反复陈述这一

---

① 张锦忠：《马来西亚华语语系文学》，有人出版社 2011 年版，第 9 页。
② 黄锦树：《制作马华文学，一个简短的回顾》，《星洲日报·文艺春秋》2011 年 2 月
27 日。

理念。1997 年张晓卿的新年献词强调《星洲日报》复刊"八年多来恪言尽责，揭橥'传扬民族文化薪火、发挥传媒监督制衡功能'的办报宗旨，并以'维护正义，义不容辞'作为自我期许的新闻原则和目标"。① 公平正义与民族文化义士的形象使《星洲日报》获得读者大力支持。

"茅草行动"后，马来西亚政府实施经济发展主义，搁置种族矛盾，再加上全球消费主义的兴起，华族文化忧患意识减退，以"文化办报"为理念的《星洲日报》还能持续维持在马华读者中的影响吗？需要注意的是在华族文化忧患意识减退的同时，中国经济实体崛起，"文化中国"意识形态开始影响全球华人，《星洲日报》"文化办报"理念中的"文化"内涵也适时扩增。仍以张晓卿的献词为例，"全球华人，包括大马华人，在满怀希望追求更大成长之际，应以更宏观的态度，打破历史的规约，尝试替中华民族的未来写下新的规范"②，"在事关推动中华民族事业的面前，我们既然选择了办报，我们就要自强不息、义无反顾地为炎黄子孙把报纸办好"③。这里，"替中华民族的未来写下新的规范"，"为炎黄子孙办报"的理念显然内含以大中华文化的想象共同体置换马来西亚华族文化之意。④

《星洲日报》"文化内涵"的扩增也成功召唤了马来西亚华人进入悠远优越的大中华文化想象中，以"花踪"文学奖为例，当整个社会文学早已失去轰动效应并向边缘化漂移时，两年一度的花踪大戏始终是华社的缤纷嘉年华，"花踪"逐步展现出的国际化企图心，表明其本身的"文化内涵"也由"族裔文化"传承扩展至"大中华文化"想象共

---

① 《本报社长拿督张晓卿新年献词　建设文化大马的理想》，《星洲日报·国内》1997 年 1 月 1 日，第 3 版。

② 《尊重生命　塑造美好世界——星洲媒体集团主席张晓卿献词》，《星洲日报·国内》 2006 年 1 月 1 日，第 3 版。

③ 《东马星洲日报年宴　张晓卿：没有宏观理念　充斥敌意媒体难成大事》，《星洲日报·国内》2006 年 12 月 17 日，第 7 版。

④ 中华文化母体并不以马来文化为"他者"，而往往是以在华人历史记忆中瓜分中国的西方列强为"他者"，投身中华文化圈也避免了大马国内的族群对立。详见曾丽萍《西马来西亚华文报业发展的政经分析（1880—2008）》，硕士学位论文，（台湾）世新大学，2010 年，第 144 页。

同体。张晓卿指出，"办报纸是一种文化的承诺"①，"文化"内涵会因应时势而小有变化，但文化始终是马华社会的一种召唤性能量。

王德威谈及马华文学时指出，"各个华族区域的子民总以中文书写作为文化——而未必是政权——传承的标记。最明白的例子是马华文学"。王德威又引新儒家唐君毅先生名言指出，不论中华文化面临怎样花果飘零的困境，"然而有心人凭借一瓣心香，依然创造了灵根自植的机会。这样一种对文明传承的呼应，恰是华语语系文学和其他语系文学的不同之处"。② 这里实际上谈到了作为华语语系文学重要组成的马华文学的文化属性，其中"文化"既指涉大中华文化的根性特征，又指涉在地化的族裔属性。马华文学既是传承华族文化香火的象征，甚至"因象征而神圣"③，同时又是"大中华文化"的重要载体；它既是文学的，又总是触及文化。这就与无怨无悔"执着于文化传播和建设的媒体形象"建构的《星洲日报》有了若干契合之处。④ 故而马华文学作为"小文学"其文化属性与承诺"文化办报"的《星洲日报》相辅相成。

作为一份走向集团化的商业报纸，《星洲日报》以"文化办报"为理念的另一面意味着以文化作为重要商业策略。《星洲日报》副刊的经营尤其反映出"文化办报"策略。"如果我们同意说'社论是报纸的喉舌，副刊作为报纸的灵魂'的话，对马来西亚情境而言，副刊应是报系之间拉拢读者群的决战之地"⑤，在商业及市场竞争冲击下，《星洲日

---

① 张晓卿：《文字语言承载思想感情　办报是文化承诺》，《星洲日报·国内》2013 年 6 月 21 日，第 6 版。

② 王德威：《文学行旅与世界想象——华文作家在哈佛大学》，《星洲日报·文艺春秋》2006 年 8 月 13 日。

③ 黄锦树：《中国性与表演性：论马华文学与文化的限度》，载黄锦树著《马华文学与中国性》(增订版)，台北麦田出版社 2012 年版，第 83 页。

④ 张晓卿：《无怨无悔推动发扬，盼唤起华社热爱文化》，《星洲日报·花踪特辑》2001 年 12 月 9 日，第 18 版。

⑤ 魏月萍：《本土副刊与文化权力》，载潘永强、魏月萍主编《华人政治思潮》，大将出版社 2003 年版，第 132 页。马来西亚种族威权政治的大环境下，再加上"茅草行动"的"寒蝉"效应，有论者认为《星洲日报》在深层次介入政治敏感议题方面显得保守。但经济发展主义政策下多元文化的倡导则为"文化办报"留下了施展的空间，尤其是当文化不以马来文化为"他者"时。

报》副刊由文学副刊走向内容与领域更为扩大的文化副刊。1995 年《星洲日报》整合原有部分副刊，推出周刊"星洲广场"，颇有精品大文化副刊的气势，2000 年代以后周一至周六每日刊出的大众化泛文学/文化副刊版面亦不断革新扩增，精品与大众走向兼顾了不同阶层与年龄层读者对象。文化副刊主编亦积极有计划地介入社会参与、文化参与，副刊新闻性提升，试图承担更多社会、文化责任。这样，在1990 年代以后当其他地区华文报纸副刊纷纷缩水乃至停刊时①，《星洲日报》副刊因文化的参与性、担当性及责任意识的彰显获得了良好的发展。

马华文学的主体生存模式是文学栖身在以文化为中介、以商业为底色的报纸副刊，《星洲日报》的文艺副刊实际上是在"文化办报"策略演绎下的媒介文学场。副刊编辑正是在"文化"这一大的定位中的弹性空间内操作文学话题。马华文学论争以类似于文化批评/论述的形式，在"星洲广场"各大文化副刊版位对峙，花踪文学奖不仅溢出文学的伊甸园，且在各副刊版位乃至新闻时事版位综合演绎成公共文化现象/事件，均是基于《星洲日报》以文化作为理念和策略的媒介特性。在从"经典缺席"到与中国"断奶"引发的文学美学议题的论争中，"五四"式文学/文化革命的话语策略之推波助澜，吸引了马华作家、文化人士的广泛参与乃至引华社官方人士的关注及表态②，文学论争因此具有新闻效应，演绎成一场马华文化的媒体盛宴。"文化办报"的理念和策略决定了《星洲日报》文艺副刊的文学议题最后转换为文化议题，而当文学议题转换为文化议题之后，副刊一方面积聚了足够的"眼球效应"，一方面亦借此进一步树立《星洲日报》作为文化品牌的形象。这

---

① 如 1997 年台湾两家知名晚报副刊《联合晚报·天地》《中时晚报·时代》先后被裁，而增加证券、体育、影艺等版位。见谢金蓉《为了销路宁可牺牲文化 台湾两家晚报先后裁掉副刊版》，载《星洲日报·新新时代》1997 年 1 月 5 日。

② "断奶"论争平息十余年后，马华社会对这场论争仍记忆犹新。2009 年马华总会长翁诗杰，以及马华前署理总会长陈广才在主持马来亚大学《中国文学的传播与接受》国际学术研讨会开幕时，双双不认同马华文学与中国文学"断奶"之说，可见这场论争之文化影响。见《马华文学需中国养料滋润 马华高官驳"断奶"说》，中新网（http://www.chinanews.com/hr/hr-hwjy/news/2009/08-09/1809968.shtml）。

实际上也是对绪论中"什么力量操弄着媒介"的回答，也再次补充性地回答了第三章"为何重返'五四'话语"的问题。

报纸以文化为商业策略某种意义上使文化随之呈现出某种表演性，对于非大家、非经典有着"集体发声"属性的"小文学"马华文学而言①，这种表演性增加了其曝光度。不过，表演性一般热闹有余而沉潜不足，栖身副刊的文学也无法幸免。

三　马华文学思潮嬗变中"小文学"的媒介在场反思

观察"文化办报"策略演绎下的"小文学"的媒介在场和思潮演绎的整个过程，可启发诸多思考。

第一，马华文学激烈的辩争形式是否必要和充分有效？由文学场域向广义的文化场域的播撒客观上有利于提升作为"小文学"的马华文学的能见度，加快马华文学思潮的塑形与传播。但是回到马华文学场域，从"文艺春秋"的文学实践形态来看，先行者以副刊为中介的话语喧哗与马华文学实践的整体变革之间，是存有时滞的。1990年代"文艺春秋"创作和批评的实际主要呈现的还是"中庸之道""逐渐增强"的渐进式变化。1998年林春美主编《蕉风》时，持开放的用稿原则："不会用固打制来处理资深作家与文坛新人作品的刊用量。作者的背景、文学观及作品的内容、形式都不是问题，文学性才是我们最重要的考量。"但《蕉风》设置的"创作"栏目时不时仍"严重缺稿"②，这侧面说明旅台新生代表现出急躁的经典建构意识。即使1990年代中后期起，新人辈出，且都有如黄锦树所观察到的共同点："把文学当文学，把文学作品当文学作品——而非宣传品——来写"③，但文学美学质地的提高其实是一项何其艰巨的任务，尤其是当马华文学先天性地置于一个结构性的困境中。陈大为以选本建构马华文学典律并期待新的马华文学史的撰述时，仍然担忧"马华文学是否积累了

---

① 张锦忠：《小文学，复系统：东南亚华文文学的（语言问题与）意义》，载吴耀宗编《当代文学与人文生态：2003年东南亚华文文学国际学术研讨会论文集》，万卷楼图书股份有限公司2003年版。

② 林春美：《编辑室报告》，《蕉风》1998年第483期。

③ 黄锦树：《回归文学：无声的马华文学运动》，《蕉风》1998年总第482期。

足够的佳作?"① 这说明,文学的可见性不等于美学品格的立竿见影式提升。

　　至此,站在后设的立场,1990 年代马华文学转向"文学马华"的审美变革时,新生代若选择"协商式变革"②,不以二元对立式的决绝的"五四"话语策略而是以和平的方式展开深入又广泛的沟通与对话,马华文学是否同样会以无声的嬗变走向新的美学境界?论争中新生代的理论才具和人气指数借媒介的文化运作得到张扬并取得了阐释的优势位置,与此同时新生代带有本质主义思维倾向的文学审美自律论却无形中带来对现实主义话语的遮蔽,形成了一种新的的论述霸权,就如新生代所称的"老现们"在 1990 年代以前对马华文学的论述霸权一样。新生代对现实主义创作的历史积淀兴趣阙然,多少缺乏在全面扎实清理马华现实主义文学历史的基础上以严谨的知识论作出理性判断。毕竟"即使是作品写坏了,仍属马华文学创伤(伤痛)现代性经验的一部分"③,仅作一刀切的经验式否定显然是武断的。

　　第二,围绕"经典缺席"长线议程引发的马华文学的美学辩争是话语的喧哗还是理论的构建?发生在马华报纸副刊上的媒介文学批评近似于文化评论,"评论并不是做一个学术的东西,也不是一个人文学企图心的表达,而是一种公共介入"④,是为了与公众分享某些看法、分析和判断,缺乏基于海量文本的严格论证的媒介文学文化评论,有时近于"酷评"。这种"酷评"引发的即是话语的喧哗。而这些话语不乏相互间简单的情绪性、道德性指摘,很多时候为意气和诡辩所主宰,也不乏意识形态的囿限,重复着的是"老旧的问题、话头、言辞"⑤,论争的

　　① 陈大为:《序》,见钟怡雯、陈大为编《马华新诗史读本 1957—2007》,万卷楼图书股份有限公司 2010 版。

　　② "协商式变革"由凌津奇在其著作《叙述民族主义:亚裔美国文学中的意识形态与形式》提出,中国社会科学出版社 2006 年版。

　　③ 温任平:《"研讨会总结陈词":复杂多元的"现代性"——〈现代性与马华文学〉》,载马来西亚留台校友会联合总会主编《马华文学与现代性》,新锐文创 2012 年版,第 299 页。

　　④ 李怀宇:《梁文道:我只在乎我有没有尽责任》,《时代周报》2010 年第 97 期(http://www.21ccom.net/articles/rwcq/article_ 2010093020574.html)。

　　⑤ 黄锦树:《中国性与表演性:论马华文学与文化的限度》,载黄锦树著《马华文学与中国性》(增订版),麦田出版社 2012 年版,第 85 页。

母题可归结为"为人生而艺术"或"为艺术而艺术"。张锦忠在 2013
年马来西亚新纪元学院举办的"理论与马华文学国际研习营"曾抛出
反思式提问:"我想说的是,在谈理论之前,我们谈这些和文学、和马
华文学相关的问题、争议和论战,像这种对议题的思考,谈的是否是马
华文学的理论?""假如有现象、议题,却没有文本",要么是没什么可
谈,要么是"生套理论",朝向马华文学的诗学之路必须建基于文本。①
那么文艺副刊上新生代的文学/文化喧哗,在唤起写作人走出教条式写
实惯习具备自觉的文学美学意识之后,剩下的就是文本写作和基于文本
(不一定是经典)的真正的理论建构了。当然,随着大马本土马华文学
的学院化、建制化,大陆、台湾学术空间的开放,马华文学理论已经有
相当的专业性积累了。

　　第三,如何谈作为马华文学媒介在场的副刊的商业品格?华文报纸
作为族群的文化消费品或商品,同时具有追逐利润的天性,商业底色在
文学副刊中始终存在,但却是以最为隐蔽的淡色显示"我在"。故而与
其直接生硬地将副刊文学策划与商业利润或报纸销量画等号,毋宁说副
刊文学策划是报纸积累文化象征资本的一种途径,作为文化载体的少数
族裔报纸对利润的追求更多地遵循布迪厄所指出的"输者为赢"的原
则。《星洲日报》作为一份族群文化传媒,它比中国大陆、台湾中文媒
介具有更为显形的自觉的文化传承的急切,它同样贡献于马华文化主体
性的建构,故而自有其文化道义的担当性,这是在论及作为"小文学"
马华文学媒介的报纸副刊的商业性应当审慎的原因,但同时我们亦不能
单纯地将这种文化担当视作是华文报纸对市场价值不高的马华文学的单
向度的惠施。

　　整体上,作为"小文学"的马华文学主要栖身在以文化为策略有着
商业利润诉求的华文报纸副刊中,其主体性建构焦虑下文学思潮的审美
嬗变之途的得与失,偏狭与经验都既在媒介之中,又在媒介之外。

　　马华文学思潮总是在"马华"与"文学"的张力中嬗变,"经典缺
席"是马华文学朝向"文学马华"的原初触动点。不过用"小文学"

---

① 张锦忠:《朝向"朝向诗学之路迈进"》,《星洲日报·文艺春秋》2013 年 11 月
20 日。

解释，马华文学既是离散在中港台以外"去畛域化"的华语写作，又是族群"政治"潜意识的反映，被迫离散在国家文学之外，"文学马华"对政治形式上的疏离反映的其实是马华文学与中国大陆、中国香港、中国台湾文学表现"大异其趣"的"异言华文"（Chinese of difference）之路。① 基于此，以王德威的话结尾："这一文学可以铭刻在地作家失语的创伤，但同时也可以成为一种另类创造。"②

---

① 张锦忠：《海外存异己：马华文学朝向"新兴华文文学"理论的建立》，《中外文学》，2000 年第 29 卷第 4 期。

② 王德威：《文学行旅与世界想象——华文作家在哈佛大学》，《星洲日报·文艺春秋》2006 年 8 月 13 日。

参考文献

◆ **理论译著类**

［美］Werner J. Severin, James W. Tankard：《传播理论：起源、方法与应用》，郭镇之、徐培喜等译，中国传媒大学出版社 2006 版。

［美］阿里夫·德里克：《跨国资本时代的后殖民批评》，王宁等译，北京大学出版社 2004 年版。

［法］埃斯卡皮：《文学社会学》，王美华、于沛译，安徽文艺出版社 1987 年版。

［英］托斯·艾略特：《传统与个人才能》，卞之琳、李赋宁等译，上海译文出版社 2012 年版。

［美］爱德华·W. 萨义德：《东方学》，王宇根译，三联书店 1999 年版。

［英］奥利弗·博伊德-巴雷特、克里斯·纽博尔德：《媒介研究的进路：经典文献读本》，汪凯、刘晓红译，新华出版社 2004 年版。

［法］布尔迪厄：《文化资本与社会炼金术——布迪厄访谈录》，包亚明译，上海人民出版社 1997 年版。

［美］本尼迪克特·安德森：《想象的共同体：民族主义的起源与散布》，吴叡人译，上海人民出版社 2005 年版。

［美］哈罗德·布鲁姆：《西方正典：伟大作家和不朽作品》，江宁康译，译林出版社 2005 年版。

［美］哈罗德·布鲁姆：《影响的焦虑：一种诗歌理论》，徐文博译，江苏教育出版社 2006 年版。

［英］丹尼斯·麦奎尔（Mcquail, D.）、［瑞典］温德尔（Windahl, S.）：《大众传播模式论》，祝建华译，上海译文出版社 2008 年版。

［美］道格拉斯·凯尔纳：《媒体文化：介于现代与后现代之间的文化

研究、认同性与政治》，丁宁译，商务印书馆 2004 年版。

［美］段义孚：《经验透视中的空间和地方》，潘桂成译，"国立"编译
　　馆 1998 年版。

［德］哈贝马斯：《公共领域的结构转型》，曹卫东等译，学林出版社
　　1999 年版。

［美］克利福德·吉尔兹：《地方性知识——阐释人类学论文集》，王海
　　龙、张家宣译，中央编译出版社 2000 年版。

［美］凌津奇：《叙述民族主义：亚裔美国文学中的意识形态与形式》，
　　吴燕译，中国社会科学出版社 2005 年版。

［美］马克斯韦尔·麦库姆斯：《议程设置：大众媒介与舆论》，郭镇
　　之、徐培喜译，北京大学出版社 2008 年版。

［英］迈克·费瑟斯通：《消费文化与后现代主义》，刘精民译，译林出
　　版社 2002 年版。

［加］马歇尔·麦克卢汉：《理解媒介——论人的延伸》，何道宽译，商
　　务印书馆 2000 年版。

［法］皮埃尔·布迪厄：《艺术的法则——文学场的生成和结构》，刘晖
　　译，中央编译出版社 2001 年版。

［法］让·鲍德里亚：《消费社会》，刘成富、全志钢译，南京大学出版
　　社 2006 年版。

［英］斯图亚特·霍尔、保罗·杜盖伊：《文化身份问题研究》，庞璃
　　译，河南大学出版社 2010 年版。

［英］斯托克斯：《媒介与文化研究方法》，曾红宇、曾妮译，复旦大学
　　出版社 2006 年版。

［德］瓦尔特·本雅明：《机械复制时代的艺术作品》，王才勇译，江苏
　　人民出版社 2006 年版。

［美］詹明信：《晚期资本主义的文化逻辑》，生活·读书·新知三联书
　　店 2013 年版。

◆ 媒介与文学关系类

陈平原、［日］山口守：《大众传媒与现代文学》，新世界出版社 2003
　　年版。

陈伟军:《传媒视域中的文学》,广西师范大学出版社 2009 年版。

董丽敏:《想象的现代性:革新时期的〈小说月报〉研究》,广西师范大学出版社 2006 年版。

郭武群:《打开历史的尘封:民国报纸文艺副刊研究》,百花文艺出版社 2007 年版。

蒋述卓、李凤亮:《传媒时代的文学存在方式》,广西师范大学出版社 2010 年版。

雷跃捷:《媒介批评》,北京大学出版社 2007 年版。

路善全:《中国传媒与文学互动研究》,中国社会科学出版社 2007 年版。

潘永强、魏月萍:《解构媒体权力》,大将出版社 2002 年版。

陆扬、王毅:《大众文化与传媒》,三联书店 2000 年版。

王烨:《新文学与现代传媒》,学林出版社 2008 年版。

王列耀、温明明等:《20 世纪 90 年代马来西亚华文报纸副刊与"新生代文学"》,中国社会科学出版社 2015 年版。

肖小穗:《传媒批评:揭开公开中立的面纱》,黑龙江人民出版社 2002 年版。

痖弦、陈义芝:《世界中文报纸副刊学综论》,"行政院"文化建设委员会 1997 年版。

颜敏:《在文学的现场:台港澳暨海外华文文学在中国大陆文学期刊中的传播与建构(1979—2002)》,中国社会科学出版社 2011 年版。

杨松年、周维介:《新加坡早期华文报章文艺副刊研究 1927—1930》,教育出版社私营有限公司 1980 年版。

杨松年:《南洋商报副刊狮声研究》,同安会馆 1990 年版。

杨松年:《战前新马报章文艺副刊析论(甲集)》,同安会馆 1986 年版。

张邦卫:《媒介诗学:传媒视野下的文学与文学理论》,社会科学文献出版社 2006 年版。

张俐璇:《两大报文学奖与台湾文学生态之形构》,台南市立图书馆 2010 年版。

◆ 马华文学及华文文学研究类

陈大为:《思考的圆周率:马华文学的板块与空间书写》,大将出版社

2006 年版。

方北方：《马华文学及其他》，三联书店（香港）有限公司 1987 年版。

方修：《马华新文学简史》，马来西亚华校董事联合会总会 1986 年版。

方修：《马华新文学史稿》，世界书局 1962、1963、1965 年版。

方修：《新马华文新文学六十年》，新加坡青年书局 2006—2008 年版。

何国忠：《马来西亚华人：身份认同、文化与族群政治》，华社研究中心 2002 年版。

黄锦树：《马华文学·内在中国·语言与文学史》，华社资料研究中心 1996 年版。

黄锦树：《马华文学与中国性》（增订版），麦田出版社 2012 年版。

黄万华：《新马百年华文小说史》，山东文艺出版社 1999 年版。

黄万华：《在旅行中拒绝旅行：华人新生代和新华侨华人作家的比较研究》，中国社会科学出版社 2008 年版。

黎紫书：《花海无涯》，有人出版社 2004 年版。

李锦宗：《马华文学大系·史料：1965—1996》，彩虹出版有限公司、马来西亚华文作家协会 2004 年版。

林春美：《性别与本土：在地的马华文学论述》，大将出版社 2009 年版。

刘育龙：《在权威与偏见之间》，大马福联会暨雪福建会馆 2003 年版。

马来西亚留台校友会联合总会：《马华文学与现代性》，新锐文创 2012 年版。

潘碧华：《马华文学的时代记忆》，马来亚大学中文系 2009 年版。

饶芃子：《流散与回望：比较文学视野中的海外华人文学论文集》，南开大学出版社 2007 年版。

饶芃子：《世界华文文学的新视野》，中国社会科学出版社 2005 年版。

王润华：《华文后殖民文学：中国、东南亚的个案研究》，学林出版社 2001 年版。

谢川成：《马华文学大系·评论：1965—1996》，彩虹出版有限公司、马来西亚华文作家协会 2004 年版。

许文荣：《极目南方：马华文化与马华文学话语》，南方学院、马来亚大学中文系毕业生协会 2001 年版。

许文荣：《南方喧哗：马华文学的政治抵抗诗学》，南方学院出版社
　　2004 年版。

杨松年：《新马华文现代文学史初编》，BPL（新加坡）教育出版社
　　2000 年版。

张光达、林春美、张永修：《辣味马华文学：90 年代马华文学争论性课
　　题文选》，雪兰莪中华大会堂、马来西亚留台校友会联合总会 2002
　　年版。

张光达：《马华当代诗论：政治性、后现代性与文化属性》，秀威信息
　　科技股份有限公司 2009 年版。

张光达：《马华现代诗论：时代性质与文化属性》，秀威信息科技股份
　　有限公司 2009 年版。

张锦忠：《马来西亚华语语系文学》，有人出版社 2011 年版。

张锦忠：《南洋论述：马华文学与文化属性》，麦田出版社 2003 年版。

钟怡雯：《灵魂的经纬度：马华散文的心灵和雨林书写》，大将出版社
　　2007 年版。

钟怡雯：《马华文学史与浪漫传统》，万卷楼图书股份有限公司 2009
　　年版。

钟怡雯：《内敛的抒情：华文文学论评》，联合文学社出版有限公司
　　2008 年版。

钟怡雯：《亚洲华文散文的中国图像：1949—1999》，万卷楼图书股份
　　有限公司 2001 年版。

朱崇科：《本土性的纠葛：边缘放逐·「南洋」虚构·本土迷思》，唐
　　山出版社 2004 年版。

朱崇科：《华语比较文学：问题意识及批评实践》，上海三联书店 2012
　　年版。

朱崇科：《考古文学“南洋”》，上海三联书店 2008 年版。

庄华兴：《国家文学·宰制与回应》，雪隆兴安会馆、大将出版社 2006
　　年版。

庄钟庆：《东南亚华文新文学史》，人民文学出版社 2007 年版。

◆ 其他相关研究类

蔡维衍主编：《当代马华文存 4·经济卷（90 年代）》，马来西亚华人文

化协会 2001 年版。

陈光兴：《去帝国：作为方法的亚洲》，行人出版社 2006 年版。

陈光兴：《文化研究在台湾》，巨流图书公司 2001 年版。

方维保：《当代文学思潮史论》，长江文艺出版社 2004 年版。

何国忠：《百年回眸：马华社会与政治》，华社研究中心 2005 年版。

何国忠：《百年回眸：马华文化与教育》，华社研究中心 2005 年版。

何国忠：《社会变迁与文化诠释》，华社研究中心 2002 年版。

侯均生：《西方社会学理论教程》，南开大学出版社 2001 年版。

黄俊杰：《台湾意识与台湾文化》，"国立"台湾大学出版中心 2006
　　年版。

林水檺等：《马来西亚华人史新编》，马来西亚中华大会堂总会 1998
　　年版。

罗钢、刘象愚：《文化研究读本》，中国社会科学出版社 2000 版。

刘禾：《跨语际实践：文学，民族文化与被译介的现代性（中国，
　　1900—1937）》，宋伟杰等译，生活·读书·新知三联书店 2002
　　年版。

刘宏、黄坚立：《海外华人研究的大视野与新方向：王赓武教授论文
　　选》，八方文化企业公司 2002 年版。

潘永强，魏月萍：《华人政治思潮·民间评论 II》，大将出版社 2003
　　年版。

潘永强，魏月萍：《走近回教政治》，大将出版社 2004 年版。

彭伟步：《〈星洲日报〉研究》，复旦大学出版社 2008 年版。

邱天助：《布迪厄文化再制理论》，桂冠图书股份有限公司 2002 年版。

王德威：《抒情传统与中国现代性：在北大的八堂课》，生活·读书·
　　新知三联书店 2010 年版。

王赓武：《王赓武自选集》，上海教育出版社 2002 年版。

王晓明：《二十世纪中国文学史论（修订本）》，东方出版中心 2003
　　年版。

张锦忠、黄锦树：《重写台湾文学史》，麦田出版社 2007 年版。

张京媛：《后殖民理论与文化认同》，麦田出版社 2007 年版。

赵稀方：《后殖民理论》，北京大学出版社 2009 年版。

朱双一：《战后台湾新世代文学论》，扬智文化事业股份有限公司2002
　　年版。

◆ 学位论文

杨文堂：《2000 年以来〈澳门日报〉副刊文学"澳门性"研究》，硕士
　　学位论文，暨南大学，2010 年。
黄羡羡：《90 年代马华文学论争的一种回顾及反思》，硕士学位论文，
　　暨南大学，2007 年。
颜泉发：《分流与整合：马来西亚华文文学概念的梳理和思考》，硕士
　　学位论文，暨南大学，2002 年。
朱敏：《花踪文学奖与马华新世代作家群》，硕士学位论文，暨南大学，
　　2010 年。
李玮淞：《马华后现代主义诗研究》，硕士学位论文，拉曼大学中华研
　　究院，2013 年。
曾丽萍：《西马来西亚华文报业发展的政经分析（1880—2008)》，硕士
　　学位论文，世新大学，2010 年。

附　　录

附表一　　　　　　"凌云笔阵"专栏马来西亚作者一览

姓名	职业身份	"凌云笔阵"专栏撰写时间
永乐多斯	作家、投身亲子教育产业	2002. 9—2002. 12/2003. 1
系子	表演工程艺术总监、学院讲师	2002. 9—2002. 12
施宇	广告公司文案	2002. 9—2002. 12
陈强华	诗人	2002. 9—2002. 12
范俊奇	女性杂志主编	2002. 9—2002. 12
章瑛	国会议员	2002. 9—2002. 12
朵拉	作家、画家	2003. 1—2003. 4
廖长青	舞蹈家	2003. 1—2003. 4
赖中苑	时尚生活杂志总编	2003. 1—2003. 4
方路	诗人	2003. 1—2003. 4
萧慧娟	紫藤文化企业集团董事/茶艺总监	2003. 1—2003. 4
陈连和	编舞家、马来西亚石头舞团创办人兼艺术总监	2003. 5—2003. 6
邴眉	东马作家、教师	2003. 4—2003. 7
张荣钦	本地知名摄影人	2003. 4—2003. 7
王书彬	前《女友》马版副编	2003. 5—2003. 7
林舍莉叻	商学系讲师	2003. 4—2003. 8
张玮栩	自由写作人	2003. 4—2003. 8
晨砚	慕泥陶舍主持人、文桥传播中心福音版编辑	2003. 8—2003. 11
李永强	中文舞台剧导演	2003. 8—2003. 11
小曼	漫画家、诗人、艺术推展人	2003. 8—2003. 11

续表

姓名	职业身份	"凌云笔阵"专栏撰写时间
马瑞玲	出版人	2003.8—2003.11
刘敬安	从事美妆行业	2003.8—2003.11
张敏华	戏剧制作、致力人文推广的社会工作者	2003.8—2003.11
王文真	《非剧坊》行政总监、编剧、导演及演员，韩新传播学院广电系讲师	2003.12—2004.3
叶佩诗	马华女作者、翻译工作者、第五频道新闻翻译	2003.12—2004.3
欧国辉	专业美食评审、某上市饮食集团市场总监	2003.12—2004.3
林福南	"紫藤社会文化企业集团"董事经理	2003.12—2004.4
胡亚桥	文化艺术及旅游部副部长	2003.12—2004.4
曾毓林	新闻编辑	2004.4—2004.8
叶健一	画家	2004.4—2004.8
李红莲	广告公司创意企划	2004.4—2004.8
马金泉	共享空间舞蹈剧场创办人兼执行团长、专业舞者	2004.4—2004.8
赖昌铭	编剧	2004.4—2004.8
曾子曰	广告文案	2004.4—2004.8
骆荣富	余仁生总经理	2004.8—2004.11
黄俊麟	《星洲日报·星洲广场》主编	2004.8—2004.11
林艾霖	创办"露台工作室"、作家	2004.8—2004.11
张济作	新纪元学院公关与学生事务处主任	2004.8—2004.11
沈小岚	马来西亚988电台节目执行主任	2004.8—2004.11
吴圣雄	乐团"手集团"创办人、节令鼓教练	2004.8—2004.11
管启源	著名音乐制作人兼写词人	2005.6—2005.10
菲尔	律师	2005.6—2005.10
木焱	诗人	2005.6—2005.10
郭淑卿	记者	2005.6—2005.10
水毓棠	资深剧场工作者	2005.6—2005.10
许裕全	作家	2005.6—2005.10
陈嘉荣	八度空间电视台华语新闻主播	2005.10—2006.2

姓名	职业身份	"凌云笔阵"专栏撰写时间
阙爱芳	马来西亚国营电台第五台前著名主播	2005. 10—2006. 2
许通元	南方学院马华文学馆副主任	2005. 10—2006. 2
陈翠梅	导演	2005. 10—2006. 2
柯世力	政治评论员、教师	2005. 10—2006. 2
郭淑梅	教师	2005. 10—2006. 2
曾翎龙	学报刊物主编、出版人、作家	2006. 3—2006. 6； 2006. 8—2006. 11
陈兰芝	全职 home maker	2006. 3—2006. 6； 2006. 8—2006. 11
邱妙莹	涉足过不同行业，目前为本地杂志写稿	2006. 3—2006. 6
阿纳达	曾任职人资管理，业务发展与行销。暂为自由职业者	2006. 3—2006. 6
张英杰	教师	2006. 3—2006. 6
李天葆	作家	2006. 3—2006. 6
陈曼玉	为杂志撰稿和从事翻译工作	2006. 8—2006. 11
赵少杰	文字工作者	2006. 8—2006. 11
陈爱梅	华社研究中心副研究员	2006. 8—2006. 11
林耀华	剧场导演	2006. 8—2006. 11

注："职业身份"一栏笔者主要依据作者简介及专栏文章内容，另外参考相关资料。而作家或诗人身份仅是指马华社会的一种较为普遍的认可，马华社会并无职业作家。作者排序以专栏登场先后为序。

附表二　　十届"花踪文学奖"主要奖项获奖情况汇总（1991—2009 年）

届别	奖项类别	决审委员	奖项名称	获奖作品名称	作　者	出生时间
第一届（1991）	小说	於梨华（美国）陈瑞献（新加坡）英培安（新加坡）	首奖	梦过澹台	庄魂	五字辈？
			佳作	绵延	北淡云	1948
				圣洁娃娃	岩沐	五字辈？
				茧里哭声回响	曾丽连	六字辈？
			推荐奖		小黑	1951
	散文	潘耀明（中国香港）淡莹（新加坡）梁明广（新加坡）	首奖	台北双眼皮	莎猫	1962
			佳作	岛屿纪事	钟怡雯	1969
				因为有爱，天心	若远	六字辈？
				漫漫长路	文征	1954
			推荐奖		禤素莱	1966
	新诗	痖弦（中国台湾）王润华（新加坡）原甸（新加坡）	首奖	工具箱	龙川	1967
			佳作	新诗五首	叶明瑶	1955
				满街相思	碧枝	1949
				1990 我回到半岛	李国七	1962
			推荐奖		方昂	1952
第二届（1993）	小说	於梨华（美国）谢克（新加坡）彭志凤（新加坡）	首奖	州府人物连环志	李天葆	1969
			佳作	流失的悲沙	毅修	1960
				扁担的身世	庄华兴	1962
			推荐奖		潘雨桐	1937
	散文	陈若曦（美国）周维介（新加坡）木子（新加坡）	首奖	歌声飘过一条街	柏一	1964
				两岸山水	刘慧华	1964
				绿禾以外	因心	1953
			推荐奖		寒黎	1967
	新诗	郑愁予（美国）陈瑞献（新加坡）潘正镭（新加坡）	首奖	在黄红蓝白色如梦的国度里	林若隐	1963
			佳作	在我万能的想象王国	吕育陶	1969
			推荐奖	静寂的声音——记生活中的一些无奈的感觉	叶明瑶	1955
					小曼	1953

续表

届别	奖项类别	决审委员	奖项名称	获奖作品名称	作　者	出生时间
第三届（1995）	小说	陈雪风（马来西亚）尤今（新加坡）李国文（中国）	首奖	把她写进小说里	黎紫书	1971
			佳作	古巴列传	陈绍安	1962
				天堂鸟	林艾霖	1961
				错乱的脚步	李开璇	1956
			推荐奖		潘雨桐	1937
	散文	蒋勋（中国台湾）永乐多斯（马来西亚）木子（新加坡）	首奖	可能的地图	钟怡雯	1969
			佳作	破碎的话语	林幸谦	1963
				毒龙潭记	陈蝶	1953
				蜗牛的声音	苏旗华	1969
			推荐奖		林幸谦	1963
	新诗	席慕蓉（中国台湾）田思（马来西亚）吴启基（新加坡）	首奖	乘搭快乐号火车	游以飘	1970
			佳作	屈程式	陈大为	1969
				PJ&BEAR	庄若	1962
				听风的歌	夏绍华	1965
			推荐奖		方昂	1952
第四届（1997）	小说	张抗抗（中国）姚拓（马来西亚）林迪夫（新加坡）	首奖	推开阁楼之窗	黎紫书	1971
			佳作	大水	刘国寄	1967
				树	林俊欣	1976
				微笑	尼雅	1967
			推荐奖		黎紫书	1971
	散文	林臻（新加坡）何乃健（马来西亚）陶杰（中国香港）	首奖	画皮	黎紫书	1971
			佳作	素人自画	邟眉	1960
				阳光纪事	胡金伦	1971
				招魂	许裕全	1972
			推荐奖		钟怡雯	1969
	新诗	潘正镭（新加坡）蔡深江（新加坡）张错（美国）	首奖	南洋博物馆	游以飘	1970
			佳作	苹果·牛顿	林健文	1973
				当死神和爱神并肩漫步在萨拉热窝	刘育龙	1967
				给卡夫卡一点信望爱	庄若	1962
			推荐奖		陈大为	1969

续表

届别	奖项类别	决审委员	奖项名称	获奖作品名称	作　者	出生时间
第五届(1999)	小说	魏明伦（中国）希尼尔（新加坡）梁放（马来西亚）	首奖	流年	黎紫书	1971
			佳作	穿过雨镇	刘国寄	1967
				铁马冰河人梦来	陈志鸿	1976
				晨兴圣歌	杨锦扬	1969
			推荐奖		陈志鸿	1976
	散文	李锐（中国）张曦娜（新加坡）永乐多斯（马来西亚）	首奖		黎紫书	1971
			佳作	弃物祭文	许维贤	1973
				两岸的树	黄灵燕	1969
				又马又华人	陈绍安	1962
			推荐奖	凝视	钟怡雯	1969
	新诗	郑树森（中国香港）温任平（马来西亚）蔡欣（新加坡）	首奖		陈大为	1969
			佳作	松鼠	庄若	1962
				异乡的查齐尔	许裕全	1972
				造谣者自辩书	吕育陶	1969
			推荐奖	速读	周若鹏	1974
					陈强华	1960
第六届(2001)	小说	李奭学（中国台湾）陈思和（中国）英培安（新加坡）	首奖	水颤	梁靖芬	1975
			佳作	禁忌	陈绍安	1962
				上邪	翁弦尉	1973
				梦境与重整	梁伟彬	七字辈
			推荐奖		黎紫书	1971
	散文	潘耀明（中国香港）姚拓（马来西亚）温任平（马来西亚）	首奖	画在那张望的缝隙	黄灵燕	1969
				石化的记忆	龚万辉	1976
			佳作	梦见飞行	黎紫书	1971
				语惑	郑秋霞	六字辈
			推荐奖		钟怡雯	1969
					邝眉	1960
	新诗	张错（美国）杨牧（中国台湾）蔡深江（新加坡）	首奖	食蚁兽	陈耀宗	1974
			佳作	地球仪	游以飘	1970
				壮士的后裔在繁华街头昏迷不醒	蔡吉祥	1976
				和 ch 的电邮，网站，电子贺卡以及无尽网络游戏	吕育陶	1969
			推荐奖		林健文	1973

续表

届别	奖项类别	决审委员	奖项名称	获奖作品名称	作　者	出生时间
第七届（2003）	小说	刘心武（中国）王安忆（中国）姚拓（马来西亚）	首奖	夜雾	夏绍华	1965
			佳作	昨日遗书	翁弦尉	1973
				土遁	梁靖芬	1975
			推荐奖		黎紫书	1971
	散文	陈思和（中国）李奭学（中国台湾）潘耀明（中国香港）	首奖	照见	施慧敏	七字辈
			佳作	爱，始于足下的远行	黄灵燕	1969
				三十九岁的童年	方路	1964
			推荐奖		林幸谦	1963
	新诗	张错（美国）黄子平（中国）杜南发（新加坡）	首奖	一个马来西亚青年读李光耀回忆录——在广州	吕育陶	1969
			佳作	相似，太极	刘庆鸿	1979
				出路	邢诒旺	1978
			推荐奖		陈强华	1960
第八届（2005）	小说	王安忆（中国）骆以军（中国台湾）傅承得（马来西亚）	首奖	隐身	龚万辉	1976
			佳作	人人需要博士夏	颜健富	七字辈？
				泅	翁婉君	1978
			推荐奖		黄锦树	1967
	散文	田思（马来西亚）陈思和（中国）潘耀明（中国香港）	首奖	失语的回想	黄灵燕	1969
			佳作	沐浴	苏怡雯	1983
				父亲的风筝	翁婉君	1978
			推荐奖		杜忠全	1969
	新诗	温任平（马来西亚）张错（美国）周维介（新加坡）	首奖	从缺		
			佳作	看见	翁弦尉	1973
				死亡尚未到来	周若涛	1977
			推荐奖		林幸谦	1963
第九届（2007）	小说	李奭学（中国台湾）王安忆（中国）李锐（中国）	首奖	画梦	龚万辉	1976
			佳作	寻找小斯	曾翎龙	1976
				玛乔恩的火	梁靖芬	1975
			推荐奖		陈政欣	1948

续表

届别	奖项类别	决审委员	奖项名称	获奖作品名称	作　者	出生时间
第九届(2007)	散文	李欧梵（美国）平路（中国台湾）陈思和（中国）	首奖	平等的幸福——给甘地	谢增英	1974？
			佳作	落画	龚万辉	1976
			推荐奖		许裕全	1972
	新诗	张错（美国）杨牧（中国台湾）南方朔（中国台湾）	首奖	光	陈燕棣	1975
			佳作	厨房	许裕全	1972
			推荐奖		沙河	1942
第十届(2009)	小说	聂华苓（美国）张曼娟（中国台湾）李锐（中国）	首奖	籐箱	吴道顺	八字辈
			评审奖	捕梦网	张栢榗	1978
	散文	王安忆（中国）李欧梵（美国）蒋韵（中国）	首奖	一天	龚万辉	1976
			评审奖	回味	曾翎龙	1976
	新诗	蒋勋（中国台湾）陈思和（中国）黄子平（中国）	首奖	破伤风	赵少杰	1976
			评审奖	请不要诞生一个诗人	木焱	1976
	马华文学大奖	王德威（美国）陈思和（中国）			梁靖芬	1975
					木焱	1976

附表三　　　　　　　　　　十届花踪文学奖奖项设置情况

奖项类别		文类	设置起讫届别	评审程序
甄选奖	马华文学奖	报告文学	第1届—	初审 复审 决审
		小说		
		散文		
		新诗		
		儿童文学（童诗）	第5届—第9届	初审、决审
	世界华文小说奖		第2届—第6届	初审、复审、决审
	新秀奖	小说	第3届—	初审 决审
		散文		
		新诗		
推荐奖		小说	第1届—第9届	花踪文学奖工委 会推荐符合条件 作者—决审
		新诗		
		散文		
马华文学大奖		不限	第10届—	马华作家提名 或作者自荐—工委 会审核—决审
世界华文文学奖		不限	第6届—	仿诺贝尔文学奖

附表四   "花踪文学奖"新秀奖获奖名单（1995—2009）

届别	文类	决审委员	奖项类别	获奖作品	获奖者
第三届	小说	李天葆 爱薇 北淡云	首奖	粉墨登场	林忠源
			佳作	狸猫换太子	陈利威
				梦幻英雄	刘吉祥
				亡	李慧敏
	散文	高秀 林金城 苏清强	首奖	当时明月在	陈志鸿
			佳作	当老鼠芋的生命不再亮丽	黄翠燕
				一天·一生	周若涛
				鱼	王彪民
	新诗	陈强华 梁志庆 林惠洲	首奖	沉淀着一座城的影子	张惠思
			佳作	永恒的灵魂	刘吉祥
				葬礼	黄丽诗
				那个走进乡庙的午后	刘进汉
第四届	小说	毅修　爱薇 唐林　方成 陈政欣	首奖	离	房斯倪
			佳作	城边遗事	陈志鸿
				谜底	陈富雄
				折扣30%的梦	许世强
	散文	高秀　苏清强 庄若　梁志庆 程可欣	首奖	哀号	施月潭
			佳作	静夜思	陈志鸿
				情结上镇	陈莉菁
				阿亦君令	房斯倪
	新诗	李宗舜　刘育龙 潘碧华　林惠洲 许裕全	首奖	我个人的荒谬主义	许世强
			佳作	你讨厌	高淑芬
				默哀灰城	刘艺婉
				白色纪事	洪江芩
第五届	小说	林艾霖 毅修 黎紫书	首奖	殇	黄数涵
			佳作	寻找死亡之神	谢祥锦
				胆小鬼	侯湃丹
				洞天	林艾妮
	散文	庄若 程可欣 许裕全	首奖	我的父亲·六月	施月潭
			佳作	掠影	陈富雄
				木耳记	房斯倪
				发	曹贤伟
	新诗	吕育陶 潘碧华 夏绍华	首奖	虚拟现实之索引	孙松青
			佳作	天秤	魏永杰
				上邪	叶常鸿
				裂化感觉	陈思铭

续表

届别	文类	决审委员	奖项类别	获奖作品	获奖者
第六届	小说	黎紫书 李天葆 毅修	首奖	过渡	纪露结
			佳作	稚	林艾妮
				阿伯，我弄丢我的小木鞋了	陈爱思
				我的十七岁	刘世欣
	散文	沙禽 王祖安 庄若	首奖	埃及之殇	谢祥锦
			佳作	棋子	林韦地
				我相信	劳慧仪
				自由五行说	郑慧卿
	新诗	刘育龙 林惠洲 吕育陶	首奖	木雕呓语	陈海丰
			佳作	感情当机	林韦地
				荡漾在梦的边缘	钟丽芬
				过去的	陈欣瀛
第七届	小说	爱薇 毅修 黄俊麟	首奖	蜕	叶舒琳
			佳作	审判	陈继文
				两个月亮	郑丽华
	散文	许裕全 李忆莙 龚万辉	首奖	路，我和我居住的小镇	黄加豪
			佳作	远离城市	谢明成
				当风吹起	陈韦茜
	新诗	庄若 吕育陶 林健文	首奖	从缺	
			佳作	在高处的静	叶观莲
				企图	苏毅超
				漫	罗易超
第八届	小说	刘育龙 毅修 陈志鸿	首奖	从缺	
			佳作	7点45分的天空	黄加豪
				绳子	丘振宗
				热带风雨路	谭勇辉
				刑	冯绥莹
	散文	梁靖芬 许裕全 龚万辉	首奖	关于死亡的一些事，和我	陈奕君
			佳作	镜魂	杨敏业
				迷网	骆宇星
	新诗	庄若 沙禽 吕育陶	首奖	躲进风里的少年	卢洁欣
			佳作	傀儡妄想症	吴洁盈
				月下故事	林振耀

续表

届别	文类	决审委员	奖项类别	获奖作品	获奖者
第九届	小说	许通元 刘育龙 梁靖芬	首奖	初级商务英语会话	安诺华
			佳作	牛牛	庄淑凌
				夹	阮宝俊
	散文	龚万辉 彭早慧 许裕全	首奖	巷·村里事	凌芷妮
			佳作	虫虫礼赞	吴煜涵
				悼怀	吴彩宝
	新诗	庄若 吕育陶 沙禽	首奖	寒焰	林诗婷
			佳作	老情歌	吴秀珍
				回魂	黄荣水
第十届	小说	龚万辉 陈志鸿 林春美	首奖	信徒	吴彩宝
			评审奖	脏	曾宇雪
	散文	梁靖芬 潘碧华 许裕全	首奖	B612	陈文恬
			评审奖	辗转,在逐梦的不归路	马愿越
	新诗	沙禽 方路 吕育陶	首奖	妈妈,问你噢	陈文恬
			评审奖	走廊	庄祖邦

后　记

　　拙作是在博士论文的基础上修改而成。博士论文选题缘于王列耀恩师 2009 年教育部立项课题"马来西亚华裔新生代文学与华文传媒的互动研究"。虽只是个案研究，但论文写作面临的困难仍然很大。

　　第一个困难就是跨度达二十余年的副刊资料的庞杂。图书馆装订成册的《星洲日报》差不多每个月就有厚厚的四大本。而个案研究显然必须清楚其在整个马华文学网状结构的位置，这又使资料的外延似乎扩大得令人绝望。但既已选择，就还是以足够的耐心坚持了下来。翻阅旧报，其形象亦如白居易笔下"满面尘灰""十指黑"的卖炭翁，就在这逐日尘霾与共中，陌生的"异言华文"——马华文学也变得清晰可感了起来。

　　第二个困难是理论的生疏。我是从中国古代文学跨界进入完全陌生的海外华文文学及诗学研究的。长时间的古代文学学术训练（包括文学文献整理）养成了面对资料的细致和耐性，可是当面对西方现代理论时，有时也会无可回避地感到窘迫，而马华文学思潮的嬗变始终与各种"西学"语境相伴相生，我只能在细读的过程中采用边摘抄边理解的笨办法啃完一本本生僻的理论著作，让视野逐渐开阔。

　　本书并未以副刊刊载的诗、散文、小说等文类分类切入论述，而是以编辑策划的专辑、专栏为观察点，一是由于副刊囿于版面，文类分布并不均衡，尤其是刊载的中长篇小说体量有限，须另文溢出副刊全面观察与论述文学思潮如何在某一文类中演绎；二是副刊更着重于文学美学观念在大众中的建构，副刊于观念的提倡、引领与附会而形成文学民意，营构文学思潮所需的语境方面更有可为，专辑专栏更体现策划之意。但文学思潮的形成终归是文学创作自身的内驱，副刊编辑给予作者或文学新现象的准入并不是单向的，副刊平台与文学创作更多是互塑关系，文学思潮的根本性力量仍是创作。

本书所涉副刊文学现象大略以 2009 年为界，其后各种自媒体勃兴，大量写作者拥有了崭新的发表和出版平台，他们借助新兴电子媒介发表作品、收获读者、自我经营。马华文学思潮的嬗变在这一新的文学语境中亦呈现出新的特点，需俟有心人更多予以关注。

设想和期待中的成书是丰沛的材料中有着清晰的逻辑主线的贯穿，理论不是一件可随时剥落的阐释外衣，对副刊与文学思潮关系的长时段观察亦不应该只是静态资料的汇编整理，而是会呼吸会说话的资料、理论的融合。零敲碎打的修补，甫成百衲衣之际，回看整体，发觉自己主要是关注了一些马华文学事实，但仍需要更深层面的理论观照。

在本书修改之际，王列耀恩师主持的《20 世纪 90 年代马来西亚华文报纸副刊与"新生代文学"》一书出版，该书与拙作之间其实有某种互文关系。

从博士论文到成书出版，首先要深深感谢恩师王列耀教授有教无类，谢谢他的信赖、严格而又宽容。他一次次提出意见试图修正拙作原本缺少主线贯穿的构架，而对优点他也会不吝赞词。在写作最艰难的时刻，老师最让人感动的话语是：你慢慢做，你觉得可以了再拿出来。只是最后我的成品仍感不甚成熟，只能又一次期待从这里出发迈向新境。还要深深感谢博士修读期间所有授课的师长，饶芃子老师、蒋述卓老师、张世君老师、苏桂宁老师、刘绍瑾老师、宋剑华老师、蒲若茜老师等，他们各自的学术底蕴与学术个性无形中影响了我的写作，虽然由于个人的学术积累和悟性只能得乎其下。

写作过程中还得到很多人多方面的帮助。素昧平生的马来亚大学汉语语言学系谢川成老师为本书写作提供了不少资料；《南洋商报·南洋文艺》编辑张永修先生热心为笔者指点迷津；《星洲日报·文艺春秋》编辑黄俊麟先生以电子邮件为笔者答疑解惑；2014 年于广州举行的首届世界华文文学大会上结识的马来西亚文化人温任平先生、台湾暨南国际大学黄锦树教授也给予过笔者不同层面的激励。同门龙扬志、颜敏、温明明博士，虽然都比我年轻，可是问学有先后，我从他们那里获得了很多理论的启蒙和思考的灵感。所有善意与温情，唯有感念在心。

与马华写作人一样，笔者亦不以文学研究维生，始终是一个学术研究的民间爱好者，一直无法真正走进文学学术圈，却一直有一种仰望的姿态，努力在学术兴趣与为稻粱谋的琐碎间认真表达对马华文学的敬意。

易淑琼

2016 年 10 月 16 日